魏亚平 著

大蘭亭

卷一

陕西师范大学出版总社

图书代号：WX23N0873

图书在版编目（CIP）数据

大兰亭：全三册/魏亚平著. 一西安：陕西师范大学出版总社有限公司，2023.7
ISBN 978-7-5695-3257-9

Ⅰ.①大… Ⅱ.①魏… Ⅲ.①长篇历史小说－中国－当代 Ⅳ.①I247.5

中国版本图书馆CIP数据核字（2022）第207897号

大 兰 亭
DA LANTING

魏亚平 著

出版统筹	刘东风　郭永新	
责任编辑	马凤霞	
责任校对	王雅琨　舒　敏　谢勇蝶	
装帧设计	张潇伊	
出版发行	陕西师范大学出版总社	
	（西安市长安南路199号 邮编：710062）	
网　　址	http://www.snupg.com	
印　　刷	西安市建明工贸有限责任公司	
开　　本	710 mm×1020 mm　1/16	
印　　张	72	
插　　页	3	
字　　数	1170千	
版　　次	2023年7月第1版	
印　　次	2023年7月第1次印刷	
书　　号	ISBN 978-7-5695-3257-9	
定　　价	198.00元（全三册）	

读者购书、书店添货或发现印装质量问题，请与本公司营销部联系、调换。
电话：(029) 85307864　85303629　传真：(029) 85303879

《大兰亭》所涉司马家族成员关系图

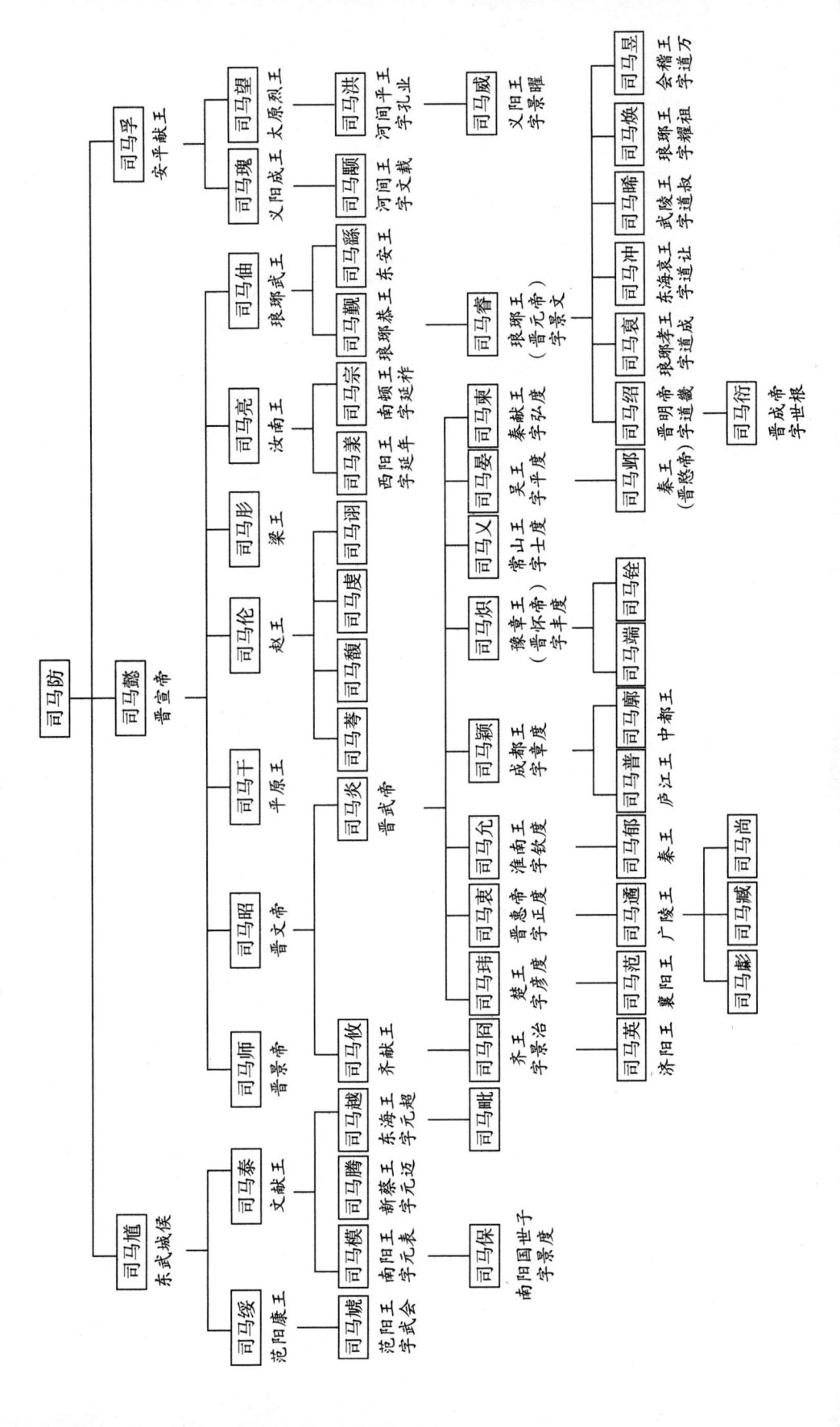

```
司马防
 │
 ├── 司马馗（东武城侯）
 │    ├── 司马绥（范阳康王）
 │    └── 司马泰（文献王）
 │         ├── 司马虓（范阳王，字武会）
 │         ├── 司马模（南阳王，字元表）
 │         ├── 司马腾（新蔡王，字元迈）
 │         └── 司马越（东海王，字元超）
 │              └── 司马毗
 │
 └── 司马懿（晋宣帝）
      │
      ├── 司马孚（安平献王）
      │    ├── 司马望（义阳成王）
      │    │    └── 司马洪（河间平王，字孔业）
      │    └── 司马瑰（太原烈王）
      │         └── 司马颙（河间王，字文载）
      │
      ├── 司马师（晋景帝）
      │    └── 司马攸（齐献王）
      │
      ├── 司马昭（晋文帝）
      │    └── 司马炎（晋武帝）
      │         ├── 司马玮（楚王，字彦度）
      │         │    └── 司马范（襄阳王）
      │         │         └── 司马英（济阳王）
      │         │              └── 司马彰
      │         ├── 司马衷（晋惠帝，字正度）
      │         ├── 司马允（淮南王，字钦度）
      │         │    └── 司马郁（秦王）
      │         │         └── 司马尚（广陵王）
      │         │              └── 司马臧
      │         ├── 司马颖（成都王，字章度）
      │         │    ├── 司马遹（愍怀太子，字熙祖）
      │         │    │    ├── 司马普（庐江王）
      │         │    │    └── 司马廓（中都王）
      │         │    └── 司马端
      │         │         └── 司马铨
      │         ├── 司马炽（豫章王/晋怀帝，字丰度）
      │         ├── 司马乂（常山王，字士度）
      │         ├── 司马晏（吴王，字平度）
      │         │    └── 司马邺（秦王/晋愍帝）
      │         ├── 司马柬（秦献王，字弘度）
      │         └── 司马睿（琅琊王/晋元帝，字景文）
      │              ├── 司马绍（晋明帝，字道畿）
      │              │    ├── 司马衍（晋成帝，字世根）
      │              │    └── 司马岳（会稽王，字道曜）
      │              ├── 司马晞（武陵王，字道叔）
      │              ├── 司马焕（琅琊王，字耀祖）
      │              ├── 司马昱（会稽王/字道万）
      │              ├── 司马冲（东海哀王，字道让）
      │              └── 司马裒（琅琊孝王，字道成）
      │
      ├── 司马干（平原王）
      ├── 司马伦（赵王）
      │    ├── 司马荂
      │    ├── 司马馥
      │    ├── 司马虔
      │    └── 司马诩（梁王）
      ├── 司马彤（梁王）
      ├── 司马亮（汝南王）
      │    ├── 司马矩（西阳顷王，字延年）
      │    └── 司马羕（南顿王，字延祥）
      │         └── 司马宗（琅琊恭王，字延祚）
      ├── 司马伷（琅琊武王）
      │    ├── 司马觐（琅琊恭王）
      │    └── 司马繇（东安王）
      │         └── 司马保（南阳国世子，字景度）
```

《大兰亭》第一卷主要人物

按照主次顺序排序（司马家族成员已用关系图呈现，此处不再列举）

王　旷——字世宏，次直侍中，丹阳郡太守，淮南郡太守

王　敦——字处仲，晋武帝驸马，给事黄门侍郎，扬州刺史，王旷堂兄

王　衍——字夷甫，尚书令，太尉，王旷从兄

王　导——字茂弘，琅琊王氏族长

王　澄——字平子，平北府中书郎，王衍亲弟弟，王旷从兄

王　廙——字世将，濮阳太守，王旷亲弟弟

王　彬——字世儒，王旷二弟

王　戎——字濬冲，竹林七贤之一，王旷从兄

刘　渊——字元海，汉赵开国皇帝

刘　曜——字永明，刘渊义子，汉国始安王

陆　机——字士衡，晋国著作郎，平原国内史，王旷好友

陆　云——字士龙，清河内史，陆机弟弟

嵇　绍——字延祖，"竹林七贤"嵇康之子，次直侍中，侍中

羊献容——晋惠帝皇后

贾南风——晋惠帝司马衷皇后

贾　谧——金谷二十四友领头人，贾南风妹妹贾午之子

孙　秀——字俊忠，司马伦掾属，相国司马，侍中

拓跋申拉——鲜卑可汗质子

左　思——晋武帝贵嫔左芬亲哥哥

郗美人——皇上赐予王旷的夫人

郗　鉴——字道徽，太子中舍人

刘　真——司马冏心腹，安乡公

孟　玖——宦官，司马颖心腹

卢　志——魏郡太守，司马颖心腹，平北府参军，谋主

贺　循——字彦先，江南五俊之一，王旷好友

王羲之——字逸少，乳名阿菟，王旷次子

卫　铄——世称卫夫人，王羲之姨母

施　融——王旷济阳国主簿

曹　超——王旷济阳国贼曹

刘　琨——字越石，金谷二十四友重要成员

牵　秀——字成叔，陆机好友，后出卖陆机

刘　舆——字庆孙，金谷二十四友之一，贾南风心腹

苟　晞——字道将，西晋名将

引 子

公元266年2月的一天，晋王司马炎在众臣幕僚和匈奴鲜卑羌氐等外族首领簇拥下，率万人之众来到京城南门外开设的祭天祭祖大坛，点燃檀香木堆砌的柴火堆，在熊熊燃烧的大火前，仰天长叹："曹魏家族已没有能力平治天下，致使国势濒于崩塌，危于颠坠。多亏咱家晋王司马一族有治世匡扶之德行，才使今日得有全牛全羊祭祀祖先，国家也渐次强大起来。既然曹奂（曹魏帝国最后一任皇帝）无力治国又有心禅位，而天序不可以无统，人神不可以旷主，我司马炎只好虔诚地尊奉皇天之意，升坛受禅，告慰上帝，永答众望，登基皇位了。"于是，山呼海啸般的欢呼声响彻云霄。从祭坛返回京城，司马炎在宫城内的太极殿前宣布正式建立晋国，国号大晋，改年号为泰始。

称帝后的司马炎虽然每日流连于美女床榻之上，气喘吁吁，精疲力竭，然而，脑子却不糊涂。斯时，廊庙上关于册立皇帝司马炎同父同母亲弟弟齐王司马攸为皇太弟，还是册立患有脑疾的亲儿子司马衷为皇太子的争论不绝于耳。然而，亲弟弟司马攸早已被父亲文皇帝司马昭过继给了伯父景帝司马师为嗣。虽说二人有手足之情，但是立弟弟为接班人既不合乎法统，那司马攸也难入司马炎法眼。最终，司马炎在长子司马轨不幸夭折之后，选择了册立九岁的二子司马衷为太子。

可是，太子司马衷天慧不足，这着实令胸怀统一天下大志的皇帝惴惴不安。多年之后，司马炎亲遣最受赏识的自家妃子谢玖到东宫给太子司马衷手把手教授房中云雨之术。功夫当真不负苦心人，原本只是为了传授床笫技艺的当朝皇帝嫔妃却为当朝太子怀上了大晋王朝的传人。

公元278年，谢玖为太子司马衷产下一子，是为皇孙，取名司马遹。皇室后继有人，举国大庆。在将亲弟弟司马攸逐出京都，又把那些试图左右册立太子的一众大臣外放贬谪之后，大晋朝皇帝司马炎诚纳谏言，出于壮大王朝人丁的长远利益计，将皇帝初登宝座时全国各州县以上官吏送入后宫，供皇帝享用的数千官员女儿陆续放还回家，此举再一次获得举国山呼万岁。司马炎至此再无后顾之忧。于是，一道诏令，兵发六路，三军用命，向着长江中下游一线的东吴城掩杀而去。

公元280年，东吴最后一个皇帝孙皓自缚双手，身后跟着一辆装载了梓木棺材的牛车，彰显了自家东吴彻底归顺大晋王朝的真情实意，来到建业（今南京）城外向大晋王朝军队投降，并献出东吴国土疆域图册以及国民户籍本册。

三国归晋。

这时的皇孙司马遹已进总角之年，聪明睿智，深得司马炎欢心，也使司马炎再无废立之心。然，他却在册立太子妃贾南风一事上铸成大错，断送了大晋王朝的伟业。这是后话。

公元290年，司马炎驾崩，谥号武皇帝，庙号世祖。太子司马衷旋即继位大晋皇帝，太子妃贾南风自然当仁不让坐上了皇后的凤辇。

此后十年间，患疾的皇帝不得不靠着辅政重臣和一干老臣治理国家，而当朝皇后贾南风则以野蛮粗俗残忍的行事风格横行京都，先是杀了先皇武帝司马炎的皇后杨芷，辅臣杨骏、卫瓘，太子司马遹的生母谢玖。接着贾南风又矫诏相继杀害了辅佐朝政的皇上四爷爷汝南王司马亮、皇上的弟弟楚王司马玮，贬谪了皇上弟弟司马乂。公元300年4月，这位滥杀皇族而令后世史家错愕的国母在先行矫诏废了当今太子后似乎仍不安心，密令心腹黄门孙虑将废为庶人的太子之妻息大小一并剪除，斩草除根耳。

这日，金墉城内，已废太子司马遹的宠妾蒋美人在卧榻上辗转难眠，万分思念她那被押往旧都许昌的夫君和两个儿子。蓦地，蒋美人听见外面突然响起一阵喧哗声，还没来得及坐起身来，宦官孙虑带领一行兵士直接闯进内室，声称有诏书宣读。贴身丫鬟欲给主子梳妆，被孙虑厉声喝退。蒋美人只得在众目睽睽下穿衣束裙，羞得她满面通红。等女婢们退下之后，孙虑狞笑着宣读了贾皇后的手谕。蒋美人一听不是皇上诏书，仓皇起身向屋外奔逃，一边声嘶力竭叫喊着"救命欤，救命欤"。怎奈一弱女子如何跑得出强壮的兵士之手。兵士们将蒋美人拖回屋子，孙虑让兵士绑了蒋美人，并用丝帛勒住嘴巴，以防其继续叫喊，接着宣读贾皇后手谕。手谕宣称蒋美人串通已经囚禁在旧都许昌的司马遹，并勾结东宫侍仆侍女，企图加害皇上，此恶行犯了灭三族之大罪，按律当车裂于街市，念蒋美人身后留有皇室血脉，免于当街施刑，但是三族必灭，死罪不赦。

蒋美人此时已瘫倒在地，任由孙虑摆弄。孙虑亲手剥掉蒋美人衣衫裙裾，把一个美艳无比的太子宠妾赤条暴露在众人眼前。蒋美人羞怒不堪，双眼淌血，却只能在地上扭动身躯，试图躲避兵士们喷射欲火的目光。

少顷，孙虑上前踩住蒋美人肚子对众兵士道："皇后手谕，此贱人死有余辜也欤！尔等速速将其用棍棒夺命耳！"

乱棍之下，蒋美人无法呼叫，可怜这位不能随夫同行、为皇上司马衷诞下直系血脉孙子的女人只能在痛苦的呻吟声中抽搐着身子，慢慢断了气。

就在当晚，三更的梆子声在京城黎明的天空响起，一行披挂铠甲的军士急匆匆出皇宫西掖门，转而踏上城中铜驼街大道，从这里悉数骑上骏马，向南，奔宣阳门而去。洛阳城早有规矩，城中不得骑行，违者当篡逆处斩。可是，这队出行的马队在城中却如入无人之境，奋蹄狂奔，急乱的马蹄声踏碎了京城黎明的宁静。

马队一行六人，五名为中宫禁卫兵士，簇拥着皇后贾南风的侍臣黄门孙虑。孙虑双臂紧紧拉着缰绳，两臂之间护着一用丝帛包裹着的药坛，坛子里是用巴豆和杏仁熬制的浓稠的药汁。巴豆有荡练五脏六腑、开通阻滞闭塞之奇效，杏仁则具润肠通便之温和药性。表面上看去，此两种草药都无置人于死地之功效。但是这二药合一，便会使人剧烈腹泻，状似痢疾，若不及时止泻，不日即脱水而死，且毫无中毒迹象。

洛阳距离旧都许昌三百多里地，马队晓行夜宿需要三天方可到达。许昌曾经是东汉献帝时期的国都。自大晋王朝迁都洛阳之后，旧都里的建筑历经百年风霜雪雨的侵蚀都已经斑驳陆离。被废黜的太子，也是皇上唯一的儿子司马遹就囚禁在这座旧都城中的旧宫里。

旧都许昌。废为庶人的皇太子司马遹却全然不知晓身家性命入了阎王爷的名册。这天，司马遹起得很早，他先去看了睡在偏房的由随行老仆服侍的两个儿子。被贬至许昌之前，司马遹从来没有关心过儿子。长子司马虨在金墉城病故那天晚上，他第一次和蒋美人陪在生命垂危的儿子身边。直到长子薨去，司马遹才第一次痛彻地感受到骨肉离别之痛。次子司马臧年方三岁，幼子司马尚刚刚出生。在他的一再恳求下，皇后贾南风这才恩准其两个儿子同往许昌。但是，皇后却断然拒绝了他让蒋美人同行的请求。每每想起这些，司马遹都感到心痛。

从偏房出来，司马遹正打算返回屋子，就听见一阵纷乱的马蹄声在宫城外响起。当马队冲进大门，司马遹一眼就认出了一马当先的黄门孙虑，他顿觉事情不妙，慌忙返回院子，让老仆将两个小儿子尽快带出宫城躲藏，自己则紧闭屋门。孙虑是皇后最为信任的黄门，他突然出现在旧都自然来者不善。孙虑身长足有八尺，长得人高马大。据说为讨皇后喜欢，此人终日习练把式，练得膀大腰圆。

直到天将擦黑，孙虑才敲开司马遹居所的屋门。孙虑将一瓷罐放在屋子中央的桌几上，然后从衣带里扯出圣旨，展开来细声细气地说道："皇上悉闻殿下身染便秘顽疾很是挂念，皇后更是为此茶饭无心。罐中之物乃皇后嘱太医专门为殿下煎熬之神药耳。"

司马遹稽首道："谢过父皇，庶人司马遹受宠若惊欤。"他没有提到皇后，可见警惕未除，心有余恨。

孙虑指着药罐说道："太医所言，最多三日，药到病除。皇后嘱奴才在此地陪殿下三日，顽疾痊愈后回去复命也。"

司马遹却不这样想。皇后贾南风从未关心过这个不是己出的太子，如今突然关心起来必有蹊跷。他已经认定罐子里必是毒药，于是说道："放在那里，孙黄门便可去歇息了。"

孙虑不走，说道："皇上知殿下自小不喜服药，嘱奴才目睹殿下将药服下。"

司马遹坚决地说道："今儿庶人司马遹腹内不适，改日再说。"司马遹故意点出自己已经身为庶人，可以不用遵从皇上旨意。

孙虑知道此事不便霸王硬上弓，于是说道："也罢，明日我来，殿下必得服下此药。皇后对违抗圣旨大臣会如何发落殿下心知肚明，切记，不可违逆圣旨。"说完，拿上药罐走了。

第二天，司马遹紧闭大门，宁可不吃不喝，就是不让孙虑进屋。傍晚时分，就见司马遹悄悄出了屋子，径直去院子对面的茅房出恭去了。孙虑情知此事再也耽误不得，便拿上药罐跟进了茅房。司马遹正蹲在坑上使力，见孙虑居然跟了进来，先是一惊，继而大怒，指着孙虑骂道："你个黄门小吏，怎敢窥本太子出恭，还不快快滚将出去。"

孙虑并不惧怕，回道："本黄门虽是小吏，你这庶民却如狗彘一般。本官硬是不出去，你又能奈我何？司马遹，若非次直侍中王旷日日在皇上面前说及你，皇上早已不记得还有个儿子。"

司马遹突然大声哭喊起来，把孙虑吓了一跳。

"父皇，儿子遭人陷害也哉欤！世宏（王旷字）侍中快来救本太子欤！"司马遹哭喊道。哭声稍止，司马遹对孙虑横眉斥道："你这无鸟之儿，快快滚将出去。"

孙虑举起手中的药罐，说道："你将这药服下，本官即刻回宫复命耳。"

司马遹说道："你去回皇后，本太子无有出恭不便之疾患。"

孙虑知道这么拖下去定会坏事，一旦司马遹出了茅房，两人在院子里玩起追逐，再想堵上便不甚容易。孙虑冲到司马遹面前，一只手抓住司马遹的头发，使其不得不抬起头来，另一只手将药罐抵住司马遹的嘴，欲迫其吞下浓稠的药汁。司马遹怎肯就范，挥起拳头打中孙虑的下巴，疼得孙虑只好松开拿着药罐的手，抓头发的手却硬是不松开。司马遹的拳头又重重击打孙虑腋下，这下把孙虑打得松开双手，退到门口去了。

司马遹居然忘记站起来逃出茅房，而是蹲在坑上大骂起来："你这狗彘不如之阉人，本太子出头之日必夷你三族。"

这句咒骂使孙虑怒不可遏，他再次冲上前来与司马遹撕扯打斗。撕扯中，司马遹一屁股坐在坑口上，大半个屁股陷进坑里，站不起来了。这下司马遹被彻底激怒了，他一边用力挣扎着想站起身来，一边破口骂道："老奴，你这无鸟阉人。本太子定要将你三族凌迟处死，处死之前统统割了鸟儿也哉欤。"

孙虑冲出茅房，抓起院子里捣药臼里那柄石头磨制的药杵再次冲回茅房里。司马遹还没有从坑里挣脱出来，见孙虑将铁锤般大小的药杵抢了过来，知道躲不过去了，便扯着喉咙声嘶力竭地叫喊起救命来。

外面的士兵听见凄惨的求救声，有胆大的冲进茅房，见孙虑眼里喷火，鼻子里喷烟，哪里还敢上前去阻拦。

孙虑举起石杵，骂道："你口口声声要灭咱家三族。不如现在老奴就先灭了你。"说罢，孙虑抢起石杵重重砸在司马遹抬起遮拦的臂膀上，只听咔嚓一声，司马遹的胳膊被打断了。剧痛和巨大的冲撞力使得已经从茅坑里挣脱出来的司马遹重新摔了回去。孙虑的第二杵砸下去，司马遹本能地扭过脸去，石杵砸在司马遹后脑勺上，就听扑哧一声，司马遹硬挺的身体倒在茅坑上，头颅重重撞向地面的石头，疼痛使司马遹的叫声越加凄厉刺耳。孙虑已经疯了，不住地用石杵拼尽全身力气击打司马遹的四肢。司马遹双腿被砸断，双臂断成几截，叫声已经变成怪声怪气的呜咽，依然刺耳，依然凄厉。司马遹肋骨被砸得塌陷下去，口吐血沫，上气不接下气，孙虑却一点儿没有住手的意思。最后，孙虑瞅准司马遹露在外面的后脑勺，怪叫一声砸了下去，司马遹顿时没了声音，脑壳被砸裂，鲜血和着脑浆流淌出来。

孙虑犹不解恨，索性动手将已经奄奄一息的司马遹拖下茅坑，翻转过身子，剥去裤子将下身裸露出来，然后高举石杵，嘴里恶狠狠地骂道："叫你来生也不得有这鸟儿，看你还有何脸面取笑老奴！"

手起杵落，石杵重重地砸在这位当今皇上唯一血脉之子的子孙袋上……

太子暴病薨殂的消息传到京城，朝野震惊，皇上更是悲痛不已。

这不，谋杀太子的主使人皇后贾南风为了安抚时不时突发念子之情的皇上，三天前就弄了一支司马家族称帝以来最排场的卤簿阵仗，簇拥着皇上到晋国首富石崇的金谷园排解忧愁来了。

金谷园在洛阳东北不足十里的地方。原本是一处山水相连、风光旖旎的自然景观，荆州刺史石崇卸任返京，为安置从任地抢掠的大批珍宝和大群姬妾歌女，便占了这片山林住下来。

石崇大肆营建金谷园。一年之后，金谷园便成为人间仙境。此园依山形水势之逶迤婉转，筑台凿池，塑园建馆，挖湖开塘，周围几十里内，楼榭亭阁，高低错落。金谷山涧之水萦绕穿流其间，百回千转。

金谷园的裕华阁室宇宏丽，又与其他亭台彼此相连，阁内正殿宏大无比，是辟来专供皇上和皇后来这里游玩时欣赏美女群舞时使用的。大殿正中的台子上设有皇上和皇后专用坐榻。高台下两侧的地上放着一圈绣花毡团。这些毡团是供随行诸王和重臣坐的。此刻，用过午膳又饮了数斗美酒的皇上醉意蒙眬，目光有些忧郁有些游移。梁王司马肜（晋文帝司马昭的八弟、当朝皇上的八爷爷）被安排在紧挨着皇上龙榻的蒲团上就座，他十分高兴，不时探出身子跟皇上说些逗乐的话。皇上的三爷爷平原王司马干因年老体衰，不能随皇上同往，但蒲团还是空了出来。梁王的两位儿子因比皇上高出一辈，被安排在皇上左侧落座。其他随行的皇族成员和一干廊庙重臣都次第在龙榻两侧坐定。

金谷二十四友被安排在正殿西南的角落里远远地坐着。这些人在午宴上胡吃海喝一通，都已是醉眼惺忪、身段摇晃了。好在距离皇上远，也不会引起皇上注意。二十四人中除了左思缺席外悉数前来捧场。因为左思是晋武帝司马炎的大舅子，又好在皇上面前说些太子如何了得的话，所以，皇后贾南风也乐得左思不在。

此刻，秘书监贾谧（此人原本是皇后贾南风亲妹妹的儿子，后因皇后的父亲贾充无后，便将这位原本的亲外孙过继为嗣，于是，此人的身份就变得相当复杂了）抬起醉眼，扭脸看着坐在身旁的著作郎陆机，轻声问道："士衡何以正襟危坐，全无醉意？"

陆机其实也已有几分醉意，毕竟年近四十，若不是弟弟陆云偷帮着饮下金谷园主人石崇递过来的几坛子老酒，怕是与众人一样坐立不稳了。听到贾谧问话，整了整头上的笼帽，答道："机乃十斗酒量，因而并无不适。鲁公若还未尽兴，机再与鲁公畅饮几坛老酒何如？"

贾谧强忍着没有叫出声来，道："本监着实不信你有如此之海量，不然，你可为本监将潘安仁《闲居赋》复诵一遍？"

陆机说道："适才石季伦还与机论及潘安仁之辞赋优劣耳。"

贾谧好奇地问道："何如乎？当朝是否无人能出其右？"

陆机扭脸看了一眼正被皇后叫过去的石崇，不亢不卑地说："以季伦兄之意，此赋文采不及太冲之《三都赋》，意境当在机之《文赋》之下焉。"

"兄所言似并无不妥，然与那兄弟二人相比孰优孰劣？"贾谧指着喝得神智迷糊、嘴里不停喃喃乱语的汉中山靖王之后刘舆和刘琨问道。

陆机知道贾谧是在挑衅，但却无意讨好，坦然说道："伯仲之间。洛中奕奕，庆孙、越石并非浪得虚名。"

贾谧低声骂了一句，又问道："陆士衡，本监若是与这金谷园石季伦比富，你以为谁能胜出？"

陆机一声冷笑，说道："前朝王恺大人乃先皇之国舅，有先帝鼎力相助，尚且不及，举国上下恐无人能与石季伦相匹耳。"

贾谧嚯了一口浓痰恶狠狠地吐向石崇方向，却见石崇举起右手伸出两根指头轻轻一晃，两名站在其身后的掾属便轻摆小槌击响面前木架上的玉磬。于是琴声响起，随着乐曲声，石崇豢养在园内的五十名舞姬分列从连接舞乐大殿的四座内室娉婷滑出。这些专供玩乐的姬妾个个浓妆艳抹，下身穿刺绣精美的锦缎罗裙，上身着装饰璀璨夺目的珍珠美玉的短袄，头戴镶嵌着宝石的步摇，身态娇柔，舞姿婀娜，像是一群仙女下凡。

舞蹈跳完后，石崇谄媚道："臣惶恐，臣为皇上准备了名士诗作吟诵，请皇上恩准。"

皇上摆摆手，阴沉着脸什么也没说。

石崇向潘岳做了个出场的手势，说道："潘侍郎快将你为先帝作的《籍田赋》略过序文，挑两段为皇上助兴。"

潘岳没敢走到中央，只是原地站着说道："臣惶恐，微臣不才，幸得皇上皇后宠爱，作得长赋一篇，择些许章句为皇上皇后巡游助兴。"见皇上和皇后并不答话，权当恩准了，于是吟诵道："伊晋之四年正月丁未，皇帝亲率群后藉于千亩之甸，礼也。于是乃使甸师清畿，野庐扫路。封人壝宫，掌舍设枑。青坛郁其岳立兮，翠幕默以云布。结崇基之灵址兮，启四涂之广阼。沃野坟腴，膏壤平砥。清洛浊渠，引流激水。遐阡绳直，迩陌如矢。"

神色默然一直呆呆坐在龙榻上的皇上突然开口说话，把所有人都吓了一跳。

"嵇爱卿，"皇上朗声叫道，"朕之王爱卿去了哪里？"皇上所说的王爱卿便是次直侍中王旷。

嵇绍说道："臣惶恐，王侍中此刻定在殿外巡视。"

皇上点了点头，似乎一下子又想起什么，说道："嵇爱卿，你唤太子前来陪朕。"

嵇绍沉默。裕华阁内一片死寂。

"嵇侍中何以缄口不语？"皇上问道。

嵇绍支吾道："臣惶恐，太子，太子，已然薨矣。"

"朕知太子薨了，朕其他儿子现在何处？"

"臣惶恐，皇上还有……皇上没有……但皇上还有皇孙在世。"嵇绍语无伦次地回答道。

"嵇侍中，朕所要非皇孙耳。朕要召见儿子钦！"

嵇绍无语。

皇上突然直起身来，说道："嵇侍中，朕听见王侍中在殿外说话。"

嵇绍急忙跑到大殿外张望，果然看见王旷正在殿门外卸下佩刀，让禁军兵士向皇上通报王旷奉旨来到。嵇绍心中不禁一叹，皇上虽说不智，却也有普天下自诩聪慧极致的那些人没有的灵性。

王旷正要脱去鞋子，被皇上喝住："王侍中可免，朕许你着履入殿。"

王旷身高近八尺，官帽下一张四方大脸上镶嵌的长眼、浓眉、阔鼻、薄唇、长髯，使得这张脸的主人看起来威严冷峻，不可侵犯。此君乃晋国名门琅琊王氏现世第四门王正之长子，为专司保护皇上安全、早晚不离皇上左右的次直侍中。

王旷进入大殿，扑通跪下，劈头说道："臣惶恐，伏请皇上准臣斩杀黄门孙虑也。"

"这孙虑何许人也？"

"皇后宫内阉人。"

"阉人有罪？"

"罪该万死。"

皇上问道："王侍中当真要杀此人？"

王旷说道："臣惶恐，臣不得不杀。"

皇上又听不明白了，扭过头问嵇绍道："嵇侍中，果真如此乎？"

嵇绍不知如何解释才好，只好点点头。

皇上又一次突然问道："朕那儿子何时来见？"

王旷忍住悲伤，说道："臣惶恐，杀了阉人孙虑，臣自然会带太子来见皇上。"

皇上哗哗地笑起来，拍着手说道："朕准你杀了那无鸟阉人，带朕儿子来见。朕要让儿子来这金谷园玩耍。"

王旷起身盯住皇后贾南风，这眼神令皇后不禁打了个激灵。

王旷疾步出了大殿，皇后也很快离开大殿。贾谧见状旋即跟了出去。

皇后贾南风明天就要回城去了。贾南风已经听到风声，赵王司马伦（司马懿第九子，司马昭第九弟）有废后之心。只是贾南风从来没有看得起皇上的这位九爷爷。司马伦辈分虽高，却才疏学浅，既无治国之术，亦无雄才大略。这样的人若生出废后之心，那一定是掾属中出了乱臣贼子。贾皇后心中有数，一旦太子丧事尘埃落定，她一定将赵王发配边疆之地。至于赵王的掾属，她不费吹灰之力就能将那些家伙一举杀掉，顺便灭了三族。

十年来，贾南风凭借女人的细腻、敏感、智慧和冷酷，几乎将她认为试图谋篡皇位的诸王、企图架空皇上的权臣清扫一空。就连那些并无篡逆之心的皇室成员也没有放过。逼走了成都王司马颖，流放了长沙王司马乂，排挤了河间王司马颙，笼络了齐王司马冏，安抚了淮南王司马允和他的同母兄弟吴王司马晏。至于东海王司马越、琅琊王司马睿等等大大小小亲疏不等的宗亲诸王们，都叫她用女人巧手编织出来的大网，高擎皇上这面大旗，管束得服服帖帖，老老实实，在他们各自的封国里尽着戍边安邦的本分。

贾谧紧跟着贾皇后出了裕华阁。见这位姨母阿后头也不回直往前走，一定是生气了。所以，他轻声在后面唤了声"阿后"这才说道："阿后，若那孙虑向王旷招了实情如何是好？"

贾南风站住脚，回身说道："你该早听我的话除了孙虑。我倒不担心王旷，我是担心留在京城一直足不出户的赵王司马伦。"

贾谧垂着头说道："阿后息怒。阿后，小甥有一事不解。既然惮于赵王司马伦，何不如法炮制，像除掉司马亮一样除掉那老儿？"

"呸！孙虑对太子下了碎尸之毒手，弄得本后日日噩梦连连，担心坏了咱贾家风水。"贾南风不无担忧地说道。

二人在裕华阁外大声大气地谈论时政，却并未留意刚刚来到金谷园，躲在树丛后面的赵王司马伦和谋主孙秀。司马伦将贾南风与贾谧的对话听得真切。虽说怒从胆边起，却不敢发出声响来。

贾谧回到裕华阁内，什么也没说，在石崇身旁稳稳坐下。

石崇看贾谧进来后脸色不好，不知他又跟皇后在外面说了什么，心中有些不安，便匍匐着来到皇上座前禀告道："臣惶恐，臣斗胆请侍中嵇绍为皇上抚琴奏乐。"

皇上嘿嘿一乐，回身看着嵇绍问道："嵇侍中，他叫你给朕弹琴，可否？"

嵇绍知道推辞不掉，索性来到琴前坐下，对皇上说道："臣惶恐，臣愿为皇上献丑，只是若能有贾谧大人、石崇大人与潘岳大人舞剑助兴，岂不锦上添花哉。"

司马衷咯咯大笑起来，挥挥手示意三人快快舞将起来。

嵇绍的琴曲旋即响起，三人尽管极不情愿也只得鱼贯而入。三人各持一支木剑，木剑分别被染成红黄绿三种颜色。入晋以来，武将崇仰长刀，京城又不允许任何人挟长剑入城，于是昔日叱咤风云的宝剑便落得只能为皇室舞蹈取乐之境。这三人怎会剑舞，持红剑的贾谧在三人中间将手中木剑忽左忽右缓缓摆动着，石崇和潘岳则将手中木剑交叉在一起，悬在贾谧头顶，一边围着绕圈子，倒也合得上节奏。琴曲亢奋，三人便手忙脚乱，木剑则互相撞击，不成体统；琴曲委婉，三人竟不知所措，脚下发软，趔趄连连，狼狈不堪。三人不成体统乱舞，惹得皇上不住地拍龙榻，年老的梁王更是笑得前仰后合。

直到傍晚时分，大殿里的歌舞依然没有停歇。门外，随行的内侍已经招呼了好几次，说晚宴准备停当，等着皇上用膳呢。皇上像是根本没有听见。突然内侍又一次高声喊道："右将军司马伦有紧要军情觐见皇上。"

皇上挥挥手，示意舞乐重启，像没事人似的坐在龙榻上。

司马伦这时已经来到裕华阁外，心绪被贾南风和贾谧那番企图杀人灭口的对话弄得烦乱不已，便喝令阁外守候的黄门向皇上通报。黄门不敢不报，也不敢乱报，于是推诿说道："赵王不必着恼，皇上正玩得高兴，你却说有紧要事情觐见，岂不坏了皇上兴致？若是事情并不十分紧要，赵王不妨溜进去玩玩，等过后再报。"

司马伦就在裕华阁外高声喊起梁王司马肜来："八哥哥，我听见你在里面说话，烦八哥哥禀报皇上，右将军司马伦有要事奏报皇上。"

裕华阁内的舞乐被这声叫喊打断了。皇上心中极度不快，坚持不见赵王司马伦，挥了挥手让歌舞姬们继续。

这时，裕华阁外突然响起内侍尖利的声音："五部大都督刘渊将军（匈奴五个部落联盟的总首领）之子刘曜前来觐见皇上，为皇上送来稀世骏马！"

皇上一听送来贡品，而且还是最喜欢的骏马，高兴地摇摆着双手，叫道："快让那送骏马之人进来面朕。"

众目睽睽之下，人高马大的匈奴人刘曜脱鞋入内，趋步来到皇上面前扑倒在地，呼道："启禀陛下，小人奉五部大都督刘渊之命向皇上进献宝马良驹。"

皇上忽地站起身来，叫道："你这小子，朕认得你。"说着，离开龙榻，走上前牵住刘曜的手，让他站起来，然后问道："朕问你，你家大人可好？"

刘曜立刻又跪了下来回道:"承蒙皇上恩泽,家尊安康。"

皇上拍打着刘曜的肩膀,问道:"你这大鼻子兄弟,还敢跟朕对酒当歌乎?"皇上虽然不智,记性却不坏,几年前五部大都督刘渊入宫进贡,义子刘曜随行。皇上在宫里设宴款待,君臣酒到兴处,皇上突然吟诵出曹操的《短歌行》中一句"对酒当歌,人生几何",顿时举座震惊,欢声雷动。在一片欢呼声中,得意忘形的皇上抓起酒杯来到尚在总角之年的刘曜面前说道:"你这小子,鼻子如此之大,朕就叫你大鼻子。"又是举座震惊。小刘曜跪下说道:"小的惶恐,谢皇上恩泽,鼻大有福耳。"说完抓过皇上手中的酒杯一饮而尽。这番话说得在座的大臣们以掌击几,鼓噪不已。而刘曜将皇上杯中的酒一饮而尽的举动则激起了皇上的玩心,于是,他非要跟刘曜对饮不可,三杯酒落肚,刘曜身体向后一仰,直挺挺倒下去不省人事了。此事已经过去多年,皇上见到刘曜居然一下子就想了起来,也是令人称奇。

刘曜谢道:"承蒙皇上还能记着小的,小的惶恐万分。只要皇上高兴,小的理当侍陪。"

皇上高兴得手舞足蹈起来,叫道:"快快摆上酒席,朕要跟这个大鼻子对酒当歌耳。"皇上猛然又想起来,问道:"大鼻子兄弟,你那宝马现在何处,为何不叫朕一睹为快?"

"回皇上,宝马就在殿外,等候进献皇上欤。"

"快快牵来让朕过目。"皇上挥舞着双手叫道。

刘曜得令出了裕华阁,少顷,牵进一匹通体黢黑的骏马。那马见阁内人多有些紧张,不住地踏着前蹄,响鼻连连。刘曜在马的颈部轻轻抓挠,那马才安静下来。皇上走下龙榻来到骏马身前,学着刘曜轻轻抓挠骏马的脖子,那骏马果然一动不动。引得皇上嘿嘿乐个不停。

刘曜说道:"家尊大人得此汗血宝马后,家尊大人曾对小的说,先祖大汉武帝也曾得此宝马,赞其为'天马',并作歌咏之,歌曰:'太一贡兮天马下,露赤汗兮沫流赭。骋容与兮跇万里,今安匹兮龙为友。'汗血宝马由此得名,此马只有归属大晋皇上才得有身价,因此家尊大人让小的献与皇上。"

皇上并没有听明白刘曜的一番话,但还是十分高兴,乐呵呵坐回龙榻上,问道:"大鼻子,朕问你,想要何赏赐?"

刘曜说道:"小的奉父命进贡品,不敢向皇上讨要赏赐。"

皇上说道："但说无妨，"转身问站在身后的嵇绍，"朕给赏赐有何不妥？"见嵇绍摇头，便又说，"大鼻子，朕让你说，你便快快说来。"

刘曜说道："小的惶恐，谨求皇上赐一朝廷官员之女给小的为妻？"

皇上愣住了，回身问嵇绍道："这大鼻子让朕赐一个女人？"

嵇绍说道："正是，他索要赏赐为大晋官员之女。"

皇上傻笑起来："朕后宫豢养了嫔妃无数，即使百个有何不可？大鼻子你要多少女子速速说来，朕即刻遂了你的愿。"

刘曜跪谢后大声说道："小的惶恐，恳请皇上将尚书郎羊玄之大人之女羊献容赐予小的为妻，小的必将终身鞍前马后效忠皇上。"

皇上一挥手臂："准矣！"

刘曜欣喜若狂，头如同捣蒜一般将地面撞得嘣嘣作响。

殿外，司马伦手举奏文，高声喊道："臣惶恐，此军情事关大晋江山社稷安危，臣伏请皇上容臣入殿禀报。"

这时却听见裕华阁外皇后贾南风厉声说道："右将军司马伦不可在金谷园危言耸听，此处乃皇上修身养性之所。你那所谓密报，待皇上回京朝会时再报不迟。"

司马伦叫道："怕是迟矣。"

贾皇后并不看司马伦，喊道："来人呀，把右将军司马伦送出金谷园。"

不一会儿，裕华阁外黄门声音又起："次直侍中王旷大人奉旨砍下罪人孙虑人头从京城返回复命欤。"

黄门话音未落，王旷拎着孙虑血淋淋的头颅站在了裕华阁门外。

十天后，大晋王朝为死于非命的太子司马遹举行了隆重的葬礼。葬礼开始前，皇上亲自签发了诏书，册立司马遹庶次子司马臧为皇太孙，诏曰："今立臧为皇太孙。还妃王氏以母之，称太孙太妃。太子官属即转为太孙官属。赵王伦行太孙太傅。"出乎大多数大臣的意料，尚书令王衍之女王惠风被诏令返回东宫，代行皇太孙司马臧生母之责，并荣膺太孙太妃之位。人们都还记得，当年太子司马遹被贬谪为庶人之后，王惠风被逼迫与司马遹解除王与妃之关系。那日，王惠风卸去太妃衣装走出宫城，一路大哭返回父亲王衍官邸，那哭声迄今似还在京城上空萦绕呢。

京城市井也因大晋朝后继有人而充满祥和之气。

很快，季节就进入盛夏。这天，右将军赵王司马伦在府邸的正堂上坐了快一个多时辰。正堂正中与往日不同，多摆了两个坐榻，平原王司马干和梁王司马肜坐在这两把宽大的红木龙榻里，都有些昏昏欲睡了。翊军校尉齐王司马冏坐在司马伦对面的坐榻上。司马冏是侄孙辈，又是近期才从封国调进京城，故而打定主意少说话多观察。而司马伦不得不时提高嗓门，让年事已高过七十岁的三哥哥不至于睡着了。

司马伦用了一个多时辰的时间列数了皇侄孙媳贾南风十年里所犯欺世灭祖的罪行，直说得气喘吁吁，头脑发胀。最后，司马伦又将那晚在金谷园裕华阁外无意中听见贾南风和贾谧密谋诛杀自己的事说了出来。

这时，一直闭目聆听的司马干睁开眼睛说话了："九弟，有何想法何不开诚布公？"

司马肜顺着三哥哥司马干的话说道："老九，你自己想做皇帝？"

司马伦被这话吓了一跳，用力摇了摇头，却没说想也没说不想。

赵王司马伦是宣皇帝司马懿正式接纳的最后一位嫔妃柏夫人所生，因此，他这一系也最不被当时的晋王家族看好。唯其如此，当司马伦被封为赵王那天起，他就暗下决心，终有一天定要登基皇位，光大母亲一系。话说回来，其父司马懿被追尊为高祖宣皇帝，自己当皇帝有何不可！

可是，一下子被八哥哥说破了心思，他多少有些心虚。当然，司马伦心中明白，皇侄司马炎在皇帝的宝座上坐了二十五年。二十五年间，灭了吴国，天下一统，建立了世人仰视的大晋王朝。只是皇侄武皇帝立司马衷为太子确实做了傻事。如今，这位愚钝不智的侄孙端坐皇位已经十年，十年里，他只顾着吃喝，却让一个妇道人家将这个被八方朝贡的大晋王朝折腾得像艘百漏船。

想到这里，司马伦咬牙切齿地说道："咱家创立之大晋王朝正在被贾南风那个泼皮无赖悉数毁掉。两位哥哥，方才为弟列数了那泼妇诸多罪行，哪一条都够得上家法惩处。先皇侄武皇帝在南郊柴燎前信誓旦旦要光隆我司马家族大业，振兴大晋。然十年已过，朝贡日趋减少，这群宵小之徒实乃视我国力衰微，不屑一顾也。兹事体大，请二位哥哥来，是要定夺欤。"

司马肜连连点头，说道："三哥虽年事已高，却智慧过人。他不说话，自是认为你可以去做耳。废掉皇侄孙媳贾南风有何难乎？"他乜斜着眼睛看了一眼齐王司马冏。

"这有何难，二位阿哥只要首肯，废之易如反掌也。"司马伦回答道。

司马肜这时转脸看着侄孙齐王司马冏问道："冏作何感想？"

司马冏一听问到自己了，坐得端直说道："侄孙对贾南风亦是深恶痛绝，吾能被右将军九爷爷请来商议治国大谋，自然唯三位从祖父马首是瞻。"司马冏回答得非常坚决。

"不可伤及我那皇侄孙，他虽不智，却是咱家血脉，除去妖孽之妇便可。不得枉杀无辜！"司马干说道。

"九弟谨记阿哥叮嘱。两位哥哥既然已无异议，端坐两个时辰也是累了，九弟正好为两位阿哥各自备了四名貌美宫人，就让宫人陪着哥哥们回府歇息去吧。"

送走两位兄长，司马伦心情大好。司马干和司马肜能爽快支持废后，虽在意料之中，但是听他们亲口认可还是令司马伦心情分外好。

回到正堂，齐王司马冏也要离开。于是，两人先以列祖列宗起誓，同仇敌忾，绝不反悔。并且商定，废后那日，司马冏带领羽林军五百人直奔中宫擒获贾南风，而司马伦统领的宫城禁军人马将封锁宫城所有大门，任何人不得进出。司马冏一旦得手即刻向空中发出信号，司马伦会亲随皇上前往太极殿升朝，至此拉开大晋王朝新的一页。

第二日三更时分，许是贾南风真的没把司马伦放在眼里，因而没有在宫城里设下重兵，严加防范；许是司马伦废后之举谋划仔细，保密得当，未曾泄露丝毫风声。只是，右将军司马伦和羽林将军司马冏率兵马冲进宫城后，一支八人刺杀小队竟然闯入皇上寝宫。带队的杀手发现误闯禁地就要慌忙退出，却撞上了正在寝宫值守的次直侍中王旷。王旷怎能让这些杀手轻易逃走，一交手便使出自创刀法中最为惊世骇俗的"斩虎杀"，眨眼间竟有七人死在王旷刀下。只剩最后一名刺客，王旷厉声问道："你难道不知此处是皇上寝宫，擅入者必死？"对方惊恐万状回答说："羽林将军司马冏称此处乃皇后寝宫，令其生擒之。"王旷再未多言，塞给他一块腰牌，让他即刻离开宫城，嗣后找机会再说清楚。而另外两支由赵王司马伦和齐王司马冏亲率的人马，在中宫并未遇到任何抵抗，不费吹灰之力便将在凤榻上酣睡的皇后贾南风捆得像个肉粽子一般拖至太极大殿。此时，皇上在四名次直侍中的护卫下也已经坐在了龙座上。

在殿外候旨的相国司马孙秀看到大殿里的司马伦打出手势，便脱掉鞋子，低着头碎步小跑进了大殿。他扑倒在地,拜过之后,取出奏折,历数了贾南风违天意逆王道,凶残暴戾杀戮无度的罪行。其间,贾南风几次大声喊叫着欲辩解,怎奈被身后押解的廷尉用狼牙棒猛击后背,疼得这个杀人无数的皇后不敢再发出声响。

接着,孙秀向大殿上的诸王和重臣展示了废太子的伪诏书、诛杀太子的伪造敕令和那张伪造的太子反书。

大殿上群情激愤,那几位平时对贾南风亦步亦趋的大臣此刻也跟着喊起杀来。

皇上司马衷对此情此景无动于衷,懒懒地挥挥手,叫士兵将入夜时还是皇后的贾南风带出大殿,押往金墉城关起来。贾南风凄厉的叫喊声渐渐远去。终于,大殿里恢复了安静。

此时,皇上睁开迷迷糊糊的眼睛看看左右,说:"诸爱卿若无他事,朕睡觉去也。"突然又想起什么,清醒地说道:"朕要新皇后。"

大殿上,司马伦和司马冏一阵耳语后,司马伦上前奏请道:"臣等惶恐,后宫众妃子中可有称心如意者?"

皇上开始变得极不耐烦了,突然,在金谷园第一次听到过的一个名字闪进脑海,于是大声说道:"羊献容。朕诏准羊献容为皇后。王侍中与嵇侍中带朕前往寝宫,朕要睡觉。"

司马伦立刻追问道:"皇上钦点皇后可是尚书郎羊玄之之女羊献容?"

皇上一翻眼白,十几天前在金谷园裕华阁里那个前来奉送汗血宝马的匈奴大鼻子让皇上赏赐的那女子就叫这个名字,于是十分肯定地说道:"就是她了。"

皇上突然当众在太极大殿上钦定羊献容为皇后正中司马伦下怀,司马伦在一阵山呼万岁后,扑倒在龙榻之前感慨道:"吾皇慧眼识珠,羊献容乃先帝征讨东吴孙皓的大功臣羊祜太傅的从孙女,门第高贵。皇上能选中羊氏女子做后当是我朝兴盛之兆耳。"司马伦见皇上笑逐颜开,趁机问道:"陛下打算如何处置贾南风?"

皇上说道:"贬为庶人遣往先帝之陵守陵去也。"

司马冏不肯就此罢休,急忙奏道:"庶妇贾南风恶贯满盈,十恶不赦。庶妇矫诏残杀皇上叔父汝南王与皇上弟弟,险些断送了咱司马家的江山社稷,不杀不足以平息众臣愤懑。留下此贱人性命便是养虎为患耳。"

皇上瞪圆眼睛,喝道:"难道众卿不让朕睡觉?"

司马伦和司马囧齐齐地退了一步，叩请道："伏请皇上当机立断耳。"

皇上一挥手，极不耐烦地说道："朕允依家法处置。朕要歇息去也。"

皇上一走，司马伦对孙秀低声令道："贾南风一旦获死，务必尽快置羊献容于皇上龙榻之上耳。"

第一章

贾南风被贬为庶妇已经有些日子了。这天，已是游击将军的齐王司马冏走在一行人的前面，脚步急促。在司马冏身后四名行刑的廷尉一人手捧着白色绫绸，一人捧着一只酒壶。壶里确是美酒，却因为加入了金屑和马钱子而变得恐怖了。第三个人手持着皇上御批的赐死诏书，而第四个人则是为了一旦受刑人选择了白绫受死，此人可帮着持绫行刑手将受刑人勒死。在行刑手后面跟着代表皇上监督处死贾南风的次直侍中王旷。一行人正朝着金墉城疾步而去。

金墉城位于宫城西北角，武帝时期，金墉城被东吴亡国之君孙皓献给晋武帝的五千后宫嫔妃美人塞得满当当。当朝皇帝继位后，这些来自江南的女子一部分被遣去城北的皇室陵园做了守陵侍女，一大部分被新晋皇后贾南风赐给了大晋朝尚未婚娶的官员，有的索性就交给洛阳郡的太守让其分配给了京畿之地的乡村百姓去繁衍后代了。

贾南风并没有让空荡荡的金墉城成为废城，武帝的杨芷皇后、皇后的母亲以及一干外戚都是在金墉城里被处死的。最后一个死在金墉城的正是被废太子司马遹的宠妾蒋美人和长子司马虨。

当廷尉郑重宣读了赐死诏书后，贾南风垂泪谢过皇恩，起身来到捧着毒酒的廷尉前。她选择了饮毒酒而死。

这时，贾南风抬起泪眼对王旷说道："本后……"此言刚一出口，身旁廷尉挥起长刀在贾南风面颊上划出一道口子，鲜血顷刻流淌出来，廷尉又要划破其另一边面颊时，被王旷喝住。

王旷说道："庶妇贾南风，若敢再自称皇后便是犯上作乱，按律改受枭首之刑。"

贾南风跪下说道："庶人贾南风知罪欤。"

"你知何罪？"王旷问道。

"矫诏戕杀皇室族亲，乱了朝纲，毁损大晋朝中流砥柱。"贾南风啜嚅着。

　　齐王司马冏早就不耐烦了，这时说道："何来如此多废话。"说着扯过白绫扔给了另一个廷尉。

　　王旷喝道："景治（司马冏字）不得无礼，此地虽是牢房，却也是皇室成员独享之地。你不过是前来观看，不得做逾越之举。"王旷又对贾南风说道："庶妇贾南风想是还有未尽之言，我允许你在受死之前说出来。"

　　贾南风连连叩头，再抬起头来已是一脸血泪模糊，说道："世宏大人明鉴，庶妇在中宫尚有四个女儿，庶妇虽罪该万死，四位公主却是无辜。庶妇不敢抱甚奢望，只望世宏大人念公主们承载着皇室血脉，高贵无比……"她听见司马冏轻蔑地哼了一声，慌忙又叩头，然后才继续说道："四位公主理应嫁入名门，庶妇平生最为崇仰琅琊王氏之声望，垂死之前仅有唯一愿望，祈求公主们能嫁入琅琊王氏为媳，有如先帝之公主嫁给王敦侍郎一般。若如此，庶妇死而无怨。"

　　王旷没有吭声，既没有拒绝，也无法应承，只好下意识地点点头。

　　贾南风见状感激涕零，说道："庶妇长女河东公主已到婚龄，庶妇一直以来就想让皇上下诏将公主许配给世宏大人做二夫人，这在前朝也有先例（武帝司马炎曾专为爱卿贾充，也就是贾南风的父亲下过一道诏书，允许贾充拥有平列齐名的两位夫人）。"

　　司马冏大喝一声，打断了贾南风的话："庶人贾南风，你该受死耳。"

　　贾南风只好拔去酒壶上的木塞，将壶中毒酒倒入酒杯中。送到嘴边时又说道："世宏大人，中宫已非公主们居住之地，庶妇最后请求你将她们带到东宫，让她们出嫁之前好生陪伴皇孙，也算是替庶妇向太子谢罪。"

　　说完，贾南风将满满一杯毒酒倾倒入嘴咽了下去。

　　司马冏示意两名廷尉用白绫勒住在地上抽搐不已的贾南风颈项，两边一齐用力，只一下子，贾南风便气绝身亡，不再动弹了。

　　王旷和司马冏一路无话出了金墉城，正要分手时，王旷叫住司马冏，推心置腹说道："景治，方才庶妇所言你听得真切。你与其他宗亲不同，是皇上至亲。若有一日辅政，记住庶妇之言，矫诏之举必定扰乱朝纲，最终只会殃及自身，死无葬身之地。"他抬起头来看了一眼天空，天空云层低垂："你没有出手阻止司马伦戕杀张华、裴頠一干老臣已是拆了大晋朝之栋梁，若是任其矫诏乱序而不加制止,又何以面对皇上,以及住在京城诸多文武皇帝之血脉至亲?"

司马冏对王旷一向敬畏,本想辩解几句,张了张嘴却没说出话来,最后只是点了点头。

王旷先是去了中宫。中宫里的宫人都认识王旷,也就任其径直进了后院。四位公主早已知晓母亲大人受刑一事,此刻也并没有表现出痛苦之情。听说是母亲将她们托付给了王旷大人,反而露出松了一口气的神情。今后的日子恐怕要在东宫度过了,也就认了命运。

来到东宫,正巧太子中舍人郗鉴被太孙太妃王惠风派去请御医为身体孱弱的太孙诊病回来,于是,一行人跟着郗鉴就进了太孙居住的庭院。

王旷对太孙太妃施过大礼,其身后跟着的四位公主扑通跪在地上呜呜哭作一团。王旷与太妃王惠风的父亲王衍乃一族兄弟,论辈分该是太妃的从叔父,但以在宫里的地位而论,王旷必须向太妃施行君臣大礼。太孙太妃王惠风正是当年皇上钦定的太子司马遹的太子妃也,当然不会对被处死的庶妇贾南风心生怜惜,只是几位公主并无罪孽,哭成这样也端的凄楚可怜。太妃便叫郗鉴领着四位公主到东宫后面的庭院中找几间敞亮的屋子安置妥当,并叮嘱必须每人一间,且配一个宫女伺候着。

郗鉴带着公主们走了,王旷这才说道:"王衍大人委托臣捎话给太妃,他断然拒绝了在司马伦做辅政的朝廷里担任任何官职。"他听见太妃惊愕地哟了一声。"王衍大人三天后将离开京城,带着太妃平子二叔前往邺城,然后一路东去,最后在琅琊国故乡落脚,恐是要盘桓经年也未可知。"

太妃叹着气忧郁地说道:"家尊不该如此鲁莽。司马伦辅政虽说顺理成章,但是,若廊庙上无人与之辩理抗衡,他定会飞扬跋扈,目空一切。太子遇害他并非真心哀伤,家尊与我皆心知肚明。"

王旷劝道:"太妃无需为此担心,咱家族兄王戎大人与齐王司马冏足以牵制他。再说,司马伦只是宗亲王,怎敢横生危及皇上与太孙之邪念?"

太妃也就没继续说下去,而是问道:"皇后人选可有着落?"

王旷如实说出那晚在太极殿上皇上说要选择羊献容为皇后的情景,并说满朝文武大臣皆以为此乃天意。

太妃又是连连摇头,说道:"羊献容门第当然无可指摘,京城里有此名望家族屈指可数。可是,司马伦谋主孙秀不久前与羊献容的母系合族,若说是巧合难以令人信服,背后是否隐藏着不可告人之目的,着实令人心中不安耳。"

王旷也觉着太妃并非杞人忧天,可是事已至此只好走一步瞧一步了。后宫的安危他自是鞭长莫及,但是只要太孙无恙,太妃的地位是无人可以撼动的。再说,住在京都的淮南王司马允身为中护军,把持着京畿内外各级将军的晋升大权,地位不可谓不高,即使司马伦企图染指后宫或者生出废黜太孙的邪念,也不敢轻举妄动。他把这个想法说出来,太妃也觉言之有理,脸上就有了笑容。接下来说话的气氛也就变得轻松了一些。

两人的话题不知何时又回到羊献容身上。太妃依然认为皇上竟然不经遴选就认定了羊献容,必定受了司马伦的胁迫。而王旷则不以为意,说道:"臣每日不离皇上左右,若是觉察到羊献容有被人操纵之逾矩言行,一定直言阻止,太妃大可放心。那孙秀只是与羊献容母亲合族,现如今不过是相国司马,并非朝官,没有资格在宫城内走动。而羊献容做了皇后也只可以在中宫走动,两人几无照面机会。"看着太妃仍然一脸惆怅,王旷只好说道:"臣知晓太妃心中不安之缘由,羊献容芳年十六,不谙世事,不懂权谋,断不会生出废掉太孙的歹毒之念。"

太妃这才稍微感到安心了些,于是点点头,叫了声"阿叔",说道:"太子已然薨故,蒋美人也遭残杀,遗下这两个孩子实在可怜。我虽没能为太子诞下子女,却会将太孙视为己出。一想到会有人加害于他们,我就难以入眠。在这深宫里又没人可以倾吐,实在是郁结于胸,无法排遣耳。"说着,就要落泪。

王旷急忙说道:"太妃不必过于担忧,说起来,琅琊王氏这一系与羊玄之尚书郎还是亲戚,那羊献容论辈分要叫我表兄呢。"

太妃一听这话,很是惊讶,说道:"竟有其事?阿叔快快讲来。"

于是,王旷就将自家一系和羊祜家族羊玄之一系的亲戚关系仔细讲了一遍,直听得太妃连声称奇,说道:"怎就从未听家尊大人说起过此事。"

王旷说道:"我也从未告诉过其他人。"

王旷离开东宫便返回了次直侍中在宫里的寝房。一路上,王旷都在想着太妃的话,太妃阴郁的神情和对孙秀的担忧也许不无道理。他边走边想,很快就到了寝房。次直侍中们的寝房就建在太极大殿后面紧挨着华林园的西门旁,一座小院里一排矮房，侍中们每人一间。每天都会有宫女来洒扫庭院。

王旷这些日子几乎没睡过囫囵觉。废后的最初几天皇上须臾不让他离开，即使每晚有几名嫔妃轮流伺候着，皇上还要让王旷和嵇绍在门外值守。所以，这天王旷脑袋一挨枕头上眼皮就耷拉下来。蓦地，庶妇贾南风受死前恳求王旷娶了她家长女河东公主的话语掠过心头。俗话说人之将死，其言也善。贾南风此时说的话一定出于真心。王旷心里一笑。他已经三十好几，琅琊国的家中有十岁的儿子和常年独守空房的发妻，而公主才刚过十六岁。这事万万做不得，除非皇上降旨……另一个情景旋即涌了上来，那天他在金谷园拎着孙虑的头颅复命的情景在脑海里升腾而起。当时皇上仔细看过孙虑的头颅，抬起脚来将头颅踢得老远。似乎一下子就忘了正是顶着这个头颅的人残杀了他的儿子这回事儿。他回过身去拉过伫立在一旁的五部大都督刘渊义子刘曜的手乐呵呵地对王旷说："王爱卿，朕喜欢这个大鼻子，刚刚把咱汉家一个叫羊献容的女子许给他做了女人。"皇上记忆惊人。想到此，王旷心里咯噔一下，刘曜得皇上赐羊献容为妻的第二天便匆匆离开京城。不出意外的话，用不了多久，刘曜必然携聘礼返回京城定亲。想到这里，一丝不安袭上心来。这升腾而起的不安之绪刚一闪出，王旷转瞬间就睡着了。

....

军阵中，晋武帝司马炎乘坐的战车还没有启动，攻击队伍最前面的偏将王敦和年仅二十岁的牙将王旷坐下的战马便如两支箭冲了出去。两人都看到了军阵后面指挥掩杀的大纛左右挥动起来，这表明此次北伐鲜卑大军的统帅司马炎下达了总攻击的命令。二人身后近万士卒呐喊声如山呼海啸般震耳欲聋，令两位年轻的将军血脉偾张。鲜卑拓跋氏的军队也摆开了迎战的军阵。这是自太康元年以来，短短七年时间里，大晋王朝与东北部鲜卑部落发生的第五次战争。王旷看了一眼身旁马背上摇晃着长刀的堂兄王敦，高声提醒说："咱家军队人数上并不占绝对优势，不可冲得过深。"王敦用哈哈大笑做了回答。眼见着可以看清楚敌方阵前马背上的主帅的面孔了，王旷这才从绑在脊背上的刀鞘中抽出长刀来。两支军队之间的距离越来越近，王旷却被敌方阵营的主帅吓了一大跳。敌方主帅竟然是大晋王朝著作郎陆机和陆云兄弟二人，而陆机年纪看上去只有十五六岁的样子。王旷不得已急忙拉住战马，将长刀插回刀鞘。

陆机坐下骑一匹青花马，身披箭袖铠。铠甲看上去并不合身，胸背两片甲片显得过大,连接甲片的绳索也过长,使得上身的铠甲穿在身上颇显松垮。再看铠甲的箭袖,原本用来护肩的牛皮箭袖,显得过于长了,将这个初出茅庐的孩子衬托得越发瘦小。头盔倒还算合适,护头的兜鍪两侧的铜皮耳扇紧紧包裹着面颊的两侧,头盔前面保护前额的突起部分,向下延伸,正好护住脸上最突起的器官鼻子,头盔顶上的红缨使得这小子很是威武。这样看上去倒还像个冲锋陷阵将军,只是身材略显瘦小了一些。

陆机手持一杆五尺长枪,枪头打磨得锃光发亮,冲出阵营后,用力一拉坐骑的缰绳,逼得战马原地转了一圈。停住后,陆机大声喝道:"来将报上名来。"

王旷心里一乐,面孔却绷得很紧,故意问道:"你又是何人,敢在阵前强出头?"

陆机将手里的白蜡杆长枪在马上玩了个花式,说道:"你一定是王旷大人了。这里早已经是咱家拓跋部落的地盘,王旷大人,要么你就是太过愚钝,不然就是太过张狂,听父亲大人说你出自晋朝琅琊王氏,年纪轻轻刀术却好生了得,还听父亲大人说……"

王旷没有抽出刀来,只是摆摆手说:"小子,既如此,何以充耳不闻,胆敢出阵与我对战?"

陆机暴怒斥道:"王旷大人,你这话说得就太过无礼。你我对阵厮杀,就只看谁先将对手斩于马下。本将军实在想让你尝尝陆家枪法的厉害。"

王旷哈哈大笑起来,说道:"孺子不可教也,你小子连父亲忠告都听不进去,本大人当真担心陆家一世英名毁在你手里。也罢也罢,本大人就教训教训你,也好让你知道山外有山天外有天。小子,放马过来吧。"

陆机被王旷的一番话激怒了,但是见王旷始终不抽刀,便大声喝道:"本前锋大将军陆抗之牙将陆机是也,吃咱一枪。"说着,他松开缰绳,两腿用力一夹坐下的青鬃马,那马猛地向前蹿了出去。

王旷见陆机来势汹汹,不像是虚张声势,也只好抽出长刀,松开缰绳,一只手不住地抖动着缰绳,催促着战马向前,但是,他的双腿并没有用力,坐骑似乎理解了主人的心情,一路小跑迎着陆机冲了上去。

两匹相对奔驰的战马从两百米开外开始起步,眨眼工夫就能看到对方掀起的风尘,听得见双方粗重的喘气声。就听陆机发出一声低沉的吼叫,手上长枪的铁头照着王旷的胸口硬生生刺了过去。王旷没有硬接,也没有躲避,当那杆势在必行、企图一击毙命的长枪距离其胸口不到两尺之际，王旷突然松掉缰绳，手中的长刀瞬间发力。只见那刀如鬼魅般从王旷的腰际翻转而出，与此同时，王旷双手顺势握住刀柄，使出刀法中最令人胆战心惊的绝招"斩虎杀"。只见刀身折射出朝阳的辉煌，长刀在长枪前闪电般划过，刀尖准准地打在势大力沉的长枪枪头上，发出一声沉闷的响声。随着响声，那杆刺向王旷前胸的长枪突然变了方向，连带着怒发冲冠的陆机像箭一样从王旷的身旁划了过去。谁也没有看清楚，那长刀怎么就能调转方向，紧跟着砍向扑空了的陆机的后颈。陆机头上戴着的兜鍪可以护住正面，对后面却起不到任何防护作用。就在这千钧一发之际，横空响起一声大喝："世宏大人，刀下留情！"

砍向陆机后颈的长刀并没有随着这声凄厉的叫喊减慢速度，刀锋犀利，寒光闪烁，力道惊天。眼见着陆机就要命丧长刀之下，说时迟那时快，长刀突然委顿了一下，随之刀尖在陆机的后颈上精确一抹。尖啸的刀风声中，陆机身上的箭袖铠连接前后护镜的绳索从肩膀处断开来，铠甲顿时飞了出去。

王旷这时用力勒住战马，战马接连在原地打了几个转才停住。然后，王旷将长刀入鞘，面对突然现身又被吓得脸色苍白的从兄王衍说道："夷甫阿兄，你何时降于鲜卑贼寇耳？"

两人谁都没有看到刚才已经溃逃的陆机竟然不顾死活地杀将回来。陆机突然从王衍身后冒出来，手中的长矛直刺王旷。

王旷躲过第一枪，没想到王衍居然拔出长剑与陆机一齐攻向王旷。

王旷很轻易地躲过陆机的长枪，在躲避长枪的一刹那间，其手中的长刀在战马转身的当儿，借着惯性在空中划出一个诡异的轨迹，迎着王衍的长剑砍了出去，震开他的长剑。王衍勒不住战马，从王旷身边擦了过去，王旷的长刀借惯性突然转向，直接砍向王衍的后颈。王旷大惊失色，急忙想勒住战马。这一切都发生在电光石火之间，长刀硬生生砍向王衍。王衍一回头把王旷吓得惊叫起来，此人并非王衍，竟然是辅政相国司马伦。可是出手的长刀已经无法收回，锋利的长刀闪电般砍了下去……

王旷大叫一声从梦中惊醒过来，翻身坐了起来。却见王衍就站在眼前，手里抱着被王旷掀翻的被子，脸上的惊恐一点儿不亚于王旷。

王衍看出王旷定是做了噩梦，也没问梦境如何，而是交给王旷一封手札，让他一定将信札亲手交给相国司马孙秀，还忧心忡忡地告诉王旷信里无非是提醒孙秀不可做趋炎附势之小人，更不可助纣为虐。若是怂恿辅政司马伦恣意妄为，坏了朝纲，恐辜负了他当年举荐之好心。王旷对孙秀没有一点儿兴趣，一边应承下来，一边说夷甫阿兄既然进得宫城来，不如在离开京城之前到中宫看望女儿。王衍连连摇头说若是料到太子竟然惨遭杀害，当初就不该让身为太子妃的女儿王惠风离他而去，兴许最后便不会成了这个样子。现在想起觉着万分愧对女儿，说完对王旷说："反正待在宫中无事可做，不如叫上驸马王敦一块儿到咱家府上小酌几杯，你也顺便和即将到平北府做从事中郎的从兄王澄说几句道别之言。"

王旷素来仰慕王衍，于是便应了。两人从东掖门出了宫城，先去了王敦府邸，王敦的公主夫人却说他一个时辰前就已经被王澄邀请到王衍府上喝酒了。王衍一听这话，嘴上说了声"不好"，便和王旷急匆匆向自家府邸赶去。

第二章

　　王衍的府邸就在胜春里，和给事黄门侍郎王敦的府邸相距不远。王衍的府邸能建在胜春里，是因为夫人郭氏的父亲是前皇后贾南风的亲舅舅，而王衍的大女儿嫁给了贾充的外孙贾谧，小女儿是太子司马遹的太子妃。这让王衍具有了双重外戚身份。府邸建在戚里名正言顺。王衍所在的琅琊王氏是大晋王朝立国之后最为显赫的家族之一，而王衍本人才华横溢，容貌俊雅，举止风流，聪明敏锐，已是被世人仰慕的大名士，被称为"一世龙门"。

　　黄门侍郎王敦乃武帝司马炎的乘龙快婿，也是次直侍中王旷的堂兄。琅琊王氏族人现有四人在京城为官，身居高位者便是"竹林七贤"之一王戎和有"清谈领袖"之称的王衍。而出自王览一系的便仅有王敦和王旷。王敦是王旷的堂兄，两人的父亲是亲兄弟。自从被先帝点招为驸马爷后，王敦便在宫城里做了黄门侍郎。这哥儿俩都在宫里做事，又是兄弟，关系自然好得不得了。王敦昨晚上就接到王衍的亲弟弟王澄的邀请，请他到王衍府邸做客，据说等着他的将是一场别开生面的酒宴。王敦踏进正堂，就见平日深得王衍赏识的京城才子谢鲲、庾敳、阮修都已经悉数就座。谢鲲，字幼舆，其父谢衡，仕至国子祭酒。谢鲲受家学熏陶，自小饱读经史，不及弱冠之年就已经小有名气。成名之后，谢鲲却一改谢家素儒之家之名望，由儒入玄，追随元康名士，高谈玄理，阔论老庄，加之能歌，善鼓琴，连王衍、嵇绍这些当朝玄理名家都惊异于他的才能，对其称赞不已。

　　庾敳的父亲庾峻在文帝司马昭时代已经名冠廊庙。因长期伴随武帝左右侍讲《诗》《史》，庾峻深得武帝信任，从司空长史做起，几年之后便官拜侍中，并加谏议大夫。

　　阮修能出现在这种场合既让王敦感到惊讶，亦令王敦颇为欣喜。此三人中，谢鲲年纪尚轻，虽才华横溢，但涉世未深，语论中多有稚嫩之言，趾高气扬的举止，有时会令王敦无所适从。庾敳长王敦四岁，老成持重，虽很对王敦口味，但呆板的性格会让人敬而远之。唯有小王敦四岁的阮修那不事张扬的性格和安贫乐道的人生态度，经常使性情暴烈甚至有些残忍的王敦多生恻隐之心。

王敦进了正堂，在阮修身边坐下，说道："'志存天地，不屑唐庭。鸳鸠仰笑，尺鷃所轻。超世高逝，莫知其情。'宣子（阮修字）弟在《大鹏赞》中的这几句言辞，令愚兄着实费尽思量，却不得要领，字面之意，像是遭了顽劣之人之轻慢耳。"

阮修点点头又摇摇头，却笑而不语。

谢鲲大笑起来，说道："宣子兄以摇头晃脑便解了诗意，玄理十足，可谓高明。"

王敦并不想让这位比自己小十五岁的狂放青年占了上风，便打趣说道："贤侄怎就看出人家摇头晃脑里有十足玄理？不会是妄自揣度，故弄玄虚吧。"

谢鲲被说得面红耳赤，当即站起身来，说道："给事黄门侍郎大人，你与我同以中书令王衍大人四友并称，怎可奚落小弟？"

王敦不愠不怒，一边示意谢鲲坐下说话，一边说道："王衍四友有何值得炫耀，你该挤进贾鲁公二十四友才是荣耀。"

正在这时，王澄呼天喊地地进了正堂，在他身后还跟着五位食客，都是在京城清谈界受人瞩目的人物。王澄接着王敦的话问道："阿黑此言差矣，王衍四友在京城名气绝不输于贾鲁公二十四友，正如陆机兄弟二人仰仗张华司空举荐方才入仕。至于'二陆入洛，三张减价'，乃是无稽之言，你真以为张载、张协、张亢三人不如那陆机兄弟？"

王澄虽和王敦同为琅琊王氏，但王澄家族系出琅琊王雄。王雄虽与王览血脉亲近，但今已然三代，往来便显疏远了。一般说来，只有在亲兄弟或者叔伯兄弟之间才会以儿时小名相互称呼，以示亲昵。王澄当着众人呼王敦阿黑，这令王敦极为不快，但他隐忍下来，毕竟是应邀前来做客的。

王澄将一众人引进用餐的客房后重新坐定，谢鲲就挨着王澄坐下，王敦坐在庾敳和阮修中间。

王澄招呼下人快快开饭，快快上酒。

很快，众人就已经干掉各自桌几上的一坛酒。王澄觉着很不过瘾，叫下人每人桌几上再放一坛酒。酒坛不大，装酒五斤上下。两坛酒落肚，还是王澄先开了口，他对刚才的话题意犹未尽，继续说道："阿黑，我还要说你，刚才你虽是在奚落幼舆，实则在妄自菲薄。幼舆之才华早已受到京城名流认可，咱家阿兄就说过，在他身边这一众人中我第一，子嵩第二，处仲你第三。幼舆虽未入列，倘若排在这四人中间，肯定不在你之后。阿黑，你意下如何？"说完，哈哈大笑起来。

坐在王敦身旁的庾敳见王敦脸涨得通红，知其火爆的性子能隐忍下来已属不易，于是息事宁人道："平子此乃一家之言，王衍大人对吾等多有偏爱，并无厚此薄彼之心。人品才智高低，见仁见智，并无定论。处仲无须在意耳。"

王敦本想发作，碍于人多不便随性，庾敳这么一说，倒是给他找了个台阶下，于是说道："平子为首实乃王衍大人给足自家兄弟面子，若是让我家兄弟王世宏为吾等排个座次，当不会如此。尽管如此，吾等还是对你平子有何本事看不出深浅，更不知你将那口中雌黄看家本领学得如何？不妨当着众人展示一番，你意如何？"

王敦这番奚落不急不躁，弄得王澄十分恼火。兄长王衍入朝做官之前即以素手如玉、麈尾销魂，清淡如水、滔滔不绝而闻名于世。那时候王衍无论在何种场合，但凡论及老玄，手里总是拿着一把与手同色的玉柄麈尾，神态从容潇洒，谈论精辟透彻，当被听讲之人挑出疏漏时，却又能随机应变，另辟蹊径，使得他的论说虽矛盾百出却总能殊途同归，所以被时人号为"口中雌黄"。然而，王敦此番突然说出王衍的看家本领，其用意是褒是贬，难以辨识。

王澄仗着人高马大，加上酒胆使然，大声说道："阿黑，别以为你是先帝驸马侍郎，就可以在这里嚣张。我却从来不曾瞧得起你。我就纳闷，阿兄怎说你是琅琊王氏家族难得之才，还想让你我做阿兄左膀右臂，一同辅佐东海王司马越？"

王敦反唇相讥道："王平子，以你此刻这副德行，也就配给成都王做个掾属，我若再见到夷甫兄一定向他举荐我那世宏兄弟。世宏与你相比，实在有云泥之别欤。"说完，拔腿就走。

王澄恼了，呼喊道："你这不识好歹之徒，我家阿兄好心栽培于你，你却出口伤人。王侍中有什么本事？除了对皇上死忠之外，恐怕就是武功高强了。我跟世宏阿弟无有过节，但他如你们这一支其他兄弟一样，既没有我这一支兄弟通古博今、口若悬河之才华，也非誉满京城之名士。你又有甚资格轻视我们？"

王敦站住，突然转身冲向王澄，两人扭打在一起。

很快，身材高大又仗着酒劲儿的王澄就将王敦摔倒在地。王敦又怎肯善罢甘休，翻身跃起再一次扑向王澄，怎奈力气不济，又一次被摔倒在地。众人见状急忙拉扯双方，试图平息这场打斗，却因为所有的人都酒态十足，脚下趔趄，根本就拉不住，纷纷被摔倒在地上。王敦明知赤手空拳根本不是王澄的对手，却不肯认输，指着王澄的鼻子，咬牙切齿说道："王平子，你听好了，终有一天，我会杀了你。"

王澄瞪着眼睛嘲笑道："有我阿兄在，你又怎敢动我一根汗毛。"

王敦恶狠狠地叫道："只要我王敦发誓杀掉你，皇上也别想拦住。"

王澄也不示弱，说道："你要杀我，只怕以你这副只能造出女儿的身板，连近我之身都不得。"

王澄的话无疑戳到了王敦心里最疼的地方。当年迎娶先皇武帝的公主为妻可让王敦出尽了风头。这门婚事在琅琊王氏家族史上虽不及王祥位列三公那样显赫，但与当朝皇帝通婚他王敦却是第一人。那次迎娶，琅琊王氏倾巢出动，王敦的父亲王基以及五位嫡亲叔伯悉数齐聚京城，其中就有从兄王戎、王衍和王澄，甚至连同出一条血脉的太原王氏也派族人赶赴京城祝贺。那日，王敦从心底里为自己身为琅琊王氏后裔而骄傲自豪。然而，几年过去了，王敦的公主夫人接二连三生下女儿，却无儿子降生，这让王敦好生苦闷。为此，王敦请了京城最有名气的看相大师为他预卜，大师做完法事后说道："男女双方谁的窝子硬、底气足，肚子里的孩儿在临盆之时就会随谁的性别破宫而出。"王敦问何为窝子，答曰："血统。"再问何为底气，答曰："门第。"王敦哑然。

但这件事被王澄作为笑料在这样的场合说出来，无异于羞辱祖先。王敦抓起一个空酒坛，趁着王澄一个不留神劈头砸了下去。空酒坛砸中王澄脑壳，被撞得粉碎。王澄只是打了个趔趄，依然狂笑不止。王敦再一次扑向王澄，但是这一次王澄没有再给机会。只见王澄一偏身子，抓住王敦打过来的拳头顺势一拉，左手以力掌猛击王敦后背。王敦脚下一软扑倒在地。王澄就势骑在王敦身上将王敦死死压在身下，任凭王敦挣扎也翻不起身来。王澄一边狂笑不止，一边抡起胳膊掌掴王敦的后脑勺。

两人正打得难解难分之时，屋子门口响起王衍的怒吼："尔等这副样子，成何体统！"

王敦掀开压在身上的王澄，对着王衍行了大礼，说了声"夷甫阿哥，小弟失礼了"，便灰溜溜出了正堂。王澄这时总算认出了王衍，叫了声"阿哥"。王衍怒气难消大声斥道："本打算在京城多住几日，如今我只好与你明日启程前往邺城！"王澄听罢哗哗大笑几声便轰然醉倒在地。正堂内一片狼藉，地上横七竖八躺着几个醉倒的男子，当王衍认出其中还有自己平日颇为赏识的谢鲲和庾敱，心中委实不快。王衍回头再看时，一同前来的王旷不知何时已经将王敦拉出了院子，不知去向了。

王衍先叫人将王澄拖回睡觉的房间，接着让人拿来坐具，坐在正堂里，看着家仆用冷水将几个醉得不省人事的家伙浇醒，然后，挨个数落一顿，赶出府邸。

王旷一路疾行，并不理睬身旁的王敦，直到来到王敦宅邸门前，才说道："阿黑哥，你平日与平子阿哥从不往来，过节甚深，今日怎就应了邀请？难道不知是鸿门宴？"

王敦呼哈哈大笑一阵，牵着王旷就要朝宅院里拉扯，被王旷用力甩开来。"世宏阿弟，那家伙谎称你也在邀请之列，我才去了。否则，即使肩辇伺候，我也不稀罕。呼哈哈……"笑罢，再一次拉起王旷的手诚恳地说道："平子那厮，一坛酒落肚，即使夷甫兄也奈何他不得。我只好将其痛打一顿，也让他长长记性。来来，既然到了家门前，阿哥我请你喝个痛快，也好平息心头怒火。"

若非受到王衍邀请，王旷并不想出宫，便以明日要接羊玄之之女羊献容进宫接受皇上临幸为托词，匆匆走掉了。

第三章

　　二十天前在金谷园，皇上允诺赐妻的第二天，刘曜就马不停蹄地返回了位于山西北部的吕梁山五部联盟所在地，将这一特大喜讯报告给了义父刘渊。刘渊对此喜出望外。依照汉家礼节，婚娶必须先有父母之命或者媒妁之言，而皇上作为天下臣民的君父，一句"准矣"便也是足够了。于是敦促刘曜带了三大车聘礼择良辰吉日重返京城。

　　这日，车队到达京城时，已是定昏时分。当年刘渊在京城做质子时结识了羊祜的从子羊玄之，并且结下友情。如此一来，经常随父亲刘渊到京城拜见皇上的刘曜也就成了羊玄之家的常客，留宿在羊家也是常有的事。此次进京城送聘礼和聘书，刘曜还奉父命给羊玄之带来了珍贵皮草。看着门外刘曜和他身后的三辆牛车，前来开门的羊玄之吓了一大跳。等卸下大车上的聘礼，二人来到正堂，刘曜扶着一脸狐疑的羊玄之坐下，然后跪倒在地，朝着这位未来岳父大人磕了三个响头，并将聘书和父亲刘渊写给亲家羊玄之的亲笔信一并递了上去。羊玄之的惊愕是可想而知的。刘曜才不管羊玄之心中作何感想，一股脑儿地将闷在心中至少五年的期盼之情说了出来，然后，还将皇上在金谷园将羊献容赐给他做发妻的那个过程仔仔细细重述了一遍，说完又一次朝着羊玄之恭恭敬敬地磕了三个响头。

　　起身后，刘曜接过仆人递上的大碗凉水一饮而尽，这才从随身带来的皮制背囊中取出一件整张豹皮缝制的坎肩恭恭敬敬地捧给了羊玄之，然后说道："家君大人让曜告知外父大人，吕梁山中难觅大雁（两晋时期订婚须持活大雁前往），然，这件用家君大人亲自猎获的金钱豹皮鞣制的皮足见你二人深厚情谊，以及咱家对这门婚事殷切之期盼欤！"说完，刘曜牵着羊玄之的手重新站在正堂外面的庭院中，看着堆积如小山的聘礼又说："外父大人，家君嘱小儿告知大人，若非山高路远，家君必定亲携这点薄礼前来以表心意。"末了，刘曜还没忘记说："前次已经向皇上奉上汗血宝马，以表臣服之意也。"

刘曜看出来羊玄之始终在震惊之中，也就没迫着这位尚书郎立时表示个态度。刘曜心里明镜一般，皇上一言既出，天底下有谁敢推诿？于是，搀扶着脚步有些飘忽的羊玄之回到正堂坐下。

两人还没开始对话，羊献容就像蝴蝶一样，从正堂后门飞进来。羊献容当然并不知道父亲大人和这位匈奴哥哥之间发生了什么，自然也就没有看到前庭还在那里搬运三大车礼物的仆人们，自然就更不知晓自己已经成了匈奴哥哥的妻子。而刘曜一见到羊献容心里顿时就荡漾起一阵猛似一阵的激情。在刘曜眼里身形苗条、眉清目秀、举止婀娜、谈吐娇柔的羊献容简直就是人间尤物。

羊献容对刘曜施过礼后，见刘曜看着自己发呆，娇嗔地说道："永明哥哥，上次你离开时答应再来京城一定给小女子带来礼物，礼物在何处？"

刘曜拘谨地应承着，心想院子里那三大车物什都是带给你的，一边起身从放在屋子角落的马褡子里取出一条用整只白狐皮鞣制的披肩交到羊献容手里，看着她在咯咯笑声中将白狐皮裹在脖颈上。羊玄之这时总算是缓过神来，急忙说"永明侄儿鞍马劳顿，需要早早歇息"，便和女儿一道送刘曜到厢房就寝。羊献容取下白狐披肩缠在腰际，月光下的羊献容清纯而又妩媚。刘曜甚至不敢多看她一眼。

第二天，刘曜起得很早。尚书郎羊玄之家的前院不大，但走一趟剑术还是够了。已是盛春，清晨的都城里弥漫着暖洋洋的气息。一趟剑术走完，刘曜浑身上下已经热乎乎的了。

按照以往来京城的习惯，刘曜今天会去五部都督中其他几位都督留在京城的质子住所走动一下。这些质子都与他非常熟识，尤其鲜卑可汗的儿子拓跋申拉更是刘曜的刎颈之交。拓跋申拉比刘曜大三岁，自小在京城长大，非常迷恋京城生活，死活不愿离开，便赖在京城做了个无所事事、游手好闲的纨绔子弟。好在此人善于交友，三教九流中不乏他的酒友赌伴，消息灵通，八方结交，又不缺银两，因此日子过得倒也轻松自在。

刘曜离开的时候，羊献容缠着要跟刘曜一同前往拓跋申拉家，刘曜费了不少口舌才让羊献容打消了这个念头。最后二人达成妥协，晌午前两人在金市会面。

出门的时候，刘曜注意到这条街巷竟然出现了一支皇家禁军的巡逻小队。

尽管好生诧异,刘曜却没有多想。拓跋申拉家的宅院在贵族居住区的南面,离马市不远。马市周边商铺、酒肆鳞次栉比,很是繁华。见到刘曜,拓跋申拉即刻拉着要进酒馆。刘曜推说自己这次是衔命赴京不敢造次,喝酒误事回去是要遭父亲责罚的。拓跋申拉就叫下人到集市上买了烧酒和卤肉,让自家厨子烹了几样鲜卑族人喜吃的菜品,两人对喝起来。刘曜酒量了得,一坛烧酒下肚根本没怎么样。申拉虽说好酒,量却差得多,一坛酒落肚,还没等刘曜开口问话,申拉的话匣子就打开了。有一条消息把刘曜惊得不轻,申拉透露,当今皇上已经下诏书将废黜的皇后贾南风赐死,新皇后不在后宫遴选,而是要在当朝大臣家门择一人选。这消息兀然令刘曜心神不宁,他也说不清何以如此,于是又一口气豪饮下一瓮烧酒,直呛得有出的气没进的气。拓跋申拉也跟着豪饮下一瓮烧酒,然后愤怒地说自己从小就生长在京城洛阳,连自己祖宗都忘得差不多了,生活习俗都跟汉人别无二致,可是,他托了许多朝廷官员想谋一个小吏,还是到处碰壁。"那些家伙一听咱家是鲜卑族人,就说咱家是北狄之后,不可重用尔尔。"

时间已近晌午,拓跋申拉喝得完全不省人事,刘曜将他拖到床上,又交代仆人好生照料主子,然后急匆匆赶往金市。

刘曜在金市的入口等了一会儿,才看见羊献容在女婢陪同下娉婷而至。

两人在金市没走多远,羊献容就在后面轻轻扯了扯刘曜的衣袖,说道:"永明哥哥,父亲嘱咐不能问你索要金银首饰。"

刘曜连连摇头说道:"昨晚为兄已然应允,万万不能食言耳。"

羊献容扭捏了一下说道:"还是不要买金银首饰,若被家君知晓定会责备于我。"

刘曜一听这话,顿时为难,问道:"那该如何是好?那件漂亮华贵之白狐皮披肩,不配首饰,就如同骏马不配好鞍。"

羊献容心中温暖,急忙宽慰道:"家君虽然嘱我不得索要信物,我却看得出他很喜欢你。"

刘曜有些受宠若惊,指着自己的眉眼问道:"尚书郎当真喜欢我?"

羊献容噘起嘴来,说道:"你除了相貌,哪一点不像我们汉人?你虽生于五部异乡,却与妹妹共享大晋王朝之荣耀。你说的一口洛阳之音,着实令妹妹着迷欤。"

听了这话，刘曜有些欣喜若狂，说话时脸也涨红了，他伸出手就去抓羊献容的手，猛然意识到这举止有失体统，但还是按捺不住心中狂喜，说道："妹妹，为兄感谢你直言诉情，也有心里话要说。"

羊献容见刘曜如此激动，眼睛里放着光芒，不好意思地说："永明哥哥，你我身处街市，你那心里话，回家再说如何？"

"不可以不可以，"刘曜让随行的女婢离开几步，然后说道，"自五年前见到你那天，我就暗自立誓，今生不为苍天而生，只为妹妹你而活。"

羊献容羞得听也不是，逃也不是，轻轻跺了跺脚说道："哥哥肺腑之言，让妹妹心花怒放。然，你这话应该在家君面前说才是。"

刘曜用力点着头说："只要妹妹写下婚书，为兄返回部落定会禀告家君大人，征得家君首肯，定下婚娶日子，哥哥立时返回京城向尚书郎大人再次送来聘礼。"

羊献容也用力点点头："那媒人呢？哪个来做媒人哟？"

刘曜一头雾水，问道："当朝皇帝之圣谕已确定我二人终身大事。"看来，直到现在羊玄之也没有将昨晚上的事情告诉羊献容。于是，刘曜又将那日在金谷园皇帝当众所言说了一遍。

羊献容听后面颊绯红，一边扭捏着，一边说道："永明哥哥，你需按汉家规矩娶我。"

刘曜说道："那是当然，哥哥怎会委屈妹妹软？"

羊献容咯咯笑个不停，说道："我们汉家嫁女，没有媒人是不可以的。"

刘曜一听这话，有些着急："那就只有再次觐见皇上，伏请皇上为咱家做媒。"

羊献容惊得捂住小嘴，说道："永明哥哥，万万不可为此惊扰皇上。"

刘曜一边笑着，一边索性就将义父刘渊获知皇上亲口允亲后，当众表示要在吕梁山中为他专门盖一幢华丽宅院的事情也说了出来。刘曜最后说道："阿容妹妹，昨晚阿哥已将纳徵之聘礼悉数带了过来，奉给未来之外父大人软。行前，家君大人嘱我告诉外父大人，即使将吕梁山中所有珍宝奉上，也不足以报答皇上赐婚之恩。"见羊献容不住地点头，又说："哥哥定要为你置纯青蚕衣。"

羊献容轻声叫起来："万万不可。那纯青蚕衣唯皇后才有资格上身，能嫁与阿哥为妻,小女已然知足耳。"

刘曜靠近羊献容低声说道:"容儿阿妹,你在哥哥心中便是皇后耳。"

"哥哥你还是小声一点儿,妹妹我从不想做皇后。"

"我却不愿意让你身着缥色蚕衣。"

羊献容又一次羞红了脸,轻轻跺了跺脚说道:"永明哥哥不用再说,你之心意我全都理解。妹妹只要能与哥哥白头到老,即便是粗布衣衫,也无所谓。"

刘曜又迫近一步,说道:"我要让你太平髻束发,七镶蔽髻加簪珥,头戴步摇冠。"

羊献容着实被说得着急了,摆着手说道:"永明哥哥,妹妹足矣,妹妹足矣。"

刘曜情不自禁就低声吟诵起曹植《洛神赋》的章句来:"'披罗衣之璀璨兮,珥瑶碧之华琚,戴金翠之首饰,缀明珠以耀躯,践远游之文履,曳雾绡之轻裾。'哥哥我一定要将你打扮得犹如洛河之神一般光彩夺目。"

羊献容突然神色惊慌地环顾四下,不安地说道:"永明哥哥,妹妹我怎觉着今儿集市上气氛与往日颇为不同,竟然有禁军军士现身于此,怪事也。"

刘曜这才注意到,刚才还拥挤的集市上,人们不知什么时候都散了。真的有一些禁军军士在距离两人不远的地方徘徊,还时不时朝着这边张望。虽然感到奇怪,刘曜嘴上却不无得意地说道:"妹妹不必惊慌,想必是那日皇上恩准我与你之婚事,自那日起,妹妹就算是咱家五部大都督之子刘曜之妻,有军士护卫自是理所当然也。"

羊献容还是感到忐忑不安,说道:"永明哥哥,你还是快快离开京城,回转吕梁。容儿伏请转告令尊大人,妹妹一定足不出户等着你上门亲迎钦。"

"那天阿哥一定将金玉步摇亲手给你佩戴上。"

第四章

　　三天前，被派去旁观处死贾南风的司马囧回来报告了贾南风的死讯，司马伦这才确信贾南风断无还魂之术。他即刻在一群新晋宠臣的簇拥下离开了京城。此刻司马伦就坐在金谷园裕华阁内那张属于皇上的坐榻上。金谷园现在是相国司马孙秀的欢乐谷了。

　　前往金谷园之前，司马伦用皇上的名义下了一道诏书，授予自己大相国、侍中等，亲秉旄钺以厉三军、督中外诸军事，封王如故。同时，司马伦完全依照司马氏先祖辅助魏帝的模式，在自己的官邸中设置了左右长史、从事中郎，参军十人，掾属二十人，还扩编私家禁军至一万人。如此阵仗使得廊庙内外无人敢于置喙。在相国司马孙秀和一干宠臣的怂恿下，司马伦又堂而皇之地坐进了太极殿西堂。西堂本是皇上举行宴会、接见群臣或者召集重臣商议国事要务的处所，如今则是辅政大相国处理国务要事的处所。

　　司马伦一连几个晚上都玩得十分尽兴，他头一回领略了销魂是个怎样妙不可言的滋味。他喜欢美女，尤其是豆蔻年华的少女。大晋王朝建立伊始，皇上司马炎便向全国颁布诏令，命令所有年俸六百石以上官员必须毫无保留地将自家尚未婚嫁的女儿送进宫来，做皇上的嫔妃，违者以欺君论罪。仅那一次，召入宫内的美女就超过五千人。

　　一日，司马伦随五哥司马干、四哥司马亮和八哥司马肜去宫城拜见大侄子武帝司马炎。这个浑小子正为当晚临幸哪位美人大发其愁呢，居然让几位叔叔帮他挑选晚上临幸的美人。面对司马炎的口头诏令，几位叔叔又是着急又是害怕。最后，还是八哥司马肜鬼点子多，献计说："皇上不如乘坐羊车任由其在宫内走动，羊车停在何处皇上就临幸何处。"司马炎听罢十分高兴，正色说："四位阿叔，若是羊车停在了有五十位美人的屋子外，朕如何应付得了？不然，四位阿叔陪朕一块儿临幸？"这话吓得四位阿叔中的其他三位险些灵魂出窍，脚步踉跄地出了宫城。唯有九叔司马伦嘟哝道："既然皇上如此慷慨，咱几位阿叔何乐而不为，何至于落荒而逃乎。"

想到这里，司马伦扑哧一声笑起来。

这个时候幕僚们在裕华阁内说个不停，司马伦根本没听进去这些家伙都说了些什么。偶尔，司马伦会逮住一句半句的，这些做了高官的掾属们是在说改年号的事情，好像只有陆机兄弟二人以为更改年号不妥。二十几个心腹中，司马伦最看重的除了孙秀，就是陆机了，甚至很是偏爱这位东吴奠基者孙策的外曾孙、东吴丞相陆逊的孙子。陆机高贵的家世和超众的才华为围绕在司马伦周围那些良莠不齐的掾属涂抹上了一层高人一等的贵族色彩。这也是他不杀陆机兄弟的缘由之一。

司马伦乜斜眼睛看着孙秀。这家伙才真是个人物，他庆幸当初没看走眼。一个既没有显赫家世又不善清谈的小吏居然有如此旁人难以企及的大智慧大谋略。司马伦在确立了自己统治威权的第二天，就兑现承诺委任孙秀为相国司马。

孙秀就坐在司马伦身旁，他没有发现司马伦的目光在自己身上停留了许久。

司马伦坐直了身子，轻轻咳嗽一声。所有的目光都聚了过来，司马伦抬抬手示意众人可以出去漫山遍野地游玩随性找寻快活去了，只让孙秀和陆机二人留下来。

看着恭立在眼前的孙秀和陆机，司马伦说道："陆著作，本辅政大相国问你，何以认为更改年号不妥？"

陆机先是一愣，转而说道："贾南风擅权，朝纲混乱，同室操戈，大晋式微。石崇斗富令商贾盛行，于是田野荒芜，奢靡滥行。殿下废后，天下欣喜，诸王拥戴。然臣以为，京畿远近，连年灾祸，鼓励民众勤耕务农，乃时下当务之急也。"

孙秀不屑地说道："陆士衡此言无非拾当年晁错之牙慧，并无新意。然，晁错却在上奏《论贵粟疏》后做了刀下之鬼。"

陆机并不理会孙秀，继续说道："殿下废后之举不为改朝换代，而意在拨乱反正，重立纲常，促大晋王朝走繁荣之坦途。晁错贵农抑商并无过错，数百年来，历朝历代，国之贵农必兴也。"

司马伦见孙秀还要与之理论，便抬手制止了，说道："陆中书所言本辅政大相国定会斟酌，此番废后，陆中书可谓劳苦功高。本相国意欲授予你爵号，陆中书意下如何？"

陆机双手过顶，谢道："谢殿下厚爱，臣当效犬马之劳。"

司马伦挥挥手，让陆机走了。

等陆机离开后，孙秀又重新唤进二十位司马伦最为宠爱的姬妾，一时间，偌大的裕华阁里轻歌曼舞，香气萦绕。

在这美人环绕、歌舞升平的氛围中，孙秀起身给司马伦行跪拜大礼，惊得司马伦呜呜呀呀地说不出话来。

突然，孙秀从袖子里掏出奏板，做出一副在太极大殿朝见皇上的姿态，说道："臣惶恐，攸关大晋王朝命运之奏文向吾皇奏报。另有家中私事一并禀报。"

司马伦更是惊得语无伦次，问道："孙司马，为何称本王为皇上？"

孙秀说道："臣惶恐，臣追随圣上十数年，每日得仰皇上之尊荣，如沐春光。皇上已然成就大业，大晋天下能有这等安详，皆为皇上殚精竭虑所致。臣不解，皇上何以至今不登基称帝？"

司马伦听了这番话，感动得一时语塞，离开坐榻，扶起孙秀，问道："孙司马已经成竹在胸乎？"

孙秀说道："臣惶恐，此兴国之大事，唯皇上才得成竹在胸耳。"

司马伦哈哈笑起来，说道："孙司马，有何私事，快快讲来。"

孙秀突然稽首长叩说道："臣惶恐，犬子孙会已到婚娶之年，还望明公为犬子做主。"

司马伦不住地摇着头，也不知座下这位心思缜密的谋主又要搞出什么事情来，少顷，才说道："说吧说吧，爱卿看中哪位重臣之女，只要女方待字闺中，本公自会为你保媒。"

孙秀脱口说道："殿下，微臣这些日子但想起愍怀太子死于非命就心如刀绞，皇上之心情必定悲痛万分。微臣斗胆想，虽贾南风死有余辜，但公主何罪之有？微臣想将犬子送入宫中，为皇上做驸马，以此抚慰皇上思念太子之哀情。"

司马伦惊得接连打了几个响嗝，说道："你怎敢生出此等荒唐之念？你那公子不过是混迹于马市贩马之徒，不可，不可。"

孙秀全然不顾羞耻地说道："臣出身微贱，幸得明公垂青，得以寄殿下麾下，朝夕追随，自以为深得明公家世真传，已然脱胎换骨是也。自与乐安孙氏合族后，臣无一日不希冀光耀门楣。"

司马伦情知孙秀此举定有更深层含义，便问道："你儿子可知此事？"

孙秀点头称是："犬子虽门第不高，但让他娶庶妇之女，恐难从命。于是微臣便先行教导犬子，嘱其遵从父命。"

司马伦冷笑不止，说道："你那儿子既已知情，恐怕消息时下已传遍京城。"

孙秀故作惊恐，把头磕得砰砰作响，一面高声说着："臣未及多想，若果然如此，罪该万死，罪该万死。"

司马伦忧心忡忡地说道："庶妇贾南风将公主托付于王旷，依本王对王旷之了解，他定会出手阻止。孙司马恐是忘了，皇宫里，先帝驸马王敦也是琅琊王氏。他与王旷乃皇上最依仗之人。"

孙秀说道："殿下不必为此担忧。只要太孙太妃无异议，王敦与王旷怎可横加干预。"

"此话怎讲？"

"臣前日早朝已经与羊玄之大人说定，羊大人应下此事，愿为此事奔走。"

司马伦只好说道："孙谋主起身说话。若是羊玄之果真能说服太孙太妃，本王会择机进宫为孙谋主提亲耳。"

孙秀大谢司马伦成全之恩后起身立在司马伦的椅子旁。司马伦说道："爱卿，你适才说有事关大晋命运的要务禀报，可是想说将羊献容送进宫去一事？"

孙秀阴阴地说道："殿下圣明，羊玄之大人亦是十分焦急，终日期盼其女与皇上共眠龙榻之上。"

司马伦扑哧笑了："既然如此，本王明晚就将那女子弄到皇上床榻之上。"

第五章

　　昨天，皇上得知自己将于明晚临幸羊献容，十分开心。午膳过后，皇上便在华林园与四头心爱的壮牛和那匹进贡来的汗血宝马玩了一个后晌。许是很累了，入夜后躺在龙床上很是安静。四名侍寝的嫔妃光着身子守着同样一丝不挂的皇上，在皇上的四肢上轻抚软揉，直到皇上入睡。王旷值守前半夜，嵇绍来换班时，皇上一动没动睡相像个婴儿似的。

　　所以，轮到后半夜睡觉的王旷也就睡得十分踏实，一夜无梦。自从监斩了贾南风之后，这些日子王旷每日睡下后都会做许多怪梦，昨天晚上他真的就梦见迎娶了河东公主。这个梦让他醒来后好生自责。

　　早早起来有一件事情必须要做，就是习练独创的刀术。琅琊王氏到了王旷这一辈，无论哪一支系都视祖父太保王祥传给后人的长刀为宝物。这柄长刀被安放在一只檀香木的长匣子里，供在祠堂最醒目的位置。大概就是从上一辈开始，琅琊王氏男性都被要求习练刀术，并且，将长刀作为作战时的主要兵器。王旷的刀术在琅琊王氏首屈一指，无人能出其右。即使在京城，也没人敢挑衅王旷的刀法。独创的刀术对王旷的重要性还不止于此，刀术中套路的变化莫测，刀势的使转起伏都与自家这些年琢磨出的书写笔势之力道，笔画之牵连产生了内在的融会贯通、相互补充之效，而刀术与笔法的相互兼容借鉴所派生出来的一种奇妙的书写体式很是令王旷着迷。而王旷的长刀又有与众不同之处，纯钢锻打，锋利无比自不待说，长刀的手柄比之一般刀要长出半尺，必要时可双手紧握刀柄。而正是这独特的握刀之法，凝聚了王旷独创刀法中最令人胆寒的斩杀之技。那晚上在皇上寝宫外，面对八个手持长剑的杀手，王旷为保皇上不遭伤害，不得已使出撒手锏，顷刻间，七个刺客便死于刀下。

　　长刀的力道正随着套路的变幻愈加犀利，黄门侍郎王敦进了院子。王旷并没有因王敦的突然出现而停止习练，长刀依然呼呼生风，只见他忽而跃起忽而俯下，忽而空中翻滚忽而地上旋转，看得站在一旁的王敦喝彩连连。王旷说了声"进屋拿刀出来",王敦却抄着双手扭过脸去故意不去看王旷却忽觉耳边有刀风刮过,不由嗷的一声跳出几步开外,喊道:"世宏不得无礼,为兄有要事相告。"

王旷手中的刀已经逼上其面门,王敦只好三步并作两步蹿进屋里,再出来时,也是长刀在手。

兄弟二人当下就在庭院里对打起来。二十几个回合后,王敦嗷了一声跳出圈子,将长刀弃于地上,说道:"阿弟刀术精进太快,若再有几日不见,必定超过我也。"说完,自知言过其实,便哈哈大笑不已。

王敦并不打算逗留,站在院子当中说道:"世宏,咸里内外都在传说,相国司马伦的司马孙秀要将他那贩马的儿子,给皇上的长女河东公主做婿。几日前,还委托羊玄之大人前往东宫关说。你可知晓?"

王旷一愣,觉得王敦肯定在开玩笑,一边捡起王敦丢在地上的长刀,一边说道:"阿黑哥,孙秀之子若当真娶了河东公主自然也是个黄门侍郎,那你正好在后宫有个可以随意支使的跟班了。啊,我想起一件事来,夷甫阿哥离开京城时给孙秀留下一封手札。一忙起来,居然忘了。你这一说,那我索性今日就去将夷甫阿哥给孙秀的手札送过去,也好一并问个明白。"

王敦一听王衍留有书信,问道:"都写了些啥?"

王旷摇头说道:"书札是写给孙秀的,我怎能偷窥?"

王敦嗷了一声说道:"就知晓你不会看,信札在哪里,我去拿来看看。"说着就要进屋。

王旷将手中长刀横在王敦身前,说道:"阿黑哥,不可鲁莽。你若看了,与那孙秀之流有何两样?"

王敦知道王旷的脾性,也就没硬往屋里闯,一脸肃容地问道:"世宏,你当真以为为兄是跟你开玩笑?"

一看王敦的神情,王旷知道王敦没有开玩笑,却也并没有感到吃惊,说道:"孙秀虽出身卑微,当年能得夷甫阿哥青睐,必定有过人之处。不必太过介意。"

王敦不屑地哼了一声,说道:"孙秀与泰山孙氏合族,仅此一举便让人不齿。我以为,此人用意是合族在先,继而染指后宫,后面还要做甚真是不好估量。公主尚在丧母之痛中,孙秀怎能不知?此时提亲实乃乘人之危。"

王敦的话令王旷突然又想到羊献容。孙秀想干什么？王敦没有说出来，或许也说不出来，但这番话语却令他警醒，由不得不往深处想一想。于是王旷说道："阿黑哥不必多虑，夷甫阿哥终有返回京城之日，若孙秀当真有逾矩之举，夷甫不会不闻，自当加以阻挠。我这就去相国府走一遭。正好左太冲让我捎话给陆士衡，让他几日后到宅邸一叙，我也好顺便将此事告知陆士衡。"王旷说完转身就出了院子，又听见王敦在身后不屑地哼了一声。

相国府位于铜驼街西侧，是这条大街上规模最大的大晋朝政办公机构。辅政相国司马伦通常不在这里处理国事，他喜欢在每旬一次的朝会上看着各位大臣手捧笏板，恭恭敬敬地面对皇上，用只有在太极殿上才会使用的国语口音奏报国事。皇上早就是个摆设了。那些大臣虽然面对着的是皇上，其实所有的奏文都是说给他听的。他就坐在皇上身旁，这氛围让他十分受用。

大相国府基本成了相国司马孙秀和一干幕僚处理司马伦交办事务的场所。

王旷跨进大门就看见孙秀坐在相国司马的桌案后跟恭立于前的司马威和骆休在说话。

两人见面，并不相互行礼。王旷领四品衔，官秩二千石，算是高级官员了。相国司马只是五品中等官员，孙秀不施礼，王旷自然也不会施礼。

孙秀接过没有封泥的尺牍，迅速看过一遍，脸色顿时大变，头也不抬，三下两下将尺牍撕得粉碎。

王旷没想到会是这样，一阵冷笑后，毫不客气地说道："你这一撕，看起来痛快却正暴露出了你的本来面目。卑贱之家世，粗鄙之秉性是也。我早已料到，只是枉费了夷甫大人对你一番栽培用心。"

孙秀蹙起眉头，问道："你看过尺牍？"

"毫无兴趣。族兄能给你写甚？族兄举荐你做了孝廉，一定免不了教导你合族之后如何做个有贵族模样之朝官，还会告诫你得势之后不可做蝇营狗苟之事。夷甫大人离京前还未听说你在打河东公主主意，若是知晓，定会当面斥责于你。贾南风死无多日你就张罗此事，欲要做甚？"王旷直言不讳说道。

"公主有丧母之痛，需要安抚，本司马也是好意。你与此事毫无关系，不必多管闲事。"孙秀狡辩道。

王旷听了这话，着实愤怒，便大着嗓门斥道："我此次见你，是劝你打消让你那做马贩子的儿子做驸马之邪念。"王旷看出孙秀怒火中烧，依然说道："孙俊忠，你与泰山孙氏合族已成事实，虽非议频仍，却也不违人伦。羊献容被皇上亲口选中，册封之事也难以更改。但廊庙上下无人愿意看到新皇后遭人操纵，成为下一个庶妇贾南风。姑且不管你想做甚，但你要仔细听了，你之所为不得伤及皇上，不得扰乱朝政。不要以为我只是次直侍中，奈何不了你。"

听了这话，孙秀也是冷笑不止，说道："本司马自然知晓你王世宏很是了得，但公主婚配之事唯皇上而定夺。再说，王敦侍郎大人可以娶武帝公主为妻，咱家何以不可？听齐王说，庶妇贾南风受刑前将河东公主许配给你做了二夫人。"

"正是。"

"你当时并无拒绝之意。"

"正是。"

"难道你这把年岁也敢对公主存不轨之心？"

王旷突然放声大笑起来，把孙秀吓了一跳。又见王旷不知啥时右手握住刀柄，惊得他连退了几步。

王旷笑罢，说道："孙俊忠你还是不明事理。虽多说无益，但我还是要告诉你，琅琊王氏对大晋朝忠心耿耿，门第之高你根本无法企及。无论谁做驸马，对江山社稷都是幸事。你则不然。无家世渊源在次，心术不正才是根本。你明知皇上在此等事上难辨是非曲直，却恣意强行为之，企图成为外戚，其用心难免令人心生疑窦。念在同为琅琊国人，我劝你一句，勤力朝政，世人定会对你刮目相看。不然……"王旷没有往下说。

孙秀撇了撇嘴，说道："王世宏，羊献容今晚入宫接受皇上临幸，你该早就知晓。还是管好自己事情，别让皇后受了惊吓。至于犬子与公主婚事，皆承蒙辅政大相国恩泽，并非我一己之意。"

王旷这时看见陆机从大殿里快步走来，便撇下孙秀迎了上去。

王旷从腰际摘下长刀，陆机也从腰际摘下长剑，两人心照不宣地将长刀和长剑抽出半截，然后将两把兵器轻轻一碰，嘴里轻声说了一句祝词，便将各自的兵器推回到鞘里。二人这个举动，让相国府的一千人等看得目瞪口呆。其实，这是二人早已经约定的见面礼节。用陆机的话说拜手稽首礼乃血缘兄弟之礼，二人之间的情谊早已经超过兄弟之情谊，二人都不屑于使用朝官相见时使用的谦卑之礼。王旷以弱冠之龄佩长刀随武帝征战鲜卑沙场出名，陆机十四岁以牙将之身份，在父亲亡故后随长兄在荆州固守东吴之疆域，并以手中长剑与大晋王朝对阵，同样可敬可畏。二人在京城见面，不行拜手稽首礼而是以成名兵器相互碰之，以表示二人无论在任何情况下都不会以兵器针对对方。

第六章

二人从相国府出来并未多言，陆机在前，王旷随后，穿过城内三区狭窄的街道出了城东东阳门。陆机家族为南方吴国世臣。吴国开国元勋孙策是陆机的曾外祖父。其祖父陆逊是东吴丞相，父亲陆抗是东吴大司马。陆机文章冠世，天才秀逸，虽为江东人士，却身材魁梧，眉浓眼大，鼻挺嘴阔。王旷知晓陆机这些日子就住在原属于潘岳的庄园里，估摸着他是要去往那里。潘岳在城外东面大约三里地处辟有一处庄园，占地面积虽然不算大，却有多台水碓。潘岳在京城并不得志，虽然以五品之身有资格居住在城内第三区，然而，朝廷提供的官房窄小不说，而且屋宇之间格外拥挤。这令一生为官却从未跻身高官，又因貌若天仙屡遭京城内妇女纠缠围观的潘岳十分恼火。于是便用积蓄在城东买了一块地，不仅种菜蔬用来供养妻息祖孙几代人食用，还利用洛河水系支流安装了几处水碓，招揽舂米生意，一年下来进项颇为可观。赵王司马伦废后之后，金谷二十四友的领头人贾谧在宫城内当场被杀，有大晋第一美男子之称的潘岳和有大晋首富之称的石崇因公开表示对废后不满而被孙秀拘押起来。二人被拘押后，原属于这二人的庄园一并充了公。金谷园被相国司马孙秀占为己有，而潘岳的庄园则被皇上赐给了自家兄弟吴王司马晏。司马晏一直就住在同母兄淮南王司马允在城里贵族区的宅邸中，便让曾经的掾属陆机、陆云兄弟二人住进了这片庄园。一来可以在闲暇时经营菜地，二来可以监督家仆在经营水碓时，不至于将佣金中饱私囊。

经过菜园子时，陆机到地里拔了些芫荽，一边嘟哝着说，草庐中并无下酒菜肴。初来乍到时，对芫荽独特的味道颇不习惯，没想到这种味道奇香的细菜竟然在京城各家酒馆大行其道，只要饮酒啖肉必然会以此佐味。在京城住得久了，如今饮酒，即使无肉无醢，只要有一盆芫荽佐味，照样能痛饮三五坛老酒。王旷站在田头嘎嘎笑个不停，拍着身上的布袋说："既然你我兄弟二人相约见面，小弟怎会两手空空而来。袋中有太孙太妃赏赐肉醢一囊、竹筒粟米干饭两桶耳。"陆机闻此言连蹦带跳从地里抽身而出，嬉笑着将满满一皮囊肉醢端在手中，转身进了院子。院落中有八间草庐，四间用来住人，陆机兄弟各住一间，另外两间，两个男仆住了一间，另一间则用来置放了十几坛酒。其余四间中最大的一间是餐室，紧挨着餐室的是灶房。院子角落那两间草庐一间是磨坊，一间用来置放农具。

佣人们见陆机回来还带着客人，急忙进了灶房点燃灶火，将皮囊里的肉醢和竹筒粟米饭上锅蒸热。陆机则领着王旷进了餐室。

王旷刚坐下，陆机便向王旷行了稽首大礼，起身后说道："为兄自那晚在皇上寝宫侥幸活命后，惶惶难以终日。为兄不识路径，被齐王司马冏指入歧途，险些丧命于世宏刀下矣。幸得世宏认出为兄，不然，命休矣。为兄深谢世宏不杀之恩欤。"

王旷牵着陆机的手将其拉起，送回座位。两人重新坐定后，才说道："那晚尽管月黑风高，听见你惊呼一声快快离开，便料到你是误闯。然，旷却不能放过那几个杀手。这些年里，但凡擅闯寝宫者，无一人生还。"

"唯机除外。"

"正是。"

陆机啧啧几声，用竹片抄起一块肉酱，一边吃着，一边抓起一撮芫荽，塞进嘴里用力咀嚼起来，然后将一碗老酒一饮而尽，随即无限感慨地说道："那晚仓皇逃出宫城后，接连数日便在深思，一则，机亲眼看见了你惊世骇俗之刀法，京城第一刀手果然名不虚传。我以为那几人可抵挡一阵，却不承想，你祭出撒手锏后，那几人像枯草一般顷刻之间倒地毙命。啧啧啧！二则，齐王司马冏何以让机擅闯皇上寝宫？我对宫内布局一无所知，齐王不然。思来想去，深觉齐王欲借你之手置机于死地耳。"

王旷嗯了一声，似乎并没有在意那晚上撞见陆机带领一队杀手闯进皇上寝宫的事情，也许是有意淡化那次遭遇，也许不希望陆机对司马冏产生更深的敌意。

又听见陆机说道："我与齐王交往不多，自以为我二人之间并无芥蒂。深思量，恐与齐王身后那五个谋士不无关系。"见王旷不解其意，便将当年被如日中天的贾谧接纳为京城二十四友的缘由告诉了王旷。王旷也是第一次听陆机说及过往，二人相识足有十年，结为好友也有八年之久，平日来往并不多，但只要有机会见面必定找家酒肆大啖其肉，狂饮其酒。虽从未醉过，却可以借着酒兴畅谈内心所藏。可是，陆机这次说到自家与王朝首富竟然有如此深重之关系，确实令王旷吃惊不小。陆机继续道："石崇离开荆州赴京为官，进了京城的第一个晚上就将我约了出来。石崇大我十二岁，却对我以兄相称，令我汗颜不已。不过他不断说及的荆州当地名士高人却都曾是咱家祖父、父亲掾属，也就不难理解他何以如此殷勤焉。那次他喝得多了，告诉我说他在荆州敛财经过，令我瞠目结舌，也才知晓他能富甲天下，其中之巧取豪夺可谓令人发指欤。"

这时，不远处的水碓又开始作业了。春米时发出的有节奏的声音低沉而单调，这让试图深入阐发内心情绪的陆机感到无奈。他朝着身后水碓的方向用力甩了甩手，抓起桌几上的酒碗喝干净，放下酒碗后，说道："父亲病故时，我们几个年纪尚小的兄弟正在身边，大哥镇守襄阳外围。虽然祖父与父亲在世时与羊祜将军两军对峙，却很少发生战事。然，羊祜将军亡故之后，晋国便开始对襄阳之外乃至荆州一带频繁发起战争。一日，大哥从战场回来，将我们几个小弟召集起来，希望我们能退到江夏一线。不久，大哥陆晏在夷道迎战晋国王浚将军战死，紧接着，二哥陆景也在乐乡战死疆场。我与士龙则幸免于死。"说到此，陆机低下头陷入沉思，良久才又说，"然而，我家自祖父起就开始经营荆州，到家君时在荆州亦是人脉极广。石崇与为兄之交往便始于此耳。而前日士龙从一众好友那里得知，齐王掾属中最得宠信的刘真竟然是石崇在荆州为官时之谋主。"

"当真有其事？"王旷也甚感惊异，"若果然如此，石崇打家劫舍之劣迹恐均为此人所谋划。齐王不容你恐是此人难以容你。"

"我与刘真从不相识。但是，废后之前，齐王曾与我有过一次浅谈，他邀我加盟旧都阵营（齐王斯时驻扎在许昌，而许昌有旧都之称），被我婉言拒绝。我知晓齐王之父与先帝之芥蒂，以及司马冏内心之渴望。然，我无法辜负先帝对我兄弟的赦免之恩欤。"陆机言至于此，似有难言之隐，便停了下来，朝着站在一旁伺候的仆人做了个手势，让再取两坛老酒。再次将大碗斟满后，说道："世宏兄，辅政相国不会容忍与齐王同住一城，所谓一山不容二虎。为兄敬仰辅政相国乃皇族血统，但自入京以来，为兄目睹皇室成员之间杀伐，心中惶惶难以终日。皇上却又无力……"陆机打住话头。

王旷这次没有露出笑容，而是说道："旷对皇上心智状况了如指掌，但此乃天意。只要不是轻慢侮辱皇上，旷会听下去。"

陆机于是说道："机早知辅政欲要废后，却没料到他竟然将王朝依仗的一众老臣悉数斩杀殆尽。辅政相国听信孙秀谗言，将二十四友中人大肆迫害。论及二十四友，除贾谧外，个个可称为人中翘楚，与相国大人宠信的孙秀那一干人等更是有云泥之别也。唉！"陆机叹声接着道："只是，为兄虽然对潘安仁敬佩有加，却不能无视他伪造太子反书。"

王旷点点头，表示理解，但还是说了句："潘安仁当不是自愿为之焉。"

陆机看了一眼王旷，知对方不过惜才而已，也跟着长叹一声："入京之后，我才知大晋朝俊杰名士如此之多，那时得到一册潘大人《籍田赋》，读之振聋发聩耳。"

王旷嘿嘿一笑："京城颇多名士却不以为然耳。"

陆机连连摇头，说道："搬到这里之后，我尤对潘大人农耕之远见服膺于心。只是，机属南人之列，又是败将之后，遭受歧视也是必然。孙秀是玩弄权术之人，与乐安孙氏合族之后更是……"突然说起孙秀来，陆机甚感不快，便打住话头，继续饮酒。

王旷也无意对孙秀说长论短，见陆机沉默下来，便满是歉意地将几日前梦境中与陆机以兵刃对峙的噩梦告诉了陆机。陆机听罢嘿嘿一笑，说道："就年龄而言，梦境中我二人年龄状况正好相反，若当真兵刃对峙，士衡定会以死相拼，绝不留情面，嘿嘿。况，你梦中年份是太康七年（286年），那年机已经二十有六，老弟你尚未弱冠。"陆机吸了口气，举目看向屋顶，突然转了话题说道："太康二年，我兄弟二人被允许离开羁押地淮南，便辗转回到家乡。那里虽已是大晋天下，却远离京城，远离王法。除了地亩租赋改为占田制，其他并无改变。机每日悬梁刺股，痛定思痛，开始撰写《辨亡论》。"

王旷刚想开口，却被陆机抬手打断。

"用集我大皇帝，以奇踪袭于逸轨，睿心因于令图，从政咨于故实，播宪稽乎遗风，而加之以笃固，申之以节俭，畴咨俊茂，好谋善断，束帛旅于丘园，旌命交于涂巷。故豪彦寻声而响臻，志士希光而景骛，异人辐辏，猛士如林。"

王旷听着频频点头，说道："于是张昭为师傅，周瑜、陆公、鲁肃、吕蒙之俦，入为心腹，出作股肱；甘宁、凌统、程普、贺齐、朱桓、朱然之徒奋其威……"

陆机深吸了一口气，颇为惊讶，接着一声长叹，说道："今日廊庙之上哪里能找得到能与彼诸公比肩之臣。"

酒喝到酣时，二人的话题不再继续围绕廊庙上的事情。用王旷的话说我们都无法靠一己之力改变它，然，我们至少能够以对皇室的忠诚捍卫它。"如何？"王旷眯着眼睛朝陆机笑了笑说道，"庶妇贾南风恣意杀戮对王朝造成混乱已然长达十年之久，接下来，旷还是希望能看到廊庙一派祥和。"他看见陆机的眼神飞快地躲避了一下。

陆机意识到王旷恐能从稍纵即逝的躲闪中看出什么，也回报了一个微笑，点点头说道："世宏老弟，为兄这几年经常会想到你何以能够在京城孑然一身，多年不近女色耳。而且，我知晓你膝下仅有一子。这远远不够。"说罢，连连摇头。

这个话题让王旷颇感难以回答，只是跟着摇摇头，张了张嘴，最后还是长叹一声，无话可说。

"那日，我记不起究竟是哪一天了，孙秀问及我既然已经有了这片庄园，因何不将妻息大小一并接来京城。我没有理睬。这时士龙就说起你来。为兄也有同问，你因何不将家眷接来京城？与我们相比，你在京城有几位声望显赫的兄弟，又深得皇上信赖，并无居住之忧也。"

王旷没想到陆机的话题这么快就转移到了自己身上，愣了一下，旋即嘿嘿笑了几声，没有正面回答陆机的疑惑，而是打趣道："士衡兄，愚弟身处后宫，目下女子多如过江之鲫，恐是眼花缭乱欤。"

陆机并不打算就此罢休，执着追问道："记得世宏老弟说过家乡只有妻儿，既无媵妾，亦无囡女。"

"正是。"

陆机一脸认真地说道："武帝曾有允贾充二妻之诏，虽未曾被接受，却也是开了先河。世宏何不奏请皇上效法乎？"

王旷又嘿嘿笑个不停，并不作答，起身对陆机做了个出去走动走动的手势。

二人走出院子，信步经过一台水碓。水碓已经停止作业，仆人正忙着清理碓窝里残留的谷糠。

太阳已西斜，向北望去，北邙山在春日照耀下郁郁葱葱，目力所及，王朝几位皇帝陵寝若隐若现。二人眺望着北邙山上的景色，许久不再说话，但在静谧的原野上还是能听得到二人平缓的喘息声。还是陆机先开了口，说道："世宏，那日金谷园裕华阁里皇上亲口将羊献容赐予匈奴刘曜为妻，你我二人皆在当庭之上。然，皇上却突然指认羊献容为皇后人选，机对此深感忧虑。"

王旷问道："士衡何出此言？"

陆机说道："那日前往金谷园，正好撞见刘曜从新安方向朝着京城而来，身后跟着三辆牛车。为兄猜测定是五部联盟大都督刘渊下的聘礼，如此一来，京城恐又要生乱欤。"

王旷一听这话，心中早已有的不安也翻涌上来。他干咳了一声，也不知怎样说才好。

这时，突然身后传来陆云的呼喊声。陆云来到近前，将一封短札交给陆机说道："左公将帖子送到了相国府，邀请我二人去他府上清谈。"

陆机没有打开帖子，而是问道："还有何人受邀？"

"帖子里只提到世宏，并未提及他人。然，我从牵秀那里得知，邀请之人皆为二十四友幸存者也。"

第七章

　　皇宫阊阖门外正南是京城最长最宽阔的大街——铜驼街。重建洛阳都城的时候，皇室规划部门将铜驼街两侧划定为政府办公区，三公下属的九卿就在这条街两旁建起了自己处理公事的衙门。为了方便，规划部门将九卿办公区东侧纵深大片区域划定为在朝廷当差的中下级官员的住宅区。尽管居住的官员职务都不高，但是，这片住宅区却是藏龙卧虎之地。

　　尚书郎羊玄之就居住在这片建筑雷同却条块分明、秩序井然的住宅区内。

　　入夜后，一行后宫内侍和持械侍从随着次直侍中王旷和嵇绍来到尚书郎羊玄之的小院前，王旷没急着叩门，而是让侍女们将牛车车厢内清理干净，他甚至亲自又将坐垫靠背拍打一遍，确保没有灰尘，这才亲自上前叩动门环。

　　前来开门的羊家婢女睡眼惺忪，见到门外仪仗森严，华盖飘舞，吓得怪叫一声逃了回去。羊玄之这时也闻讯从内室出来，嵇绍的话一出口，羊玄之立时被惊得张口结舌，吞吐了好一会儿才说出话来。直到王旷将嵇绍的话重复了一遍后，羊玄之方才如大梦乍醒，慌得他连声叫尾随着的婢女唤醒家眷和众人，来到前院接受皇上诏书。诏书写得简约而又果断，皇上宣羊玄之之女羊献容进宫为后，并择吉日行荣膺皇后大典。

　　羊玄之带着一家老小匍匐在地，山呼万岁。突然地，刘曜从后院跑出来。刘曜这几日与羊献容眉来眼去，甚是欢愉，多少回在睡梦中喜极而醒，都会坐在床上呵呵乐上一阵子。前院的喧哗声惊醒了沉睡中的刘曜。刘曜听出宣旨特有的庄严高亢调门，于是从床上跃起，三五下穿好衣服冲向前院，以为皇上终于想起在金谷园的承诺，前来宣旨了，一边穿衣服，一边还喜不自禁呢。

　　眼见着羊玄之带领一家老小跪在地上山呼万岁，感恩戴德，再仔细一听竟然是皇上招羊献容入宫为后。刘曜这下慌了神，不管三七二十一就冲了上去，拦在羊玄之和宣旨的嵇绍中间，却被一行卫兵用长戟逼住。

　　嵇绍正要令禁军军士绑下刘曜，被王旷拦住。王旷对刘曜说道："刘曜，你冲撞皇家下旨官员,可知罪?"

刘曜跪下,说道:"侍中恕罪。皇上深更半夜遴选后妃,岂能让人相信?"

王旷并不斥责刘曜,而是问羊玄之道:"羊大人,此人何以在你家居住?"

羊玄之急忙说道:"家从父羊祜和刘渊大都督是忘年之交,刘曜此来京城居住不便,于是让刘曜借住在家中。"他还是瞒了定亲一事。

刘曜急忙打断羊玄之的话,说道:"二位大人,五部欣闻皇上亲赐羊献容为在下之妻一事,莫不欢呼雀跃,感戴圣上恩德。五部大都督刘将军特命小子前来京城奉上纳采之聘礼,如此一来,羊献容已然成为大都督之媳妇,在下之妻也。"

王旷不得已而装糊涂问道:"羊玄之大人,刘渊大都督之聘礼你可曾收下?"

羊玄之踌躇着不敢回答,只是微微点了点头。

王旷又问道:"皇上钦定你家女儿为皇后,你可曾听说过?"

羊玄之点点头,低声说道:"臣有所听闻,却以为不过风传,故不以为意。"

皇上在金谷园赐婚那日,嵇绍也在场,可是,既然皇上又钦定羊献容为皇后,先前一切自然不再作数。无奈之下,嵇绍只得再一次亮出手中诏书,道:"普天之下,莫非王土。大晋朝皇帝在这京城任何人家遴选后妃皆乃顺应天理,为吾朝万幸之事也。"

刘曜怎肯退让,强辩道:"皇上后宫嫔妃如云,美女绕膝,难道还嫌不够?"

嵇绍呵斥道:"大胆刘曜,妄议圣上,该当何罪?你还不快快让开!"

刘曜跃起身来,一副宁死不从的样子,对着王旷喊道:"王侍中,我族五部在北面为大晋王朝阻挡鲜卑反贼,劳苦功高,皇上因此将羊献容赏赐在下为妻。你在金谷园可是亲耳所闻!"

王旷点点头说道:"倒是真有此事。"

"在下已将聘礼悉数交予女方家,手中也握有羊献容应诺婚事的婚书,正打算明日启程快马加鞭返回邺城向家尊提请确定请期之日,以早日迎娶羊献容。"

王旷知道刘曜并非胡言乱语,可事到如今,已经无法挽回。只好低头不语,嵇绍便说道:"本侍中念皇上对你赞赏有加,可以不责罚你,但你拦在这里耽误皇上选后,却是滔天大罪,皇上知晓也绝不会手下留情。入宫遴选后妃,万民欢呼,对羊尚书郎一家也是万幸之事。"

羊玄之和夫人频频叩头不已，口中念叨着皇恩浩荡。

刘曜一听嵇绍这话，当下急了，说道："容阿妹，你倒是说句话呀！"

羊献容跪在地上连头也不敢抬起，说道："王侍中，羊献容可有选择之权？"

嵇绍抢先说道："当然没有。"

羊献容深深埋下头，啜嚅道："羊献容无话可说。"

刘曜又拉住王旷的胳膊，恳求道："王侍中，容在下明天去见皇上，请皇上开恩施泽。"

嵇绍在一旁不耐烦地说道："天已快亮，我敬佩令尊对大晋王朝之忠诚，倘若能在京城相见，我当奉为贵宾。可是今日，你这般举动却是犯了我大晋律法，念你是初犯，本侍中不予追究。快快退下，不得无礼。"

刘曜梗着脖子还要理论，被一拥而上的皇家禁军军士拖到一旁。

嵇绍高声喊道："皇家大喜，吾皇万岁。"突然又压低声音对愣在一旁的内官婢女说："还不快去给皇后梳妆打扮，迎上礼车！"

离开前，王旷走到刘曜身前说道："我朝皇上记忆天赋无人能及，你那日若是不急着求赏赐，便无今日之事。这也是天意使然，你就此罢休耳。另，这里已是皇亲宅邸，闲杂人等不得进入。你自然也不例外，若硬是不搬，明日禁军军士会将你关入大牢。"

接羊献容的车队已经走出老远，王旷还能听见刘曜凄凉的吼声在京城夜空回荡："羊献容是皇上亲赐予我的，容儿妹妹是我妻耳！"

这一夜，王旷没敢离开皇上寝宫一步。司马伦已经将宫内的护卫悉数换掉，并且几番让王旷退下歇息，但是王旷都以恐皇上受了惊吓为由坚持要守在左右。王旷没有离开的另一个重要原因是司马伦也一夜没有离开，他无法知晓司马伦留守在皇上寝宫外意欲何为。

天已经放亮，王旷叫住正准备离开的司马伦说起册立皇后的礼仪程序。

司马伦辩解说："不是不想按照皇家礼仪册立羊献容，你也看到了，皇上见到羊献容多么快活。本王以为，册封皇后之仪式当选吉日另行举办。皇上选中羊献容难道你不高兴？孙秀告知本王，羊献容竟然还是你之表妹。你该高兴是也。"

王旷的母亲是原泰山太守羊耽的外孙女，而羊献容的父亲羊玄之则是羊耽的孙子，至少在那一代人，两家是很亲的。

"皇上册封皇后，普天之下唯此为大，不可草草完事。相国该心中有数才是。"王旷冷冷地说。

"本王身为王朝唯一辅政，乃宣皇帝之子，亦是今圣上从祖父，没有谁能比我更关心皇上婚姻大事。本王已经派人准备去了，三天后昭告天下，我要让举国上下都知晓如今皇上有多快活。皇上日日快活，王朝日日兴盛耳！"司马伦点着头意味深长地说。

这时，负责记录皇上房事的女官出来报告说，皇上和羊献容再一次行了房事，问是否记录在册。司马伦便问女官道："记录如何？不记又如何？"

女官回答道："皇室规矩，皇上与皇后嫔妃行房事需做记录，但若身份不明之女子与皇上行房事，记或者不记，没有定下规矩。"

司马伦挥挥手说道："既然是皇室规矩，这次需要记下来。那龙床之上正是未来之皇后欤。"

女官照着做了。

女官一走，司马伦厌恶地说道："皇上在床笫之欢上，倒并不愚钝。再生个与前太子一般冥顽之种，难道还要被废掉不成？"司马伦突然意识到站在眼前的是王旷，便又说道："我看这羊献容定会让皇上快活欤。"

天放亮后，王旷又让宫女进去仔细看过。宫女回报说皇上无恙，搂着羊献容睡得正香。这时候另外两位次直侍中来换王旷和嵇绍歇息，于是，王旷便去太极殿后的公房歇息了半晌，然后离开了宫城。

第八章

出宫前王旷换了身皂色肥袖长衫,在嵇绍的劝说下,将平日经常使用的皂色绣白纹饰的束带换作一条颜色浅一些的。束带的带头装有一片专门请工匠用青铜打制的带扣,带扣的纹饰是一把佩刀。这也是他很喜爱的一条束带。王旷没有戴他最喜欢的漆纱笼冠,而是选了一张皂色幅巾将满头的长发束紧,这使他看上去不像是刀术高强的武士,倒像是一介书生。王旷应左思之邀,要在一众谈诗论赋的名士大家前展示自家的书写作品。

天气晴好,王旷也因此心情畅快。快走到戚里区时,一个身影从远处里巷飞快地闪了过去,王旷觉着那人像是五部联盟大都督刘渊之义子刘曜,却也并没有放在心上。

左思的家在戚里区的中段,很好找。这条里弄仅居住着武帝的三位贵嫔,左思是左芬贵嫔的亲哥哥,而左芬在贵嫔中的排行是名列第一位的。当年左芬被武帝遴选入宫做了贵嫔,身为哥哥的左思便弃了家业随妹妹住进京城。因此,左贵嫔对这位哥哥最为敬重亲近,并求得皇上在宜春里自家府邸的院落中专门给哥哥左思盖了一座小院。左思成名并非因为是皇帝嫔妃的哥哥,而是他废寝忘食,用了十年时间写就的《三都赋》。《三都赋》一经问世便引起轰动,满城皇亲国戚名士骚客竞相抄录,一时间京都洛阳纸张匮乏,纸价大涨。可以想见,京城名士荟萃,大家麇集,若是一拥而上,纸张不贵那才怪呢。

陆机兄弟已经先到了,正在欣赏左思自己书写的《三都赋》及诗作《咏史》中昨日写就的第三首。

坐在陆机和陆云兄弟二人身旁的还有刘琨。王旷没想到左思还邀请了刘琨。刘琨是西汉中山靖王刘胜之后,他入选贾谧为领袖的"金谷二十四友"时刚满十九岁,年少俊朗,恃才傲物。

正堂里没有燃炬,仅凭日头从屋顶的跃层透进光线,因此,屋内光线并不敞亮。王旷认出被左思邀请来的还有安平牵秀、彭城刘讷、沛国刘瑰、太原郭彰。这几位都是金谷二十四友成员,废后之乱中幸免于难。

见王旷进来,陆机起身迎上前去。互致问候后,陆机将王旷引向身边专门留给王旷的桌几入座。王旷将随身带来的书卷放在桌几上并不打开,但是陆机桌几上的诗赋作品立刻吸引了王旷的目光。诗作用小楷写就,一书小楷透溢着的钟繇风骨跃然纸上,这正是左思的《咏史》:"吾希段干木,偃息藩魏君。吾慕鲁仲连,谈笑却秦军。当世贵不羁,遭难能解纷。功成耻受赏,高节卓不群。临组不肯绁,对珪宁肯分。连玺曜前庭,比之犹浮云。"钟繇独创的小楷书写体式惊世骇俗,左思的小楷功力已深得钟繇精髓,令王旷和陆机将面前的案几拍得砰砰作响。

见人已来齐,左思说道:"老夫今天备了薄酒一席,以飨各位。"说着,示意仆人将酒菜分与每个人的桌上。然后又说:"每人一坛酿酒,饮酒不用樽而用碗,这是老夫待客之规矩。"说着,将面前的酒坛捉起满满倒了一碗。看着众人饮下后才又说:"诸位莅临寒舍,老夫甚感荣耀。当然,今日老夫请诸位自然少不了清谈,虽不敢言之深奥,却也令老朽彻夜难眠。今日不论声望只是会友,不露高明也不计荒谬。既然是由老夫下帖邀请诸位,也就当仁不让耳。"说着清了清嗓子:"《道德经》中有曰,'谷神不死,是为玄牝,玄牝之门,是谓天地根。绵绵若存,用之不勤'。"左思话还没说完,正堂里就响起议论声,左思提高了调门说道:"诸位少安毋躁,听老夫将话说完。谷神和玄牝二说虽尚有争议,却无外乎谷神究竟是深谷还是通壑,玄牝到底是宇宙还是世间。老夫今天不想请诸位继续在这上面纠缠,但玄牝之门无论所指为何,中空无物似无有异议。老夫今日要问的是下一句'绵绵若存,用之不勤'所谓何意焉?"

一众人等顿时陷入沉思。

趁着众人苦思冥想之际,左思朝着陆机和王旷这边踱了过来。得知二人刚才激情烈烈是在对自己的书作评头品足,急忙说道:"二位大人切不可纠缠于老夫拙作,老夫早就听闻王敦大人说起世宏大人书体风格特立独行,普天之下十分鲜见。既然京城有此一传,自然分外仰慕,求教之心急切欤,便邀请世宏大人在陋室一聚。大人能接受老夫之请,让老夫喜不自禁耳。"

王旷急忙接话道:"太冲大人过誉,旷承接不起。还是看过再说,看过再说。"

于是，王旷将字卷放在左思的桌几上，徐徐展开，其他人见状也都围了上来。

王旷所用笔法据说是汉元帝时黄门令史游所创。此君在书写《急就章》的时候，采用了一种前所未有的书体，删繁就简，结字纵任，笔画明快，易读易学，上手极易，深受孩童以及家门长者喜爱。于是历代相传演绎至二百多年后到三国时期由皇象将书体升达成为朝廷官文和民间抄录书籍广泛使用的书体，至今不过几十年。

左思面对自己写的《三都赋》中的这段书法文字，很是觉着恍惚："丹梁虹申以并亘，朱桷森布而支离。绮井列疏以悬蒂，华莲重葩而倒披。齐龙首而涌雷，时梗概于漅池。旅楹闲列，辉鉴柍桭。槾题黮黑逮，阶陊嶙峋。长庭砥平，钟虡夹陈。风无纤埃，雨无微津。岩岩北阙，南端逴遵。竦峭双碣，方驾比轮。西辟延秋，东启长春。用觐群后，观享颐宾。"

左思欣赏完之后慢慢抬起头来，他想说些什么，却问道："世宏仁弟，何以择这段文字而书之？"

王旷回答道："邺城果如太冲大人所言，气势磅礴，令旷心生畏惧。印象极深，爱亦极深，无法忘怀。故而，只要读《三都赋》，便会在这段文字上流连徜徉，难以自禁。"

左思笑道："仁弟果然不凡。"想了想又说："为兄曾欣赏过皇象的《急就章》，与汉元帝时的草体相比已有很大不同。有人言之脱胎换骨，对此老夫不敢置喙，但称之爽心悦目，却是不为过耳。而仁弟这书体，似皇象书体，但皇象书体与之相比似有迟滞呆板之嫌，所以看到之后让为兄感到大惑不解，能赐教于为兄乎？"

王旷忙摆手说道："太冲大人如此说法，委实折煞旷也。皇象乃吴国八绝之一，旷岂敢比附，实难以望其项背耳。"

陆机这时插话道："左思大人，我以为世宏书体已经挣脱皇象前辈书体之窠臼。足下以为如何？"

左思连连点头，说道："言之有理，言之有理。"

陆机见得到左思首肯，也非常愉悦，便又说道："世宏书写体式之变化与他饱读经史通古博今不无关系，时常听他言称终日独守深宫，与经史为伴，经年下来，所获颇丰。余以为世宏浸淫于诗书经史之中，对他书体之升达大有裨益。"围观众人对陆机的评价纷纷表示赞同。

左思像是如梦初醒，让陆机把说的话再重复一遍。听罢，叹道："世宏仁弟这幅笔墨，令老朽有豁然开朗之感矣。陆著作，听说你今日也带来诗文，老朽一向将陆著作之诗赋视为人间上上品，若今日亦能让老夫先睹为快，幸甚幸甚！"

陆机一边说"太冲大人太为客气，在下岂敢在大人面前卖弄"，一边从随身的布袋里取出一纸卷来，小心展开。这是潘尼回赠陆机的诗篇："顾兹蓬蔚，厕根兰陂。膏泽虽均，华不足披。逮春不茂，未秋先萎。子濯鳞翼，我挫羽仪。愿言难常，载合载离。昔游禁闼，祗畏夕惕。今放丘园，纵心夷易。口咏新诗，目玩文迹。予志耕圃，尔勤王役。惭无琬琰，以訓尺璧。"待众人欣赏过后，陆机才说道："机得知世宏也在左大人邀请之列，油然而生交流书写心得之念。事先精心书得此章句，机虽多有诗作留案，但自知才疏学浅，不敢昭示于人。幸得兄台潘尼潘正叔赠诗，以虔诚之心将其录下，以为必是旷世佳作。然，看到桌上世宏书写之《魏都赋》，顿生自惭形秽之感耳。"

左思伏在桌上，一边欣赏陆机的作品，一边说道："陆著作，容老朽说上几句。你与王侍中惺惺相惜，视为知己，已然为京城名流高士羡慕不已，而且佳话颇多，就不必过谦了。老朽直言，你与潘正叔同为著作郎，诗作功力悉敌，都是现世不可多得之上乘力作。然，书写体式上，潘正叔循规蹈矩，不及你之书体灵动洒脱，孤傲独步。"

陆机好友牵秀这时插话道："潘尼为潘岳侄子，为人谨慎。而士衡则以大作《文赋》名动京城，自然高视阔步，怎肯步他人后尘。"

陆机揉了牵秀一把，笑道："成叔兄一向私我，诸位不可当真。但是，机与正叔在书作上之差别却非性情使然。在下久居江南，饱受水乡文化熏陶，至于书写体式，盖因受到文化习俗影响所致。在下偏爱皇象前辈书写体式，加之先祖与皇象多有往来，自小受此熏陶罢了。"

左思突然板着面孔说道："老朽在琢磨，老朽在追忆。陆著作，你刚才说甚离经叛道？老夫有一问，你之书体已跳出皇象之窠臼，算甚欤？"

陆机又伏在桌几上，沉浸于惊喜愕然之中，他没有听清楚左思在说什么。一会儿，抬起头来又一次看着左思，说道："在下崇仰皇象，每日将法帖临写数遍，循规蹈矩，从没有想过跳出窠臼，以为断无可能。"

左思说道："陆著作，《文赋》没有踩着前辈脚印前行，因此才轰动京城。"

"那是机于小昆山苦读十年结下之硕果。彼时士衡一心想着一鸣惊人。左思大人，你书写《三都赋》殚精竭虑十载，你之硕果曾让在下望而却步欤。"

"陆著作此言正说明超越前人有多么困难，但是，难仅为难矣，如此而已。不瞒你们，老朽书写《三都赋》确是想超越前人，否则不会殚精竭虑十载。现在想来也不过是另辟蹊径，循着一条适合老朽前行之路走也。同样道理，世宏仁弟怎就不可以在书写体式上行以那条唯他所有之蹊径耳。"

听了左思这番话，陆机似茅塞顿开，用力拍打着前额说道："正是如此。这已经完全不是当今流行于世之书写体式。你们看这磙之写法，落笔后将侧锋力道左右逢源，均匀摆布，力道将尽时缓缓卸掉笔势。这形状多像世宏侍中将他那把心爱长刀提在手中，置于身体右侧，随时准备迎击对手。这一笔哪里还有草书之规矩。"

左思一拍巴掌，像是猛然想起什么，问道："世宏仁弟，可否将你写字用笔让老夫观赏？"

王旷笑着说道："今日未带笔来，若是那样，诸位会嘲笑旷心急气躁，毕竟毛笔不是我常用之物什。我只是喜欢使刀。刀随心法，笔随刀法，于是乎，自然便有了心仪之书写方法。说得透彻一些，不过是手中之笔依着自家刀术路数穿走跃动于书写之范式中，实在不值得各位兄台如此抬举耳。"

听了王旷的话，陆机和左思面面相觑，如此需要功力如此玄妙无比又如此难以琢磨的书写体式，在王旷看来不过是心随刀动、手而为之罢了。这话也说得太奇妙了，左思抬手拍了拍前额，说道："老朽闻此言如坠浓雾之中。世宏，你这书体笔画若是从刀法而来，太令人难以置信。刀者，兵器也，杀人之利器也。舞刀弄枪之人如何会在弑杀之中领悟出书写体式？以我之智慧似难以探求二者之关系。仔细琢磨这两幅诗作抄录书写体式，已经难有雷同之处。而且，老朽之所以要观赏你书写用笔，因实在难以想象，以我们所用之笔，如何能写出此种体式来。"

陆机重新俯下身，盯着书稿说道："依余之感受，此书写体式似这般行云流水实在是石破天惊。实话相告，在下不敢对这书体妄下评语，乃无力而为之耳。"

左思也有同感。

陆机又说："你们看这里，这侧哪里还有巨石坠下之感，分明是落笔不再拘泥于庄重，走势轻盈而有张力，看看，居然出现回笔之势，着实令人惊叹不已。哎哟哟，再看这侧与勒之间似有若隐若现之丝线相连，哪还有当朝书体之痕迹？"

王旷笑道："刚才各位兄台对旷书写体式说了许多让旷似懂非懂之话语，小弟诚惶诚恐。思来想去，几位兄台方才所言似对小弟所为有痛心疾首之愤慨。我听到士衡兄称之为离经叛道，因此，内心惶惶不安。想我王旷终日身居皇宫内，伴随皇帝左右，亲眼看见围绕着皇室威权发生的诸多丧心病狂之事，内心之波澜激荡可想而知。这些年以长刀为伴，以诗书为友，以笔墨宣情，算是没有自暴自弃。"

陆机急忙说道："机哪里敢有愤慨，阅世宏书写之体式，一时受了惊吓，乱了方寸，浑浑噩噩也不知都说了些甚。实在抱愧。"说着，起身拿起王旷写的书法作品，再一次仔细看过一遍。"刚才说到世宏所写字迹与今日之书体实在已无有相似之处，还可以指出一二，各位请看，这掠（长撇之古称）与啄(短撇)本是互不相干之笔，原本策（提）与掠可一笔写就，掠之后提笔凌空而跃，再落笔才生出啄之形状。然，各位看这水字是怎么写出来的，掠之将尽则啄之生焉，看上去相向两笔虽被横亘于二者之间一弩（直画）而阻断，却被世宏手中之笔轻轻一跃，将二者藕断丝连焉。实在出乎想象，太出乎想象欤。"

左思禁不住拍桌喝彩起来："陆著作所言极是，所言极是也。刚才对世宏仁弟写就书体发表过议论，现在想来，肤浅至极，肤浅至极。没想到世宏仁弟将字迹书写成这个样子，老朽一时间居然不知如何评判才好。老朽离开秘书监已经有些年头，阅历顿现浅薄。四方八面送达朝廷之文书更是没有再看到过，难道这又是哪位隐士出山之作，被世宏仁弟发掘出来欤？"

王旷连连摇头，嘴里一个劲儿地说："岂能岂能，非也非也。旷虽不才，却也知道自家书写体式已经背离常式，不敢妄称独创，但真的是由心而生之作。请足下与士衡兄指点迷津，期盼早日迷途知返耳。"

被晾了许久的刘琨对陆机和王旷如此惺惺相惜之情早已看不下去，此时不无讥讽地说道："陆士衡若能给王侍中指点迷津，京城名士公认之领袖琅琊王夷甫又情何以堪。他二人可是一个家族兄弟。"

王旷没有理睬刘琨的挑衅之言，慢慢收起书卷，捆绑妥当后交到陆机手里。

陆机怎会与刘琨一般见识，当然也不搭理，甚至不看刘琨一眼。

刘琨又说，这回确是在挑衅了："陆士衡，你我都曾是贾谧之文友，你怎可如此轻慢于我。难不成你现如今做了司马伦掾属，得那不学无术之徒宠幸，就以为可以自恃清高焉？"

陆机很是惊诧刘琨当着众人说出这样的话语，他说道："刘越石，你曾为京城名士，即使不谢大相国不杀之恩，也断不可在苟且偷生之后如此轻狂逾矩。你若真如此愤世嫉俗，何不效法许由之岩栖，台孝威之凿岩而居乎？"

刘琨一跃而起，说道："陆士衡，不要以为赵王会如孟尝君之善待冯谖一般对你礼贤下士。你敢拦住司马伦座驾手弹长剑，吃鱼坐车，看看那老儿会如何将你弃如敝屣。"

陆机一阵冷笑，不再理会刘琨。王旷伸手在陆机肩上拍了拍，以示宽慰。

刘琨见此，更是恼怒，又要恶语相向，被坐在旁边桌几的牵秀拦住，说道："刘越石，这里除却王旷大人外，都曾经是二十四友成员，即使不惺惺相惜，又何苦出此攻讦之言。我等受废后之扰，惊魂未定，太冲大人邀请众人前来评品诗赋，高谈阔论，纾解疲惫之身心。你如此恶语相向，扰乱群情，又怎对得起太冲大人之盛情？"

陆云这时也站起身来，走到正堂挂剑之处，卸下主人挂在墙上的长剑，说道："刘越石，在下十年前就听人说起你每日闻鸡起舞，叫嚣欲志枭逆虏。好个雄心壮志，只是至今未见你跃马扬鞭，血染沙场。在下不才，十四岁便和家兄随家尊作战，虽为羊祜大将军所败，家破国亡，至今日也未敢消沉怠惰，我兄弟二人十数年来为大晋王朝勠力效劳何罪之有乎？来来，拔出你剑来。你乃大汉遗少，我乃吴国开国元勋之后，在下想领教你这闻鸡起舞之后靠何种本事与那些犯境逆虏厮杀矣。"说着，拔出长剑。

刘琨怎会示弱，也起身取下一柄长剑，正要拔剑，只听左思不紧不慢地说道："二位大人且莫剑拔弩张，一来老夫这里乃皇亲府宅，不可有刀光剑影。二来，众人尚未对老夫刚才所题之'绵绵若存，用之不勤'之语发起议论。"说到这里，他示意二人将长剑入鞘，又说："老夫冒昧揣测，所谓绵绵若存意当为万物生发，似生似死，若有若无，时断时续，若存若亡，连绵不断，亘古不绝，是为宇宙之极妙之处。我等自然意不能及，心不能骛，力不能阻焉。既

061

如此玄妙，非人力之能逮，不如顺其自然，随波逐流，虚怀若谷，悉心呵护，以用之不勤而至生生不息也。老夫此言实为抛砖引玉，然而今日突发状况，令气氛大损。不妨就此打住，散了吧，散了吧。"说罢，缓缓坐下，阖目静坐了。

王旷和陆机从左思府邸出来，已是后晌。两人比肩而行，一路走起来，春风拂面，心情顿时舒畅起来。走了一段路，陆机才说道："世宏，你那日正告孙秀不得逾矩，实在令为兄心情大悦。一直以来，为兄被一些事情纠缠，心绪烦乱。平心而言，为兄不屑于与孙秀那一干人等为伍，然而却也难以置身其外洁身自好，因此深感苦闷。"

王旷说道："以兄台性格，怎会被不屑之事不伍之人纠缠住欤？想当年王济大人身为先皇武帝大驸马，你对他尚且敢于反唇相讥，遑论孙秀这般提履之徒。"说到这里，王旷模仿着王济的河西口音说道，"陆士衡看看我这桌几上之羊酪，扑鼻香气能让人醉欤，你那江东江河湖汉密如蛛网，哪里觅得与羊酪美味比肩之美食。"

陆机好奇，问道："我又如何应答之？"

王旷笑道："当真要让愚弟学出来？"

陆机说道："事情已经过去十年，为兄早已淡忘，你怎么会学得出来。饶是有些不敢相信也。"

王旷清了清嗓子，模仿着陆机的口吻和口音说道："愚弟若学得走了样，万望兄台见谅。'江东水乡，千里莼羹，未下盐豉。'学得可有走样？"

陆机拍起手来，赞道："世宏那时尚未入仕，怎能学得如此惟妙惟肖？"

王旷也不隐瞒，说道："是跟甫夷阿哥学。那时，咱家对士衡兄颇为崇仰。"

陆机只是笑笑，然后叹了口气说道："当年从江东过来友人要返回江东，约我一道返乡，到那里官府谋个差事。我很是犹豫不决。十几年前带着弟弟应诏来到京城是为了家族荣誉，也为了自己能出人头地。当年国破家亡，我那贵为吴国三司之先祖一生功德荡然无存。我兄弟二人从流放地被释放之后，远离世尘喧嚣，悬梁刺股，卧薪尝胆整整十年，只为光宗耀祖。来到京城，已近而立之年，这些年也算是惨淡经营，但总是不尽如人意。"

王旷表示理解，说道："兄台之难处为弟感同身受，只是我非胸怀大志之人，既无雄才大略，亦无远见卓识。故而，愚弟也无法愚兄台释怀。然，你言称陷于两难之境地，一定是故乡那里无法了却你苦修十载为之奋斗之强烈意愿，而你又不是苟且偷安之人。京城这里也是受到掣肘，令兄台举棋不定，进退维艰是也。"

陆机说道："知机者世宏也。亡国之后，我与弟弟颠沛流离侨居他乡，寄人篱下，内心想法很难有人能理解。坦率说，这些日子发生在我身上的所有事情让为兄苦恼不已。"

王旷想了想说道："兄台当是因交友不慎而苦恼吧。世宏有一言相告兄台，那孙秀非光明磊落之人，与贾谧和潘安仁相比有云泥之别耳。旷担心兄台与之过从甚密会误了前程。"

陆机神色有些黯然，叹口气，把话题岔开来，说道："为兄有许多难言之隐。今日目睹世宏书写之字，更是敬佩有加，你之书写体式现下怕是阳春白雪，合者寡少，但依为兄之见，似有源远流长之势。"

王旷看出陆机不愿意评价孙秀为人，于是也就说道："书写之初，心无旁骛，只是近来思乡心切，我做这些一来确是心得连连，再者也想为犬子留下为父文武兼备之品德，以为继承焉。"

陆机说道："世宏，前面就是皇宫东掖门，我们就此分手。为兄有一句肺腑之言说于你，希望你从今往后能逢凶化吉，遇难成祥。"

王旷说道："多谢兄台好意。只是不知兄台所言，何为凶险，何为灾难？"

陆机叹了口气，说道："世宏，你先前几次问为兄怎会私动中书省馆藏文书给相国，现在可以告诉你了。废后之前，相国亲自找到为兄，望我能以大晋王朝之长治久安为己任，他以皇族之身，核查太子手写那张引来杀身之祸字条之真伪。为兄早就听说你为救太子冒险奏请皇上，想来对太子感情甚深。于是便将那几张文书拿给赵王，果然字条并非出于太子之手。为兄并非有谄谀相国之心，可是废后事成，相国却将为兄视为股肱，这实非为兄本意。"

王旷喝了一声，说道："士衡兄不必多虑，赵王辅政自然需大肆提携才俊。你本为江南名门望族之后，对顾荣、贺循如此一干江南才俊颇有号召力。相国虽作战无能，却难说用人愚笨。"

陆机说道："不瞒世宏，为兄对孙秀之才情心知肚明，亦是颇为轻蔑。至于赵王，毕竟是宣帝之后，他若真心辅佐皇上，勠力大晋王朝，机怎会二心。世宏，你对皇室忠心不二，世人为之钦佩。只是你在宫里，为兄担心城门失火

063

殃及池鱼。你要多加小心才是。另外，孙秀在人前人后张口闭口只有宣帝，并不避讳，个中用意还望世宏仔细揣测为好。"

陆机还要说什么，老远听见牵秀喊他快快过去，陆机扬扬手中王旷送的书卷，算是告别。

第九章

　　羊献容被接入皇宫后的第二天，羊玄之从早到晚央求刘曜搬出宅院，也将心中无奈表现得淋漓尽致。第二天，刘曜只得万般不情愿地搬离了羊玄之家，住进鲜卑可汗的质子拓跋申拉家里。虽然拓跋申拉对刘曜突然强烈要求住在自己家里感到蹊跷，却不想问个究竟。而且，这位匈奴五部大都督之子自打搬进来后也不与人说话，深深扣入眼眶的双眼冷峻而又绝望，常常独自一人在院子里仰天长叹，踯躅徘徊。拓跋申拉照例早出晚归，有时候会带些酒肉回来，家里的仆人也会或烙几张胡饼，或擀一板面条，让这位一天到晚不言不语的客人填饱肚子。那天喝酒的时候，拓跋申拉问过刘曜何以愁容满面，如丧考妣，刘曜却好像根本没听见似的，只顾闷头喝酒，抬头叹气。只有一次，刘曜突然问道："我若请求家尊出兵攻打洛阳，会是何结局？"拓跋申拉大笑不止，笑罢喘着气说道："你一定患了失心病，疯了。以你五部实力，令尊甚至通不过平阳就会被灭掉。除非，五部联合咱家鲜卑部落和那几个氐羌部落，还有得一搏。呸，你说这些岂不都是废话？永明，为兄一直不敢问你，今日借着酒劲儿，斗胆问一句，你想造反，所为何由？"刘曜没有解释，只是说道："前几日你小子喝酒失言，说异族五个部落联合起来可以灭了那个呆儿皇帝之大晋王朝，我不过跟着说说而已。"

　　这天，拓跋申拉早早地从外面回来，还买了几坛上等粟米酒，让家仆弄了一桌下酒的小菜，与刘曜对喝起来。酒过三巡，拓跋申拉说道："永明老弟终日愁容满面，为兄不敢多问。想你顶天立地汉子，从未见你长吁短叹过，这些日子是怎么啦？你奉父命来给皇上进贡，难道贡品不被皇上看好？嗤，那呆儿皇上何以知晓好坏也。"

　　刘曜并不作答，接连干掉三碗酒后，突然问道："申拉老兄，你可结识能在皇宫里行走之人？"

　　拓跋申拉想想说道："本王子不屑于结识那些汉官。不过，听人说起这些日子深宫里又生变化，皇上还是那个呆儿，皇后却换了新的，城里关于新皇后倒是有不少传闻。"

刘曜拧着眉毛问道："都是何种传闻？"

拓跋申拉啧啧了几声说道："貌若天仙，嫩得出水。呆儿皇上艳福不浅。"

刘曜将手中的酒碗扔向墙壁，酒碗应声粉碎。

拓跋申拉吓得跳将起来："永明，那皇后跟你我有何干系？你我部落里随便拽出一个女子也让汉家女人望尘莫及。你又何苦如此恼怒？"

刘曜情知失态，强压怒火，说道："听你说过，令尊和张司空裴中书令很是要好……"

拓跋申拉急忙摆手打断刘曜的话，说道："快别再提这个，这几位老臣都叫司马伦给砍了脑袋，还株连三族。"

"呆儿皇帝迎娶新皇后可是大晋举国之事，兄可曾听到城里百姓对此有何议论？"刘曜问道。

拓跋申拉接过刘曜递过来的酒碗，一饮而尽，说道："都是些关于羊家如何在家里欢天喜地筹备喜事之传闻。不过昨日为兄听人说，这次呆儿皇上迎娶皇后会在城内巡游。"

刘曜一惊，抓住拓跋申拉问道："也就是说，这些日子羊献容没在皇宫里？"

拓跋申拉不明就里地将听说到的皇帝迎娶的程序说了一遍，然后骂道："嗤，一想到那傻皇上娶到羊献容这样的美女，我这心里头就憋屈得慌。"

刘曜不想再谈这个话题，说道："刚才问你可曾结识过宫里的要员，你还没回答。"

拓跋申拉想了想说道："倒是有一人，给事黄门侍郎，武帝司马炎之婿王敦，此人十分好酒，酒量极大，你我根本不是对手。我与此人喝酒多次，从未见他醉过。刚才出去买酒正好遇见他，说是要到马市酒楼和宫中次直侍中王旷喝酒呢。"

接下来，刘曜再无话说，闷头喝酒，只拓跋申拉独自说个不停。

晌午一过，宫中便不再有公事升朝。几位次直侍中照例从司马门，经显阳门、宣阳门、升贤门，直到议政殿大门巡视一番。司马门外不分昼夜都有禁军守卫。

巡视之后，王旷和嵇绍一起离开皇宫，出了西掖门后，嵇绍要去左思家小酌叙事，而王旷则去了王敦府上。昨日升朝，王敦表情神秘地让王旷务必到宅邸一见。

王旷敲开王敦府邸的大门，却被告知王敦已经在东阳门内那家经常被贵族光顾的酒楼等候着呢。

酒楼地处洛阳最繁华热闹的大街，街的北面是贵族居住区，南面是军营，酒楼就在街南面的马市附近。这条街向北穿过贵族居住区直抵皇室府邸园区，向南直达开阳门。开阳门外就是太学所在地了。

王旷赶到酒楼，王敦已经叫齐了酒菜。

兄弟二人快快地喝干了三坛老酒，王旷这才问道："换到这里说事，所为何故？"

王敦忧郁地摇摇头说道："昨天，淮南王司马允差人唤我去。他认为赵王违逆众臣意愿，独断专行，任用奸佞，大晋王朝前途险恶。而今日又有传闻说要诛杀张司空与裴中书一干重臣，其中必有惊天阴谋。淮南王似要为皇室嫡亲子嗣以及一众藩王出头与赵王对峙。"

"淮南王有何计划？"

"司马允言称，先祖文皇帝创立之大晋王朝岂容司马伦一手遮天。他欲要带领皇室嫡亲兄弟夺回辅政大权。"

王旷叹了口气说道："淮南王最得皇上信赖，不然怎会有皇太弟这一传说。淮南王也许并不想做皇太弟，但又极其厌恶司马伦为人做派。以我之见，赵王绝对不会容许皇上几位嫡亲弟弟参政，而且也不会就此善罢甘休。"

王敦也有同感，说道："淮南王非常清楚以赵王性情不会如此杀气腾腾。他也清楚赵王做出杀戮之事，身后出谋划策之人必是孙秀。看淮南王满腹愤懑却不知所措之模样，阿哥很是怜惜。世宏，不如我兄弟二人潜入金谷园杀了那孙秀，也算是为大晋王朝除了隐患。"

王旷瞪了王敦一眼，知道王敦不过信口说说，便将废后那天晚上看到废太子的假诏书和从陆机那里得知潘岳伪造太子反书一事说给王敦。

王敦听后沉默不语，两人都显得心情郁闷，于是便狂饮起来。

刚饮下一坛酒，酒楼窗外响起喧哗声。两人听见嘈杂的闹哄声中有女人凄厉地喊着："美男子，美男子哟！"急忙起身来到窗前向窗外的街道看去。

只见禁卫军兵士押着一干被五花大绑的人从街道上缓缓通过。被绑的人中以黄门侍郎潘岳为首，身后跟着的正是名震京城的二十四友的部分成员。想当年，潘岳时常乘着羊车在京城转悠，每每此时，便会被众多女子团团围住，女子们手手相牵，娇声萦绕，令潘岳很是享受。女子们会将手中果蔬投入潘岳乘坐的羊车上，潘岳每次返回家中真个是果实累累，满载而归呢。相当长的一段日子里，这在京城已经成为一道令众多男子羡慕嫉妒恨的妙不可言的景观。

而眼前的潘岳完全没有了当年的俊美。潘岳已经五十四岁，老态龙钟，神情晦暗，失魂落魄，脚步踉跄。在众人围观下，潘岳低垂着头颅，双手被粗壮的麻绳捆绑着，麻绳后面连着一长串被抓的人。围观的男人们不断丢出的蔬菜瓜果纷纷砸在潘岳的头上身上。

王敦见此情景禁不住哟了一声，说道："潘安仁年轻时长得太过漂亮，弄得他这一生时运不济。用他老人家的话说，得识鲁公，黍谷生春，好不容易出人头地，这把年纪却不自重，惹出杀身之祸来。"

王旷点点头，表示赞同。

"世宏，你能救潘安仁却袖手旁观，又是为何？"王敦叹道。

"阿黑哥，废太子之后我与你送愍怀太子前往旧都许昌，一众人等说到潘安仁，你恨不得食其肉寝其皮耳。"王旷冷冷地说。

"嗤嗤，若非他伪造愍怀太子手迹，怎会闹出如此大难也。潘安仁乃咎由自取，死不足惜。'教无常师，道在则是。故髦士投绂，名王怀玺，训若风行，应犹草靡。此里仁所以为美，孟母所以三徙也。'"王敦故意吟诵了潘岳《闲居赋》中的一段。

突然，酒楼楼梯上响起了重重的脚步声，二人不约而同转过身去。

只见一高大魁梧的汉子快速走向二人。

这汉子二十岁上下，身长七尺有余，垂手过膝，面白如雪，双目深陷，一看便知是域外人氏。只见这汉子四下里扫视一圈，看到坐在酒楼里面的王旷和王敦，便甩着大步走过来。来人正是刘曜。

王敦认出此人，说道："这不是刘左帅的义子刘曜欤？他怎的一脸丧气？"

距那日仅过了几天，刘曜就像变了一个人：面色憔悴，目光恍惚。王旷与刘曜其实认识已有多年。那时候刘曜不过十几岁，出口却俨然是饱读诗书的学究夫子。这让王旷对刘曜另眼相看。

只是刘曜嗜酒，酒态狂野，曾在皇上摆下的款待刘渊的筵席上大肆喧哗，遭众臣厌恶。王旷也曾多次上前制止，化解了不少冲突。因此，每每事情过后，刘渊总要带着刘曜到王旷在宫中下榻之所来表示谢意。有时候正遇上王旷习练书法，刘渊就一定让王旷抽点时间教授刘曜。虽然刘渊从没有提及让刘曜拜师学书的话，但每次教授完毕，刘曜总会向王旷行学生之礼。这段关系，王旷从没有向他人说起过，连王敦都不知道。

刘曜快步来到王旷面前，深深一拜，说道："贸然搅了大人兴致，还望恕罪。"

王旷让刘曜坐下说话，刘曜不坐，又是一拜，说道："在下来请求王旷大人阻止我那献容阿妹奉诏入宫。"

王旷说道："既然你知道是奉诏入宫，我又怎能阻止？"

王敦在一旁插话道："皇上召选后妃，举国尽知。"

刘曜横了王敦一眼，显然对王敦插话很不满，然后说道："我与容儿妹妹青梅竹马，皇上曾在裕华阁亲允将她许配于我。皇上金口玉言岂能出尔反尔！"

王敦又插话道："此话若是别人说出，我便可当下斩杀于此钦。"

刘曜不理睬王敦的挑衅，继续对王旷说道："在下此来是求王侍中大人成全，都说你在皇上面前说话一言九鼎。"

王敦又插话说："小子，此话差矣。普天之下，只有皇上说话才是一言九鼎。"

刘曜被激怒了，吼叫道："我知道你是谁，你一个给事黄门侍郎怎会知道王大人在皇上心中之地位。羊献容是我之妻，她是皇上亲赐予在下之妻耳！在下认定羊献容耳。"

王敦原本只想调侃，听罢此言，勃然大怒，斥道："你乃匈奴之子，臣民也，怎敢张口闭口侮辱咱家大晋王朝即将册封之皇后，是可忍孰不可忍也！"

王旷急忙阻止二人，说道："刘曜，那日接羊献容进宫我就对你说过，此乃天意使然。你不可再纠缠于此。何不在京都朝官人家另行寻觅汉家女子结为伉俪。岂不亦为美事一桩。"

刘曜怎能听得进去，说道："此行前来京都进献聘礼，行前家尊叮嘱定要让我将心仪已久之羊献容带回部落完婚。家尊知晓在下恋慕羊献容经年，说出此话，也是希望了却在下一桩牵挂经年之心事。"

王旷好言劝说道："大晋皇上尚有四位公主，长女河东公主已到出阁年龄，何不让令尊刘渊大人前来提亲，两家结秦晋之好，岂不更是一桩美事？"

刘曜怎能听得进去，悻悻道："在下以为皇上言而无信。王大人，刘曜央求你再与皇上商榷，不然我要回去找爹爹，让爹爹前来与朝廷说理。"

一旁早就听得不耐烦的王敦眯起眼睛，语气轻蔑地说："你这冥顽不化的匈奴小子，王侍中已苦口婆心将好话说尽，你居然无动于衷。那么我就再重复一遍，羊献容现在已经是皇后，你别再做春秋大梦。回去找你爹爹更好，让他在部落里找一个女子与你结为夫妻，既不违情理，也不逆族规。执意纠缠不休，你是想要找死？"

刘曜跪在地上没有起身，仰起脸来看着王敦，坚毅地说道："若能为容儿妹妹而死，刘曜自认死得其所。咱家也是大晋王朝赫赫有名之贵族。"

王敦说道："马上就不是了。"

刘曜不理睬王敦，继续说道："在我的部族里，无人敢跟我争女人。"

"可惜，在大晋王朝的京城之中，你小子不过蝼蚁一只。"王敦凶狠起来。

刘曜转过身面对着王敦："王侍郎，别以为你是驸马就可以如此轻慢于我。在五部里，公主多得就像蝼蚁，你不过娶了个蝼蚁。"

王敦的刀已经抽出来，想了想，又把刀插回刀鞘里，解开腰带，卸下佩刀，舒展了一下腰身。"来欸，来欸。用刀宰了你小子怕你不服，你族人不是善摔跤欤？我倒要领教一番。"

王旷知道拦不住，只好由着两人摔起来。

两人四手相抱，四目怒视，四腿乱踢，打得不可开交。结果，王敦无数次被膀大腰圆的刘曜摔倒在地，直到王敦怒不可遏抽出长刀又被王旷死死拉住，这场打斗才算终止。王旷叫刘曜快快离开酒楼，刘曜怎会听得进去，梗着脖子又一次冲上前来，被王旷一脚踹了个跟头，这才清醒过来。

出了酒楼，刘曜气急败坏地回到拓跋申拉家。他那张被愤怒扭曲的面孔把拓跋申拉吓了一跳。而接下来刘曜说的话，将刚刚酒醒过来的鲜卑部落首领的儿子吓得一屁股坐在了地上。

刘曜一把抓住拓跋申拉的胳膊，恶狠狠地问道："拓跋兄，你能帮我在京城找几个会弄枪使棒的弟兄吗？要不怕死的那种。"

拓跋说道："咱家兄弟都不怕死，你要作甚？"

刘曜咬牙说道:"我要杀了那呆儿皇上,杀了他。"

拓跋申拉双腿一软,坐在地上说不出话来。

刘曜抓起拓跋申拉,说道:"你若找不出不怕死之兄弟,你就得跟我一起干。"

拓跋申拉终于回过神来,说道:"凭你我别说是杀皇上,还没等靠近他咱就身首异处软。"

刘曜仰天长叹一声:"死有何惧?"

拓跋申拉惊恐地说道:"老弟,弑君之言但要传出这间屋子,你我人头落地不过迟早之事。万万不可鲁莽,意气用事。"

"那呆儿强抢我之女人,这要在部落里便只有以死相拼了。"刘曜眼睛放射着狂躁的光。

"呸,你真是疯了,为了女人,为了羊献容?呸!"拓跋申拉跳起来抽了刘曜一个耳光,反被刘曜一拳打倒在地。拓跋申拉爬起来继续骂道:"你小子难道置你家刘渊大人死活而不顾?你杀了那呆儿,大晋军队就会灭了你三族。这还不算完呢,还会灭了五部。弄不好还要连累咱家鲜卑可汗。你这混蛋,你这疯子。"

等拓跋申拉骂够了,刘曜目露凶光,瞪着拓跋申拉,问道:"你这酒鬼,给我一句爽快话,干还是不干?"

拓跋申拉突然号啕大哭起来,一边骂道:"你这疯子,你这混蛋。你是决心要咱家鲜卑可汗断后啊!"

刘曜朝着拓跋申拉脸上吐了一口唾沫,转身就要走,被拓跋申拉死死拽住,哭喊道:"永明老弟,你根本杀不了呆儿皇上。你知道那个王旷有多厉害。这些年多少人要杀那呆儿皇上,最终都死在王旷刀下软。"

"我刘曜硬是不怕死。"

"难道你就不想报答刘渊大人养育之恩?没有刘渊大人,你算个什么东西。你以为你是贵族,呸!你就是个叫花子,是被人扔在街市里的臭要饭的。"

刘曜停住脚步转身揪住拓跋申拉,照着面门打下去,直打得拓跋申拉口鼻喷血,然后骂道:"你敢再说我不是贵族,我就敢杀了你。"

"杀了我,杀了我。横竖都是死,可我不能害了我家大人和我族人。"

071

刘曜松开拓跋申拉，说道："罢了罢了，这次就听你的，不杀呆儿皇上。但是，咱家一定要抢回自家女人。"

说罢，刘曜冲出拓跋申拉的家。

第十章

准皇后羊献容在宫里待了三日，然后依照皇室规矩被送回家准备被迎进宫去。

皇上钦点嵇绍为迎亲主管，随嵇绍前来的有后宫廷尉，后宫廷尉还带了五十名皇家禁军军士，将羊家小院围得水泄不通。

此刻，羊家后院的闺房里，羊献容在脱去旧日服装前扭捏了好一阵子，实在不舍得脱下。冬天将尽时，羊献容就早早地和母亲一块儿动手缝制了这套春装。这套春装完全是依照羊献容最喜欢的款式设计的。上衣的面料是京城最流行的蜀地蚕丝制品，色泽淡雅，橘黄底色上绣着淡粉色的桃花，领口和袖口上绣出的花朵，花与花相连，瓣与瓣相接，端的是美，叫人爱之不忍着于身上。襦衣长裙，大袖翩翩，饰褶层层叠叠，腰间系一抱腰，外束一条绣了几只黄莺的丝带，软软地垂在腰间，当风飘逸，那优雅摇曳的风姿，似仙女下凡。

皇宫里送来的皇后盛装就悬挂在闺房一进门的地方。皇后的装束和她这样的贵族家女儿的服饰区别并不大：衣衫也是对襟样式，软丝制成，肥硕宽大，服装上端在肩和腰的部位自然垂下，由于十分轻柔，因此垂下的部分则形成天成垂直的褶皱。领、袖均有一道缘边，袖口缀有一块不同颜色的帖袖，帖袖上绣着皇家才能使用的云朵和牡丹。下装依然是色裙，只是裙子是那种极为罕见的丹碧纱纹双裙，无论材料还是款式都是羊献容不曾见过的。耳边是花儿和草儿的闲言碎语，两个丫头正啧啧地夸耀这件长裙呢，说长裙的皱褶多得数都数不过来。

羊献容还要扭捏，侍女草儿似乎看出主子心中所想，只见她三蹦两跳地进了内间的卧室，又三蹦两跳地跑出来，手中就多了一条纯白色的狐皮披肩。披肩是用一整条白色狐狸的皮毛鞣制而成，极其柔软，毛色清纯。

这时，一个专门负责前院儿的丫头急匆匆进了屋子，伏在羊献容耳边悄声告诉她，五部特使刘曜在当街上高声叫喊要见娘娘一面。羊献容一听，将狐皮披肩披上，抬腿就要出去，被花儿草儿死死抱住。母亲也拦在前面不允许羊献容出去。

羊献容正色道："刘曜乃五部大都督之子，又是咱家世交，怎能置之不理？那是条怎样的汉子娘你是知晓的。我若是不出去让他见过，只怕是倏忽间就杀将进来，岂不坏了咱家大事儿？母亲，你先退下。花儿草儿你们跟着我到院门口去见刘大人。"

来到前院，正撞见在院中张罗的侍中嵇绍。嵇绍见羊献容依然民装在身立时就急了，说道："臣惶恐，皇后何以迟迟不换装？时辰已经快到正午，迎亲的人马早就出了皇宫，你这是要去作甚？"

羊献容说道："五部大都督都刘渊是我家世交，刘渊大人公子刘曜现正在院外。"

嵇绍说道："臣惶恐，皇家规矩，皇后自那天进宫被皇上临幸便已是皇上贴身之人，也是普天之下庶民百姓之皇后，自此就不可再与其他男人有任何来往。刘曜其父曾经是先帝质子，皇后不能再与有此等身世之人生出瓜葛来。"

羊献容说道："既然如此，我只好请嵇绍侍中陪着去见刘曜，还可以带上兵士，想来他这个时候到这里来也只是观个热闹。"

嵇绍也不好再阻拦羊献容，便挥手招来五名军士，自己陪在羊献容身旁，一行人出了院门。

街上早已经站满了军士，把不宽的巷子拦得严严实实。看热闹的百姓已经被赶在了几十米开外处，整条街巷水泄不通。

一行人谁也没有看见刘曜。正踌躇呢，羊献容家的院子里突然响起一片惊呼声。杂乱的喊声中，听得出有人尖声叫道："失火了，失火了。"

显然，所有人都中了刘曜的调虎离山计。羊家后院有一扇很小的掖门，平日是供女仆买菜籴米进出使用的。羊献容就曾对刘曜说过，羊家的主人甚至都忘记了有这样一扇门。见羊献容被人簇拥着来到正门外，刘曜迅速跑到掖门前，用随身携带的短刀拨开门闩，进了后院。从后院穿过厨房，绕过女仆的房子就来到羊献容的闺房。闺房直通前院，可以看见不大的院子已经挤满了人。刘曜飞快地来到闺房，一眼就看见挂在闺房一进门处的那套皇后盛装。刘曜冲上去用力一扯，竟然没有扯下来。他掏出短刀，割下盛装长长的下摆裙，三把两把就撕得粉碎。又挥刀将盛装的上衣割得稀烂。如此做过之后仍不解心头之气，这时他看见烛台上放着的火镰，将火镰打了不知多少次总算引着了浸了火油的棉絮。刘曜不敢大意，小心翼翼将引着的棉絮吹出了火苗。当把着火的棉絮伸到皇后盛装下的时候，刘曜听到了自己的心跳声，双手开始发抖。火苗舔着了皇后盛装那名贵的蚕丝衣料，顷刻间就燃起大火。刘曜将扔在地上的衣服碎片也就着大火点着，然后从衣袋里掏出一枚纯金首饰，放在羊献容卧床的枕头旁，抓起枕旁的一块方帕揣进怀里。他最后看了一眼熊熊燃烧的皇后盛装，一阵快感从心底升起。他像进来时一样迅速离开闺房，穿过厨房，出了掖门。刚出掖门，刘曜就听见院子里掀起的惊恐叫声。他恶狠狠地骂了一声，飞也似的消失在街巷中。

羊献容在禁卫军士的护卫下也回到闺房。眼前的情景让她呆住了：皇后盛装已经完全化为灰烬，闺房里弥漫着浓烟和呛鼻的气味。羊献容紧紧抓住胸前的白狐皮披肩，快步走到床前，就看见放在枕头旁的纯金首饰，是上次刘曜到京城来在金市买给她的。羊献容将首饰抓在手里，现在她知道了，刘曜曾经来过闺房，皇后盛装一定也是他烧的。羊献容内心百感交集，一股说不出来的酸楚涌上心头。那天晚上，她在毫无防备的情况下被接进宫里。从离开家那刻起，她的大脑就一片空白，只记得进宫后，被四名宫女带进一间放着两个大木盆的房间里，脱光衣服，坐进一个盛了热水的大木盆中，她任由宫女将身上仔细搓洗了一遍，然后又将她用一张很大的绣花蚕丝锦缎包裹住，送进了皇上的寝宫。寝宫四角置放的四根小臂般粗细的蜡烛呼呼燃烧着，把寝宫照得雪亮。寝宫中央放着一张宽大无比的龙床。皇上已经躺在卧榻上了，见她进来，一把掀掉盖在身上的锦被，现出精溜溜的胖身子，还用那双相隔很远的眼睛盯着一进寝宫就被脱掉绣花锦缎的她，一边傻呵呵笑个不停，一边用含混不清的声音叫喊着让宫女快快把她放在床上。接下来，皇上就像是一头受了惊的牡牛趴在羊献容身上发了疯似的跳跃着。皇上从她身上滚下去后，几乎刹那间就睡着了。站在床头的女官举着一根小蜡烛仔细查看了她的下身，然后出了寝宫。她听见那女官出了寝宫后跟外面的人说关于皇上临幸后是否记录下来的事情。她听见表哥王旷的声音，蓦然觉着这声音从未有过的亲切。羊献容这时想起了她的永明哥哥，这个一心想把她娶进门用一生来爱惜的异族青年。那个在夜空中响彻云霄的呼唤声此刻又在耳边响起来，这声音凄厉中无尽的绝望让她心痛。说心里话，她真心喜欢这个壮硕的异族青年。在羊献容的家族史中就有过和异族通婚的事情。她的从曾祖母的姐姐蔡文姬就曾被南匈奴掠去，成为匈奴左贤王的夫人。刘曜也是匈奴族人,她当然也想过嫁到那里会过怎样的日子,她相信刘曜绝对不会亏待她。只是这一切都永远不可能了。她那原本打算奉献给刘曜的贞操被身边这位至高无上却傻乎乎的男人给占了去。她得死心了。

人们都散去了,羊献容的闺房也恢复了原先的样子,只剩下布帛燃烧后的气味还残留在屋里,依稀可以嗅得出来。由于刘曜一闹错过吉时,皇上大娶之日延后。嵇绍侍中要留下一班军士驻守在羊家,被羊献容委婉拒绝。这个时候,羊献容正在习惯使用自己的身份,而羊玄之在女儿面前已经不敢做出决定了。

接下来的一天时间里,羊献容没有离开过闺房。

天黑之后,母亲羊孙氏不放心,过来看女儿,见女儿痴痴呆呆地坐在床沿上,双手紧紧攥着那条白狐皮披肩,一脸悲怆,以为女儿还在为皇后盛装被莫名之火焚毁生闷气呢,便说道:"你今日没嫁出去,就允许母亲我再喊你一声女儿。女儿,天火焚衣未必就是坏事,这许是上天认定今天不是黄道吉日,或者那盛装许是贾南风遗留之物,衣服上沾染晦气,担心女儿着此皇后之衣进宫,必定遭受挫折,因此施法术焚之,也未可知。为娘以为,新人着新装才是最好。"

羊献容点点头,没有回话。

羊孙氏走过去坐在女儿身边,说道:"刚才孙秀大人受辅政大相国之托送来厚礼,听说咱家皇后盛装遇莫名之火,一句话没留下便匆匆离去。"

羊献容还是点点头,没有说话。

羊孙氏搂住女儿肩膀说道:"女儿,你这模样,令娘颇为心疼。"

羊献容这才语焉不详地说道:"女儿也很心疼。"

羊孙氏见女儿开口说话,一喜,说道:"女儿,你已贵为皇后,你父亲不敢再进这里,他一直在正堂坐立不安,为你之安危忧心忡忡。何不出去见见父亲,一家人在一起吃顿晚饭,心情也许会好起来。娘专为你做了平日最喜食之葵菜。"

羊献容说道:"还是劳烦阿母大人快快去陪着父亲大人,一会儿女儿心绪爽朗起来,定会去见你们。"

羊孙氏走了,羊献容的泪水突然决了堤似的流淌下来。

第十一章

当天，时辰已至黄昏，城西广阳门外星罗棋布的毡房中，一座豪华毡房内烛火通明，孙秀被一干追随者簇拥着饮酒作乐。毡房主人是鲜卑可汗的儿子拓跋申拉。这片有通道相连接的毡房大约十座，都是拓跋申拉经营的。作为质子，拓跋申拉在京居住了十几年，对京城达官贵人、望族名士的喜好非常清楚。为了投其所好，这十座毡房不仅娱乐形式不同，就连饮酒用的容器也不尽相同。这座毡房是专门用来接待廊庙高官的，而这些高官个个嗜酒如命，酒量极大，而且大多数人还喜欢吸食五石散。

这会儿，围在相国司马孙秀周围的十几个朝廷官员每人面前放着一只陶土制成的浅砗，里面盛有一小撮五颜六色的五石散。众人兴奋地号叫着，用力拍打着桌几。五石散用钟乳石、石硫黄、白石英、紫石英、赤石脂等五种颜色的石粉均匀掺合在一起，服食时必须用热酒送下。因其中石硫黄具有壮阳奇效，能使堕入阳痿苦海的男人重振雄威，这又给五石散增添了令人崇仰的色彩。从而使得五石散在达官贵人中享有了极高的声誉，成为最为时尚的服食极品。

那日孙秀被王旷一通教诲弄得灰头土脸，一连几天心绪烦乱。好在有金谷园那几十名女子可以任由他淫乐，日子倒也过得不算消沉。在孙秀心中，怂恿司马伦称帝，唯此为大，而王旷无碍大局。今天早朝完毕，相国司马伦回到相国府，孙秀见司马伦心情大好，便让一干人等散去，自己在司马伦面前跪下来禀报道："尊殿下旨意，属下派出几队人马分别前往邺城、长安和许昌打探动静，这几日已经陆续返回。游击将军司马冏自离开京城返回许昌，每日寻欢作乐，享受得很。邺城成都王司马颖和常山王司马乂既无功劳，也只好默认现状。据说，那兄弟二人自被驱离京城后并无来往，兄弟之情淡漠得很。而且京城有禁军三万，明公还有私兵一万。殿下不用忌惮任何一位嫡亲封王，而其他宗亲封王对京城朝政更迭丝毫不感兴趣。"

司马伦这时却面有忧色，说道："既如此，本王为何心中总有不安袭扰？"

孙秀劝慰说道："在下以为，因不安而不为会误了成就伟业之大事。"

司马伦说道："孙司马，本王料定你这些时日必有所谋划，尽管说来，让本王做个裁定。"

孙秀说道："明公在上。臣以为，殿下心中不安是源于居住在京城的淮南王司马允。"

司马伦面露窘色承认道："正是如此。"

孙秀故作轻松地说道："淮南王的确很难对付，此人曾征战于沙场，至今手握中护军将军权杖。然，以历朝历代之规矩，不在其位不谋其政。殿下当务之急就是褫夺司马允手中护军节杖，而且要一并收回他都督扬、江二州之兵权。"

司马伦还是有些犹豫不决，说道："本王已经诏令迁淮南王做太尉，然而即使三令五申，可他称病不朝，推诿不就，本王也奈何他不得。"

孙秀恶狠狠地说道："怎会奈何不得？殿下，再颁布诏书，皇上诏书乃天子旨意，无论何人若不遵行，皆可被视为心存篡逆，定斩不赦。"

孙秀看到，自己说出的这番话让司马伦打了个冷战。

回到当下，孙秀抬起手示意众人安静下来，然后说道："五石散得来不易，本司马把事情说完后，你们可以将那五石散吃个精光。皇上本该昨日迎娶册封新皇后，本司马受相国之托前往赠礼，你们一定也听说了皇后盛装被莫名之火焚烧。这不是传说，乃本司马亲眼所见。这是当今皇上气数将尽之征兆，所以召集诸位相国之重臣听听天神为此作何指点。"他指着牙门将赵奉说道："此君通法术，可与上苍说话。我专门叫他到这里来做法，不管天神如何定论，诸位不得外传。"

赵奉是孙秀的心腹，与其一同从琅琊国到赵王司马伦府上。孙秀做了掾属，赵奉做了跟班。因为精通五斗米道作法的程序，虽然在教中仅为鬼吏（五斗米教低级职务），却很得奸令（五斗米道的高级职务）孙秀的赏识。

只见赵奉从衣袋里取出纸笔，在上面写下文书内容，一式三份，然后入定，嘴里念念有词。仔细谛听依稀能够听出来是祈祷于三官。完事之后，孙秀给在座的解释说所谓"三官"指的是天帝天官、地祇地官和水神水官这三位正神。

接下来,赵奉神情肃穆地缓缓打开折叠起来的纸,看了一眼,慌得匍匐在地,嘴里不停地说着:"微臣惶恐,微臣不知皇上驾到。"

赵奉这么一念叨,众人慌得一齐匍匐在地不敢仰视。

少顷,只听赵奉开始说话了,那声音分明是赵王司马伦原音再现,司马伦说道:"诸位掾属向高祖宣皇帝行大礼后,允你等起身端坐。"

众人诚惶诚恐地坐得端正,目不斜视地看着桌几上的那三张写了字的纸,仿佛司马伦的声音是从那里面发出来的。

只有赵奉始终匍匐在地,一声不吭。良久,赵奉猛醒过来,见众人神情敬畏,不知所措,便问道:"刚才发生何事,诸位何以这副模样?"

孙秀问道:"刚才现身发声的皇上怎么是相国?"

赵奉没有答话,而是拿起桌几上的纸张,交到孙秀手里。孙秀看过也是神色惊愕,又将这几张纸传与其他人。每个看过纸张的人无不神情庄重。

孙秀说道:"我提议众卿跪拜高祖宣皇帝诏书。"

于是众人一齐在桌几前重新跪下,朝着那张被奉为诏书的黄纸拜了三拜。

众人拜过,起身围坐在孙秀身旁。孙秀这时说道:"天将降大任于斯人也,高祖宣皇帝指定之皇上即是辅政大相国也。我孙秀如沐春风,甘愿俯首帖耳,终吾之一生如影相随于相国之鞍前马后。"

众人一齐跟着将这话说了一遍,只是换作自己的名字。

待众人重新入座之后,孙秀说道:"三神旨意,诸位同僚都是亲眼所见。高祖宣皇帝指派三神下达诏令,相国必登基取而代之。"他看见陆机和陆云站起身来,示意他们坐下。"陆中书郎你也不用心存畏葸,相国一直很赏识你之身世与才华,所以才在废后关键时候启用你。此次大相国登基并非废帝,高祖宣皇帝天书中也没有提及废帝。如此想来,高祖还是十分疼爱他这位重孙子的。"

陆机兄弟二人坐下来,神情十分不安。

孙秀继续说道:"赵门牙是天师道中之鬼吏,能够直接跟天师对话,他所传达圣谕绝非妄言。诸位不该心生疑惑。"

陆机插话道:"机觉着即使皇上逊位,皇太孙依然健在。太孙继位才是正统。"

孙秀喝住陆机，不许他继续往下说。

赵奉说道："陆士衡，相国对你不薄，你若不识好歹，这里每一个人都不会放过你。"

黄门侍郎骆休也跟着斥责陆机，说道："陆士衡，在这京城名流中，谁不知你虽孤芳自赏，内心却是贪求高位，乃趋炎附势之人。"

孙秀不想让这次重要的议事变了味道，便说道："各位不得群起而攻之，陆士衡之所以得到相国赞赏，还是因其才华横溢。然，陆中书郎你要牢牢记住，京城二十四友中能活下来之人，除却前朝遗老遗少，你兄弟二人是个例外。若非相国力保，你们根本不可能还坐在这里。要知恩图报欤。"

坐在孙秀身旁的赵奉又要借机装神弄鬼，被孙秀制止。孙秀看过众人，才又说道："我们看过天象，将有一颗更大紫微星辰于今冬取而代之。大晋王朝将迎来新君主，这已是天意所示。"说着，孙秀匍匐在地，带头向桌上的天降文书跪拜。

其他人等全都紧随其后匍匐在桌几前。礼拜完毕，众人见孙秀没有起身，就都学着孙秀，长跪不起。

孙秀取跪姿继续说道："明日伊始，我等要遵照天神旨意重修宣皇帝之墓，并将专门为宣皇帝建庙宇一座。"孙秀指着王舆和骆休："你二人全权负责庙宇一事，不得有误。诸位同僚，天神传话，大相国继位之前，此事不得张扬。"话音刚落，孙秀突然从地上跃起身来大声喝道："幕后何许人，还不快快现身。"

孙秀突然而起的喊叫声把众人吓得不轻，纷纷拔出刀剑来。孙秀果然没有看错，躲在帷幕后面的正是这毡房的主家拓跋申拉。孙秀用手指做了个让其靠近的手势，拓跋申拉只好乖乖走到孙秀身旁。孙秀又示意拓跋申拉低下头，拓跋申拉照着做了。

孙秀一抬手揪住了拓跋申拉的耳朵，用力一拽，拓跋申拉疼得大叫起来，拼命挣扎却无济于事。拓跋申拉无法挣脱孙秀的手，只好跪下来求饶。

孙秀这才松了手，问道："你这鲜卑黄须儿躲在幕后欲要何为？"

拓跋申拉老老实实说道："小的一直就候在那里，没敢走开。"

孙秀一瞪眼睛，喝道："为何不走开？"

拓跋申拉说道："是大人让小的在毡房里候命伺候的，小的等着给你们添酒加菜。"

孙秀恶狠狠地说道："你这贱人，不说实话就拉你出去卸你一条胳膊。"

拓跋申拉恐慌地说道："大人，城西这片供京城官员娱乐之用毡房均乃小的财产，只因大人喝住小的，令小的一旁服侍。小的虽为鲜卑族人，却是鲜卑可汗之子。小的认识大人你呀。"

孙秀不屑地哼了一声，说道："好呀，那你就说说看我是谁。"

拓跋申拉双腿跪地，行了叩头大礼，说道："大人是相国股肱之臣孙司马也。"

孙秀呼哈哈笑起来，突然止住笑，问道："小子，你刚才站在那里听到我们说什么？"

拓跋申拉说道："小的听见大人们在比谁官大耶。"

孙秀来了兴致，问道："听出谁官大吗？"

拓跋申拉说道："是相国司马你官最大，而且，你已经贵为国戚了。"

孙秀不笑了，说道："你小子一定不只听到这些，不过今天先饶了你，你若是敢将今天听到之言语传出去，我就让你在京城待不下去。还不快快退出。"

拓跋申拉跪着退出了毡房。

第十二章

　　转眼，迎娶皇后的日子就临近了。这日，拓跋申拉府邸内已经聚集了十多名彪悍的异族青年，从模样上看并非匈奴和鲜卑族人，更像是来自西北的羌族部落和氐族部落。等了好一会儿，才见刘曜急匆匆赶了回来。

　　十几人围坐在毛毡上，中间并无桌几。十几个酒坛已经打开，毛毡中间几只硕大的陶盘里高高堆放着大块大块香气扑鼻的清水煮熟的牛肉和羊肉。

　　刘曜席地坐下，说了声"先吃起来"，说罢抄起一大块牛肋条肉三口两口吃了下去，又抱起酒坛一口气饮下了半坛酒，一抹嘴，环视了众人一眼，然后说道："我与各位兄弟三年前歃血为盟，咱家今儿请诸位来是有掉脑袋大事拜托，哪个不敢不情愿，我断不会责怪，立马起身走人，然从此不再是兄弟。若是等我说出事来，那就容不得不做了。可是明白？"

　　众人齐声叫起来，又是一通酒肉下肚。每人面前三坛酒喝得精光，血也都涌上脑壳，脸涨得通红。

　　刘曜自然也不例外，借着酒劲儿说道："诸位都是永明兄长，容兄弟先行一拜。"说罢，跪地稽首，接着说，"想必各位兄弟都已看过皇宫张榜，那呆儿皇上五日之后迎新皇后入宫，永明欲要阻拦皇后入宫。"

　　刘曜此话一出，众人全都惊住了，每个人嘴里都塞满了牛羊肉，一时间，屋里死静。

　　刘曜接着说道："诸位阿哥先莫要惊恐，听我仔细说来。"于是就将开春进京献礼，皇上在裕华阁当众恩准刘曜将羊献容纳为妻的事情说了一遍。"我曾对容儿妹妹山盟海誓，此生非她不娶。我此次来京便是携了五部联盟大都督对大晋王朝之深情厚谊，带了依照汉家婚娶习俗必需的隆重聘礼而来。然，我正为此欣喜若狂，岂料飞来横祸，羊献容居然一夜之间成了呆儿皇上之肉蒲团。此乃夺人之爱，非君子之所为也；此乃夺人之妻，实属罪恶滔天耳。这些日子，我如活在水深火热之中。我虽倾尽全力，四处奔走乞求，然终究无人理会。我乃堂堂五部联盟盟主之子，却只能眼睁睁看着自家心爱女人被掳进宫去，成为那呆儿皇上砧板上之鲜肉，此生有何颜面面对部落子民？"

坐在对面的拓跋申拉终于咽下嘴里的食物，问道："凭我等十数人又怎能拦阻皇后入宫，皇家禁军怎能容我等靠近皇后婚车软。"说罢，一仰脖子，把酒坛里剩下的酒一股脑倒进嘴里。"我等死活倒在其次，劫掠皇后婚车绝无胜算。你这屠各崽果真疯软。"

刘曜一个跨步到了申拉面前，抓着申拉的衣襟就将他提起来，恶狠狠地说道："我心爱之女人无端被掳，从此断不会再见。换作是你，你能不疯？"说罢，一松手将申拉摔在地上。

拓跋申拉一点儿不想退让，梗着脖子说道："换作是我，即刻快马返回部落，让父王大人当下给我帐篷里添上十个貌美如仙女子做妻妾。"

"呸！此乃卑鄙无耻小人之所为。刘曜既然对羊献容海誓山盟过，便断了对其他女子之念想。各位兄长，我并非让各位手持利刃与皇家禁军军士厮杀，只求拦阻就行。"

羌族部落首领之子万石栗缓过神来，问道："不持利刃，何以拦阻？"

刘曜呼地站起身来，说道："诸位兄长中有大晋王朝五大族群首领之子，又都是以质子之身久居京城，我不敢让诸位为一不相干女子舍命相援。"说罢，将自己这些天来深思熟虑的拦截皇后婚车的计划和盘托出。

众人听罢，又是一阵静默。

还是拓跋申拉最先开口："永明阿弟，你我不仅曾歃血为盟，本公子一直视你为兄弟。到那时我等怎样脱身不用你操心，而你只身拦截皇后婚车，可否想过次直侍中王旷大人岂容你刀下夺人。他可是京城第一刀手。"

"兵贵神速，打他个措手不及。你等在外围闹事必将禁军军士注意力吸引过去，不信他王旷不过去查看。只需眨眼工夫，我必将羊献容掳走。"刘曜咬牙切齿说道。

拓跋申拉呼哈哈大笑起来，说道："刘永明，以你那番身手，怎能眨眼工夫从婚车中掳出皇后？你还是疯了！"

氐族首领之子石离这时开口问道："永明兄弟，就算你将皇后掳走，又怎能逃出京城？"

众人面面相觑，刘曜也一时语塞，但他并非没有想到，而是不想在这里说出掳出羊献容后的藏身之地。少顷，刘曜才说道："各位兄长到时只管拦住禁军军士，帮我脱身即可。我自有地方躲藏。"

饭毕，众人散去，送别时刘曜再三叮嘱众人，那天只管制造混乱，搅散迎娶皇后的仪仗队伍。若非迫不得已，万万不可随他闯进皇后婚车。他一人做事一人担当。

众人走后，拓跋申拉重新坐回地毡上，将十几个酒坛子里剩下的酒都倒出来，闷头喝起来，并不理睬激动不安、在屋子里快速踱步的刘曜。

一会儿，刘曜挨着拓跋申拉坐下来，把地毡上最后一碗酒饮下，说道："拓跋阿兄，若是再听你将我唤作屠各崽，我必砍下你这颗肮脏头颅。你给我听仔细，我为此次劫掠婚车已经三日不得合眼，没有万无一失之把握，自然不敢劳烦一众兄弟。"

拓跋申拉乜斜着眼睛扫了刘曜一眼，将满地老碗中的剩酒一一喝个干净，冷笑一声说道："哦呵呵，你个匈奴疯子，我就知晓你掳出皇后必定藏在我家。你这家伙硬是要害死咱家。"

刘曜呼哈哈大笑一阵后，说道："你可还记得你家当年在金市那爿商铺？"

"自然记得，五年前就被咱家卖掉，换了喝酒银子。啊哟，"拓跋申拉突然噌地跳起身来，叫道，"你家大都督当年从我家手中买下那家商铺后在下面挖了一条地道，我还跟你下去过。"说罢，猛然又委顿在地："去年，你家又将那爿商铺卖给了别人。"

刘曜在拓跋申拉后脑勺上拍了一巴掌，说道："还记得那条地道一直通往城外你家毡房下不？"

"怎会不记得，怎会不记得。记得又有何用？"拓跋申拉嘟哝着说道。

刘曜呼啦啦笑了一气，才又说道："几日前，我将那商铺又买了回来。"

拓跋申拉干号了一声，再一次委顿下来，说道："你这匈奴疯子，咱拓跋族人没做过对不起你家五部大都督之事，你怎就忍心置我于死地欤！"

刘曜看出拓跋申拉难以接受这个可能惹来杀身之祸的计划，不无愧疚地说道："申拉阿兄，此次劫掠婚车只要成功，刘曜向你发誓，定会穷此一生为你效犬马之劳。"

拓跋申拉此刻已经眼泪汪汪，连连摇头，却说不出话来。

刘曜继续说道："你也不用如此悲哀，我今晚就潜入羊家看能否将心爱女人救出京城。"说完，起身就走。

拓跋申拉号了一声，伸手去抓刘曜，一把没有抓住，眼睁睁看着刘曜跑了出去。

"刘曜呀，你这匈奴疯子！"

刘曜听到了拓跋申拉的这声哭号，却没有停住脚步。

屋外，天已经完全黑了。

第十三章

　　已是定昏时分，羊家大院里，母亲让女仆几次送给羊献容的饭食，都被她叫人给端了回去。羊献容没有一点食欲。京城在入夜后就陷入宁静，连那些耽于纵情的纨绔子弟也被巡街的禁卫军士兵驱赶回家了。

　　明天将是与皇上大婚的日子。

　　羊献容父母的贴身女仆最后一次来送饭被羊献容赶走后，她便掏出刘曜留在枕头边的金首饰端详起来。这是一件纯金打制的簪子，针状的簪子通体打磨得平滑光亮，烛火中甚至可以看见上面映出的脸庞。簪子前端的堆头上镶嵌有几枚祖母绿宝石，四周挂着一圈用纯金丝线编织的流苏，做工极其精致。羊献容将金簪子放在耳边轻轻摇动，流苏撞击着宝石发出轻微低沉的声响。羊献容的眼泪又流出来。

　　烛火照耀着羊献容显得有些憔悴的面容，面颊上的泪花在烛光下晶莹剔透。她已经是皇后了，准确地说，她现在是皇上的女人了。想到这里她又感到很是辛酸。

　　屋子外面发出的窸窸窣窣声引起了羊献容的注意。她侧耳聆听了片刻，觉着这声音正向这边过来。她警惕地收起金簪子，从枕头下面抽出短刀来。这把刀也是刘曜送给她的。刘曜那天送刀时说像你这样美若天仙的女子，不知会令多少纨绔子弟魂牵梦绕，因此身旁必须要有用来防身的武器，以保住女人的贞操。这句话既说得羊献容心花儿怒放，又说得她羞怯不已。

　　羊献容拔出短刀，将短刀锋利的刀刃抵住脖子，随时准备为贞洁献身。

　　进来的时候，羊献容忘了关门，这个时候也不敢起身去关门了，只能眼睁睁地盯住那门外的一片黑暗。

　　窸窸窣窣的声音在门外停住了。

　　羊献容壮着胆子问道："何人在屋外伫立？若是强盗你可就要听仔细，你若敢非礼于我，只会见到……"

话没说完，从屋外闪进一个人来，来人进到屋子里旋即关上了身后的门。

这时羊献容已经看清楚了，刘曜正站在屋子中央。她捂住嘴巴没让自己叫出声来。

前院，羊玄之和羊孙氏从卧室急匆匆赶往正堂。两夫妻一进正堂，双双向辅政大相国司马伦行大礼。

那日，赵王司马伦在宫中听孙秀请来的术士声称盛装遭焚虽乃凶兆，却与皇后无关。羊献容的八字里有吉相，该是皇后之命。术士一走，司马伦就让孙秀将迎皇后的日子确定下来。五天之后，大晋王朝将迎来新的皇后入主中宫，此乃国家大事。他这个持假黄钺的天下兵马总都督，司大相国之职，当朝皇上的从祖父应该尽长辈之责，于是，带了随从来到羊玄之府上以表示对未来皇亲的关怀之情。

三人在正堂坐定后，羊玄之猛然想起女儿羊献容，便叫仆人即刻传羊献容来见司马伦。

"你我这样的人怎么可以随便传唤皇后呢，想皇后一定也因烧了盛装而烦恼不已呢。"司马伦安慰说。羊献容入选皇后实乃天意，迎娶册封之日已经请术士进宫卜测了黄道吉日，定在五日之后了。说这话的时候，司马伦已经出了正堂，来到院子里。

司马伦抬头看着漆黑的苍穹，那上面繁星点点。他指着天空说道："宏献！"听到司马伦叫自己，羊玄之急忙凑上前去。司马伦又说："本辅政听术士言称，那些星星皆为地上亡故之人，只有几颗星星除外。你可知是哪几颗？"

羊玄之卑微地说道："微臣不知。"

司马伦纠正说："宏献，你从此不可再使用贱称，你乃皇后生父，虽然现在还只是特进与散骑常侍，然，皇后一旦进宫，本辅政便可为你加尚书右仆射与侍中。如此一来，京城之中有你这样地位之人寥若晨钦。哦，还要告诉你，本公提议封你为兴晋公，这是顶十分厚重之冠。兴晋钦，全靠你家女儿钦。接下来你该买地置房，现在这宅院实在太小，皇后若是省亲，仅出行仪仗就站不下。嘻嘻，宏献，对于官职，你还有何想说的？"司马伦说着，无来由地笑起来。

羊玄之谦卑地说道："臣不敢心存奢求，承蒙殿下关爱提携，臣已然受宠若惊。只是那兴晋公对臣来说盛名之下其实难副欤。"

司马伦理解地点点头说:"兴晋不可没有,此番拥立新皇后,大晋兴盛指日可待。那就先封侯,兴晋侯。等将来再行进爵为兴晋公。你还没回答本相国,想你也不知怎么回答才好。这天上众多之星,只有紫微星与文曲星才是跟地上之奇人相对应,譬如本公便是与紫微星对应之人。"司马伦自知对方根本听不明白这些话蕴藏的深刻含义,便又将目光从天上收回到院子里。这时他看见羊献容闺房里的烛火还亮着,感到很惊奇,问道:"早就过了定昏时分,皇后还没安歇?"

羊玄之这才注意到女儿闺房里亮着烛火,说道:"既然还没有睡下,臣去将她唤来拜见殿下。"

司马伦说道:"不用你亲自去了,让下人知会一声便可。本王该回去了,近日国事繁重,不敢有半点儿懈怠。只要皇后无恙便是大晋之幸事耳。"

闺房里,羊献容已经哭成泪人。羊献容的泪水一则是为不能嫁给眼前这位心仪的汉子而流淌,二则是为刘曜固执地要带她离开京城,自己却无法说服他而流。

两人面对面跪在地上。此刻的刘曜怒火中烧,连眼睛里都喷着火。他劝羊献容即刻跟他逃出生天的话已经说了几箩筐,这些日子想好的话全都倒了出来。羊献容却不为所动,或者说坚决不愿意按照刘曜的意愿行事。

万般无奈之下,刘曜从腰间拔出短刀,意志决绝地说道:"容儿妹妹,你索性就杀了我。你若不跟哥哥逃走,不如现在就杀了哥哥。"

羊献容被吓住了,刚才还喷涌而出的泪水,一下子就无影无踪。那颗小小的心脏被吓得狂乱跳动,以至让她喘不上气来。心急之下,羊献容也抽出一直握在手里的短刀,坚决地说道:"小女心意已经明明白白表达清楚,你若是非要让我与你奔逃,小女也只有一死了之。按照汉家规矩,小女已经是皇上女人,他只要还活着,我就不能从了别人,否则,小女将终生无法洗脱失节之罪。"

刘曜说道:"我也说过多少遍,咱家部族并无此规矩,也永远不打算遵从汉家规矩。女人是水,流到哪里都可以安家。蔡邕之女不也如此而为欤?"

羊献容说道:"蔡文姬是被异族掳去,怎能由着她欤。"

刘曜说道："你也就当作是被我掳走。"

羊献容只好劝道："永明哥哥，你想过没有，大晋天下如此之大，我们逃往何处？哪里才能藏身？有谁敢收留我们？"

刘曜固执地说道："阿哥与妹妹可藏在河东大山里，我对那一带非常熟悉，即使有千军万马也难觅咱家踪迹。"

羊献容知晓刘曜根本听不进去她的话，于是说道："永明哥哥，汉家历朝历代，掠劫皇后皆为诛九族之罪。令尊大人与一众妻息大小，都将为了你我之所为而被斩首。这还不算，赵王还会因此大动干戈，借机讨伐五部。若果真如此，冤死之人将不计其数，而这些冤魂都会变成鬼追讨哥哥与小女，十座大山又怎能容你我藏身欤。"

刘曜沉默了片刻，说道："羊玄之大人与你家母亲难道也会遭杀戮？"

羊献容嗤了一声，说道："你想他们会落到怎样下场？"

"我刘曜不能没有你。"

"永明哥哥……"

"刘曜若没有容妹妹，生不如死。"

"永明哥哥，你想让献容怎么做才不再固执？"羊献容突然站起身来，惊恐万状地说，"永明哥哥你必须即刻离开这里，有人朝这里走过来了，绝对不可以让别人看见你进过这间屋子。死罪呀！"

刘曜也听见越来越近的脚步声，知道再留下去于事无补，伸出胳膊撸起袖子露出小臂来。

"你要做甚？"

"既然我必须走了，你在哥哥胳膊上面割一刀。"

羊献容吓得退了几步。

"依照咱家部族规矩，你让我身上见血，就算你发誓永远是我心属之人。你做这些，上天可见。快呀，快动手。"刘曜催促道。

羊献容被逼无奈，手起刀落，殷红的鲜血一下子从刀口处涌出来，将羊献容吓得花容失色，捂住嘴巴不敢叫出声来。只见刘曜飞快地抓起羊献容送给他的绢帕捂在刀口上，止住流血，说道："容儿妹妹，刘曜向宗庙发誓，不娶你，毋宁死。"说完，一扭身出了闺房，消失在黑暗中。

089

第十四章

　　大殿传下诏书，确定了迎娶册封皇后的良辰之后，王旷先是去了东官，见过太孙司马臧和太孙太妃王惠风。然后才回到官内的住所。

　　回到住所后，王旷先是走了一趟刀术，浑身上下也因此舒坦多了。然后，王旷又将几天前书写的《道德经》片段展开来看了一遍。这段文字是他最喜欢的，每每读来心潮澎湃，思绪万千。书写的时候，王旷特意将这段文字分作两段，前段模仿陆机的书写体式写下："古之善为士者，微妙玄通，深不可识。夫！唯不可识，故强为之容。"本想多写一段，只觉着陆机笔法古朴淳厚、深沉凝重中散发着古意盎然的气息，尽管如此，却似很难表达自己心中的情结，于是接下来的一大段文字，王旷便用了自己经年打磨出来的一种全新书写体式。自家的书体，有如跃马弯弓，虽不发却盛气凌人；又似刀在鞘中，虽不出却杀气腾腾。其状催人感悟，其势令人嗟叹。经曰："豫兮若冬涉川，犹兮若畏四邻，俨兮其若容，涣兮若冰之将释，敦兮其若朴，旷兮其若谷，混兮其若浊。孰能浊以静之徐清，孰能安以动之徐生。保此道者不欲盈。夫唯不盈，故能蔽不新成。"

　　唯经文中"敦兮其若朴，旷兮其若谷"两句，经常会让王旷回忆起家君曾经说过的为他取名的经过：王旷的父亲王正是祖父王览的第四个儿子，而王敦的父亲王基是王览的第二个儿子。那时候，家族人丁兴旺，都住在一座大庄园内。琅琊王氏家法极严，总角之前，若逾矩轻则饿腹三日，重则鞭挞十计；束发之后，若不循礼教，轻则不予出仕为官，重则驱出家门，空乏其身数年，任何家人不得对其施以援手。

　　王旷的父亲王正和王敦的父亲王基在兄弟六人中最为要好，也最为顽皮，小时经常一块儿被施以家法，挨过饿，受过鞭挞，但经书老庄却无所不通，尤以书法技艺超然于众人之上。长大之后，两人约定，如果都得儿子的话，即以道德经中的"敦兮其若朴，旷兮其若谷"这两句文字的首字为孩子的大名。可是，王基的大儿子王含出生时，王旷的父亲王正尚未婚娶。后来老二出生，便取"敦"为名。王旷为王正的长子，出生之后，自然取"旷"为名。

王旷收起书写的《道德经》，又从桌几侧面敞开的木匣里取出那本平日最喜欢阅读的书册《笔论》和一册诗录。《笔论》是东汉末年汉桓帝时期的左中郎将蔡邕亲笔写就。每次看到这本《笔论》，王旷就非常感激尚书郎羊玄之。说起来，从羊玄之和王正这一辈开始，羊家便与琅琊王氏的王正一系有了中表之亲。追本溯源，羊玄之称王旷的姥姥也就是王正的岳母羊氏为姑姑，羊玄之和王正二人虽没有血缘关系，但已经是亲戚了：羊玄之亲姑姑羊氏（羊氏嫁给了夏侯庄）的女儿一个嫁给了王旷的父亲王正，得子正是王旷；另一个嫁给了琅琊王司马觐，生了司马睿。这也是王旷为什么中断太学学业去了琅琊恭王司马觐家做了司马睿的玩伴的原因。羊玄之和王旷的母亲、司马睿的母亲姐俩是姑表亲，也是有血缘关系的。羊玄之的女儿羊献容称呼王正为表姑父。因此，王旷和羊献容也是表亲，互为表兄妹，也有血缘关系。按照辈分，王旷应该叫羊玄之表舅。因为在朝中做事，尚书郎羊玄之和王旷经常会在宫内朝会期间不经意撞见。一天，两人又在宫中遇见，羊玄之突然问起王旷的父亲和母亲，当得知王旷的父亲已经过世，两人不禁怆然，惺惺惜惺惺之情溢于言表。第二天朝会时，羊玄之特意在王旷陪皇上临朝的必经之路上等候，将蔡邕的《笔论》和一册蔡邕亲笔书写的诗录集送给了王旷。那天，羊玄之告诉推辞不受的王旷说，家中得以收藏有蔡邕手书的两本书册，是因为羊玄之的祖父羊耽在从祖父羊衜去世之后，收养了从祖父的幼子羊祜。羊玄之的从祖母蔡氏正是蔡邕蔡中郎的女儿，为感激羊耽对羊祜的养育之恩，从祖母将家传的蔡邕书写的《笔论》和部分诗集赠予羊玄之的祖父，就这样，经代代相传，这些珍贵的书册就传到羊玄之这一代。王旷出身名门望族，琅琊王家的声望令人高山仰止，这样的家族拥有的文化底蕴是何其厚重。所以，将蔡邕传世的法帖赠予王旷也是法帖最好之归宿。羊玄之的这番话说得王旷很难再推辞，只好恭敬不如从命了。自得蔡中郎的《笔论》和诗册，王旷爱不释手，终日如饥似渴地诵读临习。

《笔论》共一百二十八字，虽不长，却字字珠玑，句句深邃。书册用隶书写就，书札般大小的纸张写满了三张。

这时，王旷捧起《笔论》，朗朗读诵道："书者，散也。欲书先散怀抱，任情恣性，然后书之。若迫于事，虽中山兔豪，不能佳也。夫书，先默坐静思，随意所适，言不出口，气不盈息，沉密神采，如对至尊，则无不善矣。"读到这里，王旷情难自禁，盘膝坐下，抄起毛笔，在墨汁中将兔毫笔舔顺，先恭恭敬敬以隶书书体将《笔论》临习一遍，然后，抓起佩刀出了屋子，在院子里又将刀术走了一趟。接着重新回到桌几前坐下，调匀呼吸，铺开纸张，取出心爱的鼠须笔，饱蘸墨汁，开始用自创的书体书写蔡中郎的诗篇《饮马长城窟行》："青青河边草，绵绵思远道。远道不可思，宿昔梦见之。梦见在我傍，忽觉在他乡。他乡各异县，辗转不可见。枯桑知天风，海水知天寒。入门各自媚，谁肯相为言！客从远方来，遗我双鲤鱼。呼儿烹鲤鱼，中有尺素书。长跪读素书，书中竟何如？上有加餐食，下有长相忆。"王旷没有看着蔡邕的法帖临书，而是背诵一句，书写一句，心手合一，笔画如流。

王旷读得认真写得专心，没有觉察到给事黄门侍郎王敦悄然进了屋。给事黄门侍郎王敦蹑手蹑脚走到王旷身后，猛地抓住王旷手中的毛笔用力一拽，竟然没有拽下来。

王旷嘿嘿一乐，没有回头，问道："阿黑哥身为黄门侍郎，几日后皇上即要迎娶皇后，你该比其他人都忙，怎会有闲暇闯入咱家地盘？"

王敦呼哈哈笑罢，说道："你家羊献容表妹被皇上钦定为后不知是福是祸。你那公主嫂嫂每日忧心忡忡，弄得为兄也是茶饭无心。"

王旷一听这话就不高兴，放下毛笔，正颜说道："羊玄之并非仅仅与我家沾亲带故，羊氏家族与咱琅琊王氏的渊源亦是深厚得很。阿黑哥，如今羊献容成为皇后已是定论，几天前已经被皇上临幸。今后说及羊献容不可如此轻佻，否则阿弟我只好取你项上人头。"

王敦一缩脑袋，说道："世宏阿弟，此事怕不会如此简单。册封皇后不比册立太子与太妃，按照皇上家规，新皇后只能从众嫔妃美人中遴选。你我心里清楚得很。以我之见，此事尚书郎羊玄之必定请人暗通款曲，趁乱让女儿做了皇上肉蒲团，也未可知软。"

话音未落，王旷已经挽着刀花冲向王敦了。

王敦急忙拔刀接招，两人在庭院中就这么真刀真枪地打斗起来。

两人斗到三十几个回合，王敦主动跳出圈子，将刀插进刀鞘，喘着粗气说道："世宏何以如此，怎能为一个女子对阿哥痛下杀手？"

王旷喝道："小弟已对阿哥有言在先，若是对皇后不敬，王旷取你项上人头，此话并非戏言。"

见王旷又要拔刀，王敦慌忙向后疾退几步，拱手说道："阿弟息怒，你那刀法已是出神入化，为兄只有招架之力，你不可再用武力相迫。然，为兄还是有疑惑不得解，皇上怎会自己指认羊玄之之女？我也相信羊玄之不可能有机会将女儿送进宫里，那么此事必定是赵王所为。"

王旷连连摇头，说道："那晚皇上下旨将贾南风废为庶妇我就在场，而司马伦的确当众说及重新册封皇后一事，大晋王朝不可一日无后，此乃规矩。司马伦话音未落，皇上指认羊献容为皇后的圣谕便脱口而出。全无被人操纵之嫌。"

王敦呸了一声："阿弟，羊献容甚至都没进过皇宫。赵王既然有废后之意，就早已选定替代贾南风之人。孙秀这个王八蛋。"王敦忍不住骂起来。

王旷抬手打断王敦的话，说道："阿黑哥，兹事体大，不可妄猜。小弟自会格外留意。无论何人，胆敢觊觎皇上龙床，小弟这把传世宝刀定斩不饶。"说罢，将握在手中的长刀用力推入刀鞘。

王敦猛然想起，说道："阿弟，我来找你是淮南王司马允所托。他让你我二人今日一定要到他府邸一叙。册封新皇后乃国之大事，皇上嫡亲弟弟们态度至关重要，若这些亲弟弟不允，即使皇上执意为之，天下依然会大乱。"

"难道淮南王要出面阻止皇上纳羊献容为后？"

王敦说道："司马伦辅政后将贾南风与一干为皇室效力经年的老臣斩尽杀绝，淮南王和吴王自然会感觉受到威胁。除了皇上，住在京城又能左右局势的先皇武帝嫡亲子嗣就只有淮南王与吴王二人耳。我揣测，这二位亲王至少不会甘心任由司马伦摆弄，传我二人自有道理。"

王旷说道："既然如此，阿黑哥先行一步，小弟随后就到。"

王敦刷地抽出明晃晃的长刀，旋即又插回刀鞘，一纵身出了院子。

第十五章

淮南王司马允直接领着王旷和王敦来到府邸中的演兵场。

司马允和王旷年龄相当，司马允进入太学深造那年，王旷在太学里已经就读了一年。两人一个是皇室嫡亲，一个是贵族嗣子，但司马允知道，像王旷、王敦这样的贵族世家后裔，若在社会上行走，可比他要吃香得多。

演兵场不大，百十人一起操练就显得很是拥挤。一行人来到演兵场时，已经有五十来名私兵在操练了。演兵场的正北是一座木质结构的观礼台，搭建得简约但不简陋。

观礼台两侧是兵器架，兵器架上刀叉剑戟棍棒鞭斧一应俱全。

私兵们见淮南王莅临演兵场立刻就来了精气神，翻腾打斗顿时也变得激烈起来。尽管只有五十几号人，但格斗时发出的声响听着还是令人感到惊心动魄。

司马允颇为得意地夸耀道："若是我那一百多名壮士一齐操演，气势可谓恢宏非凡。这些壮士皆来自淮南，本王待他们如自家子弟。他们也发誓以死相报。"

离开演兵场，司马允将王旷、王敦请进正堂。这时司马晏也来到正堂，跟着司马晏一同进入正堂的竟然还有陆机和甘卓。甘卓作为吴王司马晏的掾属常侍平日里伴随左右也是常事，只是，陆机的出现着实令王旷和王敦吃惊不小。

司马允对王旷和王敦解释说："你二位都知道，吴王司马晏替兄出镇淮南，陆机随吴王前往。"那时候淮南王和吴王都还是少年，承蒙陆机悉心栽培，受益匪浅。

几人坐定后，司马允并不讳言，说道："几位皆为敏锐之人物，请你们前来府上所为何事各位心中一定早已明白。如今皇室嫡亲中除了皇上，本王已然为大。三哥秦献王，才气过人，有勇有谋，可惜过世太早，不然我大晋江山何以落到这步田地，一个宗亲就敢骑在我皇室嫡亲兄弟头上作威作福。"司马允知道说得有些过了，便打住话头，继续说："本王最为担忧唯大晋王朝会否从此进入多事之秋。皇族先人中如今尚有三人在世，平原王因和先曾祖文皇帝同为先祖母所生，故而与我等最为亲近，只是年事已高，不再过问廊庙事务。梁王与赵王虽非一母所生，但两人年龄相当，自小又在一块儿玩大，感情颇深。梁王在宗亲里口碑尚好，历来清减修身，恭谦谨慎，秉性不坏，所以不会做恶人恶事。只有赵王不同，自恃为祖父辈分，其母又深得宣皇帝宠爱，从来不把皇上嫡亲兄弟放在眼里。如今又有谋士孙秀终日撺掇，免不了会生出大是大非，坏我大晋朝纲，毁我大晋江山。我终日忧虑，便是为此。"

这时吴王司马晏插话说："阿哥为大晋王朝天下安危忧心忡忡，又听说几天前陆士衡在朝会上疏贵农抑商被赵王当众呵斥，心中更是不安。士衡，此事当真？"

陆机点点头说："贵农抑商乃兴盛大晋王朝之本，机既已是廊庙之臣，忠于职守亦是为臣之本。机曾陪左思大人视察过京城官仓，官仓空空如也令机瞠目。废后之后，政局稳定，整饬朝纲，勤政务实才是正事。于是士衡上疏辅政，希冀鼓励农耕壮大国力。遭辅政呵斥的确有之。机已经不止一次为之上疏，想当年吴国正是因农事荒芜，才国力锐减。"

正在这时，管家在正堂外高声传呼说掾属司马有紧要事情通报。司马允没让进来而是迎了出去。不一会儿，回来说晌午饭已经备好，让几位随他到餐房痛痛快快喝上几坛。

进了餐房，几人的谈话又进入正题。司马允重提家事，说道："贾南风已被赐死，我皇室嫡亲已无人在皇上身旁，我怀疑赵王大权在握后，接下来即是篡夺皇权。"

王旷连连摇头，说道："以旷对赵王了解，犯篡逆这等灭族之罪，赵王不敢。"

司马允摇摇头继续说道："本王派人探得赵王又一次住进金谷园。金谷园现被孙秀所占，赵王频繁去金谷园去会孙秀与那一众谄媚之徒，一定在搞阴谋诡计。若非篡逆，难道又想故伎重演矫诏加害于我与平度？或者加害于章度与士度乎？"

王敦这时才开口说道："殿下不必为此多虑。城中卫戍禁军之将领均为将军一手提拔，虽然殿下在考评挑选军官时谨遵武皇帝旨意'职典戎选，宜得干才'，又秉承景皇帝'选用之法，举不越功，吏无私焉'之遗训，但殿下对众将领有知遇之恩乃无可辩驳之事实。赵王若要加害于将军，怎敢不考虑满城将士与殿下之关系乎？"

司马允对王敦的一番分析表示认可，但还是不无担忧地说道："皇上几日后就将为皇后举行入宫仪式，世宏，新皇后与你家是表亲，但此事是赵王处心积虑所为却非心底坦荡。本王其实最担心还是新皇后会否步贾南风后尘，若果真如此，我们一众亲王该如何应对欤。"

王旷说道："前车之鉴，覆辙尚存。想羊玄之不会不为此多多叮嘱。皇后心地善良，纯洁如玉。旷以为，只要不遭人挟持，皇后自家断不会惹是生非，更不会残害忠良。这点，殿下大可放心。"

司马允点点头说道："宫内是非，必由赵王引发。他诏令自家持假黄钺，督天下兵马，大相国迁侍中，便有一统天下之嫌疑。"

王旷说道："既然殿下已然觑出赵王野心，何不接受太尉之命，在廊庙之上与之抗衡。如此一来，大晋江山无虞，忠良之臣也会为之一振。"

司马允频频点头，说道："自父皇以来，凡中护军除掌管京城禁卫军外，还要参与皇室关于治国大政方针决策。可是，赵王却封本王一个太尉，褫夺咱家中护军将衔，明摆着是要夺本王兵权，本王自然要防之又防，不敢有须臾疏忽耳。"

司马晏插话道："太尉虽乃三公，看上去位高权重，其实并非如此。大晋朝自开国以来，但凡事关王朝命运之国策皆须由皇室嫡亲磋商定夺，但是褫夺了掌兵之权，就师出无名。名不正言不顺，言不顺则事不成也。王侍中你是次直侍中，自当清楚。"

王旷还要说话，被司马允打住，司马允说道："世宏刚才所言，本王其实也已思量权衡多日。也在等章度和士度那边传来消息。齐王那边昨天送来书函，满篇都是对自家游击将军一职所发牢骚。"说到这里，司马允呵呵一乐："这下本王也许多了一个同盟。"

司马晏突然问道："王侍中，若赵王果然如咱家淮南王阿哥所料，你又该如何应对？"

王旷喝下一碗烧酒，所答非所问道："王旷得皇上厚爱，但有敢篡逆者，当以性命阻之。"

司马允听了这话很是动情，双手捧起酒樽，与王旷干杯后说道："世宏长本王几岁，本王一向视你为兄长。你和处仲是我与平度时常标榜之楷模。你二人当年为皇朝征战鲜卑功勋卓著，已然令吾等钦佩，而对皇上与皇室矢志不渝之忠心更使我兄弟感动不已。在这偌大京城，我兄弟几无知己，但始终将你二人当作皇上兄长与咱家皇室股肱之臣。此番皇室变故令本王心绪烦闷，只是因为有你二人在宫内守护皇上，才不至于茶饭无心坐卧不宁也。"

王敦这时也跟着说道："殿下何来此言，敦身为先帝之婿，忠于皇上乃天赋之命。只是，世宏方才激励将军接手太尉之言，确是为大晋王朝源远流长所想，殿下不妨三思。"

司马允说："按照皇室规矩，册封皇后之后需举行皇家宴会，那时，本王会面呈皇上，要求保留中护军将军官职，再领太尉不迟。但愿皇上能够明白本王与一众藩王阿弟之良苦用心。"

一会儿，几坛酒被端上了桌。司马允情绪轻松起来，说道："一人一坛，如何？"

王敦说道："一坛酒哪里得够，三坛何妨？"

这话惹得众人笑声连连。

第一道菜是被称为百菜之首的葵菜。这道菜是京城名士贵族人家宴席上不可或缺的首选头牌。

王敦脱口吟出潘岳《闲居赋》中的一段句子："'菜则葱韭蒜芋，青笋紫姜，堇荠甘旨，蓼蕺芬芳，蘘荷依阴，时藿向阳，绿葵含露，白薤负霜。'陆士衡你与潘岳曾经过从甚密，这首辞赋当不会陌生耳。"

王旷怒道："阿黑哥不得无礼，潘安仁已死，怎可在这里说及过往。"

陆机并不计较，一哂，吟道："'于是凛秋暑退，熙春寒往，微雨新晴，六合清朗。太夫人乃御版舆，升轻轩，远览王畿，近周家园。'王敦大人，还需要接着吟下去？"

王敦倒也知趣，晃晃脑袋，哈哈一笑将尴尬遮掩过去。

接着上桌的是一道烧制得像艺术品的露鸡。六只散发着扑鼻香气的子公鸡，在盘子里整齐地围成一圈，大头一律向后高高扬起。露鸡制作工艺十分讲究，先要用取自洛河畔深井的凉水将产自蜀国犍为郡江阳富顺的井盐、产自黄河中游魏国雍州冯翊郡夏阳邑的花椒和产自吴都建业的橘皮，辅以葱姜蒜等调料煮沸一个时辰，置冷，加入秦巴山里的枸酱和南部交州的甘蔗饧制成卤汁。

再将刚刚打鸣的当年小公鸡宰杀褪洗干净，除心肝外，其他脏器一律摘除。将清理妥当的小公鸡装入专门用来腌制卤制品的瓮中，倒入冷却的卤汁，使卤汁刚好淹过需卤制的食材。将瓮口封严并将瓮置于井水中。三日过后，取出浸泡入味的小公鸡置于锅内。并用原汁儿入锅起大火煮沸半个时辰。然后撤下柴火，换用麦草或者黍杆燃起的小火慢慢煨煮，每次塞入灶口的麦草必须严格控制数量，多了闷烟，少了火大，都会破坏卤汁在沸腾过程中翻滚的节奏，从而影响卤制食材的味道。麦草燃过之后需让余火燎烧至变为灰烬，然后再添一把麦草。如此循环往复长达数百次，两个时辰过后，撤去灶内燃料。让卤制食材继续在卤汁里浸泡一个时辰，然后小心捞出，入盘，造型，最后用特制毛刷在卤制食材上薄薄涂抹上一层岭南石蜜，露鸡成也。唯其制作如此精细复杂，才很快成为京城皇亲国戚贵族家中宴席上必备的一道卤菜。

今天居然会有露鸡上桌，大家的惊喜可想而知。六个人垂涎欲滴地看着仆人小心翼翼地将露鸡分盘。

趁着仆人为众人分盘的当儿，吴王司马晏说道："当年，钦度阿兄与我应潘岳盛邀前往他在城南庄园采摘葵菜。记得采摘之时，潘岳自始至终尾随在阿哥身后。我要摘菜尖，他就说吴王手下留情此乃葵菜之美首，你摘了它，它何以存活？我要摘菜叶，他就说吴王非也，此乃葵菜之手足，你随意折之，岂不毁了它之形体。"

众人哈哈大笑起来。

王旷这时朗声说道："葵菜可以不吃，这露鸡才最对我口味。"

王敦早已按捺不住，说道："殿下，你们只管说着，我先吃上一只鸡腿，死而无憾也。"说着，伸手扯下露鸡的腿脚，大啖起来。

王旷并没急着大嚼露鸡，而是问道："殿下，此葵菜并非采自潘岳园子？"

司马允点头说道："葵菜乃孙秀今天早晨前来拜访时送与本王的，说葵菜取自金谷园。孙秀送菜寓意深远哦。可是本王却没让他进来。"等这几个人各自吃下一大块鸡肉，才又说道："本王昨日到铜驼街上转了一圈，并没有出入官府衙门，今日孙秀就上门请求拜访，可见其耳目遍布京城。司马伦已大权在握，有了呼风唤雨之能。"说到这里他叹了口气，"诸位都知道，本王虽为中护军将军，主管廊庙四品以下武官之遴选。然，赵王处心积虑要褫夺本王权杖，咱家却似无力出手粉碎。啧啧……"司马允摇摇头不再往下说，将桌几上一坛老酒捧起咕咚咚喝去一半。

王敦听罢只是嘟嘟哝哝说了一些叫人听不懂的话语，王旷让他把话说清楚，王敦只说等到明年，平度就可以入朝为官，那时廊庙之上，咱家就有了与司马伦抗衡之力量。

司马允突然说道："世宏，已经多年不见你书作，听甘卓说如今你书写功力在京城难有人能出其右。不妨写来让本王一睹为快。如何？"

下人们很快就在正堂大案上备好纸墨，王旷也没强求非后官鼠须不写，而是将中山兔毫饱蘸浓墨捉至手中，然后说道："承蒙殿下厚爱，旷接下来会以蔡中郎诗赋《饮马长城窟行》为样本是也。"说罢，悬臂屏气，一口气写出诗作的上阕。

司马允看过之后说道："见世宏运笔有如使刀，陆士衡曾经教授过本王，似并不如此。"

王旷笑道："士衡兄运笔之法与旷虽有不同，也是殊途同归。旷以为握笔如刀此乃意到笔到之法门，刀守命门，吾命犹存，意驻心门，下笔如神也。刀法笔法虽非一类，却有融会贯通之处。士衡兄知我也。"

说罢，继续凝神屏气将《饮马长城窟行》余下的句子写出来："客从远方来，遗我双鲤鱼。呼儿烹鲤鱼，中有尺素书。长跪读素书，书中竟何如？上有加餐食，下有长相忆。"

写罢，王旷起身让出桌案，司马允俯下身子将字迹仔细浏览一遍，缓缓支起身子，扭过头连看了几眼王旷："世宏，本王看你落笔书写，心有所思，意有所往。刀法笔法实难辨认矣。"

王旷点点头，却没说什么。

陆机这时插话道："殿下一定非常想知道世宏怎样将刀法与笔法融会贯通，不如让世宏将刀术展示于我们，可好？世宏？"陆机没有问司马允，而是向王旷询问道。

司马允高兴地顿足喝彩道："好啊好啊，咱家季思常侍剑法惊人，本将军几次败在他剑下。不如你二人到演兵场上展示一番，也好让我那些淮南壮士大开眼界。"

王旷也不推诿，摘下佩刀，径自来到演兵场。正在操练的壮士们呼啦一声围了上来。

甘卓也尾随而至，司马允一声吆喝，甘卓应声拔出长剑。而王旷并没有拔刀出鞘，而是先行大礼，说道："不知殿下让我们二人校场上刀剑对峙，如何断胜负？"

司马允笑道："一决高下，点到为止。比完之后，本王带着你们到城西广阳门外放纵一下。"

王敦呼哈哈大笑不止，说道："世宏，不妨将你那由草书演变而来之刀法走上一趟，也让我们一饱眼福。"说完，王敦嗷嗷叫了两声，为双方助威。

司马允叫过开始之后，王旷和甘卓在院子里对视着走了一趟圈子，二人互不知底，也从未交过手，这是比武之人试探虚实的必由之路。

王旷自然晓得陆机让两人比武的用意，尽管他不知道甘卓的剑法究竟如何，但陆机却一定知晓甘卓手中长剑功力几何。因此，他希望用最短的时间结束这场比武，也好不辜负陆机的一番良苦用心。这时，王旷突然看到甘卓的眼神向两旁飘忽而去，于是立刻出手。但见王旷一个箭步跃到距甘卓不到三尺的地方，跃步的同时，刀已出鞘，前脚落地，后脚紧跟踏实，刀就出手了。这第一刀突如其来地迎着甘卓的正面流畅地劈下，有力却无杀意，硬朗中充满飘逸。甘卓刚要躲闪，就见刀锋一转向右边横着划过。甘卓下意识地用长剑去阻拦迎面劈下来的刀，两把兵器刚刚相碰，王旷的刀锋兀然转向右边，甘卓也只好跟着向左边遮挡。甘卓只觉着眼前有东西闪过，定神看去，王旷横扫的长刀居然再次变向，只见那刀向上一挑，刀背冲着自己的脖项打过来。甘卓知道不可以这样左拦右挡，如此下去就只剩下招架之力全无还手的机会了。他看出王旷挑上来的刀势没有杀意，于是，全然不去理睬那把挑向他下巴的长刀，脚步向侧方用力一滑试图摆脱对方的紧逼。却不知他的这一次移动脚步正中王旷的下怀。说时迟那时快，王旷手中的长刀化作长剑向甘卓面部刺去。甘卓一惊，想要躲避可是身体刚开始移动，重心丢失，身体控制不住，将要向后倒下。可是王旷并没有就此罢休之意，只见刀尖在甘卓脸前一顿一提就势挽了个花子，刀的力道瞬间转化作侧劈，直朝着甘卓的右肩剁下去。

一旁观看的众人齐声惊叫起来。

那把势大力沉的长刀眼见着就要劈到甘卓的右肩，却在眨眼间来了个一百八十度的转向，刀脊重重击打在右肩胛骨，只听扑哧一声，甘卓顿觉右臂力量全失，手里紧握着的长剑应声脱手，掉在地上。

王旷似乎还不想就此罢休，刀势随即一变，那把长刀似庖丁解牛游刃有余，刀身贴着甘卓右边的臂膀闪电般向下滑去，经过手腕的时候，可以清晰地看见刀脊轻轻一顿，一股极大的力道通过刀脊传向甘卓手腕，就听见甘卓哎哟叫了一声，正想抬手躲避之时，王旷手中的长刀已经到达甘卓右腿的膝盖处，一切来得太快，连在一旁瞪着眼睛盯着长刀的王敦和司马允都没来得及看清楚，那刀已经打中甘卓膝盖下面的胫骨。几乎同时，王旷突然向后一跃，卸了长刀的力道，撤回大刀，收住刀势，跳出圈子。

　　甘卓扑通一声跪在地上，刚要站起，腿上的疼痛却让他重新跪了下去。

　　司马允看得呆了，惊呼道："世宏，你那刀法如鬼魅一般，来无影去无踪，让人胆战心惊。果真如处仲所说是你独创书法演变而来乎？"

　　王旷手中的刀已经入鞘，说道："非也。正好相反，处仲阿兄所说书写体式因刀法而创。"说着，上前扶起跪在地上的甘卓："季思兄，小弟失礼了。不过既然殿下说要决出高低，小弟只好遵从，不敢怠慢耳。"

　　司马允大喜，拉住王旷的持刀之手高高举起，对围观的众壮士高声说道："壮士们，王侍中与咱家淮南封国大有渊源。王侍中外祖父正是曹魏时淮南太守夏侯仲容。尔等都看到了，王侍中只用了几个回合就将你们教官打倒在地，武艺可是高强，身手可是了得。"

　　壮士们的应和声响彻云霄。

　　司马允又说道："王侍中是咱家皇室最信任之人，是大晋王朝最为显赫之名门望族琅琊王氏所出杰出才俊。本王很快就会奏请皇上，让这位天下第一刀手到咱家淮南国去做内史，全权代表本王处理淮南国的事务。"

　　又是一片山呼海啸的欢呼声。

第十六章

司马允最终没有和王旷等人前往广阳门外娱乐场。他的情绪一直处于亢奋中，坚持今天就要将外放王旷到淮南国做内史的奏表写出来，还要一并写一道奏疏，写明武皇帝的天朝绝对不可任人觊觎。这样激越的保家卫国之心不容他有半点怠惰。

王旷、王敦、陆机三人从淮南王府出来，一路向广阳门而去。

广阳门外集市其实是由外埠商家自发形成的一处商品物资交易场所。每临夏季，正是商品贸易旺季。四方八面的商贾纷纷麇集京城，便在城外安营扎寨。时间久了，客栈商户也就随之多起来，渐渐就自然形成了集市。商业与娱乐历来是皮毛之关系，在城西外麇集的商家有来自西北的氐羌族人，这些氐羌商人带着各种各样的兽皮和产于西部秦巴山里和大漠荒原的药材譬如甘草枸杞，有来自东北方向的匈奴鲜卑族商人，这些商家带来的是产自当地的土特产譬如人参貂皮乌拉草，其中最受京城官员喜爱的是貂尾。三国以降，大晋王朝授予官员爵号时皆授以貂尾，并将貂尾置于头上戴着的官帽顶端。依照朝廷规矩，这些有爵号的官员只要入京或者久居京都，必须将貂尾置于漆笼冠帽上。每逢朝会，阊阖门外，官员麇集，人头攒动，帽冠上毛茸茸的貂尾似随风摇曳的狗尾巴草，亦是京城一景。商家们不仅带来了千奇百怪琳琅满目的珍奇商品，还带来了风格迥异的娱乐形式。与众不同的商品和与众不同的娱乐成为城西广阳门外的招商亮点。这些闪闪发光的亮点像夜间苍穹里耀眼的星辰，对住在城里的许多皇亲贵族产生了强大的吸引力，使得这些饱食终日无所消遣的精英阶层无端而又充沛的精力终于寻求到了发泄的处所。当年，吴国君王孙皓亡国后，被琅琊王司马睿祖父司马伷押送到京城，虽受到大晋王朝开国皇帝司马炎的礼遇厚待，却眼巴巴地看着雄壮的司马炎在一同被押送的五千多自家的嫔妃美人中日夜淫乐不已。孙皓很快就发现了广阳门外的新洞天，从此在这里醉生梦死。

出了广阳门，三个人就被眼前的自然风光迷住了。盛春，远处野郊草木葳蕤，近处农田青苗茂盛。暖风轻拂，西斜的日头把这美丽的景物涂抹上一层昏黄，空气中弥漫着田野间散发出来的清甜的芳草气息。走过这片青苗绕膝的农田，才能到达集市。王旷伸手抚弄着齐腰高的小麦，情不自禁地弯下腰身把脸埋在刚刚吐穗的青苗里。

王敦依然酒意盎然，大发感慨道："迷煞我也。我已经嗅到蕳草和芍药醉人之气息。哇，田野此景，胜过朝会顶貂盛况兮。"

王旷感到奇怪，问道："阿黑哥难道从未出过城郭？"

王敦惭愧地说道："有些时日了，有些时日了。上次出城还是去年初春，那次是随咱家公主前往潘岳庄园修禊也。"接着又感慨道："我似乎聆听到溱水潺潺流淌发出的声响，又似乎嗅到了随风飘来的洧水河畔芦苇扬花的香气，哦嚱欤，还有那些男女孩儿在密匝匝草丛里追逐嬉戏之声。喂喂，你们哪个还能吟诵出《诗经·郑风》里《溱洧》之章句？"

陆机说道："既然王敦大人说到溱洧，何不先吟诵几句，以飨我等？"

王敦晃着脑袋说道："我只记得章首两句，好像是'溱与洧，方涣涣兮。士与女，方秉蕳兮。'接下来章句似乎有些混乱了。世宏，你能否接下来？"

王旷自豪地昂着头颅说道："小弟不才，但是唯诗经章句多数牢记在心。阿黑哥你且听好了啊：女曰'观乎？'士曰'既且。''且往观乎！'洧之外，洵訏且乐。维士与女，伊其相谑，赠之以芍药。阿黑哥，可有口误？"

陆机在王旷吟诵的时候一直跟着吟诵。这时的陆机是轻松愉悦的，他扯了一把青苗塞进王旷手里，说道："世宏当真了得，为兄久疏诗百篇，险些吟诵不出来。"

王旷一乐，却问道："刚才士衡兄撺掇小弟跟季思兄比试武艺，难道是为了安抚淮南王？你该知道季思兄武艺远不及小弟。"

陆机也是一乐，并不回答而是说道："为兄已多年未曾与淮南王谋面，这次应邀赴宴却发现当年气宇轩昂的中护军将军如今心事重重，形容憔悴。"见王敦依然笑个不停，便问道："王敦大人因何生笑？刚才世宏吟诵的《溱洧》中如此绝美章句哪里会惹人生笑？"

王敦呛着声音说道："又是那芍药，又是那芍药。五年前吧，我回乡省亲，一天晚上，咱家现任族长茂弘与我说起诗经，他一本正经地说对章句中的芍药感到十分迷惑。那天晚上茂弘的神情哪里是迷惑，简直就是痛苦。茂弘还没说出为何迷惑那张脸就已经涨得通红。我更是惊讶，以为茂弘受了伤害，却又想诗经里面哪里会有章句能够伤害于人？茂弘憋了许久终于说出关于芍药之迷惑。那时茂弘新婚宴尔，初通男女之事。"王敦又大笑不止，说不下去了。

王旷索性说道："让阿黑哥尽情笑吧，他在家里也受过颇多委屈。一笑解千愁，何况委屈欤。士衡兄，你若想听，我就把第二章给你吟诵下来。"

王敦急忙打断说道："错也错也，世宏，让为兄也在京城文豪陆士衡面前露一次脸吧。"说罢，用力憋住笑意，吟诵起来："溱与洧，浏其清矣。士与女，殷其盈兮。女曰'观乎？'士曰'既且。''且往观乎！'洧之外，洵訏且乐。维士与女，伊其将谑，赠之以芍药。如何，可有口误？"

陆机赞道："王敦大人好生了得，不仅一字不差，而且声情并茂。好生了得，好生了得。机这些年专情于文赋，却将这么优美之诗篇束之高阁焉。"

说话间，三人来到集市。集市街道虽不如城内宽阔笔直，但是街道两旁的货栈酒肆却是鳞次栉比。街道宽不过一丈，仅能勉强通过一辆牛车，逛街的买家多起来，就显得十分拥挤。三人穿过集市，面前现出一大片大小高矮不等的毡房来。不时有歌声器乐声在这片布满毡房的某处飞扬出来。这声响令三人兴奋不已。

走近才看出来，毡房与毡房之间还有青石铺就的小径相连接。有几座大的毡房之间竟然有木制的走廊相连通。走廊不仅有雕花扶手，还有遮挡雨雪的顶棚，整个是仿造诸王官邸内的花园长廊建造的。

陆机熟门熟路，来到一座高大的毡房前停下来，并不进去，而是沿着毡房外的长廊绕到一座体积稍微小一些的毡房外，这时可以听见毡房里器乐声声，里面有人和着节奏用力拍着巴掌。陆机吆喝了一声，就见从毡房里闪出一位中年汉子来，那汉子见是陆机，立刻将三人让进毡房内。

毡房内已经燃起蜡炬，暖和而又亮堂。没有桌几，地面铺有柔软的毛毡，三人席地而坐。不一会儿，主人给来客端上一大坛酒，又在每人面前的大盘子里放上一堆白水煮熟骨肉相连的牛羊肉。

毡房一角，一张古琴后面坐着一位身着异族盛装的年轻女子，这女子轻抚古琴，古琴发出叮咚悦耳的声音。

陆机带头抓起一块肉骨头，撕下一块肥瘦相间的肉来塞进嘴里大嚼起来，发出很响的声音。王旷和王敦也跟着抄起一块满是肉的骨头大啖起来。

这时，嵇绍掀开毡房厚重的帘子钻了进来，弹奏古琴的女子也停住琴弦，毡房里现出一片宁静来。

嵇绍显然已经看到三人，但并不理睬，只是朝着王旷打了招呼，便坐下来。

店家见嵇绍进来，便朝那弹琴的女子招呼了一声，只听丝弦被重重地弹拨了一下，发出一声浑厚的调子。王旷看见坐在他前面的嵇绍浑身打了个激灵。当一连串的音符奏响之后，陆机突然低声说道："奇哉怪哉！这曲子怎会是《广陵散》？"

王旷没有听过《广陵散》，却知道这是一曲随着嵇康大人一同死去的古曲。听到陆机说是《广陵散》心中也不禁一凛。前面的嵇绍已经将身体向前倾斜出去，那样子像是随时要扑向古琴似的。

王旷经常听嵇绍侍中讲起他的父亲嵇康大人，知道这是一位宁愿在洛阳城外做一个默默无闻而自由自在的打铁匠，也不愿与竖子们同流合污的高洁人士。嵇绍将父亲大人的人生描述为不得约束，尽情释放，拥抱自然，活得像翱翔天际的飞鸟一般自由自在。

王旷读过嵇康的《与山巨源绝交书》，也曾问过嵇绍是否其父真的如自己所说如此不修边幅，如此邋遢肮脏。嵇绍笑而不语，而且对王旷的每一次询问都笑而不语。直到有一次王旷被激怒了，说："你这老朽有一个臭不可闻的父亲，你怎还笑得？"嵇绍不再笑而不语，而是大怒说此生绝对不原谅王旷对父亲大人的恶毒诽谤。那一次，嵇绍告诉王旷，其父嵇康大人被司马昭斩杀那年，他只有十岁。虽然他敬畏父亲却从没有机会了解父亲，更没有机会理解和懂得父亲。尽管父亲与山涛断绝往来，但是最后时刻，父亲却将他们母子托付给了山涛。所以，与其说他继承了父亲大人耿直忠诚的秉性，不如说他更从山涛身上学到了做人的真谛。

那女子完全沉浸在了《广陵散》营造的气氛里，纤纤玉指弹拨出来的竟然是如此震撼心灵的旋律。只见女子忽而将娇小的躯体伏在古琴上，这时曲调便急切激烈；忽而身体后仰，曲调因此而飘忽匆忙。那两条柔软的胳膊忽而从琴弦上飞扬而起，旋律断而又续；忽而飘落在丝弦上攀附蠕动，旋律浑浊沉闷。一忽儿接着一忽儿，乐曲在到达正声部分的时候，嵇绍已经趴在地上一动不动，像是昏迷过去。一位六百多年前命运多舛、侠肝义胆的壮士在曲中活了过来。一位被先文皇帝斩杀的孤傲不逊、与世无争的父亲活了过来。嵇绍又怎能在此时安之若素呢？

乐曲进入乱声部分，趴在地上的嵇绍浑身抖得像筛糠一般。

突然，嵇绍从地上跃起身来，声音也变了调，这分明是当年嵇康大人的语调："昔袁孝尼尝从吾学《广陵散》，吾每靳固之，《广陵散》于今绝矣！"旋即，嵇绍号啕大哭起来，嘴里喃喃自语着："父亲大人欸，父亲大人欸！"所有在场的人都惊呆了，无人敢上前将嵇绍拉起，从而助他从这种魂飞魄散的状态里解脱出来。

弹琴的女子也被这情景镇住了，两只手悬在琴的上方，久久无法落下。

嵇绍终于从失态的哭喊中清醒过来，看看左右，再看看那弹琴的女子，说道："《广陵散》乃家尊演绎，曲谱早已失传，你这小娘子从何处学得？"

女子起身施大礼道："妾遵从家严意愿，自小就学古曲《广陵散》，于今已经有十好几年。"

嵇绍问道："知道这曲子曾是哪个弹奏？"

女子答道："嵇中散毕生弹奏此曲，已臻于出神入化。"

嵇绍又问道："可知这《广陵散》已是绝唱？"

女子答道："《广陵散》从未绝世。"

嵇绍惊愕，问道："敢问令尊名讳？"

女子淡淡地说道："家严曾教导过妾，若是遇见能听得懂此曲的人，绝对不可说出家严是谁？"

嵇绍逼问道："知道我是何人吗？"

女子不再理睬嵇绍，双手抚琴，垂下头颅。

毡房管事见状，在一旁说道："各位大人，我们从河东来此已经五年，每日以弹曲谋生，从未遭人盘问。这家毡房主人乃是鲜卑可汗之子拓跋申拉，每日来这里听曲客官皆为京城官员，却无人听出这是谁曾经弹过的曲子。此曲果真是古曲《广陵散》，这曲子也的确是我们家传，但是我们与那嵇中散人并无瓜葛，也不知他是何许人也。"

王旷这时说道："店家想必一定看出端倪，此君正是嵇中散后人，当今次直侍中嵇绍大人。别说这曲子，这曲谱都已经失踪多年，以我之所闻，弹奏此曲非一般人所能为，能读识《广陵散》曲谱的更是天下无二。请问弹琴女子，你究竟何许人也？"

店家还要说话，被陆机打断，说道："不知主家是否知晓这《广陵散》之出处？"见管事摇头，便又说："想你肯定不会知晓。这曲子据说出自春秋战国时期，有曲家为当时有名的四大刺客之一聂政所作。"陆机接着说出因这曲子而流传了近七百年的故事。战国时韩国大夫严仲子因与韩相侠累廷争结仇而被追杀，遂逃出京城隐名埋姓于濮阳。严仲子闻聂政侠名，献巨金为其母庆寿，与聂政结为好友，求其为己报仇，聂政欣然允诺。聂政待母亡守孝三年后，记起当年严仲子知遇之恩，独自一人仗剑入韩都阳翟，以白虹贯日之势，刺杀侠累于阶上，继而格杀侠累侍卫数十人。因怕连累与自己面貌相似的姊姊聂嫈，遂以剑自毁其面，挖眼，剖腹。其姊在韩市寻认弟尸，伏尸痛哭，后撞死在聂政尸前。

陆机刚刚说到这里，嵇绍又失声痛哭起来。只见台上那女子突然离开古琴，扑通跪在台上，将头颅深深埋在两臂之间，久久没有抬起来。

众人惊愕于女子的举动，一时无人说话。

女子低着头说道："嵇绍大人，妾不知大人是嵇中散大人之后，多有冒犯。妾有话要问大人，不知可否？"

嵇绍也十分惊讶，便停止哭泣，说道："你既能弹奏《广陵散》，想来一定不是凡人，嵇某你询问。"

女子问道："大人从妾弹奏中听出何种韵味？"

嵇绍回答道："似家尊重生也。"

女子这时起身从琴后的箱子里取出一只貌似琵琶的多弦乐器来，嵇绍倒吸一口凉气，王敦也脱口叫出声来："此乃阮咸之物也。"

女子并不理睬众人的惊诧，而是说道："嵇绍大人，妾受人之托，若遇嵇中散大人后嗣，而且能听得懂《广陵散》者，将献上古曲《阳春》与《白雪》。"

嵇绍已经说不出话来。

王敦喝彩道："好呀，此乃春秋时期名曲，《阳春》取万物知春，和风淡荡之意；《白雪》取凛然清洁，雪竹琳琅之音。你之琴艺竟能贯古通今，当不是凡人，嵇某可否请教小娘子芳名？"

女子并不答话，调好琴弦，将琴抱于怀中，枕于肘弯，左手手指捻于丝弦之上，右手以指拨弄，一股春意盎然之气从指尖叮咚流淌出来。

107

陆机悄悄对王旷说道："世宏，这阳春白雪，曲高和寡，你一定要听下去？"

王旷摇头道："愚弟连那《广陵散》也听得稀里糊涂，更不要说这阳春白雪。只是非常想知道那女子身份，一定很有趣味。"

陆机说道："嵇绍想知道那女子身世比你我心切。我以为，让他二人留在这里很是合适。我们在一旁围观，不好。"

王旷和王敦跟陆机亦有同感，三人悄声地出了毡房。

第十七章

　　几天之后，京城洛阳终于迎来了皇上大婚之日，举国欢喜，满城辉煌。按照规矩，迎亲的仪仗队需在京城东面贵族区和与之毗邻的皇室族人居住区巡游，接受来自居住在这个区域里的皇室直系诸王和皇家宗亲诸王的礼拜和祝福。这个时候进行的仪式并不繁复，诸王们和三公贵族们会携家带口恭立府邸门前，向经过的新晋皇后施行大礼。在巡游了这两个区域后，为表示皇室与民同乐，他们还要在城南民居区域选择一条街道走上一趟。然后，仪仗队正好赶到正午开城钟声敲响之前来到皇宫的第一道大门阊阖门前。

　　为了提防皇室大婚仪仗队在巡游时因围观者太多而阻塞婚车行进，王旷牵着马走在仪仗队的前面。仪仗队浩浩荡荡绵延百米之长，走在最前面的是鼓乐手，有二十多人，锣鼓轰响，号角齐鸣，震天动地。旌旗仪仗队紧随鼓乐队之后，五颜六色的彩旗在春风里猎猎舞动煞是壮观。紧跟着旌旗仪仗队的是皇宫分派给皇后羊献容的宫女迎亲队伍，也有二十几人。宫女后面便是皇后羊献容乘坐的婚车。婚车由两头皮色油黄、背平腹圆、肌腱结实、四蹄粗壮的壮牛拖曳着。两头牛一眼就能看出均为极品快牛，这样的黄牛在京城罕见，通常是由异族作为贡品送进宫里的。

　　这时，王旷看了并肩而行的嵇绍一眼，关切地问道："嵇绍大人那日归来已是黎明，想来思父之情着实令大人痛彻心扉。"

　　嵇绍哼了一声，说道："父亲亡后，母亲大人终日以泪洗面，我那姐姐更是每日陪母亲大人落泪，现在想起依然历历在目。怎能不悲痛欲绝？"

　　王旷同情地说道："嵇大人，旷从未听你说起过令尊大人往事，昨日你泪如泉涌，悲号连连，天地同哀，嵇中散在天之灵当得到安慰。"

　　嵇绍说道："父亲大人托那女子给绍带了话来。"

　　王旷哟了一声，问道："那女子又是何人？怎得嵇中散真传？"

　　嵇绍摇摇头，并没有回答，而是说道："父亲大人虽因断然拒绝文皇帝出仕之请而命赴黄泉，但却嘱绍为皇上尽忠。"

听了这话，王旷颇为感动，说道："旷入宫时，嵇绍大人已是次直侍中，言传身教令旷受益匪浅。旷当以你为榜样。"

王旷心中疑惑依然未解，问道："那女子既然知道大人是嵇中散后人，必定要将《广陵散》交予大人。"

嵇绍摇摇头，说道："那女子是阮咸大人之后。"

王旷大吃一惊，不禁说道："竟然还有这等奇事。"

"是喽，绍亦被强烈震惊。绍不敢收下她双手捧交之琴曲，那是阮咸大人根据记忆整理出来的，着实珍贵。但绍答应女子将她接纳为妾，终生相守。"

王旷又受震撼。

嵇绍又说："女子说这亦是阮咸大人之遗愿也。"

两人之间再无言语，沉默走着。

时近晌午，皇家大婚巡游已经从戚里区前的大道走过，刚刚经过宫城的阊阖门，很快就要到达金市。按照事先确定好的路线，之后过西掖门，再经过皇城西边的金墉城，绕道皇城北面的大夏门进入皇宫，来到华林园。金市并没有闭市，但是在重要出入口事先已经布置了禁军军士。围观的人越来越多，人头攒动，熙熙攘攘，欢呼声此起彼伏，一派节日景象。有百姓用黍米做成各式各样的家畜形状的米糕，将这些吉祥物摆放在自家门前，家畜以羊儿为多，形态各异，生动活泼，煞是喜兴。这些人家会等大婚仪仗队经过家门时涌上前去将这些米糕放在跟着仪仗队拉嫁妆的牛车上，也有人家索性将洗净的果蔬码放在堆积如山的礼品车上。礼品车有专人负责整理这些物品，将堆得太高的物品挪放到其他车上。人们衷心祝愿大晋王朝能在赢取了新皇后之后风调雨顺，边陲安宁，再无杀戮。有几位妇女还将象征吉祥的物品塞进王旷和嵇绍的衣袋里。

嵇绍被这么多妙龄女子围着摸来摸去，心情也好了许多，呵呵笑个不停。

迎娶皇后的豪华仪仗队已经快走过皇城西掖门，即将经过金市，人们争先恐后在道路两旁推搡着，拥挤着，都只为了一睹新皇后的芳容。突然响起的喧闹声将王旷和嵇绍的沉默打断，两人即刻翻身上马。骑在马上，视野就很开阔。喧闹是从皇后的凤辇那边传过来的。定睛看去，喧闹声中，后面的仪仗队队形已经乱了，护卫婚车的禁军军士被卷进拥挤的人群中，一时间挣脱不出来。混乱中，王旷看见有一个手持武器的人影从人群中跃出，向皇后的凤辇快速迫近。王旷叫了声："不好，有人要伤皇后！"话音未落，王旷的坐骑已经蹿出好远了。

担心伤着围观的百姓，王旷并没有立刻抽出佩刀，而是跃马冲向闹事的中心地带。婚车距离王旷大约十余丈，若在正常情况下，王旷的坐骑只消几个蹿跃就能到达，可是，婚车外围观的市民被突然出现的刺客惊得魂飞魄散，仓皇向四周逃散，场面拥挤混乱，马匹根本无法快速前行，甚至有被人群挤倒的危险。王旷索性弃马徒步向出事地点奔过去。

持剑人身材高大，整个脑袋被一块赭石色厚布裹得严严实实，只露出两只眼睛。只见那人撩开婚车侧窗的绸缎帘子，持剑的手却出人意料地放在身后，似乎并无伤害皇后之意。令王旷惊奇的是，此人突然在婚车侧窗前跪下，似是在跟坐在婚车里的皇后说着什么，虽然听不清在说什么，但从那人用力甩动脑袋的动作上看，那人情绪激动，焦急万分。

大概坐在婚车里的皇后并不理会那人说的话，那人将另一只手伸进婚车去拽皇后。

说时迟，那时快，只见王旷飞身而起，在空中长刀出鞘，手起刀落，砍向那条伸向皇后的手臂。若是砍上，那条手臂必定应声断掉。那人辨出有人在身后跃起，本能地收回手臂，躲过一刀，却不料那长刀在那人手臂抽回的一瞬间也跟着转向，横着砍向那人的颈项，逼得那人不得不团身倒地，几个翻滚之后，腾空而起，挥剑与王旷搏杀。挥出去的长剑正好迎上王旷劈下来的长刀，两把利刃相撞发出刺耳的声响。那人手中的长剑险些被击飞，几个回合之后，那人落入下风。那人显然不敢恋战，冲了几次试图靠近婚车，怎奈无力应对王旷手中长刀。

那人虽然装束奇异，蒙面哑声，王旷却猜出了此人是谁。加之此人尽管不顾死活硬闯婚车，王旷却清楚看出此人并不想伤害婚车中的皇后。因此，王旷便仅用长刀迫使那人远离婚车，却终没有痛下杀手。

嵇绍的呐喊声完全盖过了婚车周围的嘈杂。只见这位年近知天命的次直侍中，抡着手中长刀，吓退拥挤在两旁不知该往哪里奔逃的人们。这时，嵇绍正在奔近婚车，那人再一次躲过王旷劈砍命门的长刀，冲进人群，压低身形，逃命去了。为避免无辜伤亡，王旷随即长刀入鞘，甩开两腿准备追上去。

这时，就听婚车里的皇后轻声喊道："世宏阿哥，不要杀他，放他一条活路！"

王旷一愣，脚步慢下来。就这一愣一慢的工夫，那人消失在混乱的人群中。

王旷朝身后赶来的嵇绍高喊一声："保护皇后，我去追那刺客。"一使劲儿蹿了出去。王旷知道该到哪里去找刘曜。在这座京城中，刘曜最有可能躲藏的地点就是鲜卑可汗的儿子拓跋申拉的宅院。拓跋申拉宅院的这条街巷几乎看不到人。

王旷没有走前门，他不想惊动院子里面的人。通常这个时候，拓跋申拉要么在他城西的毡房里迎宾待客，要么也会前往观看皇家迎亲仪式。所以，如果刘曜真的躲在里面的话，王旷就要面对困兽犹斗之激烈搏杀了。刚才在保护皇后时两人仅交手几个回合，王旷却可以确定刘曜功夫在自己之下，他有把握制服刘曜。

后墙很矮，王旷一纵身就跃了过去，落地时几乎没有发出一点声响。

王旷万万没想到如此小心谨慎的行动居然还是让屋子里的人觉察到了。

王旷刚刚站定，一个素装打扮的汉子从屋子里闪出来，此人手持长剑，果然就是刘曜。刘曜怒视着面前的王旷，一言不发。

王旷情知已经不能诛杀面前这个家伙，因此并不拔刀，嘴上却喝道："纳命来也。"

刘曜也不答话，长剑在身前挽了一个剑花，挺剑刺向王旷。突然，一个人从屋子里冲出来，不顾一切地从后面抱住刘曜。

王旷厉声说道："拓跋申拉，放开刘曜。"

拓跋申拉说道："王侍中，你先听我说。"

刘曜几下没甩开拓跋申拉，只好怒目圆睁，梗着脖子，瞪着王旷说道："我刘曜自被你家皇上夺走心上之人那天晚上就已死了，拿命去吧。"

王旷说道："拓跋申拉，本侍中命你放开刘曜，也好让这狂野之人死个明白，不然，就不要怪本侍中连你一块儿斩杀。"

拓跋申拉只好松开刘曜。

刘曜挺着长剑冲向王旷，而且并无收剑之意。

拓跋申拉一看拽不住刘曜，纵身一跃，挡在两人中间，说道："王侍中，如果我这里有事关大晋生死存亡的消息透露与你，你可能放过刘曜？"

刘曜并不领情,叫道:"你这家伙,我还不曾与他交手,你怎就求饶起来。"

王旷说道:"我还没有抽出刀来,你可以说。若我抽出刀来,你二人就乖乖受死吧,说,看你所说之话能否救下你二人性命。"

王旷话音未落,刘曜已经从拓跋申拉身后蹿出,手中的长剑凶狠地刺向了王旷。

在拓跋申拉的惊叫声中,王旷侧身躲过了刘曜发起的突袭,仍然没有拔刀。

拓跋申拉扑向刘曜,一边狂怒地喝道:"刘曜你实乃小人也,你在我家刺杀侍中,你是要把我置于死地欤。"

刘曜一剑刺空,听到拓跋申拉狂怒的叫喊,又见王旷并不拔刀,心中甚感诧异。一走神,只觉着右腿腿弯处被一坚硬的东西重重打了一下,险些跪倒在地,刚要站稳,王旷已经用刀鞘抵住了他的后颈。

王旷喝道:"扔掉长剑。"

刘曜固执地说道:"王侍中,你我皆为好汉,刀剑无眼,生死由命。但今日这事与他无关,若是我不幸死在你刀下,不可伤及拓跋申拉一家。你敢应乎?"

王旷说道:"就依了你。"

于是,王旷将刀鞘撤了回来。二人重新站好。拓跋申拉知道王旷君子一言,但却非常担心刘曜会丢了性命。

刘曜依然挺剑刺出,但这次出剑的力道尚未用尽,突然剑出偏锋,斜刺里向上挑去。王旷眼疾手快,脚步一滑,躲过这一剑。

王旷神色镇定,但心中却不禁一凛,这小子功夫不错。

刘曜见一招没有奏效,凭借着人高马大,一剑比一剑势大力沉,绝没有手下留情之意。只见他步步紧逼,剑剑刺向王旷致命之处。

三个回合之后,王旷拔出刀来,钢刀出鞘发出来的声音,令人不寒而栗。王旷看到刘曜浑身一紧,知道这刺耳的声音刺激了刘曜的神经,使他越加兴奋。因此,拔刀之后王旷不敢犹豫,迅速向一侧滑步,长刀一甩,刀背打开刺过来的长剑,随即一收刀势,向刘曜下盘横扫过去。刘曜怪叫一声,纵身向上跳起躲了过去。落地时底盘还没稳住,那把被王旷使得出神入化的长刀已然向上挑起,劈向刘曜裆部。刘曜又是一声怪叫情知躲不过去,只得将身体向侧面倒去,就势一滚,以为又躲过一劫。可是,没容刘曜站起来,那把窄长的宝刀不知何时又挽着刀花儿捣向刘曜下腹。刘曜不敢起身只能再滚一圈试图摆脱追身长刀。长刀紧追不舍，刘曜只能不断在地上滚来滚去寻找机会了。

一旁的拓跋申拉看出刘曜不可能取胜，不想这场打斗伤及任何一方，便叫道："王侍中，拓跋可汗之子有话要说。"

趁着王旷一走神，刘曜翻身站起，就地旋转一圈手中长剑划出一道圆弧围住了身子。刘曜看出对方一时半会儿奈何不了自己，便趁旋转之势尚未定住之时，手中长剑将一招秋风追叶使得密不透风，直扑王旷。

王旷听见拓跋申拉叫唤，抽回势如破竹的长刀，跳出圈子，见刘曜并无住手之意，而且这一招怪异而又凶狠，分明是要夺人性命，心中惊叹这一招从未见过，长剑所过之处，尘土飞扬，啸声尖利。剑势追风逐尘，寒气逼人，杀意甚重。王旷决定避实就虚，先腾挪躲闪，找出破绽，然后一举击破。

躲过三招之后，王旷以一招柳叶破风将长刀从斜刺里闯入剑阵，刀势犀利而又短促，破阵之后，只见王旷手腕猛地一抖刀势顿呈柳叶状，尖利时直刺对方要害，抖动时震开犀利剑锋。王旷这一招令刘曜感到出剑攻击目标变得好生吃力，对方抖动长刀产生的强大力量使得宝剑的攻势顿时减弱许多，最要命的是，宝剑撞到抖动的长刀会让刘曜感到手臂一阵阵酸麻，手中的长剑随时会被震掉。所以他必须将一部分力量用在抓紧宝剑上，这使得攻击力大减。几招下来，刘曜凶猛搏命的进攻便被化解，而不得不转为防守了。

王旷并不想就此放过刘曜。见刘曜的攻击力越来越弱，脚下也乱了章法，王旷随即将柳叶破风改作飞矢追魂。只见王旷手中的长刀化作无数飞矢，出没无常，忽而自天而降，忽而遍地开花，其形如鬼魅出入，其势如巨石滚落。其攻时如波涛汹涌，难以招架；其守时如幻影幢幢，目不暇接。几招过后，刘曜顿觉神志混沌不清，眼前恍惚飘摇，不得不大声吼叫才不至于失魂落魄。从这以后，刘曜就只有招架之功毫无还手之力了。

转眼间，刘曜身上已中数刀，虽是浅伤，鲜血已经染红衣服。若非王旷并不想要对方的性命，刘曜此时早就丧命了。

拓跋申拉见此情景，看出若再打下去，用不了几招，刘曜即使不死也会被废掉。于是，抓起一根胳膊粗细的木杠大叫一声闯进杀阵。

此时的刘曜已经乱了方寸，慌了手脚，见一个人影突然从斜刺里撞进圈子，手中长剑随即向人影刺去。

拓跋申拉万万没有想到刘曜会冲着自己杀将过来，手中的木杠怎能拦住势如闪电的长剑。刘曜这时也看清楚了自己手中的长剑刺向的居然是拓跋申拉，可是收手已经不可能了，长剑裹挟着打斗中因不堪招架的耻辱感而生出的怒气直向拓跋申拉刺过去。

说时迟那时快，王旷果断出手，拓跋申拉挡在两人中间，只有先将他打倒，这样才能够躲开要命的长剑。于是王旷从后面用刀背猛击拓跋申拉的双腿，拓跋申拉扑通跪在地上，没想到手中的木杠却向后面的王旷打过来。王旷急忙向侧面飞跃开来，刘曜长剑从拓跋申拉的头上刺过去，力道已经大大减弱，加之因为刺空脚下站不住，身体向前栽过去。王旷不敢犹豫，又是一跃身体腾空而起，将全身力气凝聚在手里的长刀上，向刘曜的长剑劈过去，刀剑相击，声音尖利刺耳。刘曜哎哟一声，手里的长剑脱手而出，飞向一旁。

刘曜和拓跋申拉双双摔倒在地。

王旷知道刘曜不会善罢甘休，上前用刀尖抵住刘曜的后颈，厉声喝道："你与拓跋曾皆为质子，在京城一同长大，情同手足。他又手无寸铁，你怎忍心用剑伤他？"

拓跋申拉拉住王旷的手，央求道："王侍中刀下留情，先听我说完，你再行决定如何处置我们。"

王旷收回长刀，却没有将刀插入刀鞘，他必须防备刘曜。

拓跋申拉见王旷杀意已退，这才将那天在城西外自家毡房中看到和听到的情景一五一十告诉了王旷。

王旷听罢，不敢相信这是真的，便厉声问道："当真是孙秀所说？"

拓跋申拉急了，发誓道："我拓跋申拉以鲜卑祖先名义发誓，不敢有半句谎言，否则遭天打五雷劈。"

刘曜哼了一声，颇为讥讽地说道："王侍中，你为皇后追杀刘曜，却不知你家皇上也做不久也。"

王旷喝道："你这罪人，给我闭嘴。"然后对拓跋申拉说，"你再仔细想想，孙秀跟那一众歹徒还讲了什么？"

拓跋申拉想了想说道："那天即将散场之时，那个牙将赵奉又突然跪倒在地，说是宣皇帝有旨意从天而降，那些人都跟着跪下。我就听见赵奉嘴里嘟囔着说不久宣皇帝会在城外北面邙山降下来。"

王旷问道:"宣皇帝何时自天而降?"

拓跋申拉摇摇头,说道:"赵奉没有讲明。"

刘曜在一旁有些幸灾乐祸,说道:"都是他司马家人,换个皇上就比现在的强。"

王旷一甩手用刀的侧面拍在刘曜脸上,喝道:"你若再胡言乱语,五部大都督刘渊就会少一个儿子。拓跋申拉,接着讲来。"

刘曜疼得捂住脸直吸冷气。

拓跋申拉说道:"赵奉说宣皇帝让子孙们在邙山为他修建一座庙宇,到时他自会在那里显灵,助九儿子司马伦登上皇帝龙座。还说,只要庙宇修建好,登基大业即告完成。"

王旷听到这里,用刀指着刘曜说道:"刘曜,今天本侍中虽不杀你,你却要清楚是拓跋申拉救你一命。"王旷没说是皇后央求他不杀刘曜。王旷又对拓跋申拉说:"你即刻带刘曜出城逃命去。你二人不可心存侥幸,最多一个时辰,全城大搜捕就会开始。刘曜你所犯乃是死罪,张榜通缉在所难免。你还是逃得越远越好。若是被抓住,谁都救不了你。"

说罢,王旷闪身出了宅院。

第十八章

接连三天，皇上拒绝早朝。

大相国司马伦几次亲自前往寝宫求见皇上，都被女官和黄门拦在门外。这天司马伦又在宫门外大声喊道："皇上，皇后遭遇刺客，臣担忧乃五部所为。众臣亟须皇上朝会时准奏京城增加兵马粮草！"

寝宫里依然没有回声。

司马伦一走，王旷便离开寝宫去了东宫。看过太孙，又将羊皇后入宫途中遇险一事说与太妃。一直以来，太妃的心思全部扑在太孙司马臧身上，无暇顾及宫内外其他事情。离开太妃，王旷找到郗鉴，让随他一道出城前往邙山。郗鉴并不多问，只问是否携带护身兵器，王旷连说不用，只去那里探查，并无危险，况且有他这把长刀足矣。

两人在城东兵营武库里挑了两匹牡马，牵出谷门，跨过阳渠，直奔邙山而去。

邙山距京城北面十里之遥，虽不高却气势恢宏。宣皇帝司马懿生前就指认邙山为身后安卧之处，并嘱后人一切从简。司马懿有如此坦荡之胸怀，盖因自认为膝下子嗣皆是曹孟德之后难以望其项背的栋梁之材。有长子司马师和次子司马昭接手晋王之位，一定会将司马氏大业发扬光大，建立不朽之王朝。然而，司马懿万万没有想到，仅仅三代之后，自己开创的大业已日薄西山，岌岌可危了。

邙山之前为北高南低之台地，南北开阔，东西平坦，一眼望去，广袤无垠之原野被浓绿林草覆盖。远远地，王旷就看见了苍翠的林木中掩映着的宣皇帝陵冢，于是翻身下马，步行前往。

穿过一片浓密的树林，终于看见坐北朝南的宣皇帝陵冢前偏西南方向一座庙宇拔地而起。二人将马匹拴在树上，往庙宇疾步而行。

出了树林，便是一片绿草茵茵的开阔地，庙宇也越发清晰可辨，已经可以听得见匠人施工时斧锤发出的声响。

二人正要穿过草地，就听见身后有人喊道："前面可是王侍中？"

王旷急忙回过身去，一只手已经搭在长刀手柄上。

那人竟然是相国司马孙秀。孙秀骑在马上，身后是司马威、骆休等一干朝廷官员，其他步行的人都是相国府从员，总共有数十人之多。

孙秀翻身下马，对王旷施礼后说道："我等在宣皇帝陵冢前建造庙宇乃尊大相国敕令而为，王侍中突然前来，所为何事？"

王旷也不想绕圈子，直接发问道："依王旷所知，大相国只有在指挥战争或者整治军纪时方能发布所谓敕令，大晋王朝律制中并无授予大相国此等权力。且，几位前朝皇上都不曾在陵冢之前建造庙宇。此乃皇家规矩。"

孙秀显然不通律法也不懂皇家规矩，不知用何言以对，就晃晃头没说话。

王旷继续说道："也罢，大相国既然为建造庙宇发布敕令，可有皇上诏书？可否也为文皇帝与武皇帝一并建造庙宇？"

孙秀见不能回避，只好说道："秀以为，大相国发布为宣皇帝建造庙宇之敕令，乃秉承天意，无需奏报皇上，宣皇帝乃大相国生身之父，大相国以此寄托思父之情，乃人之常情，世之常理。"

王旷冷笑一声，说道："孙司马此话差矣。为前朝皇上建造庙宇必须得皇上恩准，并颁布诏书，违者将以篡逆论处。你当真不知，还是另有所图？"

孙秀愣了一下，旋即故作镇定地说道："王侍中，辅政不日将为本司马犬子做媒，向皇上求娶公主为妻，我也算是皇亲耶，怎会行篡逆之罪？！"

王旷并不理睬孙秀的辩解，说道："孙司马，听王旷一句劝告，将这庙宇趁早拆掉，也免得皇上那几位嫡亲弟弟心生疑窦，因此而降罪于你。你我皆为琅琊人士，又同为五斗米教教友，王旷此言，绝无恶意。"

孙秀一听这话，不住冷笑，说道："王侍中，既然说到琅琊人士，且听秀肺腑之言。不错，琅琊王氏引领风骚数百年，只可惜王氏虽然曾经英豪名士层出不穷，涌现出前朝太保王祥大人、七贤之一王戎大人与中书令王衍大人等领袖人物，只是后继乏人，已显颓势。然而，咱家琅琊孙氏一族得泰山孙氏合族，又得辅政大相国垂青，欲与皇上结为儿女亲家，家族地位蒸蒸日上。王侍中，实不相瞒，我孙秀有能力在本朝为琅琊孙氏确立不朽之地位，使其屹立于大晋王朝名门之中。从今以后，我琅琊孙氏必在你家琅琊王氏之上而载入汗青也。"

王旷听罢孙秀所言，不禁斥道："孙秀，你如此大言不惭，真让人替你感到羞愧。你一县乡小吏能有今日盖因我琅琊王氏举荐，可是琅琊王氏并无人因此需要你感恩戴德。我琅琊王氏岂是你家孙氏一族可以比肩。想咱家琅琊王氏先祖王翦、王贲二位大将军，为秦始皇横扫六国，一统天下。琅琊王氏之声望绵绵数百年令人高山仰止，又岂是你可以企及。春秋以降，哪个名门望族之声誉不经百年征战厮杀前赴后继而铸就，哪个名门望族不在历朝历代建国立业中功勋彪炳。时代更迭，却依然英豪辈出乎！大晋王朝若非名门望族之鼎力相助，怎可跃马扬鞭，所向披靡，一统天下？孙秀，出于同乡之谊，我劝你趁早醒悟，迷途知返。王旷今日前来邙山并非心血来潮，我正告于你，无论为宣帝建造庙宇是谁指使，都将遭到皇上与皇室嫡亲藩王坚决抵制。他们绝不会容许篡逆之事发生。若到了那日，你之下场可想而知。"

孙秀冷笑不止，挺着胸脯说道："王侍中，为大晋王朝源远流长，我孙秀视死如归。你该清楚，宣皇帝当年为得天下，忍辱负重，示弱十年，方才于高平陵事件中一举翦灭曹氏势力，平定天下。若无宣皇帝流芳千古之举，怎会有大晋今日之辉煌乎！先皇宣帝膝下九子，如今只有三子尚在，如遗世之珠，弥足珍贵，也成为大晋王朝坚不可摧巍然屹立之基石。平原王司马干大人年事已高，但只要坐镇京城便可令远近胡人望而生畏。梁王司马肜大人为人谦和，德高望重，廊庙之上众臣敬佩信服。而咱家大相国风华正茂，振兴大晋，壮心不已。毋庸讳言，文武二帝以摧枯拉朽之势一统天下，厥功至伟。可是，光大大晋王朝伟业，振兴司马氏之大业唯宣皇帝之后大相国司马伦矣！"

孙秀既然已经表明了大相国司马伦必将取而代之的意思，王旷知道继续说下去已是枉然。于是翻身上马，向京城疾奔而去。一路上，郗鉴也对孙秀的嚣张表示愤慨。王旷则叮嘱郗鉴近段时间务必看护好皇太孙和太妃，若发现有人企图不轨，一定要以命相护。

回到城里，王旷让郗鉴立刻到王敦家请王敦到左思府上等候，说他要先去淮南王府邸走一趟，随后就到。

淮南王司马允听罢王旷诉说，顿时怒发冲冠，起身摘剑，呼唤家仆备马，就要前往邙山斩杀孙秀，被王旷好歹劝住。

司马允咬牙切齿说道："司马伦妄行篡逆，死期临头。"

王旷说道:"将军所言极是。大晋立国以来,没有哪位宗亲敢于行篡逆之罪行。但是当下之急靠将军一己之力难挽狂澜,必须凝神聚力。所谓凝神是将军需尽快找出制衡大相国阴谋之方法来。所谓聚力,将军可将此事即刻告知镇北大将军司马颖和镇守常山之常山王司马乂。同时还需广发檄文,力请镇守旧都许昌的齐王司马冏与征西府大将军河间王司马颙以及其他不在京都的诸国封王,让这些皇室嫡亲和宗亲封王知晓大相国篡逆之罪行,并齐心协力征讨之。"

淮南王频频点头,然后说道:"一直以来,本将军不屑于与那些廊庙之众臣过从往来,如今看来,这是本将军之疏忽。若本将军经常往来于廊庙之上,人心便会有所向往,而众目睽睽之下赵王岂敢如此嚣张。"

王旷说道:"将军即使现在重返廊庙,为时未晚也。旷每日陪皇上早朝,知晓廊庙之上尚有不少拥戴司空张华和中书令裴頠的对皇上忠心不二之老臣。这些老臣对大相国独断专行之做派一直心怀抵触,对大相国一味擢升那些阿谀谄媚之大臣更是忍无可忍。将军若能重新站在廊庙之上,辅佐皇上,这些老臣必然欢呼雀跃。"

司马允说道:"本将军即刻就给成都王和常山王发去鸡毛信,并着人起草征讨檄文广发天下。"他鼻子里哼了一声,又说:"赵王,你欺人太甚。大晋王朝岂容你横行霸道。我倒要让你看看,皇上嫡亲兄弟怎是你这老贼惹得起欤。"

司马允振作的情绪令王旷很受感染,说道:"将军,官内禁军校尉皆被大相国掌控,玉玺几乎成为他囊中之物,皇朝已然十分危险。请将军出任太尉后尽快安插中护军校尉与军士进入皇宫,即使不能全部更换大相国安插之校尉与禁军军士,起码令他举手投足心有所惧,不能轻举妄动。大相国如今已经大权在握,呼风唤雨,若任其恣意妄为下去,皇室堪忧。"

司马允思忖片刻,问道:"王侍中,时不我待,距下次朝会尚有些时日,想那司马伦若当真篡逆心切,一日之后便会生出变数也未可知。皇上必须即刻知晓司马伦篡逆企图,近日又有孙秀企图通过司马伦让他那贩马的儿子做皇上之婿的传闻不绝于耳,本将军最为担心的还是皇后持何态度。"

王旷说道:"将军所言极是,旷今夜就向皇上皇后上疏司马伦违逆皇族规矩,擅自为宣皇帝陵墓修建庙宇,皇上也许一下子弄不明白皇室庞杂之规矩,旷可邀集宫内治书侍御史及大宗正向皇上阐明此事不可为,乃律法所禁止。

而且，旷会将将军心意带给皇后，并表明此乃皇帝嫡亲兄弟共识。皇后冰雪聪明，明白兹事体大，不可胡作非为焉。"

王旷说完这话，见司马允心情平静下来，便对司马允说要去见左思，请左思为皇室占卜福祸，但求天遂人愿。

从司马允府邸出来后，王旷便直奔宜春里左思家。

王敦已经等了一会儿。坐定之后，左思一哂，说道："我算出二位大人会来府上，已经等了三天。"见两人面面惊愕，又说，"自太子被杀之后，皇室已生乱象。老夫听说迎娶皇后之前赵王请了术士卜卦，想来也会卜算出淮南王司马允有帝王之相。赵王再三设计褫夺淮南王兵权，盖缘于此。然，那术士却没有算出赵王归宿，或者即便卜算出来也不敢说出。皇室天象中，并无赵王位置，更没有赵王子嗣位置。析赵王所为，他对此毫不知情，或者被刻意蒙在鼓里。"

王敦断言道："宣皇帝有九子遗世，唯赵王乃昏庸之辈。敦断定这一切皆为孙秀所设，从一开始，孙秀就在蒙蔽赵王。"

左思认同，说道："孙秀是五斗米道中人，王侍中与王侍郎也是，但五斗米道从来不以天象占卜未来。教义中所有规矩只是治病救人。王侍中，可是如此？"

王旷回答道："正是如此。五斗米道在琅琊国最为兴盛，原因就是五斗米道除病祛灾。孙秀在琅琊国五斗米道教众中很得拥戴，因此已是奸吏。然，孙秀心术不正众信徒却无从知晓也。"

左思说道："这也是皇室躲不过去之一劫。赵王因武帝宽宏大量，以高祖宣皇帝血脉为由而侥幸活下来，原本应该感恩戴德，但是，谋士孙秀却让他无法回头。这也是天意。"

王旷说道："皇上淳朴，单纯，自得了羊皇后之后，一心向善，无忧无虑。自从贾南风矫诏杀了皇上嫡亲兄弟司马玮后，皇上其他嫡亲兄弟从此噤若寒蝉，跟皇上也是若即若离，在皇上有难之时或者隔岸观火，或者作壁上观。好在淮南王已经觉醒。"接着，他就将司马允接下来要做的事情告诉了左思："这样一来，足下方才所说皇族一劫能够得以规避乎？"

左思点头说道："有些话语我不便说出来，然，皇室未来堪忧却是事实。若司马允能为此出头倒让人为之一振，毕竟皇上之下，他就是皇室嫡亲兄弟里排行最长的，其他子弟唯他马首是瞻。而且，司马允只要想通，便是一位敢作敢为之人。"左思用力搓了搓手，"二位对皇室一片忠心令老朽感激不尽。老朽毕竟与先帝有不解之缘。王侍郎不也是先帝之婿吗？"

王敦爽直地说道："正因如此，敦才心急如焚。"

王旷说道："左公，天意显示皇上能躲过此劫乎？旷不忍皇上受罪。为了皇上，旷性命在所不惜。"

左思摇摇头说："皇上并无性命之忧，二位可以不用担心，但这一劫断难躲过。老朽以为，顺其自然也许才是最恰当之选择，故而老夫不赞成你们拼了性命。以你们现在之境地，硬要拼上一场，只会是以卵击石，可能最后下场还会使得琅琊王氏这等百年望族饱受牵连。"

王旷发狠地说道："若赵王真要篡逆，旷可以请皇上打出驺虞幡和白虎幡，还怕赵王到时候不偃旗息鼓？"

左思急忙摇头说道："世宏老弟不可鲁莽，驺虞幡能救了皇室一时，却难以阻止赵王篡逆势头。这股子心火仅凭驺虞幡断难扑灭，反而会越烧越旺，也未可知。"

王敦问道："足下之意是让赵王心火烧毁他自己？"

左思说道："正是如此。天象表明，至少五年内无新紫微星升起。孙秀请术士欺骗了赵王，而赵王也鬼迷心窍，这一切都不过是使得孙秀获得倾朝野之威权。"

王旷就把晌午在邙山发生的事情说了出来，然后说道："孙秀胆敢对旷说出赵王已得天授君权，可见此人已到忘乎所以之地步，篡逆肯定不再仅仅是纸上谈兵。旷最担心的还是皇上会因此遭遇危险。"

左思说道："孙秀狼子野心早已经昭然于天下。张华司空在蒙难之前就感叹当初为何没有坚持让接替赵王出镇长安的梁王司马肜杀掉孙秀，结果悔之晚矣。世宏老弟，孙秀固然胆大包天，一手谋划了赵王的篡逆行径，却没有胆量弑杀皇上。当然，老朽说不准羊皇后在这件事情上究竟会站在哪一边。毕竟，孙秀为实现篡逆阴谋，很早就与羊皇后母系一族完成合族。"

王旷摇摇头说道："羊皇后虽年纪不大，却不是甘愿跟孙秀同流合污之人，皇后入宫之后，虽日子不长，我在宫里时常与皇后交流，皇后心地善良毋庸置疑。何况，合族不是她能左右。"

左思说道："若是这样，那就是皇上的福分了。老朽以为，世宏老弟还有处仲侍郎你二人虽无有扭转乾坤之力，但还是可以做一些事情的。"

在王旷和王敦告辞的时候，左思叮嘱二人当即要做的是，用最直接的方法让皇上弄明白保住玉玺就保住了一切，皇后是不可以挪动玉玺的。贾南风恣意动用玉玺的结果就是身败名裂，死无葬身之地。所以只要皇上完全明白就行。最后，若是真的有人要危害皇上，可以动用驺虞幡，但绝对不能判断失误。

将二人送出府邸，左思说道："天亦有情，皇上不会有难，只是你二人要格外小心行事。"

左思目送着二人消失在黑暗里，摇摇头自言自语地说道："只怕淮南王难逃一劫。"

第十九章

皇上总算上朝了。

大殿上，众臣肃立。像往常一样，皇上将自家的爱卿左右环视一番，却看不到几个熟悉的面孔。当皇上的目光落在身侧稍矮的那张坐榻上，似乎流露出困惑的神色。

一旁伺候的治书侍御史林洛眼看着皇上又要光火，急忙高声吆喝起来："朝会耶！"吆喝声一落，众臣应和着山呼万岁万岁万万岁。皇上稍纵即逝的困惑一下子烟消云散了。

这时，中护军将军、淮南王司马允兀然走出人群，匍匐在地，高举笏板大声说道："陛下，前次朝会辅政相国违逆陛下之意，私自委臣为太尉。臣以为甚是不妥。臣以为太尉如此高之官秩唯由德高望重之人胜任也。"

皇上被突然而起的呼喊声吓了一跳，定眼看去，认出司马允是自家阿弟。大概是受到众臣的冷漠刺激，这个时候的皇上是清醒的。皇上哈哈大笑，指着司马允说道："阿弟，你再将奏疏唱诵一遍，朕一时恍惚，未听真切。"

于是，司马允将奏疏复述一遍，并呈上镇北大将军司马颖和常山王司马乂的奏疏，声称一干先帝嫡传子嗣皆以为此乃巩固大晋江山之良策："自文皇帝始，中护军皆由咱家嫡传子嗣统领，从未旁落他人。如今辅政相国心有异图，妄褫夺咱家中护军，望皇上以咱家社稷兴盛计，准奏也。"

皇上那双分得很开的大眼睛盯着台下手举奏板的弟弟。司马允高声奏请的事情令皇上长期糊涂的头脑一下子变得清醒起来。司马允提及的这几个人他似乎都有印象，于是急切地问道："阿弟，太尉不是大官乎？你若不喜欢做太尉，阿弟以为谁人能担此任？"

司马允高声说道："臣惶恐，臣以为现如今德高望重者唯咱家从祖父梁王是也。"

皇上吓了一跳，很是不悦地指着右侧的司马伦说道："阿弟，朕不喜欢这个从祖父。这老家伙何时被允许坐在这里的,朕怎就想不起来乎?"

司马允还未来得及发声,眼前人影一闪,身旁咕咚跪下一人,此人却是相国司马孙秀。孙秀高声呼道:"皇上明察,前次朝会陛下已然诏令中护军将军卸任现职而领太尉衔。若是朝令夕改恐一众朝臣左右为难也。"

皇上一仰头倒在龙榻上,旋即又坐了起来,厉声喝道:"你这狗彘又是何人?胆敢打断朕与咱家阿弟说话?"

孙秀吓了一跳,不敢回答。

司马允连忙说道:"臣惶恐,皇上座下那人并非梁王,太宰梁王司马肜就在大殿之上,皇上可传他问话也。"

梁王司马肜因参与废后有功,斯时已是太宰。司马肜上前来行罢君臣大礼,说道:"臣惶恐,臣以为自家可以领太尉职。只是年事已高,恳请皇上卸除臣太宰一职。"

司马伦坐不住了,正要起身说话,被皇上喝住:"你这老家伙不得说话,朕此刻十分清楚。只是朕那王世宏王爱卿现在何处?"

司马伦不得不大声说道:"皇上恕罪,那王世宏并非朝臣,不得在朝会时进入大殿,更不得在朝会上置喙。"

皇上看了一眼司马允,见司马允点点头,于是用力抹了一把脸,问道:"朕何以看不见咱家那些老臣,你这老家伙把咱家那些老臣弄到哪里去了?"

司马允这时插话道:"臣惶恐,皇上所说老臣都被杀掉了。"

皇上像是脸上挨了一拳,缓了半天才盯着司马允问道:"朕杀人很多?"

司马允指着司马伦答道:"臣惶恐,皇上从未曾杀过一个人,那些老臣皆是被辅政相国杀掉耳。"

皇上一听这话,怒视着台下跪着的孙秀,厉声喝问道:"你这狗彘,咱家阿弟所说可是当真?"

孙秀只是不停地磕头,不敢说话。

司马伦这时起身转而面向皇上说道:"臣惶恐,中护军所称老臣皆为先帝之忠诚之臣,早由皇上下诏书斩杀除去也。"

皇上仍然沉浸在惶惑之中,听了司马伦的话,喟然长叹一声,有气无力地说道:"阿弟,你去把朕那些老臣找回来。朕忆起来,那些老臣都是父皇给朕留下来辅佐朕的。"

125

司马允看出皇上又开始迷糊了，于是催促道："请皇上速速下旨，诏令梁王出任太尉。"

皇上却像是如梦初醒，问道："朕听说座下这老家伙在邙山动土，阿弟可否告诉朕，这老家伙欲要做甚乎？"

司马允瞪着司马伦，然后说道："皇上不必为此担忧，有皇上与咱几个阿弟在，大晋江山固若金汤也。"

皇上喋喋不休地说道："如此甚是也，如此甚是也。"然后对治书侍御史说，"朕累了，咱家阿弟所说之事速速办了是也。"

在治书侍御史朗朗的退朝声中，皇上踽踽地出了太极大殿。

第二十章

　　这几天，司马伦的父王司马懿陵墓前新盖的庙宇上大梁，他要求孙秀必须亲自到邙山监督。于是，司马伦就坐在了相国府正殿宽大的坐榻上，他环视了一遍大案两侧的十数位掾属，身子向后一仰发出一声低沉之音。昨天朝会上司马允突然发难虽然有惊无险，却让他好生恼火。孙秀这些日子一直忙于在邙山修建宣帝庙宇，似乎对司马允发难不以为意。然而，遭皇上当众羞辱令司马伦咬牙切齿，恨不得明日就废了这个呆傻的孙子。

　　这时，相国府中书郎陆机捧着一册文书走到大案前，说道："明公，昨日收到最后一位封王决定前来京都赴宴的信函，臣将名册整理出来，明公过目。"

　　司马伦用一个手势示意将文书放在大案上，并没有拿起过目，而是问道："六十三个封国皆有回话？"

　　陆机说道："明公并未允许向河间王、成都王、常山王和齐王发送赴宴文函。除此之外，悉数应允赴宴。"

　　司马伦还没开口说话，相国府侍卫在殿外高声呼喊道："皇宫次直侍中王旷求见大相国。"

　　司马伦心里一凛。这些日子不断有人报称王旷多次出入淮南王府邸，甚至陆机也被邀请过几次。他问过陆机何以得淮南王如此青睐，陆机回答得倒是非常坦然，看不出有什么阴谋。是哟，这大晋王朝除了天下暂时还不是自家的，这京都王畿早就被自己牢牢掌握在手中。司马伦让传话允许王旷进入相国府殿堂。

　　王旷并没有对司马伦行君臣之礼，而是作了个长揖，然后说道："在下奉皇上旨意前来会见辅政相国，有谕旨宣示，不便让左右听了去。"

　　司马伦挥挥手让掾属退下，但还是留下了陆机，说道："陆士衡是本辅政中书侍郎，主理秘书监。你要传达皇上旨意必定涉及国事要务，他必须在场记录皇上诏令与你我言行。王世宏，皇上有何诏令，尽快宣来。"

王旷说道:"辅政难道忘了,所有大臣必须跪接诏令。"

司马伦一惊,站起来犹豫了一下又坐下去,不屑地说道:"王世宏,本王自做了辅政从不跪接诏书,你要宣就宣,不宣离开便是。"

王旷也不坚持,说道:"皇上让臣诏询辅政,因何对宣皇帝陵墓大兴土木,并修建庙宇?"

司马伦喝了一声,说道:"此乃皇室事务,皇上怎不直接询问本辅政,而是由你传话?你有何资格涉足皇室事务?"

王旷坦然回答道:"旷乃皇上贴身侍卫,过问皇室之事乃职责所定,并无任何不妥。自文皇帝以来,直到皇上践祚,琅琊王氏历经三朝忠于皇室,此忠孝之情举世皆知。旷能荣膺次直侍中便是皇室对琅琊王氏最大信任。"

司马伦也不示弱,说道:"本王身为辅政相国,国之要务、皇室诸事可以在朝会时直接禀明皇上,无需你来插手。"

王旷道:"下次朝会要在十日之后,皇上关切此事自然不会等到那时。皇上亲自询问过大宗正与大鸿胪,这二人均以为没有任何理由修缮宣皇帝陵墓。修建庙宇更是皇室规矩所不许。"

司马伦吊下脸来,问道:"王世宏,以你次直侍中的身份怎可在本王面前大谈皇室家规。"

王旷并不示弱,说道:"旷传达之言皆为皇上旨意。皇上在得知并无先例后诏令不得逾矩。若是殿下心有疑惑,不妨随我入宫面见皇上,以为佐证。若殿下不以为意,旷即刻邀请在京城之淮南王与吴王一同前往,不知如何?"

司马伦一声冷笑,说道:"若非有人在一旁尽出谗言,我那傻乎乎从孙皇上,怎会有如此清楚之判断?王世宏,这里是相国府,你怎敢手握刀柄?想要做甚?"

王旷险些拔出刀来,听到司马伦大声叫唤,只好将握住刀柄的手收回来,说道:"殿下若再出此侮辱皇上之言,王旷就敢将你绳之以法。不得在皇室之外任何场合羞辱皇上,这是大晋王法之所定。正因我是皇上侍卫侍中,按律可代行皇室御史中丞与廷尉之责,惩治一切无视皇上之人,即使殿下亦不能例外。殿下不会不知,死于本侍中刀下刺客皆由皇室宗亲指使。"

司马伦自知失言,将双手平伸于前,做出息事宁人的手势,然后语气诚恳地说道:"本王乃宣皇帝之庶子,宣皇帝托梦与本王,嘱托我如先祖以及兄长文皇帝当年辅佐曹魏那样，总揽大权，以求大晋王朝繁荣昌盛，世代相传。"

王旷问道："为宣皇帝修建庙宇绝非辅佐皇上治国理政之要务。此所为不仅坏了皇室规矩，而且大有篡逆之嫌，难道殿下真有意为之？"

司马伦挺直了身体，张了张嘴，没说出话来。

王旷并不想给司马伦下台阶的机会，继续说道："皇上不久前才颁布诏令确认了嗣位人选。册封皇太孙，举国欢欣鼓舞，殿下也表示皆大欢喜。而且，殿下作为太孙太傅难道不应恪守本分，潜心教授太孙焉？怎可突然擅自修葺宣皇帝之陵墓并盖建庙宇，干出此等忤逆法理之事。即使皇上不视其为篡逆作为，难道殿下真以为六十多个封国之嫡亲王和宗亲王会对你此举视而不见，置若罔闻乎？"

司马伦看了陆机一眼，见陆机正在低头记录二人对话，只好说道："本王遵皇上之命不久之后将在京城大宴皇室诸王，几乎所有亲王都将前来赴宴，以示对新皇后之敬仰。那一日，本辅政定会将此事昭告于诸王。所有封国之王皆为宣皇帝与咱家司马'八达'之后，本辅政确信无有谁会反对为宣皇帝修葺陵墓，盖建庙宇。"

王旷正色道："殿下着意回避我此行之意，那么，我只好再次宣示皇上旨意，不得修葺陵墓，不得盖建庙宇。"王旷从怀里掏出皇上诏书，走向前去，将诏书置于大案之上，然后，退了几步，说道："殿下若是看过诏书依然我行我素，皇室廷尉将依法抓捕主理此事孙秀与殿下一众幕僚。皇上只对殿下网开一面。"

司马伦看过诏书，脸色铁青，语气恶毒地说道："王世宏，你乃小人也。"

王旷说道："殿下差矣。那日废后之夜殿下曾经对我与嵇绍大人言之凿凿表示，废后盖因贾南风重用外戚，滥杀无辜，大肆培植党羽，虽不敢废帝，却大有取而代之之嫌。大晋王朝只要还有宣皇帝这三兄弟在世，哪个企图篡逆绝对不能得逞。"

司马伦点点头表示还记得此言，嘴上却说道："宣皇帝膝下九子，只有我三子尚存，咱家三哥卫将军平原王和八哥哥太宰梁王虽德高望重，却只有本王能够担当大任，振兴大晋王朝。即使本王有心取而代之，难道不是为了大晋王朝坚如磐石，难道大晋天下还会改名换姓乎？"

王旷用力地摇摇头说道："旷还是奉劝殿下不可心生篡逆之意。大晋王朝何以延续万千世代自有皇室法规，任何人不得逾越。"

司马伦拧着眼睛问道："孙司马究竟对你说了何等话语，你居然在大相国府张口篡逆，闭口取而代之？"

王旷说道："若是殿下不在乎史册留名，陆士衡可以记下来。孙秀孙俊忠乃殿下之心腹大臣，相国司马是也。此君在殿下授意下擅自为宣帝陵墓修建庙宇，以图谋大晋天下，并在当朝皇上次直侍中王旷面前口出狂言……"

司马伦怒气冲冲地打断王旷的话，转而对陆机说道："陆中书郎不得记录，本辅政亦不想听你一面之词。陆士衡，本辅政问你，你意如何？"

陆机从侧面走上前来，行大礼后说道："殿下，机仅为皇朝中书侍郎也，主理秘书监事务乃属下本分，不便对朝政国事置喙。只是，机依然坚持大晋王朝应尽早确立贵农抑商之国策。仓廪充实，民心所向，国之本也。如今京畿内外，绵延千里，灾情频仍，饥民济济，流民横行，扰我国安。而京城内外贾竖如过江之鲫，貌似繁花似锦，实乃致吾民贪欲横流，民风败坏是也。机万望殿下明察秋毫。"说完，陆机又退回到侧面书案站立。

司马伦没想到陆机会旧话重提，一时间不知说什么才好。

王旷这时直言说道："殿下已然取得一人之下、万人之上地位，不可再生得陇望蜀之贪念。旷贸然劝阻，亦是不愿王朝再生动乱。想太康十年汝南文成王领先帝遗诏辅政，何等荣耀威风。然，却在两年之后图谋抢夺楚王司马玮之兵权。贾南风仅仅依靠皇上在京城几位嫡亲兄弟就将汝南文成王斩杀，如今，当年几位皇上嫡亲兄弟已经成年而且兵权在手，镇守边疆。可想而知，若是得知殿下有篡逆之图谋，他们绝不会袖手旁观。在下一番逆耳之言，是为辅政着想，请殿下三思。汝南文成王亦乃宣皇帝之子，亦是殿下四哥哥。"

王旷的一番话直说得司马伦面色铁青，半天才开口，口气很是不屑："仅凭住在京城的淮南王、吴王和豫章王三兄弟又怎能奈何本王乎？至于你所说皇上戍边那几位嫡亲兄弟无非就是成都王司马颖和常山王司马乂，甚至还可以算上齐王司马冏，难道他们真敢与五十几位藩国宣皇帝之后为敌？你那琅琊王氏赖以生存之琅琊国封王也是宣皇帝之后矣，你可曾想过乎？"

王旷听出司马伦已是执迷不悟，便说道："旷以为，殿下作为先皇文帝之宗亲兄弟当务之急是重振大晋王朝之威望，繁荣大晋之河山，富裕大晋王朝之子民，使周边环伺之五胡异族不敢心生异念，乱我大晋王朝之根本。那日你上疏皇上让其警惕北面五部和鲜卑诸侯生事，饶是令旷敬佩。至于治国之道，有陆中书郎等一干忠于皇室之臣为殿下出谋划策，当是大晋之幸。然，相国掾属中孙秀之流实乃蝇营狗苟之辈。望殿下耳聪目明，成就振兴大晋王朝之伟业焉。皇上诏令绝非儿戏，殿下当慎行也。"

说完，转身走了。

王旷离开后，司马伦的一干心腹又都回到大殿。司马伦怒气冲冲地将众人环视了一圈，然后问陆机道："陆中书，你以为王世宏贸然闯进大相国府可以阻止本王登基称帝乎？"

陆机回答道："殿下若无登基之图，不必为此动怒。王世宏并非谋一己之私之小人。属下以为，殿下应以振兴大晋江山社稷为己任，殚精竭虑，然后自有公论。"

"你所说振兴社稷就是重农抑商？"

"正是，而且事不宜迟。"

司马伦冲着义阳王司马威大声吼叫道："阿皮，速速去将孙秀给本王叫回来！"

第二十一章

孙秀从邙山赶回相国府时，天已擦黑。

司马伦怒气难消，让陆机将王旷所为说给众人，然后喝退众掾属，把桌案拍得震天响。见孙秀迟迟不说话，便呵斥道："孙司马，你怎敢与王世宏说及取而代之一事。如今皇上已经知道修建庙宇，用不了多久，邺城司马颖、常山司马乂、镇东府司马冏，甚至包括征西府司马颙皆会知晓此事。天下将大乱也。咱家不如偃旗息鼓。"

孙秀急忙安抚道："殿下，天意已决，咱家不可自泄重振河山之壮志豪情。皇上册封皇后已然过去许久，而那邺城、常山和征西府却不见任何动静。齐王那里，明公已尽安抚之能事，敕令允其扩张土地，增加税赋，齐王所辖城镇已过五十座之多，他该知足也。"

司马伦怒气未消，说道："以你之意，皇上已经众叛亲离乎？"

"正是。"

"可那王世宏手持诏书依然盛气凌人。"

"王世宏何足为虑，即使琅琊王氏群起而攻又奈我何？殿下务必息怒，怒则方寸不守，怒则心气紊乱，怒则损伤帝王之气。"

"可是本王不可无视皇上诏书，若是王世宏再弄张罢黜咱家诏书，四下发送，咱家美事休矣。"司马伦喃喃自语道。

"殿下不必为此不安，此乃天意，非人力能阻止也。属下揣度，王旷所为不过是为文皇帝与武皇帝鸣不平罢了。咱家明日索性连文武二帝陵墓一并修整，皇上自不会追究。属下又想，王旷欲要做甚？他不过次直侍中，手中既没有任何权力，又不可调遣士卒，而他又似乎根本不是谋权之人。属下经常猜不透这个带刀侍中。"孙秀既无奈又着急。

司马伦只说了句"王旷会将此事告知淮南王"就没了下文。

孙秀像是被提醒，说道："殿下，淮南王才是咱家登基最大障碍。"

司马伦突然问道："依你之意思，又该如何？"

孙秀有些犹豫，但还是鼓起勇气说道："若任由淮南王与咱家分庭抗礼，殿下所做一切努力将会毁于一旦。那日朝会上淮南王突然力荐梁王领太尉，足见他已经开始行动。"

"无需啰唆，你可要将计谋如实告知本王。"司马伦有些恼了。

孙秀用力咽了口唾沫，说道："庆父不死，鲁难未已也。"

这话虽然隐晦，司马伦却听出所指，于是问道："爱卿想让谁死？"

"王世宏必须死。然后废掉淮南王。"

"那可是皇上最为信赖之次直侍中，又乃望族之人，岂是轻易可动之人？"司马伦突然变色，叫道。

"无论何人，坏殿下大事者，必严惩不贷。"

"可否让皇后出面游说王旷？"

"王世宏怎会对皇后言听计从？"

司马伦吸了一口冷气，问道："非杀不可？"

"不然死掉之人便是殿下与我等一干追随者也。"

"本王怎能为此调动禁军？"司马伦有些泄气，说道。

"那就用殿下家中私兵。"孙秀步步紧逼道。

司马伦知道已无退路，不除掉王旷，皇上迟早将获知自己篡逆之图谋。这些年做出的努力将付之东流。这是司马伦无论如何也不想看到的结局。司马伦晃晃脑袋，说道："爱卿，必须先去知会皇后，若是皇后能够阻止皇上乱发诏书，可以留王旷性命。本王心头之患乃淮南王也。"

第二十二章

晨曦微露，氤氲的晨霭笼罩着邺城。

邺城是当今皇上司马衷的弟弟成都王司马颖驻守所在。邺城地处晋王朝北部，三国时期是曹操的魏国首都，距京城洛阳三百多公里。

此刻，镇北大将军司马颖从宫城中的铜爵园漫步出来登上了位于宫城西北的铜爵台。铜爵台，台高十丈，台上又建五层楼，离地共二十七丈。在楼顶又置铜雀高一丈五，舒翼若飞，极为逼真。高台上亭台楼阁鳞次栉比，房间无数。紧邻铜爵台的是冰井台和金虎台。冰井台在北，金虎台在南。三座高台下是一片湖蓝色的水面。几近盛夏，眼前的景致极其迷人。在司马颖身后的是一干自开府以来招纳来的贤才志士，有三十人之多。

司马颖在观礼台上面朝着京都洛阳的方向站定后，向跟在身后的众掾属挥挥手，示意他们围上前来，然后说道："一直以来，本王对皇兄不迁都邺城感到庆幸。卢志，你以为何如？"

卢志却什么都没说。今天登台的司马颖心绪烦乱，神情恍惚，掾属们都不想自找麻烦。

成都王司马颖心里当真有事，而且心事重重。

几天前，九哥淮南王司马允派亲信送来鸡毛信。信中揭露了辅政相国司马伦擅权为宣皇帝陵墓修建庙宇，多次矫诏褫夺只有皇上嫡亲兄弟才有资格把持的中护军金印，显而易见有篡逆的企图。信中让司马颖尽快会同司马乂齐聚京都，像当年粉碎司马亮擅权篡逆一样，一举粉碎司马伦之阴谋。

司马颖没有让司马允派来的信使捎回任何信件。

卢志依然没有说话，左右站立的其他掾属也没人开口。

于是，司马颖手指南方问道："倘若大军行走，到京城需要几天，你们哪个知道？"

站在司马颖左侧的从事中郎王澄说道："一十五天。"

司马颖转而看着咨议参军卢志问道："卢参军，冰井台储备粮草够用多少天？"

"倘敌人进犯，三十天内粮草无虞。"卢志回答道。

"倘若开仓赈灾，这些粮草能够接济多少黎民百姓？"司马颖又问道。

很显然，卢志对这样的话题感到丈二和尚摸不着头脑，他没有立即回答。

司马颖自言自语地说道："有多少也不够欤。"他转过身来，"我们去听政殿。"

卢志问道："不请五部大都督刘渊大人？"

司马颖嗯了一声。

听政殿上，众掾属全部在两侧依次排开，右侧的掾属以咨议参军卢志为首，都是武官，左侧的掾属以从事中郎王澄为首，差不多都是议事的文官。从事中郎王澄的身世在众掾属中最为显赫。他是晋王朝最著名的士族之一琅琊王氏家族成员，是"竹林七贤"硕果仅存的吏部尚书王戎之堂弟，他的亲哥哥是司马伦擅权前的廊庙重臣尚书令王衍。

当朝名士领袖王衍在赵王司马伦擅权之后辞官不久也曾到过邺城。司马颖专门安排了一次与王衍的密会，当时只有卢志在座。密会中，王衍表述了对司马伦可能篡逆的全新认识。事后，卢志使用了高屋建瓴、高瞻远瞩的溢美之词，而司马颖则真的有醍醐灌顶之感觉。王衍认为，司马伦若当真生篡逆之念应被视为天意，以司马伦的势力还不足以取代武帝一系子嗣来统治大晋王朝。但是，这却给了武帝一系一击赵王而致命的机会，应该说，赵王是在自取灭亡。司马颖喜欢这最后一句话。王衍分析，时至今日皇上已经治理国家十年，这十年来虽说边境无战事，但是，皇室族系之间的争斗却愈演愈烈，甚至发展到了宗亲王就可以随意废后、随意立后的地步，大有乱国乱邦之势。如此一来，大大影响了大晋王朝的威望，大大降低了武帝一系对王朝的统治力度。而令人遗憾的是，皇上从一开始就无力扭转局面，任由局势向不利于武帝一系的方向发展，王朝的大混乱已经是迟早的事情了。正因此，旁系如赵王就有了鸠占鹊巢的非分之想，即篡逆是也。王衍继续十分精辟地发挥着对老子学说的理解，并对老庄学说进行了恰到妙处的阐发，于是将一幅赵王未来悲惨前景的图画呈现在了成都王的眼前。王衍指出，正所谓螳螂捕蝉黄雀在后，那谁来担当这绝杀螳螂的黄雀呢？这只黄雀只能出自武帝一系的子嗣。而武帝一系最有威望的也就只有成都王司马颖了。司马颖非常赞同这个结论性的分析。这时，在一旁始终没有说话的卢志说，武帝的几位子嗣一旦联起手来，相信天下无人能与之匹敌。王衍完全赞同，但是王衍接着吟诵了庄子《大宗师》中最为经典的一句："泉涸，鱼相与处于陆，相响以湿，相濡以沫，不如相忘于江湖。与其誉尧而非桀也，不如两忘而化其道。"

司马颖再三挽留王衍不遂，便亲自送别。当王衍的身影消失在漳河对岸后，卢志对司马颖说，尚书令认为兄弟虽能够相响以湿，相濡以沫，但是，既然泉水干涸，最终谁也救不了谁。司马颖一惊问此话怎讲，卢志解释说，兄弟虽是手足之关系，但是在眼下这样的大环境里，最终得以成大业者，还是要顺应天意，顺应道法。司马颖又问天意何为，卢志笑而不语。

议政殿内，司马颖端坐在正中的坐榻上已经很长时间。他没有开口说话，而是一直在环视众掾属。终于，司马颖语气冰冷地说道："中护军将军——本王九哥报来状况，赵王擅自为高祖宣皇帝整修陵墓，修建庙宇。此举坏了咱家皇族规矩。卿等有何见地，自可发表。"

议政殿上响起一片惊讶的议论声。

众掾属中有人高声说道："赵王欲坏纲常！"

等议论声停止之后，司马颖又说："本王并非怀疑赵王。只是，赵王心腹孙秀与孙旂合族，继而羊献容被册封皇后，足见其城府相当之深。赵王乃本王从祖父，皇族家规不会不知。本王以为，若非孙秀撺掇，那老家伙绝不敢擅自为之。卢志你对赵王荒唐之举如何论断乎？"

参军卢志没有回答，却直接说道："殿下若以此名发兵京城，恐遭非议。"

从事中郎王澄紧接着说道："殿下若无所作为，定遭非议。"

司马颖抬手示意王澄少安毋躁，然后看着卢志，问道："何以见得？"

卢志说道："赵王擅自建盖庙宇虽违皇族规矩，却难言有篡逆之企图。皇上也未对赵王滥权发诏书。淮南王差信使传书，想来只是警示。邺城仓促发兵，唐突不说，赵王在城中有禁军数万，殿下既要戍边，谨防五部骚动，又要去京都展示雄威，实在难以两全。"

话音刚落，王澄抢上前说道："京城皇室嫡亲诸王即使动怒，怎奈只有寥寥府兵，还不是敢怒不敢言也。"见卢志又要说话，王澄眉间一拧："卢参军容我讲完。废后之后,赵王大权独揽,可谓一人之下,他若不动篡逆之心,孙秀怎敢?出兵并非攻打京都,但不出兵,却正中孙秀下怀。"

卢志连连摇头,说道:"大晋王朝乃先皇文、武帝建立,宗亲诸王怎敢忤逆天意,篡夺皇位。听王中郎一说,赵王竟然被一个司马操纵不成?"

王澄并不打算退让,说道:"赵王废后之时,将张华、裴颜等一众老臣一并斩杀,之后若有篡逆之意,臣不会感到惊愕。"

司马颖大手一挥,将卢志和王澄将要开始的大论战打断,提高声音说道:"你们无需再生争执,二位心思本王全都清楚。现在本王想要知道,何以证实淮南王信中所言?"

王澄这时跨步出列,说道:"澄愿亲往京城一探究竟。"

这正是司马颖心中所想。众掾属中,只有王澄在京城人脉极广,他的族兄王敦是先帝之婿,又是黄门侍郎,另一族弟王旷更是皇兄的贴身侍中,其对皇室的忠诚深得皇室诸嫡亲王甚至宗亲诸王的信赖。

司马颖也不掩饰,说道:"本王正有此意。但本王有些担忧,王中郎性情豪爽,在京城名头响亮,你在京城露面想必会引起一些不必要的猜疑。王中郎此去京城,本王嘱你七个字:谨于言而慎于行。"

王澄做了个谦恭的姿势,说道:"属下谨记殿下告诫,潜回京城,昼伏夜出,不露行迹,探得消息后立刻返回邺城。"

第二十三章

　　京城后宫里，新皇后羊献容陪着皇帝在华林园漫步。自从当上皇后，陪着皇上在华林园漫步就成为她每天必须做的一件事情。

　　皇上非常享受这个时刻，每天一睁眼就让内侍们快快地梳洗打扮。皇上梳妆打扮的当儿，羊皇后也已经被内侍传进皇上的寝宫外等候。按照皇室规矩，无论皇后还是嫔妃抑或美人，每次经皇上临幸后，女人们就会被内侍送回各自的宫里。皇帝独自在寝宫过夜，没有谁能够例外。据说这个规矩始自汉武帝，顾及皇上的安全，这个时候，皇上浑身乏软无力，神智混沌，阴阳错乱，是最容易受到攻击的。

　　见到等候在寝宫外的羊皇后，皇上立刻笑逐颜开，昨晚噩梦带来的困扰就都烟消云散了，心情也就好得不得了。

　　皇上刚刚握住羊皇后的玉手，一名内侍从入口处小跑过来。

　　内侍跪下禀报说皇后的母亲大人在中宫外求见皇后。羊献容让内侍退下，对嵇绍说："嵇侍中，你去传话就说我正陪着皇上赏花呢，让母亲在中宫等候。"

　　嵇绍走后，羊献容直陪着皇上散完步，又用了早膳，这才返回中宫。一进中宫殿门，羊献容就看见母亲垂首敛目恭立在殿门里的通道旁。羊献容急忙上前牵住母亲的手，说："母亲大人你不可以如此。女儿与你已有多日未见，想念至极。母亲这样唯唯诺诺，让女儿我无地自容。"羊献容的母亲羊孙氏就说："皇后不可以尊卑不分，你已经贵为皇后，我虽说是皇后的母亲，如今已经是臣民了。"

　　羊献容还是不听母亲的话，牵着母亲的手来到宫中的正殿。

　　两人坐下后，羊献容想多问问家里的事情，也很想知道父亲如今身体怎样。可是从母亲的神情看出她有重要话说，便让左右站立的贴身宫女退出殿外。

　　羊孙氏也不跟女儿拉一句家常话，而是开门见山说道："知道皇后要时时刻刻陪在皇上身边，不敢打扰，长话短说。孙秀大人让无论如何今天传话给皇后。"

"母亲请说。"

羊孙氏犹豫片刻，才说道："孙秀大人请皇后说服皇上再下诏书，让淮南王司马允接受太尉官职，交出中护军官印。"

羊献容一听这话就恼了，责怪道："母亲，此乃朝廷大事，也是皇族大事，咱家怎可置喙。母亲难道忘了入宫那日父亲大人怎样叮嘱女儿？咱家乃名门望族，让女儿做本分之事，不得越雷池一步，不得辱没先祖羊祜一世英名。孙秀乃相国司马，不会不知皇室规矩，又怎可如此唐突逾矩。"

羊孙氏见女儿义正词严，只好将王旷带着诏书只身前往相国府的事情说了出来。听说王旷竟然当众斥责相国，皇后着实吓得不轻。

羊皇后于是说道："女儿确实不知王侍中何时让皇上召见了大鸿胪与大宗正，但是，女儿虽入宫时日不长，却深觉王侍中深得皇上信赖。他若如此，必定认为有此必要。更何况皇室规矩乃先帝所定，任何人不得逾越。皇上明晓皇室规矩天经地义，女儿怎能逾矩阻挠？母亲大人，孙秀所托之事，事关治国理政之大局，咱家绝对不可插手，贾南风所得教训近在眼前欤，那是要死无葬身之地欤。"

羊孙氏还是说道："咱家能有今日之耀祖光宗，盖因孙秀大人尽心尽力而得。如今母亲我是将孙秀大人当了自家人。"

羊献容说道："女儿入宫身不由己，但女儿自入宫那日便约束自己不得参与皇上理政之事。前车之鉴高悬于头，满门抄斩之罪咱家实在担待不起。母亲应该体谅女儿心思，也该自我珍重耳。"

羊孙氏也是十分为难，说道："自女儿入宫，孙秀大人从未来家中拜访。昨日急匆匆赶来求见咱家，若非相国固执己见，而孙秀大人又不能入宫，万般无奈之下找到咱家，也是情非得已。"

羊献容连摇头说道："女儿体会母亲难处，这种事情还是小心为上策。更何况，女儿从未对皇上说起过国事政务，突然说起，即使皇上不起疑心，那些执笔诏书之臣与王侍中怎会不顿生疑窦。"

羊孙氏说道："孙秀大人一定要让我告诉皇后，淮南王司马允很是狡猾，贾南风曾经许诺他当皇太弟取代太子，他很早就将两个儿子过继给了皇室嫡亲

139

兄弟。孙秀说这是要篡逆，让你一定小心。还说，如果让司马允得逞，你就做不了皇后了。"

羊献容无法判断母亲所说事情的真伪，但是孙秀这样诽谤皇上的嫡亲兄弟，还是令羊献容心里非常不快，于是说道："这件事情，我还是要先问问王侍中。"

羊孙氏急忙说道："皇后不可以鲁莽行事欤。孙秀大人特别叮嘱过咱家，这件事情千万不可让王侍中知道。"

羊献容点点头，心里头却很纳闷，她决定还是要跟王旷说说这件事情。也许母亲说的是对的，羊家多亏孙秀的抬举，但是，不管是做女儿家的时候，还是做了皇后，她都不喜欢孙秀。可是，怎样才能见到王旷呢，皇后还是犯了难。皇后自从入了中宫，尽管每日都可以见到王旷，王旷却从不正眼看她。她想要主动说话，王旷立刻就会避开。这可如何是好？可是，对于母亲大人的托付她又不可能无动于衷。

母亲走后，羊献容在后宫独自待了很长时间，才起身前往皇帝的寝宫。

第二十四章

  三天后的一个黄昏，王旷从东掖门出了皇宫径直去了王敦府上。一进门就讨要酒喝，三坛老酒落肚，王旷这才将几日前在相国府的一番作为告诉了王敦，直听得王敦不住地站起来坐下去，一边连声喝彩，一面倒吸冷气。二人喝得正酣，家仆来报说黄门杨青传唤王旷和黄门侍郎王敦一道进宫听候诏旨。内侍突然造访王敦的府邸，两人吃惊不小，又要传唤王旷即刻返回宫中，这样的事情从来没有发生过。今夜王旷并不值守。

  两人不敢耽搁，急匆匆随内侍就去了皇宫。

  太阳刚刚落向西面山峦的背后，西边天际的火烧云预示着明天又是一个晴朗的日子。皇上正偕羊皇后在华林园纳凉清神。另外两位次直侍中张朋和赵昌在离皇上一丈远的地方来回走动，见王旷和王敦进了华林苑，便朝着二人挥了挥手。王旷和王敦却没敢太过随意，自然也就没有回应二人的招呼，而是垂手敛目来到皇上和皇后面前行了叩头大礼，直到皇上让二人起身说话，才站了起来。王旷这才注意到皇后身后还站着两位面目娇美、体态丰腴的女子，两女子身着宫中嫔妃序列中美人一级的衣裳和服饰。

  皇上见到王旷，呵呵一笑，说道："王爱卿，朕很是挂念你呀。"

  王旷一听这话就知道皇上身边无事发生，顿时松口气，回道："不知皇上这次是要看臣舞刀，还是要看侍郎王敦舞剑。"

  皇上并不回答，而是看着王敦问道："你这人眼熟，你可是朕之妹夫乎？"皇上有七位妹夫，能认出王敦，这让王敦非常高兴。

  王敦回答道："臣惶恐，臣正是给事黄门侍郎王敦。皇上急召臣入宫定有要事吩咐。臣等洗耳恭听。"

  皇上回身看着羊皇后问道："他说这话是何意思？"

  羊皇后忍俊不禁，对皇上说道："二人以为皇上急召二人入宫是为国之要务矣。皇上，你昨日恩德大发欲要奖掖王侍中与王侍郎，将后宫美人赐予二位，就请快快下旨欤。"

皇上只是呵呵笑个不停，却并不急着说话。

皇后便说道："高平王司马楸前日奉献当地十大美女入宫，皇上慈悲，欲将这十位美人赐予忠臣良将，立刻就想到了你二人。"

皇上连连点头，说道："朕这宫里美人着实太多，每日里光把她们看过一遍就让朕感到很是疲惫不堪。皇后说不如就赐给忠臣良将。朕一直心中就以为你二人乃朕之忠臣良将，二位爱卿？"

二人慌忙又跪了下去，朝着皇上行了大礼。王敦推辞说道："臣惶恐，臣已尚公主，怎敢再纳小妾。不可不可。"

皇上一听这话，脸就沉下来，说道："朕之所赐便是圣旨，你二人不得抗旨。"这话说得委婉而坚决，却没有丝毫责备之意。

王旷急忙也插话道："臣惶恐，臣谢皇上隆恩。"

王敦在一旁揉了王旷一把，小声问道："你这是收下了？"

王旷也小声回答道："抗旨不遵，死罪论处。"

王敦说道："我也得收下欤？"

王旷忍住笑，说道："你敢违旨，依然死罪。"

皇上听不清两人小声嘟咕什么，也着了急，问道："二位爱卿，朕允你二人高声说话。"

王敦抢先说道："臣惶恐，臣谢皇上隆恩。"

皇上大笑起来，说道："羊皇后说你们要抗旨，朕不相信，此乃何等美事焉。"

皇上对所做事情居然如此清楚，让二人着实不知再说什么才好。

王旷这时才敢小声地嘀咕道："臣在京城并无宅院，如何享用皇上恩赐欤？"

羊皇后听见了这话，笑起来，说道："王侍中，皇上念你忠心耿耿才会给你最高赏赐，朝廷上下还无有一人受此恩赐。这事情昨晚上说起，不知何由，皇上突然说起你和王侍郎乃宫中最为赏识之臣，当即下旨将美人赏赐于你二人。我没敢告诉皇上王侍中那日舍命护卫之事，担心皇上若为此大喜，再赐予你们每人五个美人，可该如何是好。皇上心中知晓王侍中孤身一人随皇上多年，每每言及于此，感慨颇多。王侍郎，你跟着王侍中沾光了。"

王敦小声嘟囔道："臣消受不起。"

羊皇后装作没有听见，说道："你二人快快谢恩吧。"

王旷和王敦二人再次叩首，高呼皇恩浩荡。
　　见二人不断磕头谢恩，皇上当然高兴，挥挥手说道："二位爱卿，即刻将美人带回家去。若是还有需用，朕日后再行赐予。"
　　王旷起身后说道："臣惶恐，皇上明察秋毫，臣在京城无有居所，皇上大恩所赐臣暂时无法带回家中，不如先让王侍郎将他的赏赐带回家去。"
　　皇上拍着手说道："就依王爱卿所言。"
　　王敦无奈，却不想就此罢休，朗声说道："臣惶恐，皇上大恩，臣子没齿不忘，然，臣该如何面对皇上嫡亲妹妹，请皇上赐旨。"
　　皇上显然没有听明白王敦话里的意思，皇后附在皇上耳旁小声解释一番。皇上听罢咕咕一乐，说道："朕已下旨，不得违抗，否则，朕就将后宫一半嫔妃赐予你二人，看那公主还有何言耳。"
　　王敦听罢双腿一软，趴在地上，撑起身来后连声说道："臣惶恐，臣接遵旨，遵旨欤。"
　　皇后抓住一个机会低声向王旷问道："王侍中，本后听人说淮南王有篡逆之心，可有此事？"
　　王旷急忙说道："绝无此事。皇后万万不可贸然介入廊庙之事。中官有前车之鉴，皇后万万格外小心谨慎欤。"
　　这时，只见一位黄门进了华林园，身后跟了一位女官。皇后见王旷说得断然，心中欣慰不少，转而说道："让官人带着皇上赏赐美人先在王侍郎家中安定下来。二位爱卿，皇上赐予你等美人并非心血来潮，实乃褒奖二人鼎力效忠皇上之功绩，你们不得推诿。这二位美人人品出众，赐予二位忠心耿耿之臣，也是她二人造化不浅。"这时皇上伸手去拉皇后，皇后说道："皇上累了，你们可以离去。二人须牢记，此乃皇上赏赐，不可弃之若敝屣。"
　　王旷和王敦带着皇上赏赐的美人一前一后出了宫城，一路无话。王敦走在前面，脚步飞快，足见其方寸已乱，不知何以面对家中公主夫人，跟在后面的女子需小跑才能勉强跟上。
　　王旷有意放慢脚步，远远地跟在后面。此刻他的心里像打翻了五味瓶子，皇城外有人正处心积虑篡逆皇位，甚至有可能伤及皇上，可是皇上却依然无忧无虑，仅有不多的智行却用来关心如他这样的侍从。想到这里，王旷不禁悲从中来。身后跟着的女子也令他十分局促和不安。按说皇上赏赐小妾，这在历朝历代都会被看作是最高荣誉，一般大臣若遇到这样的事情，家中正房夫人即使心生妒忌也不敢怒形于色，甚至还会为此大摆筵席大宴宾客。王旷久居京都，回乡省亲着实不易。经年不近女色也令王旷的生活枯燥无味，单调无色。王敦就时常以此调侃王旷。而王旷身强力壮，情欲充沛，自知若能与身后女子厮守于京都，既可满足每日纠缠于心的汹涌不绝之欲望，又能排遣思念家中妻小之苦闷，岂不美哉！可是妻子卫氏在家乡只身一人育养儿子籍之已是不易，思念夫君之苦亦当日甚一日。然正如皇后所言，身后此女身份极为特殊，皇上赏赐即为珍宝，不得玷污更不能冷落。真的是让人心烦意乱。

王旷在京城没有居所，只能先将身后女子暂时寄托在王敦府上，至于今后怎样与此女生活实在难以想象。王旷没有回头，问道："敢问你家姓氏？"

女子说道："若大人接纳妾身，妾身便随大人姓王。"

王旷心里一热，还是问道："即使姓王，你家姓氏也要随上。"

女子嘤嘤说道："妾身乃高平国人，父姓郗，东宫太孙中舍人郗鉴乃是小女从兄。"

王旷一听此言，脊背一阵发凉，脚下居然停住了。

郗美人以为王旷没听明白，继续说道："家严乃郗鉴之堂叔，故此新立皇后册封后，依照皇室规矩，后宫亦要新添嫔妃夫人美人。郗鉴从兄在皇宫已经数年，小女家能作为后宫增添新人自然很是荣幸。可是……"

王旷听出郗美人想说什么，便说道："可是却被皇上赐予我王旷，从此做不了嫔妃美人，是耶？"

郗美人嘻嘻一笑，笑声格外动听。王旷脊背又是一凉，心中却是一热。"侍中误会小女之意，妾身已被皇上赐予侍中，一出皇城便从此无有他念，一心随夫。"

王旷问道："郗鉴舍人可知晓你已进了皇城？"

"尚不知晓。来京时父亲大人说郗鉴从兄跟侍中十分熟识，并言及从兄在东宫伺候皇孙，根本见不到皇上，想托侍中将妾身进宫之事告知从兄。"郗美人又是嘻嘻一笑，"没想到妾身竟然做了侍中之妾，从兄若知晓此事，必定瞠目结舌。大人也许不知，妾身得知皇后要将小女赐予侍中，心里早就乐开了花。"

王旷心里的暖意已经涌上面颊，他撇了撇嘴，没说什么。

144

王旷和王敦领着皇上赐予的美人刚走上戚里大道，从不远的转弯处突然走出来一队六人的巡逻小队。走在前面的王敦突然站住了，跟在后面的王旷也停下来，示意郗美人紧走几步跟上来，一面握住刀柄。

郗美人惊诧地说道："王侍中，这京城难道盗贼出没无常？"

没等王旷回答，走在前面的王敦低声诧异道："世宏，这里怎会有守城军士巡逻？"

王旷也感到蹊跷，低声对王敦说道："阿黑哥，你再看这些家伙脚上鞋子。"

王敦嗯了一声，朝着王旷靠拢过来："果然不是守城军士。世宏留意身后，来者不善。"

负责戚里皇亲贵族居住区夜间巡逻的均为皇城禁军士兵，这是规矩。王旷和王敦在这里看到守城军士已经感到惊讶，再看这些人脚上所穿却是习武人的牛皮登云靴，当下便看出破绽。

王旷低声说道："阿黑哥，你无兵器，可先带两位美人换条路返回府邸，我来断后。"

王敦扑哧一乐，说道："老弟，皇上已经将这二人赐予你我，出了宫一个是你嫂子，一个是你夫人。不得再用后宫称谓，当心犯了蔑视君主之罪。"说着，一把抓住张美人的手，迅速向后退去。

王旷听见郗美人在身后轻轻地笑了一声，不由身上一紧，嘴上说道："你，你跟张美人随侍郎快快离开这里。"

郗美人说道："侍中，妾身放心不下你。"

王敦一乐，说道："王侍中尚未正式迎娶你，你倒不必急于这般情深。"

王旷急了，斥道："少说废话，快走欤。"

等王敦一行人走出十丈开外后，王旷这才追了上去。王旷虽然没有拔刀，却始终紧握刀柄，跟在王敦和两位美人后面走得飞快。就在将要走出戚里大道，转向王敦府邸的巷子时，前面又出现了一队身着守城护卫军装的巡逻士兵，仍然是六人一队。王敦情知不妙，带着两个女子回身跑向王旷。

两人一首一尾将两位女子夹在中间，这时王敦焦急地说道："世宏，为兄没有兵器，这十二个家伙你怎能对付得了？"

王旷迅速环顾左右，说道："阿黑哥，向左拐过去就是左公宅邸，你带着她二人到那里躲一躲,我记得左公家中正殿挂有长剑,你拿到兵器再来增援我。对付这些家伙,虽不敢说稳操胜券,却足够拖上几刻钟。"

说着,王旷不再理睬王敦三人,而是走出阴影,站到街道中央,迎着越走越近的巡逻队慢慢拔出长刀。在他身后,另一支巡逻队也从大道上拐了过来。

王旷凭着多年的经验,从巡逻队纷乱的脚步声听出来这些杀手更像是被人豢养的私兵。他迅速估计了一下前后两队杀手的距离,决定先解决对面过来的六人。这时,他听到王敦带着两位美人已经在叩左思家的门环了,心里顿时踏实下来。

正面过来的杀手距离王旷只有三丈远近,见王旷手持长刀,端立路中央,似有些犹豫,脚步更是纷乱。其中一个矮墩的杀手居然打了个趔趄。说时迟那时快,王旷出手了。

几个家伙被突然跃起的王旷吓了一跳,走在前面的两人显然还没回过神来就已经被王旷的长刀砍中脑袋。王旷没有痛下杀手,他必须先弄清楚这些家伙究竟是谁派来的。因此他只是用刀背打中这两个家伙的太阳穴。剩下的四名杀手见刹那间就有两个同伙倒地,居然没有看清是哪里中了招,着实受了惊吓,一齐围住王旷,却没人敢向前走出一步。王旷低声喝道:"你们并非禁军,怎敢在城中随意拦截杀人。快快报上名来,不然别怪我琅琊王旷不留情面。"

杀手中有人怪叫一声:"可是皇上身边那位次直侍中王世宏?"

"正是。"

那人又是一声怪号,语气很是惊慌:"若知道是王侍中,小的再有几个胆子也不敢造次呀。你这家伙,竟然敢哄老子前来送死欤。"他在骂那个矮墩的胖子。

其他人都下意识地向后退了几步。

矮墩子自知已无退路,槽牙紧咬,恨声说道:"主子平日供着咱家好吃好喝,即使叫咱下油锅,怎敢皱眉头。王侍中,今日只好得罪。"说着,最先冲了上来。

这是一个用刀的杀手,此人刀法硬朗,却无甚变化,迅猛却甚是生硬。王旷迅疾拆解了对方的大力砍杀,手中长刀像条扭动的飘带直奔对手面门,对手本能地举刀以护面门,王旷的刀却突然向下一沉,在对手胸前画出一道弧线,力道随着佩刀下沉的方向切向对手的右腿。只听对手"哎呀"惨叫一声倒地,在地上滚了一圈跳起来抡着长刀又扑向王旷。

王旷已经听见身后那队杀手奔跑的脚步声，他必须在最短的时间里解决掉面前的这四个杀手。就在两把长刀相撞的一瞬间，王旷向左一个滑步，手中的刀向右侧下方轻轻一扯，将对方长刀的力道卸下去了一半，这是王旷在独创书写方法时悟出的，此一招式正是后世书法中被称作"捺"的笔法。趁着对手脚下不稳的当儿，王旷一转长刀用刀柄重重打在对手面颊上，对手疼得号叫不止，却硬是忍着疼痛继续向王旷砍杀。其他几个杀手也趁势不断冲进圈子助阵。

见对方一味搏命砍杀，王旷即刻将手中长刀注入更大的力道，刀刀不离对手的要害之处。只见刀尖火光电石般冲着那人仰起的脖子而去，就在即将砍到脖子的时候，刀尖一转锋利的刀尖在对手脖颈上划出一道不深不浅却足以让对手撤出搏斗的口子。那人疼得怪叫一声，身子就向后倒去，趁着其他人犹豫的片刻，王旷走出一趟令人眼花缭乱的步子来，时而如行云飘忽，时而似高崖坠石，每一趟步子走到尽头的时候就能听见有人中刀之后惨叫不已。直到围攻的杀手全部倒地不起，王旷这才回身用刀按住那矮墩身材的杀手，厉声问道："听口音你等是河东赵国人士，你家主子可是相国司马伦？"

杀手闭起眼睛，咬着牙根说道："侍中索性一刀砍了小的。"

"说出来饶你不死。"

"那还不如死了好。"

王旷一刀下去将杀手的头颅砍下。其他几人见状，纷纷丢了兵器跪在地上讨饶。

其中一个杀手战战兢兢说道："小的们从未见过大人所说的相国，是相国司马孙秀大人让咱家前来截杀大人。"

王旷身后突然响起刀剑撞击声，迫使他连出重手将跪在面前丢了兵器的杀手打昏在地。转身再看，王敦已经从左思家取了兵器与身后围堵上来的杀手们杀将起来，而他身旁居然是自家亲弟弟王廙。

王旷来不及细想，抡着长刀掩杀过去，冲开了包围王敦和王廙的杀手们的圈子。有两个杀手立刻拦住王旷，其中一人手持铁锏从王旷的右边横扫过来，另一人双手持短戟一个纵身堵住了王旷的后路。余下四个人继续围攻王敦和王廙。

王旷选择了攻击堵后路的杀手。在拆解了右侧杀手的一波攻击之后，王旷一纵身跃向后面的杀手，双脚甫一着地，便使出自创刀法中的矫若游龙套路攻向挥刀迎上前来的杀手。只见王旷手中的佩刀顷刻间化作一支毛笔，刀锋所到之处已全无刀式：看似扑向面门，突见左划下拉；再看砍向下盘，倏忽右扯上挑。

但见侧勒（书法的笔画，后同）扑朔迷离，又似弩趯朦胧不测，忽见策掠鬼魅掠影，却是啄磔鬼使神差。杀手甚至没有弄清楚攻击来势，持短戟的手已经挨了一刀，钻心剧痛令手中的短戟飞出一丈多远。杀手惨叫一声，捂着将断的手跳出圈子。王旷听见身后铜风嚯嚯，回身来不及了，只好顺势向左一歪身子，铁铜从腋下穿过，好在只是将衣服画了一道长口子。持铜杀手见一击未中，急忙撤铜，却已经来不及了。王旷反身抬手一刀，长刀扎进杀手的脖颈，顷刻间血流如注，杀手一下子倒在地上。

再看王敦。王敦身材高大，膂力过人，虽然用的是剑，剑法亦是了得。对方惮于王敦手中的长剑，不敢轻易向前发动攻击。王廙护住王敦的后面，挺刀面敌，嘴里发出呼啦啦的威胁声，让杀手们一时不敢贸然攻击。杀手们看出王敦和王廙二人试图在减轻危险的同时拖延时间，也都忌惮跟王旷交手，于是其中一个画了花脸的杀手嗓子眼里发出一声怪叫，抡着手中的大片刀就冲上来。王敦接住杀手的刀势，就听"哐当"一声，持剑的手被震得荡起一阵麻酥酥的感觉，长剑险些脱手。王敦脚下一使劲，站稳身子。没承想王敦的一个不经意的闪失，却令对方冲力过猛，整个身子扑了过来。王敦已经躲闪不及，加之身后就是王廙也不容王敦躲闪。说时迟那时快，王敦情急之下抬腿用力踢向杀手的裆部。这一脚踢得既快又狠，令杀手猝不及防，就听杀手发出一声痛彻五脏的哀号，身体顿时蜷缩在一起弯下腰来。与此同时，王敦手中的长刀瞬间割断了杀手的脖子。

王旷这时已经杀入圈子，荡开了从身后砍向王廙的长剑，震得杀手连退几步。王旷对王廙喝道："世将阿弟，你怎会在这里？"

王廙抡着手中长刀，喘着粗气说道："阿哥，我奉命护送琅琊国藩王、安东将军司马睿到京都参加相国为册封新皇后举办之皇家盛会也。"

王旷见王敦得手，大声喊道："阿黑哥，咱哥仨一人对一个，看哪个能在三招之内砍掉对手脑袋，如何？"

王敦一听这话，怪叫一声，长剑封住对手的全身，直杀得对手进不得退不成逃不掉。

王旷迅疾滑向一旁，对王廙叫了声："阿弟，这家伙不经打就留给你。阿哥三招之内定要斩杀这个背后偷袭你之亡命家伙。"

话音未落，对手突然丢下手中兵器，咕咚一声跪在地上，不住地磕着响头，嘴里念叨着"侍中饶命侍中饶命"。

王廙的对手见此情景，双腿一软也跪在地上求饶。

王敦却不给对手一点儿机会，几招之后，手起刀落，砍了那家伙的脑袋。

三人不敢在此地滞留，带上两位美人返回王敦府邸。在路上王敦和王旷才知，王廙将司马睿送至府邸后，到王敦府上打探王旷的消息，却被告知他二人被皇上宣进宫里去了，于是王廙折身返回司马睿府邸，不承想竟然在半道遇见他二人正被一群杀手围攻。好在王廙随身的武器并没有卸下，于是不顾一切地杀进了圈子。

回到王敦府邸，王旷让王廙先到从兄王衍家借住一宿，明日再细说家事。他必须和王敦去一个地方算清楚这笔账。王廙见两位阿哥一副不抓住幕后指使者誓不罢休的凶相，也不敢多问，便一溜烟奔王衍府邸而去。

王廙一走，王旷和王敦即刻出了城。两人在城外的大车店里拉出两匹快马，只一会儿工夫就来到了金谷园。

王旷和王敦对金谷园很熟悉，因此即使天黑如墨，找到裕华阁也没用多长时间。

去金谷园的路上没有遇见巡夜的军士，这倒令二人深感惊诧。自从石崇被孙秀借司马伦之手处死之后，这片华丽奢侈的庄园就被孙秀占了去。自那以后，二人再就没有来过。皇上几次提出要偕羊献容皇后一道前往金谷园享乐玩耍，都被王旷和嵇绍想方设法阻拦了。

然而，金谷园却旧貌未改。

两人在奔袭金谷园的路上就料定，孙秀一定会自以为派十数人刺杀王旷必定如手拿把掐一般简单从容，却没想到王敦一路同行，更没料到半路杀出了从琅琊国护送封王司马睿来到京城的王廙。而刺杀王旷的阴谋则以失败而告终。自然也就更不会料到王旷和王敦竟然还会杀到他的老巢金谷园来。

此时的裕华阁器乐鸣奏好不热闹，淫乐狂笑响彻庄园。王旷和王敦在裕华阁外张望,只见皇后羊献容的舅父孙弼、黄门侍郎骆休、义阳王司马威等一干司马伦的心腹椽属在一群舞女的包围中极尽作乐,孙秀却并不在其中。

两人都知道到那里能找到孙秀。

仙居湾在裕华阁北面大约一里处,石崇当年与宠妓绿珠行淫乐之事便在仙居湾中的群芳阁,群芳阁现在正是孙秀自京都回到金谷园的下榻之处。

二人果然没有猜错,群芳阁被孙秀接管后便成了孙秀日日淫乐的巢穴。

群芳阁的规模比裕华阁略小一些,正堂后面是九间彼此相通的卧房。正中的卧房最大,也最为豪华,一看便知是孙秀的主卧。

主卧没有掌灯,其余八间衬卧中只有四间点着蜡炬,有轻盈的低语声从里面传出。

王旷让王敦在群芳阁外看守,却被王敦拒绝,于是,两人一同潜入主卧。

二人蹑手蹑脚摸到床前,王旷猛地撩起帐子,两把长刀几乎同时砍了下去。岂料床上没人,两人转而冲进一间衬卧,把个光溜溜躺在床上的女子吓得尖叫起来。王旷没敢迟疑,一个箭步出了这间卧房,再一个滑步已经到了第四间亮灯的卧房外。尖叫声似乎没有引起其他几间卧房里的人的骚动。于是,王旷挑开帘子闪进卧房里。这间卧房的床榻上居然也躺着一个光溜溜的女子。女子见王旷进来,并不坐起,而是招招手娇声娇气地说道:"还不快来呀?"

王旷用刀背拍拍女子的长腿,喝令女子着衣起身,不得迟误。

女子这才知道自己也许会被杀掉,战战兢兢地下了地,跪在王旷面前央求饶命。

"说实话可饶你不死。"话音刚落,就听见隔壁房间里传出一声低沉的惨叫,王旷道,"相国司马孙秀可是这群芳阁主子?"

那女子频频点头,已经说不出话来。

王敦撞了进来,举刀就要砍,被王旷拉住。王敦喝道:"世宏,阿哥方才已经杀了三个舞姬,咱家长刀十几年来不曾喂过人血,这下过瘾了。这个留给你来砍掉脑袋。"

王旷一听王敦居然杀了三个女子,心中暗暗叫苦,却也是十分无奈,只得问女子道:"这家主子去了何处?如实说来,留你性命。"

女子听说其他三人已经死于刀下,几乎昏厥过去,早就说不出话来。王敦一个巴掌扇过去,女子被扇清醒,浑身颤抖着说道:"入夜后,主子叫咱几个洗浴干净，备好了肌肤等着他前来受用。小女子听见外面来人将主子唤出，主子留下话说要去都城办事情，并未说及是否归来。"

王旷问道："可有笔墨？"

女子连连点头。

王敦以为不如杀光金谷园的女子，也好彻底吓破孙秀这个猪狗不如的家伙的狗胆，泄了他的精元之气，从此不能行男女之事。若是杀得兴起，就连同裕华阁那些家伙一道送入九泉。王旷并不理会王敦，写下一行文字：孙俊忠，终有一天，我将以天师道之名，杀了你这败坏道义的无耻奸吏。

第二十五章

自从王旷和王敦遭遇未遂暗杀后，王廙也在从兄王衍家住不下去了，借故搬进了王敦府邸。

这晚，王旷不在宫中当值，兄弟三人在花园的亭子里畅快淋漓地喝起来。王廙刚刚说起几天前那场遭遇战，被王敦丢过一只鸡腿砸在脸上，不敢再往下说了。于是话题自然转移到三人的家乡琅琊王氏庄园。王旷这才知道族长王导听从王衍的安排，到邺城去做参军了。

王敦借着酒劲儿絮絮叨叨地将王导数落一番，言称王导虽说身为族长，不过是承继了父亲爵号罢了，继而接过族长名号。本人既无征战之功，又无治国之能，故而在琅琊王氏中并无过人威望。言毕见王廙并不随声附和，就颇为恼火，说道："世将，你何以一声不吭？你这一支身为琅琊王司马睿娘舅之亲，论家世渊源在王茂弘之上。世宏更不用说，随先帝征战鲜卑黄须奴，并深得当朝皇上赏识。那晚上我与世宏拼死挽救那二位美人……"

王旷急忙揉了王敦一把，将他的话打断，然后对王廙说道："为兄常年在外，你在家中就是老大，心里要有主意。处仲兄长一向对我们兄弟不薄，将来真若发生重大事情，你们皆要唯他言听计从。"

王廙点头说道："阿哥放心，世将亦是成年之人，已经娶妻生了子，何人关切咱家自然有深切之感受。阿弟自小崇拜阿黑哥，然，让阿弟对家族人与事情选择立场实在令小弟为难软。阿弟连世儒都不曾训导过，遑论茂弘族长。"说完，自罚三碗酒，算是平息了王敦的满腹牢骚。

酒到兴处，王敦叫出张美人，让给弟兄三人斟酒。张美人自从进了公主府邸倒也与家人处得融洽。公主知道皇上给丈夫赏赐一美人的做法并无恶意，自己又接二连三地只给夫君生了一堆女儿，心中早就颇为不安，于是也就默认了张美人在家里的地位。

王廙叫了张美人一声嫂嫂，被王敦在后脑勺上打了一巴掌："阿哥不怪你不懂规矩，但是我家里就只有一位你们可以叫嫂嫂。"王敦又指着张美人说："她之身份只能算是媵耳。"

王廙还是忍不住笑了一声，知道失礼了，急忙护住后脑勺，却被王敦在前额上又给了一拳。

王旷劝道："阿黑哥，琅琊王氏一族几代人，哪个家中有为媵女子乎？你若不说，连我这饱读诗书名士都不知晓媵在家中是何地位。"

王敦见王廙又要说话，扬扬手把他的话堵了回去，说道："那日，我家公主非要将两人身份分出个高低贵贱来，是公主给了张美人这个地位。按她说法，媵是陪嫁之物，也可视作小妾。"这时张美人正给王敦倒酒，听到这话，不禁哟了一声，这声音从嗓子眼儿里发出，极为轻微。王敦却听得真切，问道："你对此有何不满？"

张美人立刻跪了下来，说道："小女子能有妾媵之身已是万福，哪里还敢不满。"

王敦一把将张美人拽起来，说道："刚才那话，是咱家公主私底下与我所讲，你不可前去询问。"

张美人说道："妾身不敢。妾身是皇上赏赐之物，还望夫君能疼惜妾身。"

王廙还是忍不住笑出声来。

王旷这时说道："阿黑哥虽是一介莽夫，对自家女人却是温柔有加。你尽管守住本分，家里就不会生出是非来。"

王敦笑起来，说道："世宏你这究竟是夸我还是作践我？也罢也罢，你家不也有⋯⋯"

王敦的话没说完，就被王旷打断："张美人你无须在此斟酒。你在旁边伫立，我兄弟三人很是局促。"

张美人一走，王旷说道："阿黑哥，你不可在世将面前乱说一气，京城事情无论大小在他听来都颇为新鲜，皇宫里发生的事情更是他闻所未闻。听得多了，对他不好。"

王敦诡异地一笑，说道："阿哥自然知晓你话中之意，只是，京城里污秽琐事不会因为你行得端坐得正而减少，世将即使在这里耳根清净，出了门去，若再去了城西，只怕是你我都防不胜防也。"

王廙不解地问道："两位阿哥是在取笑小弟，还是当真担心小弟被京城污

153

秽之事玷污？或者二位哥哥就做了许多污秽之事，而不敢让小弟知晓？"

王旷举起酒碗，说道："你阿黑哥近些年来跟着夷甫兄长学了不少玄妙至理，也试着到处炫耀口才，只是颇似东施效颦耳。"

弟兄三人又唠了会儿家常就散了。王廙坚持要跟哥哥王旷睡在一起，被王敦强拉硬拽拖走了。

王旷喝得有些许醉意，推门进了院子，嗅到院子里的空气中飘着一股淡雅的清香。王旷没让王敦派来服侍起居的两位女仆进院子，关了院门之后，径自就进了下榻的卧房。他甚至没有对卧房里居然燃着蜡炬产生任何反应，直到他掀开床上蒙着的帐子，看见有一女子躺在卧榻之侧，这才大大地吓了一跳，酒也被吓醒了。

是郗美人。郗美人掀开盖在身上的锦缎面的棉被子，坐起身来，露出只穿了绣花短内衣裸露着臂膀的上身，羞涩地说了声："侍中，容妾身为你宽衣。"抬手就去为王旷宽衣解带。

王旷向后连连退去，脚下一个趔趄接着一个趔趄。站稳之后，语气十分不快，问道："你怎敢睡在我枕席之上？此为下作之事，你难道不知？"

郗美人见王旷发怒了，急忙跪在床上，始见下身亦裸露着。郗美人并不遮掩，而是说道："小女自皇上赏赐予侍中之后，不曾走出过这座院子，除了公主姐姐不时来看望，并无他人进过这里，因此无人教唆妾身如何去做。那日皇后说得清楚，侍中却没有听真切，小女实为皇上赐予侍中之妻也哉。"

王旷听出来郗美人的话里多有嗔怨，自知这些日子做得有些过分，但是，怎样处理这件事情也令他左右为难。此刻，王旷蒙了。

见王旷不吭声了，郗美人说道："我虽被召进宫内时间不长，但侍中英名却是不绝于耳。小女也是高平国世族大家之女，皇后将我许与侍中，也是不想让深宫误了妾身前途。能为大人之姬妾，妾身更是甚感荣光。见侍中一脸厌恶，妾身以为自家丑陋无比。然，若非妾身貌美如花又怎会被遣送入宫服侍皇上耳？"

王旷这才仔细将郗美人上下打量一番，心中惊讶这女子之美貌。这一走神，却让郗美人生了误会，径自从床上下来，走近前去为王旷松解衣带。

王旷推开郗美人，说道："郗美人不得无礼，既然你早已知晓我王旷为人做派，也一定知晓我亦是有妻小之人。你既言出自名门，那么，汉家大户人家纳妾规矩你自然更是知晓。"

郗美人向后退了一步说道:"妾身知道我那夫人姐姐更是河东卫氏大族之大家闺秀,不敢生出与夫人相比之心。然,如皇后所说,侍中在京城并无妻小,孑然一身,很是孤独。皇后还说,我朝对朝廷官员在外做官纳入姬妾并无律法阻止,已成约定俗成之规矩。皇后又说,小女做姬妾便是为你排遣郁闷,调节心绪,好使你能心无旁骛护卫皇上。"

王旷一听这话,心中很是感激皇后的关照,嘴上却说道:"今晚我酒喝得多,说话难免唐突,还望郗美人见谅。皇后好意我自会心领,然,纳妾一事非比寻常,需要从长计议。你这就去其他屋子睡了,过几天我会捎信回家,对夫人说起此事,看夫人如何决断。"

郗美人咯咯一笑,说道:"妾身无处可去歇息,这院子只有这间房里有卧榻一张。"

王旷嘟哝道:"这个阿黑哥,一门心思要坏我一世英名。"

郗美人咯咯笑起来,说道:"妾身做侍中的姬妾怎能坏了侍中英名欤?妾身想说,侍中在京城形单影只,子嗣之事更是无从说起。那么,有妾身帮着夫人姐姐服侍侍中左右,有何不妥?妾身无意争宠,只想着做好本分事情,为侍中生下七男八女,也是对琅琊王氏大族之贡献耶。"说完又笑个不停。

王旷心知郗美人说的话没有一点儿可以责备之处,但眼下内心惶恐,醉眼惺忪,断难行破瓜之事,也是事实。于是说道:"你还是回卧榻上睡着,我在皇宫里值夜从来不敢睡觉,也是惯了。"

郗美人突然啜泣起来,把王旷吓了一跳,急忙问道:"为何啜泣不已?我说出此言并无不敬之意。"

郗美人止住啜泣,说道:"白天里,公主嫂嫂叮嘱妾身说,今晚上一定要行床笫之事,不然就很难收住侍中孤寂之心。而且,而且……"说到这里,郗美人脸上现出羞涩的表情。

"公主嫂嫂只会说些污言秽语,不说也罢。"

"公主嫂嫂说,若是行了房事,必须告诉她。"

王旷心里直叫苦,脸上却不能表现出来,又不知该说什么好,只好唔了一声。

郗美人又说:"皇后在妾身离宫之时也叮嘱过妾身,一当身子有喜,即刻就要告诉于她。"

王旷干咳了一声，心想连这样的事情都要告诉别人，自己的处境还真的是悲惨得很。他心里想着，嘴上便说道："等果真到了那一天再说，不过今晚上不行。我要走了。"

郗美人嘟起嘴来，说道："妾身怎敢让大人坐一夜，还是侍中睡在床上，妾身到别处坐上一夜。"

王旷这时突然很是心烦，说话的声音也凶巴巴起来："叫你睡床上就去睡，哪来如此多废话。"说完，转身出了屋子。

第二天，王旷起了个大早，满心想着早些离开这院子，再也不回来了，却没想到一开院门，弟弟王廙就站在门外，两人差点撞个满怀。

更没有想到的是，王旷并不知道郗美人就紧跟在自己身后，被弟弟王廙看个正着。

王旷正想说话，见王廙脸突然涨得通红，便问道："你这面孔怎红如猴腚，难不成是撞见鬼？"

王廙没好气地说道："阿哥才应该红如猴腚，阿弟这是撞见鬼欤。"

王旷越发感到奇怪，伸手摸摸阿弟的额头，不见发烧，又问道："一大清早不睡个懒觉，起大早当真是为了捉鬼？"

王廙以为阿哥是在责备他不该鲁莽地闯进来，高声说道："阿哥此言没错，你昨晚上执意不让小弟跟你睡一张床榻，却原来是有了女人陪着。"

王旷吃惊道："世将你怎敢如此胡言乱语。我不让你跟我睡，是因处仲甚至不给我开口说话机会，你小子也喝得多了，我才没有强勉。你说有女子陪我睡觉，怎见得？"话说出口，急忙回头一看，自己先就吓得不轻，当下就说不出话来。

王廙说道："阿哥，你倒是说说，你与这女子是何关系？都睡在一张床上了，那关系自然非同一般。"

王旷脱口辩解道："我也不知这院子里怎么会住着这位女子。"

王廙嗤了一声，说道："阿弟自小以阿哥为荣，不承想你在京城不返乡省亲就是为了干这种苟且之事？我那阿嫂在家里盼你盼得眼睛都快瞎了。可怜咱家阿嫂欤！"

王旷怒道："世将住嘴，不得无礼。"

郗美人这时开口说道："阿弟，如果我告诉你我是你哥哥名正言顺之姬妾，你该不会再生气欤？"

王廙大怒，斥道："阿哥，原来你真如此之卑鄙。我阿嫂已经为你生有一子，你怎知晓我阿嫂就不能再生育？你经年不着家，这事情怎能怪怨我阿嫂。你私下里纳妾，我要回乡告诉族人，看你还有何脸面回家乡省亲欤。"

王旷喔喔了几声，竟然无言以对。

郗美人急忙插话道："阿弟，你先不要发怒，先听我把话说完。你说你阿哥在京城做苟且之事，这话实在太冤枉他。你阿哥打心眼里不想要我，可又不得不要。这件事情他根本就不能拒绝。"

王廙斥道："既然我阿哥一点儿也不想要你，可你还是跟着住进我阿哥府邸，这又是怎么回事？难道我阿黑哥跟我阿哥沆瀣一气，狼狈为奸不成？"

郗美人咯咯笑起来，说道："好吧，还是由我来把实话说给你听。我乃皇上赏赐予你阿哥之姬妾，让我与王侍中一旦走出皇宫就必须结为夫妻，王侍中是领旨出宫。然，直到此刻，王侍中并没有与小女结为夫妻。"

王廙依然怒视着王旷，问道："这女子所言当真？倘若我发现你还是在骗我的话，我立刻离开京城返回家乡，将此事告知嫂嫂，还要让你在琅琊王氏家族无立足之地。"

王旷这时也急了，说道："阿哥我在京城已经八年，如果因为寂寞难挨而失德，还会拖到今天才找个女人？"

郗美人不失时机地说道："皇后最欣赏王侍中如此高尚之操守，赐婚之前我就多次听到皇后称赞王侍中，因此，小女才会死心塌地跟定了王侍中，而无怨无悔。"

王旷说道："阿弟，阿哥还是你心目中的那个行得端走得正的英雄豪杰，至于这个女子，阿哥一时也想不出有何好法子安置她。"

郗美人说道："侍中不必费神安置小女，就当我是侍中身上一件饰物，走到哪里就带到哪里。妾身以为，几日之后京城就将举行皇室盛宴，侍中不妨带妾身前往，看那些廊庙之臣如何论及此事，如何评论妾身。如何？"

王旷听了这话只觉着浑身上下一片冰冷。

王廙则惊得大张着嘴不知说什么才好。

第二十六章

　　皇帝册封羊献容为皇后没多久，相国司马伦就以新晋皇后入宫为国之大事之名，代皇上下诏邀大晋朝所有封国封王到京城出席在相国府举办的皇家盛宴。在相国司马孙秀的极力说服下，这次举国之邀中并没有邀请为大晋朝戍边的皇上嫡亲弟弟镇北大将军成都王司马颖、常山王司马乂、皇上的堂弟平东将军齐王司马冏以及先皇武帝破石函之制特别诏令的平西将军河间王司马颙。用孙秀的话说此次盛宴的目的其实是向诸封国宗亲王一展示大相国已经实际上统领了大晋朝政治军事大权之威严，更是司马伦登基的预演。不邀请皇上的嫡亲兄弟是为了避免那几个不知天高地厚的家伙破坏了这天大的喜庆盛事的气氛。但是，孙秀让义阳王司马威亲自叩开淮南王司马允的府邸，送上了皇上御笔亲批的皇家盛宴诏书。而孙秀自己则亲自拜访皇上的二十五弟豫章王司马炽，不仅为这位尚在总角之龄的皇上亲弟弟送去了皇家请柬，而且还捎带着送去了豫章国的金印。

　　这一天总算到来了，皇上和皇后要出宫前往相国府参加皇族盛宴。按照皇家礼仪规定，皇上出行的卤簿最少都要三百人。内侍们从宫里到宫外，调兵遣将，好不容易才凑够了三百人的阵仗队伍。

　　终于等到可以启程前往大相国府了，皇上却一定要带着他心爱的两头黄牛随行，并且居然让治书御史将此写成诏书，传往相国府。

　　大概过了一个时辰，内侍回来报告说相国司马伦完全遵从皇上诏令，让相国司马孙秀和义阳王司马威一道给皇家壮牛洗刷身体。

　　听完内侍报告，皇上呼哈哈大笑不止，这才一挥手，让仪仗队出发了。

　　已是初夏，京城几天前落过一场大雨，把春天残留在京城的温馨荡涤得一干二净。大雨过后，晴空万里，很有些夏天的味道了。相国府被这场大雨冲刷得像是换了一副容貌。深灰色的屋宇，姹紫嫣红的花园，清洁的卵石路径都显示出主人的一番心机。所有的一切都准备就绪，只等着皇上驾临了。

皇家盛宴的正殿就设在相国府的第四进院子，院子占地足有十亩。偌大的庭院中，旧有的办公用房全部拆除掉，在原址上盖起了一座可同时容纳上百人一起聚餐娱乐的大跨度、多柱梁、高规格的大厅。盛会将昼夜不间断地进行三日。

依照孙秀的安排，第三进院子里的数十间掾属处理公务的小室，专门用来安排内侍总管、皇宫侍卫队官员、东宫的舍人、各宗亲王的随从就餐，当然也包括四位陪皇上出宫的次直侍中。

第二进院子里安排的都是相国府的官员、相国府邸中的全体掾属、专司保卫相国安全的禁卫军军曹们。

门内第一进院子的正堂上，孙秀和司马伦的三子司马虔、义阳王司马威围坐在一张大案前。大案上按照术士的要求摆放着三只铜盆，铜盆里置放着各色用粟米面捏成的物件。所谓一生二，二生三，三生万物。而这些物件就象征着司马伦的登基终将势不可当。

三个人看起来既紧张又兴奋，既沮丧又愤怒。自从接到皇上诏书后就一动不动坐在这里。司马伦刚刚传下话来，为皇上那两头心爱的快牛洗刷身体的至高荣誉落在了相国司马孙秀和义阳王司马威身上。此刻义阳王司马威当下从坐榻上跳起来，一把抓下挂在墙上的佩剑，大叫道："孙司马，我不想再受这窝囊之气欤，我现在就要废了那呆儿。"

"皇上永远不会知道天下是谁打下的，阿皮。"孙秀居然叫出司马威的乳名，"你索性跳到当院大骂不已，你还可让这京城所有人都晓得你不但要篡逆，还要弑君。你这个糊涂蛋。"

司马虔上前夺下司马威手里的宝剑，斥道："阿皮，我即刻禀告相国，立刻褫夺你手中兵权，让你回你那义阳国去。"

司马威像泄了气的皮球般一屁股坐下。

孙秀起身走到司马威面前，说道："相国即将君临天下，如今终于万事俱备。这相国府里任何一个人敢要坏这件大事，本司马决不轻饶。"

司马虔恶狠狠地说道："乱纲常者，立斩不赦。阿皮，你我今日有大事要做，不得忘记，亦不得有任何疏忽。"

司马威点点头，愤愤说道："先杀了王世宏，再废了淮南王。"

然后，孙秀和司马虔一起去了相国府最后一进院子。

皇上的队伍离开皇宫到达相国府已经过了日正时分。

司马伦带领着云集京城前来参加盛会的六十多个封国中四十多个封国的司马家族封王，两列排开，跪在相国府门外青石铺就的道路上。这样的阵仗在都城从未出现过，因而格外气势恢宏。

皇上走下龙辇看到两旁跪着这么多身着皇室服装的人，忍不住站住了。他回头问紧跟在身后的王旷："这些人跪在这里想干什么？"王旷回答说："这些人都是你的臣民，无所欲求，只盼着皇上万寿无疆。"皇上点点头说："就是老也不死的意思吗？"王旷没敢应声。皇上又问这些人都是什么人，王旷说都是皇上的亲戚。就在这时，司马伦起身走过来拜道："相国天下兵马大都督司马伦率领大晋王朝诸封国之封王恭迎皇上大驾。"

皇上并不看司马伦，而是左右顾盼后说道："朕问你，你要让这些亲戚跪到什么时候？"

司马伦说道："臣惶恐，皇上开恩。"

皇上转身问王旷道："王爱卿，这老头言之何意？"

王旷解释说："相国之意，皇上走进大门，他们就可以起身了。"

皇上又问王旷道："朕的皇后现在何处？"

王旷低声说道："回皇上，皇后紧随皇上身后，依照规矩，皇上需走在前面。"

于是，皇上紧走几步踏进了相国府的大门。

皇家盛宴在皇宫舞姬婀娜娉婷的舞蹈中拉开了序幕。

皇上对这样的盛宴倍感兴奋。按照规矩，应邀出席盛宴的诸封国的宗亲藩王一一向皇上行君臣大礼，有的封王论辈分是皇上的祖父辈呢。这个跪拜仪式用了一个时辰才总算完成了。皇上已经不记得那些宗亲封王和自己乃至父皇的关系了，有一些是熟面孔，诸如从祖父司马干和司马彤，还有几位从祖母，这些老人就住在京城，时不时会到宫里来看望他。

皇上还见到了皇太孙司马彪，这叫他分外惊喜。所有人都看出来了，皇上将太孙当作了太子。皇上甚至抱起才三岁的太孙逗着玩起来，嘴里念叨着"儿子快长大，长大了也做皇上"之类的话。

住在京城的几位亲弟弟来到皇上桌几前行了跪拜大礼。皇上就让九弟司马允、十五弟司马晏和二十五弟司马炽坐在自己对面。几杯酒喝下后，皇上关切地询问弟弟们府邸中养的妃子够用不够用。说如果不够用的话，他的宫里妃子美人多得是，可以匀给弟弟们受用。三位弟弟脸涨得通红，脑袋摇得像拨浪鼓似的。这时，皇后在皇上耳边说了句悄悄话，皇上笑逐颜开说不要嫔妃就算了，可这天下是咱家的，旁人夺不去，兄弟齐心，其利断金。这话说得大气，却让身后一干大臣惊得浑身冒汗。

　　弟弟们离开后，相国司马伦踱了过来，向皇上行了大礼后刚开口说自己是辅政大相国天下兵马大元帅又是从祖父，皇上就指着司马伦的脸说："这老头说话实在难听，吵得朕不得安生，闭嘴也。你多日前说五部要砍朕的头，何以朕的头还在肩膀上？"司马伦没有料到这傻呵呵的皇上孙子居然还记得几个月前在金谷园他强行上奏的五部企图反叛的事情，惊得说不出话来。还是皇后附在皇上耳边说了话，皇上才转怒为喜说："你这老头还算不错，你给朕选的新皇后朕很是满意。"司马伦见皇上笑容满面，急忙说想为自己的从曾孙女公主做个大媒，也好让皇上日日感到开心。于是将相国司马孙秀希望让儿子孙会做皇上之婿的请托说出来。皇上听不懂做媒是怎么一回事儿，皇后就小声把这事解释了一番。皇上哗哗笑着说嫁给谁都不如嫁给朕的爱卿王世宏好。皇后急忙伏在皇上耳边笑着说："王旷侍中岁数太大了，不可以让老牛吃了咱皇族的嫩草。"这话把皇上逗笑了。

第二十七章

  宴会已经进行了一个多时辰，盛宴大殿里依然是一派觥筹交错、喧声鼎沸的情景，皇上和皇后觉得累了就到偏房歇息去了。此时嵇绍不知去了哪里，王旷见偏房外已经站了十数名禁军军士，也就不打算再过去巡查。相国府此刻应该是京城里最安全的地方了。于是，王旷跟另外两名次直侍中叮咛了几句便离开了宴会大殿。王旷在随从用餐的房间中找了一个僻静的餐房坐下，自个儿闷着头喝起酒来。正喝着，太子舍人贺循端着酒樽推门而入，一屁股坐在王旷身旁说道："王侍中，我在这里走了一圈，那些北人达官依然叫我卿，我又不是那些人掾属，何以老是卿等卿等地叫个不停，一副居高临下盛气凌人之势，令循心里不是滋味。只有王侍中一向对南人以礼相待，从不歧视。我想知道为何。"

  王旷喝干杯里的酒，哂道："贺舍人长为弟十岁，为弟怎敢妄称贺舍人为卿。彦先恐有误解，北人称对方为卿，有年长者对年轻者尊敬之意。"

  两人就在絮絮叨叨的寒暄中各自喝光了一坛酒。

  这时贺循突然一脸严肃地说道："王侍中，以你听来，我这口音可是京腔？"

  王旷听罢忍不住笑起来，用纯正的京都腔调问道："贺舍人，我这腔调与你可有不同？"

  贺循噘着嘴，不好意思地承认说："这洛阳京腔实在难为老夫，瓮声瓮气，缺少音调，稍不留神便似老牛喘息。"

  王旷咕咕地笑了一阵，才说道："贺舍人年届不惑，怎可妄称老夫。刚才看到左公在相国那些掾属中左右逢源，喝得好不痛快。左公可比你年长？"

  两人各自举起手中的酒樽，一饮而尽，然后贺循说道："循听东宫同僚郗鉴说王侍中欲求外放做官，不知侍中可想过到江东会稽做个地方官？那可是个大好的去处，山清茂林修竹，水秀清溪蜿蜒，美不胜收。侍中何不在那里为自家添置地产，以备不时之需。"

王旷点了点头，猛然想起什么便又问道："会稽不正是贺舍人故乡欤？"

贺循顿时神色黯然，点头说道："吾等南人背井离乡，以为在这京城能重谋发展，却到处遭受歧视，处处碰壁。久仰王侍中人品高洁，循冒昧向你推荐会稽山阴。若你能有机会外放会稽，可否让在下同行？"

王旷一哂，说道："会稽归扬州郡管辖，那地方远离战乱，恐不会让我去那里做官。我这身武艺，外放到邺城以北常山那里做个内史，也可震慑敌胆欤。不过，若真有机会，我一定要到会稽走一遭。"

这时，孙秀进了餐房，贺循便借故走掉了。

孙秀看上去异常兴奋，酒喝多了的缘故，说话直率却少条理。两人举起酒杯，并无话语，一饮而尽。

孙秀借着酒劲说道："王侍中，你我同乡同道，我却知晓你绝对不肯与我称兄道弟。"

王旷鼻管里发出一声轻蔑的声音，说道："正是。"

孙秀脸上全然没有做了坏事的表情，煞有介事地说道："王侍中，你对皇后说我企图置你于死地，何来证据？然，本司马手中却有你威胁我之字迹。不然，你与我到皇后那里去论个是非短长，如何？"

王旷厌恶地转过脸去，不看孙秀那张得意忘形的面孔。

只听孙秀问道："王侍中，那晚上若本司马当真在金谷园被你抓住，你当真敢杀我？"

王旷说道："王旷一向爱憎分明。十多年来，死在我刀下者无一人是冤魂。"

孙秀厚颜无耻地说道："依秀所见，你太过自以为是。须知天外有天，人外有人焉。"

王旷哼了一声，说道："凭相国府这些人，杀我王旷比登天还难。"

孙秀晃了晃脑袋："然而，本司马却可以夺了司马允中护军金印。"

王旷没有理睬孙秀的挑衅，起身就要走人。

孙秀叫住王旷，语气和缓地说道："王侍中，皇上在相国府里比在宫里还要安全。来来，把酒喝干。"说着，一仰脖子把酒倒进嘴里，"不管你如何看本司马，琅琊王氏对我知遇之恩咱家没齿不忘。"

王旷喝干杯里的酒，说道："琅琊王氏里有人对你有恩，而非琅琊王氏耳。"

孙秀又说："秀毕生难忘王衍大人当年举荐我入赵王府做掾属所说恳切之

163

语，当时大人语重心长并对我寄予厚望。十多年，弹指一挥耳。我孙秀忍辱负重，卧薪尝胆，虽不比越王勾践，却也不差。"

王旷冷笑一声，说道："你觉着从此可以耀祖光宗欤？"

孙秀说道："你不可如此轻视于我。"他摆摆手表示并不介意，朝着周围挥了挥手，"那就径直说了，相国之声望已经今非昔比，说如日中天一点不为过。今日阵仗你也见了，举国上下无不对相国俯首帖耳，约请之藩王悉数莅临，而没来之藩王咱家根本就没打算约请。王侍中，秀有一问，你可知晓众藩王因何齐聚京城？"

王旷反问道："我应该知道？"

孙秀说道："当然不应知道，不过很快就会知道。王侍中，那日在邙山我就对你说过，相国已经得到上天之眷顾，亦得高祖宣皇帝之授命。这天下再不让明主统领，大晋王朝只怕是再无几日辉煌耳。"

王旷无言以对。他知道司马允早就差人将赵王司马伦企图废帝的阴谋传至邺城，可成都王司马颖至今未有音讯传回来。王戎阿哥和王衍阿哥似也甘心做闲云野鹤，不问世事。只有他和王敦因这一即将发生的宫廷政变心急火燎，却又束手无策。

孙秀见王旷不言语，又说道："尽管你以怨报德，可相国是何等伟岸之人物，是要掌管天下六合八方之土宇大君主，虚怀若谷也。因此，相国对你依然赏识。实话告诉你，无论你有多大能耐，若想阻止相国登基也是螳臂当车。"

王旷这时说道："孙司马一定对子华子见昭僖侯的那番谈话还有印象，你口口声声为相国尽忠，何不将这番对话说给相国听？也许，相国和昭僖侯想法一样也未可知耳。"

孙秀听了王旷的这番比喻十分恼火，却也不便怒形于色，便不再理睬王旷，起身去了盛宴大厅。

孙秀前脚刚走，司马伦的三儿子司马虔和义阳王司马威晃晃悠悠地走了进来，坐在王旷对面后，司马虔用一双喝红了的眼睛盯着王旷说道："侍中，你与咱家大哥曾经拜过兄弟，咱家大哥唤你阿哥，所以，咱家亦唤你阿哥。"

王旷见是这二人，起身要走，被司马虔按倒在座位上。司马虔很诚恳地说，"咱二人都在皇宫做事，抬头不见低头见，既然都是侍奉皇上的，何不尽弃前嫌，从此做个好友？"

王旷一乐,说道:"你叫我大哥不觉得委屈?你我在宫中多有照面,怎就不见你像今日这般亲近?想必是有事求咱家。"

义阳王司马威凑了上来,借着酒劲儿,大呼小叫地说:"王侍中,你时常嘲笑说我这县级小王不敢离开京都,想知道我因何不走敕?来来,王侍中与咱家先喝干这坛酒,咱家自会告诉侍中真相。"

王旷急于摆脱二人纠缠,于是只好硬着头皮陪司马虓和司马威喝干一坛酒。当最后一樽酒落肚后,蓦地,一阵奇怪的感觉从脚底涌了上来,王旷想要站起身来,却两腿一软瘫倒在地上。王旷下意识地抓住刀柄,却见司马虓扑了过来,骑在他身上死死压住他欲去拔刀的手。王旷最后一个意识是自己一世英名竟然毁在这两个猪狗不如的家伙手里。接着,他听到了一声呼哨,就失去了知觉。

第二十八章

陆机已经喝得很多了。在这间餐房里就座的大都是曾在东宫任职的舍人，却只有顾荣是当年与陆机兄弟二人一道从江南应召入京的。三人被当时的京城人士并称为"江东三俊"，足见其才学之高。顾荣在废后之后离开东宫，接任了羊玄之的尚书郎一职，却时常要拉着舍人贺循在城里的酒肆中流连忘返。舍人郗鉴虽不是江东人士，却也是从高平国而来的外籍人士。郗鉴平日深得太孙太妃王惠风的信任，又与次直侍中王旷走得很近，于是与陆机兄弟二人便成了好友。

几位好友平日难得一见，有这样的机会重逢在皇室盛宴上，也是兴奋异常。几个人中以贺循年龄最大，于是，每人都会在与旁人对饮时敬贺循一杯。贺循刚刚跟王旷大喝了几杯，此刻已是醉意盎然，不觉话也多得不得了。

见陆机起身要离开，贺循便说道："士衡老弟，在你眼里，顾彦先和贺彦先二者哪个最令你敬重？"

陆机一哂，说道："在酒席上，顾彦先之勇令人倾倒，而在为人处世上，贺彦先当足以为人表率。"

顾荣大着舌头哈哈笑道："士衡兄，你圆滑得很。你是想说咱家不过是匹夫之勇？"

陆机说道："正是如此，十多年前，你与咱家兄弟二人以三俊英姿鹤立鸡群，现如今，老弟你则以酒仙独领风骚。"

一桌人说笑着又喝干了三坛老酒。

陆机一直没有见到王旷，内心不免有些不祥之感。贺循说两人曾经在一间餐房里谈天说地，王旷并无任何不快，只是觉着王旷似有些疲倦。

陆机便借故出了餐房来到院子里。天已经黑严，院子里被一圈燃烧着的巨大蜡炬照得通亮。院子里并没有熟悉的人，于是陆机返回长廊想回到餐房里继续饮酒作乐。

郗鉴出去小解，返回时神色很是惊慌，对众人说道："各位兄台，适才遇见义阳王，拉着我硬是不让离开，嘴里不断说着'咱家为相国除了心中一病甚是痛快。'小弟临来时太孙太妃嘱咱家跟紧了王世宏侍中，心想义阳王所说会不会与此事有关。结果找遍几个院子却未曾见到王旷大人身影。心中甚是不安。"

陆机急忙问道："可曾去皇上皇后歇息小院查看？"

郗鉴说道："先就去了那里，嵇绍大人和另外两位次直侍中都在院外守护。嵇绍大人也很是纳闷，不知王侍中去了哪里。"

贺循猛然酒醒，说道："咱家半个时辰前跟王侍中小酌几杯，后来见孙秀进来要与王侍中说话便告辞而去。"

陆机一听这话心里就猜出几分，急忙出了房间，刚走出不远就被义阳王拦住，拉着进了房间说非要喝干一坛方才罢休。陆机有心从义阳王嘴里套出话来，便随他进了餐房，一坛老酒下肚，义阳王突然神神秘秘地说道："士衡兄，你我皆为相国身边人士，也深得孙司马赏识，虽然你我皆为皇室之后，怎奈时过境迁，咱家不得不屈从于孙秀这个无有门第之徒。"

陆机听出义阳王司马威是在发牢骚，于是说道："孙司马总是有你我之辈无法企及之处，不然怎会得相国青睐。你说这话不可让别人听去。孙秀可非雅量之士焉。"

义阳王司马威不屑道："若不是咱家出手制住那王世宏，凭他孙秀岂能做到，哼！"

陆机一听心中一凛，装作不以为意地说道："老弟又在说笑话，以王侍中之身手，如你这般三五个怕是也难近身，怎会让你给制住，笑谈笑谈也。"

司马威将坛中所余之酒一饮而尽，恶狠狠地说道："咱家知晓你与王旷交情深厚，实话说吧，那王旷中了孙司马迷药，连举手之力都已丧失，即使孩童也能轻易将他绑了。"

陆机心里着急，却只能不动声色，他叫人又开了一坛老酒，陪着司马威喝起来。半坛酒下肚，见司马威几乎烂醉，这才说道："老弟，皇上若见不到王侍中，相国又怎样交代？这相国府里藏不住人。"

司马威脸上露出诡谲神情，说道："孙秀已经着人将王旷拉往金谷园去也。咱家可是知道，进了金谷园的地牢不死也得脱层皮。"说完一把揪住陆机的手臂，"接下来，咱家相国就该收拾司马允。陆士衡，咱家出头之日已经近在眼前。你说说，咱家若是做个前将军可够格？"说完一头栽倒在桌几上不省人事了。

陆机起身来到盛宴正厅，却见王敦神色匆匆正要往外走，见了陆机就问是否见到王旷。陆机于是就将刚从司马威那里得到的消息告诉了王敦。

王敦急忙问道："可知那些家伙走了多久？"

陆机摇头说道："只是揣测，约莫半个多时辰。"

王敦骂了一声，当下就要去找孙秀要人，被陆机拦住，说道："孙秀何其狡猾，那样做反而误了救人时机。想那些人要将王侍中押往金谷园，必然会用车辆，而城中只有牛车，即使走出一个时辰，只要用快马追赶，并不会用多长时间。"

这时王廙也围了过来，听说阿哥中了迷药被绑架，怒向胆边生，一撸袖子就要去杀了孙秀，被陆机一把拽住，说道："我在此地与孙秀周旋，他此刻一定得意忘形，恐不会注意到你们，你二人必须即刻前往救人。"

王敦咬着牙根说道："只好如此。士衡，我平日多有冒犯，万望海涵欤。待我等救回世宏，再谢不迟。"话音未落，人已蹿出丈余开外。

第二十九章

　　早已经入夜，盛宴却依旧热闹非凡，皇上和皇后在稍事休息之后准备回宫。出了相国府，皇上和皇后尚未登车，淮南王司马允从相国府追了出来，迎头跪下，说道："皇兄留步，臣弟有重要事情，容禀报。"

　　皇上感到恍惚，便看着羊献容说道："此人叫朕皇兄，有此事？"

　　羊献容说道："淮南王确是皇上弟弟。"转而问道："淮南王因何如此唐突，既是禀报为何不等朝会？"

　　司马允说道："事关皇室存亡，等到朝会只怕晚矣。"

　　皇上借着火光仔细打量司马允，记起了这位弟弟，说道："既是朕阿弟，起来说话。"

　　司马允起身说道："大晋天下四方安详，八方顺遂，此乃皇兄恩泽惠及万民所致。臣等皇室直系饱受皇兄甘霖，人丁兴旺子嗣满堂，此家族兴盛也。"

　　皇上听懂了这些话语，神情爽朗，说道："兴旺就好，兴旺就好。皇后时常告诉朕，皇室宁，天下平。"

　　司马允感激地看了一眼羊献容，再次跪下说："现如今大晋王朝已然危在旦夕。"

　　皇上挥挥手，叹了口气，说道："既然大晋王朝危在旦夕，你又在这里做甚？为何不去安平天下？"

　　司马允说道："父皇戎马倥偬，终日征战，为皇上与一众阿弟打下天下，有人却觊觎我大晋王朝，企图篡逆皇兄之天下。"

　　皇上瞪了瞪眼睛，显然被激怒了，说道："朕诏令你去抓捕篡逆之人。"

　　司马允犹豫了一下，说道："臣惶恐，尚未到抓捕之时。"

　　皇上说道："既如此，你就退下。"

　　司马允说道："臣惶恐，为弟有一事相求。"

　　皇上不耐烦地说道："你好啰唆。"

169

司马允说道:"臣惶恐,从今往后,相国司马伦若请求皇兄下诏,必定是要行一己之意,恳请皇兄不允。"

皇上释然,说道:"朕不允便是。你快快退下,朕要回宫歇息。"

司马允又说:"臣弟为家国兴盛,还有一要事恳请皇兄快快下旨,让臣弟继续执掌中护军将军大印。此事万望皇后费心辅佐。"

直到回到皇宫,皇上才问羊献容道:"朕那弟弟意思,相国那老头要取朕而代之?"

羊献容连忙摇头说:"妾不知耳。"

第三十章

　　王澄离开邺城后并没有急着赶路，而是且走且停，一路遇见酒肆必下马大喝一通，随行的两位小吏倒也乐得其所，陪伴着大名鼎鼎的从事中郎王澄好吃好喝，好不快活。皇室那些事情他根本没有放在心上，当初要求返回京都刺探情况不过是想吃喝玩乐一通罢了。

　　原本轻车简从只需走五日的路程，王澄硬是用去了七日。

　　这日天已经擦黑，小吏们早就走乏了，太阳还没落山就嘟囔着歇了吧歇了吧。

　　王澄自然很想到达京都之前再美美地喝上一次，只是看到邙山后便打消了这个念头，于是三人快马加鞭向京城疾驰而去。

　　抵近京都郊外时，官道从一片浓密的树林中蜿蜒而出，这又使王澄回忆起当年在潘安仁的庄园里恣意纵情的往事，不觉发出岁月蹉跎物是人非的感叹来。这时，从树林里传出一阵紧似一阵的开路吆喝声，一听便知这是一支皇家车队。王澄并没有下马肃立，而是将坐骑让到了一旁。这时，吆喝声越发响亮，仔细听居然是"让开大道，阻拦者杀无赦"一类的话语，这让王澄很是不高兴。以王澄的经验，这个时间从京城出来的车队绝对不会是皇上的阵仗，至多是个封国的封王，而且还是县级封国。于是，王澄让随从点燃火把，自个双腿一夹驱马立在了官道中央。

　　车队由五人护卫左右，两名手擎火把的军士在前面开道，见有人拦在大道中央，便放大了嗓门将杀无赦的吆喝不断喊出来。见对方并无避让的打算，车队后面一匹快马冲了出来。

　　黄门侍郎骆休已经拔出剑来，厉声喝道："谁人敢如此大胆拦在大道中央，还不快快让开，免得一死。"

　　王澄认出骆休，便也大声喝道："骆休小子，你不过赵王府当差小吏，怎敢如此明火执仗，今儿咱家镇北大将军府从事中郎琅琊王澄硬是不打算给你让道，若是不服，打将过来便是。"

骆休一听是王澄，心里咯噔一声，想是撞见鬼了，急忙驱马上前说道："不知王大人在此经过。在下已是黄门侍郎，乃朝廷命官，比之大人将军掾属，官阶要高出一等。"

王澄根本没把对方放在眼里，指着牛车说道："这是相国车舆，相国这么晚了还要到金谷园戏耍？"

骆休说道："相国此时正在相国府举行盛大国宴。车舆中乘坐的是孙司马家眷，盛宴上喝多了，身体甚感不适，欲返回金谷园歇息。"

王澄驱马上前，伸手就要去撩车舆侧窗的帘子，被骆休喝住："王大人休得无礼，若是让孙司马知晓，绝不会善罢甘休。王大人需自重也。"

王澄将手撤回，说道："我很是好奇，以孙秀卑微之身世，其家眷怎有资格出席国之盛宴。啧啧，居然还有禁军军士护卫，啧啧，可谓一人得志，鸡犬升天也。罢了罢了，我就是看不惯小人得志后自以为是的嘴脸。"说完，让出大道，一声吆喝，策马而去。

王澄一行快马眼看着就要到达京都西明门，就见两匹快马从西明门内冲了出来，借着城墙上的火光可以辨出为首的是一匹枣骝马，紧跟其后的是一匹青骢马。没容王澄看清楚，两匹快马已经跑近了。与王澄擦肩而过时，王澄认出骑在马上的竟然是王敦和王廙。这令王澄大吃一惊，急忙高声喊道："处仲阿兄，世将阿弟，你二位这是赶往哪里？"

两位拼命鞭打坐骑的骑马人，听见喊声奋力勒住坐骑。王敦也高声喊道："平子阿弟，你从邙山方向过来可曾遇见一行车队。"

王澄一听这话就来了气，说道："自然是遇到了，那车里载着的不过是琅琊小吏孙秀家眷。此卑劣小人居然让家眷乘坐相国车舆，实在有违纲常。"

王敦也不答话，猛抽坐骑，枣骝马箭一般蹿了出去。

王廙紧跟其后，高声喊道："平子阿哥，那车里哪里是孙秀家眷，是咱家世宏阿哥。"说罢，座下的青骢马也蹿了出去。

王澄急忙调转马头追了上去，问道："世将阿弟，世宏怎会进了那车舆？"

王廙骂了一声，说道："阿哥在盛宴上被孙秀下药迷翻。先救出人来再说不迟。"又是一通重鞭，那青骢马疯也似的狂奔起来。

心急马快，一行人只一刻钟工夫就追上了前面的车队。

王澄马快，率先冲到前面拦住车队，没容骆休说话，拔出长刀砍将过去。

骆休见此情景知道事情已经败露，一边接住王澄砍来的长刀，一边朝着身后的军士喝道："咱家遇见剪径匪盗，格杀勿论。"骆休却不知，身后四名军士已经被王廙和王敦杀得只有招架之功全无还手之力了。

只用了十数个回合，王澄就挑掉了骆休手中的长剑，长刀一转用刀背将骆休打下马去。自己也翻身下马，用刀尖抵住骆休的颈项讥讽道："你不过卑劣之野雉之徒，以为官秩比咱家高一等就能变成贵族？呸！既然敢用最下贱手法毒翻咱家兄弟，怎就不敢坦荡承认咱家兄弟被你关在车里？"说着，抡起长刀就要劈砍下去。

身后响起王敦的吼声："平子阿弟，不可鲁莽行事，留下这个活口，让他回去传话给孙秀，咱家琅琊王氏受文武二帝之恩惠，誓死捍卫大晋正统，决计不做尾随司马伦的卑劣之徒。"

王澄骂道："留下此等野雉小人，定对大晋王朝贻害无穷，不如砍了以绝后患。"

骆休早已经像啄米草雉般磕头求饶，说道："在下只是奉命行事，与王侍中从未谋面。孙秀并无戕害王侍中之意，只是不想让他阻止相国称帝是也。"

话音未落，脸上就中了王澄的刀背，顿时隆起一条青痕，疼得骆休捂住脸庞倒吸冷气。

接着，王澄和王廙将骆休绑在路旁的大树上，见骆休用力挣扎试图解开绳索，王澄二话不说将那条已经挣脱的胳膊打断，并在一声紧似一声的哀号声中将骆休重新绑紧。

这时，王敦从车舆里钻出来说道："咱家想尽办法不能唤醒世宏，看那喘息已经十分轻微，快快回城送到左公那里救治，左公精通医术，定有回天之力。世将，你去我府上将你嫂子带到左公家。"

王廙问道："阿黑哥说的是哪位阿嫂？"

王敦踢了王廙一脚，说道："你世宏阿哥在京都有几位阿嫂，自然是皇上赐予阿嫂欤。"

王澄嗓子眼里咕噜了一声，叫道："世宏得皇上赐予夫人？天啊！"

第三十一章

左思让王敦和王澄二人把王旷抬进后院装满药材房间的侧室，脱光衣裳，先是将全身仔细检查一遍，翻过身来，又将背后查过。检查完后，俯身将耳朵贴在王旷胸前谛听。良久，才直起身来，阴阴地说道："王侍中呼吸微弱，神智已完全丧失。好在脉象虽然轻薄却不至于丧命。下药之人意在将他迷倒，只是这帖迷药方甚是诡异，若老夫诊断无误，这药方出自金谷园当是无疑。那年，石崇从岭南搜得珍贵草药邀老夫欣赏，其中就有几株能配出此类迷药。据石崇当时所言，服食者三日之内如死一般。"

王敦着急，扳着左思的肩膀问道："可有救？"

左思说道："老夫当倾尽全力而为之。"说着，连连摇头去了隔壁草药房。

王澄还是搞不明白，孙秀因何敢对王旷下手。

王敦咬着牙说道："世宏持皇上诏书喝令司马伦停止在邙山修建宣皇帝庙宇，而司马伦一心想要废帝登基，老贼已是鬼迷心窍，死不悔改。但老贼断不会对世宏痛下毒手。出手之人必定是夷甫阿哥当年举荐之相国司马孙俊忠。"

王澄站起身来，狠狠说道："处仲，我看指望你去挑衅司马伦野心也是枉然。咱家夷甫阿哥早就看出司马伦狼子野心，也时常懊恼当年举荐孙俊忠太过轻率。罢了罢了，咱家这就去找那孙俊忠做个了断，也为琅琊除去一害。"

王敦扑哧笑出声来，说道："平子，你从邺城出来定是一路餐餐老酒，顿顿烂醉，至今浑身酒气不散，不然也不会说出这等酒气熏天烂话。那孙俊忠已是相国倚重之人，刚刚又与皇上结为亲家，岂容你一个从事中郎在相国府皇家盛宴上败坏名声。弄不好你即刻就被砍了脑袋。"

两人正说着，王廙带着郗美人气喘吁吁地撞了进来。

郗美人见王旷紧闭双眼，脸色铁青，嘤的一声扑到王旷身上啼哭起来。

王廙急切地问道："阿黑哥，世宏阿哥可有救？"

"左公已去配解药，听他口气，世宏应该能逃过此劫。"王敦说着一拳砸在地上，"那日孙俊忠着私兵截杀我与世宏，咱家就该警觉才是。不承料孙俊忠居然敢在皇家盛宴上出手伤人，气焰太过嚣张。咱家若是不离世宏左右，他又怎能得手！"

王澄一听这话，顿时炸了，说道："孙俊忠吃了豹子胆，竟然敢在京都对世宏痛下杀手，这家伙定是疯了。世将，你可敢跟平子阿哥一道找那孙俊忠断个是非曲直？"

王廙忽地跳将起来，抓起长刀，说道："只要能杀掉孙俊忠，为兄长报仇，我粉身碎骨，在所不辞也。"

左思走进屋来，喝住二人，一边说道："多年前，老夫得一友人赠予药方，乃药圣张仲景遗世珍方，已经让人在煎熬。半个时辰后即可给王侍中服食，但愿他还能喝进去。处仲可还记得那日老夫所说，皇上与皇后不会有性命之虞，但已经无人能阻止司马伦称帝，从此廊庙恶人当道，朝政将现混沌。"

王敦问道："左公指点迷津，咱家琅琊王氏当何去何从？"

左思说道："武皇帝、当今圣上均视琅琊王氏为股肱之臣，委以重任。皇上将官中美人赐予你和王侍中亦是明证。琅琊孙俊忠企图推举宣皇帝之子司马伦登上皇位，以此跻身贵族之列，想来也是想步琅琊王氏先祖之后尘。此心虽无可厚非，其手段却令人厌恶。"

王敦再次说道："敦和世将聆听教诲。"

左思叹了口气说道："司马伦虽是文帝之庶弟，却早已是过气之人，因此气数不会太长。而孙俊忠心比天高，即便是与皇族结亲，怎奈无有根基，更无门第，只能是昙花一现，不出一年，定会凋零。你们只要敬而远之，静观其变，自会有人收拾局面。"

王敦和王澄、王廙谢过左思，看着左思将煎熬好的药汁灌进王旷嘴里，见王旷竟然口口吞咽，甚是欣喜。

郗美人跪在左思面前，泪眼婆娑，泣道："求公明示，小女子如何服侍咱家夫君方能早日将他唤醒。"

左思说道："王侍中脉象虽弱，各类脏器却着实顽强，凸显出大人顽强不死之心。若是老夫估算不错，明日将脱离危难，不用三日即可苏醒过来。夫人不可再以小女子自称，你乃皇上赐予王侍中之妻，当自重才是。此药每过两个时辰喂食一次，药需以温酒送下。每过一个时辰必须用滚烫沸水给侍中擦拭身体，以逼出汗来。在此期间侍中身边不能离人，一旦呕吐，必须将侍中侧卧，以防堵塞气道。"

郗美人深深叩谢左思，将身体挪到王旷身旁，两眼再也没有离开王旷。

第三十二章

京都洛阳城内，当朝相国司马伦的府邸就坐落在戚里区一条名叫汶阳里的深巷子里。这片宅院是汶阳里唯一的住宅群。这里已经是老宅院了，相国司马伦就在这里出生。司马伦生母柏夫人出生于河东汶水河畔，祖上为当地大族。相当长的一段岁月里整个汶阳里就只住着柏夫人一家人。后来司马懿故去，司马昭开始挤压这位九弟的居住空间，再经过司马炎恣意鲸吞，汶阳里就变成现在这个样子，其实也就只是一座还算不小的院子。唯一没有变化的，就是汶阳里这个名称为司马伦家独享。

自从自命为相国后，司马伦就再没有回过这座宅院。如今住在这座宅院里的是司马伦的二子司马馥、三子司马虔和四子司马诩。大儿子也就是世子司马荂一直跟着司马伦在相国府居住。

这日，已近晌午，司马伦的三个儿子围坐在亭子里的长条桌几前，相国司马孙秀坐在三人对面。四周还散坐着义阳王司马威，黄门侍郎士猗、许超等一干司马伦的重臣，大约有二十几人之多。

一干人等坐定之后，司马馥劈头就问："为何不在相国府里商议事务？"司马馥性格刚烈凶残，但人品还算端正，最不屑于做的就是一些鸡鸣狗盗之事。

司马虔说道："二哥，此事不便让父王知晓，可是事情又与国务紧密相关，我意思是不议不可，议而不决也不可。今天要有结论。"

司马馥越发不满，说道："是哪个决定事情重要与否？孙司马欤？"

孙秀不愿意跟司马馥闹出不快，却也已经不再将这三兄弟放在眼里，缓缓说道："相国登基之黄道吉日已让术士占了出来，不出三个月便是吉日，但诸多重大事尚未确定。本司马以为，凡涉及相国登基事情就是国之要务。三位将军，可有异议？"

司马虔和司马诩连连摇头，司马馥却不想轻易被孙秀左右，说道："既然是国之要务，世子阿兄不在场，哪个有权拍板定论？"

孙秀厉声说道："几日前，相国曾当着众人面说过他若是不在场，重大要务由我来做决定，此话可还记得？"见三人都点了头，他又向司马威招招手，让他坐到前面来后才又说，"那就言归正传。阿皮，昨晚将那王旷押送金谷园可否顺遂？"

司马威说道："那王旷中了迷药恰似一摊烂泥，本王对他以老拳伺候，解了恨也。骆休对王旷也是恨之入骨，怎会善待王旷？司马尽管放心。"

孙秀说道："那迷药为石崇私藏，据说迷倒之后三日不得苏醒。等他醒来，若是相国开恩许能赦他不死。不然，只好让他烂在地牢里。"见司马馥又要说话，孙秀用了一个有力的手势让他住口："本司马接下来所说对大晋朝甚是重要，诸位务须仔细聆听。依相国之意，此次登基并不意味着废帝，诸位都要搞清楚，别人如何猜想可以不用管，但是我们这里不准许哪个狂妄地叫嚣废帝之话语。都听明白了？"

司马馥不屑道："本将军没有明白，我那傻侄子已经在皇位上坐了十多年，够本了，如果不能废帝，我那傻侄子该算老几？"

孙秀正色道："不能废帝，皇上就是太上皇。你要弄清楚，是将他尊为太上皇。"

司马诩惊愕道："相国论辈分是皇上从祖父，吾等兄弟四人都是皇上从叔父，怎可以尊皇上为太上皇？亏你想得出来。世人该如何看相国？"

孙秀并不着急，说道："几位将军少安毋躁。相国必须登基，皇上绝对不可以废掉，这已是上上策。各路封王也都能接受，不会因此举兵起事。相国主意已定，不可更改。"

司马馥急了，说道："孙司马，既然已经有了决定，你还叫我们兄弟聚在这里议何国务。快说正事。"

孙秀说道："相国终日忧心忡忡，茶饭无心，皆因为淮南王司马允与吴王司马晏二人居住京都，他二人是皇上嫡亲阿弟，当绝对不会顺服。"

司马虔高声说道："下道诏书，将二人赶出京都便是。"

司马馥大叫一声："不然就封开府仪同三司。"

孙秀看着司马虔问道："右卫将军，你以为应该如何？"

司马虔说道："若二人不就三公，又不顺服相国，何不效法贾南风诛杀司马亮与司马玮之术，安一个罪名，直接杀了。"

汶阳亭里顿时一派静默，众人都被司马虔的话惊住了。

许久，孙秀才问道："右卫将军认为除掉二位封王乃上上策？"

司马诩这时插话道："不然，孙司马有何高见？"

司马馥也道："相国让你召集吾等商议，应是早有主意。"

孙秀摇摇头说道："在此事上，由我们说了算。"他等着司马馥一阵号叫过后，才又说道："废后之后，杀戮太多，此次登基，相国断然拒绝杀戮。你们都不要生事，才可能在事成之后享尽荣华富贵。"

无人再说话了，良久，司马馥才小心翼翼地问道："不让杀戮，怎能让这二人不生事？"

孙秀没有直接回答，而是说道："次直侍中王旷在宣皇帝庙宇前受本司马斥责的当天，司马允就派人去了邺城与许昌。这个时候，皇上嫡亲兄弟突然联系紧密起来，我们不可不防。"

司马馥说道："那又能怎样？成都王敢杀将过来？京城五万禁卫军能将他那些家丁生吞活剥。"

孙秀说道："以我对邺城卢志之了解，此人谨小慎微，虽有谋略，却没有胆略，成不了大事。我最为担心者乃坐镇许昌之齐王司马冏，他是文皇帝一系子嗣中最想做皇上之人。下面我所说之言才最为重要，三日后又有早朝，我将设法让司马允就范。若成功，咱家相国日后上皇位便不会再有人敢于掣肘。你等享荣华富贵之日也就指日可待。"

司马虔愕然问道："孙司马有何法子让司马允就范？"

孙秀冷笑一声，说道："那日即见分晓。"

孙秀话音未落，就见两名仆人搀扶着黄门侍郎骆休跌跌撞撞地跑了过来。骆休扑通一声跪在众人面前，举起被绳子吊着的断手哭诉道："司马，在下昨晚押送王旷遭人劫持。一干军士均死于非命，若不是在下拼死抵抗，也早已是刀下之鬼。"

司马馥拍案而起，怒道："哪个狂妄之徒敢劫持相国车辇？本将军即刻取他首级，以儆效尤。"

骆休连连摇头说道："是先帝之婿王敦与镇北大将军府琅琊王澄等人所为，咱家委实打不过。"

一众人等顿时慌了神，齐刷刷地看着孙秀。孙秀深吸了一口气，一字一顿地说道："各位幕僚何必惊慌，在王旷苏醒之前，咱家先将淮南王司马允制服了。"

第三十三章

早朝日，天朗气清。

皇城内太极殿上早朝将完，在确定了几项高级官员的任命之后，大臣们再没有重要奏章需禀报皇上，这时，只见孙秀出了队列，持笏板声称大郡江州月前遭了涝灾，如今大水正在渐渐退去，鄱阳湖周围的广袤农田悉数绝收，饥民遍野，需要开仓赈灾。皇上最不喜欢听到灾情一类的奏报，孙秀话一出口，皇上大怒，一拍龙榻问道："何以朕每次临朝，你等就有灾情禀报？"

司马伦慌忙起身说道："臣惶恐，臣不敢瞒报灾情。但皇上不下诏书，无人敢开仓赈灾，灾民怨声鼎沸，臣等坐立不宁。赈灾诏书何时颁布，时不我待焉。"

皇上说道："朕令你去颁布，朕要找皇后去。"

皇上说完竟然大步流星地出了太极大殿，把一众大臣丢在了殿上，急煎煎向中宫去了。

司马伦即刻代行皇上威权，对台阶下的治书侍御史说道："皇上诏令本王颁布诏书，孙司马可代笔书之。速速去办，若哪个敢借故怠慢，横生枝节，本王严惩不贷。"

不到一个时辰，两名治书侍御史和两名御史从东掖门出了皇宫，直奔淮南王司马允的府邸而去。

淮南王司马允此刻正在官邸里享受着身后宫女用芭蕉扇扇出来的凉风。几天前在相国府举行的盛宴上他向皇兄司马衷酣畅淋漓地讲述了自己的担忧，皇兄虽然愚钝，但只要是危及皇室利益的事情看来还是能够分清敌我、做出决断的。皇兄能明辨是非，皇嫂不像险恶之人，那么，皇室的危机似乎也就能够过去了。司马允的心情总算平静下来。

司马允没有听见大门被敲开的声音，直到家丁跑来说宫里来了四人，声称是来宣旨的，司马允这才从深沉的思考中清醒过来。听说宣旨居然来了四个人，司马允立刻意识到来者不善。以往前来宣旨的只是一位治书御史，这次不仅来了两位治书御史，还跟着他们各自的史令。

司马允起身返回正堂，将长剑佩戴在腰间，出去前对身旁的甘卓说道："即刻去把吴王请来，怕是要出大事。"吩咐完后，这才出了正堂，快步来到前面大院。司马允这次没有像以往那样跪接诏书，而是站立在院子中央，对来人说道："几天前本王还见过我那皇兄与皇嫂，皇兄并无要事相告，何以才过了几日，就有诏书下来？"

宣旨御史一听这话，张口结舌道："我等奉皇命来宣旨，并不知诏书内容为何。"

另一位御史喝道："淮南王司马允跪听宣旨。"

司马允怒道："本王不跪你们又能将本王如何？"

宣旨御史只好展开诏书，宣道："永康元年癸酉月，大晋皇帝应天顺时，受兹明命……诏令淮南王司马允入朝迁升太尉、侍中，除去都督扬、江两州与中护军职。诏令之日就职，若着意推诿延宕，当以心存篡逆论处……"

这时，吴王司马晏带着几名家中壮士赶了过来。

司马允冷笑道："皇上乃咱家亲兄长，那日说及中护军一事，皇上亲口允诺本王可继续持有中护军金印。本王怎会相信这诏令出自皇上之意。"

宣旨御史也冷笑道："诏书上有皇上亲笔写下'不就职即反逆'六个大字，可证此乃皇帝本意。"

司马允上前一把夺下诏书，只看了一眼便对弟弟喊道："快到书房取来孙秀笔迹。"然后抖着手中的诏书对御史说："本王料到孙秀亡我大晋之心不死，必矫诏除掉本王与皇室直系兄弟，因此早有防范。皇上是本王兄长，此话怎会出自皇上之口。"

说话间司马晏取了孙秀笔迹回来，司马允将手中诏令与笔迹相对，怒叫道："气杀我也，果然是孙秀笔迹，气杀我也。这个混账之徒居然敢矫诏篡逆，给我抓住这几个家伙，本王要亲手斩杀他们。"

司马晏急忙阻拦哥哥，叫道："兄长息怒，不可斩杀宣旨御史，待我等生擒后扭送到皇兄那里再行问罪不迟。"

司马允哪里听得进去弟弟的劝阻，将抓住的宣旨御史踩在脚下，喝道：

"实话说来，此诏令从谁手中接下？"

宣旨御史已经吓得灵魂出窍，哆哆嗦嗦说道："我等只是照本宣科，并不知诏书出自谁手。"

司马允怒道："本王只是问你从谁手里接过诏书，快快招来！"说罢长啸一声。

宣旨御史说道："此诏书是相国司马孙秀交予我等，并言称十万火急，催我等即刻前来宣旨。微臣只是奉命宣旨，并不知诏书被人篡改，万望殿下手下留情。"

司马允问道："今日有朝会，本王怎会不知？"

宣旨御史道："原本没有朝会，是相国临时召集众大臣上朝。"

司马允又问道："皇上可在太极大殿？"

宣旨御史道："皇上端坐在龙榻之上。"

司马允叫人将宣旨御史和史令四人关进府邸的私牢，然后回到书房给十四弟成都王司马颖、十二弟常山王司马乂分别写了一封加急书信，告知司马伦伙同孙秀已经干出矫诏篡逆之事，为了皇室嫡系的安危，他将舍生取义，斩杀赵王司马伦与孙秀等同党。写完之后，司马允派了两位信使让马不停蹄送往邺城和常山。

接着，司马允快步来到演武场，对已经奉命在演武场集结完毕的家兵和豢养多月的两百名淮南壮士说道："今日本王发誓将为大晋江山社稷除篡逆之徒，各位皆为我淮南王自家兄弟，尔等与本王同吃同住已有半年，该是到了同赴国难家仇之时矣。"说罢又是一声长啸。

人群中有人扯着嗓子嚎起来："为国捐躯，死不足惜！大将军一声令下，我等赴汤蹈火在所不辞！"

司马允愤怒而冲动地高声说道："赵王司马伦矫诏，妄图毁掉家父皇戎马征战打下之大晋天下。司马伦罪大恶极，不杀不足以平本王心头之恨。"

群情激奋，几百名淮南壮士和家兵挥动着手中的长枪短刀，喊声如雷。

这时只见司马允拔出长剑，指向天空，发誓道："祖宗在天，父皇在上，淮南王司马允背负保卫皇室重任，将杀进宫去斩杀叛贼司马伦与孙秀一众。我将视死如归，不灭篡逆之贼，誓不罢休。来人呐，拉出本王战车。"

战车由两匹战马拖曳，车厢不大，勉强能够站进去两个人，但束马的缰绳却又粗又长。厢前的挡板高至前胸，挡板用皮革包裹以抵挡箭矢的攻击。这辆战车是淮南王从前线带回来的，一直舍不得废弃。淮南王先是深情地拍拍战马浑圆的臀部，又顺顺马脖子上尺把长的鬃毛，然后跃身进入车厢，站定后再次将手中长剑指向天空，喊道："司马伦老儿欲毁我家江山，本王将拿他命来祭天祭祖。"数百名军士也是跟着一阵山呼海啸般怒吼。

出了府邸，司马允的战车走在最前面，身后跟着数百名热血沸腾的淮南壮士和军士。许是动静太大，惊得贵族区的许多人家都大开府门拥出来观看。

司马允已经豁出去了，边走边向围观的人群高声叫道："赵王司马伦阴谋篡逆大晋，若是得逞，咱家这里必定血流成河，我等皇室子弟和受惠于皇家之人绝不容许。我淮南王今日身负保家卫国之重任，此刻便是前往抓捕赵王，愿辅佐我淮南王拯救大晋之仁人志士随我前往皇宫抓人去也哉！"

司马允喊声震天，应和声更是如雷滚滚。抓捕司马伦和其爪牙的队伍越走越庞大，还没走到皇宫，随从者已经上千人。

第三十四章

　　两天三夜，郗美人一刻不曾离开过王旷。几天来，郗美人不知为王旷擦拭了多少遍身体。每一次擦拭，都令她悲从中来，非哭上一阵子不可。

　　第三天，王旷终于苏醒过来，郗美人喜得热泪满面。

　　王旷发现自己一丝不挂地横在郗美人眼前，很是难堪，正要抓起衣物盖住裸体，被郗美人用力拉下，说道："侍中不可妄动。左公嘱妾身用沸水为侍中擦拭身子正是为了逼出毒药，帮助侍中早日痊愈。"

　　虽然甚觉别扭，王旷也只好从了。

　　接下来，从郗美人的叙述里，王旷得知是王敦、王廙和王澄三位兄弟从孙秀手里将他救了回来。郗美人没忘了将左思说的关于司马伦和孙秀的话告诉王旷。

　　王旷说道："咱家三兄弟去了哪里？我这就要去见他们。"

　　郗美人慌忙说道："侍中不可妄动焉。左公嘱妾身，若侍中醒来可先喂食粟米糊，以恢复体力。"

　　王旷还是硬撑着坐了起来。

　　刚喝完一碗粟米糊，左思走了进来，将一碗重新熬制的药汁让王旷喝下去。药汁非常苦，有一股浓重的恶臭，但王旷还是将药汁一饮而尽。

　　左思点头说道："其实昨晚上你整个身体已经苏醒，只是头脑尚处于混沌之中。老夫试了试你四肢已显敏感之觉。多亏你家夫人精心伺候，你能这么快就苏醒过来，沸水逼汗起了很大作用。"

　　王旷说道："我只觉着噩梦连连，焦急万分，却又不知身在何处。"

　　左思笑了，说道："王侍中心有不甘，决意要报仇雪恨。"

　　王旷用力点点头说道："只记得义阳王司马威那坏种夺我长刀，我却无力制止，甚是恼怒。"

　　左思将一根长棍递给王旷，让他试试臂力是否恢复一些。

王旷甫一抓住木棍,嘿了一声举起木棍,说道:"比之咱家长刀轻了许多。"边说,边缓缓舞弄起来,而且速度越来越快。

左思不住地点头叫好,直到王旷舞得浑身开始出汗,左思这才叫停,说道:"王侍中,老夫没想到你能恢复得如此之快,照此速度,三天之后,你依然是京都第一护卫。"

这时,王廙慌里慌张地闯了进来,报告说司马允正在围攻相国府。

左思又气又急,说道:"司马允本可逃过此劫,却不料莽撞行事,后果不堪设想。"

王旷从床榻上爬起身来,问道:"左公,有何法子让司马允不再攻击相国府?"

左思犹豫片刻说道:"只有王侍中出面才能止兵。"

郗美人在一旁轻声叫起来,一边哭着说道:"侍中不可,侍中不可。"

王旷说道:"我明白左公意思,只有我能进入皇宫,并调取止兵白虎幡。皇上若失去司马允必将失去在京都的最强支持,司马伦将阴谋得逞。我不得不去。"

左思点点头,说道:"王侍中一旦止兵,万万不可再生杀戮。皇上不会有难,司马伦终难逃一劫,孙秀不足挂齿,死不足惜。只是淮南王此次要为鲁莽付出代价。"说完长叹一声。

王廙将王旷的长刀交给王旷,说长刀是由陆机悄悄从相国府转出来的。

郗美人还在啼哭。

王旷看了郗美人一眼,走出了左思府邸。

第三十五章

淮南王司马允率领的队伍将相国府团团围住，一阵拉锯式攻防之后，对相国府形成了围歼之势。

司马伦不得已派出使者向司马允表示诚意，恳求司马允给一次机会双方坐下来认真谈谈，重新划分势力范围。而且，他可以即刻奏请皇上撤销对司马允的去职诏令。司马允让使者转告司马伦，司马伦已经犯下矫诏的滔天大罪，不杀不足以厘清父皇制定的大晋律制，让司马伦对双方调和不要再抱任何幻想，今天不是你死就是我活，哪里还有什么重新划分势力范围这样的鬼话。

等使者一走，司马允再次下达进攻相国府的命令，并令弓箭手开始新一轮的射击。但见百箭齐发，箭矢越过相国府高高的围墙，相国府空中箭矢如雨。等一阵箭雨过后，司马伦挺身而出，站在院子中央高声喊着："我乃当朝辅政相国督天下兵马，外面军士不得无礼。快去叫淮南王过来，本王有话要说。"

司马伦的喊声起了作用，相国府外的喊杀声顿时息了下去。

不一会儿，淮南王的声音在相国府外响起来："司马伦你仔细听好，你若坚持不缴械投降，今天本王不会放你生路。"

司马伦一听这话怒发冲冠，喊道："司马允你这孙子，爷爷我不曾亏待于你，升你做太尉那是看你有将才，实话告诉你，太尉一职河间王司马颙梦寐以求而不得之。你不要不识好歹。"

司马允斥道："你这老儿休得强词夺理。我皇兄对你不薄，你却胆敢与我皇兄平起平坐。司马伦老贼，这天下是父皇打下的，无论如何更迭都只可以是皇室嫡亲子嗣之天下。你妄想与我们二分天下，那就只有死路一条。只是本王还想给你一条活路，把你那心腹谋士孙秀交予本王，可以免你不死。不然，本王立刻打进相国府，将你等碎尸万段。"

司马伦终于忍不住骂起来："司马允你这孙子，本王与你家祖父文皇帝同出一父，大晋本就有咱家司马伦一份。正是本王力挽狂澜，大晋才能至今屹立不倒。你这不尊先祖的孙子，本王明日升朝必定向皇上奏你死罪。"司马伦的话被一阵箭雨打断。

宫城内，中书令陈淮原本就对突然而至的早朝心存疑窦，接到淮南王攻打相国府的传报，情知司马伦在早朝上一定又玩弄矫诏的花招，从而激怒了司马允，于是慌忙前往华林园向皇上禀报。一进华林园，见白虎幡被黄门侍郎王敦擎着，立时松了口气。陈淮隐瞒了相国府危在旦夕的实际状况，只是请皇上为平息争斗下诏定夺。皇后却听出事情恐怕不像他说的那么简单，便问到怎样才能够即刻制止争斗。陈淮说只要皇上下诏祭出白虎幡，争斗就会即刻停止。

皇上一挥手说："朕诏令那两个家伙不要再打下去了，否则，朕命你等将二人立斩不殆。"

这时孙秀安插在后宫的禁军校尉伏胤在陈淮身后抢过话头说："微臣惶恐，前朝早有律法，只有皇宫禁军将军才有资格持皇上白虎幡前往终止争斗。"

中书令陈淮知道伏胤乃孙秀心腹，便坚决反对让伏胤展示白虎幡，说道："臣惶恐，那白虎幡平日由次直侍中把持，自然应该由次直侍中向交战双方展昭皇上旨意。"

皇上听得很不耐烦了，呵斥道："尔等若再啰唆，朕就下诏连你几个一齐斩了。"

伏胤情知若要按照诏书下达的律法程序，先要由治书御史或者黄门侍郎写好诏书，然后诏书再请皇上过目首肯，最后才可以发布。那样的话，司马伦性命难保。当伏胤向黄门侍郎王敦讨要白虎幡时，被陈淮喝住。就在双方僵持不下时，只听见皇上扯着嗓子喊道："再从宫里带上几百禁军过去，哪个再敢抗命，索性就地斩杀。"

伏胤一把夺过白虎幡，箭矢一般飞奔而去。

第三十六章

从左思府邸出来后，王旷走得很急。尽管双腿还有些酸软，但他此刻心急如焚，也顾不了许多，脚下依然虎虎生风。

王旷避开铜驼街，没有走东掖门，而是从皇宫后面的大夏门进入宫城。大夏门与华林园相连，进入华林园就看见嵇绍等人和一干皇家禁军围着皇上和皇后站立，个个神情肃然。王敦居然也在其中。

王敦见王旷居然出现在华林园中，急忙跑过来将王旷拉到一边悄声说起皇上刚刚派伏胤持白虎幡前往相国府阻止争斗的事情。王旷一听这话，两眼冒血，拍着大腿直呼"罢了罢了"。王敦一头雾水问道："怎么就罢了呢？"王旷说："你只知其一不知其二哟。那白虎幡是用来传达皇上止兵诏令不假，但那伏胤是司马伦一手提拔起来安插在宫中的禁军校尉，你将白虎幡交予伏胤，伏胤定会假传圣旨，这次恐怕淮南王命休矣！"

王敦一听也急了，让王旷快想法子制止伏胤，王旷说现在只有拿到嵇绍手中的驺虞幡，才有可能救下淮南王的性命。驺虞幡是在皇上出行之时代表皇上用以制止大晋王朝军队自相残杀的幡旗，交战双方见驺虞幡者辄伏地而不得动弹。

王旷上前拦住皇后并说出担忧，请求持驺虞幡制止伏胤用白虎幡假传圣旨。皇后听罢当即准了王旷的请求，让嵇绍将驺虞幡交予王旷。

王旷接过驺虞幡，也不管宫中规矩，飞也似的跑到皇家马厩牵出一匹骏马，飞身而上直奔相国府而去。王敦不敢在宫中骑马，只好牵着马一路小跑，等他出了皇宫已经看不见王旷的身影。

淮南王包围了相国府却久攻不下，相国府里，相国司马伦坚决不投降。淮南王就让弟弟司马晏带军士找来撞木，十人一组，轮番撞击相国府大门。眼看着相国府厚重的大门摇摇欲坠，只听身后炸响急促刺耳的铜锣声，但见宫内禁军校尉伏胤挥舞着白虎幡,一边大叫着"皇上诏令"朝着相国府奔跑过来。伏胤身后跟着数百名皇宫禁卫军军士。

听到皇上有诏令下达,司马允喜出望外,只当是在事关大晋王朝安危的大是大非面前这位皇兄总算眼明心亮,站在了自家兄弟一边。司马允喝令众将士停止进攻,自己跳下战车,将手中长剑插入腰间剑鞘,快步迎上前去接旨。

见淮南王司马允朝自己走来,伏胤拼尽全身力气招展着手中白虎幡,高声叫道:"宫城禁军校尉伏胤接皇上诏令前来相国府止兵。"说着将白虎幡交予身后的军士,展开诏令,朗声道:"中护军淮南王司马允跪接诏令!"

司马允毫无一点儿防备,双膝跪下,垂首敛肩,等候伏胤宣旨。

说时迟那时快,但见伏胤突然拔出缚在背上的校尉长刀,用力砍向司马允裸露出来的后颈,就听见咔嚓一声,司马允连声音也没来得及发出就扑倒在地。那颗高傲的皇族头颅脱离了主人的身体,向一旁滚动了几下,停住了。

吴王司马晏因为诏令下达之前一直在前面带军士攻打相国府,距离哥哥毙命的地点相去甚远,此刻见状,哀号一声,飞身跃起,拔刀冲向伏胤,却被跟在身旁的管家死死地按住。管家苦苦求道:"淮南王已经蒙难,殿下若不忍一时,老夫人将悲痛而去也。"身旁的几位淮南壮士也扑上来抓住司马晏。司马晏摆脱不开众人的手脚,哀号道:"本王此时不为哥哥报仇,怎对得起哥哥多年栽培,怎对得起母亲大人养育之恩,我必愧对祖先,愧对我皇室荣誉。"

这时,只听伏胤高声说道:"本校尉以这白虎幡传皇上诏令,将乱我朝纲之贼臣司马允斩杀,司马允已经伏法。尔等若不放下兵器,将同乱臣贼子一并论罪。"

司马允突然被杀,激起了淮南壮士的复仇怒火,司马晏在众壮士的掩护下抢出哥哥的尸首,抱着兄长尸身大声哀号,痛不欲生。

相国司马伦在相国府内得知淮南王已经被伏胤杀掉,便打开大门,带着府内的军士掩杀出来,逢人就砍,见人就斩,直杀得血流成河。

王旷远远看见司马允下了战车知道要坏事,无奈相距太远,尽管坐下战马奔跑如飞却只能眼睁睁地看着伏胤砍下司马允的头颅,司马伦率军士冲出相国府在司马允的队伍中乱砍滥杀。王旷哪里还能记住临行前左思的叮嘱,手中的驺虞幡呼啦啦迎风招展,高喊着"见驺虞幡不止兵者,杀无赦",双腿用力一夹马肚,直奔相国府而去。

相国府外厮杀正酣,王旷高擎驺虞幡快马冲进杀阵,喊声如炸雷般震耳欲聋。"皇上驺虞幡在此,不止兵者,杀无赦!"所有将士,闻声停住厮杀,伏身在地,不敢直视在风中猎猎飘舞的驺虞幡。

司马伦正杀得兴起,根本没把驺虞幡放在眼里,叫嚣着让手下对司马允已经放下兵器的属下大开杀戒。

王旷再次高声喊道:"司马伦,你若再不止兵,我将奉皇上之命取你首级。"

此话一出,孙秀等人慌忙丢下兵器伏在地上。司马伦骑在马上指着王旷吼道:"王旷,你那驺虞幡吓唬不住本王。我乃本朝大相国,大司马,假黄钺,都督天下兵马,你可知假黄钺所为何物?"

王旷冷笑道:"司马伦,我在宫中护卫皇上八年,怎不知晓假黄钺有何等威权。可惜的是,你现在拿不出假黄钺,而我手中确有驺虞幡。你敢抗命,我就可杀你。"

司马伦仰天大笑,道:"大胆王旷,你不过是一小小次直侍中。念你这些年对皇上死忠,我几次放你生路。今天我硬是不信你敢取我这天下兵马大都督首级。"

王旷将驺虞幡指向苍天,发出冲天啸叫:"皇权天授,司马伦蔑视皇权,乱我大晋律法,坏我大晋朝纲。今日我王旷若不杀司马伦,愧对皇上多年恩情,愧对大晋对我琅琊王氏厚爱。"说完,左手高擎驺虞幡,右手拔出佩刀,双腿一夹,战马呼啸着向司马伦冲过去。

所有在场的官兵都被王旷那冲天啸叫震慑住了,没有人敢抬起头来。战马越过伏在地上的将士,载着怒火满腔的主人风驰电掣般冲向司马伦。

司马伦也被王旷不顾一切的举动惊呆了,坐在马上竟然动弹不得。

王旷的骏马越来越近,手中的驺虞幡在风中发出的响声越来越清晰,司马伦甚至已经看见王旷高举着的长刀在阳光下发出的寒光。司马伦几乎窒息,手脚不听使唤,只得紧闭起双眼。

这时,趴在司马伦马下的孙秀和司马威飞身跃起用力将司马伦从马背上拽了下来,三人一齐倒在了地上。

王旷手中的长刀已经横扫出去。这一刀凝聚着王旷对司马伦的厌恶,凝聚着对司马允之死的悲伤,这一刀似秋风扫落叶一般斩向司马伦。

司马伦躲过去了，司马伦的战马却没能躲过去。锋利的长刀砍断了战马的脖子。

王旷勒住狂奔向前的战马，折转过身，高举驺虞幡，声嘶力竭地连声喊着：敢违抗驺虞幡者，杀无赦！一边挥动长刀再次向司马伦冲过去，那喊声刺破青天，在京城上空回荡！

第三十七章

　　时辰刚过平旦，天还只是蒙蒙亮，司马伦就已经来到太极殿西堂。司马伦让禁军将士们退下，自己独自一人慢悠悠地走过太极殿西堂前广场，踏上台阶，进了大殿。

　　司马伦在龙榻旁边的相国专属位子上坐下来，然后又站起身来，坐上皇上的龙榻。坐下之后，司马伦不由得想起那天和司马允在相国府外的战斗。最后的胜利者虽然是他司马伦，最终毙命的是司马允，他依然不打算放过司马允的亲弟弟司马晏，不过要细细筹划。司马伦根本不用皇上批准，也没要什么诏令，大手一挥，让廷尉将司马允一家老小连同男女仆人，甚至那些给司马允家经管菜园子的园丁一个不落，统统拉出去斩首示众了。他对大晋王朝的绝对权威在那一刻体现得淋漓尽致。可是，对束手就擒的王旷，处置的方式却必须谨慎。毕竟，皇上对自己那十几位亲兄弟的记忆恍惚不定，时有时无，却对王旷这位终日不离左右的次直侍中铭记在心。王旷在大牢里已经关了数日，皇上似乎还没有发现，这也表明同为次直侍中的嵇绍没有将此事禀报皇上。因此，司马伦决定将处死王旷的决定以奏折的形式，提交到朝会上走个过场。他希望不会引起皇上的过度关注。

　　昨晚司马伦没有住在皇宫里，而是回了祖宅。他回到家时，孙秀带领一众心腹官员早已经恭候多时，酒席也摆好了。孙秀还特意从城西弄来了几位唱曲弄舞的胡姬。

　　酒过三巡后，司马伦抬起手来说道："孙爱卿，明天本王要让王旷死，众爱卿不得退缩。"

　　少顷，义阳王司马威起身，来到司马伦面前，行跪拜大礼，说道："明主在上，臣惶恐，臣认为相国乃当今明主，不可替代也。臣将以对家族之忠诚而忠于相国矣。王旷那贼无视明主开国之丰功，蔑视明主治国之伟绩，藐视明主护国之功德，此乃十恶不赦之罪也，按律当斩，按法当诛，普天之下当因此大快也。"

其他众人一齐起身，行大礼于司马伦桌几前，同声高呼："明主在上，受众臣大礼相拜。"

司马伦很是满足，道："众卿平身。"说完呼哈哈大笑不止。笑罢，问道："明日朝会，王旷必死无疑？"

众人应和道："必死无疑。"

孙秀突然喊道："高祖宣皇帝降下天之诏书，扫除障碍，重振皇族，唯有相国为天子也。"

想到这里，司马伦觉着一阵暖流从心底涌上。这之后，他居然坐在龙榻上睡着了。

司马伦被孙秀和司马威拉下坐骑，几乎摔昏过去。再睁开眼睛时，就见王旷折返马头，牵着缰绳的左手里依然攥着驺虞幡，而高举着的右手里，那把让人闻风丧胆的长刀被天光映得明晃晃的。只听王旷仰天长啸一声，双腿用力一夹马肚，坐下骏马受到激励，猛地向前冲去。战马并没有朝着司马伦冲过来，而是向跪在地上不敢仰视驺虞幡的伏胤疾奔而去。战马掠过司马伦身旁卷起的旋风，惊得司马伦不由得打了个寒战。这时的司马伦已经从恐慌中镇静下来，却没敢站起身，而是眼睁睁地看着不远处的王旷手起刀落，将伏胤的头颅砍下。王旷翻身下马，抓起伏胤的头颅，捋掉头颅上的冠帽，用这颗头的长发将头颅结扎在马镫上。

然后，王旷环视了一下四周齐刷刷跪在地上不敢抬头的士兵和军官，当与司马伦的目光相触，便手持长刀大步流星直奔司马伦而来。

这时，跪在司马伦身后的孙秀突然扯着嗓子喊道："王世宏，弑杀淮南王的罪臣已经伏诛，你不得戕害相国。"

王旷并没有停住脚步，而是举起手中长刀，长刀上沾染的伏胤的鲜血清晰可见。

司马伦猛然想起随身佩戴的玉圭。生父司马懿临终前，曾将司马伦连同八位兄长唤到身旁，亲自将九块雕刻有家族图腾的玉圭分发给九个儿子。父亲大人说的最后一句话是：睹此玉圭如面父也。意思清楚得很，兄弟之间即使阋

193

于墙内,即使相互之间大开杀戒,任何人只要亮出此玉圭,就视同父亲立于面前,不得对兄弟痛下杀手。这玉圭就是一块免死牌。说时迟那时快,司马伦扯下玉圭举在脸前,大声呼喊道:"睹此玉圭如面君也!"看见王旷并没有止步的意思,继续大声叫道:"王世宏,本王手持之玉乃宣皇帝赐予本王之护身符耳,见到此玉圭还不快快跪下欤!"喊罢,跟着一声长啸。

王旷的脚步突然慢下来,待看清楚玉圭上司马家族专有的图腾,不得不停住。长刀脱手落地,王旷仰天长啸"天灭皇朝邪……"

这声号叫把司马伦惊醒过来,却听见黄门林圭尖着嗓子叫道:"皇上驾到,早朝升朝,众臣趋步入殿邪……"

司马伦环顾左右并没有急着离开龙榻,而是看着大臣们在大殿前脱下鞋子,垂首敛肩鱼贯而入后才慢慢起身,坐到自己的坐榻上。

不一会儿,皇上从龙榻后面的玉石云母屏风后走出来,坐上龙榻,照例挥挥手,语调含混地说道:"无有灾情,无有战事,就此散朝。"

左将军王舆高擎奏板,吆喝一声:"臣有奏折要报。"

皇上认出王舆,便问司马伦道:"这个家伙不是在宫里给朕开关大门的吗?何以也入得朝会?"

司马伦说道:"皇上睁开慧眼欤,这大殿之上,皇上还能认出几个?一干老臣都升天去了,总要有新晋官员入朝陪着皇上才是。皇上少安毋躁,且听他有何要事禀报。"

已经晋升为左将军的王舆奏文言简意赅,罗列了次直侍中王旷该当死罪的诸多罪行,最后请皇上高瞻远瞩,为大晋王朝除掉这个十恶不赦的恶人。

列于龙榻右侧的一干大臣齐声应和王舆的奏请。

皇上的脸随着大臣应和的呼声变得越来越阴沉。

王舆的话音刚落,光禄大夫傅祗站出来,说道:"倘若持驺虞幡行皇上诏令反成罪名,这杆代表皇上最高谕旨的驺虞幡该当何用?"

王舆辩道:"驺虞幡仅于止兵,不可斩杀皇族宗亲。"

司马伦重重地咳了一声,王舆提及宗亲让他略感不快。

王舆不知何意,急忙说道:"臣惶恐,那王旷嫉恨天下兵马大都督之威德,以为仅凭驺虞幡就可恣意妄为。若此不为罪行何为罪行?"

中书令杨准冷笑一声也出列说道:"臣对相国那日面对王旷高举驺虞幡而

拒不停止杀戮之行为心生疑惑，不知相国可否释疑？"

司马伦张了几下嘴没发出声来。

义阳王司马威出列辩道："皇上明察，我等虽是宗亲，然，先祖却追随高祖宣皇帝和文皇帝左右，为大晋立国立下过汗马功劳。意欲弑杀宗亲王应与藐视皇族同罪。东海王和琅琊王也都在朝上，二位难道会对妄图弑杀相国之罪行无动于衷乎？"

东海王司马越和琅琊王司马睿都没有出列，只是朝着皇上施行大礼后缄口不语。

司马伦对两位宗亲王的表现很不满意，指着司马睿说道："景文，你与景曜自小一起玩耍，又都继承了王位，看看人家景曜，在大是大非前如此旗帜鲜明。你是琅琊王，琅琊王氏家族就在你封国内，你不表明态度，可是有何顾虑？"

司马睿只好出列，说道："王氏家族自王祥始，几代子嗣都绝对忠于皇室，臣到京城时日不多，实在不知如何评判为好。"

司马越见此情景不得不跟着出列说道："义阳王指点老臣让表明态度，老臣虽入朝多年，却从未参与过国事决策，就连那天淮南王犯事，王旷侍中持驺虞幡止兵也是道听途说。唐突表明态度一来有损皇室庄重，二来对琅琊王氏也是不公。"

司马威抢白道："元超此话差矣，你久在京城……"

司马越打断司马威，说道："以你景曜一辈之宗亲，怎可以在大庭广众之下直呼老臣字号。老臣对我朝相国历来都是礼数有加，不敢造次。"

司马越这一通不软不硬的讥讽，顿时将司马威的嚣张气焰打了下去。司马威乃西晋开国功臣司马孚曾孙，而司马越则是司马馗的长孙。司马孚和司马馗皆为司马懿的亲弟弟。按照辈分，司马越应该是司马威的从叔父。而赵王司马伦是司马懿的亲儿子，因此也就是司马越的从叔父，司马威的从祖父。这才有了东海王司马越直言不敢在司马伦前造次之说法。

司马伦一挥手，打断两人的争论，说道："元超，本相国只是让你在此事上表个态度。王旷要杀本相国，你难道无有兔死狐悲之感？"

司马越说道："皇上在上，臣平日与侍中王旷往来不多，只知道侍中王旷在京城护卫皇上一住就是八年，抛家弃子，其对皇室忠心耿耿天地可鉴耳。"

司马睿也跟着说道："臣与东海王感受相同，兹事体大，不可不慎也。"

司马伦听得烦心起来，说道："你们这些宗亲王，一个个像是少了根骨头似的。"他指着右边的大臣问："你们怎讲？"

右边的大臣们齐声说道："斩立决。"

司马伦又指着左边的大臣们问道："你们怎讲？"

左边的大臣中只有少数反对的声音，其他人都只是摇头，一声不吭。

司马伦长出一口气，起身向皇上施行大礼，然后说道："臣惶恐，次直侍中王旷唯恐天下不乱，弑杀当朝相国，虽未果，但死罪难免。臣等一致请求皇上下诏令，诛杀王旷，以儆效尤。"

皇上像是睡着了，这时抬起头睁开眼睛问道："阿皮，你告诉朕，你刚才说想要杀谁？"

阿皮是司马威的小名，他从来没有听到皇上这样称呼过自己。司马威吓得跳了起来，又慌忙跪下，说道："臣等对王旷弑杀相国之罪行深恶痛绝，不杀不足以平息众怒。"

皇上又看着司马伦问道："你这个说话像鸭子叫的从祖父不是被杀了吗？怎还坐在这里？"

司马伦想要发怒却又没敢，说道："王旷企图弑杀臣，证据确凿，怎能不杀？若不杀此人大晋天下何以平安祥和？我大晋王朝休矣！"

皇上目光凶狠地看着大殿上恭立左右的大臣们，大臣哑然。当目光落在司马威脸上时便牢牢地定在那里不动了。

司马威被皇上盯得心神慌乱，看了司马伦一眼，司马伦故意将目光移到别处。司马威感到不妙，急忙跪下行叩头大礼，说道："王旷藐视相国亦即藐视皇上耳。"

皇上突然直起身来，含混不清地叫起来："廷尉，廷尉听命，朕有诏令。"

众人大惊，不知皇上要干什么。殊不知皇上如此清醒状态只在八年前斩杀他的四爷爷司马亮时出现过。此情此景，坐在皇上旁边的司马伦当然不会忘记。司马伦惊得站起来，扑倒在皇上面前说道："老臣惶恐，皇上息怒。"

两名廷尉应声进到大殿里，匍匐来到皇上面前领旨。

皇上指着司马伦正色道："朕令你二人，立时将这鸭子叫老头推出去斩首，就在大殿外执行。朕要亲眼见其身首异处。"

皇上一出此言，一众大臣扑通都跪下来。

两名廷尉起身去绑司马伦，被司马威死死拽住。

太尉梁王司马肜扑通跪在皇上面前俯身说道："老臣惶恐，相国为我朝不可多得之将相，国之安危与京城繁荣系于一身，也是高祖宣皇帝留存于世间最后三位直系血脉之一。老臣斗胆恳请皇上收回成命。"

皇上不为所动，说道："此人带头要杀王爱卿，朕岂能饶他不死？"

司马肜急忙叩道："那王旷的确有罪，但罪不当诛。"

中书令杨准匍匐上前，说道："王旷持驺虞幡传达皇上诏令，何罪之有。臣惶恐，奏请皇上赦免王侍中，让他早日回到皇上身边。"

杨准的话算是说到皇上的心坎上了，只见皇上笑了起来，说道："朕要问你，朕已经好几日不得见王爱卿，他现在何处？是否已经被这老头杀了？"

司马伦挣脱廷尉的手，叫道："臣不曾伤害王侍中。他吃得好睡得香，就等着回到皇上身边。"

皇上这才笑容可掬地看着司马伦说道："你可能马上带王侍中到朕这里来？"

司马伦说道："不出半个时辰，王侍中就会来到皇上面前。此刻，他就在宫中牢房里。"

皇上笑起来，一边拍着巴掌一边说道："散朝，我要去见皇后，你们把王爱卿带到中宫。"这时，皇上像是想起什么，问太尉司马肜："你是朕八爷爷欤？"

司马肜连忙说道："臣惶恐，正是。"

皇上起身走下台子，牵住司马肜的手，指着伏在地上的司马伦说道："还是八爷爷好。你比那老东西好。以后你多来宫里看看朕，如何？"

司马肜说道："臣遵旨。"

皇上走到龙榻后面的云母屏风前转过身来看着司马伦说道："朕晓得你是九爷爷。你若再惹得朕不高兴，朕定斩不饶。勿谓言之不预也。"说完，消失在云母屏风后面。

第三十八章

　　一年时间转眼就过去了。京城里，相国司马伦终于坐上了父亲司马懿和众阿兄梦寐以求的龙榻，而将那位患有脑疾的从孙子赶进了金墉城去做太上皇了。只可惜，司马伦的皇帝梦仅仅做了几个月，便在一场司马家族同室操戈的战争中灰飞烟灭了。尽管京城发生了如此翻覆天地的轮转，都不曾引起民间过多的关注。八方征镇依然履行着各自戍边安民的责任，万千烝民依然守着自家田亩耕种纳税。京城也依然如旧日一般熙攘和闹热。

　　距离京城洛阳很远的地方，大晋朝东北部的崇山峻岭中，因企图抢夺皇后而被以死罪通缉的刘曜已经躲了近一年。逃出来时还是初夏，一晃已经是第二年春末了。为躲避搜查和追杀，刘曜不得不四处流窜。他的父亲大人五部联大都督刘渊不敢藏匿这个闯了大祸的义子，临分别时，刘渊将自己最喜欢的一把长剑送给刘曜，让他用以防身，并叮嘱他不可再生是非。刘曜告别家乡故人后只能向东进入鲜卑族人统辖的地域，去投奔父亲好友鲜卑首领大可汗了。仅仅住了不到一个月，鲜卑可汗接到朝廷送达的搜捕刘曜的诏令，不敢再收留他，但给他指了条生路。于是，刘曜从此隐姓埋名，在长白山中躲藏起来。每日除了习练剑术，便是登崖钻林攀岩越涧，采摘草药，挖掘人参。日子倒也过得闲散悠哉，身子骨也被丹草灵药滋养得健硕无比。可是时常荡漾在心头的思乡之情还是搅得他终日难安，尤其是对羊献容的思念，随着日子的流逝变得越发强烈，越发按捺不住了。

　　一天晚上，刘曜又开始在梦境中畅游。合眼之前，他甚至巴望能再梦见一次和羊献容相拥言欢的情景，可是这次他却走进了深山老林。行至一处断崖下，正犹豫着要不要攀崖而上时，忽然，从崖顶飘落下二位童子，其中一位手托莲花，另一位手托一柄青虹宝剑。二童子见到刘曜后立刻跪了下来，持剑的童子仰视着刘曜，眼睛里闪烁着宝石般的光辉，恭恭敬敬地说道："吾王为管涔山之王，乃天神之子，昨夜观天象，见有紫微星落入此地，吾王知天已降赵国大任于是人也,特遣小臣前来寻觅拜见。小臣一睹将军风姿,果与吾王所言一般,器宇轩昂,仪表非凡。吾王嘱小臣来见将军,献宝剑一柄。此剑将助将军成就大业,将军必将被万民奉立为帝。将军收下宝剑后可与小臣先去吾王管涔山一游。"

刘曜接过宝剑负于后背,踏上童子推向脚下的云朵随风飞了起来。在空中飘忽少顷,已经看得见身下的崇山峻岭,莽林苍苍,湖水渺渺,与长白山大不相同,正看得出神,一童子突然将刘曜推下云朵。刘曜失足坠落,不禁大叫一声从梦中惊醒。醒来一看,枕边是父亲大人送予他的宝剑,不同的是,这把宝剑此时光泽异常,十分耀眼。

刘曜对管涔山可太熟悉了,那是他家乡吕梁山脉中的一座神山。他少年时经常出没于管涔山中,刘渊就是在那里收留他做义子的。梦醒之后,刘曜尽管心存诧异,却也想离开长白山到外面四处走动走动。

数年之后,刘曜果真做了皇帝,于是取国号为赵。这是后话,按下不表。

第二天,刘曜打了两大捆柴火,足足有三百来斤。换作别人,将这两捆干柴抱起来都很费劲,可刘曜挑在肩上却能行走如飞。刘曜打算到山下的镇子多换些盘缠,返回家乡。进入村镇,见街市上贴有皇上赦罪告示。告示明鉴:大晋王朝圣上受神祇之护佑,得群后之拥戴,灭奸佞之篡逆,行天意之顺焉。致六合安顺,万民吉祥,八方朝拜,歌舞升平,故圣上广施恩泽,大赦天下,赦免一切囚徒之罪孽,云云,不一而足。刘曜环顾四周并无异样之感,却未曾从榜文的字里行间看出大晋王朝在这一年中竟然发生了祖父篡位,接着又被一众侄孙露檄征讨,拉下龙床,置于死地。一众罪臣或被削爵贬谪,或被诛灭三族。令刘曜欢喜不已的是既然大赦天下,既往不咎,他本人的死罪自然就也被赦免了。

于是,在一个风高月黑的晚上,刘曜终于回到了左国城。

刘渊见刘曜归来自然喜出望外,但仍命令刘曜住在军营里,不许踏出一步。刘曜每天除了操练军士,就是习读兵书,日子过得倒也充实。只是,军营生活却没能拦住他对羊献容日甚一日的思念。

一天,刘渊将刘曜独自召进平日商议军机的大毡房里,父子俩面对面郑重其事地说起了当今皇后羊献容。父亲告诫刘曜:"不可以再对当今皇后存非分之想,你可以找几个汉家姑娘回来做妾,但绝对不可以将其娶为正妻。这是族规，不得逾越和违反。你虽是义子却是为父最看好的左膀右臂，为父正在为谋家族大业殚精竭虑，终有一日，这天下就得有咱家一份。但这一份是打出来的，不是靠娶一个汉家女人得来的。"一番推心置腹之后，刘渊向刘曜透露，几天之后，他必须返回邺城。而且他明白告诉刘曜："咱家五部尽管自汉以降，对中原王朝俯首帖耳却难得信任。此次为父被大将军司马颖召回邺城，表面上是参与平北府军情要事，实际上平北府大将军仍然对为父返回五部颇多警觉。"刘曜一听这话腾地跃身而起，大声叫道："父帅，难道那大将军要将父帅软禁欤？如此一来，不如反也！"刘渊照着刘曜后脑就是一巴掌，等刘曜安静下来，刘渊才再次叮嘱刘曜必须铭记这次谈话的内容，不得声张。只是，刘渊隐瞒了大晋朝发生的司马伦篡逆并自立为皇上，之后又被皇上的几位弟弟联手宗亲王夺回皇帝印玺的重大变故。同时还隐瞒了部落正在酝酿的自立建国的重大行动。最后，刘曜向父亲提出一个请求，允许他在管涔山里修炼武艺。刘渊爽快地答应了他的请求。

刘曜钻进管涔山后，时刻不忘父亲的话，却不想现在就照着去做。刘曜无法从容面对自己的感情，羊献容的音容笑貌让他着迷，羊献容让大晋王朝的傻子皇帝给占了去这件事让他更加难忘。刘曜无法预见他能不能有一天将这个小羊乖儿似的汉家女子占为己有，但他愿意赌上这条性命为此一试。

这天，刘曜用长剑削干净面颊上尺把长的胡须，又用皂巾裹住长发。打扮完后，刘曜跑到湖边借着平静如镜的水面将自己打量一番，觉着差不多了，便将宝剑藏匿在山洞里，这才下山。刘曜没有回到父亲的军营里，而是去了京都洛阳。

十日后，即是立夏。这一天便被当作一年中为丰收祈福的好日子。按照大晋朝规矩，在京城居住的皇家各宗会在这一天随着皇上前往城外南郊举行隆重的祭天仪式。刘曜计划在这一天混进观看祭天大典的人群中一睹自家朝思暮想的羊献容之芳容。

刘曜潜入京城突然出现在恋着京城好生活的老友拓跋申拉面前时，拓跋申拉几乎昏厥过去。直到三坛老酒灌进腔子里，拓跋申拉才回过神来。

刘曜一把按住拓跋申拉伸出去抓酒坛的手，说道："你务须安静坐在那里，仔细听我说完再喝不迟。待喝得酩酊大醉，哪里还有兴致。"

拓跋申拉唏嘘着说道："我之魂魄早已被吓得出了窍，兴致也跟着出了躯壳。你此次回来，难道还要去劫持皇后欤？"

刘曜连连摇头道："你这一说，咱家才知晓你刚才见到咱家时何以脸色苍白。你住在京城，难道你不知道皇上已经大赦天下了？"

拓跋申拉说道："当然知晓。罢了罢了，咱家就先听你会说些什么。"

刘曜一口气将在长白山那晚做的美梦仔仔细细说了一遍，说罢笑道："管涔山历来被我族视作神山，这梦自然不会有假。若到了我做皇帝那一日，你来我朝做个大鸿胪，如何？"

拓跋申拉哗哗大笑，几乎闭过气去，笑罢叹道："大晋将亡咱家早就信了，但你能做到皇上，咱家就当作你是在说梦话。看来你这一年四处躲藏犹如惊弓之鸟，倒是落下脑病。咱家不再听你胡言乱语。"

刘曜并不介意，而是问道："申拉兄，你方才说信了大晋将亡，此话怎讲？"

拓跋申拉便将赵王司马伦从相国到自立为皇上，将傻子皇帝奉为太上皇，而皇后羊献容则成了皇太后并被赶入金墉城的政变经过讲给刘曜听，最后说道："大晋朝如此强大，却被皇家子孙自相戕害弄得遍体鳞伤，若是有一日亡了国，也不足为怪。"

刘曜不住点头，说道："迟早之事，迟早之事。家尊就曾教诲过咱家，兄弟相残，家族必亡。这话居然说到了司马家族身上。"

拓跋申拉说道："你也勿要高兴得太早。皇上大赦天下，盖因皇上几位亲弟弟广发檄文，联手宗亲王打进京都，将一干推波助澜的朝臣杀得精光，这样你才逃过一难。"

"如你所说，我那容儿妹妹应该住进弘训宫才是，怎会被关进了金墉城？那里可是皇族私牢欤。"刘曜伸手按住桌几对面拓跋申拉的肩膀，焦急地问道。

拓跋申拉瞪了刘曜一眼，甩掉刘曜的大手，说道："你若再打断我，后面最为令人动容的部分咱家就拒绝说出来。"

"说吧说吧，我只是心疼咱家容儿妹妹。"刘曜嘟嘟囔囔道。

接下来，拓跋申拉就将那日淮南王司马允围攻相国府的战斗详细讲了一遍，说到王旷左手持驺虞幡，右手高扬长刀，在京都宫城外的大道上跃马高喊"见驺虞幡不下跪者，杀无赦！"手起刀落砍杀司马伦坐下骏马时的情景，拓跋申拉情不自禁地站起身模仿着当时情景。"刘永明，咱家就在现场远远看着，那气势欤，天崩地裂之势欤！刘永明，自那以后，咱家不再憎恨王侍中，

201

咱家对王侍中佩服得五体投地。"

"后来如何？那司马伦当场被斩首？"刘曜催促着问道。

拓跋申拉沮丧地晃了晃头，说道："三个多月后，司马伦将傻子皇上用云母车送进了金墉城，自己做了皇上。"

刘曜猛然记起那皇榜上的文字，用力拍了下额头："皇榜上所言诛灭篡逆竟然是指司马伦篡位欤？！那司马伦后来又如何？"

"当然处死无疑，而且处死司马伦与他的三个儿子依然是由王侍中监刑。"

拓跋申拉重新在桌几对面坐下来，继续讲述这一年间京城发生的司马皇室同室操戈的纷争。最后说当今大晋朝已由齐王司马冏和长沙王司马乂共同辅政，一切又恢复了安宁。说完这些，拓跋申拉口气生硬地问道："刘永明，你何时离开京城？"

刘曜也不理睬拓跋申拉的态度，自说自话道："容儿妹妹受此磨难，咱家定要见上她一面。咱家逃亡在外，无一日不思念容儿妹妹。我要去见她。"说着站起身来。

拓跋申拉扑了上去，将刘曜扑倒在地，整个身体死死压住刘曜的头颅，说道："那羊献容早已经重新回到中宫，你想怎去看她？"

刘曜并不反抗，嘴巴虽然被拓跋申拉的身体堵住，依然硬着嘴皮说道："十天后是皇家祭天大典，咱家混入人群，远远看上一眼足矣。再说，大司马齐王司马冏并不认识我。如你所说，王侍中几日前就去济阳国做内史了，他若不在皇上身边，还有甚可怕？"

拓跋申拉慢慢站起身，走到墙边摘下挂在墙上的长剑，拔了出来，怒目而视，指着刘曜说道："刘永明，你若今晚不离开京城，要么我此刻就杀了你，要么我就死在你面前。"

刘曜坚持说道："我说了只看一眼，一年多牵挂，那滋味比死还难受。"

拓跋申拉举起长剑。

刘曜举起双手，说道："罢了罢了，念你我情分上，我答应你今晚离开京城。但是，我今日在你面前立下誓言，不将羊献容娶到手，毋宁死也。"

当晚，刘曜从那条紧挨着城南太仓的地道再一次偷偷溜出京城，又悄悄地返回管涔山里潜心修炼剑术去了。

第三十九章

　　永宁元年（公元301年）初夏，京都洛阳宫城的寝宫里凉爽宜人。大晋国当朝大司马齐王司马冏已经起床，此刻正一丝不挂地坐在本该当朝皇帝司马衷独家享用的龙榻旁，看着眼前的这张龙榻发呆。

　　四个月前，司马冏亲率十万大军，从许昌挥师北上，会同皇上的弟弟成都王司马颖和常山王司马乂攻进京城，将篡逆称帝的赵王司马伦正法。如今终于得偿所愿地住进了皇帝的寝宫，而将皇上赶进中宫与皇后同床共枕去了。处死司马伦之后接连几天，司马冏都睡得很不踏实。司马伦在大牢中手举家族玉圭，大喊"睹此玉圭如面君也"的情景不断在梦境中浮现出来。那日，犹豫不决的司马冏将曾祖司马懿的免死玉圭送到皇上面前，并把司马伦说出的"睹此玉圭如面君也"重述了一遍。然后，伏请皇上定夺。皇上抓过玉圭仔细看了一遍，顺手就将玉圭装进自家衣袋，说了句"若那老东西不死，爱卿就替他去死吧"。出了中宫，司马冏依然拉着王旷去监刑处死司马伦，就如同当年二人一块儿去监刑处死贾南风那样。已经被贬为庶人的司马伦见司马冏并没有将玉圭交还给自己，而且，司马冏和王旷一言不发，知道大限已到，于是说了一番动情的话后便引颈就戮了。

　　这之后的每一天，只要醒着，他就会不断生发出一阵阵的感慨来，就会发誓有朝一日他当了皇帝，立刻就将国都连同皇宫迁到许昌去。京都洛阳是给齐王司马冏之家族留下耻辱的城郭，当年司马冏的父亲齐献王司马攸正是从这里被赶出去的。自从离开洛阳，父王终日无有笑容，很快就辞世了。因此，在这座都城里他不仅有耻辱，还有仇恨。也因此，自住进皇上的寝宫后，他传令给心腹重臣，自己必须享受皇上能够享受的一切待遇。

　　终于，在一个月明风清的晚上，司马冏寝宫的卧榻上就躺上来四个女子，赤条条光鲜的胴体将卧榻铺得满满当当。那之后，每天更换四个新的后宫女子，从未重复。司马冏才不管这些女子是皇上的嫔妃美人才人或者宫女呢。

大司马司马冏还特别好吃。一次朝会后，司马冏抱怨他一个九锡之誉荣获者居然无法享受到天下最好的美食美酒。安乡公刘真当下提议再现《史记》中记载的商代纣王的宫廷生活。刘真亲自将竹简上的重要段落抄录下来，并高声诵给司马冏听。书中描述道："益收狗马奇物，充仞宫室。益广沙丘苑台，多取野兽蜚鸟置其中。慢于鬼神。大最乐戏于沙丘，以酒为池，县肉为林，使男女裸相逐其间，为长夜之饮。"听完这段描述，司马冏还是皱起眉头来，说记得那纣王因此而丢了王朝。刘真又说非也，周武王在《尚书》中曾经将纣王的罪状昭告天下，不过也就六条罪状罢了，而这六条在一千多年前能够称作罪状者在今世根本就不足挂齿。刘真掰着指头列数出纣王的所谓六条罪状：第一是酗酒，好家伙，自古以来哪朝哪代的大丈夫大将军不嗜酒如命，不如此又怎能威震八方，令敌闻风丧胆，又怎能在万马军中摘取敌军将领之项上人头如探囊取物呢；第二是不用贵戚旧臣；第三是重用小人；第四是听信妇言；第五是信有命在天；第六是不留心祭祀。刘真说到这里突然向司马冏施大礼道："殿下自继齐王之位后，为光大祖宗基业，巩固大晋江山，终日殚精竭虑。殿下可自问，这六条何以能跟殿下之英明有丝毫瓜葛。"

司马冏不住地点着头，感动得不知说什么才好，便问道："爱卿，何以本王在嵇绍那些人眼里不是这般英武？"

刘真看出司马冏心中的不满和困惑，便说道："嗟乎！燕雀安知鸿鹄之志哉！"

司马冏说道："这不是反秦义军陈涉之语吗？本王怎可与如此下等人拥有一般之胸襟也？"

刘真说道："殿下自问，嵇绍之流是否燕雀之辈？殿下心中是否有鸿鹄之志？"

司马冏听得连连点头。

刘真接着说道："殿下对大晋王朝殚精竭虑天下皆知。先帝嫔妃万余，后宫满目裙裾，不也照样收了蜀国，灭了东吴，一统天下乎？酒池肉林当然算不得鸿鹄之志，然，谁又能说有鸿鹄之志之君主不得享有酒池肉林欤？"

这个刘真，每句话皆能打中司马冏内心的软处。

于是，酒池肉林很短的时间里就在后宫中温室和鸣鹤堂原址上建造起来。

已过午时，刘真在寝宫外朗声呈报说为庆祝大司马执掌权杖百五十日，月前动工改造的酒池肉林已经全面竣工，美酒、鲜肉、裸女一应俱全，尽在园内恭候大司马驾临享用呢。

然而，齐王却在前往享用美膳的途中遭到阻拦。

司徒王戎、侍中嵇绍、殿中侍郎桓豹等二十多位朝中大臣横亘在木兰坊外，见司马冏的用膳队伍远远走过来，便一齐行跪拜大礼，齐声高呼殿下万万不可耽于奢靡淫秽，酒池肉林，覆车之鉴不可忘矣。仪仗队只好停下来。司马冏执意不走，在牛车里咆哮不止。众大臣执意不散，呼喊声如滚滚雷鸣，响彻云霄。就这样双方对峙了近一个时辰，直到皇上和皇后闻声从中宫赶来，司马冏这才极不情愿地退回到太极殿后的寝宫。

此刻，司马冏坐在寝宫依然无法平息心中的怒火。其心腹"五公"中的其他四人牟平公葛旟、小黄公路秀、阴平公卫毅、封丘公韩泰都已经闻讯赶了来，站立在司马冏两旁不断地好言相劝。

安乡公刘真这时垂手向前，对司马冏说道："殿下不必因王戎与嵇绍一干人等恣意干扰而坏了兴致。殿下只要一声吩咐，咱家可以将木兰坊美食搬到此处来享用。那些人是恣意闹事，殿下尽可坦然面对。臣已经布置下去，从今日始，每日殿下用餐时间任何人不得出入皇宫，就连皇上也只可以待在中宫而不得外出转悠，殿下以为如何？糟糕之事情总会过去，糟糕之心情当消失得更快才是。"其他人都随声附和，这让齐王的心情多少好了一些。

司马冏在坐榻上扭动了一下身子，问道："谁能保证明天朝会上这些人不会重新提起本王享用美食之事？"

刘真立刻说道："殿下早朝可直接提出册立太子，以塞众臣之口。"

司马冏一听这话，有些胆怯，冲天之火立时消去，问道："如此国家大事，本王尚未与骠骑将军司马乂会商，怎好在朝会上公之于众。"

刘真说道："以殿下辅政大司马之权杖，可颁布调遣军队之敕令，怎就不可提议太子之人选？殿下若静等他人建言，岂不将权杖交予他人？"

小黄公路秀赞同刘真的说法，说道："殿下明鉴，时不我待，若是错过此时大好局面，彼时何如，难以预料。臣等早有此意，恳请殿下早日定夺。"

刘真又说："既然皇上已肯将清河王收为义子，何不尽早请皇上诏告天下，从此名正言顺。另外，殿下可以考虑从许昌调动部分军队屯集京都，看哪个还敢造次。"

静默了片刻，司马冏还是咆哮起来："刘爱卿，本王让你在济阳国囤积粟米进展如何？没有粮草，何以屯兵京都？"

刘真说道："殿下尽管放心，济阳国粮仓够十万大军吃上一年无虞。"

司马冏猛然想起了什么，压低声音说道："本王遣王旷做济阳国内史，他刚正不阿，绝非趋炎附势之人。刘爱卿须处处小心才是。"

刘真说道："王旷随从不过二十，殿下之济阳国庄园仅仓廪之工便数倍于他，而庄园护院之家丁，更是一支不容小觑之师。他若强阻，怕是以卵击石，必粉身碎骨也。"

第四十章

　　离开京都洛阳走了两天，此刻，济阳国首任内史王旷在济阳国治所谢镇的公府大门外站了很长时间，端详着这座他此生第一次做地方长官必须与之朝夕相处的办公院落。在夏日晚霞的辉映下，这座破败的公府院落显得格外诡异。

　　济阳国始立于西汉汉元帝时期。赵王司马伦在济阳再次立国时，从陈留国划出三个县来，将这个新的封国赐予其二儿子司马馥。篡逆的司马伦在王旷离开京都前就被处死，然而，济阳国并没有因此而国除，立刻就被取代司马伦的齐王司马冏封给了其三儿子司马英，并钦点王旷做了济阳国内史。

　　离开京城那日，王旷去向皇上和皇后辞别，郗美人也一同前往。几天前，坐上大司马位子的齐王司马冏在确定王旷外放济阳国之后，专门将王旷召进太极殿东堂密授机宜。在司马冏的话术里，王旷能成为镇守济阳国的最佳人选不仅因为他出自琅琊王氏，也不仅因为他对当朝皇上和皇族拥有绝对的赤胆忠心，还因为他那身超凡的武艺能让济阳国近邻陈留郡的曹氏后裔的觊觎和窥视大加收敛。司马冏说话时不敢直视王旷，王旷任何时候都保持着的犀利目光，让他感到既不舒服也很心虚。毕竟，司马冏在济阳国隐藏着巨大的私人利益，而这些利益是需要强有力的人去保护的，而且最好不要被这位目光如炬的皇上前侍卫觑破。王旷始终没有说话，除了点头应允外，就是一直盯着司马冏。司马冏最后对王旷说了一番体贴之言："本王知晓你已多年未曾省亲。一旦安顿停当，本王允你无须向有司呈报省亲表文，可随时返乡探望妻儿。"王旷用一个深深的谢礼表示了谢意，但依然没有说话。

　　皇上和羊皇后听说王旷前来觐见，并没有返回中宫，而是让黄门将王旷引到了华林园。皇上听说王旷是来告别的，没有表示出恋恋不舍，但却始终沉着脸不说话。皇后说按照皇上的意思，应该让王旷在廊庙上封个大官做做。皇后说："这次外放做官索性将郗美人一并带着做个内史夫人有何不好？"王旷起身告辞时，郗美人弱弱地说道："何不先将妾身送回琅琊老家服侍夫人？"

此刻，郏美人的话又刺激了王旷的神经，一股恋乡之情涌上心头。王旷挥了挥手像是要驱赶走这股子乡情，嘴里却说道："今晚上就在此处安歇。"

官衙里面比想象的要整洁一些，官府中配置的桌几板凳、牌匾棍棒全都在，甚至四根柱子上的照明用蜡烛也还在，只是这些物件上都落着厚厚的灰尘。

主簿施融上前点着蜡烛，屋里顿时亮堂起来。门下贼曹曹超打趣道："这里一派狼藉，哪还有官府之威，连贼盗亦不屑于光顾。"

王旷走到墙边的杀威棍棒架上抽出一支杀威棒来，手中稍一用力，杀威棒应声断作两截。王旷丢掉两截杀威棒，说道："我王旷正是为在济阳确立大晋王朝之威而来，明日将这些杀威棒悉数换掉。施融、曹超，你二人随我到镇上走一遭，弄些饭食与干草回来。"

王旷一行在镇上转了一圈，居然找不到一家开门接客的店铺，于是索性敲开一家门面较大的客栈。店家是一位四十多岁的中年人，见来人威风凛凛，气势逼人，不敢阻拦。

施融说道："店家不必惊慌，济阳国新到任内史仅在此处稍事休息便会离开，若有好酒上来一坛即可。"

店家一听是内史大驾光临，慌得就要下跪，被施融一把拉住。于是只得行了个拱手大礼，说道："济阳立国两年有余，从未有朝廷官员派到这里。不知是明府光临小店，罪过罪过。"

王旷说道："店家不必拘束，可否立时做二十人饭菜送往衙门？饭菜式样不必讲究，做熟管饱即可。我那里有一干兄弟为了赶来济阳已是饥肠辘辘。施主簿，先在店家这里放上钱财，这几日饭食都在这里购得。"

有了这么大的生意，店家喜出望外，急忙唤来大厨和伙计生火做饭，还将自家妻女一并叫来打下手。

王旷喝了一口店家奉上的老酒，不由得皱起眉头。酒里有一股浓重的糟糠味道，十分难喝。半响才说道："店家，看你这店也有些年头，结交必定广泛。本官问你，能否帮我捎话给此地缙绅，请他们两日后晌到衙门一见？你可以转告他们不必害怕，本官在济阳没有住所，在衙门里召见他们也是无奈。"

店家嘴上说"那是当然那是当然"，脸上神色却十分为难。

王旷看出店家面有难色，说道："店家尽可以告诉那些乡绅，若是有人在此欺行霸市，本官决不姑息。倘若乡绅里有劣迹满满之人，就叫他们即刻收手，本官可既往不咎。如果执迷不悟，公府里杀威棒并非摆设耳。"

　　店家神色紧张地走到门口，向外张望了一番后，折身回来才说道："此处乡绅皆为本分之人。但是，但是，"店家突然结巴起来，"这济阳国治所如此冷清却跟这些乡绅没有关系。过去咱家谢镇比周围郡县都热闹又富裕。然，去年春上……"店家的话被一阵急促的马蹄声打断。店家一听见马蹄声脸色顿时大变，急忙要去关上店门，却没来得及。马队在店门前戛然停住，有人厉声喝道："已过定昏，店家何以如此大胆？"

　　店家战战兢兢站立门前，不住地点头认罪，然后说道："若不是新到任济阳内史光临敝店，小的哪有这大胆子在定昏时分打开店门。"

　　门外立时没了声响，少顷，那人又说道："不知明府到任，小的即刻将明府到任消息知会咱家主子安乡公。"说完，就听见马队一阵风似的呼啸而去了。

　　王旷随即问道："店家，你可知那家主子出处？"王旷离京的时候就听说过司马冏身边有"五公"环侍左右，其中一人正是安乡公刘真。

　　店家顾虑很重，支支吾吾说道："去年初春，从许昌搬过来一户人家，在济阳国公府治所谢镇南面与东面一气儿买下大片土地，还把那片老庄园扩而大之，大得不得了欤。"说完这话，店家嘴里啧啧不停。

　　王旷说道："店家不必为此惶恐，无论是否皇族，本官自会有法子让他安分守己。你现在就把饭菜送到衙门去，一并送些干草过来。"

　　说罢，王旷出了客栈。

　　第二天晌午时分，内史衙门大门洞开，有持械军士站在两侧，威风凛凛。大堂两旁换上了来不及着色的杀威棒，白森森的木棒整齐地插在木架上。

　　又过了一天，王旷一干人如往常一样在衙门里等着店家送晌午饭食，结果一直等到夕阳西下也不见送饭食的伙计。派人去打听，回来报说那家承接了公府饭食的客栈已经关门，没人知道店家去了哪里。众人为此义愤填膺，纷纷要求抓回店家问个究竟。

　　此事发生的前一天，王旷已派主簿施融快马返回京城，让施融将大晋王朝的赋税律法抄录下来。因为心中有数，王旷便劝属下不必愤慨，让曹超带几个人想方设法弄回一些饭菜充饥。

就这样一连几日，急得曹超每日叫嚣着要出去抓人。这天，回京公干的主簿施融总算赶了回来。

王旷让施融省却一大堆无用的话，说道："施主簿，捡重点说来。"

施融从随身带着的肩褡里取出一摞抄写的文字，说道："在下照明府意思，将立国以来颁布的关于王公官员限田之律法，荫佃客、荫衣食客律法照抄了下来。"

王旷接过文书，快速浏览了一遍，长出了一口气，说道："施主簿，从此济阳应该破开云雾见青天软。"

曹超十分纳闷，问道："难道就凭这几张写了文字的纸张，咱就可以让济阳国发生翻天覆地之变化？"

王旷笑着说道："那是当然，所以本官说再饿上几天肚子又有何惧。施主簿，你就简单地把这上面意思说一说，也好让属下们明白这些日子所受委屈很是值得。"

于是，施融将大晋王朝律法中关于地租税制、王公官员占田制、王公官员荫佃客和荫衣食客的律法深入浅出地讲了一遍。大晋王朝废除了曹魏以来的屯田制，改为占田制和课田制，这个制度，除了规定百姓占有田亩和缴纳地租的数额外，对王公官员占田课税也做了十分详尽的规定。律法规定官员只能按照官品高卑占有田亩，一品官员可占田五十顷，每低一品减田五顷，至九品官员只得占田亩十顷。

王旷这时问道："安乡公刘真官居几品？"

施融回答道："朝廷并未给刘真委以官职，亦无官秩，只授予爵号。公者，在大晋皇上授予爵号中，排位第二，因此可享有三品官员占田荫庇待遇。"

"那是多少？"

"按照律法，可得享官田四十顷。"

王旷又问曹超道："安乡公庄园现在占田多少顷呢？"

曹超答道："下官按照明府吩咐仔细计算过，庄园眼下占田已超过四百顷。"

王旷抬抬手，示意施融继续说下去。

施融继续说道："大晋律法还对王公官员荫庇佃户与食客定有明确规矩，其他不说，像安乡公刘真三品官只能荫庇十户佃户，可以荫三名食客，除却这些规定中得以荫庇之户口与人员外，多余人员必须从私属改为编户。"

这时，王旷摆摆手示意他不用再说下去了。他转而问曹超道："都听得清楚？"

曹超肯定地点点头。

"记得牢固？"王旷又问道。

"不敢遗忘。"

"接下来该如何行事？"

"抓那狗日贪官，呼哈哈，安乡公算是栽在咱家明府手上了。"

第二天，天刚蒙蒙亮，王旷就起床了。这几晚跟众属官和军士在公府大堂席地而睡，尽管有柴草铺在身下，但是想要睡得踏实则不可能。

出了公府大堂，王旷又像往常一样，绕着公府里面破损的路径走起来。

济阳国公府的院子不算小，院内房屋的布局也还算说得过去。审案断事的公堂是诸房屋中面积最大的，可以容纳四五十人。大堂右面是济阳国公府的三座官仓。他加快脚步走向官仓。施融和曹超这时从斜刺里疾步走来，追上王旷。大门上的锁早已不知去向，门板朽坏。施融抢先一步推开官仓大门，一股阴冷的气息撞向面门，阴冷的气息中裹挟着令人作呕的霉腐气味。

三个人站在官仓中央半天无人说话。

官仓内的容积不小，四面墙还算完整，没有破损漏光。每面墙的上部都开有四扇侧窗。窗户很小，是用来通风透气的，窗户上的栅栏都没有了，想来鼠蝇蚊虫一定来去自由。仓房里的地面大部分都还算干燥，可以看到有些地面被从屋顶漏进来的雨水浸湿的痕迹。仓房的东南角居然还有一间小屋，这间小屋有墙有顶，大概是看守粮仓的守卫值夜班时待的地方。王旷疾步进了小屋。屋子很小，长不过两丈，宽不过一丈多。王旷用步子丈量了一下，心想，我这个内史下榻的屋子算是有了。

出了小屋，王旷吸了口气，说道："施主簿，咱家这三座官仓能装多少粮食？"

施融说道："不会少，但是需要仔细丈量过后才会清楚。"

"今日就将它丈量出来，我要心中有数。"

出了仓房，一行人又来到位于仓房后面的牢房。

牢房很小，是一座半地下建筑，主要空间在地面以下。顺着石阶走下去，王旷在牢房里走了一圈，监房之间相隔的木栅栏不知什么时候已被拆卸，只剩下空荡荡的地下室。出了监牢，走过紧靠着监牢的柴房时，王旷对身后的施融和曹超说："你们今日就将这柴房收拾出来，济阳府的伙房就先设在这里。到集上找个厨子来，先别定工钱，只答应管吃管住。"

吃罢早饭，王旷带施融和曹超两人骑马出了公府，往东南方向去了店家说起就周身战栗的庄园。庄园果然大得不得了，几里路之外就能看到。三人策马来到庄园围墙外，绕着庄园转了一圈。庄园全部用土墙圈了起来。围墙干打垒而起，有两人多高。三人估算了一下，庄园占地少说也有五十亩之多。据当地人说，庄园的扩建工程是从去年春上开始的，也就是说，屯兵许昌的齐王司马冏一年前就已经开始蚕食赵王司马伦的地盘了。

由于围墙很高，无法看见庄园里的建筑。站在马背上，勉强能够看见庄园里的粮垛。粮垛大概有二十个，全部用草席盖得严严实实。济阳国地处中原，一年到头雨水不多，用这种方法储存收割下来的粮食随处可见——粮食上面蒙盖着几层草席。草席完全能够遮挡住雨水的侵袭，而且草席透风，有利于粟米干燥。王旷让曹超站在马背上向里面张望，曹超大概数了一下说起码还有十座仓房。三人再次估算这座庄园储存的粮食的数量，计算的结果把三个人都吓了一跳，如果庄园里的粮垛都是真的，且粮仓里堆满粟米的话，那么这座庄园里储存的粮食足足有十万石之巨。以去年的收成估算，这个数字大概是济阳国境内粟米收成的一半还多。

转过庄园，王旷特别留意到距庄园大约五里路有几座很大的村落，这些村庄几乎等距离围绕着庄园。施融提议进村落里走一遭，被王旷制止了。王旷说这些村庄一定跟庄园有密不可分的关系。由于距离太远很难准确估计出这些村庄的庄户人数，王旷还注意到庄园的三个后门分别有路径通往这些村落。路径的表面被车轮碾压出一道道很深的车辙。而这三个后门里面正是庄园存放粮食的仓房和粮垛。王旷这时问施融："你看着这些车辙会想到什么？"施融说首先想到这些村庄是要向这座庄园缴纳粮食的。王旷说："施主簿说得好，你是不是还想到这些村庄里的庄户可能正是这个庄园主子荫庇的农户？"施融说："明府明察秋毫。"王旷咬着牙根说："今晚本官就到那些村庄里走一遭，也许能遇到什么也未可知呢。"

返回公府的路上，王旷一声不吭，心中充满愤怒和沮丧。

回到公府，王旷钻进公府后院空空如也的官仓再没出来。晌午时分，施融将午饭送进仓房，王旷没吃几口就放下筷子说道："施主簿，我们必须进到那座庄园里。"

"属下赞同。"

"我们给庄园传了几次公府文书？"

"三次，每次对方都说主人在京城忙着主理朝政，无暇返回接待明府。"

"凭一个安乡公爵位就想主理朝政？"王旷不屑地说道，"施主簿，你带人将带回赋税地租之律法文书立刻抄录数十份，先在集镇上张贴。"

施融点头说道："明府如此做法，不仅能让济阳国百姓知晓赋税和地租来龙去脉，依照这些条款纳税交租，又可以起到敲山震虎之效。"

"正是。本官眼下还不想跟安乡公发生正面冲突，但是，此公若是不吃敬酒吃罚酒，即使他当真是大司马身边宠臣，本官也要让他知晓大晋律法之严苛欤。济阳国乃济阳王司马英之藩国，亦是大司马所封。若此地饥民造反流民闹事，京城岂有宁日乎？"王旷自己倒了一碗酒，喝干，酒的骚臭气呛得他直恶心。

两人正说着话，曹超进来了，他刚从集市上返回公府，还带回来一小盆肉糜，说是酒馆店主死活要塞给他，他也只好恭敬不如从命了。

施融揭开盖子，肉糜的香气立刻就充满房间。两位下属让王旷先吃，王旷也不推让，下手抄起一把肉糜塞进嘴里，眼睛立刻就鼓起来。吞咽下去后连声赞道："济阳国肉糜与本官在宫内所食有异曲同工之妙欤。"

施融递过来一块擦手的粗布，王旷将手擦干净，说道："本官仅此一口，余下归你二位。济阳国几个大乡绅联名递帖子请我们赴宴，宴席上，珍馐佳肴不会少。"

施融和曹超都将手从食物上抽回来，不吃了。

王旷笑道："赴宴在三天以后，今晚你们要随本官去夜巡，吃饱了才有力气。"

第四十一章

夜空里悬着一轮上弦月，宇空漆黑无云，因而月光很亮。绕过庄园庞大的轮廓，十几个夜行人悄没声地接近了村庄。

距离村子还有大约一箭之地，王旷让跟着的人都下了马，他吩咐曹超带着八名士兵守在村口，万一真的与驻守在村庄中的私兵接火，也好作为后援队伍前往接应，而他自己则带着其他人进入村庄。

王旷交代事情时声音压得非常低，远处突然响起的嘈杂声打断了他的话。一行人顿时紧张起来。王旷下令曹超带着军士向发出声响的地方快速移动，拦截对方并随时准备点燃火把。一旦发现对方是庄园私兵且人多势众，必须马上亮出身份来，不得与对方硬对硬搏杀。随后，王旷带着施融和其余几人依然按照既定方向悄悄接近村庄。曹超一干人很快被漆黑的夜幕淹没。远处的嘈杂声却越来越响，越来越近。借着月光已经能够看出这是一群在原野上趔趄前行的人，甚至能够听出小孩发出的尖叫声，尖叫声乍起就被捂住。施融悄声说："明府，这一定是庄户趁黑夜在逃离村子呢。"

王旷一行人不由得加快脚步向奔逃的人群追过去。突然，漆黑的原野上亮起火把，高擎火把的人大声叫喊着，声音充满恐吓。王旷说了声："不好，村里果然有私兵。"火光中可以清楚地看到大约有二十多人，分作两队。其中一队追兵跑得飞快，斜刺着冲向前面逃跑的人群。王旷听见施融轻声叫起来："那些家伙要跟贼曹曹超的人撞上喽。"话音未落，就听见响起兵器相接的声音，紧接着响起的是厮杀声。王旷抽出长刀，一边叫身后的士兵点着火把，一边向前蹿去。

果然是曹超跟追赶逃跑的庄户人家的私兵短兵相接了，火把摇曳，刀剑撞击，逃跑的庄户被吓得站在原地不敢动弹。王旷担心自家人吃了亏，便横刀跃进人群，逼退三个围着曹超打斗的私兵，厉声高喊道："济阳内史王旷在此，哪个敢再动刀枪，格杀勿论！"

王旷一亮明身份，械斗戛然而止。两边的人都高高举起火把，刚才发生械斗的田野被火光照得通亮。现在可以看得很清楚了，第一拨跑出村子的果然是拖家带口的庄户人，大约有十多人，个个衣衫褴褛。紧跟在他们身后的是手持刀剑的私兵。王旷手持长刀走到庄户人群前喝问道："本官问话，你们要老实回答，本官定会公平断事。你们可是这个村子之人？"

没人回答。

王旷又问道："已经深更半夜，你们拖家带口欲要做甚？"

人群里响起女人和小孩子的哭声。

王旷恼了，呵斥道："再不老实说来，本官就将你们当作流民抓到公府。"

人群中站出一位老者，战战兢兢地说："小的们本不是这个村子的庄户，几代人都是谢芷乡绅庄户。半年前被这里庄园所派家丁抓了来，强迫咱搬到这里没日没夜为他们耕种田亩。"人群里有人哭起来："明府要为小的们做主，小的们宁死不愿再回到那里软。"

那边，私兵们一听这话，立刻就有人想逃跑，被早有防备的施融和曹超飞身拦住。

王旷听罢老者的话，将长刀插进刀鞘里，让老者坐下，然后走到私兵面前，说道："你们说实话，本官不会为难你们，不然，即刻将你等抓进官府关起来。你们可是安乡公家私兵？"

为首的军士点点头，但没说话。

王旷接着问道："因何追赶这些庄户？"

私兵们面面相觑。王旷将手按住刀柄，说道："本官再问一次，若还是不回答，就跟本官到公府过堂。"

为首的士兵慌忙说道："明府，咱家只是在庄园混口饭吃，庄园让咱家看住村里庄户不得出走。若有人逃走，就拿咱家问话。咱家吃庄园饭，自然要为庄园做事。"

王旷听这人说得还算有理，又见在这荒郊野外不好问事，便让私兵转告庄园的主子，官府暂且将人带回去询问，让庄园静候公府为此事发出的文书。说罢，放走了私兵，带着逃跑的庄户返回公府。

回到公府，王旷叫人将牢房打扫出来，作为这些庄户人家的临时住所，天亮之后，再行升堂断案。王旷并不了解安乡公刘真是何许人，但是仅就庄园对公府几次发送的公文置之不理这一点，就能感觉出这个安乡公绝非良善之辈。正想着，施融和曹超已经安置完庄户返了回来。一进屋子，施融就兴奋地说："这下可好了，咱家抓住安乡公的脏手了。"高兴过后，待三人都冷静下来，施融提醒王旷说如果安乡公真的是在京城，那么他返回来就是有备而来的，就是要跟明府一决高低的，也许还带着大司马的什么敕令也未可知呢。王旷骂了一声说："在济阳国本官为大，如此济阳才有得见天日之时，若再任由安乡公祸害下去，济阳休矣。孟子曰'民之为道也，有恒产者有恒心无恒产者无恒心'，济阳之土地若皆为安乡公所霸占，庄户皆被安乡公所荫庇，岂能有恒产恒心者乎？"

施融和曹超听罢连声称快。

天亮之后，王旷没顾得上吃饭就将巡行连夜整理出来的口供仔细看过一遍。这份口供详尽记录了这些庄户当初是怎样被强迫离开故土的，而且那几座村庄里几乎所有庄户都是这样被迫抛弃故土迁徙到这里来的。自从迁进庄园的村庄之后，便从此失去自家的土地，土地上收获的所有物产全部归庄园所有。村庄里人家的现状只是有口饭吃饿不死。王旷越看越光火，索性让将老者传到大堂之上，他要亲自询问此事。

老者一进到大堂就扑通跪下了："老天爷当真是对我这把老骨头开了眼，能让我活着见到明府。"说完，扑在地上连磕一串响头。王旷抓起桌案上的笔录喝道："本官看过这些口供，你可敢保证无一句谎言？"

老者说道："小的虽是庄户人家，却从未说过谎话。昨晚之前，小的甚至无意继续活下去，缘何要对明府说谎话？"

王旷继续问道："你这上面讲，村里各家妇女夜以继日织作锦缎布帛，家中却留不下一片布头，都让庄园私兵搜了去。这话可信？"

老者说道："明府看看我们逃出来这十几人身上衣裳便一目了然。自被抓到庄园里来，多余衣裳皆让私兵抢了去，说是庄园规定，各家只准许每人有一身衣裳，过冬棉衣只能留一套，哪个出门哪个穿。"

王旷怒不可遏，不由得拍了一下惊堂木，那老者吓得急忙跪下说："明府明察，小的若有一句谎话，愿遭天谴。"

王旷挥挥手让老者重新站起身来，说道："本官不是因你而发火。本官只是纳闷，若果真如你所说，五座村庄少说也有百户人家，怎就没有哪家到公府来鸣冤叫屈？"

老者说道："明府有所不知，但凡能逃出去人家哪里还敢在此地逗留，恨不能多长两条腿，一口气就逃得远远的。"

王旷想想老者说的也是，挥挥手让人将老者带走。

施融见王旷沉思不语，便说道："依属下所见，如这般明目张胆大肆掳掠庄户之所为，一个安乡公岂敢如此。"

王旷点头认同，说道："只好走一步看一步了。不管这家庄园隶属于谁，本官都要从里面弄出粮食来。公府后院仓房一日无粮，就无法开仓济民，本官就一日不得心安。"

第四十二章

　　三天后的傍晚，王旷带着施融和曹超如期赴约。给济阳公府发请帖的乡绅，其庄园距离集镇不到二里地，比起安乡公的庄园，他的庄园那是小巫见大巫。庄园的围墙也只有不到一人高。庄园被一片树林包围着。林子中的树木又高又壮，一看就知道这家乡绅是这片土地上的老户人家。一条青石板铺就的路径直达庄园大门，大概是为了迎接内史，庄园大门前挂上了只在节日时才会悬挂的灯笼。四盏灯笼将庄园大门前的场坪照得雪亮。

　　场坪上，今晚做东的老乡绅带领在济阳公府所在地周边居住的一众乡绅恭恭敬敬地端立着。

　　宴会设在正堂。这套屋舍的正堂足可以容纳三四十人。正堂内只摆了十张桌几，每张桌几上都置放着一只做工精致的酒坛，酒坛旁放置有造型可人的酒器。除此之外，桌几上并无任何菜肴。

　　一行人在年长乡绅的引导下依次在宾客位子上坐下来。王旷这才注意到桌几上的酒器。这一看让他甚感吃惊，自己面前的酒器与众不同，即使他在官城里久居多年，也很少有机会看到这样的酒器。王旷听说过一种被称为觥的酒器，是用犀牛角精雕细刻而成。他不敢肯定面前这尊酒器是否犀牛角做成，但那精美的造型实在让人叹为观止。酒觥整体呈椭圆形，上有提梁，底有圈足，兽头形盖，一看便知这应该是传世之物。依照当地习俗，在这样的宴席上，最为尊贵的客人将以掀开这个酒觥上的盖子宣布宴席开始。王旷小心翼翼地揭开酒觥的盖子，一股酒香扑鼻而起，刹那间让人很是陶醉。当王旷将酒觥的盖子轻轻放在一旁时，席间响起了一阵轻轻敲击桌几的欢呼声。

　　这时，老乡绅开口说话。老者自称姓谢，名芷，是名冠京城的青年俊杰谢鲲的本家叔父。自家原住在陈留国，兄弟分家后，他这一支就迁徙到了此地。没想到十几年后，这里居然成了济阳国。更没想到，内史甫一到任，鞍马不歇，风尘不抖，宅邸不设，即日便升堂断案，操劳公务，又在几日前伸张正义，为民作主。实乃天赐济阳之福祉。

王旷当然也要说上几句，他说身为济阳国地方官，理当为百姓庶民、乡绅商贾效劳，也要为济阳国富庶的未来尽绵薄之力。

酒过三巡，谢芷乡绅起身朝王旷踱了过来。施融让出桌几，自己和曹超挤在一张桌几后面。

立刻就有人给两人面前的桌几上端来两盘炙牛舌。王旷惊喜地哟了一声，再看其他桌几并无这道珍馐，炙牛舌特殊的香气立刻就在大堂里迅速蒸腾弥漫，而这道大晋王朝最受人称道却最难得品尝到的珍馐佳肴，使得在座的所有人顿时收了声，一齐转过脸来，肃然而又贪婪、羡慕而又敬仰地目视着王旷和谢芷桌几上这两盘香汁覆盖、香气缭绕、色泽嫩红的牛舌。只见王旷抓起盘子里的短刀，另一只手按住牛舌。蓦地，王旷看到一个熟悉的面孔，因为注意力都集中在面前的炙牛舌上，他冷不丁想不起这张熟悉的面孔是谁了。这时，坐在一旁桌几前的施融低声吟了汉乐府《西门行》中的一句"酿美酒，炙肥牛"，王旷手中的刀迟疑了一下，回头看了一眼施融，便接着吟道："请呼心所欢，可用解忧愁。"吟至此，将手中短刀抵住牛舌，只见刀锋轻轻一抹，一片红嫩的牛舌便应声割下来。王旷将这块肥厚的牛舌在调料碗里滚了一遍，将香气逼人的粉末状调味料蘸满牛舌，然后将这片牛舌用刀尖挑起来轻轻放在谢芷面前的陶盘里，人群又响起一阵赞叹声。按照大晋习俗，第一片炙牛舌总是要让德高望重的人享用的。王旷的举动表明他尊重当地习俗，也尊重谢芷在当地的威望。谢芷老乡绅也不推让，在众人的注视下优雅地将这片牛舌吃了下去。王旷又割下第二片牛舌，众人以为他一定会自己享用，不承想，王旷起身说道："旷不知伯仁老弟在此，请收纳为兄这片牛舌。"

这位被王旷称作老弟的伯仁，名周颛，其父亲周浚曾为朝廷重臣，乃平灭东吴功臣。周浚长子周颛成人之后继承父亲武城侯爵位，现在尚书省任尚书吏部郎。王旷和周颛年龄相仿，出身均为大晋望族，也都在京城太学一起深造，但因后来王旷常年陪伴皇上左右，两人来往并不多，但是相互之间友谊尚存。

周颛急忙起身从人群中走出来接受王旷送上来的炙牛舌，当着众人面吃下后，被王旷拉在身旁坐下。宴席这才正式开始。

两人连饮三樽酒后，周颛告诉王旷，自家原是回乡祭祀亡父去了，返回途中顺便来看望家尊生前好友谢芷老乡绅。到了这里才听说王旷做了济阳内史，也听说了王旷这些日子日理万机，废寝忘食，试图将济阳国治理成为大晋富饶之国的雄伟抱负，所以未敢上门叨扰。周颢说自家也十分想外放做一回地方官，可始终不能遂愿。两人正因重逢而唏嘘不已的时候，第二道佳肴摆上桌几。这道菜名叫鳢鱼脯。鳢鱼俗称乌鱼，肉质极细，且几乎无刺。据说鳢鱼脯制作方法非常讲究。每年深秋是制作鳢鱼脯的最好季节。秋水丰盈，秋鱼肥美，因而秋季是捕捞鳢鱼的旺季。将打捞上来的鳢鱼即刻离水，使其断气时大张鱼口，挂于通风之处，将鱼身上的水分吹干。同时，用一口大锅将水烧沸，下入大量生姜、花椒，并加入井盐。盐要下得够多，使得汤味儿浓重并且非常咸。接着将冷却下来的汤汁儿顺鱼儿大张着的嘴巴灌入鱼腹，直到汤汁儿从鱼口溢出。将灌满汤汁儿的鳢鱼用竹竿穿孔，鱼口向上，挂在房屋朝北的屋檐下。秋去冬来，经过一个冬季的晾晒和腌制，来年开春后即可收回装入陶土烧制的小口坛子中。每到食用时，鱼肉部分用艾草包裹起来，用木槌轻轻捶打后展开艾草取出鱼肉，此时再看，鱼肉洁白如雪，艾草独有的香味浸入其中，食之芬芳隽永回味无穷。因此，鳢鱼脯通常被用作招待宾客的上品食物。

受到如此礼待，王旷知道谢芷有话要说，之前调查的结果表明，济阳自安乡公来了之后，损失最严重的就是谢芷家了。

王旷品尝过这道名菜后，对周颢说自家必须要去跟谢芷老乡绅聊聊了。然后，王旷让施融过来陪着周颢喝酒，自己挪到了谢芷身旁，先接受老乡绅递上来的一樽杜康酒，又依照礼节陪着老乡绅再饮一樽。

谢芷见王旷如此豪爽，便说道："明府到济阳已有多日，几次让人到公府送帖子都未能得见明府尊容。早就听说明府乃豪爽之人，幸得周伯仁途经此地歇脚，说起明府来更是赞不绝口，劝我等若有难处可坦然相告，转弯抹角反而适得其反，我这才召集乡绅们商议拜见明府的事情。今日，济阳谢镇附近乡绅齐聚这里……济阳地处大晋腹部，不算是穷乡僻壤，但也难说是鱼米之乡。"

王旷听出谢芷话里的苦涩，说道："济阳穷富与否，本官已然心中有数。济阳土地肥沃，河流纵横，物产富饶，地多人少，不然，谢乡绅怎肯离开陈留国而迁徙于此乎？"

谢芷连连点头，说道："三十几年前，老夫随先祖迁到这里时，此地还只是陈留国属县，不过是一处边缘地带，比起治所繁华差得很远。但因无战事纷扰，倒不失为安家创业之所。后来这些乡绅陆续来到这里筑墙建屋，占田扩地，招揽耕农。由于咱们到来，四方八面之流民也都纷纷跟着在此地定居。不到十年光景，这里便形成了方圆百里最繁华的集镇。当初听说大司马三公子被皇上诏令为济阳国藩王时，我们这些人是何等欣喜、何等庆幸！"谢芷说到这里，抬手示意该上下一道菜了。

一直等到女婢们将菜肴上到每一张桌几之后，谢芷才又说道："谁能料到，我们满心欢喜盼来的却是人祸人灾欤。那家庄园不断扩建，直到现在这样规模。伴随着扩建，那家庄园便开始把手伸向我们这些早年就定居于此地、经过几代人辛勤劳作才算富裕的人家。明府明察，我们庄户被强迫搬迁到庄园周围成为荫庇庄户，这些被荫庇庄户人家一年辛劳所得悉数缴纳，不得留存。而我们十几年辛勤开垦所得田地便从此无人耕种，只好眼睁睁地看着庄园主子不花任何代价就将这些田地攫为己有。"

王旷这时问道："老乡绅，本官在此有一问。"

谢芷说道："大人尽可问来，谢芷不敢有任何隐瞒。"

王旷便又问道："你们可曾也有荫庇庄户？"

谢芷脸上一阵潮红，支吾了几下，说道："也曾有过，老夫最多，只是与安乡公做法大不相同。自先帝将屯田改作占田后，老夫便举家迁到这里。初来乍到，老夫就与当地农户说得清楚，由老夫出钱让农户按自家庄园人头占有田亩开垦田地，然后将一部分田地交由这些农户代为耕种，每年将收获黍米之一部分当作代耕种之报酬。只要官家来收地租，各自按照规定数额缴纳便可。老夫并不想占这些农户便宜。当然，便宜还是占了一些。十几年来，老夫包括这些乡绅跟农户相安无事。可是……"

王旷抬起手来不让谢芷继续说下去，说道："谢老乡绅无需再说下去。本官还有一问，据本官所知，济阳国大小乡绅家均藏有不少粮食，既然你说各自按规定缴纳地租，何以会有如此多之余粮？"

谢芷说道："明府问得好。乡绅们囤积余粮有两个来处，一来，这些人都在集镇上开有各种商号，商号收入很多时候是交换货物之粮食。交换所得粮食就会被存入仓房，以备将来与其他商家交换自己需要货物时使用。二来都是自家田地，因为饮食优于普通农户人家，故而平日里粮食消耗就少许多。"看见王旷不断点头，又说："我等不敢说绝对没有错过任何一次上缴地租之机会，然，只要官府上门登记，总是会如数缴纳，不会故意拖延时间与克扣应缴数量。"

谢芷的一番话让众乡绅纷纷称是。

王旷这时对众人说道："本官对这里的情况已然心中有数。本官感谢诸位乡绅与我虽非知己，却能推心置腹，不隐实情。以理服人、以清廉入世是本官始终秉持之为官书之道，倘若诸位能在济阳国面临困难之际施以援手，本官将不胜感激。"

谢芷就说道："明府有何为难之处尽管说来，我们理当助明府一臂之力。"

王旷说道："时值青黄不接之际，济阳国百姓已在饥荒中度日。本官仅在谢镇附近走马观花就被饥民拦住了不下十次。济阳国本来就人少地多，一个食邑只有不到五千户之封国，若是百姓饥饿难挨纷纷出逃变成流民，可想而知，济阳国不用多久就将变成蛮荒之地。各位这几年因不公而生许多不满和怨怼，本官颇为体恤。诸位乡绅所说那座庄园本官刚刚得知是京城安乡公刘真所属。照理，安乡公既为公侯，本应成为咱家济阳国砥柱之石，却不承想被贪欲所迷惑，成为残害乡里之徒。本官在这里可以告诉诸位，本官自有整治安乡公之办法，还指望诸位慷慨解囊，鼎力相助，以使济阳百姓渡过难关。"

众乡绅将桌几敲得震天价响，伴随着一阵阵欢呼声，筵席的气氛达到了高潮。当晚敲定，在场的诸乡绅为公府捐粟米五百石。王旷向众乡绅承诺，他将从明日开始巡视济阳国内大小集镇乡村，返回治所后将终日辛劳，让济阳在最短的时间里恢复生机。

离开庄园时，周顗执意要送王旷一程。周顗嗜酒，今天却没敢喝个尽兴，作为尚书吏部郎，周顗能接触到许多直接送往皇上处御批的奏文。大司马弄权，皇上近日很少处理朝政，这些奏文就送往大司马的案头。周顗说道："世宏兄，弟所见，近期邺城平北府报来奏文里有很多都是关于北面匈奴的，说五部蠢蠢欲动，有举旗造反之迹象。然，大司马似乎并无心思谋划应对之策，每日里依然觥筹交错，酒池肉林。小弟揣摩，那些奏文大司马并没有看到。因此，曾想过也许是被'五公'所瞒。京城人皆知，最得大司马宠信的正是'五公'中这位安乡公刘真耳。"

王旷说道："旷理解，伯仁之意是安乡公已经到了权倾朝野、无所顾忌之地步。但匈奴五部谋反之奏报，旷以为许是捕风捉影，匈奴多年来受大晋荫庇，得益匪浅，怎会恩将仇报？"

周颛说道："兄言之有理。只是，弟最为担忧还是众臣对大司马不满情绪已经越积越重。王戎与嵇绍可谓德高望重之重臣，然，多次于朝会直谏，却遭五公呵斥，而大司马则无动于衷。据说，骠骑大将军司马乂也多次规劝大司马，似乎毫无作用。"

"伯仁有话要说？"

"正是。济阳乃大司马在京城之外为自家开辟之又一处巢穴，当是不言自明耳，这在京城也非秘密。安乡公敛财之手段小弟这几日听得太多，打家劫舍，巧取豪夺，无所不用其极。兄长真要是整治济阳国，非从刘真下手不可。但千万小心行事，此人能量有多大尚不知晓。"

王旷谢过周颛，说道："旷自会小心行事。只是若事关济阳国百姓福祉，旷断不会因一个安乡公而尸位素餐。"

第四十三章

　　大晋朝大将军府所在地邺城西北方向是并州，而距离并州西北不远的左国城乃匈奴五部大都督和北部都尉驻地。五部大都督刘渊的从祖父，北部都尉、左贤王刘宣召集匈奴五部上层贵族以为刘宣庆生的名义群聚左国城。庆生地点没有选在左国城内，用刘宣的话说，不希望这个聚餐引起驻守并州的大晋主官的猜疑，而选择在左国城北面十里路之外的一处由五部联盟中的北部都尉管辖的营区附近的山谷中进行。这里是吕梁山的腹地。

　　山谷里临时搭建了六座毡房，每座毡房能够容纳四五十人之多。毡房的布局呈梅花状，五座稍微小一点儿的毡房围着一座最大的毡房。五座外围的毡房是用来接待从五个部落赶来的都尉和随行的部落贵族的，可供这些来宾居住歇息。中间那座硕大无朋的毡房是供众首领和贵族吃喝玩乐之用的。

　　天近晌午，中央毡房的酒席已经摆放到位。每张条形桌案上那些大块儿的肉、大碗的酒散发出来的香气令人饥肠辘辘垂涎欲滴。

　　五路都尉昨日就到了两位。北部都尉刘宣是今天的寿星老，故而必须站在大毡房外亲自迎接其他两位都尉到齐之后方能进入毡房。刘宣此刻的心情爽朗得就像毡房外的天气一样。三个多月前，五部大都督刘渊被大晋朝大将军成都王司马颖召回邺城后，便被要求不得返回左国城，其实就是被软禁起来。离开左国城之前，刘渊并没召见所辖五部都尉，而是将北部都尉刘宣召进大都督营帐，向这位从祖父全面交了底。刘渊没有确定自立建国的具体时间，而是叮嘱刘宣只有在接到他从邺城下达的指令后，才可召集其他四部都尉宣布自立建国的重大计划。只是在这期间，需要刘宣协调其他几个部落的行动，为最终的立国打下坚实的基础。于是，刘宣在这三个月里不断往返于其他几个部落。表面上他是代行大都督职权，四处巡视营地，实际上却是敦促其他几个部落都尉不断充实仓廪，招兵买马，扩充兵员。其实，都尉们心里都很清楚，匈奴部落摆脱外族统治，独立建国的冀望已经不远。三天前，刘宣接到刘渊从邺城传来的密旨，令秘密召集五部都尉宣布即将启动自立建国的重大决策。因此，刘宣借今日庆生的机会要把此事办了。

这时，南部都尉刘恒远远地翻身下马，快步朝着刘宣走来。刘恒部落的族人散居汾阳、临汾一线，距离大晋王朝都城洛阳最近。老远，刘恒就咋呼起来，走到近前后，向前一扑身子趴在地上行了孙子辈的见面礼。刘恒是刘宣的直系子孙，是刘宣的长子所生，因其父亲极其崇仰汉文帝刘恒一生作为，所以长子就取名为刘恒。刘恒行罢大礼起身说道："大爷爷有朝一日若是做了大单于，孙子必做大爷爷的骠骑将军，将那鲜卑拓跋部落一举踏平。"

刘宣伸手在刘恒头上拍了一掌，说道："大爷爷即使做不了大单于，咱家亲孙子何以不能做骠骑将军；照做耳。"

两人正说得热闹，西部都尉刘聪从远处走过来，身后紧跟着的是刘曜。但见刘曜两只手拖拽着三头壮硕的牡牛，那些牛乖乖跟在刘曜身后。刘聪还没开口说话呢，刘曜就扯着嗓门大声吆喝道："刘聪前来为曾祖拜寿喽！"

刘宣也喊了一嗓子问道："牵壮牛者何人也？"

刘聪被刘曜莽撞的行为逗得笑个不停，这时替刘曜回答道："牵牛者，西部都尉之义弟，未来骠骑将军曾孙儿刘曜是也。曾祖，咱家晓得你最喜壮牛，特意送来三头壮牛作为寿礼。"

刘宣再问道："咱家那几位曾孙儿，你那三个兄长怎不见前来？"

刘聪说道："曾祖恕罪，三位兄长委派我代表他们为曾祖祝寿，不过我还是把曾祖最喜欢之小弟刘曜带了来，讨曾祖欢心也哉欤。"

跟在后面拼尽全身力气拉着三头壮牛的刘曜大声喊道："曾祖不可听信刘聪一面之词，若曾孙儿不来，无人可以将这三个家伙拉了来。不然，曾祖可让咱家阿哥试试。"刘曜在一个月前就结束修炼从山里回到左国城。回来后听说义父刘渊已经在两个月前去了邺城，便径自去了大哥刘聪的西部部落。

刘曜又说道："曾祖这里大摆宴席，曾孙儿岂能错过美妙之机会欤。"

所有的人都笑起来。

"你小子乃吃货耳。"刘宣平时就喜欢刘曜，也知道这孩子最喜欢凑这样的热闹，于是说道，"你快快松了手，但凡牛进到这里就无法逃脱了。"他让刘恒和刘聪先进了大毡房，拉住刘曜说："曾祖今日要和其他几个部落都尉商议要事，你无需参加。但你明日丑时就务必启程前往邺城去见你家父亲大人。"说完,对身旁的卫兵说:"你带他到后厨那里先弄几大盘上好羊肉、几坛子好酒填饱肚子。""永明曾孙,肉尽管吃饱,酒尽管饮足。酒足饭饱后即刻蒙头大睡。启程后,你需日夜兼程,马不停蹄赶到邺城。"

刘曜也是乖巧,并没有询问何事竟然需要半夜三更赶路,只是朝着刘宣嘿嘿一乐,转身跑起来,一边大声喊道:"曾孙儿此刻快饿昏过去也。"

睡到后半夜,刘曜被一阵猛烈的摇撼弄醒。睁开眼睛,眼前居然站着大宗正呼延攸。刘曜不敢多言,跟着大宗正来到大营帐,已经有三匹备好鞍子的战马在营帐外等候了。钻进营帐,刘宣把一个捆扎结实的牛皮包交到刘曜手里:"永明曾孙,你可要听仔细,此皮包里之物比你性命还要重要,万万不可遗失。你此次前往邺城的任务是陪同和护卫大宗正呼延攸。若是遇到游骑盘查,一切由大宗正出面应对,你万万不可鲁莽行事。"

刘曜和呼延攸到达邺城已是两天后的傍晚了。

刘渊见到刘曜着实吃惊不小。刘渊在离开五部的时候,曾经留下一道命令,今后刘渊直系子嗣不得到邺城前来探望,违者将被逐出五部。刘渊有四个儿子,刘曜是他收养的义子,虽说不是血亲,却被刘渊视为己出。五部的幕僚全然无视禁止大都督家人到邺城的命令,这让刘渊很是恼火。令刘渊心里多少有些庆幸的是,这里的人们没有人知道刘曜是他的儿子。

在邺城的这些日子刘渊坚持不住司马颖专门为他辟出的官邸,而是在城里一处僻静的地段觅得一块空地,搭建了三座毡房住进去。毡房外是自家的卫兵,刘渊惊天动地的怒骂不会被旁人听了去。刘渊骂得够了,气也就消了,见小儿子刘曜目瞪口呆,一脸无辜,不仅扑哧笑出声来,并关切地问道:"吾儿,为父吓着你咯?"

刘曜摇摇头,没敢回答,也不知怎样回答。但父亲怒目圆睁、声色俱厉的样子他还是头一回见到,也是头一回领教。说实话,他真的很害怕。

刘渊接着问道:"吾儿,你夜晚到邺城必有紧要之事,何不快快道来?"

刘曜把揣在怀里的牛皮包交给刘渊,说道:"父帅并没有给孩儿说话机会。"

刘渊又笑起来,说道:"吾儿,来邺城之前没人告诉你,我有禁令,我之子不得到邺城露面。"

刘曜吃惊地说道:"无人告知孩儿,曾祖与四哥说这件事情只能让我来做。"

刘渊打开皮包，从里面取出一张皮纸，这是一封由五个部落都尉认可的建国誓言，五位都尉都按了血手印。刘渊看过后很是兴奋。为了这一天，刘渊苦苦熬了三十多年呀。眼下，大晋朝国势正在急剧衰退，而这样的衰退只有身在大晋朝邺城里才能真切感受到。这也是他当初义无反顾应召返回邺城的原因。但是，这话他无法跟眼前这位义子讲透彻说清楚。

刘渊在毡房里转了很久，直到激动的情绪平静了一些，这才说道："吾儿，为父接下来讲的话你要记牢了，总有一天，你也会遇到要由你自己来作出重要决定的时候，到时候，你须慎之又慎。今晚你就返回五部，把我的话转达给你四哥和左贤王。告诉他们，眼下，为父被看得很紧，暂时还无法脱身。这皮纸上所涉义举，必须待我回到左国城后才能定夺，在这之前，任何人不得轻举妄动。"说罢，刘渊将手里的皮纸让刘曜仔细看过。

刘曜这才知晓自己送来的要件竟然是五部都尉的建国血盟誓言，惊喜地说道："父帅，孩儿在深山躲避通缉那些日子就想过，咱家何不自立王国，与那晋国分庭抗礼？"

刘渊听了这话不禁一愣，说道："你还没忘了晋国皇后？"

刘曜点点头，说道："孩儿怎能忘记。"

刘渊突然哈哈大笑起来，笑罢，神色严肃地说道："吾儿，你乃成大业者，不可为情所羁绊。你这就去咱家后厨那里美美吃一顿，然后离开邺城。"

刘曜说道："父帅，曾祖还派了宗正呼延攸一同前来。孩儿也要同他一起返回？"

刘渊一听呼延攸跟着来了邺城，急忙问道："怎不见他人？"

刘曜老老实实说道："一进到城里，宗正说有事要到集市上去办，让我先来见过父王，他随后就到。"

刘曜这话着实把刘渊吓得不轻，说话的声音都变了："吾儿，你怎不将他拦下，不可让呼延攸独自到集市上转悠，会出大事儿耶。"

刘渊说话的语气也把刘曜吓了一跳，慌忙说道："父帅，孩儿不知宗正有何公干，怎好将他拦住？"

刘渊这下坐不住了，立刻让手下叫来了正在另一座毡房里歇息的参军和主簿，吩咐二人即刻带军士到集市的酒楼里寻找呼延攸，见到人后即使绑也要将他抓回来。

邺城的管制没有京都那么森严。入夜后，街市依然热闹。邺城的酒肆餐馆比京城要多很多，这大概是靠近边戎，又跟匈奴五部离得很近的缘故。在这方圆几百里之内，邺城的城市建设不仅规模宏大，而且各种服务业营生相当齐备，可谓声色犬马一应俱全，早已经是闻名遐迩的通商口岸。平日里四方八面到这座曹魏旧都前来寻找发财机会的各色人等络绎不绝，而且，以匈奴族人和鲜卑族人为多，因此街面上的异族面孔已是司空见惯。街市上的餐馆酒肆更是这些好酒嗜肉的异族人最喜欢光临的场所。

五部宗正呼延攸走进邺城最有名的酒楼。这是他每次到邺城来公干必进的地方，他喜欢在这家酒楼大碗饮酒大块啖肉，他喜欢这家酒楼的环境，这样的环境才符合像他这样的高官的身份。

宗正是朝廷九卿之一，位列第七，专司皇帝亲族或外戚勋贵等有关事务。可是，呼延攸曾经向刘渊呼吁过，要将宗正排在廷尉和典客前面，被刘渊结结实实呵斥了一顿。刘渊告诉呼延攸："廷尉是何等重要的职位，那可是掌管国家立法修法、审判篡逆谋反皇族封王或者高官要员的关键官职。典客掌管的虽说只是外交和民族事务，但这些事务在某种程度上也是关系到国家生死存亡的极为重要的国务，他们的地位有如春秋战国时期的纵横家张仪和苏秦。你怎么可以跟这样的伟人相提并论呢？"刘渊最后斥道："念你父亲追随本王之鞍前马后，才让你一个酒徒坐了这个位子，今后不可在这件事情上造次。"那年，五部联盟接到大将军府转来的皇上御批的拘捕刘曜的敕令。呼延攸提议先行放逐刘曜，待邺城的执行官前来要人的时候，可直接告知五部已先朝廷一步以流放戍边、永不得返回部落的最高刑罚处置了刘曜。

前来抓人的朝廷执行官没有为难刘渊，反而认为这不失为一个最为合适的刑罚，而且，京城那边也能接受。执行官走后，刘曜企图劫持当朝皇后的事情不胫而走，一时间，刘曜居然成为五部的英雄。因为这件事情，刘渊开始重用呼延攸。

这家酒楼在邺城属于顶级的。酒楼的一楼大厅宽敞豁亮，容得下百十人同时用餐，一旦客满，喊声震天，热闹非凡。二楼都是雅座，酒价菜价也会贵很多，但仍然阻挡不住邺城有头有脸有身份的人物涌上二楼大快朵颐。呼延攸踏进酒楼，深深地吸了口气，一股子掺和着酒香的菜肴气味扑面而来，迷人而又勾魂，呼延攸下意识地接连深吸了几口。

呼延攸用力地扫了一眼店堂，发现楼下的桌子已经坐满，而且几乎清一色都是自家族人。有人立刻就认出呼延攸来，左拉右拽地将呼延攸弄到桌子前围起来，一通酒肉过后，呼延攸喝得兴奋不已。他摆脱了众族人的敬酒，在店家恭恭敬敬的引领下上了二楼。

二楼果真人不多。沿墙设有用木栅栏辟出的圈子，圈内可摆放四到六张矮桌，每张矮桌上置放着一只铜鼎状的暖炉，矮桌下铺就着毛毡。此刻，楼上只有三个栅栏里有吃客。店家将呼延攸引到靠窗户的栅栏里坐定，紧跟在后面的小二急忙端上一只盛了热水的铜盆，递上一条热毛巾，让呼延攸在一派好心情中擦净了落满尘土的面庞。呼延攸在铜盆里洗净双手，不等店家询问便让将最好的烧酒最烂的肉送上来，末了，他伸出大手比画着说不要忘了捎一捆洗净的芫荽，麦子酱一大碗。店家乐呵呵地吆喝着下楼去准备菜肴了。这时，呼延攸才定神环视了一番二楼的食客。相隔两道栅栏坐着的那三人中有两人看上去十分面熟，呼延攸极力想回忆起究竟在什么地方见到过这二人，怎奈刚才在楼下喝得过猛过多，此刻酒劲儿上了头，怎么也想不起来。

不一会儿，酒菜端上了桌。呼延攸揭开盖在酒坛坛嘴上的大木塞，酒的香气熏得他满腔热血顿时奔腾起来。呼延攸连着喝干三大碗酒，又吞下了两斤炖羊肉，这才拿起一大把芫荽在大麦酱里蘸了蘸，塞进嘴里，用力咀嚼起来。大麦酱特殊的味道混合着芫荽的清香，让呼延攸食欲大增。他又吆喝着让店家再上二斤小羊肉和两条炙牛舌。这家酒楼之所以名扬四海，盖由于在邺城享有独家经营牛制品的权利。呼延攸只要来到邺城就会想法子在这家酒楼吃一顿炙牛舌，哪怕只能吃上一只呢，也会让他回家之后大肆炫耀上好长一段时日。

不一会儿，店家小心翼翼地来到呼延攸桌前，怯生生地说道："客官，小店今日只有两只炙牛舌可卖。"

"统统拿来，今日我要大快朵颐，不醉不归。"

店家又说，声音更弱了："客官，牛舌已经售罄，可否明日再来小店品尝，小店会特为客官留下。"

邻桌，陆机兄弟二人和大将军府参军牵秀已经喝干了三坛酒，吃下去两盘肉。三人今日特意点了两条炙牛舌，吃下一条后，赞不绝口，谈性也越发高涨。

陆机昨日刚刚接到诏令做了平原国内史，明天就要离开邺城前往平原国上任，今儿做东宴请弟弟陆云和好友牵秀。这时第二条炙牛舌刚刚上桌，微火烤制的牛舌红里发亮，牛舌旁一把锋利的薄刀闪着贼光。随牛舌一块儿端上桌来的调料更是香气四溢，令人垂涎欲滴。陆机已经喝得微醺，推开牵秀倒酒的手问道："成叔兄，一直以来弟多有疑惑却始终难以启齿，明日为弟将赴任平原，相见之期难料。今日若再不开口，必留下遗憾。"

牵秀说道："士衡与我以兄弟相称，但问不妨。"

陆机问道："成叔兄何以与先帝家舅王恺积怨深重，那时兄不过是司空掾属中的从事中郎，岂不自不量力乎？"

牵秀脸上一阵尴尬，说道："兄着实看不惯王恺轻慢司空张华，于是愤而为之，不过是替人出头罢了。"

陆机再问："成叔兄在京城已经官至前将军，算是廊庙之材，何以不事骠骑大将军司马乂，反而投奔大将军府做了掾属。"

牵秀努努嘴，想了一下，说道："士衡所问令兄如芒在背，能否不答？"

陆机摇摇头。

牵秀只好说道："不过良禽择木而栖。士衡不也弃京城优渥之生活来为成都王效力耳。"

陆机连连摇头，说道："非也非也。机为失意人士，承蒙成都王关照，并非择木而栖。弟不日将赴平原就职，有一句肺腑之言请成叔兄权且纳之欤。"

"但讲无妨。你我在京城交往颇深，又同为二十四友中人，惺惺相惜耳。"

"成都王身旁人才济济，然，卢志心机颇多，城府颇深，你需谨防。而黄门孟玖实乃小人耳，要么不予理睬，要么重锤击打之。"

一只毛茸茸的大手突然从牵秀和陆机两人之间拍向桌子，三人一惊。陆云跃身而起，同时拔出剑来。

陆机并没有回头，喝住陆云，看着牵秀说道："成叔兄，这匈奴莽夫乃五部高官，小弟在京都就见过他，只是今日实在太过嚣张，居然来夺咱家盘中之食。小弟已然官职在身，不敢在此逾矩。不知兄肯否替兄弟仔细教训此人一通？也好让这厮知晓邺城不是匈奴莽夫可以随意造次之地。"

牵秀情知根本不是对方的对手，无奈只能起身拔剑，朝着呼延攸大喝一声："你这莽夫，纳命来也！"

牵秀话音刚落，就见从酒楼下冲上来五个匈奴装束的壮汉，不容呼延攸出手，就一拥而上将他压倒在地，捆绑起来。

第四十四章

王旷在巡视济阳国各地回来后，亲自督促济阳谢镇的乡绅如数将认捐的五百石粟米送来入仓。五百石粟米不过五万多斤，接济济阳国数万饥民也只是杯水车薪，但这多少让王旷感到一些宽慰。

这天，主簿施融告知，已经第四次往安乡公庄园送达公府文书了，安乡公也从京都返回庄园，却仍然拒绝到公府接受讯问。于是王旷决定亲自上门会一会这个目空公府的安乡公刘真。

刘家庄园的门人将王旷一行让进庄内，王旷径自向深院走去，被门人拦阻。

身后的曹超拔刀欲要杀之，被王旷制止，问道："你家主子既知济阳内史到来，何不出门相迎？"

门人根本没把王旷放在眼里，说道："我家主子一向深居简出，除非皇亲国戚莅临济阳才会亲往礼拜。一个内史就敢劳烦我家主子……哎哟妈呀……"

曹超的刀背闪电般砍在门人的脖颈上，门人怎经得住这样的打击，倒在地上一边抽搐，一边呜呜叫唤。

一行人簇拥着王旷向院子深处快步走去。院子非常深，每一进院子和下一进院子由花岗岩铺就的路径相连接，两进院子之间还辟有开阔的花园，有青石小径通往花园深处。

王旷等人还没走过第四进院子，安乡公刘真迎了出来。刘真身段不算很高，约有七尺，看上去清瘦利落，面目微黄，胡须稀疏，双目却很是犀利，只见他瞪着王旷就走了过来。

王旷没有继续朝前走，风中，浓密的长髯令一脸肃容越发冷峻。

刘真何许人也？关于刘真的出处有多种说法，有人说是商贾出身，有人说刘真当年在荆州辅佐过石崇，石崇之所以能在那么短的时间里成为大晋王朝富甲天下之人，仰仗的就是刘真的谋略。还有人说其人最初在合肥度支陈敏麾下做漕运小吏，因为专为京城官仓运送粮食给养，所以积累了相当多的人脉。刘真在大司马左右服侍的京都"五公"中排行第四，司马冏最为赏识的正是其左右逢源的性格和聚敛财富的能力。

刘真双手抱拳，说道："明府亲临鄙庄园，乃庄园荣幸。在京城时常听大司马说起明府，实在太了不起。琅琊王氏，名门望族，人才辈出也。"刘真说得十分诚恳，倒也不像是假模假式的吹捧。

王旷对这番恭维无动于衷。"本官今日到府上拜访只为一事，"他回身从施融手里接过一沓诉状，在两个人之间晃了晃，"济阳不大，但也曾在数百年前立国。如今重新立国足见皇上对济阳用心之良苦。本官虽仅为内史，却必须替封王掌管济阳国内大小事务。坐在公府之中，心里只能惦着管辖内百姓之事。"

刘真急忙说道："明府一定误会了我之本意。本公一向遵守大晋律法，也从不敢轻视朝廷命官，更何况明府为名门之后。"

王旷并不理会刘真的辩解，说道："这些日子，本官每日升堂问事，看到最多诉状正是状告安乡公。本官已经四次派人到府上传安乡公到公府接受讯问，却杳无回音，故而只得亲来府上。"王旷将附在诉状上的传讯文书抽出来递给刘真："明日后响，本官在公府静候安乡公前来接受聆讯。这次公若依然托词拒绝到公府，本官定将以大晋律法处置。"

王旷说完要走，被刘真叫住。

刘真被彻底激怒了。"王府君，本公此刻即可回答于你。你那公府本公肯定不会造访，除非是去看望府君或者应邀去做客。传讯？"刘真鼻子里哼了一声，"王府君，本公官秩三品，你无权问罪于我。且，本公自认为一向谨于文宪，从不越雷池一步。来济阳国不过一年光景，也从未与本地乡绅有过来往。我与他们一向井水不犯河水，更不屑与这些豪强同流合污。传讯？！因何传本公？讯以何事？王府君，你还是好生思量后再做定夺。给自己留条后路，也不失为上策耳。"

王旷没有理睬刘真的讥讽，说了声"安乡公若敢不来，那就别怪本官，勿谓言之不预也。"转身走了。

这天，王旷如每日一样，照例升堂断案。晌午时分，公府内正在审理一桩民事讼案，公府门口的军士通报说安乡公刘真前来拜访。王旷审完案子，待原被告双方退出公府之后，这才让人唤刘真入内。

刘真身后跟着十名大汉，每人手中抱着一大捆绸缎。见王旷诧异，刘真呵呵笑着说这是大司马齐王司马冏特意让他带来给王旷的犒赏，奖励王旷治理济阳国有方，百姓安居乐业，济阳国的繁荣昌盛指日可待。

王旷不动声色，既不起身接受犒赏，也不表示任何感谢，而是让刘真的随从将所谓的犒赏依山墙摆放好，然后说道："此处乃公府，你家主子是来出庭应诉，除了他可以留在堂上外，其他人等一律速速退出。"

待手下人退出去之后，刘真嘿嘿一笑，说道："王府君何必如临大敌？我虽贵为安乡公，但是家宅院落是在济阳你的地盘之上，自然不会做得过分。"

王旷正色道："刘真，你身在公府之中，不可提及爵号。既然你自觉进入公府，表明你已看过前次那些乡民缙绅告你之状子，是前来应诉而非会客耳。"

刘真一哂，说道："府君所言并非我前来缘由。我来公府首先证明我格外敬重府君，其次是要来告诉府君，"说着，从宽大的袖子里抽出一叠状纸，"这纸上所言一概胡说八道，无中生有。"

王旷轻轻拍了拍案头上那些摞得很厚的文案，说道："是否胡说八道，本官这里早已有详尽申诉。实话说来，公府对安乡公在谢镇一带所作所为早有关注。"

刘真一愣，问道："府君何以如此关注敝府？"

王旷说道："济阳立国已经两年，这里记录着济阳这两年上缴官仓粟米数量。第一年，虽说没有内史到任，光靠为陈留国代缴官粮就比第二年多出十几万石。第二年，咱家济阳国人口比之第一年多出一千多户……"

刘真打断王旷，说道："多出这一千多户人丁皆为流民。"

王旷指着刘真说道："一会儿本官再跟你说流民之事。第二年，你从许昌迁往这里，那时这里是赵王司马伦复立之济阳国，你不过是齐王掾属。三个月后，庄稼大获丰收，结果如何？安乡公知晓否？"

刘真摇摇头说道："既然与我无关，本公无以知晓。庄稼大获丰收自然是济阳国百姓之福，不然，怎会吸引了那么些流民纷纷涌来这里。"

王旷没有理睬刘真的话，说道："这年收成的确十分好，可是济阳国缴纳的官仓粟米反而比前一年少了三成。知道何以会少欤？"

刘真认真说道："被流民抢了去？若是遭遇流民抢劫，你是济阳国地方官，你该知晓何以应对矣。"

234

王旷一声冷笑，说道："本官那时尚未到任。只是安乡公何以对流民状况了解得如此清楚？说济阳国治理有方，四面八方流民归顺是你；说人丁兴旺流民蜂拥而至依然是你。如今，安乡公又见着流民四处打家劫舍？"

刘真尴尬地笑了笑，说道："我知道王府君想说什么。"

王旷挥挥手，说道："既然如此，那就请说出来本官传你来公府所为何由？"

刘真没有正面回答，而是说道："依照大晋律制，我虽无官职，却相当于三品高官。律法规定我距京城百里之外就可自行制定占田数额，以及荫庇庄户数额。"

王旷抬手打断刘真的话，转身对施融说："把你从京城抄录文本念给安乡公听。"

施融将早已准备好的文本高高举起，将三品官员可占田数和可荫庇庄户数一字一顿地念了一遍。

王旷这时问道："安乡公可听得明白乎？"

刘真脸上已经变了颜色，但还是点点头。

王旷说道："律法文本上并无一言一句说及三品以上高官可以在距京城百里之外恣意占田。我与你同时听这文本，我只听到，三品官员可占田四十顷，可荫庇食客和佃户十户人家，难道安乡公那里还有一册与大晋律法相悖之律法文本乎？"

刘真的脸上已经白一阵黑一阵了，咬了咬牙说道："王府君你还是没有明白，济阳国内史无权治我罪。"

王旷身子向后一仰，看看左右，说道："你承认有罪乎？"

刘真急了，怒气冲冲道："王府君怎可将罪行强加于本公。"

王旷问道："本官强加何罪？"

刘真说道："你不就是想认定本公多占田亩欤！"

"本官以事实为根据，怎会是强加罪名于你？"

"本公府九品以上朝廷任命大小官员足有十人，即便是以你身后那家伙所念之律法，我安乡公也绝对没有多吃多占。"

王旷一挥手，施融将另一个文本递了上来，用力甩着手中的文本说道："公府记录白纸黑字，刘真占田四百三十顷。如你所言，那你就将你府上那些算得上品级之大小官员如实报来，看能否凑够占田数目。现在本官让你闭嘴，

235

本官讲完之后若允许你开口说话，你才可说话。"

刘真寸步不让，冷笑着说道："本公也实话相告，本公奉大司马之命打理庄园。这庄园乃济阳王司马英所属。你信也罢不信也罢，几日之后本公就要返回京都，向大司马述职。你那些诬告本公莫须有之罪行，待本公从京城再次回到济阳国时再清算也不迟。只不过，那个时候不知道是你审我还是我审你。"

王旷将拳头重重砸在面前的桌案上，喝道："来人，将这不知悔改之徒先行押进大牢，择日再审。"

候在大堂外的军士一拥而上，上来就要绑刘真。

刘真向后连连退出几步，一边从怀里掏出一枚巴掌大小、用黄金铸成的兽头牌，喝道："不得无礼。王府君，你可识得此金牌？"

王旷定眼一看，知道这一定是大司马司马冏为京城五公发放的。过去，只有战功赫赫的大将军才有资格获得此牌，也只有皇上本人才有权授此金牌。持此金牌者免受一切刑罚。

但是，王旷决定不理睬刘真的叫板，语气凝重地问道："安乡公，知道大晋第一美男子潘安仁何以毙命？大晋第一富豪石崇何以处斩乎？"

刘真说道："本公并不认识这二位。"

王旷说道："潘安仁罪名之一正是贪占田亩，无视大晋律法；巨富之人石崇更是因巧取豪夺而被斩于刀下。"

正在僵持之际，公府外的军士又一次跑进来通报说，平原国内史陆机前来拜访。

王旷正想让下人将陆机让进公府后面平时待客的偏房里等候，陆机却迫不及待地进了公府大堂。王旷急忙起身迎接。

陆机留在大堂上，听了两人当堂你来我往几个回合之后，突然插话，问道："以公之身份，竟然对大晋田赋律法一无所知，啧啧，若是让京城名士们知晓，岂不耻笑？怎还有脸面立足于首善之城也。再者，你言之麾下有十数名朝廷官员可有朝廷任命文书？"

王旷知道陆机是要让刘真出丑，可是王旷是要在济阳国立威，于是说道："陆士衡与本官同为封国内史，刘真，你自是要认真回答陆府君之所问。"

刘真没有回答，也不好回答，只是在手里把玩着那枚金牌。

陆机又说:"九品以上官员均由朝廷任免,也只有依据朝廷文书才可确认有否资格占田。不然,只好依据律法按照户内男女丁只可以占田一百亩,至于次男女丁律法也有规定。难道安乡公当真不知大晋立国之初就已经制定了田赋律法?"

"本公当然心知肚明。"

"既然心知肚明,何以逾越律法之规矩,岂不是蔑视大晋律法,明知故犯也哉欤?"

"陆士衡,你这话太过歹毒。你我井水不犯河水,你是平原国内史,这里是济阳国地盘。"

陆机说道:"公别怪机说话不留情面,若是我平原国地盘上有人敢藐视大晋律法,别说是一个狗尾续貂之公侯,即使藩王犯法,我也定会用大晋律法治他之罪。"

陆机这句狗尾续貂的说辞气得刘真几乎背过气去,却也不敢发作,只好悻悻地说道:"二位府君距京城十分遥远,又在权力核心之外,怎么可能知道大司马宏图大愿乎?"

陆机说道:"我等不才,位卑人微,安乡公不妨将大司马宏图大愿说来听听,也好让我等耳聪目明,大开眼界。"

刘真这时有些得意了,说道:"大晋如大司马一般享有九锡之最高荣誉皇族寥若晨星。而大司马在接受了皇上的最高荣誉后就矢志振兴大晋之基业。"

陆机说道:"安乡公一定也记得咱家成都王一同被皇上赐予九锡之誉,只是,咱家成都王拒绝了这个荣誉。公可知道因何乎?"

刘真阴阴地一笑,说道:"当然知道,可是陆府君敢在这公府堂上讲出来欤?"

陆机自然也不敢讲出来。自汉以降,受九锡者之后大多篡位,留下一段血雨腥风的历史。西汉末年,王莽被朝廷授九锡,后来一举废了汉室建立新朝。距离现世最近的曹操,也是被东汉授了九锡的,结果,其子曹丕就建立了曹魏政权。

作为东吴大将军陆逊的后人,陆机更是对东吴创立乃至发展壮大的历史十分清楚。东吴大统帅孙权在臣服曹魏之后也是被授了九锡,数年后,孙权终于以极高的智慧、过人的胆略、天赋的雄才大略,在江左扯起一面大旗,从此称帝建业，跟曹魏、蜀汉鼎足而立。

这些是陆机不愿意说的，而他不敢说的则是文皇帝司马昭当年被曹魏授九锡，他虽然没有建立新朝，可是却几乎将曹魏的后人杀的杀，流放的流放，曹魏的河山，最终被他占有。

就在两年前，大晋皇帝论功行赏，赐赵王司马伦九锡之誉，没想到一年之后，已经统帅天下兵马、坐掌朝廷大权的司马伦却逼迫皇上司马衷退位，自己登基称帝。

陆机不想坏了自家心情，也不想让王旷为难，于是在话锋上退了一步，不那么咄咄逼人了："机冒昧揣度，大司马之宏愿大志定是出自公之手耳。"

刘真得意起来，说道："京城五公非浪得虚名。旧都许昌藏龙卧虎，只是轻易不露峥嵘罢了。"

王旷不得不打断刘真的话，说道："安乡公不必如此飞扬跋扈，本官并不在乎你在辅政大司马那里如何得宠。黄门孙虑当初乃中官总管，可谓红极一时，本官当着一干大臣面将其首级掷于大殿之上。故而，若本官查实你违犯大晋律法，"说到这里，王旷看了一眼摆在桌案上的长刀，"本官定斩不饶，决不姑息。"

刘真顿时被王旷的话语吓住了，立刻收敛傲慢的神情，放缓语气说道："明府一定误会了我之心意，有些事此处不便言及。若是在京城，当着大司马面，我一定会将这座庄园占地所图一五一十告诉明府，也好让大司马为我做个证明。明府这里毕竟是大司马之子司马英封国，封国里庄户皆听命封王号令，至于占田与荫庇，我之本意还是要请明府等藩王前来巡视之时再行理清，明府意下如何？"

王旷说道："当然可以。不过，在司马英到来之前，济阳国百姓乡绅大小官员都只能听本官号令，安乡公不可对此有任何异议。"

刘真连连点头称是。

王旷一招手，施融递上来一纸文书。"这是判决文书，你已犯下死罪一条，然，本官暂时无意将此文书昭告于天下，算是给你留个情面。只是你须将囤积之粟米先交出一万石来，权当去年应该缴纳的部分地租。地租其余部分待本官核算清楚后再行公文告知。你给我闭嘴。"王旷见刘真欲要张嘴说话，厉声呵斥说，"今日本官不再任由你狡辩，可听清楚？"

238

刘真的脑袋险些炸开来，却只好问道："明府所说地租何时缴纳？"

"五日之后若不见缴粮，本官将判你私囤官粮、私占田亩之罪，下入大牢，并昭告于天下。"

刘真无奈，知道继续争下去只能越来越被动，于是沮丧地转过身去要走，一眼瞧见堆放在大堂一角的绸缎，便唤来随从将这些物品带走。

王旷大声喝道："住手，尔等怎敢在公府大堂上胡作非为。此乃大司马犒赏本官与公府之财物，尔等岂不是明火执仗抢劫软？还不快快滚出大堂！"

第四十五章

刘真气急败坏回到府邸，晌午饭都没吃。掾属们见主子一副此仇不报誓不为人的狠劲儿，也都没敢吃饭。众掾属围坐在刘真两侧，众说纷纭，莫衷一是。只有一个人觉着这口气还是不出为好，此人在安乡公府上做参军，与刘真是本家，论辈分还比刘真大一辈。一年前，司马冏听信掾属刘真建言，派人悄没声地占据了赵王司马伦之子的巢穴，正所谓鸠占鹊巢。当时，就是这位刘本家带领一支三十人的私兵武装进驻了赵王司马伦的庄园，并干起打家劫舍的营生来。赵王司马伦被诛杀后，其庄园顺理成章成为齐王司马冏的庄园。很快，这座庄园里就拥有了一座九进纵深的院子，三处聚会用的凉亭，四大块可以用来举办大型聚会的露天场坪，一块射箭场，一块有坡地有水塘的专业赛牛场和可以同时饲养十头快牛的豪华牛圈，以及数十座能够囤积十数万石粟米的仓房。

刘本家等众人说完之后才慢吞吞地说道："公息怒，千万不可因小事而伤了精气神。那王旷在皇上身边待了八年，所见世面之广，所见重臣之多，一般人等难以企及。他能前来济阳做官，自然心有所想，志有所图，而大司马能让他到这里来，自然也有打算。"

刘真叹了口气，环视了众掾属一眼，很是不甘心地问道："你们都跟大总管一样，认为这只是件小事情？"

刘本家连忙摇头说道："非也非也。小的只是认为与其跟内史纠缠不休，不如咱家让出一步，如何？"

"怎么个让法？认罪吗？"

"公几日之后尽管往京城而去，此处事情交给小的处理。小的我讨好王旷，不会有低人一等之耻辱感，而公也能置身于世外。王旷杀威棍最多打在小的身上，公不会有任何疼痛之感觉。"

刘家家这个时候居然说出这样息事宁人的话，这叫刘真十分不快，拧起眉头问道:"本家参军,平日你以足智多谋而深得本公之赏识,今日却谨小慎微耳。我若允许王旷跟我清算税赋,恐不仅会丢了爵位,怕是连性命都搭上矣。"

刘本家嘿嘿一笑,说道:"公所言之事绝无可能发生。小的深知公有今日之辉煌来之不易。小的追随公多年,一荣俱荣一损俱损也。"

刘真说道:"那王旷已经把刀架在本公脖子上了,又当如何是好?"

刘本家突然严肃起来,说道:"小的正想为公出这口气。"

刘真惊诧不已,问道:"你?你凭何本事与王旷斗法?快快说来听听。"

刘本家说道:"一直以来,小的殚精竭虑为庄园聚敛财物,占田已过五百顷,门下荫庇庄户已过千,因而得以在根据律法缴纳了田赋之外,还能得到成千上万石粟米谷物,现在咱家粮仓之储粮已是京城官仓难以比拟也。"

刘真惊讶地打断本家的话:"王旷当真没有说错?"

刘本家点着头说道:"王旷当然没有说错,但他拿我们也是没有法子。"

"何以见得?"刘真着急着想要知道结论。

"粟米满仓是安身立命之本钱,咱家粮仓正是大司马家粮仓。还有一件事情直到今天不曾跟公讲透彻。"

"那就现在给本公讲清楚。"

刘本家停顿了片刻,示意其他人都出去,等屋子里只剩下他们二人后,才说道:"咱家还养着一支私兵武装。"见刘真有些丈二和尚摸不着头脑,便又说道:"这么说吧,为了咱家庄园平安无事,以及五百多顷庄稼地年年丰收,咱家收编了一支在当地横行乡里的流民武装。"

刘真不敢相信自己的耳朵,惊讶地叫起来:"你收编了一群匪盗?!你怎么敢?你胆大包天。"

"小的不会推诿卸责。前次与公进京时,大司马向小的问起庄园之大事小情,小的就将此事如实禀报,大司马非常满意。"

"大司马如何训导?"

"大司马训导小的,庄园非一般宅院,可将其视为大司马之行官。既然是行官,便必须拥有强大护卫武装。小的依照大司马敕令行事,因此,现在咱家已经有一支武装。"

刘真问道:"咱家这些私兵经大司马首肯,其实已与京城禁军无二?"

"小的正是此意。"

刘真大笑起来，笑罢，问道："如此而言，本公完全不必害怕王旷？"

"小的还是刚才那个意思，咱家还是不要跟王旷斗法。"

刘真对管家的话不以为意，反而急切地说道："若是养着一干人马仅为看家护院，实乃大材小用耳。过去我是不知，既然已经知道，本公并不觉着这支武装就是来为咱家看守庄稼地的。"

刘本家说道："请公明示。"

刘真伸出手臂挥了一圈，说道："大司马已责成本公尽快将庄园里粮食运往旧都许昌。十几万石粮草，唯武装护送方可确保一路无虞也。"

"小的唯公马首是瞻。"

"大总管，你听仔细了，立刻组织车队，夏收之后，将庄园里存粮悉数运往许昌。"

刘本家随声附和道："小的明白，咱家就有一支不大不小的车队呢，随时可以调用。"

刘真拍拍刘本家的肩膀，说道："当年石崇向本公举荐于你，本公慧眼识珠耳。"

"小的斗胆说一句，公若是在此时刻让公府拉走一些粟米充实官仓，济阳百姓必会感念大司马恩德，王旷自然不会继续纠缠于咱家庄园。"

刘真嘴巴大张，惊喜之情溢于言表："那是当然。"

刘本家又问："小的还有一问。公半年前与陈敏度支所谈那笔交易，咱家还要做下去吗？那可是上千两黄金的生意耶。"

刘真一惊，厉声问道："连这件事情你也禀报大司马耳？！"

"小的怎敢。小的只为安乡公肝脑涂地，在所不惜。"

刘真大笑起来，用力拍打着刘本家瘦小的肩膀，大声说道："本公现在就要巡视咱家军队，你带路。"

第四十六章

刘真刚一出公府大堂，王旷立即起身来到陆机面前，拉住陆机的手说："你今天无论如何不能离开济阳，虽说不能在城中的酒家设宴为你接风洗尘，却完全有能力弄一桌像样的饭菜款待远道而来的平原国内史。"

陆机告诉王旷说，半月前出任平原内史替平原国封王司马干打理封国事务。这次，大将军司马颖让陆机回乡省亲顺便探访那些相继离开京城的江左好友纪瞻、贺循、甘卓等人，看能否说服他们到邺城辅佐成都王，大将军府正虚位以待呢。陆机说妻儿家眷都已经从京都跟去了邺城，所谓省亲，不过是成都王的说法。

两人携手来到公府后院官仓里王旷临时作为下榻处所的住处。官仓里已经堆放了一些粮食，如果刘真能如数按期将一万石粮食缴纳上来，济阳国官仓马上开仓放粮，帮百姓度过饥荒季节。

说话的工夫，施融已经从谢镇的酒楼弄回了几样酒菜，两人说着吃着，一边小酌着济阳出产的粟米酒。很快，都有些面红耳赤了。

陆机一仰脖子喝干碗里的酒，说道："世宏老弟，为兄能有今日自然要感恩成都王伯乐识马，临行前，大将军嘱我给你捎话，请你到邺城助他一臂之力。"

王旷思忖了片刻，才说道："士衡兄，小弟不敢虚与委蛇，倘若你这次来要说服我投奔成都王，小弟先拒绝了。士衡兄，在司马颖几个兄弟中，小弟最不喜欢之人便是司马颖。"

陆机顿了一下，像是在下决心，然后说道："其实为兄也不喜欢司马颖。"

这话叫王旷大吃一惊。

"不错，是司马颖收留于我，还力排众议委我内史。为兄在京都混迹十年，做到中书郎就已到顶，不过是五品官秩。按说我应感激不尽，终身报答这份恩情。"

王旷很真诚且肯定地点点头。

陆机却缓缓地摇摇头，语气低沉地说道："然，时间一长，我看出司马颖不具备雄才大略。成都王秉性也许不坏，但却性情偏执，斤斤计较，易受佞臣左右。世宏，相比而言，为兄甚是喜欢长沙王司马乂。长沙王在京城与为兄有过一叙，其对皇上之赤胆忠心，令人敬佩。为兄从未在司马颖那里看到过对皇上的诚挚之情。世宏，你又因何不喜欢司马颖？"

王旷不想说，可看着陆机恳切的眼神，只好说道："那些年我在皇宫里跟皇上这些兄弟接触颇多。司马颖在皇子里排行靠后，母亲程才人在杨艳皇后时不受宠，只能住在金墉城里，在京都并没有自家府邸。司马颖自小孤独，先帝其他子女皆少与其来往。这也就使得他性格变得乖戾而残暴。司马颖对那几位兄长更是毫无亲情，甚至连皇上都敢羞辱。"

王旷不想继续说下去。他摇摇头，叹了口气，说道："司马颖对皇上大不敬可视为兄弟之间芥蒂，也算是他对皇上不智之抱怨，但他不能对皇上有任何大不敬行为。我和嵇绍大人曾经多次阻止过他对皇上无礼，正是因此，我不喜欢司马颖。但是因为司马颖偏爱太子，我倒不会与他过多计较。"

陆机突然朗声说道："大晋天下之大，居然到今天才有了我陆机一展宏图之地。"

王旷从桌几上伸出手拍了拍陆机的手臂，说道："平原国封邑三万，是大晋朝最大封国，济阳自是无法比拟。兄能一展宏图，小弟甚是高兴。我与兄如今远离京城是非之地，潜心治理地方，闲暇时多多走动拜访友人，书信往来，岂不乐哉。"

陆机跟王旷干尽一碗酒后，诚挚地说："世宏，你刚才所言算是对为兄之箴言欤。为兄知晓缺乏你阿哥王夷甫那种口若悬河本事。你能懂为兄所说之意乎？"

王旷点点头说道："当然明白，因此我愿意与你为友。在皇宫里，嵇延祖是我最好的朋友，他也不善言谈。京城里，我很敬重左公，左公也不善言辞。"

陆机说道："世宏老弟，你是一位值得结为兄弟之君子耳。你人品……"

王旷急忙举起手来，制止陆机说下去，然后说道："我在京城待得太久，见过太多不该见到之事，但旷乃琅琊王氏之后，琅琊王氏几代人皆牢记祖宗教诲。现如今，小弟我只有一个心愿，让济阳国百姓因我到来而不再遭受贼寇抢掠，不再遭受如刘真这等恶霸欺压盘剥。我一直以为，一个地方可以有名流世族，可以有富豪乡绅，但不可以让其他人活不下去。"

"说得太好了。世宏老弟，我知道你回避论及人品是担心伤及于我。我也知道京城名流中如何议论我之人品。"陆机抬起眼来看着王旷，将碗里酒倒满，"为兄全然不在乎耳。"

王旷也将碗里酒倒满，说道："小弟也不在乎别人如何议论兄长。你我情投意合，并无芥蒂，自是十分满足耳。"

两人将碗里的酒一饮而尽。

陆机很快吃了几口，放下筷子，说道："你在济阳为官如此不易，为兄不敢饭饱酒足。"

"也罢，兄长所说正是世宏这些日子以来对自家之约束。"王旷笑起来，他压低声音说："旷自来到这济阳国之后，还没敢恣意吃上一顿饱饭。我还想过，若是这边公府事情稍微松一些了，我一定要到京城走一趟，就为大吃一顿，然后马不停蹄打道回府。"

两人为这句真心话笑个不止。

二人话题广泛，说着说着王旷就说到了陆机早年名篇《文赋》。王旷先是有些拘谨地一笑，然后说道："士衡兄，说到京城那些日子，为弟时常会以捧读士衡兄名作《文赋》来打发时光，故而至今对赋中颇多字句铭记在心。"

陆机一听这话，自是十分惊讶，《文赋》是他多年前的习作，若是今日让他背诵也不敢保证句句不差呢。便说道："为兄愿洗耳恭听。"

"就背诵一小段以飨兄长。"王旷于是诵道，"'余每观才士之作，窃有以得其用心。夫放言遣词，良多变矣，妍蚩好恶，可得而言。每自属文，尤见其情，恒患意不称物，文不逮意。盖非知之难，能之难也。故作《文赋》以述先士盛藻，因论作文之利害所由，他日殆可谓曲尽其妙。至于操斧伐柯，虽取则不远，若夫随手之变，良难以辞逮。盖所能言者，具于此云尔。'"

陆机早已泪流满面了。

王旷用力拍拍陆机的肩膀，接着说道："士衡兄，不仅如此，为弟还在离开京城之时，意外从贺循那里抄录下兄被齐王判流放之后以孤傲之心写出

《豪士赋》。啧啧,亦是名篇欤。小弟心中疑问颇多,趁此机会,可否解之一二?"

见陆机点头应允,王旷问道:"《豪士赋》何以只见两段,兄似有顾虑耳?"

陆机先是点点头,继而又摇摇头,说道:"不过言犹未尽,乃不合时宜耳。"

"兄难道只愿言之于此乎?"

"非也。为兄对司马冏在京城劣迹耳闻颇多,此赋恐不日便会有下文也。"

说着,王旷从文案中翻出手抄的《豪士赋》,挑了一段朗声念起来:"'夫我之自我,智士犹婴其累;物之相物,昆虫皆有此情。夫以自我之量而挟非常之勋,神器晖其顾眄,万物随其俯仰,心玩居常之安,耳饱从谀之说,岂识乎功在身外,任出才表者哉!'此文若是直指当朝大司马,实在是恰如其分耳。"

陆机伸出手来,拍了拍王旷的手背,感慨而言:"知我者,世宏也!"

整个后晌,王旷和陆机都没有离开过公府的仓房。两人都有说不完的话,这场漫长的思想交流和情感交流将两人的心拉得越来越近。

黄昏时分,施融和曹超不知从哪里弄了几坛上好的酒和一大包肉糜进了仓房,四个人又是一通豪饮。好友不期而至,又相谈甚欢,使王旷心中大悦,于是让主簿施融拿出皮鼓来助兴。施融会击鼓,在京城时,王旷就经常出了皇宫去找施融听他击鼓唱歌。施融和曹超是王旷从司马睿家里带出来的随从,当年跟随自己征战河东。自打进皇宫做了次直侍中,他就将二人安排在王衍府上做了随从。这时,施融唱起来,声音浑厚,低沉委婉,令人徒生几许惆怅。王旷喜欢这样的氛围,起身一边舞着,一边和着施融的曲调唱起来。王旷的声音高亢有力,直达云霄,是那种经战场洗礼又在宫廷熏陶出来的腔调,有一种鼓舞人心的穿透力。歌词是即兴而作,忽而苍穹,忽而群山,海阔天空,不一而足也。陆机的兴致顿时被勾起,也跟着舞起来。两人边歌边舞甚是陶醉。不一会儿贼曹曹超也加入跳舞的行列中。三个人在鼓点和歌声的引导下,渐次排成了一个等边三角形队列。一曲终了第二支曲子旋即随了上来,队形开始有了变化。就像是经过编排似的,陆机和曹超踏着有力的步点,围绕着王旷转起圈子。王旷和陆机目光专注,一忽儿对视良久,一忽儿又举头仰望仓房屋顶;一忽儿相互击掌,一忽儿又双手把肩。舞动和歌声让二人忘记了一切烦恼和不快。

待二人躺下之后,王旷依然睡意全无。他听见陆机嘴里小声嘟囔着什么,知道他还没睡呢，便问道："士衡兄在念叨新诗句乎？"

陆机在黑暗中回答道："非也。你将《文赋》背诵出来，弄得我也想试试能否背出几句来。不然，将来你会笑话为兄矣。"

王旷说道："旷岂是随意讪笑他人之辈，兄所做文章篇篇令人过目难忘，而你所写诗句，无论哪一首皆可为流传百世之佳作耳。"

陆机咕咕地笑个不停。

王旷问道："士衡兄，你怎如此怪笑？"

陆机说道："我想起白天在大堂之上刘真在你我斥责下丑态百出。世宏，你要多留心，那个刘真一看便知非正人君子。"

王旷嗯了一声。

陆机继续说道："那安乡公若是在我平原国，我非把他投进大牢关上几日不可。"

王旷说道："咱家济阳国公府大牢里还没关过人。"

陆机啧啧了几声，说道："所以，那刘真才敢如此胆大妄为，不将济阳国最高官员放在眼里。"

王旷一笑，问道："把那安乡公关进大牢，接下去该如何处理？"

陆机说道："世宏，做地方官与在京城护卫皇上截然不同，你得树立官威。"

"此话说得太好。"

"然后才是施恩于黎民百姓与乡绅名士，让他们知晓你是赏罚分明之长官，你眼睛里容不得一粒沙子。这叫恩威并施。非如此，想要治理政务国务，让人们安居乐业，难矣。"

"旷牢记士衡兄之箴言。不过，还要问你，若是将那安乡公投进大牢，接下去该如何才好，你尚未回答于我。"

陆机困了，说话开始变得含含混混。

王旷用手捅了陆机一下："士衡兄，我问你到时如何放人。"

"让那家伙拿财物来换，济阳国官府太过穷酸。"

两人沉默了片刻，王旷说道："士衡兄，我不打算将安乡公关进大牢。可是，小弟打算过几天就到庄园将那一万石粮食拉回来。"

"哈哈，一万石粟米可堆积如山，你又如何拉得回来。"陆机说完，一翻身打起呼噜来。

第四十七章

陆机在济阳国盘桓了两日。每日与王旷策马于风吹草低的原野之上，行走于菽粟齐腰的阡陌之中。到了夜晚，既有美酒豪饮，又有诗书纵情，饶是尽兴。

这晚，二人将属下备在仓房里的老酒早早就喝得精光，一时间竟然没觉尽兴。王旷兀然记起那日在伙房遗下两坛好酒，于是二人潜入伙房，燃着蜡炬，席地而坐喝将起来。

这时陆机脸庞通红，神色局促，说道："为兄有一事憋于胸中已有经年，若是不能倾吐而出，必定久郁成疾。今日得在济阳与世宏老弟聚首，若能一吐为快，实乃万幸。"

王旷喝干碗里的酒，说道："士衡兄不必见外，你我早已是莫逆之交，既然不吐不快，何不快快讲来。"

陆机依然犹豫良久，终于说道："司马伦篡逆称帝那日，责令为兄与琅琊王司马睿送皇上入住金墉城。世宏老弟紧随皇上与皇后云母辇后，寸步不离，手握刀柄，横眉冷对，不容任何人靠近龙辇。为兄尾随于琅琊王司马睿身后，与世宏老弟并肩而行，见你目不斜视，冷峻傲然，斯时心中百味杂陈。知道你我兄弟一场也许那日就是诀别，再无把酒言欢、切磋诗书之日，胸中惭愧多多，伤感多多。"

王旷连饮三碗老酒，这才说道："那日情景刻骨铭心，历历在目。那日小弟眼中只有受到屈辱之帝后，再无其他。在金墉城陪伴皇上与皇后大约一年，除了习练刀术，便是日日染翰操纸，不亦乐乎。若是心中尚有闲情，便只是感念兄能将小弟遭人暗算一事报知咱家兄弟。不然，小弟当真要死在那暗无天日之水牢中了。"

陆机一阵惊喜，问道："当真如此？"

王旷连连点头说道："怎会不当真。想士衡兄厕身于一干魑魅小人之中，能洁身自好以求自保已然不易。若不是与小弟情真意切，怎会铤而走险。"

陆机大喜，说道："世宏老弟，今日你卸去为兄重负，为兄从此可以心旷神怡也。为兄无以回报，膝下尚有一小女，寄养在江东纪瞻家中，若是世宏不嫌，为兄愿将小女与令郎籍之，你我两家结为秦晋之好。不知弟意何如？"

王旷自然喜不自禁，连呼美哉美哉，一边将最后一坛老酒撕去封纸，与陆机尽数喝干。

出了伙房，王旷与陆机相互搀扶着跌跌撞撞回到仓房，甫一进屋，两人就大睡过去。

陆机离开的时候，王旷亲自把陆机送出济阳国界。因为是一路向南，越走天气越热，原野山水的景色也越是迷人。送至彭城国界，两人分手时约定，下次一定一路前往淮南。淮南对王旷来说有一份浓浓的血脉亲情，而对陆机来说则是一份酸涩的羁押苦情。二人对此心照不宣。但是若当真成行的话，淮南必定是见证二人友情的地方。

送走陆机返回谢镇，给安乡公规定的缴粮日期已经迫近。王旷没有坐等安乡公奉上粟米，他知道让安乡公乖乖缴出一万石粟米绝非易事，因此王旷每天向庄园送达一封公府文书，催讨粟米。同时，他请谢芷等一众乡绅在这几天里为公府凑齐四十辆牛车，算是公府征用。

五天前的公堂之上，王旷尽管喊出让安乡公缴纳一万石粮食，但心里却以为他只要能乖乖缴出两千石就已是皆大欢喜之事了。

派去监视庄园的士兵报告说，安乡公还没有离开庄园。眼下庄园没有发现异常，只是在庄园外巡逻的私兵似乎多了，且近几日不断有牛车进入庄园，却不见牛车离开。

这一夜，王旷和他的两位贴心下属睡得都很踏实。

第二天，日头爬上一竿子高了，公府大门打开来。王旷身着内史官服，腰间的长刀令人生畏。

四十辆牛车的车队，从公府出发，浩浩荡荡向庄园进发。

庄园里，刘真却连着几夜都没睡安稳。天刚放亮，刘真就来到正堂，刘本家也带着一众食客尾随而至。昨晚上刘真想了一夜总算想明白了，这一年来，刘真手握大司马给予的尚方宝剑，在济阳国通过各种手段聚敛了堆山积海的财富，粮食就不用说了，十几座粮仓堆得满满当当。然而，自从王旷出任内史之后，从此自家横行济阳的日子便一去不复返了。这时，刘真环视着眼前情绪不安的掾属，口气生硬地问道："这已是咱家第二次向这位内史示好，可是，此人如茅坑之石头既臭且硬。现在本公问诸位，咱家如何是好？"

人群中有人偷笑起来。刘真找到那个偷笑的人，知此人是一位慕名投奔庄园的食客，而非掾属。刘真问道："你因何生笑？"

林食客说道："在下平日食公之粟米，正所谓养兵千日，若那位内史杀将过来，我等以食公之粟米为生之人就该挺身而出，死而后已。"

刘真赞道："说得好，然本公问你因何生笑。"

林食客突然双膝跪下，说道："容在下带一干人马杀将过去，以解公忧。"

刘真听了这话非常惊讶，说道："打打杀杀是咱家兵士之事，你等皆为大晋之人才，怎好让你等涉险？本公让你等献计献策，并非让你等献出性命。"

林食客说道："公此言差矣，有养兵千日，便有用兵一时。兵者，械也。械者，矛戟殳楯弓矢也。吾等饱食终日，不正是为了有朝一日能成为主子攻击敌人之兵械乎？在下愿以死报公施粥之恩。"

刘真不觉一愣，扶起林食客，说道："你不妨说得透彻一些。"

林食客说道："在下未曾与那内史谋面，能让公怒发冲冠而又无可奈何之人，想来一定也是高人。所以，应对高人最简单方法就是设法让他顾此失彼。在下从内史做派分析，此君以民生为重，那咱家就从他最为关切之民生入手，设法扰乱他之视线，使他眼花缭乱，防不胜防。"

"请详尽道来。"

"抢劫集市，囤积居奇，封锁物资供应渠道，抬高物价，放高利贷，扰乱行市，等等，皆为立竿见影之手段。"林食客不动声色地说道。

人群中顿时响起一阵乱哄哄的议论声。

刘本家急忙起身制止众人因惊愕而发出的不满声，说道："君所言极是，诸位不用大惊小怪，诸位能饱食终日无所用心，盖因安乡公赏识诸位，接纳了诸位。我赞同林食客说法，只是，除了打家劫舍造成一时混乱之外，其他手段都需要长时间才能见到效果。"

刘真认真地问道："若本公依你所言，你可愿意以身涉险，去当劫匪乎？"

林食客再一次跪下说道:"在下义不容辞。"

刘真非常感动,扶起林食客,环视众人问道:"还有谁愿意为排遣本公烦恼而与林君同往?"

人群中站出来四五个食客。

刘真转而询问刘本家,道:"咱家豢养那些兵士,不就是为干这些事情?何不让他们干这打家劫舍之勾当?"

刘本家说道:"小的与刘伯根为此商议过,遭刘伯根断然拒绝。"

刘真非常好奇,问道:"本公很想知道他因何拒绝。"

刘本家说道:"刘伯根说他手下一干武士可以为保护庄园安全抛头颅洒热血,若是有敌人来犯,每一名武士都会视死如归。但是,打家劫舍是土匪所为,武士们不屑于为之。"

刘真仰天大笑起来,笑罢说道:"刘本家,本公从齐献王时期就将你招致麾下,你难道从来没为本宫豢养一些强盗土匪?总要有人去干此等勾结哦。"

刘本家眼睛里闪烁着诡异的神色,说道:"公有所不知,咱家庄园墙外做强盗土匪之营生者大有人在,可是小的不能不顾及庄园名声……"

刘真立刻就明白了管家话中的意思,于是扬扬手,对林食客说道:"本公极为欣赏君之忠义。也罢,明日本公将赴京上奏济阳国境况,本公外出期间,一切如旧,听从大管家安排。"

这时,派出去到公府打探消息的手下回来报告说,有四十辆牛车离开公府,朝庄园来了,一定是内史到庄园收缴地租税赋的。

刘本家轻声问道:"此事因小人不慎而起,任公责罚。只是内史索要一万石粮食,已经迫在眉睫。给还是不给?请公明示。"

刘真大声说道:"王旷强征税赋地租,本公又怎能怪罪于你。此事你本该料到。"最后一句话刘真是从牙缝里挤出来的,"给,先给他二千石。大管家,立即给本公备快马两匹,本公这就进京去见大司马,若是不叫王旷吃尽苦头,本公誓不为人。"

第四十八章

安乡公刘真两天后赶到京都洛阳，却没有当下将济阳国发生的事情禀报司马冏，他需要等待最佳时机。这天，京都"五公"和中护军董艾已经在寝宫外等了很久。寝宫外的广场上，为司马冏消闲准备的舞女和乐手也都等候了很长时间。司马冏从寝宫里出来的时候，已近晌午。

刘真一招手，六十四名舞女像朵朵彩云般飘进了广场。六十四人踩着轻盈的碎步，倏忽间便摆出了八佾之舞的队形。鼓乐旋即奏响。

八佾之舞自创世以来，为周天子独家享受之宫廷最高娱乐形式。改朝换代至今，也只有皇帝才有资格享受这种舞乐。司马冏乃封王，六佾之舞为之本分。而今将八佾之舞安排在庭院，已是僭越了。

舞乐声中，嵇绍跟着黄门黎青急匆匆进了大司马门，来到寝宫外求见。

司马冏正在兴头，喝退黄门，告知不见。中护军将军董艾讨好说："嵇绍善丝弦，正好叫进来为大司马赏八佾之舞助兴，岂不美哉。"司马冏一听乐了，让传嵇绍入宫演奏丝弦。嵇绍进入寝宫前的庭院，被眼前的情景惊呆了，愣了少顷，扑身在地，大呼："臣嵇绍谨告，八佾之舞乃天子礼数，大司马怎可僭越朝纲。子曰，八佾舞于庭，是可忍孰不可忍也。此乃亡国之举焉。"

董艾说道："嵇绍休得放肆。殿下嘱你演奏丝弦，实乃抬举于你，你怎可大放厥词，恣意搅扰殿下赏舞乐之兴致。"说罢，唤人抬出丝弦。

嵇绍怒道："臣身着朝服拜见，乃禀报国务要事。大司马不容臣将奏文呈报，聆闻国事，而任由佞臣为所欲为，乱我朝纲耳！"

司马冏也不恼怒，说道："爱卿，此地非太极殿西堂，此时非闻听奏报之时。本王乃九锡之身，与天子本无二致，怎不能赏八佾舞于寝宫前庭乎？你还是快快弹拨丝弦，若讨得本王欢心，也赏你一个爵号，如何？"

嵇绍稽首不起，说道："臣身着朝服禀报国事，即使受死也绝不应允，大司马不得羞辱于臣。臣冒死进言，大司马辅政，怎能忘记六百年前鲁共公之所言：大禹饮美酒而疏远仪狄，齐桓公为美食而告诫易牙，晋文公得南威而觉醒于榻，楚庄王登高台而绝情园林。而今大司马沉湎于美酒佳肴玉女高屋，可无戒欤？"

司马冏哈哈大笑，说道："嵇绍你乃朽木不可雕也。本王日理万机，为大晋兴盛殚精竭虑，即使终日美女好酒佳肴高屋又如何？你以危言耸听混淆是非曲直，按律当斩。本王念你对皇室忠心耿耿，董中军听旨，将这老朽赶出皇城。哈哈！"

看着众人将嵇绍连拉带拽拖出宫门，司马冏的心情已是坏了。然而八佾之舞，编钟之乐，始终未停。

好一会儿，司马冏总算缓过神来，毕竟，在与父王一道沉沦的那些岁月里，《战国策》乃父王钦点之书籍，兄弟四人也只有他能将这本书背诵如流。《鲁共公择言》一文，正是父王要求他们一生谨记的重要文章，而嵇绍刚才所方言就是出自此文。司马冏挥手驱赶走头脑中这些令人烦恼的记忆，又将"五公"召至身旁开始挨个儿询问其分管的自家三个封国粟米运往许昌情况。得到的回答是已经陆续启运，至多个把月，三个封国仓房里的囤粮就会悉数进入许昌。又听说今年肯定是个丰收之年，许昌囤粮足以令大司马养在旧都的十万大军五年内无粮草之忧。司马冏又乐呵起来，顺嘴说："本王终有一天会封你几位每人一个王。""五公"只是喝彩，却无人将此话当真。大晋王朝的爵位名号分王、公、侯、伯、子、男六等，封王者，皇族子嗣也。能受公之爵号者在大晋朝并不多有。因此，五公实在已是知足了。

安乡公刘真这时说济阳国总的情况在内史王旷到来之前好得不得了，仅半年时间，庄园荫庇的农户就超过千家，良田已近五百顷，庄园粮仓至少囤积黍米十数万石。但自从济阳国来了内史王旷后，咱家大司马的庄园收入就大不如前了。

司马冏不喜欢刘真在这种场合说起王旷，毕竟是他让王旷去济阳国做内史的。他皱起眉头不耐烦地说道："爱卿，本王不止一次说过，若王旷生事，告他实情便可。难不成他还要拂逆本王之意乎？"

刘真说道："殿下有所不知，那王旷已然判若两人，臣对他之忠心表示怀疑。"

"一派胡言，你出此言无异于怀疑本王知人善任。你晓得本王何以将那王旷安置在济阳国？那王旷只要在济阳国听命于我，济阳以东诸国藩王便不会有谁能越过济阳一步。京城东面可保一时平安。"

"臣明晓殿下谋略。然，王旷之从兄王衍胆敢在众人面前藐视殿下，众臣皆拜，唯他不拜，怎可讲琅琊王氏忠于皇室？"

"本王不跟那王夷甫一般见识。"

"司马伦命王夷甫做朝臣，委以重任，那王夷甫装疯卖傻拒不上任。诸公一定还记得，正是琅琊王氏家族之王戎几天前还以妖言惑众，企图威逼殿下退位回归封国。多亏牟平公义正词严呵斥众臣，并以惑众者斩首示众相要挟，才压住了众臣直谏。"

牟平公葛旟走出来制止道："刘公不可提此事。殿下不愿意轻率处置济阳国事务，非反谋于地势，想来刘公一定知道那王旷深得皇上和皇后信任，而那王夷甫眼下正在京城，是长沙王座上宾。京城内，王旷之堂兄王处仲又刚刚被殿下任命为大鸿胪加侍中。京城外，王旷从兄王澄和堂弟王导被成都王引为谋士。你忠君之情切切，却不可因小失大，犯了众颜。琅琊王氏可是了不得，也当真动不得焉。"

刘真并不想就这么算了，语气坚决地说道："殿下大量自是不会与那王旷计较，但是王旷现下所为摆明了是与殿下势不两立也。臣来京城之前，王旷就已经带着人手车辆到庄园里强行拉走了一万石粟米。"

司马冏一听这话顿时火冒三丈，腾地站起来喝问："咱家庄园豢养兵士，此时不用更待何时？"

"殿下息怒，臣当即调家丁阻拦，怎奈几十人都拦不住。王旷是谁，他那刀法如鬼魅出入，十几个人近身不得。臣赶往京城正是要向殿下禀报此事，讨要敕令，彻底阻止王旷目无国法之行为。"

"那是咱家粮食，是本王为大晋数十万大军征收之军粮。你何不直言与他？"

刘真苦笑一声，说道："恕臣无能。大晋律法规定军粮必须入都城和诸藩国之官仓，臣更不敢说是殿下所有。可那王旷明明知道这庄园别无二主，臣怎可能有如此之多荫庇庄户。臣担心若是实话说了，那王旷定会闹到京城来，或许还会到皇上面前告状。果真那样，如何是好？"

司马冏被刘真的话激怒了，喊道："罢了罢了，再说无益。本王即刻代下诏令将那王世宏革职。葛旟你住嘴，谁都不得阻止本王。刘真，你带上本王敕令日夜兼程赶回济阳，将那王旷抓来问罪。"

刘真一听这话，也是吃惊不小，问道："殿下要给王旷定何罪？"

"你先奉敕令抓人，等你到了京城，就会定下罪来。"司马冏吼了一声，从后面闪出一女官，"叫治书侍御史即刻起草敕令，将那济阳国内史王旷传回京城问罪。安乡公，你可从中护军董艾里调用五十名士兵，亲自带往济阳把人给我抓回来。三天之内，必须出发。"

刘真原本想说离开济阳之前，已经备下车队，那些粮食恐怕正在运往许昌呢。可嘴巴鼓了鼓硬是把话吞了回去。

第四十九章

京都皇城内，中宫。

皇帝让皇后羊献容挽着手臂，正打算离开正殿到后面的寝室歇息，猛然想起了什么，问道："乖乖，朕已经多日未曾见到咱家壮牛，很是想念呢。"

皇帝在后宫豢养的十几头品质上乘的壮牛，已经被大司马司马冏一头一头拉去吃掉了，皇后怎么敢说，于是撇撇嘴角，说道："陛下累了，还是去寝宫歇息吧。"

皇上傻傻地一乐，说道："朕想亲自给那些壮牛擦洗身子，乖乖也一块儿去吧。"

皇后情急无奈，不知怎样应对。

正在这时，殿外黄门高声呼道："侍中嵇绍有紧急要务求见陛下。"

皇帝一听是嵇绍，便哗哗笑起来，忙让嵇绍进入大殿。没等嵇绍开口，便问道："爱卿，可是有朝贡壮牛献上？"

嵇绍看出皇后的无奈，便说道："琅琊王夷甫家有京都最美壮牛，陛下若是喜爱，臣愿前往说与他献给陛下。"

皇帝连连点头，说道："当然喜爱，当然喜爱。朕今日就要看到那头壮牛。"

嵇绍没想到皇帝是认真的，只好硬着头皮说道："臣禀报之后即刻前往王衍家讨要。"

皇帝很是欣喜，扬扬手说道："卿快快禀报就是了。"

嵇绍掏出文书，高举笏板，说道："济阳国内史王旷报，在济阳国发现安乡公私囤大量官粮，报请陛下诏令解往京都，以备京都不时之需也。"

皇上问道："安乡公是何人？可是又有灾情？"

站在身旁的皇后急忙附在皇帝耳旁说道："嵇侍中言称是安乡公私囤官粮，与灾情无关。"

皇帝听说不是灾情，乐道："朕准你将济阳国官粮押解回京，再将那安乡公一并押解京都，快快去办。朕要见那壮牛。"

嵇绍正要说话，殿外黄门高声再起："东海王司马越求见。"殿内所有人都不禁愣住了。嵇绍注意到有一丝不安的神情从皇后眼睛中倏然闪过。

司马越随后赤着脚趋步进入大殿，双手垂下，腰间的佩刀在进殿时已被除下，快到皇帝跟前的时候，他匍匐在地，高声说道："司马越有紧要机务面呈陛下。"

而始终站在殿外等待召唤的黄门侍郎和治书侍御史闻声也跟着走进殿堂，站立在皇帝御座的两旁侧前方。

司马越手中并没有持有奏板，因此他始终双手撑地。皇帝扬了扬下巴，嘴里含混地咕噜了一声，这声音表明司马越可以起身了。

司马越朗声说道："左军将军有要务禀报陛下。"

皇帝嘟囔了一句："既是要务，你在那里站立许久，怎就不报？"

司马越说道："回陛下，事出紧急，臣并无奏文呈上。"

皇帝点点头，又抬抬下巴。这是皇帝常常使用的动作，朝臣们都知道这就是表示有话就说，没话退下的意思。

司马越说道："大司马以陛下诏令命臣派禁军前往济阳国抓捕内史王旷。臣前来面见陛下以证真伪。"

皇帝听到司马越说要抓捕王旷，立刻挺直了腰板，看着皇后问道："此人所说王旷可是王爱卿？"

皇后应道："正是。"

皇帝突然瞪着台子下面的司马越，神志清楚，厉声问道："你是何人，怎敢到朕这里抓捕王爱卿。"他用力挥动着双臂，"来人呐，把此人拉出去斩了。"

嵇绍跨步上前，匍匐在地，大声说道："陛下息怒，东海王前来禀报大司马欲私传圣旨，诏令禁军前往济阳国抓捕内史王旷。"

皇帝还是没听明白，皇后知道事不宜迟，急忙问道："嵇侍中，大司马何以突然要抓济阳内史？"

司马越说道："臣并不知大司马因何抓捕济阳内史，但若是陛下诏令，臣不得不出兵前去济阳国抓人。"

皇帝一脸惊诧，问黄门侍郎邹林道："朕近日有过诏令乎？"

邹林慌忙匍匐在地，回答道："回陛下，皇上近日并无诏令发出。"

皇帝紧张的表情立刻松弛下来，挥挥手说道："那就不要理睬，速速退下。朕不允任何人伤害王爱卿，否则，格杀勿论。"说完，竟然起身走掉了。

黄门侍郎邹林正要跟着离开，被皇后叫住："邹侍郎，圣上诏令你听清楚欤？"

邹林欠身施礼，表示听得十分清楚。

皇后又问道："可知如何写才能使大司马无机可乘？"

邹林说道："圣上已经明示，微臣完全依照圣上旨意，不敢有只字更改。"

待邹林出了正殿，羊皇后看向司马越，说道："东海王，你可即刻回去带一支队伍在宫外等候诏令。"

司马越故意向皇后施行大礼，慢吞吞说道："皇后身为后宫之主，还是管好你后宫之事。这廊庙之事最好不要管得太多。"

嵇绍看出司马越不把皇后放在眼里，于是在一旁插话道："殿下此言差矣，中宫既为皇后统辖之地，皇后就可发号施令。何况圣上久住中宫，平日里对皇后也是言听计从。况且，诏令由圣上金口下达，在场谁没听到。依照规矩，此诏令所涉事项该由殿下执行。"

嵇绍说出这话，司马越顿时无法反驳，但却不甘心就此罢休。司马越瞪着皇后说道："恕臣一时不得抽身离开京城，个中缘由也不可示人。总之，臣留在京城比阻拦抓捕王旷要重要得多。"

嵇绍说道："既然东海王不便离京，老臣愿代殿下奉诏前往济阳。"

羊皇后长出一口气，对嵇绍说道："东海王可以退下。嵇侍中，本后知你与王旷情深义重定不会见死不救，以你德高望重之身必能不负圣上重托。拿到诏书后可前往骠骑将军那里请求军士，他断不会借故推辞。"

第五十章

已是初夏，地里的菽粟尚未收获，每年这个时候，家家户户几无存粮。济阳国张榜放粮济民的日子已经迫近。公府张榜告示于民：此次放粮济民，分阶段进行，第一阶段救济的范围是公府周围方圆三十里的村落，这些村落因为距离公府很近，大都做过详细登记，人口数字基本真实，只要按照公府已有的户籍名册发放就行了。第二阶段救济的是距公府三十里至百十里范围内的庄户人家，同时进行人口登记。最后，公府派人前往偏远地区实施救济。不管远近，每人定额一斤粟米。救济的人头只包括正丁男正丁女和次丁男，老人和婴幼儿一概不在这次救济的范围里。王旷还对可能发生的舞弊行为做了明文的惩罚条款，但凡发现欺诈行为，不管欺诈的数量多少，欺诈者一律发配边关。

告示一出，举国欢庆。谢芷乡绅带领着诸位乡绅来到公府代表济阳国的全体庄户人家向内史表示崇高的敬意。曹超在一旁冷笑说："明府为济阳国百姓度过饥荒殚精竭虑，若是真心感激的话，何不各家再捐一些粟米出来支援明府的这次济民义举？"谢芷被说得连声咳嗽，却也很是下不了台。施融这时说："谢老乡绅并非没有此意，不然的话，怎会带着这些乡绅前来公府致谢呢。"谢芷算是有了台阶，便说："老夫不敢保证别人会怎么做，我总是要多捐出一些粮食来。"施融趁机追问老乡绅说的多捐一些指多少。谢芷已无退路，只好说一百石吧，就一百石。谢芷此话一出口，其他乡绅也只好认捐，这个捐十石，那个捐二十石，眨眼工夫，公府的官仓里又多出来二百石粟米。

王旷心中大喜，却不露声色，说道："多谢诸位乡绅鼎力相助，本官将邀请各位在这次开仓济民的时候担任监察使，以使此次济民做到公平公正，各位意下如何？"

乡绅们一阵欢呼。

放粮济民的日子定在一旬之后。这些日子公府门前显得冷清多了，多日以来，居然没有前来投诉状的民众。王旷心情好得不得了，他依然住在公府官仓里的那间小屋子里，士兵们还是住在公府大堂。京城又给调了两名官员。一位是小史，另一位是书佐，二人的职能是主办文书，这就减轻了主簿施融的事务，使他能全心全意辅佐王旷处理国内大事。

距离开仓济民的日子还有三天。这天，公府依然没有事务需要处理，王旷决定微服私访，到集市上走一趟。临行前，他让公府的循行和书佐带着十几名士兵继续搞这些日子正在做的户籍登记和核实事务，自己则带施融和曹超上街去了。

王旷身着便装，随行的施融和曹超也都换成了素装，三人看上去像是外埠的商人。为了不惹人注意，王旷随身的佩刀和其他二人的长刀都用布帛包裹了起来，由曹超背在身上。

集市比他们刚到济阳时热闹多了。今天正赶上谢镇逢集，大眼看过去，是人头攒动、熙熙攘攘的景象。王旷上任已经近两月，跟安乡公刘真的较量使他为官一方的好名声在当地广为流传。紧接着他又张榜公布了有关占田、地租、税赋户调的具体缴纳数量和办法，还将施融从朝廷抄录的大晋律法中关于荫庇庄户的官职、数量以及必须缴纳的税赋统统做了张榜公告。榜文还为主要条款配有插图，比如关于占田的数量，按照律法，户主男丁可占田七十亩，户主妻可占田三十亩，一户就需缴纳田租八斛，就将夫妻二人画成人形图案，两人旁边再画上表示田地的图案和表示缴纳地租数额的图案，即使不通文字的人也能看明白自家应该担负的税收。户调的榜文也是如法炮制。对集市商家的税收也是这样，而且将逃税漏税抗税的处罚条款清清楚楚写在上面。在处罚最重的死刑条例文字旁还画上了斩首示众的图形。一个月下来，公府仓房里就有了不少商贾人士缴纳的物品，这些物品中就有数量不等的粟米。粟米的数量尽管不多，但解决了当下公府人员的口粮。公府将官事做得这样有条不紊，威信自然也就与日俱增了。

换了打扮后的王旷一行人并没有被人认出来，三个人来到一家出售各色饰品的货栈前，王旷停住脚步，俯下身子仔细看起来。饰品店的店家见有人对饰品感兴趣，也就起身从里面走到货柜旁跟王旷搭起话来。王旷说自己并不想买什么，但是看着这些饰品的做工质地很是高级，心里好奇便驻足观看。店家就说这有什么奇怪的，店里还有更好的饰品呢。若是搁在前几个月，他也不会老远从外埠购进这样高级的饰品。王旷就问为什么，店家说集市繁荣还是萧条，就能反映这里官府的好坏。王旷更加好奇地追问："济阳官府究竟事好是坏呢？"店家说："你这人真的笨拙，我刚才说敢购进这么好质地的饰品就是说这里的官府好呀，听不出来吗？"王旷笑笑没说话。这话他喜欢听，如果济阳国最大的集镇上所有商家无不如此的话，那才让他高兴呢。王旷继续迈着散漫的步子往前走去。

三人进了一家贩布的商号，这家商号是集市上最大的布店，店内柜台上绫罗绸缎布帛一应俱全，店内顾客很多，都在专心挑选布匹，店家居然认出了王旷，正要高声招呼，被王旷制止。

王旷来到柜台前，老板立刻亲自询问可有看上的称心绸缎，可以打折卖给他。王旷点点头说一定要扯上几丈绸缎，说买给家人的。老板顺着王旷的目光找到那些布匹正要抽出来，只见从外面突然跑进来十几个人，本能地挤在布店的角落，惊恐地看着店外。老板经验丰富，知道一定是有强盗进了集市，便高声吆喝着说不卖东西了，要关门了。还没等伙计搬出门板，店外又涌进许多人来。见此情景，老板急得直跺脚，脸都变了颜色，只得冲着王旷高声叫："明府，这一定是集市上来了打劫的土匪，这可怎么办好呀！"听说集镇上来了盗匪，王旷一个箭步冲出布店，施融和曹超紧随其后也冲了出去。刚刚还人头攒动的集市此刻已经人去街空，只有几个腿脚不利索的老年人在街道上跌跌撞撞地迈着双腿，却怎么也跑不起来。

街道上已经没什么人了，在一片或强或弱的叫骂声中，偶尔能听见有人惊恐的尖叫声。有马奔跑的声音往三人这边传来，三人已经握刀在手。曹超让王旷暂时躲一下，说对付盗匪是他贼曹的本分。王旷也没跟曹超争执，带着施融闪到一旁的矮墙后藏起来。

曹超小步快跑迎向马匹跑来的方向，单手拖刀，压低身姿，那模样像极了他的上司王旷。很快，曹超站在了两条街巷的交叉处，只见他双腿分开站立，挺胸昂头，双眼盯住前方。王旷和施融隐蔽在曹超两边的矮墙下，随时准备出击。

马蹄踏响的声音越来越近，凭着经验，王旷也能估计出这支马队距离曹超不过一箭之地。这是一支不会超过五匹马的马队，王旷听出马队后面有紧随其后徒步奔跑的匪徒。这让他计上心来，于是小声喊道："曹超，不可与马上盗匪硬拼。放过马队，阻击后面步行的匪盗。"

261

曹超来到济阳国之后这还是第一次与成建制的匪盗正面交手，大概太过兴奋，居然没有听到王旷的提醒。转瞬间，骑马的匪盗从街巷一角转了过来，几匹马的速度之快，气势之大，简直不像是来抢劫的匪盗，而是战场冲锋陷阵的士兵。曹超只来得及抬手举刀，第一匹马就已经冲到了跟前，马背上的盗匪抡着手里的狼牙棒砸向曹超，就见曹超哎哟一声，脚下一软，向前一扑，整个人就趴在了地上。紧跟在后面的马也赶到了，马背上的盗匪持一杆长枪，照着地上的曹超后背就捅了过去。眼看着曹超就要命丧在这杆长枪下，说时迟那时快，王旷从一旁的矮墙后跃出。王旷的突然现身令马背上的匪盗猝不及防，匪徒一愣神，王旷已经跳起，刀光一闪，刀背拍在匪徒面门上，疼得匪徒怪叫一声，身体向后一仰，手中的长枪应声脱手。几乎同时，藏身对面的施融也蹿了出来，长刀砍向匪徒的左腿，鲜血顿时从刀口涌出来，匪徒疼得号叫一声坠下马来，被刚爬起身的曹超抓个正着。

曹超迅速将受伤的匪徒拖到矮墙下，解下匪徒的裤带，三把两把将匪徒捆作一团。骑马的几名匪徒已经过去，想要回转身来必须到前面的巷口调头。看见有同伴坠下马，有几个跑在前面的匪徒扔掉抢来的东西冲过来围住王旷和施融。一场短兵相接就要发生，施融问道："明府，我们人太少，硬拼会吃亏，抓了一个够本了，咱跑欤。"

匪盗大概有十五六人，除去骑马的匪盗，步行的也有十人，硬拼的话胜算不大，于是王旷说道："不可，只要一转身，咱就再无胜算。你与曹超对付那几个骑手，缠住就行，那几个家伙暂且转不过来。这几个徒步盗匪我来对付。"

王旷话音一落，抬手给了被俘的匪盗一刀背将他打昏。猛地扭身，跃起，两腿借助矮墙用力一蹬，人在空中飞出一丈多远，落地时已经拦在徒步冲上来的匪徒面前。王旷没容匪徒做出反应，跃起，出刀，横切，竖劈，反挑，随着一连串快如闪电的动作，四五个匪徒应声倒下。一交手，王旷便知道对方不过是一群流民，因此手上长刀拿捏轻重，点到为止，并没有想置对手于死地。没有倒下的人中有人喊了声"这是王府君，逃命去也"。匪徒一哄而散。

这时，窜到前面去的四匹马已经掉转过头来。马上四人眼见着徒步的同伙倒地的倒地，逃跑的逃跑，却依然铤而走险，驱马杀将过来。

王旷迅速观察了地形，让施融居左，曹超居右，并嘱二人一旦马匹抵近，两人即刻向两侧巷子散开。刚刚说完，跑在最前面的马匹已经到了身前，王旷出人意料地转身就跑,那驱马之人怎能放过王旷,一声吆喝,双腿用力,马匹蹿向前去。

王旷向前跑出一丈多远,听得马蹄声近了,突然向侧面一跃,踩住一旁的矮墙再一次跃起,身体于空中转向,手中长刀顺势劈向身后。骑马的匪徒显然没料到王旷这一手,顿时惊慌失措,眼看着长刀劈向面门竟忘了躲闪,惨叫一声,双手松掉缰绳,扑通一声栽落马下,摔昏过去。

那边,曹超和施融也擒住一名骑马的匪徒,并将最先打昏的匪徒一齐拖了过来。

第五十一章

生擒三名匪徒，谢镇父老乡亲群情激奋，喊杀声不绝于耳。王旷顺应民意，将行刑的日子定在了开仓济民的同一天。王旷的意图非常明确，在济阳国做个勤奋守法的百姓就能得到官府的接济护佑，若是打家劫舍，扰乱民心，只有死路一条。

刑场设在公府前的广场上。为了不至于在开仓济民时造成拥堵，王旷特意让将公府西面的侧门进行了扩建，这道侧门打开后正对着公府后院的官仓。

前一天，行刑用的高台就搭建好了，高台上赫然耸立着一个绞刑架和两个断头墩。公府外的广场上从昨天开始就有百姓从各地络绎不绝聚拢来，到黄昏时，广场上已经涌进了数百人之多。济阳立国以来，开仓济民和公开行刑都是头一次，举国上下没有人想错过。

为了防止出差错，王旷从昨晚就派人在广场上增加了照明火把，还安排了维持秩序的兵士。天黑以后，王旷和施融、曹超到广场上查看动静。人们大多数都席地而睡，还有一些强壮小伙儿大概是太过兴奋睡意全无，依然在那里大碗饮酒，大声喧哗。王旷不得不走过去制止他们继续喝酒。那几位见是内史，都收敛了高亢的情绪，其中一个说天都快亮了，反正是睡不着，不让喝酒只好躺在地上看天了。王旷说行刑时间要到午时，再不睡的话恐怕连背粮食回家的力气都没有了。几个小伙子便乖乖地躺下去了。王旷一行人没走出三丈远，就听见身后响起震天的打鼾声。

回到公府没多久，派出去蹲守安乡公庄园负责监视的士兵气喘吁吁跑了回来报告说，发现安乡公庄园有异常。入夜之后，起码有上百辆牛车进入庄园，仍然都是空车。从庄园强拉一千石粟米之前就有监视庄园的士兵报告说每日都有牛车和挑夫进入庄园，却不曾见从里面出来。那时候王旷就觉得里面定有蹊跷。于是派了士兵昼夜监视庄园动静。果然不出所料，运走囤积粟米的迹象越发明显。快到半夜时，监视庄园的士兵又报告说，又有四十几辆牛车和百十名挑夫进到了庄园里。

王旷这才意识到必须亲自到庄园一探究竟了，于是让曹超叫醒已经睡下的随员和兵士全副武装前往庄园。

此刻，王旷面前是漆黑如墨的旷野，几里外那座庄园的灯火依稀可辨，身后紧跟着十来个济阳官府的随从和兵士。

野外的风很大，风从更远处裹挟着初夏的凉意扑向旷野中的人们。

贼曹官曹超被派出去查看庄园动静，去了一个时辰，还不见返回，这让王旷心里十分焦急。

曹超一行人很快就抵近庄园的围墙。从外面看，可以看到后院点了不少用来照明的火把，隔墙听来，里面不时会有纷乱的嘈杂声响起。曹超蹲在墙外聆听了片刻，猜想前来庄园的车夫和挑夫一定就住在后院的粮仓旁，便分出三人绕到另一个方向翻进去，重点清点牛车的数量。临走前曹超特别叮嘱三人，若被发现即刻撤离，不得与庄园守卫发生接触。然后，自己带着一人就地翻墙进到庄园里去了。

曹超没料到庄园内后院的场坪上躺了这么多人，他目测了一下，估计有二百人之多。心想，这个安乡公看来是要搞一次大搬家了。再看粮仓和那些粮垛，周围有数十名私兵把守。曹超此次行动前将自己装扮成庄户人家的男丁，为的就是瞅机会混进人群中。于是，趁着下一阵嘈杂声起，曹超让跟着的士兵原地看守，自己一个纵身跃了起来，甩开大步消失在人群中。

半个时辰之后，曹超回到起身的地方，带着兵士悄没声地从围墙翻出去。分手时约定，至多一个时辰后两路人在原地汇合。

一个时辰早已过了，还不见另外三人返回来，曹超有些着急，刚要顺着那三人走的路线找过去，就听见围墙里面有人高声说："墙外的听好了，你家那三个小子被咱家抓住了。回去告诉你家主子，若想让三人活着回去，就别管咱家的事情。"

曹超一听自己的手下被抓了去，心中着急，跃起身就要翻墙过去拼命，却被手下死死拽住。

曹超只好隔墙喊道："里面的人听好了，我等是济阳国公府中人，我乃贼曹曹超，到你家庄园是来公干的。快去转告你家主子，哪个敢动我等一根汗

265

毛，就拿下他脑袋是问。"

里面的人回话道："你家抓了咱家三个兄弟，若想要回这三人，拿咱家兄弟来换。不然，你们砍一个脑袋，咱家也跟着砍一个脑袋，就算一命抵一命。"

曹超大声骂了一句。

里面的人被骂火了，也回敬了一句，大声喝道："咱家见过你这贼曹，你若不服气就在那里等着，咱家这就来会会你。"

曹超知道不能对峙下去，更不能让抓了去，转身跑了。

王旷听完曹超的话，没说什么，翻身上马，用力一收缰绳，坐骑前蹄腾空而起，前蹄落地后，原地转了几圈。施融和曹超也跟着翻身上马。

济阳国公府的二十几名属官和士兵跟在他们最为崇拜的内史后面，在漆黑的田野里向庄园快速而行。

片刻之后，王旷才发声问身后的施融："施主簿，庄园明知是官府派去兵士却敢扣押，所为何由？"

曹超抢先说道："那人已经说过，要为几天前被公府所抓兄弟报仇。"

王旷继续问道："施主簿，你以为庄园里私兵武装真敢杀咱家兵士？"

曹超又要抢着说话，被王旷一声低沉的斥责制止住："曹超，还不住嘴，你丢了咱家三个弟兄还有脸回来。"

曹超嘟囔了几句，不敢再说话了。

施融说道："明府说过，庄园里私兵武装与匪盗并无二致。既然是匪盗，有何不敢为？但是那些私兵却不敢轻易伤害公府随员。"

王旷说道："既然如此，本官已经心中有数。咱们打道回府，明天还要处决犯人，开仓放粮，别让这件事情坏了本官大好心情。"说完，双腿用力一夹马肚，战马向前猛地蹿出去，一眨眼就消失在黑暗里。

天亮之后，按照公府安排，太阳一出来先将匪徒斩首，然后开始发放救济粮食。人口登记从前天就已经开始做了，行刑之后，登记过的百姓就可以凭着公府发的木牌，从公府侧门进去到仓房领取救济粮。

广场上一片喧闹，王旷终于出现在行刑台上，喧闹变成了欢呼。

犯人一字排开跪在台子上，三个犯人中有一人梗着脖子就是不低头。此人自称姓林，自述因饥寒交迫落草为寇，干起了打家劫舍的营生。昨天，王旷专门将这名犯人提上大堂。据施融说，有人在安乡公的庄园里见过此人，是安乡公豢养的近百名食客中的一个。

王旷没有以死相恐吓，而是说道："本官见你似读过些诗书，不打算追究你此次扰乱集市罪行。只要你如实坦白些，本官会考虑让你在公府做名小吏。"

犯人一直垂着脑袋，听了这话仰起头来，说道："谢明府恩典。明府没有看错，小人确是出自塾园。说实话有何可惧矣，小人在安乡公麾下做食客也是情非得已。在济阳国里，要想得到举荐做官，非安乡公莫属。明府刚才说要给小的弄一个小吏差事，小的也说个实话，小人不屑于为吏，不然，怎会从汝阴郡流落于此地。"

王旷说道："既然你不情愿留在公府做吏，那就放弃了一条生路，你可情愿？"

犯人林说道："嗟乎，士为知己者死也。只求明府给小人留个全尸，也好来世见到爹娘大人让他们认出儿来。"

王旷敬佩此人忠人之事的义举，便说道："你何不效法孟尝君豢养的冯谖呢？却助纣为虐，残害乡里。"

犯人林正色说道："安乡公并无孟尝君之好德。"

王旷于是说道："本官不再规劝你，念你忠人之事，给你留个全尸。可是，本官还是要让你在死之前弄明白一件事情，你非豫让，那刘真更非智伯也。"

此刻，站在高台上的王旷一挥手，广场上的欢呼声戛然而止。

王旷指着远处庄园的方向，说道："本府已查清，前日抢劫集市匪徒皆出自安乡公刘真庄园。这些人并非饥寒交迫，而是蓄意扰乱市场，损坏本府本官大好名声。本官前日已经张榜于集市街巷，罗列了罪犯罪行，按照大晋律法斩首示众，以儆效尤。"

台下百姓掀起一阵山呼海啸般的喝彩声。

正在这时，只见庄园的私兵押着昨晚抓捕的三名公府随员出现在广场上，一头目模样的人隔着人群高声叫喊着："明府刀下留人，咱家主子并未伤害擅闯庄园的公府随员，你家贼曹早晨来过，说只要庄园放人，明府就会交换。"

王旷朝着来人挥了挥手，示意松开公府随员身上绑着的绳索。等三名随员来到高台前后，高声说道："你可回你家主子，大晋律法，岂容玷污。法不容情，本官不敢徇私。故而将此三名罪犯依法行刑，惩处不贷。"

百姓又是一阵欢呼。

王旷继续说道："本官念此三人尚是初犯，又不曾掳掠财物，伤及百姓。

本官依照大晋律法从轻发落……"

　　王旷话还没说完，两个已经吓得软在地上的犯人捣蒜似的向台下百姓磕起响头来。

　　王旷继续说道："本官判处这二人发配征西府。对这一个死不悔改之罪犯……"

　　王旷的话被台下众人掀起的声浪打断了："砍头，砍头！"声浪一阵高过一阵。等众人的呐喊声停下来，王旷才高声说道："本官先前已经宣布依法从轻发落，此罪犯并无悔过之心，本官就判处他施以髡刑，黥其额，赶出济阳国，永世不得回来。"

　　两名手持利刃的刽子手早被交代过了，得令后将罪犯林绑在绞架上，一个按住脑袋，一个手持锋利剃刀将罪犯林的头发连同眉毛胡须剃个精光。接着，又用利刃在犯人额头划出一道长口，并用墨涂之。

　　罪犯林被松绑之后，悲痛欲绝，仰天长啸道："身体发肤受之父母，府君不如索性斩了小的。小的不如死也，不如死也！"

第五十二章

　　邺城大将军府，司马乂派来传送十万火急文书的信使已离去几个时辰，司马颖还在大帐里跟谋士卢志谋划着。这时候，他抬起一只脚，却犹豫着该不该站起身来。台阶下，只有卢志一人站立着。

　　司马颖曾经不止一次跟自己最信任的谋主卢志说起过册封皇太子这件事。卢志说得非常明白，绝对不能让齐王司马冏或者河间王司马颙这些觊觎宝座多年又有实力占据宝座的宗亲王得逞，司马颖这些年镇守邺城，招兵买马，广纳贤士正是为了有实力防止这类事情发生。卢志又说，也不可以让京都那些人借册封太子的机会，架空皇上，伺机篡逆。司马颖问卢志对阿兄司马乂有何评论。卢志不假思索地挑明了司马乂已经是横亘在主上册封皇太弟之路上的大山了。卢志一下子就说到了司马颖心中，这令司马颖很是高兴，于是便问何以见得。卢志说："皇上无有子嗣天下人皆知。先帝的子嗣如今在朝廷担任要职的已经不多，一只手上的指头就能数得过来。而司马乂则恰恰是这些人中的佼佼者。司马乂如今在朝廷的地位更是如日中天，即便他从来没有想过自立为皇太弟，但是他的那些掾属怎会不为此跃跃欲试呢？尤其皇甫商还深得司马乂的信任和器重，皇甫商怎会错过这样一个千载难逢的机会呢？"司马颖又问道："何以鉴别司马乂有无自立皇太弟之心？"卢志说："只要他肯交出皇甫商来，那就能够证实他无野心。"司马颖对皇甫商和羊皇后的父亲羊玄之可谓恨之入骨，早就心生除掉这两人的念头，只是那羊玄之已经病死，只剩下这个皇甫商令司马颖如眼中钉，肉中刺。

　　卢志直言不讳的说辞的确让司马颖清醒了不少。表面看上去，司马乂事无巨细均会向邺城请示汇报，而且对司马颖也是言听计从。但是，正如卢志所言，司马乂迟早是挡在他面前妨碍他登上最高位置的一座大山。当初，攻下京城以篡逆之罪除掉赵王司马伦之后，司马乂就极力劝说司马颖留在京城。司马乂说得十分明白，京城乃大晋王朝之命脉，这条命脉只能掌握在先帝的子嗣手中。司马颖对司马乂的提议当然认同。但是，心腹谋主卢志却另有看法，当时看来卢志的计谋确实让司马颖不仅得到了皇族的赞赏，也获得了大晋王朝众多名门望族的拥戴。可是今天再看的话，卢志的计谋并不深远。

这不，司马乂快马传来的文书正好印证了司马冏的野心终于爆发了。司马冏未经他们这些皇室嫡亲子嗣的认可便要擅权册封皇太子，并自任太子太傅，好个狼子野心。

文书中还说到司马冏发出缉捕济阳国内史王旷的大司马敕令，并认为此举动正是配合册封司马覃为皇太子，伺机褫夺皇权的铁证。司马颖很是纳闷，王旷外放到济阳国做内史是司马冏亲自点的将，将王旷放在济阳国的用意也非常清楚，屏护京都不受东部诸宗亲王的觊觎。如今突然假借皇帝旨意抓捕王旷，这无论如何说不过去。

正想着呢，大帐外响起陆机的声音："平原内史陆机恭候传见。"

司马颖一听陆机到了大营，便高声招呼快快进来。

陆机行过大礼，没等司马颖开口问话，便说道："陆机省亲前日方才返回平原国，安顿好公府事务后即刻赶来邺城，觐见殿下，禀报紧要军情。"

司马颖抬抬手，示意快快讲来。

于是，陆机将在济阳国看到的和听到的以及自家的疑虑一五一十说了出来。

听罢陆机的叙述，司马颖沉吟片刻，突然问道："卿饱读典籍，本王有一事相问，若有人建言我朝可仿效周公旦和召公奭分陕而治，你看如何？是为良策乎？"

陆机心里一惊，脸上并没有流露出来，想了想说道："周文王与武王号令天下，所向披靡，无论大国小国皆俯首称臣。斯时文武二王都未提出分陕而治，成王继位年幼智弱，力所不逮，周公和召公两位武王兄弟不谋权力，只为稳定天朝国势决策分陕而治。历史证明，此决策为上上策。殿下有此一问，莫不是卢志又有所图，左右殿下思辨乎？"

卢志正要辩解，被司马颖制止。司马颖呵呵一笑不再说下去，而是问道："卿刚才言及刘真胆大妄为，认为必有所恃，可有凭据？"

陆机说道："殿下明察，属下在济阳国期间曾经随着王旷前往庄园，这是属下平生见到过的最大的庄园，虽然不得进去，但是，依然能够看得见庄园内高大之粮仓星罗棋布。属下估计，每座粮仓至少能装储上万担粟米。"他听见司马颖发出尖厉的吸气声。"仅凭刘真一个安乡公的身份绝对不敢私下储备如此之多的粮食。"

司马颖点着头说道："你意刘真敢如此做是因为那个庄园和那些粮食都是司马冏授意所为？"

陆机这时才看了卢志一眼，说道："刚才属下进帐之前，听见卢志正是这样说的。"

卢志张了张嘴没说出话来，司马颖却说道："既然卿听到卢志所言，也一定听到司马冏已经派人前往济阳国抓捕王旷。卿又作何感想呢？"

陆机不假思索地说道："殿下明鉴。王旷能够出任济阳国内史，大司马是费了心机的。因此，大司马此举无非是欲要阻止王旷依照大晋律法坏了他的事情。大司马知道，王旷一向铁面无私，刚直不阿。只是，那济阳国直属大司马管辖，又是司马英的封国，邺城方面难以插手此事。"

司马颖说道："陆卿，本王想要派你带人去阻止司马冏抓捕王旷。本王之意你要弄明白了，差你前往济阳的最终意图是要将那些粮食弄到邺城。邺城可不是鱼米之乡，冰井台里囤积的粮食也没有传说的那么多。"

陆机连忙说道："殿下委以属下如此重任，实在是对属下信任有加。可是，属下担心以我这样的身份，既无法救出王旷，也难以从庄园中弄出粮食来，反而误了殿下的大事。"

"即使司马冏抓了王旷也不敢将他怎样，有骠骑大将军坐镇京城，王旷性命无忧。这你尽可以放心。至于粟米一事，平定司马伦之乱后，皇上准予从官仓调拨助邺城赈灾的粟米还远没有给够呢。爱卿莫急，本王没指望你将那些粮食悉数弄回来，但是，至少要弄回三万石。听你刚才描述，司马冏在济阳国囤积的粮食有十多万石呢。而且，我会让你带着皇上当年的诏令前去，还怕弄不回来吗？"

陆机说道："殿下，在下没有任何借口推脱此事。只是属下觉得此事让卢志前往更为合适罢了。"

卢志叫起来："陆机你想怎样？"

陆机说道："殿下向京城廊庙宣布机为平原国内史，如果贸然前往济阳国处理与国务相关的事情，会在京城廊庙引起很大反响。卢志是大将军府参军，深得殿下赏识，大司马即使想怪罪也要好好掂量掂量呢。"

卢志急忙说道："此话差矣。说到京城，满京城文人墨客包括那些河东河内的名门望族，哪个不知道王旷与你情同手足，如今有人要抓捕王旷，你怎可以坐视不管。殿下差你前往济阳国首先是将刘真私设粮仓中的粟米拉回来，然后才是相机行事，看能否对帮助王旷摆脱困境发挥作用。"

"本王正是这个意思。"司马颖说道。

陆机很是为难，却也想不出更好的办法来。营救王旷非一己之力可为之，而获取粮食，陆机觉着这简直就是一厢情愿。司马冏即使最终放弃抓捕王旷，却无论如何不会放弃已经到手的粮食。这对一味梦想夺取皇位的大司马来说是何等重要。

陆机知道司马颖主意已定，便说道："殿下谋略甚远，实在是属下难以企及的。此行济阳国即使难以一箭双雕，至少可以争其二而求其一。"

司马颖说道："陆卿此言正是本王心意。"

陆机说道："属下有一悍将，打打杀杀很是在行。此人乃孟黄门之兄长孟超，属下以为，派此人随在下前往至少能够……"

陆机话没说完，在大帐外偷听已久的孟玖冲进大帐，尖声叫道："殿下切莫听陆机信口胡说。我那兄长只是个心直口快之人，若是论武艺，与陆机有天壤之别，实在难以担此重任。陆机文武双全，正好担此重任。"

陆机笑道："若果真这样，机当仁不让。但是，属下言之有据，并非诳言。"

司马颖知道二人原本不和，便说道："那孟超怎能担此大任？那家伙最多不过能当个流民小头领，跟着瞎起哄。无须再争，陆机听令，本王令你率兵士前往济阳国查抄那里私设之粮仓，并持皇上诏令将粮食运回邺城。本王将另派参军孙惠领车队随后赶到。"

陆机领命之后，说道："殿下，从安乡公手中救出王旷绝非易事，属下有一请求，万望殿下恩准。"陆机见司马颖抬抬手，便接着说："殿下可以大将军府之名邀请济阳国内史前来商议军机要务，毕竟，济阳国是邺城的大后方，也是大晋米粮仓。如此一来，安乡公岂有不放人之理？"

第五十三章

　　一连五天,济阳国治所谢镇洋溢着欢乐的气氛,分发济民粟米进行得非常顺利,五天下来,济阳国的人口统计也基本结束。最让王旷感到高兴的是,济阳国居然有一万多户人家,比皇上册立济阳国封王时所谓的封邑五千户多出一倍,如果加上尚未入册的几万流民,人口总数竟然高达近十万人,这是王旷万万没有想到的。

　　早饭吃的是粟米面做的蒸糕,厨师特意在蒸糕里加进了红枣核桃仁,十分好吃。济阳不产红枣和核桃,这些食品都是从集市上购买的。可见济阳国的集市贸易也已经很是红火。王旷还打算夏粮收获后在谢镇搞一次盛大的祭天仪式,已经让施融拟定祭天仪式上邀请的京都廊庙大臣名单了,王旷特别叮嘱一定要将司农卿张卿请来。

　　奏疏正文刚刚写了开头,曹超从外面撞进来报告说庄园那边运粮车队天不亮就起程了。王旷大吃一惊问:"咱家派去监视的人呢?"曹超说刚刚逃回来,昨晚上监视的人就被庄园抓起来了,绑在后院好不容易挣脱绳索逃了出来。

　　王旷不敢怠慢,冲出公府,施融这时已经将马匹备好。王旷飞身上马,双腿用力一夹,坐骑向前猛地蹿出去。施融和曹超紧随之后也催马飞奔,其他士卒因动作稍慢,被落下好远。

　　快马出了谢镇,又继续狂奔了半个时辰,远远地,可以看见朝南的官道上烟尘滚滚。车队绵延有三四里路,少说也有上百辆牛车。

　　王旷听到身后的马匹跟上来了,头也没回地说道:"施融,你估算一下百十辆牛车能拉走多少粟米。"

　　施融回答道:"如果是百十辆车,至少能拉五千石粟米。可是这车队起码有三百辆牛车。"

　　曹超附和道:"看不到尽头欤。依在下眼力,光挑夫就不下千人。"

"你说庄园里起码藏有十几万石粟米？"王旷问道。

"怕是一下子不可能拉完。济阳国哪里有如此多之牛车，这些牛车一定是从许昌过来的。"施融说道。

王旷勒住坐骑，对身后的随从说道："我带十名兵士冲到前面去拦截车队，施融、曹超你二人带余下十人从后面包抄。我不发话，不得拔刀。"

说完，王旷双腿用力一夹，战马又一次蹿向前去。

更远的方向，一队举着皇家禁卫军旌旗的马队正向济阳方向飞奔而来。可是，王旷和他身后的一行兵士没有看见。

果真如王旷所料，车队的护卫少说也有五十人，个个手持器械，其中骑马持刀的护卫就有二十多个。见王旷拦在车队前面，并不理睬，车队依然向前滚滚而行，几百辆牛车发出的声响着实了得。

护卫中闪出一匹快马，马上的壮士高大威猛，在马上行了拱手礼，说道："来人定是内史，在下这里有礼了。恕在下有要务在身不能下马行礼。"

王旷说道："可否告诉本官，你这车队可是从庄园出来？车上又是何物？"

壮士回答道："安乡公有话，若是内史前来阻拦，一定禀报车队正在往许昌军仓运送储备用粮。"壮士大手一挥，指着身后的车队，"明府可以亲自过目，除了粮食绝无任何其他物品。"

王旷说道："亲自过目倒也不必，本官自然相信你们不敢运送武器。只是，从济阳运粮食出去，须经公府审查，否则，一粒粟米不得出境。壮士若是刘真庄园私兵，定当知晓本官前些日曾在庄园征缴官粮，以冲抵税赋。那时你家主子言之凿凿，除却上缴京都官粮外并无多余粟米，怎几日之间就有如此巨量粟米从我济阳国拉出？你家主子应该知晓，私运粟米数量巨大，按律当斩。"

壮汉沉吟片刻，突然说道："你家律法与在下无关。明府所说按律当斩，不知明府手中那把细长钢刀能否将在下斩于马下？"

这话让王旷十分恼火，但依然不露声色说道："本官阻拦运粮车队是在济阳国境内执行大晋王法，你若执意违法，本官当然依法论处。"

壮士说道："倘若明府肯与在下一试高低，在下败在明府刀下，即刻离开此地，从此不再回济阳国。"

王旷一哂，说道："听你之意，若是本官输了，也如你一样，离开济阳国到别处谋生去？"

壮士一拱手，说道："在下岂敢对明府无礼，但是，明府若是落败，就请明府放行运粮车队，让我等赶路去也。"

王旷斥道："你们私自运送粮食已然触犯大晋律法，本官拦下车队乃秉公执法。既然如此，本官又怎会答应与你械斗。"

壮汉向后一招手，身后的武士们策马围了上来。壮汉说道："在下拿人钱财替人消灾，这也是江湖规矩。大晋律法在下饶是不懂，难道安乡公也不懂？想来明府是在糊弄我等。"

施融这时低声说道："明府，他们有五十多人，硬来恐是要吃大亏。依属下所见，明府只好答应跟那壮汉比武也。"

"然后呢？若本官当真输给了那家伙，怎能放走这些粮食？若本官赢了那家伙，那家伙出尔反尔，又该如何应对？"

"只好走一步看一步了，依属下对安乡公庄园私人武装的了解，他们没人是明府对手。只是这家伙面生得很，不知那安乡公从哪里找来如此彪悍之壮汉。"

"来者不善，善者不来矣。"王旷不无担忧地说道。

说完，王旷一偏身跳下坐骑。见王旷跳下马来，壮汉也从马背上飞身跃下，那身手一看便知武功不凡。两边的随从也随着二人的对峙向后退了十数丈远。

已是响午时分，日头高悬，照耀着官道两侧刚刚收割过庄稼的田地。除了拉车的壮牛偶尔会发出响鼻声，一切似乎都静止了。田地里，一大群黑乌鸦被这突然而至的宁静吓得扑棱棱飞起来，掠过人群飞远了。

两人几乎同时拔出刀剑。眨眼工夫，谁也没有看清楚发生了什么，随着刀剑相碰的撕裂般刺耳的声响，两人一齐跳出圈子。

壮汉面色冷峻。王旷神情肃穆。

旋即，两人重新纠缠在一起，这次，众人看得清楚。那壮汉剑剑如滚木撞钟，势大力沉，若刺岩穿石，必岩开石裂；那王旷刀刀似寒风扑面，轻灵扑朔，若刺骨划肤，必皮开肉绽。

刀剑纠缠中，众人看得眼花缭乱，目不暇接；刀剑碰撞时，众人瞠目结舌，心惊肉跳。

王旷将长刀紧紧逼住壮汉，也吓住了壮汉的手下。这些人原本正跟施融和曹超等人对峙，这时却不知如何是好。

壮汉手下的武士见壮汉渐渐处于下风，只有招架之功全无还手之力，便从四面围了过来。施融和曹超看出这些武士企图支援壮汉，也带领自家的士兵向这边挪动过来。

武士中有人高声叫起来："大哥有难，我等冲上前去拼啦！"武士们一拥而上。

施融和曹超迅即带领士兵掩杀过去，两队人马杀作一团。

壮汉叫手下快快住手，不得坏了规矩，怎奈人群已乱，喊声震天，壮汉的声音被一片喊杀声湮没了。

王旷已杀入忘我状态，多年不曾有过如此酣畅淋漓的厮杀了。长期的刀书共练早已融会贯通，仅仅几个回合，王旷脚下心中手上便已然浑然一体。刀似鸟儿从空中翻转俯冲而下，一旦受到对方长剑抵抗，长刀便会顺势向后一收，又似狂奔之战马勇往直前……就这样忽而飞鹰扑食，气势如虹，忽而蛟龙出水，一飞冲天；忽而跃马扬鞭，势不可当，忽而黑虎掏心，招招催命。

壮汉渐渐不支，脚下已经乱了。跃起只为躲闪，落脚步伐踉跄，出剑不见章法，收剑已是无奈。两人又杀了几个回合，但听见呛啷一声，壮汉手中长剑飞了出去。

这时武士中有人高声喊道："王府君，小人们替人看家护院，并非打家劫舍之盗匪，你放过咱家大哥，咱家便欠下府君如海之恩也。"

王旷并不理会，而是用刀尖抵住壮汉的脖颈，说道："听口音壮士乃琅琊青州人士。"王旷见壮汉点头承认，又说："本官本该将你枭首示众，只因你忠人之事，还算是个忠心耿耿之人，所以不忍将你这项上人头拿下。你若当真服了本官，没有二话，本官可以收留你在公府做个差役。如何？"

壮汉叹了一声说道："似我这等流民，无论走到哪里无非是寻个活路罢了。年初在东莱告别友人王弥时，王弥曾让我在济阳国落脚之后投奔明府。只是本人生性散漫，喜欢大块吃肉，大碗饮酒，不喜在公府受诸多约束。那日在镇上饮酒作乐，正巧遇见安乡公家大管家，游说我等为安乡公做事，并保证每日不仅吃饱肚子，还有酒肉伺候。如此好事哪个会拒绝？"

王旷一听壮汉居然跟王弥有过交情，立时将长刀收了，问道："壮士所说可是莱州王弥？"见壮汉点头，便又说："王弥可好？我与他已有经年未曾谋面，想当年在京城一起玩乐，甚是快活。"

壮汉提到的王弥乃莱州人士，虽与琅琊王氏无血缘关系，但祖上自曹魏时期就做到享官秩两千石的太守了。王弥的祖父王颀在先帝时做到汝南太守。那时候，王颀与王旷的伯祖父王祥颇多往来。王弥年少时曾游历京都，与正在城南太学读书的王旷和王敦多有来往。

壮汉跪在地上，说道："明府与王弥把酒相欢那段日子，在下也在京城。王弥大人多次要将在下介绍给明府，都因有事岔开了。那时候在下就对明府仰慕在心。"

王旷急忙将壮汉扶了起来，说道："敢问壮士名氏贵庚？"

壮汉说道："在下不敢，在下姓刘，名伯根，与王弥同乡，比王弥年长三岁。"

王旷哟了一声，急忙施礼，说道："那你就是兄长。"

刘伯根还礼后说道："既然早知明府与王弥如此熟稔，明府又对在下有不杀之恩，在下只能实话实说。在下押运这支车粮并不全是运往许昌。"

这话令王旷吃惊不小，忙问道："那是运往哪里？"

刘伯根说道："依照刘真吩咐，车队先顺官道南下，行至陈州后车队中百五十辆牛车继续前往许昌，其余牛车向东前往颍河，在颍河卸下粮食装上驳船，再走水路进入淮河，这批粮食最终目的地是历阳，交予在那里驻扎之度支郎陈敏。"

王旷立刻就想起了陈敏这个人。度支郎是京城朝廷度支尚书的属官之一，专门负责在南方各地筹措粮食并运往京城。让王旷感到不解的是，一个负责为京城官仓转运粮食的从五品官员怎敢擅自做主将济阳国的粮食不运往京城官仓，而是舍近求远，运往距离京城越来越远的历阳城？

王旷问道："兄长交付粮食之后打算往哪里去？"

刘伯根说道："交付了粮食，在下还要将陈敏支付大宗财物走旱路运回济阳，交给刘真。"

王旷来不及细想，但仅凭刘伯根所言即能断定刘真将这些粮食卖给陈敏肯定为的是中饱私囊，而刘真在济阳国对这里的大小商贾所做的巧取豪夺之行径皆如同当年石崇在荆州所做的一样。于是便说道："伯根兄，事出紧迫，我与你只好改日再行叙谈。你今日先将这批粮食运到公府官仓卸下，无需担心，那刘真在济阳国所作所为实乃大晋律法所不能容忍，皇上若知晓此事定斩不赦。"

刘伯根深深作揖道："明府能恕伯根无罪已是感激不尽，尽管吩咐就是了。在下听凭遣用。"

在公府卸下粮食后,王旷决定留下车队,择日将大部分粮食运往京城,充实京城官仓。余下的作为存粮,一部分救济乡民,一部分以备不时之需。

刘伯根坚决要走,说在济阳国能与王旷结为兄弟已经深感此生万幸,心中亦甚是宽慰,并直率地告诉王旷,刘真将官粮私自运往历阳其中定有蹊跷。所以他不愿留在这里碍手碍脚,坏了王旷接下来打算做的事情。

王旷对刘伯根坚辞的心情也表示理解。刘伯根毕竟是一介流民,即便是王弥的好友,朝廷的事情还是不便让他知道太多。王旷挽留刘伯根,让他吃过午饭再走,刘伯根只好从命。

王旷就让施融和曹超带着手下从集市的饭馆买回菜肴和酒肉,在公府大堂外的院子里摆起桌子,不承想午饭吃到一半,有人慌忙回来报,安乡公庄园的大管家带了一队家丁前来讨要粮食。王旷让人将这行人拦在公府门外不予理睬。午饭吃罢,王旷从公府后门送走了刘伯根一众,然后带着施融和曹超来到公府后院修葺一新的官仓,开了大门,一股子粟米的香气扑鼻而来。王旷深深吸了一口,感慨无限地说道:"二位,济阳国终于可以向京都上缴税赋所得焉。"

王旷慢吞吞地在三座官仓里绕着山一般的粮食堆踱着步子,满意地在粮堆前坐下来。跟在身后的曹超问道:"明府,刚才见你喝酒并没有尽兴,属下再到集市上打些酒来,如何?"

王旷笑道:"我看是你没有尽兴才对,施融跟刘伯根连着喝干了两坛子酒,你在一旁急得直踮脚尖,我都看见了。也好,今晚上我与你二人就在这粮仓中痛痛快快喝上一通,一醉方休。"

施融也笑道:"何以解忧,唯有杜康。这是你家曹孟德名句也。"

曹超直摇头,说道:"咱这曹家不过是一支中落旁系,不提了不提了。不过你刚才说的杜康酒我知道从哪里可以搞到。"

王旷和施融都在笑,就是没人相信曹超的话。

公府外,安乡公庄园的大管家已经离开返回庄园去了。远处,集市上喧闹的声音此起彼伏,不绝于耳。守在公府大门石阶上的卫士有些倦了,眼睛还睁着,精气神儿已经睡了。他自然不会看见远处越来越近的马队和马队扬起的灰尘。

当军曹慌慌张张撞开仓房的大门时,王旷和他最亲密的两位随从都躺在粮食堆上睡着了。

第五十四章

公府大堂上，刘真一字一句地宣读大司马司马冏下达的敕令。一直到念完敕令，也没有听到诏书中罗列的王旷罪状。只是最后那句令在场的人费了思量。接着就是将王旷带回京城听候发落云云。

宣读完敕令，刘真想伸手抓过惊堂木，刹那间又放弃了这个念头，用力咳了一声，说道："王旷，今天这个结果是你咎由自取，你可明白？"

王旷一哂，说道："正是。"

刘真说道："你总算知道了那座庄园是大司马所有。"

王旷说道："正是。"

刘真得意扬扬地说道："大司马以皇族之身，辅政之地位，庄园荫庇农户不论多少皆受律法之庇护。眼下，大司马就是大晋律法的化身。"

"此话谬也。大晋律法在先帝时就已制定。那时大司马尚无资格参与制定律法条文。荫庇与占田事关大晋兴旺发达之根本，非一人可以篡改。"

"大司马非常欣赏你。不仅如此，皇上乃至皇族都对你欣赏有加。你何以跟大司马过不去？"

"大晋律法中明确规定，除去京畿地区赋税和田租所缴粟米统统归京都官仓、金仓所有，封国和郡县所收税赋和田租，就地纳入郡国之官仓，以备不时之需。济阳国虽重新立国时间不长，却被大司马视为京畿之护翼，济阳国官仓无粟米，又怎能治国怎能安民怎能做好护翼？你可曾想过大司马良苦用心？"

刘真带着讥讽的口吻说道："本公乃大司马谋士，你身为济阳国内史自然责任重大欤。"

王旷一声冷笑。"此刻你正坐在内史坐榻之上。"

刘真像是被烫了一下，从坐榻上站起来。想了想觉着不对劲儿，重新坐下，说道："我虽说不是内史，但是既然要宣读大司马诏书，只能在这公府大堂之上。你已被褫夺内史官职……"

王旷嗤了一声，说道："敕令上并未写有褫夺我内史官职文字，故而，即使带我回到京城，我依然是济阳国内史。依我看，所谓京城五公中其他几位必定会提醒大司马，倘若皇室子嗣知道济阳国庄园竟然私囤可供养十数万军士粟米，天下岂不大乱乎。"

刘真张了张嘴，没说出话来。

王旷继续说道："我在皇上身旁做次直侍中长达八年，贾南风做皇后时可谓一呼百应，金谷二十四友可谓权倾朝野，然而，无人敢在朝会上说及修改大晋律法，即使司马伦篡逆也不敢篡改大晋律法关于赋税和田租之章则，大司马岂敢如此乎？"

刘真不以为意，说道："王世宏，你真以为我身为安乡公，亦是大司马之心腹谋士，对大晋律法一无所知？"

王旷突然笑起来，说道："你当然不知。若你果真知道大晋律法中关于税赋和田租法则，怎会明知故犯？以你安乡公之地位与身份，明知律法不容而故犯，与欺君同罪耳。大晋虽早已废黜腰斩之刑，然欺君之罪却难逃凌迟之刑也。你可知否？"

刘真打了个冷战，一下子无话可说了。

王旷还是笑着说道："我宁可以为你是智者千虑，难免一失，也不愿意以为，你是有意为之。这话你可明白欤？"

王旷的一连串盘诘，令刘真很是尴尬，却又不好发怒。在这个士族子弟面前他还是不敢太过造次，更何况，他听出王旷的话里藏有更深层的意思。

刘真说道："有些话我早就该对你说了，不过此时说也不为迟。王旷，你若是在京都为官，凭借你出身名门望族而游走于廊庙内外，做到如你那从兄王戎或者王衍一样二品官职当不是难事。可是这里不行，想要在这里做个既有雅量又有气节之人物，难哉！"

王旷不愧为士族子嗣，临危而不输气节，受辱而不失雅量，只是眼里流露出轻蔑的神色，说道："我在济阳国只想为官一任，尽职尽责。"

刘真见王旷不理会挑衅，只好说道："罢了罢了，与你多说无益也。只是，过几日便要将你押往京城，你若尚有未尽之言，本公允你尽情道来。"

王旷说道："我能跟你这样的人说什么呢？到这济阳做内史，公务繁重民事繁杂实在难以抽出身来往京城看望我那些兄长，只是我真要到了京城，你的好日子恐怕也就到头了。"

刘真一凛，问道："此话怎讲？"

王旷没有回答，而是反问道："你当真想知道？"

"我有何惧乎？"

"到了京城，你与陈敏贪赃枉法之事就会传遍京城，那时你可就悔之莫及欤。"

这话令刘真惊得一阵颤抖，他猛然想起刘伯根来，说道："刘伯根为了推卸罪责，不过试图栽赃于我罢了。我依然不惧也。"

王旷说道："刘真，你我皆为从三品官秩，然，辨人识言你却差了太多。那刘伯根输在我刀下便与我以兄弟相称，我自然信他而不会信你耳。他不屑于在你手下做讨口饭吃营生，言称你非心善之人也。"

刘真强压住内心的怒火，他不知道王旷究竟还知道些什么，但他很清楚继续追问下去怕是真会惹出大乱子的。可是听王旷的口气，心中不禁有寒意袭来。这寒意令刘真不敢再追问下去，他只好转身重新回到桌案后，挥了挥手，让人将王旷带下去暂时押入大牢。

公府门外的禁军军士突然跑进来报告道："平原国内史陆机奉诏前来济阳国征调粟米，并请济阳国内史王旷前往大将军府共商御敌要务。"

刘真问道："陆机现在何处？"

管家又道："公府外已可见陆机马队。庄园来人说陆府君先在庄园外面拦下运送粮食车队，并出示了诏书，正朝这里赶来。"

"来了多少人马？"

"陆机率领军士二十人，均为快马，持械。据陆机说，运粮车队和押运军士不日将与他们在济阳国公府会合。"

刘真想了想，说道："你在公府外守着，看到陆机，让他在公府外等候传唤。"

陆机没容传唤，就在八名军士的护卫下闯进公府大堂。

陆机却没想到刘真在公府大堂上布置下数十名军士，仔细再看，王旷属下施融、曹超等一干人都被捆住双手，站在大堂上，唯独不见王旷。陆机立刻意识到事情有变，他急忙手举诏书，大声喝道："平原国乃大晋宣皇帝之子平原王司马干之封国，就连大司马对咱家大王也得礼让三分，你个安乡公怎敢造次？况且咱家这里还有皇上亲笔诏书在此。我乃平原国内史陆机，主持平原国一切内政事务，并奉大将军、皇弟成都王司马颖之命，持诏书前来济阳国征调戍边粮草。"

刘真说道："怎知诏书真伪？"

"宣来即知真伪。"

"本公怎知晓你口中所宣即是诏书所写？"

"让济阳国王旷过目即知真伪。只是，为何不见王府君，你一个安乡公怎敢坐在内史座位上？"陆机说道。

施融喊道："陆府君，大司马敕令上并无解除王府君官职字句，是安乡公擅自为之。他已经将王府君下入大牢羁押。"

陆机圆目一瞪，喝道："刘真，你怎敢如此胆大妄为，王旷何等身份你并非不知，还不快快放人，王府君也许不会追究你之蠢行。"

刘真依然冷笑不止，然后说道："本公无需知晓王旷何许人也，眼下他不过是罪臣，不日我将亲自将他押往京城交给廷尉审讯。"

陆机忍不住突然大笑，说道："刘真，你不过趋炎附势小人而已。你可知道，那司马伦篡逆时身下坐骑是如何被王府君枭首？即使如此，司马伦却不敢将王府君治罪。我看你倘若不是傻了，一定便是疯软。"

刘真听完这些话，索性离开坐榻，走到陆机面前："初入京都，你那时不过是从五品官秩著作郎，却成为贾谧二十四友之一，若非善于谄媚，那贾谧、潘安仁怎能容你？"

陆机呵呵一阵冷笑，不屑地说道："你个小人，我陆机得司空张华赏识是因为我出众之才华。而你得以被授予侯爵之衔，一定不是以才华受之。"

刘真回敬道："本公自然知晓你陆机才华出众。只是你有所不知，大司马能平定篡逆之乱，获九锡之誉也有咱家五公汗马之劳。"

陆机讪笑道："你一介商贾之人，也敢自夸有平乱之功，好个不知羞耻之徒。"说着，陆机抖了抖手中的御笔诏书，说道："刘真，你若是识相，先将王府君放出来。你既然知道本官曾经做过著作郎，那我还要告诉你，以你公侯之身，既无皇上御批诏令，又无大司马撤除内史官秩亲笔敕令，你这是犯了死罪。只要你放了王府君，以本官对王府君的了解，他不会以牙还牙。之后，你需再将这诏书上御笔亲批粟米如数清点于我，我也可以不再与你计较。如何？"

刘真也觉着如此对峙下去总不是个办法，但不惩治陆机，将来众人面前威望何在？于是说道："诏书我总要亲眼过目，若当真是御批诏书，本公当然遵旨行事了。"

见刘真终于让步，陆机便同意将诏书交予刘真过目。刘真唤管家上前从陆机手中接过诏书。仔细看过后，抬起头来厉声喝道："还不将这擅闯公堂之劣徒绑了！"

众人一拥而上将陆机和跟进大堂的八名军士五花大绑起来。

陆机哈哈大笑，说道："早就听说安乡公刘真乃当今卑鄙小人，果真名不虚传。然，你却不敢说诏书有假。"

刘真也不恼，晃了晃诏书说道："这诏书上并无征调济阳国粟米文字。"

陆机说道："诏书怎会指定征调粮食出处，但那上面分明写着准许大将军府依据军情，在各地征调官粮入库。"

刘真重新将诏书看过一遍，讥讽道："从大将军府到济阳国，途经多少郡县，难道没征调到一粒粟米？你自称将门之后，又具内史门职，本事不过如此。"

陆机笑声不止，说道："安乡公不用将陆机绑了之后大加讥讽，不瞒你说，若是放在当年，你刘真已经是我陆机刀下之鬼。在这大堂之上，你若是行使审讯之权，就只好先听我申诉。刘真，我看你还是太孤陋寡闻，想来你在京城，忙着玩弄权术，饱食终日，已然不亦乐乎，从未想过大晋如何能有今日歌舞升平之景象。那就让我这将门之后告诉你，正是邺城固若金汤，你才可能在京城快活。大将军府统辖地域之广袤，面对局面之凶险，怎是你这等玩弄权术之人可以想象。简而言之，邺城是军事要地，不是米粮仓，而济阳国却是大晋米粮仓。自先帝废除屯田制，施行占田制后，我大晋百姓户调轻松，赋税适量，各地官仓之粟米应对灾荒当算从容，民生安逸。只是上次路过济阳，本官才听说百姓饥寒交迫，怨声载道。济阳国官仓空空如也，王府君终日如坐针毡。而你刘真巧取豪夺，荫庇千户，占地千顷，仓廪充实，偷逃税赋，却不肯赈灾济民，安抚我大晋之百姓，为皇上排遣焚心之忧。是可忍孰不可忍耳！"

刘真勃然大怒，道："陆机，你竟敢用这过期之诏书诓骗本公，本公这就定你招摇撞骗之罪，来人呀，把这胆大妄为之徒押进大牢。"

第五十五章

安乡公刘真最终没敢将陆机关进大牢，最主要的原因是邺城大将军府紧随陆机而来的运粮先遣队抵达谢镇。车队不大，由二十辆快马大车和一百名护卫士兵组成。但校尉告诉刘真，运粮车队的二百辆牛车和四百名护卫军士二日后也将抵达济阳。这话把安乡公刘真吓得不轻。

陆机看出刘真很紧张，便说道："安乡公，在那些人到来之前，你必须将王府君放出来。"

刘真似乎没有听明白陆机话里的意思，拧着眉毛看着陆机没有说话。

陆机又说道："你若将本官关进大牢，本官可以不与你计较，就当作是你我之间私人恩怨。然，大将军文书上白纸黑字写着邀请王府君前往邺城商讨国事，你若固执己见，怕是会惹来杀身之祸欤。"陆机指着远处已经面目渐次清晰的车队，说道："安乡公，如我在公府大堂上与你所说，此次我是奉大将军之命前来这里征调戍边粟米。那份诏书虽然被你强行没收，但诏文本官却铭记在心。邺城乃大晋之重镇，没有粮食何以养兵？"

刘真冷笑一声说道："陆府君，你怎知道我这里的粟米就不是军粮呢？也如我在大堂上对你所说，粮食运往哪里我说了不算，我一个只有爵位而无公职之人不过是在执行大司马敕令而已。你也不用拿大将军府名头来吓唬本公，我还当真不吃这一套。"

陆机说道："本官不再与你逗口舌之能，大将军临行前嘱本官必须从你庄园里运回去三万石粟米，你即便是即刻赶回京城也是无济于事。"

刘真一听这话气得差点儿晕厥过去。

两人说话间，已经能够看清滚滚而来的队伍了。当两人都看清楚队伍前面并肩骑行的竟然是侍中嵇绍和九卿之一的司农卿张卿，而紧随其后高擎大晋军旗的是京都禁军时，不禁都呆住了。这支队伍竟然不是大将军府运粮车队，而是来自京城的朝廷大臣和京都皇城禁军卫队。这大大出乎二人意料。这队人马已经多到人头攒动的程度，几百辆牛车，几百名军士，几百名挑夫，算上车夫总有上千人了。刘真心里此刻升起一个恐惧的念头，这架势怎么看都像是来抢粮食的。

嵇绍还没下马就询问怎不见济阳国内史王旷的身影。

陆机说道："王旷已经被这位安乡公刘真关进大牢里。"

嵇绍拧起眉头瞪着刘真说道："刘真，你不过仅有爵号之谋士，怎敢将皇上任命地方官关进大牢？若是让皇上知晓，你必被凌迟处死。"

刘真已经慌了神，嵇绍和司农卿的出现让他感到相当不妙。刘真焦苦思索的当儿，一队禁军军士手持武器将他围了起来，下掉他腰间的长剑，摘掉他的帽子。直到这个时候，刘真才如梦初醒，原来这队人马不仅要抢粮，而且还要罢黜他。

刘真甩掉军士的手，高声叫道："嵇绍，我安乡公乃大司马差遣之臣，有重任在身，何罪之有？"

站在两旁的军士对准刘真膝盖的后面踢了一脚，他扑通一下跪在地上，又被军士们拖进公府大堂中央跪着。

嵇绍展开诏书，问道："刘真你可认识这诏书？"

刘真直勾勾地盯着嵇绍手中握着的诏书，摇摇头。

嵇绍嗤了一声，念道："应天顺时，受兹明命，大晋皇上……"

刘真一听诏书的开头文字，脑袋里一声炸响，什么都听不见了。他知道这下身家性命难保，于是匍匐在地，连声高叫："我乃大司马敕令差遣，何罪之有？"

嵇绍宣读罢皇上御笔诏书，说道："刘真，你那爵号被诏令免除。除非本官询问，不得开口说话。"说完，嵇绍下令即刻将济阳国内史王旷释放，并命令禁军前往庄园，将庄园里的人悉数抓来过堂。至于刘真所囤积之私粮如何处置，该由大晋王朝司农卿张卿定夺。

让司农卿张卿同行是王敦出的主意。那晚嵇绍从皇宫出来就去找了王敦，王敦身为当朝大鸿胪不能随便离开京城去营救王旷。情急之下，王敦出主意说诏令中如果将司农卿加进去，不仅增加了救出王旷的可能性，而且还能拉回足以装满京城几座大官仓的粟米来。王敦和嵇绍都是朝臣，朝会上每议国库和官粮之事，司农卿张卿都会叫苦连天。自从大司马借故卫戍京城将从许昌带来的十万精兵留下两万之众后，京都官粮一直供不应求。几个月来，张卿已经多次派专人前往江左历阳陈敏处送去紧急公函，可是，近几个月来，历阳方面入京的粮食越来越少。而这边，司农卿被每日手持大司马敕令上门催促粮草的人逼得快发疯了。

嵇绍从王敦府上出来就去了大司农寺，说明来意，并将济阳安乡公庄园囤积粟米多达十几万石的情况告诉了司农卿。张卿一听说济阳国居然囤有如此多的粟米，拍案而起，声言即刻上书皇上，要求坚决取缔济阳国的私仓，悉数将那些粮食充公，并答应嵇绍的请求，一同前往济阳查看详情。

两人随即进宫朝见皇上。皇上和皇后当下让治书侍御史将征调官粮事宜写进诏书，并将除去刘真的安乡公一并写进诏书。

嵇绍与王旷久别重逢，两人在大堂之上大行其礼，高兴得竟不知该说什么。司农卿在一旁提醒说："嵇侍中离开京城时皇后可是有相当重要的事情托付呢。"嵇绍这才像是想起什么来，一边嘴里哟哟着，一边不由分说拉着王旷出了公府，来到广场。

嵇绍一路嬉笑着拉着王旷来到篷车前，撩开垂下的帘子，当看到郗美人娉婷而下时，王旷惊得大张着嘴巴说不出话来。

第五十六章

当晚，从京都来的大臣和一干随从，包括禁军将士，牛车马队，车夫挑夫统统住进了庄园。

粮食分配方案从入住庄园时就开始讨论了。议事大堂上，司农卿张卿代表朝廷一方，陆机代表大将军府一方，刘真虽然被免去爵号，但此刻也只有让他代表大司马司马冏一方了。王旷作为济阳国一方，为济阳争取多留一些粟米责无旁贷。

直到半夜，分配方案依然没能通过。司农卿的底线是运往京城的粟米不得少于八万石，方能让皇上放心，才能稳定城池内百姓和众臣的心。

王旷要求给济阳国公府至少留下一万石粟米。济阳今年雨水并不丰沛，济阳国的主要粮食作物糜子的长势也不比往年强。公府十几天前就将随员派下去估算产量了，各地乡绅估算的产量也在陆续报上来。公府也在这一个月里派出几拨人员前往各地巡视庄稼的长势，估算出的产量跟乡绅们报上来的相差不多。开仓济民那天，王旷曾经对百姓承诺过，如果今年歉收，济阳国的官仓至少能保证明年青黄不接时接济每户人家一斛粟米，虽不多但聊胜于无。司农卿听罢王旷陈述笑着说："王府君还是把济阳实际能够收获的粮食遗漏了一大块子呢。"见王旷丈二和尚摸不着头脑，司农卿解释说，刘真庄园非法荫庇的超额庄户将各回各地，这些庄户除带走自己应得的口粮，这个收获季节的余粮全部上缴济阳官仓，也该是相当大的一个数字呢。这些余粮应当足够济阳国公府在明年青黄不接之际开仓济民了。王旷听司农卿这么一说，也没什么好说的了。

陆机坚持要拉走三万石粟米，并表示一点儿商量的余地都没有。他的理由当然也站得住脚：大将军府为大晋王朝戍边，直面对大晋江山虎视眈眈的匈奴五部和不断侵扰边境郡县的鲜卑族部落，若非兵强马壮，大晋早就告危了。而兵强马壮没有充足的粮草供给岂不是空谈。

刘真虽然没有了盛气凌人的架势，但说出的理由也让人难以反驳：驻扎在许昌大营的大晋王朝军队对国家稳定、百姓安居乐业起到的作用一点也不亚于大将军府。因此，无论如何也要留下至少五万石粟米。这也是能向大司马交差的底线了。

施融这时进了庄园的议事大堂，走到王旷身旁，俯下身低声说道："谢芷带领多位乡绅在庄园外求见。"

王旷正因争执而恼火，便没好气地说："让他们等着。"

施融又说："谢芷乡绅专为安排明府和夫人今晚下榻之处而来。"

王旷这才想起嵇绍说的郗美人是奉旨前来省亲的。

王旷急忙离席到庄园外接进一干乡绅。一干乡绅就站在当院里对王旷说，众人后响才得知夫人是皇上御赐的美人，这样身份的夫人能莅临济阳国应当是济阳百姓的福分，也是皇上对济阳国的恩惠。王旷来不及解释，就听谢芷说他得知此事后立刻将济阳有名望的乡绅召集起来，商议接待事宜。最后大家伙一致决定，包下济阳国最豪华的客栈作为内史和夫人下榻处所，夫人在济阳居住期间餐饮所需的费用全部由乡绅们集资负担。现在下榻处所已经收拾停当，静候内史偕夫人入住呢。末了，谢芷为怠慢了内史夫人深表歉意，并郑重提出济阳乡绅们将在近日为内史夫人的到来举行盛大欢迎仪式，为远道而来的夫人接风洗尘。

王旷听着这些话，感到脑袋里嗡嗡响个不停，直到送走乡绅们回到议事大堂，他不仅没说过一句致谢的话，甚至没太明白谢芷说的话有怎样的意义。直到四方关于粮食的分配数额最后敲定，并且都无甚争议后，王旷才走出大堂来到庭院里，抬头看着夏日夜晚空中密匝匝的繁星，这才意识到刚才乡绅们要以隆重礼仪迎接郗美人的到来意味着什么。在济阳国这些有头有脸的人看来，郗美人来到济阳是皇上给予这里人们的特殊恩泽，这是至高无上的荣誉。济阳百姓怎能不感激涕零。可是，王旷离开京城来到济阳后差不多已将郗美人忘记了。

郗美人突然现身济阳国，让王旷很是混乱。心里头交织着古怪的情绪，喜悦和困惑此起彼伏。王敦兄长还特意从公主夫人身边抽调了两个女婢伺候在郗美人左右。有女婢随行左右，再加上身着皇后赐了的那套华丽的衣裳，郗美人一下子就不再是当初皇上赐给王旷时孑然一身、孤苦伶仃的女子了，而真的是一位贵夫人了。

仰望着深邃无垠的苍穹，此刻，王旷有一种冲动正从脚心升腾而起，沿着经络，撞开穴位，搅动起周身热血，直冲心窝。这种感觉令他猝不及防，也让他顷刻间感到面颊发酸，有津液瞬间盈满口腔。王旷很清楚这是什么。

王旷当然知道郗美人的到来意味着什么，至少当这里的人们将郗美人视为吉祥之物后，他很清楚不可以再忽视这个尤物了。他无法回避这个事实：皇上赐予的郗美人此生不会也不敢再与他人行夫妻之礼。换句话说，有皇上的诏令，即使郗美人毫无所求，他这个济阳国内史也必须承认郗美人的夫人身份，并给予她应该享有的夫人地位。这的确让他好生为难。

陆机不知何时走到王旷身后，已经悄然站了许久，听到王旷长长地叹了口气，就轻声说道："世宏，为兄为你高兴。"

王旷一惊，哦了一声。

陆机接着说道："为兄知你是一位严格按照律法行事的内史，大晋律法对婚配也有规矩。"

王旷又是一惊，哦了一声，像在等着陆机接着说下去。

陆机听出王旷有了兴趣，便问道："世宏，为兄做著作郎那些日子，翻阅了大量前朝与本朝文书档案，你若愿意了解，为兄帮你解惑。可否？"

王旷不置可否，顾左右而言他，说道："士衡兄，谢谢你刚才为济阳国出面说话。不然，我还真不好反驳司农卿。"

陆机叹道："为兄知晓在封国做内史有多不易，济阳国如此，平原国何尝不是如此？"

王旷显得有些意马心猿，说道："士衡兄，小弟来到济阳国做内史时日已经不短，还是第一次发现济阳国夜晚天上之星辰比京都明亮欤。"

"有此心境多为心情所致也。"陆机转而问道，"夫人突然光临济阳国让你乐不可支？"

王旷点点头，没说什么。

"为兄有一言相告，无论你心中有何顾虑，不如顺其自然，顺势而为之。"陆机说道，"皇上与皇后之赏赐无人敢怠慢，何况这赏赐是人。"

王旷听了这话转过身来，看着陆机说道："旷不才，即使肝脑涂地又怎能报答皇上恩泽，受此恩赐实在有愧，所以不敢接纳。"

陆机说道："今夜月光实在皎洁，令为兄难以自禁。见到世宏老弟左右为难，心中颇觉怜惜，便作诗一首，还望笑纳。"陆机接着吟诵起来："安寝北堂上，明月入我牖。照之有余辉，揽之不盈手。凉风绕曲房，寒蝉鸣高柳。踟蹰感节物，我行永已久。游宦会无成，离思难常守。世宏老弟，你当理解为兄一片心意尔。"

王旷感激地频频点头，向陆机施礼道："知我者，士衡兄也。"

陆机说道："为兄几日后就要启程返回，不知何时才能再与弟把酒言欢。为兄始终忘不了在左公府上你所说那番肺腑之言。只是那时候，为兄位卑言轻，怎会有人在乎于我。为兄始终难忘前次来济阳与世宏盘桓之时日。"

王旷说道："弟在京城时，曾经被司马伦囚于大牢，所以并不在乎再坐一次。可是，士衡兄情操伟岸，义薄云天，在旷危难之际挺身而出，不顾个人安危在大堂之上痛斥刘真小人作为。事后听属下讲起当时情景，着实令小弟既感激又汗颜。"

陆机问道："因何而汗颜乎？"

王旷扭捏了一下，还是坦诚地说道："司马伦篡逆登基那些日子，旷陪伴在皇上身旁，也曾对兄有过怨气。你我同为名门之后，我怎就如此狭隘。"

陆机叹口气说道："为兄又怎能怪你。你常年伴皇上身边，对一干相继赴京谋事吴人知之甚少。你那日在官仓说到成都王胸襟狭窄，可谓一语中的。为兄此次而来，便有一件最为烦恼之心事要告诉世宏。"大概是接下来的话颇费思量，陆机等了许久才说道："世宏，为兄家世你十分清楚。先帝一统天下，又下诏赦免我与陆云，允我兄弟二人隐居于华鹤亭潜心读书，即使为兄所著《辨亡论》流行于世间，也从未问罪于我。嗣后，先帝再下诏令允为兄入京做官。故而，报答皇恩便也成为我兄弟二人不变之志。"

王旷听了此言，将长刀拔出一截，等着陆机也将长剑抽出一段。二人将刀身和剑身轻轻一碰，收起来后，说道："士衡兄，旷忠君之情深重，即使远在千里之藩国藩王皆为旷对皇上之忠心而动容。旷深知坚守忠君之情并非易事，然，琅琊王氏自十九世祖与十八世祖助始皇嬴政统一华夏至今日已逾五百年耳，历代族人均以忠君为族规，忠君思想已成族群赖以生存之精神支柱耳。时至今日，旷同先祖一般笃信笃诚耳。"

陆机颇受感染，也说了一番先外祖孙策开创东吴天下之伟业后，尽管祖父陆逊遭孙权猜疑，父亲陆抗被孙皓疏远，陆氏兄弟依然在父亲亡故后，带剑上阵与大晋王朝鏖战于江岸的话语。由此，又说到成都王司马颖不止一次当众盘诘陆机何以对武皇帝如此忠心耿耿，陆机都以感恩之语给予回应。一次，司马颖竟然问若是大司马司马冏或者留守京城的太尉司马乂行篡逆之举，陆机可愿意率大军进攻京城，陆机断然拒绝回答。最后，陆机才说道："世宏，为兄忠君更是不易，更难为世人所容。"

王旷颇为动情，在月夜里与陆机四目相对："士衡兄，你我不如自今日结为金兰，弟愿为兄赴汤蹈火，在所不辞。"

陆机听了王旷一番话，知是肺腑之言，也很动情，说道："为兄早已经将世宏视为莫逆。为兄曾在京城做乐府一首，今日就以临别之情赠予老弟了。"
陆机吟道："昭昭清汉晖，粲粲光天步。牵牛西北回，织女东南顾。华容一河治，挥手如振素。怨彼河无梁，悲此年岁暮。跂彼无良缘，睆焉不得度。引领望大川，双涕如沾露。"

两人面对面跪了下来，彼此行了只有亲兄弟才会施行的拜手稽首礼。然后，先拜明月，再朝着各自出生的故乡拜过。起身后，王旷问道："小弟还要请教，今夜正如兄长所说天辉昭昭，天步粲粲，小弟却不知怎样对待那屋中美人。"

陆机扑哧笑起来，说道："皇上赐予，怎可怠慢。"

第五十七章

　　粮食的分配额度既然已经商定，接下来就是各家运走分到手的粮食。天已经很晚，王旷必须返回谢镇，回镇路上王旷感到困乏。走了一段路后，王旷才示意施融和曹超驱马赶上来与他并肩行走。王旷交代二人明天分粮的时候一定要盯住庄园的粮仓，今天晚上必须将乡绅们支援的车辆集中到公府过夜，天亮之前要赶到庄园。三人又向前走出几里路，已经能够看到公府所在地的集镇上的灯火了。施融便开口说："济阳国公府到了该补充人手的时候了。济阳国自明府上任后发生的大小事情都要详细记录下来，不得有一点儿疏漏。可是这些事情现在都要由我一个人来做，即使三头六臂又怎能做得过来。"王旷听了很不耐烦地说："依你之意公府该有多少属官才可将事情做得有条不紊？"施融说："按大晋朝廷规矩，封国内史的属官有十六人之多。除了四位史官外，还要有主记室、议生、书佐、五官掾、功曹史、功曹书佐、循行小史等。"最后嘟哝说："济阳国内史出出进进就跟着两个随员，真够寒酸。"王旷摇摇头没说啥。曹超也就趁机跟着说："按说我一个贼曹起码手下要有五十名兵士，现在可好，集镇上出了盗寇，只好我单枪匹马应对了。我又没明府那样高超的武功，遇到盗匪人多我就只能撒腿逃命。"王旷扑哧笑出声来说："官仓的事情安排妥当后，咱家就开始招收军士，先招二十名，够用就可以。人多嘴就多，都是要吃饭的。另外，施融你明天再去京城走一趟，拿着我的文书找朝廷要人。济阳国虽然国小，可是咱家这也算是一级官府，属官一个也不能少，现在咱家也能养得起这些人了。"说完这话，王旷双腿一夹，一抖缰绳，坐骑向前奔去。

　　谢镇最大的客栈被装扮得像是过年一样，喜气洋洋的。客栈的门脸被粉刷一新，悬挂着两个大红灯笼。这家客栈自开业以来就没有名字，今日居然还挂起一块牌匾，牌匾上豁然四个大字：吉祥客栈。此刻，住在济阳谢镇周围的乡绅们齐聚客栈门前，既是来为德高望重的谢芷捧场，更是等候内史王旷驾临。

见到这样的阵势，王旷只好早早下了马，步行来到客栈，在众乡绅的簇拥下走进一楼大堂，然后在天井站住了。

天井连接楼上客房之间的楼梯和转廊每隔一段就燃着一支蜡烛，大约有十几支。整个天井被火光照得通亮。二楼转廊的廊檐还挂着一圈彩色锦缎。

乡绅代表谢芷自然少不了要先说一通天高云远阳光灿烂的辞藻。主题是感激皇上皇后对济阳的降恩赐福，祈愿济阳国借皇恩浩荡之力风调雨顺，百年丰饶，祈愿济阳国在英明王府君的悉心治理之下，昼晴夜雨，子民富裕，路不拾遗，夜不闭户。谢芷身后的十数位乡绅一齐行恭顺大礼。谢芷的致辞和乡绅们的大礼弄得王旷很有些受之有愧，但情知乡绅们是发自内心的感激，也就没有多说推脱之语，而是表示自己将不辜负济阳国父老乡亲的厚望，定要为济阳国的繁荣昌盛肝脑涂地云云。

接下来，是在天井行酒肉之宴，这是当地人行婚娶大礼时的必然程式。像谢芷这样大户人家举办的婚庆宴席一般要连着大吃三天，只要穿着得体就可以进来坐上宴席大吃一顿。就连乞丐也可在门外得到足够的食物填饱肚子呢。王旷告诉谢芷皇上将郗美人赐予他做夫人已是一年前的事情，因为是皇上和皇后的恩赐，就不可能当作媒妁之言，也就不好举行婚庆仪式。老乡绅说明府自打来到济阳国从来没有为自家做一件事情，至今居然还住在官仓里的一间小屋子里，这让他们这些住在豪华庄园的乡绅们深感羞愧。这家客栈是他的私家产业，就算借给明府暂时作为官邸居住，等来日新的官邸选址起屋了，明府再行迁出就行了。自己操办了这样一场热闹的宴席，不过是表达济阳百姓对明府的感谢之情。既然人们都将这场宴席当作了婚庆宴席，那就将错就错吧，说到底这还真的就是济阳建国以来最大的喜事欤。

王旷看出老乡绅的真心，知道盛情难却，于是点点头说那就恭敬不如从命了。济阳国的乡绅们围着王旷轮番敬酒，每一个人说出来的话都是感激。王旷听到这些人的感激话语，感触万千。他始终认为一位正派的郡县官长只要依照自家对是非曲直的辨识标准行事，一定会有所作为。济阳国自从在境内大力展开登记户口，鼓励占田，依照先帝制定的减免税赋律法的施政之后，耕地面积越来越大，在耕地旁建起的庄户居所也越来越多，尤其重新登记户籍人口的时候发现流民人数大大增多。施融说盖因明府施政得法，不徇私利，才有了这样的大好局面。所以，王旷尽管还不适应被人簇拥，但真的非常享受这种感觉。

这时施融走到王旷身旁低声说他和曹超必须告辞了，明天还有那么重要的事情，容不得彻夜饮酒。他已经安排了军士在客栈外轮流值夜，客栈里的安全是有保障的。王旷也低声对施融交代说官邸的修葺要加快了，至迟入冬前他必须搬入，不能在这家客栈居住太多日子，这会带来许多麻烦。施融心领神会地说："不用等到入冬，至多入秋就可以入住了。"施融请求王旷拨出一些粮食来作为工钱和材料费，用来新建一座稍大一点儿的军营，安置新招收的军士。王旷坚决不允，说宁可将从刘真庄园那边分得的布帛拿出去换钱，也不能动用储备用粮。又说先将公府的监牢暂时作为新招兵士的住所，说自己在那里面住了几晚上，本以为潮湿难挨呢，结果还不错。见曹超又要说啥，王旷就说："你就给我住嘴，本官能住的地方难道兵士就不能住吗？你们也不要跟陆府君的平原国相比，平原国食邑三万户，咱这济阳国有多少户人家？咱家济阳国小，公府的家底太薄，就不要提这样那样的条件了。"

　　施融和曹超刚一走，谢芷就走过来说："已入子时，该是告别明府的时候了。"众人也都非常知趣，喝够的没喝够的在一派恭祝明府良宵美辰、心神万福的恭喜声中一哄而散。客栈里一下子就空了。

第五十八章

王旷独自在天井的桌几旁坐了很长时间，不时仰脸看看楼上那间今晚将要与郗美人同床共枕的客房，客房门框上悬挂的彩绸让他激动不已。他甚至能听得见房间里郗美人与婢女嘀嘀咕咕说话的声音。

王旷直等到内心不断涌上来的怪异而又难以驾驭的情绪稳定下来后，才慢慢上了楼。还没敲门，门就打开了。出来迎接的女婢中的一个说夫人听见明府上楼来，于是就叫开了房门。几个婢女立刻就退出房间，把王旷让进了屋里。

房间里的四个角落点了四根粗壮的蜡烛，烛火很旺，将屋内照得通亮。一道屏风放置在刚进房门的地方，将房间里的物件和布置与外界隔开来。屏风是很高级的那种，料子是丝缎的，上面刺绣有鸳鸯在水中嬉戏的图案。烛火婆娑中，屏风上的几对鸳鸯好像活了似的，在水中游动追逐。王旷内心一阵感动，很显然，客栈的房间里不会摆有这样的家具，这些家具一定是乡绅们从家里搬来的。转过屏风，王旷看到了端坐在卧榻边上的郗美人。郗美人正用一双盈满温情的眼睛仰视着缓缓转进内室的王旷。王旷只匆匆扫了郗美人一眼，便不敢正视周身散发出妩媚娇柔气息的郗美人。

这是王旷和郗美人第二次同居一室，这一次的感觉跟在堂兄府邸的那幢屋子里完全不同。这感觉里有意欲挣脱长期孤身一人生活形成的情感禁锢的欲望，有时隔多年再一次嗅到女子体香而激发出的蓬勃情欲，有在济阳国做内史以来取得最大成功的喜悦激动，有一举占有眼前这早已属于自己的女子的野性冲动。然而，王旷没有走向卧榻，而是来到屏风左侧的一张桌几前的蒲团上坐下来。桌几上的蜡烛旁放着一坛烧酒，酒坛已经开了封泥，坛口只用一块包了布的塞子掩盖着，从缝隙里溢出的酒香让人立刻就辨别出这是一坛陈年杜康。桌几上还放有几只陶盘，陶盘里是空的。王旷自知没有勇气走向卧榻，索性在桌几前坐下来，自己将碗里斟满酒一口喝干。这时身后响起窸窸窣窣的声音来。郗美人离开卧榻走到桌几前站在王旷身后，轻声说道："妾身来济阳已经一天，终于得见明府颜面，甚觉欣喜。"

　　王旷嗯了一声，说道："郗美人一路鞍马劳顿，我以为你早就歇息软。"

　　"明府不回来，妾身怎敢独自于榻上安歇？明府！"郗美人等着王旷回应。

　　王旷嗯了一声，说道："我很累了。"

　　"何不榻上安歇？"

　　"你坐在那里，我岂能上去。"

　　"妾身在等候明府。"

　　"我知道。"

　　"明府，你当真至今不能接受妾身？"

　　王旷沉吟片刻，说道："我不能违抗皇上旨意，可也确实十分为难。"

　　郗美人说道："自皇上将妾身赐予明府那一刻起，妾身此生此世便如影随形。明府可知晓乎？"

　　"我自然知晓。"

　　"那明府还在等甚？"

　　王旷突然转身向上看着郗美人，接下来的举动将郗美人吓了一跳。

　　王旷抬手猛地掀起郗美人的裙摆，然后用力放下，说道："司马囧不准许宫里女人裙子里再穿其他，你没有听命于他？"

　　郗美人听了王旷问话，扑哧一声笑了，说道："大司马知道妾身是皇上赐予明府之人，又怎敢命令于妾身？再说，大司马敕令所指皆为宫内侍女与被遗忘在宫里之嫔妃，妾身并不住在宫里，明府难道忘了？"

　　王旷点点头，没说什么。

　　郗美人幽幽地说道："妾身再过一月便十七岁。"

　　王旷唔了一声，问道："有何不同？"

　　郗美人说道："皇后对妾身嘱咐过，让告诉明府，依照大晋律法若女子年满十七岁尚无人迎娶，郡县官府可将女子指定嫁于任何人家。"

　　王旷心里咯噔一声，嘴上却说道："皇后所指乃尚未出嫁之女子。"

　　"明府意思是说妾身已算是嫁人软？"

　　王旷不答，只是低头一笑。

　　郗美人也跟着咯咯一笑："皇后嘱咐妾身，琅琊王氏为大晋名门望族，人旺才能族兴，让妾身多为明府生儿育女。"

说着，郗美人走近王旷，用葱根般的十指缓缓除去王旷头上冠帽，开始宽衣解带，王旷猛地转过身，眼前顿时扬起一阵红雾：郗美人不知何时已褪去长衣短裳，一件浅粉色的肚兜将如玉般的肌肤半遮半掩。

接下来，大帐里，人形翻滚，喘息连连。王旷如激流扑崖坠落百丈渊谷势不可当，美人如深潭无底吸纳万千溪流从容不迫；王旷喘若壮牛狂奔粗重急促，美人声如凤鸟归巢尖利悦耳。一时间，帷帐飘忽鼓胀若临疾风劲吹，烛火摇曳不定似经雷电抽打。

突然王旷发出一声嘶吼，那声音悲戚而又痛伤。猛然间，就见王旷在帷帐里站起身来，双手紧紧抱着美人湿滑的胴体。少顷，只听王旷胸腔里发出长长的叹息，双手一松，那胴体重重落在榻上。

两人就这么一丝不挂一动不动一声不吭地躺着，直到有光亮从窗户挡板上的缝隙透进屋子。郗美人这时情不自禁地抚摸着王旷健壮的身体，王旷没有一点儿呼应。

郗美人说道："夫君不必如此悲哀。"

王旷起身穿上衣服，没有看郗美人一眼。

郗美人也从床上起身穿衣，吹熄蜡炬，打开窗户。射进屋内的阳光令二人睁不开眼睛。

"夫君……"郗美人欲言又止。

王旷这时才看了郗美人一眼，眼前的女子尽管一夜未睡，依然面目娇美，令他心醉神迷。王旷很是歉疚地说道："旷许是成了废人。"

郗美人坦然道："妾身愿追随夫君一生一世，无怨无悔矣！"

王旷转身出了屋子，下楼去了。

第五十九章

济阳国东面的琅琊国，同样阳光灿烂。琅琊王氏族居庞大的村落被一望无际的田地包围着，已经有庄户开始下地收割了。

琅琊王氏已经有相当久远的历史，《史记·王翦列传》文载"秦始皇二十六年，尽并天下，王氏、蒙氏功为多，名施于后世"。秦始皇统一天下，受封列侯并不多，然王氏之王翦、王贲、王离祖孙三代皆受封列侯，可见王氏功勋彪炳，举世无双。王氏一族后世发展壮大繁衍分支走向十分复杂，到大晋王朝建立之时至少有两个支脉已经相当稳固，其中最大的一支正是琅琊王氏。

就在这一片庞大的建筑群里的一套深院宅邸中，平阳郡督护李矩的夫人卫铄起了个大早。按照计划，卫夫人今天午后启程，在王旷的弟弟王廙的陪同下前往济阳国。

这次卫夫人离开平阳郡来琅琊国探望嫁入琅琊王氏做了王旷夫人的姐姐，听从了夫君李矩的建议，按照夫君为她制定的行走路线行进。从平阳郡出发一直向东到邺城拜见大将军司马颖。在邺城盘桓几日，看望在大将军府做属官的王澄和王导。王导是琅琊王氏六世之族长，这次外出到大将军府做官是受王衍之托，没有带家眷。离开邺城，卫夫人到东平看望友人后继续前行至曲阜拜谒了孔子故居，然后便不再停留直接进入琅琊国。这一路停停走走，用去了二十多天时间，到达琅琊国夏初已过，田里的庄稼也快收割了。

卫氏姐妹二人在琅琊相见自然喜出望外，每日里朝夕相处，形影不离，其乐融融。一日，太阳西斜，王旷的儿子王籍之跟着叔父王廙习练书法和绘画，午后就去了叔父家。卫铄陪着姐姐在庭院中等着儿子回来，白天的酷热正在快速消退，有凉意从野外吹来，于是姐妹二人随性而起漫步在自家的田地旁。庄稼长势喜人，糜子颗粒饱满将粗壮的茎压弯了腰，随风而起的谷香令姐妹俩陶醉不已。

卫铄见姐姐走得累了便提议席地而坐，远远地还能看见从王廙的宅院通向王旷家院落的路径。

甫一坐下，姐姐的泪水就流淌下来。姐姐流泪可把卫夫人吓得不轻。来到琅琊国已经多日，每日姐姐都是一脸轻松，看样子十分开心。卫铄急忙攀住姐姐耸动的肩膀关切地询问姐姐因何兀然落泪。姐姐经不住卫铄的追问才说是过于思念常年不归的夫君，尤其见别人家早已是儿女绕膝，每日欢声笑语不断，更令自己感到很不是滋味，思念之情日益加重，故而潸然泪下。王家是个大家族，王旷的父亲有兄弟六人，各家都已经有许多子嗣。王旷是王正一支家中老大，连他的两位弟弟王廙和王彬都儿女满堂了，而当大哥的家里仅有一个儿子进进出出，这让她这个当大嫂的觉着愧对先人。姐姐哭诉说自己虽已不再青春，但再给世宏生下几个子嗣却是一直以来的心愿，也还算不迟。一心就巴望夫君早日回家，多住些日子。说着又哭起来。卫铄也不再劝阻，也好让姐姐尽情地宣泄压抑在心里多年的苦楚和辛酸，她就坐在一旁陪着姐姐流泪。

这件事情对卫铄的刺激很大。接下来的日子，卫铄每日里陪着姐姐，几乎寸步不离，还主动承担起给侄子籍之教授书法的责任。在孩子每天诵读的课本中特别加入了屈子的《问天》和《山鬼》两篇。孩子太小，读不懂文中深邃的含义，卫铄便悉心讲解，直到孩子弄懂为止。这天晚上卫铄找来王旷的大弟王廙，核实坊间听闻已久的传言。王廙不敢隐瞒，如实将在京城王敦家见到郗美人，以及他所知道的前因后果交代得清清楚楚。随后，王廙在卫铄的逼问下，又根据自己的观察体会将郗美人评价一番。末了，王廙对卫铄说自家哥哥所做并无不妥，皇上的恩赐普天之下谁敢拒绝，据说皇后曾劝过皇上说琅琊王氏自有家规，皇室不必插手。怎奈皇上执意所为，哪个又敢阻拦，连王敦堂兄也跟着收到这样的恩赐。"说到底，这事又怎能责怪皇上不明就里乱点鸳鸯？皇上不智，谁人不知，见兄长终日忠心耿耿侍卫左右，想来定是动了感激之心。这事情若是要责怪哥哥那就更说不通了。"卫铄打断王廙的话，责问道："听你口气，你是赞同兄长接受皇上恩赐？"

王廙张张嘴，欲言又止。

卫铄追问道："你就直说，我无意替你嫂子兴师问罪。"

王廙说道："咱家大哥对皇上绝对忠诚，他怎敢抗旨？"

卫铄说道："当然不能，但若是真心不接受恩赐，出了中宫立刻就将那恩赐之女子一纸休书休掉，这就不能算是抗旨。"

王廙吃惊地看着卫铄，说道："茂猗姐姐，你出此言依然是在替大嫂兴师问罪。即使阿黑哥嫂子贵为公主，也并未把皇上恩赐之美人一纸休书休掉。非但如此，公主嫂子跟张美人以姐妹相称，甚是和睦。"

卫铄不理会王廙的说辞，问道："你说实话，世宏跟郗美人在京城行过婚礼乎？"

"阿弟无从知晓，但阿弟却听说京城无论皇族还是友人皆称许皇上恩典之事，并好心相劝大哥不可辜负皇上恩赐美人之一片善意。陆机还说依照大晋为官律法，官员长期在外为官，可以娶二房夫人。但是大哥似乎不为所动。"

"你不用跟我说这些，就说那女子可跟你兄长同房过？"

王廙嘎嘎笑起来，说道："姐姐也是急了。阿哥即便是跟郗美人同床共枕，又怎会告诉小弟？"

卫夫人并不理会王廙，又问道："王世宏对那女子态度如何？"

王廙如实说道："我在京城见到大哥对郗美人面色冷峻，不苟言笑，像是对待陌生人，完全不像对待咱家大嫂那样殷勤，温和。"

"世宏本来就很少言笑。"

"我还见到郗美人因遭到阿哥冷待暗自啜泣之情景。"

"你颇同情郗美人？"

王廙低下头没回答。两人沉默了很长时间，王廙起身告辞要走，被卫铄叫住。正在这时，王旷的夫人进了屋子，手里牵着十岁的儿子王籍之。

卫铄也不规避，当着姐姐的面对王廙说道："世将，我过几日就要离开琅琊，你这次跟我一道走。"

王廙惊诧地问道："姐姐要返回平阳郡，因何非要叫我跟你走？"

卫铄说道："返程我走下邳，顺便到济阳看望世宏。若有可能，你带我一道前往京城去见郗美人。"

王廙很是惊慌，说道："送姐姐去济阳可以，陪姐姐到京城恕难从命。"

卫铄指着身边的姐姐和籍之说道："那姐姐只好带着世宏丢在琅琊的妻儿一道去济阳省亲去。"

王廙这才急了，忙说道："不可，不可，咱家母亲大人尚在，大嫂怎能离家。一路带着籍之更是不便，旅途劳苦，不弄出病来才怪。"

"那你就不要再推辞。"

籍之这时在一旁听出点儿名堂来，嘟哝着说道："叔父，你去了济阳一定要将父亲大人请回来。"

　　晚上，卫铄跟姐姐睡在一张床上，说家常话直到东方发白。卫铄向姐姐保证，此行济阳一定要将姐夫拽回家来。天大亮后，姐姐强迫卫铄合眼睡一小会儿。卫夫人以为自己起得很早，正要收拾行囊，就听见外甥王籍之呼喊着跑了进来，一眨眼工夫就进了内室，见到卫夫人便亮着清脆的嗓子叫了声姨母。说道："求您带小子去济阳见父亲大人。"

　　卫铄从籍之的眼神中看出孩子想念生父的殷切之情，不觉鼻子发酸，说道："姨母此行济阳国路途遥远，旷日持久，你年纪尚小，还是不去为好。再说你若走了，谁来陪伴你家母亲大人？"

　　籍之表示理解，说道："姨母所言极是，小子不敢固执己见。但愿姨母如叔父所说，此行济阳能说服父亲大人回乡省亲，让小子一家团圆。"

　　卫铄见籍之如此体恤人心，说出的话语也若成人一般得体在理，很是感动，说道："姨母今日向你保证，即使面见皇上皇后，姨母也要将你父亲大人拽回家来。"

　　籍之双膝跪下，磕了个响头，说道："姨母，小子就在家乡朝思暮盼，静候父亲大人归来。"

第六十章

这个夏季来得慢，过得似乎却很快。王旷想起了庄子"人生天地之间，若白驹之过隙，忽然而已"这段文字，心中不禁一乐。

这个时候，王旷正坐在济阳国公府外广场上的桌案后面，面对着排成长队缴纳地租的人群。一排崭新的木制量具就置放在桌案前面的地上。

施融建议制作量具时斛可以免做。斛个头太大。一斛的容量是十斗，而一斗的重量差不多有十三斤了。一斛里面能盛下十斗，也就是说一斛粟米就有一百三十斤重，一个棒小伙子要抓起一斛粟米也是要费些气力的。

王旷采纳了施融的建议，但是仍然坚持做了三只斛。他让属下将这三只斛放在桌案后靠近坐榻的地方，每日收租时先将这三只斛装满，而且要装得冒出尖来。他喜欢看装满粟米的斛，这会令他内心充满成就感。

收地租进行了三天，所收的粟米就已经超过一万斛。依照大晋律法，每一个庄户为一个纳税计数单元，每一户以四口人计算，一个正丁男，一个正丁女，一个次丁男，一个次丁女，耕种百亩土地，缴纳地租八斛。如果济阳国每一户人家都能照章交租的话，这个收获季济阳国公府将会收取地租超过八万斛呢。王旷早就对缴纳的粟米做了打算，除了照规矩向国家官仓上缴半数外，余下粟米留足公府属官和军士日常口粮，大部分会留作明年济民。

已经快到晌午，交租的队伍还似长龙，看来这些远道而来的交租人又要露宿广场了。这让主持收租的施融很是焦急。这时，施融再一次来到王旷桌前抱怨道："明府，咱家仅有二十几人，如车轮般忙了三天，每人皆已直不起腰来欤。"

王旷笑着说道："施主簿，看到官府仓房堆积如山之粟米，你难道不欣喜乎？"

施融承认这几天自己高兴得睡不着觉，昨天晚上甚至在粮食堆上睡到半夜。

"那就无需牢骚满腹。"王旷说道，"你看曹超，从第一天开始就没离开过广场，晚上就睡在这里。本官可从没听他抱怨过。"

施融讥笑道："贼曹自小为种庄稼之耕农，见了粟米自然欢喜。若不是被明府举荐做了随从，他应是排队中人。"

王旷听了这话不由乐了："曹超若听此言，非与你拔刀相向不可。"

施融也笑着说道："贼曹非小肚鸡肠之人，毕竟几日前在集市上我曾经救过他一命，算是他救命恩人。"

王旷哦了一声，问道："本官怎就从未听你们说起过这桩恩情？"

施融嘿嘿一笑，说道："那日随明府微服私访遭遇盗匪，若非我出手及时，砍了那贼人一刀，贼曹他即使不死也得受重伤。"

王旷哈哈大笑起来："施主簿也真会贪天之功，也罢也罢，本官不跟你争这救命之恩。曹超难道不知是本官出手相救乎？"

"当时贼曹被撞了个嘴啃泥，没看见谁是他救命恩人。"

两人都笑起来，身后正在盆里将布巾浸湿打算为王旷擦汗消暑的郗美人也跟着笑个不止。

郗美人几天来也跟着一起忙活。她先在客栈监督厨子做出可口的饭食，然后亲自送到公府，看着王旷狼吞虎咽吃个精光，之后就留在现场陪着王旷。眼见着不断有粟米运进仓房，夫君王旷开怀大笑，她也会捂住小嘴嘤嘤笑个不停，时不时还会给王旷擦汗扇风。看着夫君眯缝着双眼的舒服劲儿，她心里头别提有多享受了。

那晚初与王旷行床笫之欢遭遇王旷不举之尴尬后，郗美人并无一句责怨，王旷也因此不再疏远她。每天晚上，郗美人都会贴心地服侍王旷在床榻上躺下，王旷也不再拒绝郗美人躺在身旁。两人在说一些天地玄黄类的闲话后，王旷鼾声大作，郗美人经常会借着这个机会用柔软的小手轻轻抚摸夫君赤裸的身体，从上到下一处不漏。每每此时，郗美人眼睛里就会有晶莹的泪水流淌出来。

第二天卯时一到，王旷就会起身悄悄离开，来到公府走一趟刀术，又在公府里的水井旁提一桶凉水冲洗身体。有时候他会依稀想起前一天晚上郗美人轻柔的抚摸，于是下身会因此一紧，却难见欲火中烧。

有几次，王旷被郗美人的啜泣弄醒，他就呵斥说："你又哭甚，若是感到委屈失了耐心，不如回京城去吧。"郗美人就会弱弱地说："妾身只是为能

303

有这一天喜极而泣，并无委屈。"王旷就说："我心中有数，自知假以时日，必定水到渠成，你又急甚。况且这种事情怎一个哭字可以解决？"话虽说得生硬，说完王旷会伸出一条胳膊让郗美人枕在上面，听着郗美人发出满足的呼吸声，王旷转眼间也就昏然大睡过去了。

广场上的人都听见远处传来一阵凄厉的叫喊声。远远地，就见贼曹曹超深一脚浅一脚奔跑过来。所有人都停住手上的活计，王旷更是警觉地摘下挂在一旁的长刀，施融也紧随其后持刀在手。

王旷亮亮地喊道："贼曹，你何以慌慌张张，可是有匪盗抢掠集市？"

曹超已经上气不接下气，那模样虽说惊慌却并不见恐慌。王旷着急，喝道："你这贼曹，本官问话快快回答。"

曹超这时已经跑得近了，在三丈之外站住脚，呼哧呼哧喘了一阵子，直起身来才高声说道："明府，大事不妙欤。"

"怎个不妙之事？"

"你家世将阿弟来济阳也。"

王旷哗哗一乐，又问道："我家世将又非吃人之猛兽，何以将你吓得魂飞魄散欤。"

曹超说道："世将倒是和颜悦色，属下是被李矩之夫人卫铄吓得魂飞魄散也。"

王旷也被这话惊到了，急忙问道："二人现在何处？"

曹超朝身后一指。

众人顺着手指看过去，王廙和卫铄竟然尾随而至。

王旷只觉浑身燥热，回身再看郗美人，郗美人神情淡定并不惊慌，脸上甚至绽放出见到亲人般的微笑。这让王旷忐忑不安的心平添了些许宽慰。

王旷让属下继续收租，听见身后郗美人小声问道："夫君，妾身是否也要跟去？"

王旷点点头大步流星地迎了上去。

王廙见阿哥气宇轩昂地走过来，不由得退到卫铄的身后。

王旷大声问道："世将，你这是带了籍之姨母去京城吗？"

王廙嘟嘟囔囔不知所云。

卫铄已经看见跟在王旷身后的郗美人，自觉此女实在美若天仙，便没好气地说道:"去京城作甚,此行便是为你而来。"

卫铄说明来意,让王旷既感吃惊又十分为难,说道:"籍之姨母,我为皇上任命济阳地方官,若要省亲需报请尚书省获准方可,怎可随意来去。"

卫铄言辞就多有挖苦:"你有身后女子,缘何还会牵挂家乡妻小?"

王旷嗓子眼里咕噜一声,没说出话来。

卫铄又说:"世宏你既然一口一声籍之姨母,那我就将籍之行前之话说与你听,籍之思念父亲之情日甚一日,行前跪求于我,求你舍却一切公务杂事返乡与他母子共享天伦之乐。籍之说他差不多已经记不起父亲大人的容貌了。"

王旷无言以对,就对王廙问道:"你嫂嫂可好?"

王廙说道:"嫂嫂甚好,只是思念阿哥终日无有欢乐。"

王旷一声长叹。

卫铄说道:"世宏,我也不为难于你,明日我和世将快马前往京城去找那尚书令准你回乡省亲,不然的话,我就让夷甫和处仲带我入宫面见皇上皇后。实话说来,此行不带你回乡,我将无颜再见姐姐与籍之侄儿。"

王旷又是一声长叹,说道:"籍之姨母不可鲁莽行事。我答应你待收缴完地租赋税之后,一定返乡省亲,如何?"

卫铄连连摇头,说道:"施融和曹超追随你多年,似自家兄弟一般。济阳公务交予他二人你尽可离开。至于你说官员省亲需尚书省批准也仅仅针对京都众臣所言。外放官员哪个照此做了?若照你所说,远在交趾郡官员欲要省亲,光报请回复一趟少则三月多则半年。"

王旷只好说道:"罢了罢了,我随你们走就是了。"

见王旷答应随卫铄返乡,郗美人跪了下来,两眼垂泪,说道:"夫君,何以妾身在你心里仅仅是个赘物?"

王旷面露难色,说道:"你还是起来说话。我从未将你视作赘物,只是离家经年,甚感对家乡妻儿颇多愧疚。"

郗美人说道:"妾身在皇上和皇后面前就明确说过,妾身想随你前往琅琊故乡陪伴夫人左右,也好让夫君安心为皇上尽忠效力。皇后当时就问可需要为此下道诏书,夫君声称此乃家长里短之事,怎可让皇上以国事相待。妾身亦表示夫君当会审时度势妥善安排妾身之去处。"

王廙在一旁频频点头,就差没拍手叫好了。

卫铄听不下去，说道："你并未正式嫁入王家，未明媒正娶，琅琊王氏族人亦未认可此事，你怎可称王世宏为夫君？"

王廙在一旁忍不住为郗美人辩解道："皇上诏令赐予便是天下第一大媒，姐姐不可再说此话，以免被扣上藐视皇权之罪名也。据说阿黑哥当时也一并受赐予皇宫，他与阿兄算是相互认可。我那夷甫阿兄后来闻知此事亦并无异议，可将此看作琅琊王氏无有异议。姐姐不用再拿这些话阻拦咱家二嫂回故乡。"

卫铄顿时生了气，斥道："你这世将，做派怎似小人一般。在琅琊时你在嫂子面前捶胸顿足，誓言将哥哥拉回家乡，事到如今怎又变了口气？"

郗美人说道："夫君在济阳刚刚遭遇牢狱之灾，幸得皇上降恩才躲过一劫。如今济阳民心所向，夫君事业蒸蒸日上。不如等入冬之后农闲季节再回乡与我那大夫人聚首不迟。夫君你说如何？"

王旷说不出话来。

郗美人紧接着又说道："若夫君实在为难，不如先回去几日，待济阳收缴租赋结束，妾身即刻前往琅琊接夫君返回济阳操理国事，如何？"见王旷还是不说话，郗美人转而问卫铄道："姐姐你意如何？"

卫铄见郗美人没有一点儿退让之意，知道僵持下去，王旷必定变卦，于是说道："我无法与你做出保证到时候允许你来接人。但是，只要三个月后我能确认我那姐姐怀孕，王世宏是走是留由他自己定夺。世宏你说如何？"

郗美人一听卫铄让步，也不好得理不饶人，说道："姐姐乃名人之后，又是名冠京都之才女，一言既出，妹妹当然相信。只盼在济阳国能迎得夫君归来之日。"

卫铄很是为郗美人处事不惊的镇静感到惊讶，问道："你这小女子，果真年方二八？"

郗美人说道："我乃高平郗氏族人，家兄郗鉴在宫中深得皇后和太孙太妃信赖，得做太子中舍人。家兄与夫君情同手足，夫君自会证明妾身年方几何。"

王廙这时见僵局已解，说道："茂猗姐姐，我家二嫂嫂已然高风亮节，你再盘诘不休，不怕失了身份？阿哥，不如就依茂猗姐姐与二嫂嫂所言，阿哥先行回乡省亲，三月之后若如茂猗姐姐所说，阿弟定将你送回济阳。你就给个话软！"

王旷哪里还有力气说话，只连连点头称是。

第六十一章

　　转瞬之间，王旷被卫铄押解回琅琊已经九个月。回到家中还是初秋，经过一个寒冷的严冬和阴霾多于晴朗的春季，现在又是初夏了。

　　大晋王朝琅琊国王氏庄园里，四更的梆子声刚刚敲响，余音尚未散尽，王旷便只身来到庭院。

　　王旷回乡省亲满三个月时，夫人已经怀有身孕。王旷正在为难是否返回济阳国，在济阳国留守的施融接到大司马司马冏的调兵敕令。敕令列数骠骑将军司马乂企图篡逆的罪行，任命王旷为前将军，在济阳国迅速招收两千名军士，组成勤王前卫军队，并在三天内跟从许昌出发的主力军团在京都会师。

　　济阳国主簿施融、贼曹曹超和郗美人紧急磋商后，决定先派施融火速将敕令送往琅琊国。施融连夜出发，昼夜兼程，两天后来到王旷家乡。王旷对司马冏任命他为前将军，并命他组建军队赴京都勤王的敕令很是犹豫不决。还没容王旷作出决定，他又接到济阳国曹超派人转来的皇上御批诏书和太尉司马乂的敕令。诏书公布了司马冏私立皇太子、阴谋篡逆的诸多罪行，宣布处死司马冏，并将司马冏的三个儿子司马超、司马冰和司马英囚于金墉城。而辅佐司马冏为非作歹、祸国殃民的"五公"牟平公葛旟、小黄公路秀、阴平公卫毅、封丘公韩泰和安乡公刘真均被处死，并诛灭三族。

　　骠骑将军司马乂已经升任太尉，在敕令中宣布司马冏擅权为其三个儿子立的淮陵国、乐安国和济阳国等三个封国除去国号。也就是说，从此济阳国不复存在，济阳国公府也随之消亡。太尉司马乂在敕令中特别任命王旷为次直侍中，统领宫城禁军，护卫皇上安全。

　　派来送达诏书的军士告诉王旷，留守济阳的曹超会在将郗美人送回京城后，来琅琊国与王旷会合。

　　王旷并不急着赴京上任。司马冏既然已死，济阳国也不复存在，皇上的亲弟弟司马乂当上了大晋王朝的最高军事长官和行政长官，而皇上又重新坐回太极殿主持朝政，皇上和皇后的安全暂时有了保障。所有这一切都如王旷所愿，王旷也就没有理由着急了。至于司马乂给他的那几个职位，因为都不设属官，王旷也没什么兴趣。加之夫人卫氏有了身孕，产期也已经很近了，这更加坚定了王旷暂时不返京城的念头。于是，他修书一封，让施融送往京城，申明自家不便到任的缘由。琅琊王氏的族长王导尚在邺城谋事，不能很快回来，王敦更是成为司马乂最为信赖的辅臣之一，回乡遥遥无期。王旷便承担起维护琅琊王氏利益、保障琅琊王氏族人安全的责任来。

不久，护送郗美人的曹超从京城来到琅琊。王旷就让曹超负责一支私兵武装的日常训练和巡逻。

这日黎明，启明星高悬于东边天际，在渐次显现的鱼肚白中，星光逐渐暗淡下去。

王旷走了一趟刀法，将昨晚入睡前研习书法时琢磨出来的几个招式加了进去。收势后，王旷觉着其中有两处似有些不顺畅，路数走到那里，刀势不增反减，而且手腕在扭转的时候会出现停顿。尽管只是转瞬之间的停顿，却可能会是致命的破绽而酿成杀身之祸。王旷又将这几处多走了几遍，做了适当的改动。改到最后一处时，感觉到曲廊通向内室的一端走出一个人来，于是收了招式，说道："怎不多睡一会儿？"

晨曦中，王旷的夫人卫氏笨重的身子使得她行走起来很是不便。从外形上看，至少已经有六七个月的身孕了。其实，计算下来，孕期已经七个多月，再有几个月就要临产了。

夫人说道："夫君离开屋子后，妾身辗转反侧难以继续入睡。"

夫妻二人并肩站在晨霭氤氲的院子里，一齐看着东边天际一点点亮起来。

夫人说道："夫君，妾身看出你这几日心神不宁，京城发生之事让夫君放心不下。"

王旷点点头，说道："司马乂召我回京应该是夷甫兄长之意思。可是，我去了京城又能如何？你这里眼看临产，我怎好此刻离开。既然皇上已经将司马覃收为养子，皇位第一继承人非司马覃莫属耳。司马乂与司马颖也不用担心宗亲王觊觎皇位。"

停了一会儿，夫人说道："妾身以为有件事应该让夫君知晓，茂弘家后院本来属于咱家……"

"好啦，不要再说了。"

"你这多年不回来……"

"夫人，此类话语多说无益。即使我从此不再离开，咱家永远不要与族人相争。琅琊王氏对此早有祖训。你是大嫂，世将与世儒会看着你之所为。"

早饭前，王旷和夫人先去给母亲大人请了安。王旷跪在母亲面前恭恭敬敬地聆听完母亲关于子孙后代的絮叨。从母亲的屋子出来，王旷问夫人道："母亲大人每天都要说及子孙满堂，令你很是不安欤？"

夫人点点头说道："夫君，你若常年与妾身厮守，多生几个有何不可？可是，近日京城多有消息传来，妾身看到你每日茶饭无心，心中很是不忍。"

王旷说道："我已经断然拒绝了皇上诏令，不会再有事情纠缠于我。卿尽可放心。只是，我已回来八月有余，夫人对我依然唯唯诺诺，咱家心里很不是滋味。"

夫人说道："妾身只求夫君能在琅琊过得安逸、舒坦。夫君，妾身本该知足才是，只是有事情埋在心里硬是驱赶不散，让妾身过得好生辛苦。"

王旷说道："那就不妨将那事情说出来，困惑自然会消解焉。"

夫人见王旷当真不晓得做了何事令妻子不安，于是说道："那曹超从京城来到这里，妾身硬是不相信那女子对夫君无话可说。"

王旷语塞，片刻才自我解嘲说："卿果真料事如神，郗美人的确让曹超捎来一封书信，信里不过说些京城的琐碎事情。不告诉你，是不想让卿为此分心。事情已过去几个月，你居然如此上心。若让你看了书信，还不日日抱怨与我。"

"那女子没说惦念你？"

"爱卿呀，籍之姨母与世将早已经将事情原委细说于你，现在告诉你，我与郗美人并未行夫妻之事。但皇上恩赐于我，我只有感激不尽。不然你让我如何作为？休了她？"

两人好一阵子都未说话，正好贴身婢女熬了粟米烂粥唤主人回去享用，夫人也借机返回屋里去了。

吃罢早饭一直到后晌，王旷都待在书房没有出来。他取出一只木匣子，这木匣自离开京城后始终带在身边。木匣用檀香木做成，一尺见方。打开木匣，香气扑鼻。木匣里装着蔡邕的《笔论》、左思赠予的《三都赋》和陆机赠予的《文赋》。《笔论》用隶书写成，《三都赋》用楷书写就，极为工整。《文赋》用草书写就，出于索靖而绝不拘泥于前辈的书写体式。这三本书被王旷视为极品小心珍藏着。还有一个本子，是王旷不断增补内容的关于自家书写体式的心得。除此之外，里面还有一个手臂粗细的竹筒和几十张尺把宽窄、二尺多长的书写用纸。竹筒里装有大约二十支书写用笔，均为王旷在宫里做次直侍中时用鼠须自制的。在京都，王旷很少打开木匣。离开京都后，只要闲暇，必定取出书来仔细阅读，并乐此不疲。

刚读完《三都赋》就听见夫人在门外喊他出去，说有京都信使求见。

王旷急忙整理装束，出门迎接。

来人竟然是曾经的太子中舍人郗鉴，王旷心里一惊，以为定是郗美人出了什么事情，结果并不是。郗鉴在宣示诏书前告诉王旷，自太孙覃，他便被司马乂辟为掾属，做了中书郎。此次行前，太尉再三叮嘱他无论如何要将王旷召回京城就职。并让转告王旷，京城告急，河间王和成都王两路兵马已将京都团团围住。自夏末始，河间王司马颙和成都王司马颖的攻城大军决毁洛阳城外千金堨，舂米的水碓也因为没有水全部停止舂米，一时间城内无论皇族还是百姓，每日用饭成了大问题。太尉司马乂不得不下令王公官府之男仆婢女以手舂米供应军队。饥荒空前严重，国都被围，诏命所行，不出一城，形势万分危急。

太尉司马乂和成都王司马颖居然大打出手，这令王旷颇为吃惊，猛然就想起在济阳国时陆机说过的话。难道司马颖那时候便有了重新回到京城的谋划？王旷不敢怠慢，一路晓行夜宿，赶到京城已经是第五天黄昏时分。

敲开王敦府邸的大门，管家竟然没有一眼认出王旷来。

王敦欢喜得不得了。两兄弟自从济阳分手，一晃也一年多没见面了。尽管相互之间时有消息往来，但是不能每日在一起厮混，却让人想得慌。这是王敦见到王旷时说的第一句话。王敦让厨子急忙烹制了几样热菜，正好还有几斤酱牛肉，切了一盘摆上桌几。两兄弟只在三巡酒之间说了几句闲话，很快即转入正题。

郗鉴一路上将两军交战情况说了个大概，却并不清楚何以成都王司马颖也参与围攻京都。王旷这时才知道大晋王朝又面临着因皇室自家相互猜忌而引起的战争。西面，司马颙遣了近十万精兵向京城这边掩杀过来，前锋部队已经抵达函谷关。

王敦说，这一切的起因居然是司马乂刑斩企图对他行刺的李含等一干官员。廷尉的审讯表明，李含等人接受了司马颙的密令行刺于太尉司马乂。而司马颙在密令刺杀司马乂的同时，又亲笔致函司马颖，言之凿凿地表明拥戴司马颖成为皇太弟，继而在合适的时候取代司马衷成为大晋王朝皇帝，以拯救岌岌可危的大晋王朝。与此同时废除皇太子司马覃的嗣位，不承认司马覃当朝皇上养子的身份。司马乂也许并不反对司马颖成为皇太弟，可是，宗亲王企图以刺杀手段而取得皇权的卑鄙行径则彻底激怒了司马乂。司马颙这次出兵既无檄文也无奏表，征讨司马乂也毫无正当理由。因此，司马乂一听说司马颙征西府的军队已经向京城掩杀过来，就第一时间派人前往邺城通报司马颖。令司马乂万万想不到的是，邺城司马颖大将军府居然调集了二十万大军，呼应司马颙对京城发起的战争。

十天前，司马乂亲率精兵，对驻扎在京城北面河桥的司马颖大将军府大军实施突袭，大败由陆机做都督的征讨大军。主帅陆机的冠军将军牵秀奉司马颖之命，将陆机押回邺城收监问罪，陆机的两个儿子和陆云也没能幸免。王敦只是在最后才说出心中疑惑，王敦从各种渠道得到的消息都证实，司马乂在进攻平北府军队之前接到过陆机的一封手书密函。紧接着，司马乂攻击陆机大军如入无人之境，轻松取胜。至于陆机所率征讨大军被杀得血流成河则纯属造谣而已。

王敦这番话语听得王旷瞠目结舌。他只有一个感觉，这一次的战争比赵王、齐王引发的战争还要残酷。大晋王朝立国以来，除了矫诏篡逆之外，从来没有发生过亲兄弟之间的战争。

王旷已经没有心情吃饭了，两人喝干各自桌几上的一坛酒，当下起身前往王衍府邸。王衍在司马乂斩杀司马冏后随即被任命为尚书令。

王衍急匆匆将二人引进最后一进院子的正堂，两人看见王戎也在，京城琅琊王氏的几位足可以影响全国的人物都到齐了。

王衍开门见山，说道："世宏，司马乂召你进京做治书侍御史其实并非让你主管皇上文案事务，而是让你随我前往邺城去说服司马颖息兵。我们都知道，你最了解司马颖。"

王旷面色镇定，说道："夷甫阿哥，司马颖敢于出兵进攻京都一定是想得透彻了。以我对他之了解，他更看重太极殿，而非兄弟之情。"

王敦赞同王旷的说法："前次兄弟几人围攻京城司马伦，司马颖见好就收，得胜而走，缘由颇多。倘若留在京城与齐王共事，他自认为对付不了司马冏。而他太清楚司马乂之为人，皇室直系子嗣中也只有司马乂才敢不遵司马冏号令。"

王旷接着说道："也正因如此，司马冏被司马乂毫不留情地诛杀之后，司马颖开始对司马乂今天地位感到不安。他因何要呼应司马颙？他当然不会当真相信司马颙会拥戴他做皇帝。但是二者相权，司马颙可以被利用，以司马颙宗亲之身份与地位，断不敢动篡逆之念，不然，前车之鉴，犹在眼前，而司马乂绝对不会被利用。"

王敦说道："还是由我来说吧，我还算是外戚。由此而推论，司马颖如今想要做皇上，其实也并无过错。既然皇上已无后，既然司马乂与司马颖都不愿意看到由司马冏推举之司马覃继承皇位，便只剩下两种选择，要么从司马乂和司马颖两人后裔之中选立皇太子，要么自这二人中择其一做皇太弟。"

王戎这时说话了："二位阿弟切中肯綮。"

王衍说道："你们所说我都已经想到，只是这一次，琅邪王氏已无退路。既然皇上选择了咱家，咱家便义不容辞耳。世宏，诏书已颁布，此次前往邺城，阿哥我代行太尉，我被推在了前面。"

王戎插话道："琅邪王氏也就被推在了危难之前软。"说罢长叹一声。

王衍点着头说道："我已义无反顾。世宏，琅邪王氏必须力挽狂澜。即便此次不行，接下来还是要前仆后继。"

第六十二章

旬日后，从京城前往大将军府的谈判队伍抵达邺城。邺城已经处于战时状态。

王衍一行人被要求将战马置于城外，徒步进入邺城宫城。

一行人来到大殿，司马颖倒是礼数有加，亲自走下高台迎接这一干从京城来的高官。

大殿上，除了卢志在司马颖身旁伺候，并无其他官员。因此，王衍便开门见山说出此行的目的。王衍不做赵王的朝官也不做齐王附庸的壮举在京城贵族区里早已传为佳话，司马颖当然比谁都清楚，即使是不能兄弟和好，也最好不要得罪琅琊王氏。因此，司马颖没有打断王衍的话，而是由他一直说下去。王衍说："古语曰'兄弟阋于墙，外御其侮'，大将军与长沙王同为先帝之嗣，又都是皇上的弟弟，你二人同在京城内受教于太学，我曾经也做过二位的老师，怎能让你二人兵戎相见乎？"王衍拿出清谈的本事来，前至西周，后至曹魏，引经据典，旁征博引，试图让司马颖放弃出兵的念头。

可是，司马颖一坐进议政殿里高台上的那张跟龙榻一模一样的坐榻上，整个人的神情举止就完全变了。听完王衍陈述的皇上旨意和司马乂明确的态度后，司马颖说道："卿等既然是前来求和，就无需提出太多条件来。夷甫你所说那些古往今来之事，本王怎会不知晓？但是，那些兄弟之间发生之事与眼前我与士度之间发生之事并无相似之处。夷甫，士度派你来做说客可见他对你此行邺城寄予厚望。不用对本王使用晓之以理、动之以情之招数，就直说你来这里想以何条件让本王息兵。"

王衍料到司马颖会是这样的态度，并没有理会他轻慢的语气："殿下，我是以大晋太尉身份与你商谈国事，怎会是来求你？殿下看来非常不喜欢我说及你与长沙王当年之往事。然，我却不得不反复说及欤。你该知道我之为人，在当今皇室里能与司马伦与司马冏相比的人并不多，别看这二位是宗亲，却比你们这些皇室嫡亲子嗣更有想法，这些想法更能笼络人心。不然如何解释在这二位周围聚拢了那么多英才？而你呢？除了这位被你称作谋主之卢志外，你还能让谁站在这里聆听你与我之间所说之事乎？章度将军，"王衍有意用司马颖的字称呼他，"我以太尉身份来到邺城，你该知晓太尉乃大晋都督中外军队最高统帅，你也应听本太尉调遣。可是你却高高坐在坐榻之上对老夫指手画脚。想当年，是长沙王牵着你的手去往太学聆听我授课，彼时你想过没有长沙王因何那样做？"

司马颖脸上红一阵白一阵很是不好看，卢志向前走了一步，试图制止王衍继续说下去。王衍冷笑一声，对卢志说道："卢子道你哪里有资格叫我住嘴？当年你到京城找到老夫府上央求我写一段举荐文字，我将你推荐给司空张华。若不是张司空举荐，你又怎能成大将军府掾属。你就老老实实站在那里听老夫说完这番话。

"章度将军，当年长沙王与你在太学是年纪最小学子。长沙王比你大三岁，你每日跟在长沙王身后寸步不离，因此其他皇室子弟才无人敢欺负于你。那是因为他们忌惮长沙王之威严。你二人饱受诗书熏陶，深得先帝宠爱，本该携手勠力协助皇上治理大晋天下，怎能干起同室操戈、有辱皇室尊威之行径来。大将军，还是先让老夫讲完。就在不久前，长沙王诛杀了长沙王司马冏，砍下头颅，昭告不得收尸。因何酿成如此残酷之杀戮欤？起因所有人都知道，是司马冏企图逾越那道不可逾越之沟壑。对宗亲而言，任何试图篡夺皇权之行为都不得人心，难服天下。但他人不知晓是长沙王不能容忍司马冏藐视大将军府对大晋王朝无法替代之作用，不能容忍司马冏在皇宫里藐视皇上权威之存在，不能容忍司马冏居然坐在太极殿上观赏八佾。最让长沙王怒不可遏者，皇上被赶到中宫居住，不能在太极殿处理朝政。司马冏却堂而皇之地坐上了太极殿的龙榻椅里。"

司马颖点了点头，听得非常专注。王衍的一番话语令他颇有同感。但是，司马颖不能说什么。他示意王衍往下说。

王衍接着说道："诛杀司马冏后，在你赞许下长沙王做了辅政太尉，但事无巨细都会与你商量。想一想都知道，这有多么不易。京城距此地上千里。使者往来一次少说也要旬日。难道长沙王就如此无能？非也。长沙王非常珍惜与将军手足之情，非常顾念你们一起在太学读书时建立起来之信任与依赖，也非常珍惜大晋王朝最后之机会。"

司马颖不知缘何冷哼了一声，说道："大晋怎会只剩下最后机会？河间王司马颙不正是父皇打破石函之制（破格重用宗亲都督关中），给予极大信任之藩王耳。粉碎司马伦篡逆罪行若非仰仗河间王强大军队，我与士度又怎能恢复皇上地位？我信得过文载。夷甫，你夸大其词。"

王衍也冷哼了一声，说道："司马颙之家世你不会比我知道得更多。有一点你一定不知，他何以如此热衷于在你们这些先帝血亲之间翻云覆雨？那就让我来给你说破吧。

"司马颙在元康元年时担任北中郎将，所镇守正是这座邺城。不过，就算是在今天，他也一定没有胆量坐在那座高台上，更不敢制作一把跟皇上龙榻一模一样的坐榻。否则，他早就被打入地狱，又怎会受到先帝破石函之制，镇守长安之重任乎？司马颙自知永远不可能取而代之，他甚至不敢在你们这些皇室血亲面前说皇上半句无理之言。然，这并不表明他不存篡逆之心。司马伦篡逆，司马冏檄文天下征讨，遣使者前往长安亲自送去表疏。司马颙不仅抓了使者，为表示对赵王篡逆之呼应，居然派张方将使者押往京城，行至半路，风闻各封国几乎齐声响应司马冏征讨檄文。司马颙为了灭口杀了司马冏派去的使者。"

司马颖说道："此事我听人说过。然，那次征讨赵王，若不是长安兵盛，以司马冏之力也不好说。"

王衍说道："可是，司马冏就是硬着头皮做下去了。司马颙几万军队却始终没有杀过潼关，你知道为何？"

司马颖点点头。

王衍说道："你既然知道那无需我多言。章度将军，还有一件朝廷上下众人皆知之事。你一定也听人说起过，长沙王当初怒向司马冏，以仅有之几百名家兵与拥有十万亲兵的司马冏对峙，最早是得到司马颙发于长安之声援的。司马颙意图非常明确，他以为长沙王兵少将寡不堪一击，他就可以坐享其成。司马颙所做跟当年他参与司马冏声讨司马伦时如出一辙。司马颙当然知道长沙王自被贾南风贬为常山王后，从来没有为自家招兵买马过，即使当年与你一同与司马伦军队作战也不过是一路收编了一些散兵游勇，直到今日也不可能与司马颙抗衡。司马颙根本没有料到长沙王能一举斩杀司马冏，这就让他欲得渔翁之利之企图破灭。接下来，他派心腹刺杀长沙王又被识破。这时候他就想到了大将军府，最简单之做法即是离间你与长沙王，结果如愿以偿。你果然上当。司马颙忌惮你之存在，他担心你会在关键时刻釜底抽薪，因此他一定会许诺你做皇太弟。"王衍看到司马颖眼中闪过一丝惶惑，知道被猜中了。既然如此，王衍觉着再说下去亦是枉然，于是说道："老夫不会向你再说条件，倒是要问问你，你因何如此听从司马颙调遣，而不顾血脉之情和长沙王当年为你两肋插刀之兄弟情？

"你跟司马颙只不过在每年祭祀先王仪式上打打照面。过去那些年，你二人甚至连一句话都没说过。你对司马颙又了解多少？如果说了解也不过是知其一不知其二。"

司马颖说道："夷甫，本王倒是想听一听你说的其二是甚。"

王衍说道："也罢，老夫就直言不讳了。想必大将军已经知其一了。这其二就是，长沙王与大将军大动干戈，兵戎相见，必有一伤。以皇室现在能够辅政之子嗣也就只有大将军与长沙王了，任何一方实力大减或从此一蹶不振，如吴王那样，京城内外还有谁能与司马颙争锋？如此一来，司马颙终于可以得偿渔翁之愿。"

王衍感觉到卢志点点头，于是又说："大将军，老夫知道你一直以来对卢志信任有加，不妨听听他如何说。"

卢志一听说到自己，急忙说道："臣只是掾属，承蒙明主厚爱。如此事关存亡之大事一定要由明主自行做主，旁人置喙只会适得其反。"

王衍说道："卢志，你家明主一意孤行已然置大晋存亡于不顾。你既然可以说服他不纳九锡之誉，不住京都，怎就不能识破司马颙离间之计？"

司马颖这时说道："夷甫，你不用指责卢卿。我可以告诉你，本王从来没有想过把士度怎样。但是，本王担心士度在京城住得久了，会觊觎皇兄之位。"

王衍不禁哂了一声："荒唐至极！且不说长沙王之所以能够辅政，是由你决定的。老夫还知道，为册立皇太子，长沙王不仅征求过你之意见，还为此征询过皇上所想，也征询过吴王与豫章王意见。由此而论，长沙王是想让先帝嫡亲子嗣一同对此做出决定。"

司马颖承认道："这是真的。"

"老夫还听说，司马颙劣迹初露端倪之际，长沙王曾和章度将军为此有过一议。"

司马颖有些吃惊，但还是点点头承认了。

王衍继续说道："长沙王那时就担心司马颙因齐献王当年所受不公而起意报复皇上嫡亲子嗣，你却认为他是杞人忧天，结果证明你大错特错。如今司马颙项庄舞剑，难道用意不在沛公乎？章度将军，老夫说了如此之多，请你三思而行。"

司马颖想了想说道："本王曾经几番朝士度讨要羊玄之与皇甫商问罪，士度置之不理。本王就是不明白，既然是亲兄弟，因何做得如此决绝？"

王衍哈了一声，真是哭笑不得。

司马颖却突然大笑不止，笑罢，说道："一直以来，琅琊王氏在皇族中享有相当高之威信，这在大晋国内并不多见。夷甫对此有何联想？"

王衍一愣，司马颖此话的弦外之音，分明是对琅琊王氏有今天如此尊贵的地位表示担忧，或者干脆说是不满。

司马颖看着王旷问道："世宏，本王想听听你如何盘算。"

王旷没有丝毫犹豫，坦承说道："旷记得当年长沙王受楚王所累，被除去长沙王爵号，贬谪常山。行前，先帝子嗣只有殿下为他送行，那时殿下年仅十四岁。旷不知那时殿下何以有如此之胆魄。但是，旷却知道满城皇室子嗣对殿下此举无不钦佩。旷以为，殿下若非对长沙王存有兄弟之情，且情深意切，断不会冒受贾南风加害之险而为之。方才太尉言之凿凿，情之切切，旷望殿下三思而行之。"

司马颖听罢，长叹一声，说道："也罢，夷甫，你现在可以说出士度有何条件。"

王衍说道："仿效周公旦和召公奭辅佐周成王所做，分陕而治。兄弟齐心，养精蓄锐，整治宗亲封国，修订律法，共图大晋基业。"

司马颖看向卢志，卢志把眼睛躲开了去。他只好说道："本王料到士度会以此为条件，司马颙曾经向本王提出过分陕而治，本王没应允。士度也许有所不同，毕竟是亲兄弟。但是皇上在他手里，他随时可以挟天子而令诸侯。只要他肯将皇上迁往邺城，本王无话可说。"

王衍说道："洛阳乃先帝选定国都，怎可朝夕变迁？"

司马颖说道:"那就听听本王条件。士度离开京城返回封国,本王可以将士度封国食邑增加到三万户。本王进驻京都,辅佐皇上。本王可以保证不会允许司马颙久住京都,也不会允许司马颙在京城开府。另,废掉皇后羊献容,重新册立皇后。皇后人选由本王选定。斩杀皇甫商等一干佞臣。至于太子,最终从先帝嫡亲子嗣中选定。"

王衍不再说话。

走出大殿,王衍对跟在身后的卢志说道:"你家主子无有眼界,实乃井底之蛙。在事关国家存亡紧要关头,敝于一己私利,若他日无处容身,你等谋士难辞其咎。"

当晚,王澄和王导送王衍一行人出城,王衍对两位阿弟说:"卢志和孟玖不除,司马颖不会改变主意。自大晋立国以来,皇室嫡亲子嗣从来不曾发生过亲兄弟之间兵戈之争。无论司马伦篡逆抑或司马冏乱序,都无法触动大晋基石。但司马颖和司马乂若执意刀枪相见,大晋势衰便成定局。琅琊王氏无法力挽狂澜,只能审时度势,竭力而为了。"

邺城的铜爵园里,司马颖已经站立了很长时间,他拧着眉头看着眼前茂密的园林。在司马颖身后左右两边分别站立着黄门孟玖和谋主卢志。更远处,铜爵园入门处司马颖的冠军将军牵秀等几位战事将军和一干做参军、祭酒的掾属恭恭敬敬地站立着,其中就有王澄和王导。

大约过去一个时辰了,司马颖没有开口说话。其他人连出气的声音都尽可能控制着,这个时候,谁也不敢引起司马颖的注意。

昨天,王衍一行就返回京城去了。然而,王衍在大殿上的一番话令司马颖彻夜难眠。一大早他传来卢志和黄门孟玖,将自家一晚上所思所想说给这二人听。说完,问道:"二位爱卿,本王应何去何从?"

孟玖急忙说道:"殿下,我那哥哥死得冤枉啊。若非陆机按兵不动,咱家阿哥和几千军士怎会赍志而殁?"

司马颖没好气地说道:"你那阿哥死得活该,据本王所知,若非那家伙轻举妄动,飞扬跋扈,乱了军心,陆机取胜并非没有可能。"

孟玖慌忙说道:"殿下明察,河桥战败,陆机消极应战难辞其咎。"

卢志说道:"在下惶恐,殿下昨夜难以入眠不正是希望与长沙王化干戈为玉帛?在下以为,殿下不妨作壁上观,看司马颙接下来会如何作为。一来保存实力，二来也好由此判断王夷甫昨日所言是否以己度人。另外，殿下也可着人前往京都，试探长沙王之真实意图。"

司马颖当时不置可否，这时，终于开口："王夷甫一行人已经离开邺城？"

"昨天晚上就离开了，臣极力挽留却未果。"卢志说道。

"殿下，"孟玖凑上前去，说道，"何时将陆士衡与陆士龙两人问斩？"

司马颖没有说话。

孟玖继续说道："殿下，事不宜迟。府中江左盟人士众多，这些人大都是追随陆士衡而来，琅琊王氏之王澄与王导带着一干府中官员不断前来大殿为陆氏兄弟说情。"

"本王一向赏罚严明，陆士衡辜负本王寄予之厚望，令本王损兵折将，怎能轻易饶过他，总要用有些人的脑袋祭奠那几千亡灵。"司马颖说道。

卢志说道："王旷昨天并没有随王衍返京，而是留在邺城。"

司马颖鼻管里哼了一声，说道："王世宏想做甚？除非他能给本王弄出几千士兵来，否则陆机杀无赦。"

孟玖说道："殿下，即使弄来几千士兵依然要杀无赦，不然何以震慑其他将军。"

这时，宫内侍卫报告治书侍御史王旷求见，现在议政大殿外等候。司马颖吃了一惊，王旷果真昨天没跟王衍离开邺城。他迟疑了一下，回身看看身后的卢志和孟玖，这二人装作没有听见，对这个通报没有流露出任何表情。

"何事求见？"司马颖问道。

"臣并不知晓。"

卢志的声音很远："王旷一定是为陆氏兄弟而来。"

孟玖的声音更远："来者不善。"

"不善？！"司马颖更是感到好奇了，"即使不善又能如何？传王旷到铜爵园见本王。你二人回避一下，本王要单独接见他。"

偌大的铜爵园里，除了四周遍布的禁军军士，就只有司马颖和王旷二人。

等王旷行了君臣大礼，司马颖说道："世宏，王夷甫昨日所言本王彻夜沉思，虽如醍醐灌顶，却难以信服。如他所言，司马冏为齐献王复仇报复先帝嫡亲子嗣也许不假，只是，士度难道不会因楚王被皇上诏令赐死怀恨于皇上，也干出司马冏之蠢事来？"

319

王旷说道："殿下，十几年来旷从不对皇室事务置喙，只要不危及皇上，旷一概置身于外。但这次不同，皇上之外，能够稳定大局、振兴大晋基业之嫡亲子弟就只有殿下与长沙王二人。吴王与豫章王无论年龄、胆识还是阅历都不足以担此大任。旷曾在行前拜见过这二位封王，两人无不将大晋未来寄希望于殿下与长沙王，也都为你二人兵戈相见感到惊恐不安。殿下务请慎之又慎。至于司马颙有何图谋，旷完全赞同夷甫阿兄剖析。司马颙敢于辜负先皇打破石函之制给予他之高度信任，必定有篡逆之图谋。"

司马颖对王旷的一番话没有任何表示，而是问道："你便是为此事而来？"

王旷说道："殿下与长沙王言归于好，同心勠力国事是旷随夷甫阿兄拜见殿下最高愿望，唯此为大。除此之外，旷恳请殿下免除陆机死刑。"

司马颖对王旷说道："本王早就知道你与陆机惺惺相惜。可是，你肯定也知道，是我从司马冏刀下保全了陆机性命。陆机毕竟是名门之后，在江左名气大得很。本王那时也看中他少年随父出征，出生入死，定是位将才。然，他辜负了本王对他的极大信任。"

王旷说道："殿下深明大义。记得在东宫陪读时，贾谧轻慢太子，你仗义执言，呵斥贾谧，难道你就没想到会因此得罪贾南风？"

司马颖脱口而出，说道："太子乃国之储君，怎能允许遭贾谧随意呵斥苛责。我身为皇弟，自然不能容忍贾谧辱我皇室威严。"

王旷说道："陆机在京城外河桥按兵不动，只有一个目的，就是不愿意看到皇室嫡亲子嗣受到羞辱。"

司马颖不解，问道："王世宏，你并未见过陆机，怎知道他会有如此之想？"

王旷说道："几年前，陆机到江左省亲，我与他相处几日，又同居一室。他尽将对先帝之感恩不加掩饰地说与我，而且对殿下感激之情溢于言表。陆机是何等清高之人，他所写司马冏之《豪士赋》殿下即使不曾读过也必定有所耳闻。陆机那日能对世宏有此一说，足见其心中对皇上与殿下报恩心切。陆机告诉我，他之所以能从华亭山上走出来，盖因先帝下旨令其兄弟二人入京为官。先帝从未向任何人下旨令其进京为官，仅对陆氏兄弟二人下了诏书，所为何由，殿下一定很想知晓。"

司马颖仰起脸来，看着天空中的白云，思忖了片刻，然后看着王旷问道："现在想知道了。"

王旷说道:"先帝已经平定天下,他最想做之事就是向大晋子民显示他的博大胸襟与气度。此乃前无古人之博大气魄,先帝做到了。"

"本王知晓你意思焉。"

"陆机按兵不动是在感恩先帝对他之宽仁,他不想亵渎曾经接纳了他、给他人生以新意的京都之城。先帝是陆机最为敬重之皇上,这种敬重一直延续到皇上,延续到长沙王与殿下,也包括所有先帝嫡亲子嗣。这是陆机对先帝一份心意,一份敬畏。"

"你是想让我收回成命。"

"当然。殿下,我最想做到之事不止于此,而且还希望你与长沙王息兵,重归于好。如夷甫兄长昨日所说,像你们当年携手走进城南太学一样同心勠力维系王朝大业。你定是忘了,你与长沙王入学那天,我也在场。所有学子列队欢迎你们兄弟二人。那情景夷甫兄长并没有亲眼看到,我不仅亲眼看到,而且身处其间。皇上还能有谁可以信赖与依靠乎?皇上对这场兄弟之战并不知晓。但是,以我陪伴皇上八年之经历,我以为皇上定有预感。那年,贾南风派孙虑到许昌秘密杀害太子,皇上就有预感。皇上每天问我太子在何处,每天要求我将太子带到面前。然,旷仅仅身为次直侍中,仅仅能保护皇上不被伤害,旷愧对皇上也哉欤。现在难道不是如此乎?皇上在这世上只有殿下与长沙王,还有吴王、豫章王这几位血脉至亲。在皇上与众不同之智慧中,先帝一定留下了他希望子嗣们不受离间、同心勠力、共保大晋江山坚如磐石之意愿。"

"如何共保欤?二十三弟自从九哥死后就再也无心江山社稷,二十五弟丰度虽然已经成年,却从未涉世,根本不可共事。就让本王跟我那十二哥共保大晋江山乎?"

"正是如此也。正如夷甫兄长在议政殿上所言,还要依靠一干忠于皇室之名门望族与敢于直言上谏之大臣。陆机正是言行一致忠诚之臣。依旷所见,但凡黄门,皆心术不正之徒也。"

司马颖回身看了一眼站在铜爵园门外的孟玖,问道:"你是说孟黄门?"

"正是。殿下断不可听信孟玖所言。黄门多谄媚。太子正是被黄门孙虑所杀。司马伦虽篡逆却从来不听信黄门之言,司马冏亦然。个中缘由不言自明。"

司马颖走到王旷面前,郑重说道:"王世宏,你说服本王了。"

王旷惊喜地问道："殿下赦免陆氏兄弟欤？"

司马颖点点头，说道："王世宏，你听仔细，本王已下达诛杀陆氏兄弟、子嗣之命令，让本王收回成命难以做到。但是，如果你能在皇上那里讨来赦免陆氏兄弟死罪诏书，本王看在皇兄面上可以免去陆士衡兄弟一死。"

"旷感激殿下不杀陆氏兄弟之德。旷愿意一试。"

"五天时间，给你五天时间拿到诏书，明天开始计算天数，第六天午时三刻若是见不到皇上免死诏书，陆氏兄弟还是难逃一死。"见王旷就要离开，司马颖说，"既然到了邺城，本王允你到监狱去看一眼陆氏兄弟二人。"

"谢殿下。从邺城到京城一个单趟就需要一旬日，五天又怎能打个来回？"

司马颖一声冷笑，说道："你所说的一旬日是军队行进所需时日。"

京都洛阳距离邺城大约七百里路，王旷不敢耽误，两匹快马换着骑，入夜时到了荡阴，找到一家稍大的客栈问路，店家告诉王旷若是彻夜马不停蹄赶路的话，尽管走夜路快不起来，但是天亮时应该可以到达淇县，接下来前往京城的路就好走多了。王旷于是打算在客栈喂饱马匹，自己也稍微休息一下，两个时辰后起身上路。

出发时刚入子时，还没出镇子，一哨马队突然从斜刺里冲出来拦住王旷。

骑马之人并没有藏头蒙脸，也不隐瞒身份，但领头的居然是冠军将军牵秀这还是出乎王旷的意料。牵秀大咧咧地指着王旷说道："王旷，牵秀奉大将军之命阻拦你前往京城。"

王旷知道在马上迎敌是自家的弱势，便翻身下马说道："牵秀，你与陆氏兄弟曾是好友，在京城还多有往来，怎可落井下石？你乃名将之后，背叛长沙王信任已遭人唾弃，不思悔过，却又谄媚于狗彘小人孟玖。别说你只有五骑随员，即使再多五骑，又奈我何？"

牵秀说道："我此来无意与你搏杀，而是劝你不要与大将军为敌。"

王旷说道："这话连你自己也不会相信，我救陆机怎是与大将军为敌？然，我若是救出陆机，黄门孟玖则难逃一死。我懒得与你这般小人多费口舌。你是与我单挑，还是六人一起上来。"

牵秀知道再说下去无济于事，也翻身下马拔出长剑，其他五人一齐下马向王旷围过来。

对话的工夫，王旷已经看好地形，在六人围上来前便退到路边一家打烊的店铺前，身后就是店铺的门板。店铺前大约有十丈见方的场坪，足够厮杀时的腾挪跳跃了，王旷不想因这场搏杀耽误行程，知道必须速战速决。他并没有将牵秀的那点儿三脚猫功夫放在心上，因此，率先发起进攻，朝右边两个手持长剑的家伙冲了过去，出刀，翻转，突然变线，长刀在黑暗中划出一道诡异的线路，两个家伙甚至没来得及看清楚长刀在哪里，就轰然倒地。余下的三个家伙见刹那间就有两个同伙倒地，而且居然没看清是哪里中了招，着实受了惊吓，没人敢再向前走出一步。王旷低声喝道："牵秀，你还要执意阻拦耳？"

牵秀槽牙紧咬，恨声说道："孟玖虽非正人君子，却能让大将军器重于我。你说得也许不错，我与陆机本无冤仇，但识时务者为俊杰耳。我若不出手擒获陆氏兄弟，自有其他人去做，不如占个先机抢个头功。如今我将军战袍加身，比在京城辉煌不知多少，也算是修成正果。王旷，今日只好得罪了。给我一起上！"说着，挺着手里的长剑最先冲了上来。

王旷看出牵秀早已胆怯，只是当着另外三个家伙的面不好退却罢了。王旷只一击就将牵秀震退了好几步，趁着牵秀脚下不稳之际，王旷手中的长刀追着牵秀的下盘就横切过去。牵秀哪里还能躲得过去这凝聚着蔑视和愤怒、磨练了十几个寒暑的鬼魅刀法，只剩下本能地举起长剑拦在下盘，听天由命了。就在两人刀剑相撞的一瞬间，王旷向左一个滑步，手中的刀向右侧轻轻一扯，将长剑的力道卸下去了一半，这是王旷在独创书写体式时悟出的，此一招式正是后世书法中被称作"捺"的笔法。只是，王旷这一刀并非针对牵秀，而是趁着左边三人愣神之际一转长刀，长刀在星光下似闪电一般，三人中最靠近王旷的家伙持剑的手臂已经被从小臂齐刷刷砍断，疼得哀号一声向后跳去，重重摔在地上昏过去了。另外两人见状撒腿就逃，王旷也不追赶，转身一个滑步，挺着长刀斩向从身后杀过来的牵秀。但这次的力道已经有意卸去三成，刀尖飞矢般冲着牵秀的脖子而去，就在即将砍到脖子的时候，刀尖一转，锋利的刀尖在牵秀脖子上划出一道不深不浅却足以令其不敢再搏杀下去的口子。牵秀疼得怪叫一声，身子就向后倒去，王旷虽说改变了杀死对手的主意，却不想就此罢休。趁着牵秀调整姿势的当儿，王旷一个转身，长刀迎着刚才逃走又重新杀回来的家伙走出一趟令人眼花缭乱的步子来，时而似行云流水，时而似鱼翔浅底，时而似高崖坠石，每一趟步子走到尽头的时候就能听见有人中刀之后惨叫不已。

直到这两个家伙全部倒地不起，王旷这才回身用刀指着牵秀，厉声说道："牵秀，你已经耽误了咱家一刻钟，等咱家从京城回来，再找你算账不迟。"

牵秀紧闭双眼，咬着牙根说道："索性一刀砍了我。"

王旷手起刀落，刀背砸在牵秀太阳穴上将其打昏过去。

王旷将牵秀的坐骑拴在自家坐骑的鞍子上，翻身上马，箭矢般消失在黑暗中。

第六十三章

王旷昼夜兼程,两匹快马轮换骑行,第三天凌晨进入京城。他既没有去拜见辅政太尉,也没去王敦府上,而是径自前往宫城求见皇上去了。

听到中官黄门林庆的呼喊声,王旷卸下腰间的长刀交给紧跟在身后的施融,自己抬脚跨过中官门槛,朝着中官中轴线上的殿堂小步快跑过去。

皇上和皇后端坐在殿堂里。

王旷一进殿堂就跪在地上行君臣之礼。

皇上笑起来,笑得十分开心,嘴里含含混混说道:"王爱卿怎独自而来欤?朕赐予你之女人现在何处,怎不一起带来见朕?"

王旷垂首回答道:"臣惶恐,只听说皇上要召见臣,臣不敢造次。"

皇上一挥手,说道:"叫那女子过来见朕,不算造次就是了。王爱卿,这么些日子你和嵇侍中怎就一起不见人影了。今日你来见朕,嵇侍中在哪里?"

王旷回答道:"臣惶恐,臣今晨才从邺城赶到京城,尚不曾见到嵇侍中。"

皇上突然转而问皇后道:"羊乖乖,朕今日不想去朝会。"

皇后劝说道:"皇上不可固执,皇上已经有多少日子没坐在太极殿上了。那时候,皇上不是时常说要到太极殿上坐一坐吗?就去欤。"

皇上说道:"朕不喜欢看见那些人。"

皇后说道:"那些大臣皆为皇上最得意之忠臣,他们天天盼着能够一睹龙颜。"

"果真如此乎?"

"妾身怎敢戏耍皇上。"

皇上嘟哝了一句什么,然后对王旷说道:"朕现在要到寝宫歇息一会儿,王侍中,你也要来朝会,嵇侍中也要来。"

王旷说道:"臣遵旨。"

皇上拉着皇后的手出了殿堂。很快,皇后转了回来劈脸就指责道:"王府君，你在济阳那些事情我都听郗美人仔细说过。"

王旷重新跪下，说道："臣惶恐，皇后如此称呼臣，臣不敢当。"

皇后并不理会王旷的说法，脸色很是难看，气咻咻地说道："皇上虽说不智，却对赐你美人一事记得十分牢实，时常向我询问你与郗美人的情况。在皇上心里，这是他所做最得意之事欤。你怎能违抗皇上旨意，怎敢拂逆皇上一片好心？"

王旷不敢抬头，说道："臣知罪。"

皇后说道："郗美人说你无法与他圆房，这怎么可能？"

王旷头垂得更低，说道："臣惭愧。"

"可是，听说你回到琅琊后却让夫人怀了身孕，这又是怎么回事？"

"臣，臣有口难辩。"

皇后冲着殿堂外喊了声："你可以进来了。"

郗美人娉婷而至，扑通跪在王旷身旁，说道："皇后息怒，小女将与夫君之事告诉皇后并无嗔怨夫君之意，只是，只是……"郗美人说不下去了。

皇后说道："我虽贵为皇后，可是却始终把你二位当作知己，从未将你二人当作外人。在这深宫里，你们以为皇后我如临仙境？司马颖扬言要攻打京城，你们也许以为他是为了做皇太弟，或者索性就将皇上哥哥废了自家做了皇上，我却不这样想。其实，家尊曾经得罪过司马颖，他始终对家尊怀恨在心，他是欲要杀之而后快。如今父亲已经亡故，现在司马颖最想做的事情就是废了我这个皇后，而不是取代他这个不谙世事的亲哥哥皇上。"

王旷抬起头来看着已经泪水涟涟的皇后，心里一阵凄然，说道："臣惶恐，臣明日又将前往邺城，倘若司马颖真有废后之意，臣定会说服于他。"

皇后用力甩了一甩手，说道："此事你不用插手，那些人可以在皇上面前斩杀任何人，也包括他们的骨肉兄弟，却不敢在皇上面前动我一根指头。我见你，是要让你办完事情后将郗美人带回琅琊。"

王旷和郗美人都被皇后的话惊住了。

王旷说道："臣惶恐，不知皇后因何会有此意？"

皇后说道："王府君，你不能将皇上赐予夫人丢在这深宫里，违抗圣旨暂且不说，你叫郗美人如何面对世人，如何活下去？"

王旷固执地说道："臣惶恐，皇后为何苦苦相逼？"

皇后说道："我并不逼你，你在皇上身边八年了，难道不知道这是皇上唯一一次出自内心发出的诏令？"

王旷说道："臣已经接受赏赐欤。"

皇后说道："我不求你休掉原配，你也该为郗美人着想，这普天之下还有谁敢接纳她，她才十七岁欤。"

"臣知道。"

"如果你执意不从，逼着我再让皇上下一道诏令让你休掉原配，我也能做得到。"

"臣请皇后切不可意气用事。"

"我就是不信，难道你家琅琊王氏就不曾有谁纳妾？王敦怎就能将张美人笑纳入室，他不也是琅琊王氏族人？你在京城这些年行端影正，对得起你结发夫人。接纳皇上赐予之美人，你又何愧之有？"

"臣并未感到惭愧，只是……"

"我知道你想说什么。你从邺城回来后，我会让御医给你调理身体，我也要确认郗美人身怀有孕后，才让你将郗美人带回琅琊。"

王旷低着头不说话。

郗美人这时说道："小女惶恐。承蒙皇上皇后恩泽，济阳那些日子，小女深得夫君恩爱，方知人间男女之情如此令人如沐甘露，小女此生难以忘怀。"

皇后笑起来，说道："我与皇上一日说起你们，皇上说要将你们诞下的第一个儿子收作养子。"

王旷深叩倒地，不敢抬头。郗美人也急忙在王旷身旁跪下来，深叩不起。

皇后这时问道："王世宏，你突然回京进宫有何紧要之事？"

王旷将随王衍前往邺城为长沙王与司马颖说和一事仔细说过，又将陆机何以被判死刑的缘由从头说来，然后说道："臣惶恐，司马颖应诺见到皇上赦免陆机诏书，可免陆氏兄弟子嗣一死。臣为救下陆机不得不来叩见皇上。"

皇后听出王旷的话里既有救陆机出危难的朋友之情，又有对司马颖拒绝说和的不满之音，于是问道："若是救下陆氏兄弟，你能让那兄弟二人为皇上效力乎？"

王旷说道："臣惶恐，陆机当年感念先帝赦免之恩，入京为大晋效力。如今皇上又施救于他，此乃旷世大恩，陆氏兄弟怎会不为皇上效犬马之力。"

皇后又问："若救下陆氏兄弟，你必须将郗美人带回琅琊，让你王氏家族认可她的身份与地位。"

王旷说道："臣惶恐，臣与郗美人在济阳所经之事皇后早已全然知晓，臣领命。"

皇后一阵欣喜，说道："我知道你是正人君子，这就去让皇上下诏书。"

第六十四章

黑云压城，邺城上空被厚重的雨云笼罩着。

已经有两个多月没有下过一场透雨了。邺城这里只听见雷声滚滚，却不见雨水淋淋。报来的消息称，大晋天下十有六七都不曾下过一场像样的透雨。

顺着山谷吹进邺城的风裹挟着一股子燥热的气味。

刑场上的断头台三天前就已经搭建起来。按照司马颖的意思，刑场设在邺城宫城端门外的场坪上。场坪不大，搭建台子之后还可以容纳三五百人。

巳时一到，宫城门打开，先是列队走出一行全副武装的禁军军士。军士在宫门外分成两列在城门左右持械站立。这时候，一队十人的行刑刽子手手持大刀尾随而出。刽子手手握刀柄，将刀身依于手臂上，步伐凝重，向行刑广场走过去。

司马颖也在巳时登上了铜爵台。已近晌午，天气闷热，风却很大。从铜爵台看下去，已经有打算进城采买的百姓从南面不远的金明门鱼贯而入。邺城开市的时间与京都一样，都是午时。

司马颖站得累了，便在早已经准备好的宽大坐榻上坐下。

卢志上前询问道："殿下，又有一干属官为陆云、陆耽和陆机的两个儿子喊冤，言陆机当死，而其他人并无过错。更有甚者，言称殿下听信小人谗言，忤逆天意，吁请刀下留人。"

司马颖并不恼怒，说道："敢有此言者，当是琅琊王氏之王澄与王导。"

卢志说道："殿下料事如神，正是这二人带头吁请，是否将这二人逐出邺城？"

司马颖微微摇了摇头，说道："杀了陆机一家已是不得已而为之，再驱逐琅琊王氏子弟，本王还有几人可用，教天下贤士又如何看我？你真以为以你一己之力就能让本王坐定大晋江山？"

卢志看出司马颖心绪烦乱，知趣地闭了嘴。

紧随刽子手走出受刑的一行罪人。陆机一袭素装，跟在身后的弟弟陆云、陆耽和两个儿子也都身着白衣。五个人脸上全无惧意。顺宫城门席卷而至的热风将五人的长衣用力掀起，使向前行走颇为费力。

陆机抬头看了看黑云密布的天空，长叹道："二位阿弟，华亭鹤唳，岂可复闻乎？"

陆云说道："若有来世，必可闻也。"

陆机又回身看了一眼两个儿子，问道："吾儿，你们与为父同赴九泉，可有憾乎？"

两个儿子齐声说道："大人不必为此忧虑，小子们随大人前往九渊之地乃神泉之源，亦乃曾祖与祖父静修之地，何憾之有。"

陆机顿觉有泪水涌入眼眶，说道："好儿子们，父亲尚有遗憾。"

儿子们齐声问道："父亲大人何憾之有？"

陆机说道："行前未能与王世宏一晤，未能手刃卢志与孟玖。"

陆云说道："卢志尚罪不当诛，阿哥早该斩杀那狗彘不如之孟玖。"

这时，陆机看见孟玖手捧令牌，走上行刑的高台，站在行刑刽子手身旁，再一转脸，就看见脖子上缠着白布的牵秀在人群中朝这边张望。

陆机无所畏惧地喝了声："我们走吧，去见先祖欤。"

五人昂首阔步向行刑的高台走去。

风刮得越发劲猛起来，高台被吹得咯吱作响。

巳时将尽，远远地，王旷驱赶着身下快马向金明门狂奔而来。

司马颖询问身后卢志道："午时可到？"

卢志说道："殿下，午时已到。"

司马颖看着压顶的乌云，说道："王世宏还是晚了。"

卢志说道："殿下，可将王世宏阻于城外。"

司马颖说道："让他进城何妨？已然晚矣，天意难违。"

王旷越来越近，见城门处拥挤，从怀中取出皇上诏书，抽出长刀，高声喊道："皇上诏书在此，见者避让，阻拦者死！"

人们纷纷向两旁退去。

有士兵挺着长矛冲上前试图阻止王旷进入城内，王旷抽出长刀将其斩于马下，其他军士见状不敢阻拦。

王旷收刀入鞘，双手高举诏书，声嘶力竭喊道："皇上诏书，赦免陆机、陆云、陆耽及其子嗣罪责……"一边喊着，一边冲进邺城。

行刑的刽子手将陆机五人按倒在地，又将五人长发捆绑在三尺开外的木桩上，使其露出颈项，并且无法抬头。

这时，闷雷声从乌云密布的宇空里缓缓滚过来，有豆大的雨点从天空砸下。

一声紧于一声的呼喊盖过沉闷的雷鸣，响彻邺城的东西大道上空。

行刑的高台下，围观的百姓听到了喊声。

陆机一家人也都听到了喊声。

陆机听出这是王旷的喊声。他强忍着头皮被牵拉的剧痛，抬起头来，试图看见王旷。

监斩的孟玖当然也听到了喊声，因为站得高，他已经看见驱马狂奔过来的王旷了。

孟玖将手中的令牌用力扔了出去，令牌在陆机面前跳动了几下，停住了。

陆机哀号道："世宏兄弟，为兄就此别过耳。"

十名早已等待行刑的刽子手，在孟玖的一声怪叫下，手起刀落，五颗头颅应声被斩落于地上。

王旷看到了这一切。自离开邺城以来的五天里，王旷没有合过眼睛。在他心中，救出陆机一家人高于一切。

然而，他还是来晚了。在最后一刹那，王旷摘下腰间长刀，拼尽全身力气，向行刑高台上的孟玖掷过去。长刀击中孟玖前胸，将他刺伤于高台之上。

这时，汗淋淋的快马已经冲到高台下，王旷飞身下马，跃上高台，扑倒在陆机身首分离的尸体上嘶吼起来。

当晚，王旷没有接受王导和王澄的挽留，带着极度悲伤上路了。

三天后，王旷回到琅琊。王旷回到琅琊故乡的第二天晚上，他的第二个儿子诞生了。王旷给儿子取乳名阿菟。菟为老虎之意，很显然，王旷希望儿子长大成人之后能威猛如虎。阿菟之大名王羲之和字逸少是及冠后所取。

尚未入秋，从邺城传来消息，在司马颖听信黄门孟玖之谗言杀了陆机兄弟和子嗣后，归顺大将军府的一干江南人纷纷不辞而别。不久，司马颖采纳了琅琊王氏王澄的建言，斩杀了黄门孟玖，行刑地点就在早先陆机一家人蒙难的高台上。然而，大晋王朝颓势已难以扭转。

第六十五章

转眼两年过去了。这期间，先是坐镇京城洛阳与齐王司马冏联袂辅佐皇上的太尉长沙王司马乂，发现齐王司马冏图谋不轨，私立已故多年的清河王司马遐八岁的长子司马覃为太子，自己做了太子太傅，从而跨出了夺取大晋朝王权的僭越之步。司马乂多次规劝被拒，一怒之下率士兵诛杀了司马冏。之后，司马乂敦请阿弟成都王司马颖进京一同辅佐皇上阿兄，以光大文皇帝开创之晋朝大业。可是，成都王司马颖受掾属挑唆，疑心在京城洛阳亲自辅佐皇上的阿兄长沙王司马乂心存异念，突然对司马乂不宣而战，发动数十万大军围攻京城。尽管司马乂多次信函向阿弟传输诚意，甚至提出效法周规分陕而至，共谋春秋大业，却终未能说服疑心颇重的司马颖。两军在城郊杀得昏天黑地，死伤无数。

僵持之中，司马乂不幸遭皇室宗亲东海王司马越出卖，被夺下兵权，后被河间王司马颙手下将军张方活活烧死。大晋王朝经过皇室嫡亲子嗣和宗亲势力的颠覆，出现的唯一一次能够拯救王朝、稳定政局、拨乱反正的机会，被成都王司马颖膨胀的私欲断送了。司马乂死后，东海王司马越将司马乂之死悉数嫁祸于成都王司马颖，广邀众宗亲王征讨司马颖，却在荡阴惨败。一同征战的皇上司马衷被司马颖挟持到了邺城，而司马颖顺势自立为皇太弟。司马颖本以为从此可高枕无忧，却不料，与司马颖芥蒂颇深的幽州刺史王浚，联合鲜卑段务勿尘、乌桓羯朱以及东嬴公司马腾起兵征讨司马颖，不久攻陷邺城。

司马颖只得率数十骑挟惠帝回到洛阳。回到洛阳的第一件事情竟然是废掉皇后羊献容，紧接着又伙同司马颙将皇帝司马衷挟持到长安征西府。从此，大晋王朝开始了司马颙挟天子以令诸王的局面。

然而，没过多久，在荡阴惨败的东海王司马越卷土重来，再次发动了征讨战争。这一次征讨换了个口号，是要将被司马颙挟持的皇上迎回京都洛阳。结果举国响应，六十几个藩国纷纷声援。于是，司马越率重兵从徐州方向一路向西掩杀过来，距离京都洛阳越来越近了。

而在长江中游的重镇历阳，因在平定流民叛乱中立有功勋的度支陈敏，以拥有庞大的官仓为实力出征，竟然大获胜利。于是得远在西路征讨的司马颙一纸敕令任命做了历阳太守，不久，竟然动了凡心发动了偏师政变。忙于征讨长安的东海王司马越急忙任命在琅琊故乡与妻息大小终日厮守来打发时日的王旷为丹阳太守，隔江与叛军首领陈敏对峙。

可是，两军尚未交手，王旷却突然率队撤离丹阳，将丹阳城让给了陈敏任命的丹阳内史顾荣。带着自己的部队退到建邺城，与扬州刺史刘机一道婴城固守。

没多久，江南局势便发生了一连串令人眼花缭乱的反转，一开始势如破竹的陈敏叛军在建邺城遇到了顽强抵抗。紧接着，另一支所向披靡的叛军在江夏郡一带不仅遇到抵抗，而且很快被击溃。最终，叛军首领陈敏被参与叛乱的部下砍了脑袋，从而结束了这场短暂的骚乱。

公元304年，大晋朝的年号被改为永兴。甚至连朝廷的大臣们都记不清自先帝以降，大晋朝的年号被改了多少次了。斯时的大晋朝已经被皇族的自相残杀折腾得千疮百孔。

征西府所在地，长安。

与征西府大约隔了七条街巷的一座民宅中，昨天还是皇太弟的司马颖一家三代，大小十数口人就住在这座只有一进院子的民居里。院子里正堂的两个偏房住着司马颖的母亲程太妃和服侍女婢。正堂外两侧的厢房靠东的一侧住着成都王司马颖和王妃，西侧的厢房住着司马颖的三个儿子。

日头已经升起一竿子高了，刚下了早朝的司马颖恭恭敬敬地伫立在母亲正堂外也已经有半个时辰。女婢又要进去通报，被司马颖制止了。

这时，卧房里响起母亲程太妃说话的声音："度儿还在外面站着？"

司马颖轻声回答道："正是，孩儿不曾离开过。"

程太妃在里面咳起来。

司马颖急忙说道："母亲大人受了风寒尚未痊愈，不然，您老人家还是躺着歇息。"

程太妃说道："为娘不曾睡着，风寒也已痊愈，刚才咳嗽只是喝水时被呛着。度儿有事需要说给娘听？"

司马颖回答道："正是。"

"度儿，为娘这就起来。我儿在正堂稍等片刻欤。"

司马颖走进正堂，在正中的宽大坐榻旁的一张稍微小一点儿的坐榻里坐下来。

等待的当儿，早朝时发生的事情再次重现在眼前。

征西府的议政大殿比邺城大将军府差得岂止天地之远。

皇上坐在正中的龙榻上，脸上满是倦容。那身朝服看上去也有多日没有换洗过，皱皱巴巴，脏兮兮的。高台下，太宰司马颙一身戎装，挺胸昂首站立着，腰际间那柄长剑令人厌恶。紧挨着司马颙站立着的正是恶名昭著的前将军张方，站在张方下手的是征西府一干掾属。司马颖和司马颙面对面站着，挨着司马颖站立着的是吴王司马晏和豫章王司马炽，以及各自府上的长史和参军。

皇上的目光扫过高台下的众臣，无精打采地说道："朕今日早朝不为他事，不听奏疏，只有一事告知众卿。"说到这里，皇上看着司马颙说："朕忘了该说何事。"

司马颙面颊上的肌肉明显地抖了抖，一脸厌恶，却又不得不行礼道："皇上昨晚请天师看过天象，决定褫夺司马颖皇太弟之位，册立司马炽为太弟。此乃拯救大晋之良策耳。伏请皇上降旨。"

司马颖被这话吓得一激灵，怒喝一声："文载，休得胡说八道。我已被册立经年，想当年册立之时举国欢呼，皇上大喜，岂容你翻云覆雨。"

司马颙冷笑不止，说道："章度，在皇上面前，朝会之上，你怎可如此放肆。文载岂是你能随便呼唤。若不收敛，即刻着人将你赶出大殿。皇上，臣奏请皇上即刻下达诏书，将册立皇太弟之事昭告全国，以正视听也。"

司马颖并不畏惧司马颙，针锋相对地说道："你乃宗亲，有何资格在册立之事上置喙？我为皇上诏令所册立，岂能容你辱慢欤！"

司马颙依然冷笑着说道："我为宗亲不假，然，我已然贵为太宰，享皇上赋予之生杀予夺大权，盖因为大晋王朝所有嫡亲子嗣均躲到征西府接受我之庇护。我拥兵十数万，所向披靡，天下无敌。你可有一兵一卒乎？"

司马颖怒道："你这卑劣小人，当初……"

话未说完，被司马颙打断，司马颙斥道："我祖父安平献王与宣皇帝共为时代'八达',傲然于世。家尊太原烈王贵为固始子。我继嗣太原王时你尚未出生。依照皇室长幼排序,你该唤我从叔父耳。"

皇上见两人在大殿上争吵不休,很是不耐烦地说道:"朕已经多日不见咱家阿后(羊献容已经在洛阳被司马颖废掉皇后尊位,住进了金墉城),你们这些家伙,快快去找阿后。尔等谁能将朕阿后找回来,朕就册立谁做太弟。"

司马颙指着司马颖说道:"皇上息怒,正是这个罪臣几年前将皇后废掉。"

皇上一听这话,瞪着司马颖惊叫道:"你不是朕之阿弟乎?怎敢废了咱家阿后?"

司马颖不敢正视,双手高举施礼道:"臣惶恐,臣悔不当初。"

司马颙说道:"皇上明察,望速降诏书也。"

皇上一挥手,说道:"朕允你去拟定诏书,去矣。"说完,朝着司马炽招招手示意到近前说话。等司马炽走到近前,仔细看过之后说:"你当真是朕之阿弟乎?"

司马炽跪下说道:"臣惶恐,臣乃先帝第二十五子,乃皇上第二十五弟是也。"

皇上认真地说道:"你做朕之太弟,可愿意?"

司马炽双手伏地,稽首道:"臣惶恐,先帝第二十三子,皇上第二十三弟平度阿哥是为太弟最佳人选。"

站立着的司马晏一听这话,慌得踉跄几步,扑倒在皇上面前,说道:"臣惶恐,皇上明察,臣不才,实非太弟人选。"

皇上顿时弄不清状况了,环视着左右,不知说什么才好。

司马颖这时也跪在皇上面前,说道:"皇上明察,臣乃先帝第十六子,皇上之十六弟也。我等三人均为先帝嫡亲子嗣,是皇上弟弟也。"

司马颙见势不妙,也就顾不上君臣之礼,大喝一声:"你等在皇上面前哭哭啼啼甚是胡闹,皇上颜面皆被你等丢光。"只见司马颙一挥手,张方将早已准备好的诏书递了过去。司马颙接过诏书,展开,大声宣读起来。

跪在皇上面前的三人不敢再出声音。如此,不惜与同父异母的哥哥长沙王司马乂撕破脸皮,斩断亲情,而投靠宗亲王司马颙的司马颖就这么被褫夺了皇太弟之位。此刻的司马颖除了懊悔还是懊悔。

司马颙念完诏书,冷冷地看着垂头丧气的司马颖说道:"皇上倦了,散朝。司马颖,你今日必须离开长安,前往邺城就任去也。若不从,定将你贬作庶人,勿谓言之不预也。"

卢志的声音将司马颖从痛苦回忆中拉了回来。

卢志说道:"殿下,车马已经准备好了。眼看快到午时,今晚若要在新丰镇安歇的话,就该走了。"

司马颖点点头,表示知道了。这时,程太妃被女婢搀扶着走出卧室……

司马颖的车队走到长安城东门时,不曾想刚刚被册立为皇太弟的司马炽和侍中司马晏已在城门等候了。

兄弟三人相视无语。

司马晏拉住司马颖的手,两眼垂泪,说不出话来。

还是司马炽先开口说道:"章度阿哥,弟这几日每每沉思,若士度阿哥尚在人世该有多好。先人曰,兄弟齐心,其利断金耳。弟至今心有疑窦,何事令章度阿哥与士度阿哥反目为仇?"

司马颖连连摇头,不住地说道:"悔不当初,悔不当初。太弟好自为之也。"

说完,翻身上马,车队缓缓出了长安城。

征西府议事堂里,太宰司马颙和心腹幕僚并没有散去。

众人都看着司马颙,而司马颙在大堂里已经来回踱步快一个时辰了。在不断踱步的时候,司马颙会时不时发问,问题都是围绕着邺城、京都、镇南府、平东府、江东这些对大晋王朝来说至关重要的关隘边陲和地域。得到的回答,大都似是而非,只有中领军张方对所有问题的回答基本一致:咱家拥兵十数万,怕甚。

最后,司马颙站住脚,问参军毕垣道:"司马越现在何处?"

参军毕垣说道:"已突破萧县防线,过了陈留郡属地。"

"咱家在洛阳的军队可否守住洛阳?"

毕垣说道:"太宰明鉴,洛阳城中皇族与前朝官颇多,前将军石超与中郎将王阐虽为良将,却屡遭掣肘,难以为继。若使司马颖镇守洛阳,并都督河北诸军事,或许能振奋士气,可与司马越抗衡。豫州刘乔已经丢失了萧县,如此一来,刘乔定会戴罪立功,与洛阳形成夹击之势。"

司马颙点头说道："即刻下达诏书任司马颖为镇军大将军，都督河北诸军事，可直接指挥调度洛阳兵马，待击败司马越后，司马颖必须离开洛阳前往邺城，不得有误。还有，任卢志为魏郡太守，随司马颖镇守邺城。任刘乔为镇东将军，假节。"

毕垣问道："诏书先送达刘乔处，还是先给司马颖宣示？"

司马颙瞪了毕垣一眼，喝道："废话，司马颖刚离开不久，当然是先送达司马颖了。"

毕垣又问："当真让司马颖持有调兵符？"

司马颙厉声喝道："毕参军，若有人怀疑本王之敕令，立斩不饶。"

第六十六章

　　琅琊国王氏庄园。初夏时节的王氏庄园被一望无际、随风摇曳的庄稼包围着。丰收在望了。

　　接连几日，王旷守在幼子王羲之身旁，手把手教授儿子捉笔之技。幼小的羲之自然无书写之能，抓起笔来只是在桌几上胡乱涂抹。前日，王旷在桌几上放了一张糙纸，又将毛笔蘸了墨汁交予儿子。有意思的是，儿子神情顿时端庄起来，手中毛笔虽不能写出恭正字迹来，却分明横平竖直字体清晰可辨。王旷好奇，撤去纸张，洗去墨汁，反复试了几次，都是如此。于是悄悄对进屋观看的夫人说："这孩子居然能辨识纸笔墨之用途，着实令人惊叹不已。"夫人就说："咱家阿菟乃文昌星下凡。"王旷就哈哈笑着说："言过其实，言过其实。"可是几日下来，每每如此，王旷也感到小儿也许当真与众不同。

　　今天，王旷没让羲之再试笔墨，而是突发奇想，让仆人备下马匹，将羲之牢牢缚于怀中。羲之表情怪异，似不情愿，却全无惧色。

　　王旷心里更是称奇，翻身上马，先是小心驱马碎步前行，见儿子咯咯欢笑不已，两腿逐渐用上力气，那马由小跑渐次转为奔驰。羲之在王旷怀中伸出小手，紧紧抓住绳索，脑袋昂起，两眼眯缝看着父亲大人，似在享受，并不惊慌。

　　夫人见状，大声呼喊，声音旋即被原野上吹起的风儿湮灭。

　　王旷即兴带着儿子奔跑了几里路，返回的时候，心疼儿子，让马儿缓步前行。羲之居然不允，依然双手抓住绳索，用力摇撼，嘴里呜呜哇哇不知说些什么。

　　回到庄园庭院中，夫人责怨夫君此举为揠苗助长，倘若伤及小儿如何是好。岂料，王旷翻身下马，羲之竟然号啕大哭，久哄不住，直到王旷重新翻身上马，羲之这才破涕而笑。弄得王旷夫妇二人一下子不知如何是好。

　　正在这时，曹超从外面进来通报说，前太子舍人贺循前来庄园探视。王旷急忙迎了出去。

老友相见，又是别离经年，自然喜出望外。在琅琊盘桓几日后，这天贺循提出要走，王旷又在家中设宴为之践行，还让弟弟王廙和王彬一同作陪。酒到酣处，贺循说道："世宏大人，在琅琊王氏庄园小住几日下来，循颇有感触。"

王旷说道："你我自太安元年（公元302年）别过已是四年。旷卸下一身官职后，与家人一起生活甚感轻松愉快。"

贺循说道："我无意劝说世宏老弟出仕为官，老弟在京都为官多年，又在北方征战鲜卑，颇为见多识广。可是你却从未踏足江南，岂不遗憾。不如趁此风平浪静之际，你我一路到江南行走一遭？"见王旷犹豫不决，便又说："世宏，有件事情我本不想说出来，可是昨日你不时说及士衡来，令人唏嘘不已。所以想来想去还是说出来吧。士衡还有一小女遗世，你可知晓？"

王旷一惊，急忙说道："当然知晓，士衡曾说起过，我二人还许下愿望，待小儿籍之成人后与士衡之女结为夫妻。只是，只是……"这话题令王旷兀然悲从中来，连声叹气，说不下去了。

贺循说道："此女名元，年方二八。"

王旷着急地问道："陆元现在何处？"

贺循说道："在建邺。这些年多亏友人纪瞻照料。我此次有心将元儿接到会稽定居下来。"

王旷起身说道："那咱还等什么。士衡故去多年，我早该去看望他的后人，也好了却士衡兄遗愿。走走走。"王旷连说了三个走字。

第二天，王旷带着大弟王廙和曹超离开了琅琊。一行人轻车简从，一路疾行。经东海国南下，经过密如蛛网之江河湖汊。河网地域风光旖旎，景致清秀，多姿多彩，当真令王旷大开眼界。走到无锡，王旷实在不忍再向前走，说如果不是急着去看望陆机遗世的女儿，他未来的儿媳，真想就在这里打住，将歇几日，把这里的江河湖泊全部游玩一遍再往前行不迟。贺循大笑，说你若当这里就是人间天堂的话，见识可就太过肤浅，生拉硬拽地将王旷拖着继续前行，辗转到了建邺。

王旷的到来，着实令纪瞻大吃一惊。王旷在京都经陆机介绍认识了"江南五俊"，纪瞻便是"五俊"之一。当天，王旷顾不上歇息，向纪瞻提出见一见陆机的女儿。陆机的小女元儿自父亲前往京都谋取功名后先是寄养在历阳的纪瞻家。纪瞻迁居建邺,又将元儿带到建邺。元儿出生时,陆机已经带着弟弟陆云入京谋官快半年了。元儿如今已年方二八。陆机死后,纪瞻便义不容辞地做了元儿的义父。纪瞻告诉王旷,陆机小女的婚事定在今年秋天举行,请王旷到时候拨冗前来参加。这话令王旷有如挨了当头一棒。见到元儿,姑娘果然是美人儿一个,面容像极陆机。元儿早就听说过父亲生前与王旷的友谊,一见面就跪下来哭成泪人。

晚上的酒宴上,王旷要求坐在纪瞻旁,酒过三巡,王旷悄声对纪瞻说道:"思远兄,在济阳做内史时我与士衡说到儿女亲家一事。那年犬子籍之正值总角之年,士衡说元儿将入豆蔻。我二人都以为此乃良缘,就此说定。元儿与籍之将延续父辈之情缘,而咱家籍之非元儿不娶。"

纪瞻听罢懊悔不已,说道:"世宏,你该受到责罚。你从济阳卸任到今日也有四年之久,怎就不托人将此话捎与我?"

王旷无奈只好说道:"旷那年亲眼看见士衡遭恶人斩杀,受到极大刺激,神志恍惚多年,一定是因此才不记往事。还是罚酒,还是罚酒。"说罢,一口气饮下一坛米酒。

喝罢,喘息停当,王旷说道:"思远兄,旷当年为救士衡,仅以五日时间往返邺城和京都,真是奔跑得发了狂。这件事情早在世间流传,你与士衡彼此视为知己怎能不知?"

纪瞻说道:"怎会不知?贤弟所为,实在感人肺腑。"

王旷说道:"思远兄,旷有一不情之请。"

纪瞻说道:"但说无妨。"

王旷说道:"元儿既然尚未出嫁完婚,不如思远兄带旷去见元儿夫家,咱就悔了那门亲事。如何?"

纪瞻一听这话,惊得眼珠子都快瞪出来了,好久才说:"琅琊王氏乃当朝名望最高之大士族,若是做了此事,定会贻笑大方,瞻岂敢岂敢欤。"

两人在无语中又喝干一坛老酒,谁也没再提起此话题。

贺循看出王旷对未能促成儿女婚事甚是沮丧,便提议不如索性就一块儿去往会稽郡住上一段日子。王旷心中有事,却不仅是为了儿女亲家,但又不便对贺循实话实说,于是让贺循先行去了会稽,答应随后一定前往会稽拜访。

第二天，贺循就急忙上路了，王旷则在建邺停留了下来。他没有惊动镇守建邺城的扬州刺史刘机等友人，而是沿着建邺城的外围仔细地走了一圈。转到石头城的时候，他来到秦水边，甚至下到水边抚水叹息不已。水流并不快，有驳船从江面首尾相接，顺流而下。晚上，王旷又来到运渎，对面的乌衣巷里偌大的营盘中驻扎着刘机直接指挥的内卫部队，大约有不到五千士卒。即使如此，这五千人也没能将乌衣巷住满。离开建邺的那天后晌，王旷专门进乌衣巷中转了一圈。出了乌衣巷，还在四周转了半天时间。几天下来王旷心中就萌生了一些想法，也就有了一番盘算。

离开建邺城，王旷决定先往平东府所在地下邳去拜见姨表弟平东将军、琅琊王司马睿。于是，转而向北而行，两日之后来到安东府所在地下邳。

司马睿对王旷一行人突然来到下邳甚是欢喜，特意将一行人安置在平东府内歇息。当天晚上还摆下酒席招待，当听说王旷打算迁居会稽，司马睿吃惊不小，说什么也不赞同。不过这个话题很快就在觥筹交错之中被淡忘了。

王旷只在下邳住了两个晚上，便启程上路了。司马睿带着大儿子司马绍亲自将王旷一行人送到城外的别亭，歇息的时候，趁着随行的王廙等人和司马绍在亭外嬉戏，司马睿劝说王旷："如果在琅琊住不惯的话，索性就到平东府做参军吧，茂弘早就是参军了。这阵子你家族事情太多，他身为族长已经很少过来参事。平东府人手太少，府上事务一时应付不过来。"

王旷只好实话实说。王旷说其实自己非常希望能到淮南去做太守，那里毕竟是外祖父曾经镇守过的地方。那年他任丹阳太守到淮南招募壮士，一说是丹阳守城需要用兵，那真是一呼百应，几天时间就招募了五百壮士。可见外祖父的声望是何等之高。

王旷这么一说，司马睿也不好再说什么。王旷的外祖父夏侯庄也是司马睿的外祖父。说得更清楚一些，王旷的母亲和司马睿的母亲是亲姐妹，两人是姨表兄弟。

见司马睿不作声了，王旷接着说："殿下，我想到淮南做太守还有一个更重要的原因，只是这个原因必须在我此行结束之时才有定论。"

司马睿又是一笑，问道："何不直言相告欤？"

王旷摇摇头说道："殿下，我终会和盘托出，只是需要亲自走一趟会稽。其实，去会稽探访贺循仅是一次践诺。我在江左已有些时日，一些想法渐次清晰，这次一路探访也是欲要让这些由来已久的想法得到证实。"

司马睿正要说话，长子司马绍进了歇亭。司马绍只有十岁，个头却已长得很高了。司马绍也不管长辈们在说事情，扑通跪在地上央求道："父亲大人，小子想让世将表叔留在下邳，阿叔也有此意欤。"

司马睿并没有责怪儿子，而是问道："你可知世将阿叔要同世宏阿伯前往会稽？"

司马绍点点头，说道："小子惶恐，小子缠着阿叔要学他家祖传刀法，上次去琅琊，小子看过世将阿叔习练刀术，甚是羡慕。小子成人之后，只希望也能如世宏阿叔一般，跃马横刀，杀敌建功。"

司马睿和王旷笑起来。

司马睿对王旷说道："世宏，绍儿有如此殷切之愿望，你意如何？"

王旷能说什么，只好说道："阿叔最希望成人之后，能如夷甫阿伯那样手持麈尾，海阔天空，做清谈大家焉。"

司马绍嘟着嘴说："小子丝毫无意效仿夷甫阿伯，至于清谈，呃呃，大人不允小子置喙耳。"

司马绍的话又惹得司马睿和王旷一阵大笑。

司马绍的王廙阿叔自然没有留下来陪着这位有鲜卑血统的世侄习练刀术，一行人告别了司马睿后，晓行夜宿，七日后就进入会稽郡境内。

343

第六十七章

贺循没料到王旷当真千里践约，自然喜出望外，当晚的家宴上还特意将家中藏了一个冬天的两坛子屠苏酒也搬了上来，说这酒去年冬月就酿造入坛，他不准许家人以任何理由喝这两坛酒，说着一笑，道："世宏，几年前在京城最后一次对饮时，你对我承诺过，若是能到会稽为官定要前来陋舍喝足了这屠苏酒，坛中之物便是屠苏也。"

王旷哈哈大笑说道："彦先兄，今年在家乡过元日节，咱家也请人酿制了屠苏酒，彦先兄曾说过这酒恣意豪饮也不会醉人，结果，我那两个弟弟仅饮下两坛就醉得不省人事。"

贺循也哈哈大笑着连声说："那酒定是劣酒定是劣酒欤。"

王廙此时插话说："酿酒师傅当时就说过，琅琊祖传酿酒之法所酿之酒酒性本浓烈，用来炮制屠苏酒甚是可惜，而且不合时宜。阿哥对师傅说只求味道如同江南屠苏，那师傅听了阿哥话连连叹曰苦也苦也。"

贺循笑个不停，连说差矣差矣。

王旷承认道："那时以为屠苏酒味道发苦，并不以为是酿酒师傅无奈之词。于是，豪饮起来，好评连连。咱家王处仲阿哥甚是喜欢。"

贺循说道："既然世宏老弟已经喝过屠苏，就知道喝酒之规矩，今儿在座没有晚辈，咱就依岁数大小轮着喝过。"

于是，从王廙开始喝起，轮到王旷喝时，贺循说："为兄好心藏下这两坛美酒，你索性独自饮下一坛，也不枉为兄思念老弟一片真心。"

王旷听罢很感动，也不推脱，果真将一坛屠苏美酒喝得干净。

王旷在会稽这几日，过得十分开心。这天，几位酒足饭饱，兴之所至，贺循便带着王旷和王廙到富春江畔游玩。会稽山阴地处大晋王朝的南方，此地傍山临江，距离大海也并不算远，因此气候十分温暖。一行人从江边追赶着下行的江水，一口气走了十几里路。走得累了，就找了一间木亭歇息。这样的木亭到处可见，这是江南的人们别离时分手的地方，因此只要有村镇，就会在这些村镇几里之外建有木亭。王旷悄悄唤出贺循，两人出了亭子，再次来到江边，顺水而下，在沉默中走了一里路。贺循问道："世宏老弟，从你到山阴那天，我就觉出你有很重的心事。若有心事，不妨坦荡说出，为兄兴许能为你排遣这桩心事也未可知欤。"

王旷摇了摇头，然后又点点头，说道："小弟确有沉重之心事，此次在建邺多逗留了些日子正是为排遣胸中郁闷。彦先兄竟然一眼看穿，真的是体恤小弟。然，此心事涉及广泛，怕是一时说不清楚。"

"那也不妨说出来，所谓一吐为快也。我与你那年从琅琊出来一路南行，与你倾倒无数之憋屈，分手之后，心绪大爽欤。"贺循说道。

于是，王旷仰天长叹了一声，说道："那年陈敏叛乱，小弟为顾大局不战而退，让出丹阳，心中颇觉不甘。但在江浦坚守城池硬是没被攻破，算是挽回此许颜面。尽管陈敏最终被斩首，然而陈敏有恃无恐之缘由还是令小弟内心深处一直不得平静。"

贺循像是听懂了王旷话里的含义，说道："世宏，你从琅琊出来一路走过，对所见所闻，想来定是感慨万千欤。"

"正是如此。"

"陈敏当年敢于冒天下之大不韪，正是依仗江南拥有之丰饶物产。就说眼前这条富春江，仅沿江两岸出产粟米就足够供给京城一年口粮。"贺循说道。

王旷赞同这个说法："小弟也是在丹阳做了几个月太守才真正弄清楚陈敏何以在奏折中言称江南存粮多得发了霉，可是京畿之地却遭受着年复一年的干旱。朝廷经常无粮可调，百姓也时常无米下炊也。这里当真是不可多得之宝地也。"

"会稽如此，长江以南何不是如此？"贺循说道。

"五部突然在河东地域大肆异动更令人极度不安也。"王旷突然转移了话题。

贺循于是说道："刘渊称汉王已逾三年，却没见敢向河内挪动一步。听说刘渊招降纳叛弄了五万兵马，可是，仅下邳安东府就拥有十万重兵。陈敏可谓兵强马壮，不也被官军倏忽之间剪灭耳。"

王旷说道："陈敏所辖叛军，面对皇朝军队将士，自觉矮了三分。江浦只有三千守军，陈敏有上万将士硬是攻不下来，其中有不尽力而为之原因。刘渊不同。刘渊也许不会对汉人痛下杀手，他的几个儿子对其父在京城做质子受到待遇低于三公，却定会耿耿于怀。至于刘曜，不仅乃孔武之人，倾慕羊皇后也是尽人皆知。这么多年恐依然贼心不死软。"听见贺循叹了一声他又道："彦先兄，刘渊有位叔叔名刘宣，此人实在不可小觑。刘宣曾跟随刘渊在京城住过几年，我也与之有过接触。此人是匈奴可汗庶出，极其阴险狡诈，心狠手辣，且在五部里颇有号召力。此人一直以来对大晋多有微词。我就亲耳听到过他对向大晋进贡发泄不满。"

贺循对王旷的分析似不以为然，说道："刘渊尽管已经自立为汉王，却并没有画地为国，不过是个藩国而已，与此地吴国并无二致。看来刘渊并不想与大晋分庭抗礼。说起来，无非是把个五部换了名称罢了。那刘渊已经是五部大都督，改做汉王又能如何？"

两人这时开始朝回走去。

王旷走出一段路，才说道："彦先兄，自从刘渊自立为汉王之后，我就时常为京都安危牵挂。尽管有太傅与夷甫兄坐镇京都，可是，我还是感觉到京都危难是迟早的事情。"

贺循像是开玩笑地说道："世宏，你是杞人忧天，你心里所牵挂竟然是洛阳危难，因何不是江左？为兄深感困惑软。"

"我倒宁愿是杞人忧天。"

"只要宫里不再生出乱子，无论是嫡亲王还是宗亲王皆谨遵祖训，大晋依然会坚如磐石。匈奴五部依然会规规矩矩。"

"何以见得？"王旷不禁问道。

贺循一笑，说道："大晋有如琅琊王氏、河东卫氏、河东裴氏、陈留谢氏这些名贯古今望族辅佐与依仗，因而才会坚如磐石。"

王旷若有所思地点点头，并没有说什么。

回到歇脚的亭子里，贺循突然想起了什么，哎哟一声，说道："这些日子光顾着陪世宏老弟了，险些忘了件大事。三天后就是三月初三。此地三月初三虽然比不上京都那般奢华排场，却也别有一番风味呢。依照规矩，这三天席间不得吃肉糜，不得饮烈酒。不过，老夫已有打算，定让你们大快朵颐，无有遗憾。世宏老弟，可否在山阴多住些日子。三月山阴可谓风光旖旎耳。"

王旷笑了笑，没有说行也没有说不行。他原打算再住一天，看过当年委托贺循买下的田亩后就折返回乡的。此行山阴最重要的还是让大弟王廙感受一下山阴的自然风光、风俗人情，也好回到琅琊后成为迁徙山阴的最佳人证和帮手。

　　一行人说着就离开了富春江畔，驱马来到贺循为王旷看好的田亩。这片已经被整理出来的地不足百亩。按照王旷的打算，如果两位弟弟也一同迁来居住的话，仅仅盖房舍和院落二十亩地足够了。贺循说为王旷选定这片尚未开发的田野作为未来落脚之地，是因为这里依山傍水。会稽山距离这里只有不到二十里路程，策马而行用不了半个时辰，山虽稍远了些，但是山麓却缓缓地漫延至此，两地之间一片葱翠，一条河流从山涧流淌而出，来到这里已成小溪。这条小溪把一片开阔的原野分割成两片各具特色的田园。依傍山麓的田野上有几座竹子搭就的棚屋，没有门窗，似乎也没有山墙，远远看去像是几间空透的竹屋。溪水清澈见底，时能看见指头大小的鱼儿或顺流而下或逆水而上嬉戏不已。

　　一到山阴，王廙就喜欢上了这里，他不住地赞美说这里令人心旷神怡。此刻，面对辽阔平坦而又满目苍翠的原野，他双腿用力一夹马肚，马儿向前一蹿奔跑起来。施融和曹超驱马追了出去，三匹马在旷野上撒欢儿地狂奔着。王廙一定也是注意到了那几间竹屋，三匹马冲过去，竟然丝毫不见减速就冲进屋子，又从另一端钻了出来。很显然，那是几间废弃了的屋子。

　　看到王旷疑惑，贺循说道："那是我家的三间竹屋，既然这片地已经为你所有，我便不好继续驻留。"

　　"何不索性拆掉？"

　　贺循笑道："将来你会用到的。世宏老弟，看起来他们都很喜欢这里。令正这一关应该能顺利通过。"

　　王旷却说道："但愿有一天，皇室能被江东富饶打动。"

　　"此话怎讲？"

　　"随便说说。"

　　贺循似有意又似无意地说道："若是皇室能立足江南，倒也不失为躲避战祸之上策。匈奴战骑在江左江河湖汊前只能望而却步，再则，南方潮湿气候也会逼走那些终日裹着兽皮之异族兵马。"

大晋王朝沿袭了魏制，三月初三依然是举国修禊之日。江南湿气甚重，过了一个沉闷的冬季，人们的身体里难免积蓄下一些病患，这些病患靠着药物也没能在漫长阴冷的冬季里被驱离。自古以来，春暖花开之际正是驱离病患的大好时机。人们早已经习惯了在这个季节阖家来到河畔溪旁玩耍，祛除病患和诸多不祥之兆。江南百姓尤其重视这一天的修禊之事。

山阴的三月初三，天高气爽，和风吹拂，暖阳高悬，草木葳蕤，春意甚浓，与王旷的家乡琅琊国简直就是两个世界两重天。离开的时候，家乡琅琊还刮着凛冽的寒风呢。

过了三月三，王旷一行人就匆匆出发了。一路上马不停蹄星夜兼程。其他人都看出王旷心事重重，连王廙都不敢上前搭话。直到进了下邳城，王旷才终于开口说道："在下邳再歇息两天，让马匹好好休息，也好赶回琅琊参加咱家琅琊王氏的祭祖大典。"

这天午后，司马睿摆家宴款待王旷兄弟二人。酒过三巡后，司马睿再一次提出请王旷到平东府来做长史，他说得非常诚恳："世宏，我一直希望你能来助我一臂之力。然，琅琊王氏族人中只有茂弘在府上做了参军，长史一职至今空缺。琅琊王氏是大晋王朝最有声望大族之一，我身为琅琊国藩王，又是安东将军，督徐州诸军事，怎就不能将自家兄弟招至麾下，以兴大晋国势欤。"他自嘲般的一笑："世宏，景文虽说是皇室宗亲，却与你情同手足，从未视你为外人。我始终牢记着你从离开太学到琅琊王府邸陪我度过的那几年岁月，获益匪浅也哉。十五岁那年，先父琅琊恭王薨殂，我不得已离开京城前往琅琊国继承王爵，是你一路护送我前往封国。"司马睿顿了一下，没继续顺着这个话题说下去，他知道王旷的性格，知道此人从来不会试图以此得到什么，于是转而说："想我祖父镇守下邳，督青州诸军事，纵马驰骋，所向披靡。出师攻吴，吴军闻风丧胆。祖父亲率大军直指吴国京都建邺，横扫千军，势不可当。那吴国孙皓何其狂傲，却不得不俯首向祖父交出吴国之印玺，沦为亡国之君。先帝封祖父大将军、开府仪同三司，此何等之荣耀。世宏，这亦是琅琊国之荣耀，此荣耀至今依然熠熠生辉，至今造福于咱家琅琊国万千子民。然，这些年来，皇族式微，国力亦大不如前。""世宏，不仅是平东府需要你琅琊王氏辅佐，大晋今日何尝不是如此欤？"司马睿说得十分动情，说到这里几乎说不下去了。

王旷便接话道："殿下对琅琊王氏赞赏令旷羞愧不安。琅琊王氏固然名人辈出，但若与大晋皇室之丰功伟绩相比，却有天壤之别。殿下，旷何时对殿下出言不逊冒犯了殿下，尽可以拿旷问罪是也。"

司马睿急忙摆手连声说道："无罪无罪，世宏无罪。我如此一说，实在是求贤若渴。这平东府府衙正是当年祖父镇守下邳时建造。那时，祖父不仅镇守下邳，而且还督青州、诸军事，东莞郡就是那时被并入琅琊国的，令琅琊国从此可谓雄踞一方。世宏，我无论如何不可辱没祖父一世英名耳。"

王旷起身施礼道："旷惭愧不已。殿下，此次旷应允贺循前往会稽，却不敢久住。返回途中，旷胸中每日因振兴王朝大业而心潮澎湃，难以自已，便决定来平东府与殿下共商大事，旷前次建邺之行，禁不住想到了在建邺抵御陈敏叛军围攻城池的岁月，虽说不过数月，却萌生了许多与王朝大业相关联之谋策，实在想与景文筹商欤。"

司马睿一听这话，高兴万分，起身来到王旷的桌几前坐下来，招手也让王廙坐过来。三人围坐在一起，显得格外亲密。

三人又一起饮下数坛好酒，司马睿语气恳切地说道："世宏，前年春上，我去参加你家族祭拜祖上所传宝刀仪式颇多感慨。琅琊王氏一族数代为皇室效力，鞠躬尽瘁死而后已，举国上下无出其右。只是……"

司马睿欲言又止，觉得下面的话有些难以启齿。不过，几杯酒下肚后，他又说道："世宏，你我虽有皇室与士族之别，但血脉里却流淌着同出夏侯氏之精血。那年我尚未袭爵琅琊王，我姨母来京都探望我与家慈，姐妹二人坐在一起说话，看上去如同一人，当时令我好生感动。"

"旷记得此事，事后你就对我讲过。母亲那晚对我说，外祖父此生只有二女，就是她与姨母，嘱我要带着弟弟世将与世儒此生以性命守护你。"

司马睿听了这话大为感动，双手越过桌几握住王旷的双手，良久，松开王旷又拉住王廙的手，说道："平息司马伦篡逆后，我遭人构陷，是世宏阿哥竭尽全力，四处奔走，才救我于危难之中。荡阴之战大败之后，我随皇上一同被掳去邺城，这时，我家亲叔父东安王意欲劝说司马颖与皇上重归于好，毕竟皇上还是司马颖的亲阿哥。可是司马颖一意孤行，非但不与皇上修好，反而听信孟玖、卢志之流谗言，将我家思玄叔父残杀于邺城。多亏在大将军府做参军的琅琊王氏族长茂弘，他毅然决然将我救出邺城，并护送我前往京城，将虞妃与我一干家眷带出洛阳城，使咱家免遭河间王司马颙烧杀抢掠之祸。"说到这里，司马睿的眼泪夺眶而出："琅琊王氏于我恩重如山也。"

司马睿如此大动感情，王旷一时间竟不知说什么好。还是王廙乖巧，这时说道："阿哥为殿下所做一切实在是心甘情愿，我与世儒自小饱受阿哥教诲，皇室有事，事比天大，更何况殿下面临杀身之祸。阿哥说过，此刻挺身而出，舍我其谁乎？"

司马睿连连拍着王廙的肩膀，感激之情溢于言表。少顷，司马睿平复了激动的情绪，才又说道："世宏，你该明白我良苦用心。你当真明白欤？"见王旷点头，便又说："琅琊王氏不可内生龃龉。"

王旷直截了当地说道："我对茂弘丝毫没有芥蒂，但我是心直口快之人，难免会引起别人不快，仅此而已。殿下不必为此担忧。"

司马睿当然知道王旷是怎样性情的人，也就不再说了，而是说道："我昨日听世将说及你在返程途中原打算绕道去淮南郡府，探望外祖父一系亲人。难道你早年萌生在淮南复兴祖业之念头一直没有泯灭？"

王旷没有立刻回答司马睿的问题，而是起身问道："殿下可否与旷一道驱马到下邳城外高处走一遭。"

司马睿尽管不知道王旷想做什么，却还是一口应承下来。

三人带了随从出下邳城，因为是在自家的地盘上，司马睿显得非常兴奋，不断抖着缰绳，让坐下的骏马跑起来。只用了不多时间，马队就来到位于下邳城西的一片高地，回身望去，下邳城尽收眼底。时辰已是后晌，天空布满薄云，有阳光弱弱地从云层后挤出来，下邳城笼罩在一片清亮之下。

司马睿下得马来，不由得叹道："古往今来，下邳城历经多少风雨却始终屹立在这通衢大道之上。遥想前朝故人张良进履亦发生于此城之中。祖父亦是在此向吴国都城建邺发动总进攻。想象着祖父挺胸昂首站在亡国之君孙皓面前接过他拱手举过头顶的国玺，我心里就有热血涌上来。如今，征北府所在邺城遭受汲桑与石勒骚乱，而来自五部威胁比之汲桑流民动乱更令邺城面临破城之危。再说征西府，自从太傅铲除了河间王司马颙后，我朝留在那里兵马的并不多，若起战事，恐难自保。镇南府处于王朝纵深，加之刚刚粉碎了陈敏叛乱，士气高涨，无人敢生非分之想。而我平东府却承担着振兴大晋之重任，十万雄兵镇守于此，便会有奇迹发生。"说罢，司马睿仰天大笑起来。

笑罢，他问身后的王旷道："世宏，你相信奇迹会发生欤？你邀请我到这高地俯瞰下邳城难道不正是为此乎？"

王旷想了想说道："殿下所言极是。然，下邳城不仅发生过张良进履而被世代传颂，也有过水淹下邳、吕布遭擒、关羽被困、三约曹操这些往事欤。"

司马睿唔了一声，突然又笑起来，说道："世宏，你有话要对我说，却不明说，拿我当刘玄德了。而我知道你心中有关系生死存亡之要事，却始终不问，希望你能主动说出。"

"殿下没有说错。"

"真将我当刘玄德欤？我跟他唯一相同之处仅皆为皇族，而他却是一国之君耳。蜀国国君耶。"司马睿突然哟了一声，"世宏，你认为皇上难当振兴大晋之大任？"

王旷不愿意在他人面前评论皇上，避开了这个话题，说道："旷离开京城已经多年，又几经战事，对廊庙之事早已无暇关切。然，我却知道，当今皇太弟（司马炽）从来不欣赏太傅（司马越），自小便是如此。皇上虽不智，然，皇上已非之前被司马颙裹挟。皇太弟为人精明也不乏果敢，在京城定能稳住局势。"

司马睿见王旷有回避之意，便没继续说下去，而是翻身上马，两人的马匹并排溜达着往回走。

走了一段路，王旷才道："殿下有所不知，京城廊庙无人不知，苟晞乃皇太弟最为器重之战将，而苟晞亦不会对太傅言听计从。苟晞所督军事要地正是兖州，汲桑与石勒反军出入驰骋之地在平原与邺城之间，而徐州与下邳时刻在二者虎视眈眈之中。"

司马睿疑惑地问道："世宏，你认为安东府兵马军力不足以应对任何一方攻击？况苟晞再无视太傅威权，怎敢心生异念乎？"

王旷说道："陈敏不过是司农寺运粮小官，却不仅生出异念，居然对我大晋发兵攻城略地。他有此胆子是以为江南之地之富饶可以使其与朝廷分庭抗礼。"

"世宏，容我将你所说再仔细想想。"司马睿任由身下坐骑走出一段路后，才说道，"世宏，我已然明白你话中之意。你绝对不是想让我走陈敏之路，那是一道覆辙。"

"琅琊王氏不会有背叛皇室之徒。"

"你想说洛阳已经危在旦夕，而下邳并非拯救大晋风水宝地。皇室应该找到一处最为安全也不失为都城之地重振国威。有如王孙满对楚王所说：卜世三十，卜年七百，周德虽衰，天命未改。如此，何处有兴国旺朝之地？"

王旷没有回答，而是照着司马睿身下的坐骑打了一鞭，那马奋蹄疾奔起来，王旷和王廙紧随其后，一会儿工夫，一行人就进了下邳城。

第六十八章

征西府南面的大山之中，一行车马随员在深山中鱼贯而行，已经走了二十多天。来到武关前天已经快黑了，守关的官兵见到这行人马的阵仗知道来头一定不小，守关军队中最高官阶的领兵小校急忙出关迎接。一问竟然是当朝皇上的嫡亲弟弟成都王司马颖，顿时慌了手脚。守关的官兵全员出城，将司马颖一行迎进关里，安排住进关内唯一的驿馆。

三个月前，司马颖一行人出了长安城后，卢志认为不可顺官道前往京都，担心司马颙心生歹念，致司马颖于死地，建议走当年汉高祖刘邦从新丰鸿门宴上出走后逃往汉中的救命之路。司马颖没有同意，他不认为一个宗亲太宰敢要他性命。于是，一行车马依然在新丰镇宿营歇脚，按照司马颖的设想，他最有可能转而到冯翊，他的前部下牵秀现在是那里的太守。若能在牵秀的地盘上取得军援，他将从那里渡过黄河，进入河东，辗转回到邺城。说心里话，司马颖一点儿也不想重回洛阳。

可是，第二天一行车马尚未上路，后面的诏令就追上来了，让司马颖前往洛阳率军布置防线，以抵抗司马越大军进入洛阳。司马颖才不着急呢。你司马颙何不亲自率你的张方大将军再一次进军洛阳，大显威风呢。

回到洛阳，司马颖住进自家不大的宅邸中。母亲程太妃十分高兴。结果，司马越的前锋部队很快就杀到洛阳城外，司马颙的洛阳守军王阐将军在河桥跟司马越的前锋将军祁弘甫一交战，就一败涂地。洛阳城乃王朝重地，司马越的大军没敢以摧枯拉朽之势恣意毁城，洛阳守军坚持了不到两个月也就缴械投降了。

司马颖只得带了载有母亲妻儿的一行车马折回头向长安方向逃窜。欲要去投奔牵秀，再做打算。过了潼关，得知冯翊太守牵秀已经被自家军队斩杀。一行车马不得不离开官道，转而经临潼、洪庆进入蓝田的崇山峻岭中。车马队在深山里走走停停，大约走了一个月，终于来到位于荆州刺史部所辖与长安征西府所辖的交界处武关。

司马颖此行是去投奔荆州刺史刘弘的。刘弘曾与司马颖的父皇司马炎同住在洛阳永安里，并在太学同窗。在司马颖的记忆中，自家二十几位弟兄之间并无什么感情，反而是这位刘和季对他很是喜爱，甚至时常让人给不招待见的母子二人送来瓜果食物。能让司马颖感到些微宽心的是，有消息传来，皇上已经被东海王司马越接回京城洛阳，而征西府大将军司马颙为了表示臣服太傅司马越，自免太宰之位，并将战将张方击杀，传首于京城以示向皇上谢罪。

武关内的驿馆实在太小，驿舍的四墙均为石块堆砌而成，屋顶的檩椽上盖着厚厚的茅草。驿馆共五间小屋，司马颖一家老小勉强住了进去，随员包括卢志也只能在屋檐下铺上干草歇息过夜了。好在已经入夏，山里的气温不算很低。司马颖在看望了身体有恙的母亲大人后，并无睡意，便走出驿馆，顺山道向前走着，卢志和两名兵士尾随着主子，并不多话。一行人也没敢走出多远便返了回来。

直到走回驿馆，司马颖这才对卢志说道："本王当初不该杀了陆机一家人，从那之后，本王如中了邪一般，竟然会听信司马颙，跟着去了征西府。"

卢志说道："殿下唯不该去征西府，其他所为其实并无不可。"

司马颖长吁一口气，说道："本王若是有机会定将张方车裂。他竟然敢将咱家士度阿哥处以火刑。"

卢志说道："若不是司马越，士度阿哥何致于死得如此之惨烈？"

司马颖咬着牙说道："若当年我与士度阿哥共同辅政，司马颙何来空子可钻。罢了，早知今日，何必当初。明日还要赶路，早早歇欤。"

三天之后，老妇人的身体状况明显好了许多，于是一行车马继续上路。车队又向前走了两天的路程，在前面探路的军士返回来报告说再走不到一百里就进入新野国境了。一行人备受鼓舞。这时山势也平缓了许多，经常会出现大片大片的平地，官道也变得宽敞平坦了，行进的速度也快了不少。

这天，一行车马起得很早，吃罢早饭便上路了，过了顺阳，眼看距新野已经不远，被一彪突然出现在官道上的人马阻拦住。为首的自报家门是荆州刺史刘弘麾下牙将丁世三，奉刘弘将军之命阻司马颖一行车马队继续向前进入荆州郡。

司马颖一听竟然是刘弘下达的命令，当然不信，大怒，这些日子所受的委屈涌上心头，他拔出长剑，翻身上马，不由分说，直朝牙将冲了过去。牙将大惊失色,慌忙躲让。两匹马在官道上追逐起来。卢志不敢怠慢,追出几里路拦住司马颖,劝其听完牙将的说法再做主张不迟。司马颖也只能强压满腔怒火,让牙将给个说法。

牙将这才有机会掏出揣在怀里的皇上御批太傅东海王司马越颁布的收捕司马颖的敕令,当着司马颖和卢志的面宣读起来。之后,牙将对司马颖说道:"咱家刘将军念当年与先帝同窗读书之情谊,放过你等。你等不可再向前行。刘将军让告知成都王可尝试前行京城洛阳拜谒先帝陵园,借此机会派人入城向皇上谢罪,以求得皇上和皇后宽恕。再求生路。"

牙将说完,带领几十名军士退出半里路远,拦在官道上不走了。

司马颖知道大势已去,刘弘已非当年那位经常抱着他玩耍的长辈了。违背皇命,放他一条生路已是刘弘能够做到的最大慈悲了。

一行车马人员只能退回到顺阳住下来。

当晚,司马颖被母亲叫到屋里,司马颖一进到屋里便跪了下来,垂首敛目,不敢抬头。

程太妃让司马颖起身在对面的木凳上坐下来,然后说道:"我自永兴元年始,与吾儿离开邺城,一路颠沛流离,饱尝人间冷暖。若是当年母亲不固执己见,而是接受士度侄儿盛情邀请留在京都,你兄弟二人共同辅佐皇上,共苦同甘,齐心勠力,大晋天下岂会如今日这般纷乱。故而,今日之祸乃母亲所致,吾儿不必自责。我虽知暂时还不能与吾儿分享坐天下之辉煌,这些年却始终与吾儿尽享天伦之乐,已足矣。吾儿不必难过。若刘将军不愿收留我等,举目天下,咱家许是再无去处。母亲已年迈体衰,不想继续颠簸下去。吾儿尚未到而立之年,毕竟是皇上嫡亲弟弟,不如返回洛阳,与宗亲王元超一道将皇上迎回京都。元超与你并无深仇大恨,永兴元年是他前往征讨吾儿,非吾儿之过焉。你此行洛阳必须与他诚恳相对,学学你平度阿弟气度,安分守己。待有时机,再将我和一家妻小接到身边。"司马颖低声哭起来。

程太妃又是长叹一声,说道:"想当年,先帝收我为才人,那泰山羊祜百般阻挠,结下两家恩怨。你愤而废后是想为我出这口恶气,却实在鲁莽。为娘自入驻后宫,先帝对我恩情似海,从未冷落。你不该道听途说,任由挑唆邪!那时羊祜一心灭吴,无非是希望先帝将心神投入那场惊世骇俗大战之中,而不耽于后宫之事,也是为了大晋江山长盛不衰。用心可谓良苦欤!"

司马颖伏在地上抽泣道:"母亲,孩儿知罪矣!"

"吾儿不必哭泣。我只是叮嘱吾儿,若此次回到京都,能见到皇上和羊皇后当面谢罪自然最好。若不能遂心,你要设法与太弟丰度一见。在长安虽与丰度相处不长,我却看得出丰度对你依然怀有兄弟之情。

"元超与你既往不咎,你也不可自恃清高。若论辈分,那元超算是你从叔父。若是元超不允你进入京都,吾儿可如刘将军所指,回到邺城,重整旗鼓。尽管谈何容易,但是想那勾践卧薪尝胆矢志不渝,终究灭吴。只是吾儿要越加小心也。"

司马颖止住哭泣,起身叩拜母亲,拜完,说道:"母亲大人,儿谨遵教诲,不忘前耻,励精图治,一定重振家业。只是,儿希望能带着嗣子前往洛阳。不知母亲大人可否应允?"

程太妃叹声说道:"吾儿执意如此,为娘便允了。"

一旬日后,司马颖带着八岁的儿子司马普和六岁的儿子司马廓上路了。一行车马直奔京都洛阳而去。

第六十九章

洛阳城外，邙山一侧，大晋王朝晋武帝陵墓旁。

十几天前，司马颖将母亲和夫人世子留在淅川，带着两个儿子和卢志等人从南阳一路北上，绕过洛阳，在武帝陵墓旁住下来。

司马颖已经在陵墓前守陵人的陋室里住了两天，而派进城去斡旋的卢志仍然不见回来。起初，司马颖坚持要亲自去见司马越，卢志尽力劝说，称司马越既然已经向四方八面送达了收捕诏令，此举无异于自投罗网，并声称愿舍身救主，去拜见司马越。

卢志在城中客栈苦苦等了两天才被允许前往城南太学旧址去见司马越。司马越自接回皇上后，就将太学占为己有，并将其改造成一座拥有九进院子的宅邸。通常情况下，只要没有早朝，司马越根本不会在城内老宅居住。

司马越选择太学作为太傅官邸是王衍出的主意。太学位于京城东南角，与京都最大的禁军军营仅隔着一条护城河。护城河上有一座十分坚固的门桥与太学相连。用王衍的话说，若发生不测，退可进入军营，军营里驻扎有近三千军士；进可顺护城河进入洛河，然后顺水而下直达长垣，进入兖州。也因此，护城河道里一直停有三条大船，以备不时之需。

卢志跟着来人来到司马越官邸外又等了一个时辰，这才被传唤入内。

司马越已经坐在大堂宽大的坐榻上等待了，旁边几个小了很多的坐榻上，分别坐着司空王衍，长史刘舆，参军潘滔和裴邈。

卢志走进大堂，在司马越面前行跪拜大礼，高声通报道：卢志拜见太傅。

司马越始终没让卢志起身，卢志一时间不知所措。

司马越说道："本王日理万机，你就实话直说，司马颖欲要何为？"

卢志没敢起身，说道："成都王对昔日所为懊悔不已，此番尊程太妃旨意前来京都向皇上和皇后谢罪。并愿如吴王一样，偃旗息鼓，深居宅院之中，终日陪伴母亲大人。"

司马越一声冷笑，说道："吴王从无篡逆之贼心，亦无兄弟相残之劣行。他怎敢将自家与吴王相比较，可见并无悔过之意。"

卢志急忙说道："在下救主心切，遣词不当，万望太傅海涵。成都王从此不问国事实是本意，亦是程太妃旨意。"

王衍这时插话说道："卢子道，看得出你当真救主心切，但也看得出你之所言并非司马颖心中所想。记得那年在邺城与之辩理，老夫力陈司马乂有如陈思王曹植一般，对王位从无所求，并告诫其切不可藏兄弟相残之恶念，否则必将摧毁先帝创立之大晋基业。卢子道，你可还记得老夫离去之时对你所说？"

卢志说道："在下铭记在心，司空说成都王受吾等井底之蛙左右他日定会无处容身，事实果然如司空所料。成都王落魄如斯，在下自知罪责难免。若太傅能允成都王入京思过，在下愿接受任何责罚，死而无憾。"

司马越问道："卢子道，司马颖听信谗言斩杀陆机一家大小之后，可知道江南一众才子纷纷逃离京都，此次陈敏在江东叛乱麾下众将概出自京都？"

卢志说道："成都王为表懊悔早已将黄门孟玖斩杀，但成都王并不知陈敏何许人也，更无从知晓叛军中南人众将竟出自京都。"

刘舆这时插话道："当年，东安王司马繇好心劝说司马颖与皇上亲率征讨大军息战，并从此真心臣服皇上，结果惨遭司马颖斩杀。司马颖此举可谓罪大恶极也。"

那次司马颖在荡阴战胜皇上亲率的司马越征讨大军后，一怒之下斩杀司马繇，实在令人痛心，卢志自知无话可说。

司马越将身旁坐着的四个人看过一遍，说道："卢子道，你可以起身了，回去告诉司马颖，本王不允他进入京城，他若执意驻留，继续纠缠，本王必将他就地抓捕。你救主心切，本王可免除你罪责。本王还允许程太妃任何时候都可回京颐养天年，但司马颖与其子嗣从此不准踏进京城一步。告诉司马颖，他必须为长沙王司马乂与东安王司马繇之死承担全部责任。"

卢志走后，司马越愤愤然说道："大晋天下如此纷乱，盖起因于司马颙辜负先帝对他之信任，篡逆之心不死。相比于司马颖罪责，司马颙更是万死不赦。"

第二天，当派往陵墓捉拿司马颖的廷尉赶到武帝陵墓处时，守墓人说昨天晚上司马颖与两个儿子及一干随从向北而去，并未留下只言片语。

司马颖做梦也没有想到，当他的一行车马狼狈流窜到朝歌准备渡河继续北上时，身旁已经聚集了近五百士兵。这些士兵大都是司马颖坐镇征北府时的宫城军士。在连年战乱中，这些军士先是追司马颖故将公师藩攻打邺城，试图迎回司马颖。可是不久，范阳王司马虓派遣前将军苟晞攻打公师藩，并在阵前斩杀之。这些军士不愿投降而被广平太守丁绍率军追杀，终被打散流落民间。那天，军士们围绕着这位皇上嫡亲弟弟群情激昂，振臂高呼，愿追随大将军重整旗鼓。

　　听着山呼海啸般的喊声，司马颖很受感染，几乎落泪。落魄已有经年，四处逃窜，居无定所，任人羞辱，实在狼狈不堪。而他内心的痛苦和悲哀多少次差点要了他的命，若不是身边跟着两个尚未成年的儿子，他甚至打算在父皇的陵墓前一死了之。

　　当晚，司马颖召集卢志等人商讨对策，决定渡过卫河向东北方向的平原国境内进发，毕竟平原国原本就是他所统辖并且一直颇为看重的地域。最重要的是，司马颖确信这个大晋王朝最大的封国是他重振家业的立足之地。若能很快立稳脚跟，他将迅速扩大军队扩张势力，那时候，就有了与京都讨价还价的本钱了。

　　可是，令司马颖瞠目结舌的是，当一彪人马雄赳赳渡过朝歌东面的卫河后，等待他的竟然是顿丘太守冯嵩率领着的一支足有三千人的军队。而昨天还誓死追随他的军士们呼啦一下就作鸟兽散，眨眼工夫就逃得无影无踪了。

　　司马颖只能束手就擒，并即刻被押往邺城。镇守邺城的是当朝太傅司马越的堂弟范阳王司马虓。

　　洛阳，司马越收到司马虓的快信，言称已经将司马颖收捕，请求诏令处置。

　　司马越着人唤来长史刘舆，说道："范阳王一直以来身体有恙，这些年南征北战戎马倥偬竟然不得闲暇将养身体。本王任命你去邺城任长史，你去之后，当着力辅佐咱家堂弟。"说完，交给刘舆一份刚刚御批的诏书，诏令历数了司马颖动摇大晋基石的种种罪行，并赐白绫一条，将其就地正法。

　　收捕司马颖后，司马虓始终没见过这位皇上的弟弟，也没有将他关进监狱，而是将其看守在当年刘渊居住的毡房里。直到今天，司马虓才当着众幕僚的面宣读了收捕司马颖的诏书，正式宣布将司马颖下入大牢。

　　听罢司马虓的宣示诏书后，司马虓刚任命的兖州刺史苟晞奏道："殿下

359

明鉴,司马颖乃皇上嫡亲兄弟,虽然如诏书所说犯下难以饶恕之罪行,可是,臣却见他有悔过之意。司马颖在邺城镇守数年,颇受当地人信服。臣以为,邺城眼下面临刘渊大军压境,亟须鼓舞人心士气。司马颖若能洗心革面,招揽旧部,服从殿下指挥,必令刘渊心生畏惧,不敢轻举妄动。如此一来,能为邺城赢得喘息机会,也算是司马颖大功一桩。"

司马虓其实并无置司马颖于死地之心,苟晞又是自己最得力的将军,说的话也很是在理,于是,想了想说:"本王虽不忍将他处死,毕竟他是皇弟。但太傅却不可能放过司马颖。本王赞同你关于刘渊会因司马颖而却步的判断,所以,爱卿建言令本王着实左右为难。"

苟晞说道:"殿下不必为难,在下曾与太傅歃血为盟,在下愿意请命前往京都说服太傅。"

司马虓听出苟晞诚意颇重,便允他带着自家写给司马越的亲笔书函前往洛阳。

不承想,前往京都为司马颖求情的兖州刺史苟晞和前往邺城上任的长史刘舆竟然在朝歌的官道上擦肩而过。

更为称奇的是,范阳王司马虓在接到赐死司马颖诏书的当晚突发脑出血而命归西天了。

新任长史刘舆则认为此乃天赐良机,天让司马颖死,司马颖怎能不死乎?

于是,刘舆断然隐瞒了司马虓暴卒的消息。第二天晚上,刘舆只身来到牢房,让司马颖隔着木栅栏听他宣读了诏书。宣读完后,刘舆看都没看司马颖一眼,便离开牢房走了。

司马颖神情镇定地问准备执行死刑的镇北府督护田徽,道:"刚才宣读诏书之人可是前皇后贾南风心腹之人刘舆?"

田徽摇摇头回答道:"在下并不知道那是何许人也,在下也是从每日送饭士卒那里得知,此人三天前从京都而来,出任咱家范阳王之长史。"

司马颖冷笑一声,再问道:"若论辈分,范阳王乃本王从叔父。若按照皇室规矩,此诏书本该由他亲自昭示于本王,怎会让一个区区长史宣示。难道司马虓死了不成?"

田徽一边整理手中的白绫,一边答道:"在下乃督护,遵范阳王之命,从早到晚不曾离开过牢房,怎会知晓外面发生的事情。"

司马颖长叹一声,又问:"督护今年贵庚?"

田徽答道:"在下五十岁欤。"

司马颖继续问道:"可知天命?"

田徽答道:"不知,知有何用?"

司马颖知道与这样的人对话几无用处,又长叹一声,还是问了一句:"本王死后,天下安乎?"

田徽摇摇头,并不理睬,而是双手拉开白绫,两眼瞪着司马颖。

司马颖知道时辰已经到了,便说道:"本王自被驱离邺城至今已三年,终日奔波,无暇洗沐。督护,你去给本王取来热水,让本王死后将干净之躯还与父皇和太妃母亲也哉。"

一同关在牢房的两个小儿子听了父亲大人的一席临别话语,知道父亲不久于人世,双双跪在司马颖面前,号啕大哭起来。

司马颖朝田徽大喝一声:"督护,叫你手下将庐江王司马普、中都王司马廓从这里带离。本王不想让儿子看到父亲惨遭杀害。"待狱卒将两个儿子带离之后,司马颖又对田徽说:"你可让本王儿子免于一死乎?"

田徽说道:"在下位卑言轻,怎敢有违皇命。当年陆机可曾向你央求放过他两个儿子?"

司马颖不再说话,将身体上下仔细清洗一遍,换上一身素衣。然后向着武帝陵墓方向稽首长拜。拜毕,说了声:"皇上阿兄珍重。"他将长发散开,朝东而卧。

田徽将白绫套在司马颖脖子上,从后面用力一拉,只听咯噔一声,司马颖那颗桀骜不驯的头颅随即耷拉下来。司马颖时年二十八岁。

一个时辰后,大晋王朝封王庐江王司马普、中都王司马廓这两个不到十岁的封王相继被白绫勒断脖子,死在父亲司马颖身旁。

一个多月后的一天,大晋朝第二位皇上司马衷用罢午膳后,身体突然不适,立刻被送往皇宫显阳殿接受御医诊治。未过多久,不幸崩殂。

第七十章

琅琊国，琅琊王氏王祥一系对外义诊已经进行到最后一天。

五斗米道可以诊治疾病，在当地就像琅琊王氏一样出名。而义诊通常只有在这个大家族祭祀先祖的大型祭奠活动前才会对外公开进行。这种免费为乡民治病的传统自东汉末年王祥和王览的祖父王仁创立，到今天已经传承了一百多年。这些日子，方圆几百里的乡民都会扶老携幼涌向王氏村落。一时间，王氏一族的村落就像举办庙会一般热闹，人头攒动，熙熙攘攘，经日不息。

五斗米道治病的程序从不对外人昭示。所有病患之人分批依次鱼贯进入密室外间。然后，在道内奸令、祭酒和鬼吏的指使下，按照不同病情，再次被分配进入密室里附设的单间，是为靖室。遵照五斗米道规矩：靖室是致诚之所。其外别绝，不连他屋。其中清虚，不杂余物。开闭门户，不妄触突。洒扫精肃，常若神居。唯置香炉、香灯、章案、书刀四物而已。

接下来，病人面向香炉闭目静思，是为思过，并同时聆听祭酒诵读老子道德经文。之后，奸令会指使鬼吏施行符水疗病法术。此符水，为奸令独自私密兑制，除了奸令本人，平时无人能够接近，也就无从知晓符水何以有如此神奇的疗效。

结束诊疗后，病患之人被嘱将鬼吏记录下来之自述病患起因、罪行劣迹悔过之言语一式三份文书，一份上山，一份沉水，一份埋入地下。若疾病依然不除，乃罪孽深重，不可救药之人，等死去吧。

琅琊王氏王祥和王览一族后人虽然不少，能为奸令者却并不多，加之疗病程序严谨，不得随意更改逾越，致使每日诊疗之病人数量不过百人。

王旷和王廙自会稽返回琅琊故乡不久就去平东府做了司马睿的掾属。一个月前司马睿前往京城国葬驾崩的皇帝司马衷，让王旷留守下邳处理军务。此时，琅琊王氏王正一支只有王彬一人坐诊，所以，这家义诊的诊室接收的病人实在有限。

族长王导几次三番前来巡视，对王旷居然时至今日仍未归来多次表示不满。王彬除了每次向族长叩首谢罪外，无有其他法子。

午时一到，按照规矩，义诊也就结束了，尚未接受诊疗的病人，都会毫无怨言地在家人的搀扶下，乖乖地散去。

这边，王氏家族便开始布置祭坛。祭坛的搭建也有严格规矩，首先不得超过皇家祭祀规模，其次太牢使用的牺牲必须少于皇室祭祀所用牺牲数量，因王祥位列三公，所以香炉设置可以为五尊，而香炉的高度和体积也有严格限制。

祭坛搭建好后，未时就到了，族长王导便在王氏各支脉长子长孙的簇拥下，来到琅琊王氏宗庙前，焚香跪拜。然后，只有王导一人进入祠堂内，从里面抱出一件玉匣。玉匣约三尺长短，从王导行走的姿态和脖颈青筋暴起的状况可以断定，玉匣足有百斤重呢。王导将玉匣小心翼翼放置在祠堂外事先准备好的牛车上，接下来，牛车就在众子嗣的簇拥下来到祭坛前。又是王导独自一人使出吃奶的劲将玉匣抱上祭坛，在专意制作的架子上放置稳妥。

下得祭坛后，王导对王敦道："处仲，世宏和世将恐难以赶回来欤。"

王敦说道："他怎敢。只是可能会迟到些许，毕竟要走几百里路。"

王导说道："申时一到，就不能再等。"

王敦无奈，说道："只好如此，族人都已全部到齐。世宏不到，算是不孝耳。"

听到王敦的话，王导困惑地看了王敦一眼。

两人说到王旷都似乎有难言之隐，王敦自然是替王旷着急，心想家族世代相传的祭祀大典无论如何也必须赶回来，真是亲者痛哟。王导心想居然有胆子姗姗来迟，难道在京城待得久了居然无视家族规矩，胆子也太大了。

两人各想各的心事并肩来到祭坛前站定，就听见更夫扯着嗓子喊道："申时已到，开坛祭祖欤！"

族人们在喊声中很快聚集在了祭坛前，血亲族人和近亲代表有三百多人，外围站立着的都是各族系的男女仆人，还有荫庇的庄户人家，足有上千人呢。

王导这时已经换上了祭奠用的衣裳，走上祭坛，缓步来到玉匣前，带领族人向玉匣行稽首礼。礼毕后，将玉匣上盖揭开从里面捧出一柄佩刀来。

王导双手将佩刀捧至胸前，慢慢转过身来向着祭坛下的族人们，将佩刀高高举起。随着王导高举佩刀的动作，祭坛下的族人们一齐跪下，行稽首大礼。

佩刀乃伯祖父王祥临薨时传于祖父王览,并遗言曰:"汝后必兴,足称此刀。"于是,王览传于长子王裁。王导乃王裁长子,继承之,并与族人共祭之。

王导这时高声诵道:"永嘉元年,岁在丁卯。先祖在上,俯瞰宇寰,后人谨记教诲,代代相传。'夫言行可覆,信之至也;推美引过,德之至也;扬名显亲,孝之至也;兄弟怡怡,宗族欣欣,悌之至也;临财莫过乎让。此五者,立身之本。'吾辈身体力行未敢懈矣,传于后人未敢怠矣。琅琊王氏以信德孝悌让为立身之本、兴族之本乎!"

祭坛下数百人随之诵之,朗朗之声,响彻云霄。

诵毕,王导回转身去,双手捧刀回到胸前,缓步走向玉匣,将佩刀小心翼翼置于玉匣中。

突然响起一阵骚动,一彪马队出现在人群外,旋即将外围人群冲散,闯到祭坛前。为首的头领身着明光铠甲,头戴兜鍪,腰间长剑佩挂。只见他翻身下马,拂去满身尘土,在祭台前就要跪下,被王导喝住。

来人卸掉头上兜鍪,王导这才看清来人竟然是在青州打家劫舍、占山为王、落草为寇的前汝南太守之子王弥。

王导斥道:"王弥,今日是我琅琊王氏大祭之日,朗朗乾坤,光天化日,你冲撞祭坛可知此举将与琅琊王氏世代为敌?"

王弥呼哈哈大笑起来,笑罢,说道:"咱家莱州王氏并不知你家琅琊王氏今日大祭,怎就不可以前来你家看看?看出像是祭拜先人,我自觉莽撞正要跪拜,却被你无端打扰,甚是不悦。你居然大声大气言称吾与你琅琊王氏世代为敌。嗟乎,世代为敌又有何惧哉?"

王导听了这话,深感抱歉,便拱手说道:"导不知你来是为祭拜,出言鲁莽,望将军见谅。既然你执意要以莱州王氏身份跪拜,我以族长身份谢过将军。"

不承想王弥嬉笑一声,讥讽道:"咱家莱州王氏祖上亦是名人辈出,虽不如王太保位及三公,却亦是大晋官秩两千石之太守。我远远见你高举一把短刀,口中念念有词。你家琅琊王氏居然还想靠着一把短刀名扬天下?"

王敦在一旁早就火冒三丈了,见王弥口出轻贱之语,喝了一声:"王弥,休得无礼。琅琊王氏王敦在此,你要拜便拜,不拜便走,何来废话。"

王弥一看是王敦，后退一步，行礼道："原来是王处仲，你我自京都把酒言欢后再就未曾谋面，听说你已经在青州做了太守？改日定到府上拜访。"

王敦也回了礼，但却一点也不客气地说道："无需再提及十年前之过往。听闻你近年追随刘伯根在青州为非作歹，横行乡里，藐视皇权，驱赶公府官员，无恶不作。当年我随咱家叔父镇守青州，你那时乖巧如狸猫。如今我正要前往青州，你还想以身试法乎？"

王弥冷笑一声又说道："青州本是咱家领地，想王府君不会不知。我若不允你在青州做官，你又怎能奈何于我？"

王敦说道："你既然不识好歹，我究竟会对你怎样，到时候你自然会知道。你若在青州放肆，落在我手里，定斩不饶。"

这句话激怒了王弥，王弥拔出长剑，恶狠狠地瞪着王敦道："不如我二人现在就做个了断。"

王敦也随之拔出长刀来，与之相对。

王导怒斥道："放肆！几百年来，无人敢在琅琊王氏祭祀大典上大打出手。你二人都给我收起刀剑。王弥，琅琊王氏从不主动与人为敌，但也绝对不会容忍任何人恣意寻衅。你快快离开软。"

王弥冷冷地说道："我倒是很想领教你因何不容忍咱家。来软，王茂弘你还是废话少说，快快拔出刀来。你若能胜过咱家这把长剑，王弥从此绕道而行。"

王敦拦在二人中间，长刀在手，说道："茂弘，让阿哥好好教训教训这小子，也让他尝一尝咱家琅琊王氏刀法厉害。"

王导一把推开王敦，说道："我既然是琅琊王氏族长，自然当仁不让耳。"说罢，喝退围上来的族人，走进圈子，拔出长刀。

一场恶斗进行到二十几个回合时，王导脚下一软险些栽倒，王弥挺着长剑迅疾刺了过来，王导只得连连后退。

王弥抓住王导败退时露出的破绽，一个滑步，手腕一转，长剑之刃直刺王导前胸。王导手中长刀已经拖地，躲闪肯定来不及，王敦见状大叫一声，冲进圈子。

说时迟那时快，只见一个身影从天而降，一把突然卷进剑阵的长刀挟着风声，发力之快之狠之猛，此间无人见过。荡开锋利长剑的长刀在人们的惊呼声中直指王弥面门。

族人们欢呼起来。

原来是远道赶回来祭刀的王旷荡开了王弥的罪恶之剑。

王旷呵斥道："王弥，五年前我在济阳饶刘伯根一死，盖因为他与你称兄道弟。今日，我饶你不死，盖因为当年你我二人在京城有过酒肉之谊。如何？你那嘴脸竟有不服之容色，也罢也罢，你若当真视死如归，我会在十招之内取你性命，不信试试？"

王弥被彻底激怒了。尽管几年前就听刘伯根说过王旷刀法出神入化，刚才也领教了王旷刀法的惊天力道和诡异，知道自家根本不是对手，然而，退路何在？王弥心里暗叫，"只有硬拼了。"于是说道："在下能有机会与皇帝次直侍中一决高下，死而无怨。"

王旷冷笑道："以你那蹩脚剑术，怎敢与我论及高下。你若悔过走人，咱家琅琊王氏不计前嫌，也不会有人跟到青州臊你面皮。你若执意寻死，我代族人成全你欤。出剑吧，记住，十招之内，你必死无疑。"

王导这时阻止道："世宏，祭坛下不得伤人。"

一听这话，王弥脸上现出残忍的神情，手中长剑冲着王旷心窝刺过来。王旷没有出手，而是连退几步，让对方连刺数剑。这时，王旷突然长啸一声，手中长刀闪电般砍了下去，一收一顿，又带着唰唰声响在对手脸前划出一道蛇形刀迹。王弥从未见过这般刀法，心里一惊，不得不收剑蓄力。长剑一收，长刀窜出在王弥头上轻盈划过又重重劈下，王弥抬手去防，刀剑碰撞，响声刺耳。长剑稍一迟疑，长刀又是一收一顿，倏忽变线砍向王弥左手空挡。

琅琊族人们齐声喊道："咱家世宏，已是第五招欤。"

王旷回应道："一齐数来。"

于是，祭坛下响起震天喊声："第六招！"

喝彩声中也夹杂着王导的叫声："世宏，祭坛不得见血。"

王敦叫道："世宏，废了这家伙。"

王弥甚至不知从哪一招开始自知再无还手之招，听到众人高喊第六招时心里已是慌乱，若王旷果真十招之内取他的性命，自家离死已经不远。令人心慌的是，他居然看不出王旷接下来的长刀会砍向哪里。

王旷见王弥果然横剑去防左下空当，长刀回势，再次转向，从王弥腹下空当划过。

"第七招！"

王弥只能收剑去防下路。谁知长刀猛然逆势上挑，又冲着王弥的右臂而去。

"第八招！"

王弥只能踉跄后退，躲闪锋利的刀刃。长刀忽而又向下劈去，直指王弥右腿。

"第九招欤！"

喊声让王弥心神纷乱，连眼睛都花了。但见长刀在王弥身前倏忽翻转，前刺时夹带着横向劈砍。王弥眼前一黑，知道此命休矣。

就听见王导喊声炸起："世宏，快快住手，不得让祖宗蒙羞。"

众人齐声喊道："第十招欤！"

王弥只觉着身上的皮制明光铠甲一松，铠甲从腰际散开来，肉身袒露。

再睁开眼睛看去，王旷已经跳出圈子。随着一声长啸，王旷手里长刀直指苍天，说道："王弥，念你与咱家琅琊王氏并无冤仇，饶你不死，快快逃命去也。"

王弥不敢怠慢，重新束紧铠甲，翻身上马，溜之大吉了。

王导回到祭坛高台上，喝住众人的欢呼，厉声说道："祖传佩刀尚未入祠，不得喧闹。"说罢，虔诚地走到玉匣前将玉匣抱起，缓缓返回宗庙祠堂。

祭祖典仪到此结束。族人们很快散去。

王旷正要走向站在远处的家人，被王导叫住。

王导说道："世宏，你还是没赶上祭祖大典。你怎变得如此轻视家规，轻慢与族人共祭先祖之机会？"

王旷说道："我从千里之外一路赶来，不敢有半点儿喘息。坐骑多次无力前行，我硬是拉着马匹上路。我此生以先祖为荣，怎会轻慢祭祀先祖机会，茂弘，你不该强加于人。"

王敦急忙调解道："两位阿弟不可为此纠缠下去。茂弘并无恶意，世宏也已经说得清楚。我看不如今晚咱六家儿子们聚在一处，美酒大肉快活一番，如何？"

王导说道："处仲，你若还有好心情就自家快活去也。"

王旷看着远处夫人领着长子籍之和小儿羲之朝这边顾盼，说道："阿黑哥，小弟已离家太久，改日再与你酒肉快活。"说完，转身走了。

就听见身后王导说道："世宏，感谢你为咱家琅琊王氏出了一口恶气。"

第七十一章

祭奠仪式之后，王旷在家闭门三天足不出户。

其实，王旷在家闭门不出并不全因为王导那些不近情理的训斥。不过，心绪不好倒是事实，而心绪不好的唯一原因是为惠帝司马衷故去而泛起的悲伤。尽管如此，王旷照例每天拂晓起床，在庭院里习练刀术出一身透汗。这时，夫人和长子籍之也已经起床。大儿子籍之已过了束发之年，按照规矩，就要开始学习各种技艺，读书破万卷那是必须的。读书完毕后，籍之会自觉到三叔王彬家学习木匠手艺。小儿子羲之这年已五岁，在琅琊王氏的族规里，这个年纪的子弟都必须进入书院读书。

后院比前院大得多，正中央是一块面积很大的场坪。收获的季节，场坪用来晾晒谷物。场坪东面是一片水塘，有活水流进水塘，又从另一方向流出。水塘被一分为二，最大的部分用来养鱼和家禽，处于下游的小水塘是用来供仆人漂洗衣物的。

冬天将尽，地处黄河下游地区的琅琊国依然十分寒冷，水塘还结着薄薄的冰。

这日，如往常一样，晚饭过后，王旷与幼子羲之欢天喜地地打闹了一阵子。见父亲大人很是高兴，王羲之一溜小跑出了正堂，转眼间，又回转来，手里拿着一摞用过的纸张。

"父亲大人，这是大人外出期间小子每日勤学苦练之物，请大人教正也。"说着，王羲之双手将纸张交到王旷手中。

王旷将小儿子临习的书字认真地看过一遍，然后疼爱地将羲之揽进怀里，说道："阿菟吾儿，临帖不可急躁，要心无旁骛。倘若心里面老是想着等阿哥回来后跟他去骑竹马或者到集市上玩耍，字就会难有进展。"

羲之张大眼睛哇了一声，问道："大人看出小子临帖时心不在焉？"

王旷没有回答，而是继续说道："临帖与习练刀法唯一法门，便是凝神静心。世将阿叔是如何教你软？"

"规规矩矩，不可逾越雷池一步，半步亦不可。"

王旷咕咕笑着说道："吾儿有所不知，咱家这册《急就篇》法帖是索靖生前应父亲我之求，专门为我而写。你阿叔一定对你说过这册法帖为小儿识字书本，然，不仅要将这上面千余字识得，更要书写自如。"

"小子谨记大人教诲。"

王旷指着其中的一个字，说道："其他笔画倒还规矩，可你在'磔'这一笔上却收得太过随意。法帖上断不是如此写法。"

羲之辩道："小子记得大人在与世将阿叔论及书写笔势时，经常说到笔势与刀法之关系。"

王旷立刻明白了儿子的意思，便说道："长辈论字，自有一番体悟。你却不可，你却不可也。"

"你还说过，"羲之甚是不解，"文章伊始就要开宗明义，气势逼人，习写书法更是如此，大人还对世将阿叔说你抄写士衡文章，甫一落笔，就要显出力道，有如刀法起势一般。阿哥耶，大人可是如此说过？"羲之看着站在一旁没有说话的大哥籍之，向他求救。

王籍之点头称是："大人正是经常如此教导小子们，为此还训斥过世将阿叔。"

看着眼前两个儿子一本正经的模样，王旷心想今后可不能当着孩子的面说及习字习武的事情了，更不能信口开河。自己平时难得跟孩子们在一起度过这么长的日子，没想到父亲的一言一行对孩子而言如圣旨一般，若说得对了自然会是好的言传身教，若是胡言乱语恣意妄为，那可当真要贻害子孙后代了。至于自己对书法和刀法融会贯通的说法，不过是自己经年习练和揣摩的心得罢了，只是一家之言。

王旷犹豫着该不该把这些想法告诉两个孩子，夫人进来说晚饭已经准备好了。饭菜刚摆上桌，王廙怒气冲冲撞了进来，一脸遭人欺负的神情。没等王旷开口问话，王廙在桌几前一屁股坐下，伸手抄起酒坛倒了一满碗酒仰脖一饮而尽，接着又抓起一块胡饼，一口一个月牙、两口一个山字地大嚼一通，直到吃下一碗肉糜后才对着惊诧不已的王旷夫妻说："我说这话不想让孩子们听。"

等孩子们出了餐室，王旷催促道："有话快说，难道是跟弟妹闹了别扭？

你当等孩子们睡了，再亲热不迟。"

王廙扑哧一笑，说道："阿哥，你就会以己度人。我刚去了阿黑哥家，却未曾想到阿黑哥管家竟然不允许我进去，说是阿黑哥发了话的，任何人不准进入。管家还说，此刻不仅阿黑哥在家，王氏一族所有支系的当家人都在里面呢。听了这话简直气死我也，若要换作阿哥，怕是要把那恶奴痛打一顿。"

王旷二话没说，快步来到正堂，刚想摘下挂在墙上的长刀，犹豫了一下又放弃了。

王廙还要跟去，被王旷喝住说既然那里都是各系当家的，你去做甚。说完，出了大院，不一会儿便消失在夜幕里。

管家拉开院门，见是王旷，不由一愣，正想说话，被王旷喝住，道："你若再挡道，我会打得你哭天喊地。"

管家无奈，满腹委屈地说道："你即使进了大院，后面小院照样不会让你进去。那里是家丁把守。"

王旷没有理会径自向大院深处大步流星闯了过去。管家哪里敢拦，吸着凉气一路小跑跟在王旷后面。

果真如管家所言，王敦家后院的小院子外有十数名手持棍棒的家丁把守着。

王旷并没有因此而放慢脚步。迎面冲上来两名家丁欲要阻拦，看清是主人的阿弟不知如何是好了，犹豫之间被王旷一人两个大巴掌扇倒在地上，其他家丁不敢造次，却也不敢违背主人的命令，只好手拉着手挡在小院的门前，试图阻止王旷继续向小院闯。王旷见此阵势，气就不打一处来，还要厮打，被管家死死拉住。王旷不想弄伤年逾五旬的大管家，只好扯着嗓子喊起来。

已经有人向院子里的人通报了情况。此刻，屋子里坐着琅琊王氏王览六个儿子所传的正房长子，却只有五人在座。王敦虽不是长子，却因是武帝之婿也被邀请来。而王正一系的长子王旷正在院子外面大声嘶吼呢。

五人从后晌就进了后院的这间屋子里，直到王旷在外面大声叫门也没有将如何化解面临的危难理出头绪来。有一个关键的节点始终没有突破，这就是如何保全家园。

王旷又嘶吼了一声，气流由丹田酝酿，形成强烈迅猛之势，沿着任督两脉升腾而起，又在百会穴汇聚成震撼四方的声音冲了出来。这声音底气充足，中气饱满，气场强大，令人生畏。

　　王旷发出的声音使得屋子里的众人一齐打了个冷战，又一齐将目光集中在王导身上，而王导则有些惶惑。事情来得太过突然，或者说王旷的出现太出人意料，让他这个大家族的族长和此次会议的召集人一下子有些不知所措了。

　　这时，王琛的长子王棱说道："茂弘阿哥，既然世宏阿哥已经回来，为何不允许他进来共议大计？"

　　这话问得王导很不自在，急忙说道："皆以为世宏要很久才能回来，毕竟事关他一大家子迁居之事，兹事体大。"

　　其他几系的长子听了这话都很吃惊，连声询问："世宏何以要举家迁徙，一大家子又是何意？难道说连世将与世儒两家人也要迁走？"

　　王敦打断众人的疑问，问道："你们哪个敢出去跟世宏打一场？"

　　众人不知王敦此话怎讲，面面相觑。

　　这时，王旷的嘶吼又响起来："里面众兄弟且听仔细，若再不开门，我当下快马加鞭前往下邳平东府，到琅琊王那里告你们企图谋反。"

　　王敦坐不住了，腾地站起身来，说道："不然我去跟那家伙打一场。"

　　王导一把拽住王敦，说道："兄弟阋于墙，要打进屋子里打，不能让下人们看了去。"

　　王旷其实并没有真恼。在王氏家族他这一代人中，他的年龄仅比王敦小几岁，是排行第二的。从小到大，王旷就是个孩子头，无论是骑竹马玩打仗，还是上树掏鸟窝，王旷身后都跟着一大串王家子弟。所以一走进屋子，他便哈哈大笑起来，将其他几位堂弟挨着指了一遍，又在王棱的脑门上重重击了一掌。

　　"听说咱家各直系长子都在阿黑哥家喝呢，我就想喝酒这事情怎可以缺了我。"一边说着，一边给自己到了一大樽酒，一仰脖子喝了下去。晃晃头说道，"返回琅琊途中，我去了下邳平东府，答应琅琊王到府上去做长史。"

　　王导连声说好，然后说道："该去该去。我虽说在那里做参军，可是咱家琅琊王氏族里事情太多难以脱身。琅琊王一直朝我要人，说白了就是要你，别人皆不入他法眼。世宏，今日聚首，盖因事出紧迫，他们并不知原委。这不，你进门之前正欲说。"

　　王旷眉毛一拧，问道："难道是那王弥又来挑衅？"

371

"非也非也，虽然跟王弥也有关系，但今天把大家召集来并不以此为重点。"王导说道。

"那就快说重点。"王敦催促道。

王导这才说道："夷甫几天前刚派人送来急信，告知司马越听从心腹潘滔建议，自领兖州与青州诸军事。这原本是好事情，正巧阿黑不想前往青州，也免得被王弥那家伙搞得人心惶惶的。司马越自领兖州、青州诸军事，对咱家琅琊王氏算是大好事，可是，现任兖州刺史并督军事可是苟晞也。"

王敦补充说道："苟晞曾被范阳王司马虓器重，而司马虓又是最先拥戴司马越征讨长安河间王司马颙之宗亲王。曾经得到司马虓赏识的刘琨、田徽等人皆为善战之人。苟晞近年来在河北平原国境内接连打败汲桑与石勒的贼寇乱党，王弥对苟晞也是畏惧三分，不敢轻举妄动。司马越刚封苟晞为东平郡侯，升迁抚军将军，还让他督兖州与青州军事。按说，这样的战将对大晋江山的巩固实在不可多得，可是……"

王导没让王敦往下说，而是说道："苟晞在齐王辅政期间做过大司马参军，你与他熟识，此人会否因之而动叛乱之心，继而进犯琅琊国？世宏对此心中可有数？"

王旷不假思索，脱口说道："苟晞绝不会进犯琅琊国，更不会威胁咱家琅琊王氏生存。以我对苟晞的了解，他与司马越关系之密切非我们能比。他二人曾义结金兰，以兄弟相称。也因此，苟晞即使受到司马越掣肘也只会感到委屈，而不会反目。但是，苟晞若知道这主意出自潘滔那就另当别论。他会杀进京城，宰了潘滔然后到皇上那里自领诛戮。皇上在齐王辅政之时就对苟晞非常欣赏，而依照皇室承制，司马虓早在三年前就已经任命苟晞做了兖州刺史，司马越不过是追认罢了。是太傅司马越先坏了规矩。"

王敦听得有些不明白，便说道："你还是没有说苟晞会否叛乱。"

王旷斩钉截铁地说："绝对不会。但是，倘若苟晞被调离兖州、青州一线，他所率军队便会随他一道离开。如此一来，琅琊王国北面将不会再有大晋王朝军队护卫，而石勒与王弥乱军将直逼琅琊王国。我们靠什么保卫家园呢？难道就靠咱家这些弟兄们带着不及千人家丁跟石勒、王弥那数万抢红了眼的畜生们拼命乎？更为可怕的是，一旦琅琊王国被石勒、王弥占领，南面下邳将会成为叛军必取之目标。王弥是何许之人在座皆非常清楚，可嗜杀成性的羯族人石勒比他还要残忍。"

屋子里的人似乎都被王旷的这番话吓住了，没人再说什么。王敦这时说道："世宏，倘若你有什么好主意就快说出来，我知道你早就对琅琊国北面形势感到担忧。"

王导也跟着催促道："世宏，若有求全之上策，快快讲来，咱家也可定夺。"

第七十二章

其实,王旷原本打算回到琅琊休息几天后就往京城走一趟呢。先将关于在江南建立稳固的大后方的想法告诉王衍兄长,若无异议,再去禀见太傅司马越。最后,他还想利用进宫拜见已经被尊为惠皇后的羊献容的机会,觐见皇上司马炽。皇上会怎样决断,王旷不得而知。皇室出自中原,自然不会轻易放弃中原,但是至少皇上会因为心中有了广阔富庶的江南地区作为大晋王朝的大后方而少一些烦恼,多一些慰藉。

如果京城之行获得一众首肯,王旷计划再返回琅琊将江南之行的所见所闻所思向族人和盘托出。令王旷没想到的是,太傅司马越居然如此轻率地褫夺了苟晞都督兖州、青州军事的大权,更没想到他居然听信了潘滔谗言自领兖州、青州。辅政太傅自领封疆大臣的事情从来没有发生过,这绝对不是个好的兆头。王旷认识潘滔很久了。此人曾在东宫做过很短时间的太子洗马,愍怀太子司马遹被贬作庶人之后,此人很快被招至司马越府中做了掾属。直到司马越挟惠帝攻打邺城,潘滔才被司马越举荐离开东海王府做了黄门侍郎。王旷对潘滔的才能和人品不好评价,但让王旷感到万分纳闷甚至不解的是,司马越辅政之后其心腹不仅只有潘滔,还有刘舆和裴邈二人。此二人怎就看不到褫夺苟晞兵权对岌岌可危的大晋王朝产生的极其严重的后果呢?刘舆可是在武帝时就以大智慧而名冠京城耳。

那日在下邳,王旷还对司马睿提起过曾经的太子洗马江统。江统上书惠帝《徙戎论》时,王旷还没有进宫做次直侍中,当时就听说江统在朝会上以关中氐族首领齐万年骚扰西域为例,力陈将这些几百年前被允许迁居内地的族群重新迁回其族地。江统在提出将氐、羌、羯等族迁出关中的主张时,着重分析并指出河东并州一带刘渊任大都督的匈奴五部为最大隐患,呼吁惠帝尽早采取措施,将匈奴五部遣回其本域。王旷清楚记得成都王司马颖在说到何以不允许刘渊返回五部时,引用过江统的一句话:"乱我中原大晋王朝者,五胡也。"江统离开东宫后在司马越麾下做了别驾,礼遇之高,无与伦比。那么,江统也应该有机会向司马越权衡流民造反和匈奴五部威胁之轻重呀。

王旷把这些疑惑和想法一股脑地说了出来,惊得琅琊王氏一众长子面面相觑,又钦佩不已。

王旷接着说道:"我与诸位兄弟一样,一直以为近有青州、兖州,远有辽阔宽广之平原国,大晋威德几十年来天南地北无所不及。自王元先祖率一众王氏族人逃离关中来到琅琊站住脚,咱家在这里扎下根已经有五百多年。远的不说,咱家祖父一辈至今尚有人在世,没有人心甘情愿离开这里。然,面对成千上万嗜杀成性之叛军,我们无有其他选择欤。"王旷说到这里就打住了,看着眼前这些从小一起长大的王氏兄弟。这话令一众家长们无法回答。琅琊王氏自先祖于秦末从关中迁入琅琊临沂后至今逾五百多年,历朝历代的皇帝对琅琊王氏都是优礼有加。然,琅琊王氏历代后人却始终居安思危,因而从来没有遭受过灭门之灾,甚至没有遭受过来自外界其他种姓的任何威胁。正因为如此,他们对司马皇室近几年发生的同室操戈、兄弟相残的杀戮尤其痛心和警惕。而琅琊北面大晋王朝最大的封国平原国以及邺城成为匈奴武装、羯族乱军与大晋王朝的正规军厮杀的主战场,更令琅琊王氏后人终日不得安生。所以一众王氏当家人听了王旷的一番分析后,反响热烈。王棱激动得坐不住了,一会儿站起身,一会儿又重重地坐回到桌几前,嘴里不住地嘟哝说:"世宏阿哥说得对,琅琊王氏不可在我们这一辈绝了后哟。"

王导示意众人安静,然后对王旷说:"世宏,你对此有何想法就请直说,你方才所言在情在理,只是,反复说及已然无济于事耳。"

王旷便将此行江南一路看到的、听到的,特别是在会稽山阴盘桓的那几日,与贺循促膝长谈,话题所涉之广之深之令人不得不对大晋王朝的未来兴盛从长计议的感触说了出来。王旷讲到,在下邳与司马睿畅谈国之安危、家之存亡时二人无不忧心忡忡,然后驱马居高临下俯瞰下邳城。王旷不无感慨地说出了自己萌生已久的担忧和推断:从下邳所处的地理位置,到历史上下邳发生过的战事;从大晋封国遍及河东河内,却在江南无有司马皇室子嗣的立足之地,居然让一个小小的漕运官险些占据了这片富饶的大晋江山。

说到这里,王旷十分激动,感慨万千,说道:"此次归来,原本想过些日子再与各位商议此事,也想先到京城听听夷甫阿哥作何判断,谁料想事发突然，而琅琊国并无重兵驻扎，苟晞也罢，石勒、王弥也罢，无论哪个从北面杀将过来，都足以令琅琊王氏几百年之家业倾覆。故而，我以为与其坐在这里绞尽脑汁无有所获，让人把一个延续了几百年之大家族毁于一旦，不如放弃这里，越过下邳，到更南面吴国都城建邺重新开辟家园。想几百年前，王元先祖不也选择了逃离秦境落地琅琊，才使咱家得以世代相传欤？"

王旷的一席话听得众弟兄坐不住了，一个个情绪紧张而又激越，就是不知如何是好。众人将目光齐齐地转向王导，王导直晃头却不想立刻做出决断。

少顷，王导说道："如世宏所言，琅琊王氏自王元先祖迁居临沂后从未离开过，历朝也从来没有遇到过胡人乱世、直逼乡里之险恶境遇。然，一旦族群从这里离开，欲要重归故里，谈何容易。若如此，琅琊王氏便只有族群，只有姓氏以传后世，而再无有故土也哉。"

王导这番话说得众人唏嘘不已。在一片叹息声中，王导继续说道："后人如何评价我们今日之决断？实在不可知晓。但是，后人会因我等放弃故土、背井离乡，而怪怨我们心无守土之责。因此，我一时间难下决断。"

说到这里，王导招呼众人跟自己来到王敦家中专门供奉祖先的堂屋。祖先牌位上溯至协助秦朝灭六国，统一中国的伟大战将王翦和王贲。二人的牌位下方写有从史记上摘录的一段文字"秦始皇二十六年，尽并天下，王氏、蒙氏功为多，名施于后世"，后人又加一句"除韩国外，齐、楚、燕、赵、魏五国皆为先祖王翦、王贲父子所灭也"。

众人面对先祖牌位，依次上前焚香叩首，皆垂手恭立，缄默不语。

良久，王导最先开口说话，道："先祖在上，后人王导率一众直系嫡传子嗣恭立于此，自秦汉以降，后世兵燹频仍，不一而足，为保全先祖之后嗣世代相传，免遭灭门涂炭，吾等恭请先祖护佑，以求琅琊王氏逢凶化吉，遇难成祥。"祈祷完后，王导对众人说："兹事体大，事关琅琊王氏未来。我虽为族长，自知责任重大，今晚不做决断。你们各自回家后，务必保持缄默，不可引起骚乱。"说完，自己先走了。

半个时辰之后，王旷和王敦敲开了王导家的门。

王导料准了两人一定会来，大声招呼下人备下酒菜，说道："阿黑哥，世宏哥，此刻我们以兄弟相称，也让以前所发生之不愉快统统烟消云散，如何？"不愧是聪明狡黠的族长王导，这个看似不经意的话将这段日子由自己挑起的一些个不愉快推卸得干干净净。

酒喝得很是畅快。一会儿工夫，三坛子老酒就见了底。王导又让下人端上来三坛，亲自打开封口的油纸，捧着一个坛子让两位阿哥深深地嗅了一下，说道："这几坛酒是家尊大人留下来的，一直舍不得喝。今天咱家遇到大事情，非喝干了方能神思奋飞。来来！"说着，揭开另外两坛酒的封纸，推到王旷和王敦面前。

三人又饮下两樽酒后，王导说道："世宏，你是否想过，琅琊王氏若要来个大迁徙的话该是多大阵仗欤。"

王旷点点头，没有说话。

王导又说道："一想到琅琊王氏将举族迁徙，我内心悲痛欲绝耳。"

王旷还是点点头，这时，王敦也嗯了一声，大概也感到痛了。

王导接连喝下两樽酒，这次他没有让两位兄长、琅琊王氏最重要的两位成员陪着喝，然后接着说道："世宏，琅琊王知晓你之大迁徙心意乎？"

王旷摇摇头，说道："没打算现在就告诉他，毕竟他是平东将军，彭城这一带包括咱家琅琊、东海这些封国都在他的护卫之下，不能让他先心乱也。"

王敦不以为意地说道："琅琊王哪里有主见，他得听咱兄弟献计献策耶。"

王导又喝下两樽酒，酒已经上头，说起话来变得结结巴巴了。只见他点点头说道："阿黑哥言之有理。琅琊王自从继承了王爵，便很少在这里居住。若不是荡阴战败，他根本不舍得离开京城。多年来，是咱家琅琊王氏维持着封国地位与荣誉。当年琅琊武王攻破邺城，灭了吴国，多大功勋邪！可是若无咱家先祖辅佐他，支持他，提供兵员，保障粮草，武王军队到不了下邳就寸步难行。"

王敦说道："谁说不是，祖父说过，那时琅琊王氏倾家族之力，节衣缩食，保障司马伷军队无后顾之忧。"

王旷没说什么，这个时候说这些于事无补。

王导见王旷不说话，问道："世宏阿哥，你因何酒兴不高，话也不多欤？"

王旷没有回答，而是说道："我已经派施融与曹超二人明天起程前往青州、高平、兖州一线探个究竟。虽然，那时我还不知道太傅自领兖州牧一事，可是，在下邳时，已经有探报石勒与王弥乱军向兖州移动，有攻取兖州之企图。"

王旷说完之后，王导垂着头好一会儿不再说话。良久，他抬起头，目光变得游移不定，说话的语气也变得深沉了："阿黑哥，小弟在众人面前说族群迁移之事，其实我早就想过。然，我是一族之长，深知使家族兴旺发达之责任重大，故而不能轻易吐露心声，于喜于怒于哀都不可形于色。故而我不说并非我不想，我不说并非我不心急如焚。你和世宏应深知我心意。"他看着王旷，一只手在眼前轻轻摆动着，目光是凝重而又诚挚的。

王敦立刻明白了王导心里在想什么，便大大咧咧地说道："琅琊王氏家族随平东府迁往建邺虽是世宏所言，但一经家族认可便已是家族利益。既然是家族利益，当然由茂弘出面去下邳与琅琊王商榷。世宏，你意如何？"

王旷又能如何呢，当然赞同了。家族兴亡，唯此为大矣！

王导酒意正兴，突然长叹一口气，哭起来，哭声低沉而悲恸。

王旷和王敦谁也没想过去安慰这位族长。两人常年在外，都把琅琊王氏的族群荣誉和责任担在肩上，征战鲜卑部落是如此，面对皇室纠纷是如此，在皇上身边担任要职也是如此，两人知道这是怎样的滋味，因此索性什么都不说，而是对饮起来。

王导当真动了感情，大概是一想到自己身为一族之长居然要带着家族几百号人抛弃故土，背井离乡，便痛彻肺腑。此举也许会使他成为千古罪人呢。这一哭显然是宣泄，也表明王旷突然提出的动议可能是拯救琅琊王氏最好也是唯一的办法，这一切令王导顿觉压力倍增，几乎难以承受。王导居然哭了好一阵子。

第二天，东方的鱼肚白刚刚从天际露出来，两支马队就出了琅琊王氏的村落。一支向北，向北的直奔兖州地域。一支向南，向南的马队只有三人，这支马队第二天晚进入下邳城。

王导、王敦和王旷三人在下邳并没有待几天，其间是怎样说服琅琊王司马睿的无人知晓。王旷甚至从来没有向任何人说起过这次下邳之行。后世史书上对这次会晤也没有只字记载，只是言称在王导的倡议下，司马睿将平东府移至建邺，从而奠定了东晋开国之基础。

大概在第三天，琅琊王氏三位当家人陪伴在平东将军司马睿前后，一行人行色匆匆，风尘仆仆，马不停蹄，直下江南。先是骑马南下至淮安古运河，再乘船顺中渎水继续南下至高邮，再骑马快行下扬州，最后从扬州直抵建邺城。

行至中渎水时，一行人乘船下行，司马睿不禁抚衿长叹："遥想春秋时吴王率众开凿邗沟，使境内湖泊江河得以贯通，造福一方子民，如今我等船行邗沟，想必也是为了造福万千子民。"说到动情处，不仅潸然泪下。

一行人在建邺城仅停留了两日，然后走王旷当初选择的回乡之路，出建邺，上淮南。在淮南小住一日，一来满足了司马睿瞻仰外祖父和外祖母曾经镇守过的旧地的愿望，二来感受一下王旷在下邳说到过的淮南为江南门户之所在的真实含义。最后，一行人北上回到下邳。这时，王旷派往兖州、青州和平原国查探敌情的施融和曹超已经在下邳等候数日了。

司马睿在听过施融通报敌情的当晚，与琅琊王氏三位当家人桌几相对，促膝长谈，通宵达旦。第二天拂晓，司马睿亲笔写下奏文，尽述下邳面临局势之严峻，尽述在江南立足兴业对司马皇族未来命运之重要，尽述江南的富饶和丰裕，尽述江南在军事上不可多得的战略地位。奏文中特别提及司马皇族自大晋建立以来从未在江南设立征镇，他本人愿意成为司马皇族在江南第一位征镇大员，并将竭尽全力为司马皇族统帅华夏之伟业殚精竭虑。也就在他们返回下邳的第二天，京都快马送来皇上诏书，任命王敦为中书监，并敕令王旷即刻前往京都接受新的使命——作为大晋朝特使北上左国城与早已经自立称王的汉王刘渊说和。

当晚，四人彻夜未眠。

第二天，王旷和王敦受下邳平东将军琅琊王司马睿之托驱马直奔京都洛阳，施融和曹超也跟随而去。而王导则留在下邳尽参军之责，并等待京都诏令文书。但是，王导还是被允许返回琅琊，在琅琊只待了一天，召集各系长子阐明举族大迁徙之必要和重要，获得一致拥护。然后，王导匆匆上路向下邳赶去。

王敦和王旷一路不敢停留，在当年的济阳国、如今的济阳郡稍做休整，直向京城洛阳疾奔而去。

第七十三章

京都洛阳，司空王衍官邸。

琅琊王氏四人的这场涉及大晋未来的讨论从前一天就开始了。

王敦将顶替刘机出任扬州刺史，这一点没人提出异议。王澄稍后前往荆州出任荆州刺史也被确定下来，具体时间必须以荆州局势朝何处发展来决定。这是王敦坚持的。王敦直接表明，现在就让王澄取代前任刺史很不合适，就连王澄自己也没准备好呢。这一次王澄没跟王敦对着干，而是承认这的确需要时间。王旷则表示既然太傅已经提出让他本人前往左国城去跟刘渊谈判说和，说明皇上对琅琊王氏绝对信任，充满殷切希望。

王衍几次想拿起桌几上放着的麈尾，犹豫了一下都放弃了，这时说道："世宏，去左国城与刘渊说和是哥哥我向皇上与太傅建言，并非太傅本意。大晋军情吃紧，石勒羯族乱党和王弥流民叛军不断袭扰咱家兖州、青州、平原、常山等地公府，抢掠粮食，屠杀官吏，百姓难以度日，咱家必须将重兵放在那片地域。这边，刘渊军队正在蚕食掳掠河西地域，扩充地盘，已经逼近并州，咱家又不得不驻守重兵才能与之抗衡。如此一来，捉襟见肘矣。"

王旷表示理解，说道："夷甫阿兄，世宏知道左国城之行对大晋何其重要，因此心中并无畏惧。"

王衍动情地说道："为兄这些日子思来想去，也是非你莫属。只是，你只身前往有如进了虎穴狼窝，毕竟凶多吉少。是为兄将你推上了这样一个险象环生、生死难卜之境地，除了无奈，还有不忍。"

王旷说道："阿兄不必为此自责，国难当前，舍我其谁乎？咱家琅琊王氏几百年来饱受皇恩庇佑，能有今日之发达自该感恩才是。如今咱家琅琊王氏挺身而出，亦是必然，此乃报恩是也。"

王衍连连点头，说道："世宏阿弟自要小心为好。两军交战，不斩来使，可以追溯到夏商前朝。可是，如今此匈奴非彼匈奴，五部这三年来已经入我河县，焚我箕郜，芟夷我农功，虔刘我边陲，不断侵扰我朝疆域，劫掠我朝子民，杀戮我朝之将领，猖獗至极欤！"

王旷说道："不入虎穴，焉得虎子？若是瞻前顾后，小弟不如打道回府。只是，小弟与阿黑哥这次赴京带来平东将军司马睿奏疏，奏文所言之策才是当下最为重要、事关再兴大晋之机会。"

王衍说道："昨天我已将奏疏呈给太傅，他答应慎重思虑此事。我看了奏疏，不仅言之有理，简直就是绝处逢生。"

王敦问道："皇上会怎么想？"

王衍停顿了一下，说道："又不是另立朝廷，也无裹挟他到江东之意。皇上又能怎么想？也许不以为意，也许还是让咱们自己决定。"王衍起身来到王旷的桌几前坐下："阿弟，你打算何时启程？"

王旷说道："若是阿兄与太傅已经确定说和之条件，自然是越早越好。"

王衍说道："那好，我们一道去拜见太傅。"

尽管天尚未黑严，但是太傅官邸的大堂却是灯火通明。

大堂上，王妃裴氏和世子司马毗都在，见四人进了大堂，司马越并无意让裴妃和世子离开。

司马越看来早有准备。一听说王旷欣然应允前往左国城说和，司马越非常高兴，忍不住赞扬了几句。只是，如今的司马越已非彼时的司马越了，即使赞扬也带着一丝威严。王旷并不计较这些，只是说想当年前往邺城说和不也是琅琊王氏出人出力吗？言外之意，不讲自明。

一听王衍说到将平东府从下邳迁往建邺，裴妃顾不上礼数，率先插话说："那真是太好了，刘机年前到过京城，说起建邺赞不绝口。刘机说建邺城至今从来没有遭受过流民和叛军的侵扰，实在是天时地利人和。"尽管这样的场合裴妃抢先发表看法有逾矩之嫌，不过，琅琊王氏四人无人计较。毕竟国难当头，已经顾不上太多的礼数了。司马越没说什么，而是走到正堂案几上打开的地图前。《禹贡地域图》是由裴秀主编完成的，被称作中国有文献可考的最早的历史地图集。地图上清楚地标志着大晋王朝统辖之地的地形地貌，主要山脉、河流以及周边地域的概况。裴秀乃裴妃的从伯父。

司马越举着蜡炬，良久没有说话，另一只手不知是有意还是无意，顺着京城洛阳慢慢滑动着，先是许昌，再由许昌向东滑向淮南、丹阳，最后停留在长江旁的建邺。

这时大堂里非常安静，司马越的喘息声粗重而急促。少顷，司马越转过身来，说道："夷甫，琅琊王氏此建言将拯救大晋。"

王衍说道："此建言乃平东将军司马睿奏疏所言。"

司马越一笑，说道："景文难有如此高瞻远瞩之眼光。若非琅琊王氏，其他名门望族已是自顾不暇欤。"说着，看了裴妃一眼。河东裴氏曾经与琅琊王氏齐名呢，时人以两家人物逐个相比，以八裴方于八王。"对大晋来说，流民叛军乃乌合之众，不足挂齿。本王最担忧还是匈奴叛军。叛军不仅嗜杀成性，且对咱家大晋怀有深仇大恨。故而，非将咱家置于死地而后快也。然而，咱家凭借淮水与长江之险，足以让这些家伙望洋兴叹，一筹莫展耳。"说完，仰天大笑。

王衍等司马越停止大笑，才说道："殿下，世宏此行，任重道远，若刘渊提出非分条件，世宏难以决断也。"

司马越看着王旷，说道："世宏，刘渊自立为王无非是想与咱家家族享同等待遇，做个藩王也就足矣。惠帝在世时已为此发过诏书。五部所占地域并不算小，而且从古至今，汉廷从未试图缩小其所辖地域。这次说和，本王料想刘渊会提出扩大统辖地域，可以满足他一些要求。但是，他一直以来企图将封国治所前移至平阳却绝对不能允许。"说到这里，司马越用手指着地图上的平阳，用力戳了戳："世宏，若是刘渊将治所移至平阳，大晋京都危在旦夕也。"

王旷问道："何以不让刘渊西移？那边地广人稀，又在他家匈奴当年迁徙路上。"

司马越说道："刘渊不傻，再说西北部羌人与鲜卑人岂能允许他涉足？"

王衍说道："刘渊最终目的还是要在中原一带取得辖地，将来如何尚难定论，但中原河内一带则物产丰饶，其觊觎已久耳。"

司马越挥挥手说道："世宏，咱家只能允刘渊南移至介休一线，不得再行南移。关于刘渊就说到此。世宏，此行凶多吉少，本王也知你视死如归。因此走之前本王要告诉你，明日早朝，本王会向皇上呈奏疏，将平东府治所从下邳移至建邺。任司马睿为安东将军，假节，都督扬州诸军事。至于何时动迁，视时局而定。"

司马越的喘息声越来越重，持蜡炬的手抖得很厉害，人也像是站不稳了。

裴妃慌忙起身搀扶司马越，正要对王氏四人说话，被司马越制止，说道："上天并无泯灭咱家司马皇室之相，无论如何，世宏此行必要小心行事，谨慎出言。"

第七十四章

刘渊自立为汉王后定都离石左国城。左国城位于京都洛阳北面的吕梁山之中,并无官道通向那里。出京城后,王旷经河东闻喜北行,渡汾水至平阳,在平阳稍做休整后继续北上。

已经入夏。王旷带着施融和曹超一行三人出了平阳再向北行,走出不很远便抵近吕梁山脉。这里已难觅平坦之路。左面远处可见崇山峻岭,逶迤连绵,煞是巍峨。脚下的路径也变得狭窄崎岖起来。好在山区凉爽,一行人走起来虽然不易,却还不算很热。不时见有数十人结队而行,虽不曾上前询问,一看便知这些人是从山里逃难出来的汉人。行至吕梁山中段,带路的向导死活不愿再往前行,王旷只好给向导付了钱财让他走了,好在据向导所说,此处离左国城已经不远,至多一天的脚程也就到了。

左国城位于大山之中,城镇依山而建,背后那片大山之险峻,断没有哪支军队可以从山后爬上山巅而俯瞰左国城。城墙沿山脊而建,背靠东部大山,面向北川河水。依山就势,构筑城垣,东、南、北三面环岗而筑,东城墙沿山脊线而建,内外双城,严密捍御,易守难攻,有一夫当关万夫莫开之险峻。

王旷一行三人在进城时接受了守城士兵的仔细盘查方才进城,并被引领至驿馆住下。第二天,一个史官模样的人来通知说,汉王今日得空可以接见外人,但是只允许王旷一人进入城池之中。于是,王旷跟着史官沿崎岖山路爬上位于山巅的议政殿堂。

进入殿堂,王旷向端坐正中的刘渊行礼,正要说明来意,就听见刘渊身旁的四子刘聪喝道:"来人还不快快行君臣跪拜之礼!"

刘渊喝住刘聪,说道:"吾儿休得无礼。"又环视众人说:"我虽为单于之孙,亦是大汉高祖之后,想当年颇蒙并州名士王昶指点,后又得王浑护佑,方有今日。琅琊王氏更乃名将王翦、王贲之后,如此名门,尔等不得轻慢。本王当年在晋国都城做质子时,琅琊王氏诸君亦对本王不薄。那齐王司马攸在武帝面前毁我声誉，企图借刀杀人，若不是王浑与王戎二公奔走呼号，本王命休矣。"刘渊说到这里，不禁抚衿长叹，目光在恭立于王座下面的几位儿子身上巡睃："吾儿要始终铭记，父王多受晋国恩惠，若非迫不得已，你等不可与晋国为敌。"见长子刘和与其他几位儿子点头称是后，才又看着王旷说道："世宏，作为使者，你此行必有备而来，本王昨日对你多有冷落，还望见谅。"

王旷说道："大王方才所说之事已过去十数年，在下惊叹大王记忆如此之好。记得第一次有幸一睹大王尊荣，大王与咱家王夷甫说及智慧，各自畅所欲言，甚是愉悦。那次大王说过，自幼谨记先祖大单于之教诲，从此遍习《毛诗》《京氏易》《马氏尚书》等儒学经典。继而又博览《史记》《汉书》与诸子学说。那天大王对王夷甫说何以苦读群书，乃'一物之不知者，周君子之所耻也。'在下听了这话，颇受震撼，于是自那日起，一如大王所说，也开始苦读诗书，以求荣耀。"

刘渊听了这话，很是受用，脸上也浮起微笑，说道："世宏所言极是。想本王一生所求，虽不敢妄如周天子，却以为坐天下者不知书无以达理。王世宏，你既来说和，那就说说你以何条件与我说和。"

王旷便将行前司马越和王衍所说和盘托出，并多次强调，刘渊若是不满这些条件，自己理当将刘渊所提条件带回京都，交皇上召集大臣商议后，再行定夺。

刘渊听了，沉思良久，并不开口说话。

站在刘渊旁的刘宣抢先一步，站在王旷与刘渊之间，说道："我等感念大晋对我族之容纳。可是晋臣江统却不念我族世代为你家戍边抗敌，尊你家皇帝为天子，写下巫书，诋毁我族世代之功绩，羞辱我族世代之忠心，无视我族世代之诚意。是可忍孰不可忍。如今，你家皇帝孱弱，朝野混乱，民不聊生。咱家为何不能取而代之？"

王旷厉声斥道："丞相实在是罔顾史鉴。想曹魏将吕梁山麓方圆几百里赐予你族，使你族得以在兵荒马乱中结束居无定所之流浪日子，在此地安居乐业，繁衍后代。即使更远至大汉，历朝历代对你族从无鬻弃之意。若非如此，以足下之所闻，你族何以繁衍至今，经久不衰？倒是几百年来，北方你族同类始终企图将你族斩尽杀绝。我所言可是差矣？"说完一声冷笑。

王旷转而对刘渊说道:"大王明鉴,丞相所言着实令人瞠目结舌。王旷自知此行艰难险阻,危机四伏,却不知丞相怎会恣意抹杀历史,不顾自大汉以来,匈奴五部得以兴旺发达之根本乃你族与汉家世代和睦的事实。大王,王旷自知无烛之武之辩才,可将灭郑之图谋说成秦之危难;亦无王孙满之机敏,可以九鼎之来历借喻德治而得天下。然,王旷却有齐国佐之胆魄。若大王固执己见,又不审时度势,咱家只好以大晋之余力,收合余烬,背城借一欤。"

刘渊不自然地咳了几声,问道:"王世宏你好生了得,怎知晓本王通晓左丘明之《左氏春秋》?你之所言,不无道理。"

刘宣一听这话,急忙拦住王旷话头,也斥道:"王世宏,你不要忘记此刻身在何处,此乃汉国国都,容不得你无礼狡辩。诚如我主所言,你方才引经据典,无非皆出自左丘明之春秋,然,这些典故并无新意,不过老生常谈。既然你偏爱《左传》,我也不妨随便撷取一章与你讨教。吾王,臣将引用《左传》之驹支不屈于秦来回敬王世宏。"刘宣这位刘渊的从祖父向这位汉王施过礼后,说道:"如驹支斥晋国大夫范宣子所言,无论曹魏还是大汉文景二帝'赐我南鄙之田,狐狸所居,豺狼所嗥。我诸戎除翦其荆棘,驱其狐狸豺狼,以为先君不侵不叛之臣。'王世宏,你是第一次来到我五部所居之地,此地与驹支所言南鄙之地何其相似。"

王旷说道:"既然丞相借用了《左传》之文描绘汉王所在之左国城,以王旷之陋见,左国城无论如何端详都不像丞相所说鄙陋之地。倒是很有些自立于尘世之外不二之地。所以当年驹支在丞相所说之后接着说'至于今不二',此意表示了对当时晋国忠诚不贰。丞相何不将此话完整说出?"

这时刘聪插话道:"咱家丞相采用驹支之言并不完整,其用意自然很是明白。也望你明白,彼晋国非此晋国,彼君王非此君王,此时亦非彼时矣!"

坐在高台上的刘渊情不自禁地高声叫起好来:"吾儿此言甚是,此言甚是。"

王旷正要驳斥刘宣怪论奇谈,刘渊打断二人的争论,说道:"王世宏,本王知晓你心中诚意,暂且不再论及说和之事。"刘渊朝着站立在刘曜身旁的一个人招招手,示意那人站到前面说话。那人身高超过八尺,虎背熊腰,长髯垂于颈项,乱发裹于黑巾,面部肤色青白,神情凶恶,目光炯炯。走到刘渊面前后行君臣大礼,刘渊继续说道:"本王听永明我儿说你刀法着实了得,这位将军名为石勒,今日正好来咱家商讨国务,本王就请他侧立一旁听了。他言称实在不愿意听你那些枉费心机之聒噪，想与你比试刀剑之术。王世宏听旨，你若是赢了石勒将军，本王可以思虑你所说诸条件。若是输了，本王将不再画地为牢，而是要走出左国城纵横捭阖去也。至于石勒将军何去何从，想他自有主意。你意如何？"

王旷知道这一战非打不可，心里却一点底没有。对方人高马大，已经在那里按捺不住，不断地掀起长髯开始挑衅了。他也只能应战，于是说道："大王，在下只有一问，何为输赢？"

刘渊不禁一愣，还没说话，石勒抢先说道："不是你死，就是我亡。以此决定胜负。"

刘曜在一旁发出激烈的啸叫声："石勒，其乃晋国使臣，他若有个好歹，咱家大王便成了逾矩之人，岂不非君子也。"

刘渊说道："石将军，小儿言之有理。依本王之意，十招之内，若能迫对方撤出圈子，即为赢方。"

王旷虽从未见过石勒，石勒却已知道王旷何其人也。石勒和王弥结成同盟，在河东地域攻城略地，烧杀抢掳。王弥曾经对石勒说起过王旷刀术的厉害，并多次在石勒面前演练防范王旷诡异刀法的伎俩。所以，石勒敢于提出刀剑之斗是有备而来的。

王旷说大殿为礼仪之地，不宜刀剑杀伐，于是两人移至殿外不大的场坪上。

石勒一出手亮招，王旷便看出石勒已经知道他在琅琊与王弥的那场较量，而且，石勒的长剑还未等王旷出招便护住自家右路，防范很是规矩。王旷不禁一乐。

刘曜在阵外高声呐喊道："石勒，你踌躇不前便是惧软。"

石勒一动，王旷怎会容他占上风，脚下一个滑步，手中长刀猛然向对方的左上方迅猛挑了过去。石勒一惊，急忙出剑转而防护左路。石勒的剑势大力沉，就听见刀剑相撞呛啷一声，长剑震开长刀，电光石火一闪，长剑顺势到了石勒左路上方，接下来石勒势必挥剑直奔王旷面门了，却听见刘曜在阵外哟哟连声叫起来。原来长刀乍看是被震开，实则顺势向下一抹，刀尖已经将石勒右小臂上的牛皮护肘划开来。石勒并未察觉，而是本能地挥剑护住面门，这一护正好赶上王旷的刀势转而上挑，又是呛啷一声，石勒没料到王旷这次的刀势力量极大，长剑险些脱手。就在石勒愣神的工夫，长刀在他脖颈处挽出一个花子，随即迅猛改变线路，再次向石勒右路攻击而去。石勒一直在寻找王弥悉心指点的攻击线路，却始终不得要领。想他一个养马出身的羯族流氓，除了一身可以跟牛马角力的蛮劲和不畏赴死的气概，根本就来不及防范王旷出没不定的长刀。这时又听见阵外刘曜喊道："石勒，你已经死了一回也！"

石勒这才慌了神，眼前只见到长刀锋利的刀刃出没无常，也只好长剑乱舞，不容王旷近身了。长刀在石勒眼前又一次轻盈撩起，直奔石勒头顶而去。石勒这时只有招架的力气，哪里还顾得向对方进攻。长刀向石勒面门劈下去却在快要劈到头颅时突兀地拐了一下，于是一连串下劈右拐的刀路让疲于防范的石勒眼花缭乱。只有阵外刘曜的喊声让石勒知道，王旷的长刀在这鬼魅一般的游走中，已经令他死过四次了。直到长刀的刀尖抵住了石勒左腿，而刘曜喊了声"石勒你的左腿断了"。石勒这才收住长剑，双手一抱，跳出圈子，说了声"石勒认输了"，转身向大殿走去。

第二天，刘渊召见王旷，只有刘曜在场。刘渊声言昨日已与众臣商议，虽争议颇大，但是自己依然坚守承诺，暂时不会再提出领地要求。最后，刘渊疑惑重重地说道："自武帝之后，你家晋朝何以皆为宗亲辅政？难道以你之智慧，看不出自宗亲辅政以来，乱局频仍，败家亡国乎？"

王旷情知如此，却有口难辩，只好沉默以对。

刘渊又说："本王与贾南风、司马伦，司马冏皆相识已久。十几年来，眼睁睁看着他们将大晋搅得乌七八糟，却没人能够从中吸取教训，着实令人心有不忍。后来本王已经不在京都，但是司马颖落得个无家可归、一朝身死，本王却始料不及。本王对司马颖颇有好感，毕竟跟他在邺城多有交往。王世宏，皇上若还只是摆设，那么，众叛亲离之日当不会太远。"说到这里，刘渊一脸凶残，看了刘曜一眼，继续说："咱家立国伊始便定下规矩，宗亲不得于国事要务上掣肘。刘宣是本王从祖父，但是本王绝对不会允其在大政方针上指手画脚，说三道四。本王所做，便是不想重蹈你家晋国今日之颓败之途。王世宏，本王看你是个帅才，你那刀术果然如小儿所说，鬼魅无常，令人胆战心惊。而且，本王也知道我那几个儿子都对你之为人心悦诚服。你若有一日遭奸佞谗言所害，无处可去，本王必将委你重任。"

王旷依然无话可说，但心里却有了想法。

第七十五章

王旷回到京城已是十多天之后。

王衍直接带着王旷、王敦和王澄来到司马越官邸。

这次,裴妃和世子司马毗没有在场。司马越板着面孔听完王旷左国城之行的说和经过,当说到刘渊答应暂不会向南发展而对新封的地域还算满意时,就听见王衍长出了一口气。王旷瞒去了与石勒打斗一事,也无意将刘渊所说的宗亲辅政、国之不幸的话说给众人听。司马越从一开始既没有表示出有多么高兴,也没有流露出多么轻松的神态,而是走到地图前站了许久,将目光在左国城、并州、邺城和平原国一线反复看了好几遍。

然后他转过身来,说道:"世宏,多亏你也。本王并不相信刘渊老儿所言,但本王相信刘渊老儿短时间里不会向南扩展。倘若刘琨从并州送来快报属实,刘渊老儿眼下正忙着向东扩大地盘。看得出来,他千方百计地阻止石勒与王弥势力进入河西地域。咱家上门说和,正中其下怀。世宏,你相信那个匈奴人乎?"

王旷不假思索地说道:"从未曾相信过。惠皇帝刚继位时,他就曾提出将五部总府移至平阳,多亏司空张华极力阻止才未能如愿。"

司马越摆摆手,说道:"诸公既然都在场,本王就直而言之。夷甫,你该到地图前来,站那么远你能看见?"司马越一乐,等王衍在地图前站定才说:"本王接下来将亲率大军进驻官渡,助力苟晞将军与汲桑决一死战。近几日,苟晞虽连破汲桑摆下军阵,却始终无法将其彻底消灭。本王誓要亲手擒获汲桑,将他五马分尸。"司马越又开始喘起来,呼噜呼噜的声音听上去像是要断气了。少顷,气顺后才又说:"与此同时,王平子,你带着诏书前往下邳,敦促景文尽快将安东府迁往建邺。夏天不会太长,到了冬季,迁徙便难上加难。而且,不管是王弥、石勒还是汲桑,本王率大军挥师东进都会令他们心惊肉跳。对景文来说,机不可失。处仲你还是留下来做中书监,协助夷甫处理国事。尤其要警惕皇上身边那几个最喜混淆是非曲直的家伙。"司马越尽管没有明说，几个人都心里清楚他说的是皇上的舅舅王延。京城无人不知，皇上已经不信任司马越。"世宏，你将会随本王一道前往官渡，战事消弭后，你可直接从官渡往淮南赴任。不过，我这里不可能给你一兵一卒。世宏，你像是还有话要说，那就说出来。"

王旷也不想隐瞒，于是说道："既然殿下与我们都不相信刘渊会遵守承诺，旷以为，应将皇上嫡亲兄长遣往藩国。"这是他在左国城时萌生的强烈念头。

王衍叫了起来："世宏，不可鲁莽。"

司马越也是一愣，问道："世宏，你所说可是吴王平度？"除了皇上，吴王司马晏已是武皇帝最后一个亲生儿子了。

"正是，文皇帝之后已硕果仅存，若能说服吴王移居封国，即使刘渊撕毁协议，进攻京都，皇室依然后顾无忧，皇上太晋江山可保。"

司马越拧着眉头，声色俱厉地说道："大晋江山怎会仅仅是皇上之江山？大晋江山乃宣皇帝从曹魏手里夺下，所以大晋是咱家司马皇室几十个封国所共有，是诸王共有。难道时至今日，你们对此尚未明白乎？"剧烈的喘息令司马越不得不坐着。

王衍正要解释，司马越抬手制止了，说道："也罢，世宏与处仲，本王知道你们对皇室忠心不二，你们即刻就去吴王那里试试运气，也好让你二人了却心事耳。"

等二人走后，司马越语重心长地对王衍和王澄说道："夷甫，平子，你兄弟二人已是本王最信赖之人。平子，你去安东府就把本王方才所说作为敕令送达景文……"司马越抬头看了一眼京城皇宫方向，没把话说完，而是问道："夷甫，难道本王所说有误？"

王衍神情淡然说道："世宏与处仲并无恶意。"

司马越说道："不管有无恶意，大晋王朝今日之乱局，难道不尽由武皇帝之后所致乎？若当年由齐献王做了太弟而不是由惠皇帝做太子，贾南风恣意毁坏朝纲之事定难得逞。"

王衍点点头，叹了口气，什么也没说。

司马越想站起来，突然而至的心房颤动使他显得力不从心。

王衍说道："殿下身体有恙，不如暂缓率军前往官渡。"

司马越说道："夷甫，本王不可再指望文皇帝之后有所作为欤。本王并非没有考虑在江东建立大本营，现在看来，水到渠成。难道文皇帝不是宣皇帝之后欤？再者，一旦京都陷落，不仅王朝受辱，百姓必惨遭屠戮。百姓欤，百姓欤……"司马越剧烈地咳起来。

王衍和王澄很快就离开了。这时，裴妃从内室走出来，扶起司马越，说道："元超，明天再唤御医来为你把脉。几日前那几服草药还是有了效果。"见司马越点头答应了，又说，"王世宏太过固执，也太过忠诚。你让他做了淮南太守，将来也是麻烦。"

司马越没有抬头，说道："我心里有数，这种事情，你还是少插嘴为好。"

王旷和王敦二人离开司马越的官邸，并没有立刻前往吴王司马晏的府邸，而是沿着护城河向东来到东阳门。

距离护城河不远便是洛水，滔滔洛水，滚滚东去。河面上停泊着几条大船，从大船桅杆上的灯火可知这是皇上的御船。灯火下，有手持兵器的士兵来回走动。更远处，洛河水道的疏浚工程早已经开始。若不是有更重要的事情急着要去吴王府邸，王旷真想到李矩府宅走一趟——与这位连襟也有二十几日没见面了。尤其李矩的儿子李充总能让王旷想起家中的小儿子羲之呢。

没想到秦王司马邺也在家中。司马邺乃司马晏长子，今年刚满八岁。淮南王司马允被司马伦诛杀后，原来过继给秦王司马柬做继子的司马允长子秦王司马郁连同司马允其他儿子一同被杀，司马允绝后。司马伦篡逆失败被赐死之后，皇上敕令司马晏将长子司马邺过继给司马柬再做继子，继承秦王爵位。只是秦王在京都早已没有宅院，只好迁出城垣，由舅舅荀藩和荀组陪着住在距京城几十里外的荥阳了。这段日子，因司马邺思念父母心切，于是几日前就搬回老宅与父母和太妃奶奶在一起生活了。

吴王司马晏虽然只有二十五岁，但看上去很是衰老：腰身佝偻，愁眉不展，脸色蜡黄。王旷心里不禁一阵酸楚。想当年那个气宇轩昂的皇室嫡亲，如今这般模样，怎能不叫人心碎呢？站在他身旁的荀妃不时地为吴王捏揉腰背，更让王旷觉着吴王已是未老先衰了。

王旷先把到左国城说和的事情以及汉王刘渊关于大晋乱局的那番话说给吴

王，然后说道："殿下，武皇帝打下江山若要天长日久，旷认为，殿下应以大晋未来为重，回到封国，以待时机。"

荀妃没等司马晏说话，先是说道："世宏，怎见得吴王就能振兴先祖大业？这些年，大王颠沛流离，受尽屈辱，实在也是心力交瘁。尤其淮南王阿哥妻息大小被司马伦杀害之后，咱家大王几近万念俱灰。"

王旷说道："在下早年就与殿下多有往来，知晓殿下胸怀大志。"

吴王司马晏有气无力地说道："承蒙二位顾念，你们能到来，我心里颇为喜悦。见到二位，如见我那故去已久之钦度阿哥。"说着，竟然抹了一把眼泪。"二位皆为皇室最为信赖之人，也最知咱家那些规矩，封王一旦离开，欲要重返京都只有两个途径，一是皇上诏令入京任职，另一个途径就是率大军杀回京城。我既无出任之心愿，亦无率军之能耐，加之阿母尚在，我亦不能远行，所以只能不离皇上左右，随遇而安耳。"

王旷又将自己这些年在江东丹阳做太守、在建邺协助刘机阻击陈敏叛军、到会稽周游的经历说给司马晏听。"这些地方皆为殿下封国之领地。陈敏可谓强悍，兵强马壮，却在江夏与建邺折戟，遑论匈奴与羯族乱军耳。"

司马晏说道："匈奴人又如何？羯人又如何？即便是长安羌人也无有对皇室大不敬，反而是汉家叛军恣意戕害皇族。不久前，太傅亲弟弟，新蔡王司马腾一族老小不正是被汲桑斩杀欤？匈奴人刘渊与咱家并无深仇大恨，父皇在世时对他礼遇隆渥，他应该感恩戴德才是，怎会对咱家痛下杀手，斩尽杀绝？"

王敦说道："殿下，你是咱家女儿亲舅舅，我不与你说外人之言。刚才你所言极是，司马伦斩杀淮南王与其三个儿子，使其绝后。司马颙视咱家几个兄弟为玩偶随意戏弄。长沙王是被谁出卖而丧命？成都王与其儿子又是被谁矫诏而致死？殿下，世宏刚才所言皆为肺腑之言，也正是我要对你所说耳。"

王旷说道："殿下，与其在这里惶惶难以终日，不如迁往江东，将大晋基业延续下去。太傅月前已经敕令安东府迁往建邺，你若能回归封国，江东百姓必定会奔走相告，欢呼雀跃。举国上下必定民心大振，同仇敌忾，大晋军队必定士气高涨，势如破竹。"

司马晏沉吟良久，眼睛不断地看着身前的儿子司马邺。

八岁的司马邺抬起脸看着依然愁容满面的司马晏，说道："父亲大人，孩儿听闻姑丈与王府君所言极是。"

司马晏摸摸儿子的头，终于说道："我这一走，有何脸面再见皇上？有何脸面再见太傅？又有何脸面去见江东父老欤？"

王旷知道再说已经没有用了，最后说道："武皇帝若是看到今日之乱局，定然难以瞑目耳。"

司马晏一惊，眼睛看着屋顶，嘴里喃喃说道："父皇若早有预见，何不让咱家三哥弘度做太子欤？"

王旷和王敦只好起身走人。

从吴王司马晏宅邸出来，王旷被王敦强行拉到府邸欢宴。一见到张美人，王旷愧疚之情油然而生。王敦看出王旷的心思，并没有让张美人退下，而是索性让张美人坐在一旁陪着饮酒。一坛酒落肚，王敦话多起来，说道："世宏阿弟，不如让张美人进宫将郗美人唤来家中。你二人一别也有经年，你有家人陪伴左右，郗美人却一直孑然一身深居弘训宫陪着太孙太妃。"

王旷立刻将话岔开来说道："夷甫阿兄说将表你为扬州刺史，可是当真？"

王敦抓起桌几上用来分割牛肉的小刀指着王旷说道："世宏，你不可在阿哥面前耍滑头。"他又指指屋外小院子的方向："那座小院从那以后，阿哥再不让其他人进去。你知为何？"

王旷也举起小刀，说道："阿黑哥不可如此逼迫小弟，你以为我乃清心寡欲之徒乎？郗美人倾身心于我，你以为我会不为所动乎？"说到这里，突然打住，用力切割桌几上的牛肉。

王敦大笑，说道："阿哥知道你心思软。现在听我来解释何以司马越让我到扬州去做刺史。"

接下来，王敦告诉王旷，自从司马越迎回皇上，此举震撼朝野，其辅政地位得到举国拥戴。然，征西府司马颙却难言服膺，但有机会定会卷土重来。而北部邺城之大晋王朝军事重镇的地位和势力也遭到削弱，致使匈奴五部蠢蠢欲动，似有取而代之之势。王衍不得不从长计议，眼下可以做的就是让王敦接替刘机出任扬州刺史。扬州乃大晋王朝江南地域最大的州，辖十八郡一百七十多个县属，能为京都源源不断提供物资粮草。而荆州为历朝历代兵家必争之地，有大晋地基之称。王衍让王澄出任荆州刺史，也是希望避免后顾无忧。

两人正说得热闹，仆人进来通报说，弘训宫来人求见王旷。

这声通报令王旷和王敦面面相觑。弘训宫乃惠皇后和太孙太妃王惠风居住之地，王旷昨天来到京城就听王敦说过这几年皇后惨遭多次废立之痛，加之惠皇帝崩殂，便从此深居宫中再不显露身形，京都皇室就剩下一些皇帝的远亲，只有他这个妹夫算是亲之又亲，近之又近的人了。即便这样，王敦想要见到这位国之母后也是非常困难。所以，仆人一说弘训宫有人求见，王敦先是吓了一跳，而王旷则一下子蒙了。会是谁呢？若是惠皇后，不可能有求见之说。

两人正万分纳闷着，太孙太妃王惠风走了进来，紧跟在太妃身后的竟然是郗美人。郗美人牵着一位四岁大小的女孩子。

二人见到太妃，急忙起身行礼问安。

王敦的公主夫人也听说太妃来到府上，随后跟了进来，请过安后，夫人问道："太妃因何事亲临敝？"

太妃叹道："自惠皇帝崩殂之后，惠皇后又被请回金墉城。皇室规矩，皇室家人一旦进了金墉城便不可擅自出城，即使贵为惠皇后亦不例外。除非诏书方能解困。我听说咱家阿叔世宏来到京城，已是多年不曾谋面，甚是想念。又禁不住郗美人纠缠，只好前来你这里。一来向世宏阿叔询问家乡事宜，二来，也让这二人能见上一面。"

王旷深深行礼，说道："感谢太妃良苦用心。旷此次进京并不知惠皇后被驱离弘训宫，重进金墉城。刚才去吴王府上拜见，也未见说起。想着，想着……"王旷也不知道该如何往下说了。

太妃走到王旷面前说道："世宏阿叔，我一听说你进了宫城，就想着一定要让她与你见上一面。你二人先前之过往，惠皇后多次与我说起，颇觉费解，自然也遗憾颇多。今天听说可以见到你，她甚是愉悦，你不可怠慢欤！"说着，将郗美人带到王旷面前，转身随着王敦的夫人进了内室，将王敦、王旷、郗美人和小女孩留在了正堂。

一阵冷场后，还是王敦先问道："不知郗美人身旁囡囡所为何人？"

郗美人将女孩拉到面前，说道："她是阿哥妻侄女清河公主。"

王敦不觉茫然，一时间没回过神来。

郗美人说道："阿哥该唤我弟妹才是，咱家夫君并无休书与我。清河公主乃惠皇帝与惠皇后之女，这些年惠皇后深居宫中无人知晓，加之惠皇后惨遭数次废立,已经到了无人问津地步。谁还在乎公主?惠皇后自身难保,只能将公主托付妾身照料,也因此逃过金墉城之困。其实,清河公主一直都生活在太妃身旁,受到公主般待遇,日子并不忧愁。"

王旷说道:"我自亲眼看见陆士衡一家大小被恶人斩首示众后已然心灰意冷,返回琅琊虽万分挂念惠皇帝和惠皇后,但自知位卑言轻,心有余而力不足也,便决意不再行走于廊庙之上。"

郗美人说道:"听说太傅已经委你为淮南太守。"

王旷说道:"正是,我定不负重托,尽力而为,为保住大晋江东不被奸贼所据甘洒热血。"

王敦这时插话道:"弟妹可想与世宏同行?"

"惠皇后这些年几经废立,心力交瘁。妾身若在此时离惠皇后而去,于情于礼,皆为大逆不道也。"郗美人朝着王旷行了礼,"夫君,妾身心意已决,直到清河公主长大成人,妾身不会随夫君行走于世间。"说完,牵着清河公主的手进了内室。

王旷压低声音嘶吼一声,照着自家胸膛重重捶打起来。

第七十六章

王旷前往淮南赴任太守已经是四个月之后了。

司马越率大军驻扎在官渡，五万多人的军队，营盘大帐辎重铺开了方圆十几里，气势了得。

石勒的羯人乱匪和汲桑的叛军听闻大晋军队滚滚而来，也是吓破了胆，纷纷四处逃散。大将军苟晞乘胜追击，连续攻破了汲桑在平原国一带布置的八道防线，杀敌上万人。

捷报传来，士气大振，一直苦苦坚守的冀州刺史丁绍又在赤桥大败石勒羯人武装。

刚刚入冬，曾经被新蔡王司马腾倚重的乞活军将领田甄、田兰再次起兵，纠众上万，打出为新蔡王报仇的口号，一路追杀汲桑，在乐陵将其擒获并诛杀。而龟缩在青州一线的王弥也被大晋军队的强大攻势震慑住了，不敢轻举妄动。至此，河东战事暂时消弭，大晋王朝东部地域暂时得以安宁。

司马越班师回朝，王旷也就直接去了淮南。

转眼永嘉三年（公元309年）盛夏。

这一年，王旷除了监督各项防水排涝工程，还结结实实与妻儿享受了天伦之乐。一天，王旷带家人和弟弟王彬一家来到瓦埠湖畔游玩。瓦埠湖水面一望无际，连接天边，两家人征用了一条大船在湖上玩了一整天。晚上归来，当地缙绅早已经备下酒席，并请来乡绅耆老作陪。酒是当地上等米酒，珍馐佳肴均产自湖泊。当第一道菜摆上桌几时，就听见王羲之惊叫起来——陶制的大盘里一条足有五斤重的清蒸大鱼散发着扑鼻的香气。此鱼名曰回黄鱼，呈鲜黄色，体格肥腴，肉质细嫩，极为好吃。而接下来的银鱼炊饼更是令人入口难忘。乡绅耆老皆为当地名流，话语言谈，幽默诙谐；举手投足，风度翩翩。

酒足饭饱之后，王旷与家人被请入一座有三进院子的宅邸。就寝前，小儿羲之缠着要跟父亲大人同床，王旷只好从了。七岁的羲之玩得累了，一沾枕头就浑然沉睡过去。王旷夫妇二人睡意阑珊，便倚在床头说话。王旷轻声问道："爱卿，我与你一年来每日恩爱不休，劳作不止，可有种子发了嫩芽？"

夫人卫氏神色羞赧，喃喃说道："妾身已然尽力矣，只是韶华已逝，怎会茂盛如初。"

羲之在睡梦中嘟哝了一声，把两人吓了一跳。

躺下后，王旷将夫人揽进怀里，附在耳边说道："卿不必烦忧，明日返回城内找郎中抓几服草药补补身子，过了这个冬天，又灼灼其华矣。"

夫人卫氏嘻嘻笑个不停，很快，两人便坠入梦乡。

已经到了收获的季节，淮南当地农作物与济阳大不相同。济阳只有粟米，而淮南则除了旱地农作物粟米外，还有水生农作物稻谷。依照安排，王旷今日会出城向八公山方向巡视。出城之前，王旷照例要看着两个儿子读书、习字和习练刀术。

两个儿子正在庭院里舞刀弄枪。大儿子籍之不喜长刀，喜欢长枪。王旷也不勉强，却要求刀术可以不精，但必须足以防身。小儿子羲之痴迷刀术。来到淮南后，王旷就找铁匠专门为羲之打造一把长刀。说是长刀，其实比他使用的还是短了一大截，毕竟羲之只有七岁，手之舞之实在力有不逮。羲之却十分要强，每日习练刀术，不走个七八趟绝不收式。

王旷看羲之已经大汗淋漓，正要叫停，羲之却停了下来，问道："父亲大人，那日你是用何刀法逼退莱州王弥的？"

王旷一愣，事情已经过去两年，早已经忘得干干净净。想了一下，说道："为父不记得了。"

羲之说道："小子尚能记住一二，不如走给大人看看。"说罢，一口气将当年王旷与王弥决斗的刀法走出了个大概。收式之后，羲之又说道："小子为此琢磨经年，大人出手就是左劈，小子以为大人必定转而向下攻击，却不料大人连续攻击王弥右路，小子记得当时那王弥完全没有料到，惊得乱了方寸。"

王旷大笑起来，笑罢说道："吾儿是否想说为父完全不按常理攻击对手？"

羲之点点头。

王旷想了想，以手做刀比画着说道："刀法取胜在于变化无穷。譬如此招出于腋下，与彼招出刀之处看上去相同，却要变化于接敌之刹那间。彼招是击敌颈项，险恶异常，令敌人惊慌不已，而彼招出手之后，在往斜下劈砍的刹那间变成横抹，依然是向颈项而去，则令敌人防不胜防。总之，刀法之变化必须不同，方能制胜。书法亦然。"

"小子并非不能理解大人那日何以所为。"羲之听见王旷惊讶地哟了一声，颇有些得意，继续说道，"大人常说，术者，智之表象也。心有所想，术有所往，久而久之，便成常路，故称之为刀术也。"

王旷简直惊得目瞪口呆了，少许才说道："吾儿竟能有如此感悟，为父顿觉后继有人欤。来来来，吾儿再说说这刀术与书法有何相互通达之门。"

羲之眉头一皱，说道："父亲大人，小子尚未发现二者相通之门，甚是惭愧。"

王旷于是说道："吾儿不必如此沮丧，吾儿可知为父何以称书法为笔术乎？"

羲之连连摇头。

王旷不想让儿子坠入其中难以自拔，便说道："吾儿尚幼，不必为此深究，只需牢记为父一向所说。铁匠打制铁具，貌似手起锤落，前后移动，左右翻转，十分简单，其实铁具得以渐次成型，全在于匠人手中铁锤之击打力度、落锤位置之千变万化，所以诡异也。而铁具之为铁具，还在于打制过程必须使击打之力度与落锤之位置均而衡之，铁具方才形状大方，经久耐用。刀术、笔术概莫能外。所谓诡异无常，不过是浅薄之人之所见也。"

羲之点点头，那神情若有所思，说道："父亲大人，小子愚钝，仍是不解笔术怎样与刀术融会贯通，方能出刀诡异无常，落笔收放自如也。"

王旷起身将小儿揽进怀里，说道："吾儿不必为此烦恼，为父将刀术与书写之法已经写成文字，等你长大成人，为父会将这些文字传授于你。"

之后，王旷对已经大汗淋漓地两个儿子说道："吾儿，你们今日无需再习练兵器，回去读书去吧。籍之吾儿，你还要帮母亲将晾晒稻谷收回仓房。你们母亲近来一直身体有恙，务须牢牢记住，为父今日要去巡视操练。"

说完，王旷出了太守官邸。寿春城不大，站在南门一眼就可以看到北门。操练的场坪就在城北，王旷在围着场坪的栅栏外伫立片刻。只要不下雨，就有操练。全城共有不到一千户人家，壮丁不过五百人，加上王旷到任后聚拢而来的那五百壮士，军员不过千人。操练由曹超主持。曹超和施融都在不久前被镇东府擢升为协助郡守主持军事的次级校尉，若遇战争，这种级别的校尉随时可以晋升为率兵的将军。

　　王旷在远处观看操练，并不想打扰曹超练兵。一年下来，这些原来只会打鱼捞虾的农夫舞刀弄枪已经有模有样了，而且，这些军士随着各色军旗的前后上下摇曳可以变换各种队形，更是令王旷感到欣慰。王旷熟读兵书，尤其对前朝蜀国诸葛孔明写就的兵法烂熟于胸。一支上了规模的军队，只有严格按照通过各色旌旗传达出的军令运动，前进后退，方能在战场上应对各种局面而不自乱阵脚，从而令敌人观之胆战、不战自溃是也。

　　就在王旷打算再一次上八公山巡视的时候，施融跑来报告说镇东将军周馥已经进了寿春城，现正在太守府等候。再问所来何事，施融说他甚至不认识这位自称镇东将军之人。王旷急匆匆回到公府，就见周馥正站在桌案的侧墙前认真观看那幅挂在墙上的地图呢。

　　王旷与周馥只是在京都见过，并不熟识。早年周馥做过司徒王浑的掾属，很受王浑赏识，却并不受后来做了司徒的王戎和王衍的待见，于是后来被外放做官去了。那年王旷到京都拜见司马越时，正是这个周馥带着叛将陈敏的头颅到京城请赏呢。记得因平叛有功，司马越报请皇上给周馥封了永宁伯的爵号。虽然与其并无交集，但是王旷却多有听说此君以直谏而著名，令司马越很是恼火。

　　王旷到淮南任太守是直接由太傅司马越承制任命的，也许那时周馥已经上报了别的太守人选，司马越没有理会便是了。

　　两人见面，并无寒暄。王旷也是直爽之人，周馥是上司，既来巡视自然事出有因，便说道："将军此行寿春不知是为洪涝之灾，还是为百姓疾苦而来。若是前者，好在大水早已退去，一会儿容我引领将军在城内巡查一番，或者到南面城墙上一观淝水之势。若是后者，寿春百姓安居乐业，将军走一遭即可知晓。"

　　周馥没料到王旷会如此开门见山，于是呵呵一笑，说道："世宏不必拘礼，直呼祖宣即可。世宏到任已一年有余，我竟无暇前来拜访，颇觉失礼。想你我十八年前曾在京城有过一会，转眼我已是垂暮之年。既然世宏如此直截了当，我也只好直言不讳，请世宏引领咱家登上城墙，一观淮南景象耳。"

　　太守官邸距离东面城墙不远，一行人信步而行不到半个时辰便来到东城门下，王旷引领一行豫州官员经城门进入瓮城，就听见身后众官员一片赞叹声。

寿春城墙并不很高，从外墙地面到垛口底边不过一丈有余。大水季节，水面甚至能漫及垛口。因为连年大水侵扰，所以城门内的瓮城建造便十分讲究。外城门若要进入城内先要进入一座瓮城，再拐向另一座城门。两个城门并不贯通。四座城门概莫能外。瓮城被一圈城墙包围，四面长度几乎均等，都有十余丈长短。每临大水季节，仅有北城门可以进出行人，其余三座城门均用巨石密封，即使有水从石缝渗入，也只能在瓮城内滞留。这是其一。王旷接着说道："如果遇到战事，敌人攻破第一道城门，一拥而进却无法直接攻进第二道城门，而守城士兵只消放箭即能将敌人击杀在瓮城的空地上。这是其二。这也是自曹魏以来寿春城从未被敌人攻破过的最重要的原因。据家母回忆，当年外祖父夏侯公为了这座老城能既防水患，又御外敌，着实下了很大的功夫呢。"说到这里，王旷很是自豪。

这时一行人已经来到南门，向右看去，八公山依稀可辨。在秋日的阳光下，八公山被苍翠的植被覆盖，一道森严的屏障豁然耸立于城北。

周馥一直没有说话，这时突然发出感慨道："倘若寿春能作为候选国都，一定也是相当不错之选择耳。"

王旷说道："将军此言差矣。寿春城自汉以来从来没有被选作京都，此处不仅地理位置过于偏僻，而且若做国都，城区面积实在太小。即使谯国也都曾在五都之列正是因此。即便皇上不在乎，每年遭遇大水漫城也令守城之人疲于奔命耳。"王旷并没有听出周馥话里的弦外之音。

周馥嘟哝了几句，王旷也没听清，继续说道："窃以为若要迁都，非建邺莫属耳。那才是具有高瞻远瞩之见欤。"王旷知道周馥曾被委任扬州刺史，却从来没有到任过。

周馥不想听王旷继续说下去，重重咳了一声，说道："世宏既然知其一，也当知其二，我以为世宏一定知其三呢。建邺也许可做候选国都，然，到了那里，大晋便只能算是偏于一隅之小国耳。我对大晋所面临之困局并不以为然，因此，断不以为大晋几十年前一统天下，今日却落得龟缩一隅之地步。我若能统领长江以北广大地域，假以时日必将彻底粉碎刘元海称王称帝之野心。"

王旷颇为不以为然，说道："以镇东府就能拒敌于千里之外，将军恐是过于自大耳。"

周馥尴尬地嘿嘿两声，说道："我当年仅率三千铁骑，就将叛军匪首陈敏斩于马下，战功可谓显赫。而今镇东府统兵八万，怎就不能收复大晋北方的大好山河？怎就不能将匈奴小子们赶进大山之中？"

王旷摇摇头说道："将军怎可在下官面前说及平息陈敏叛乱一事。若下官不曾记错，将军平叛之时陈敏叛军已是强弩之末。况且陈敏乃是被部下所杀，将军不过是割下死人头颅进京领赏而已，不必如此渲染，即使战功显赫那也是尽职尽责罢了。"

周馥看着王旷，脸上满是惊诧，嘟嘟囔囔说道："咱家与世宏竟然话不投机耳。罢了，罢了，我现在就前往谯国巡视去也。"一边说，一边摇着脑袋走下城墙。

一个月后，已是晚秋，王旷突然接到京都太傅司马越快马急件，任命王旷为前将军，并都督北伐大军，率镇东府三万大军北上救并州之险。

与妻儿告别的时刻终于来到了。临行前夜亲人们聚在一起，很是恋恋不舍。

第二天，王旷将亲人送出三十里路。临别时，王旷的两个儿子籍之和羲之长跪不起，王旷不得不亲手扶起儿子。小儿羲之问道："父亲大人还有何叮嘱？"

王旷说道："习练刀术、笔术不可懈怠。"

儿子们齐声答道："小儿谨记，不敢忘怀。"

王旷又说："你二人牢记，将来长大娶妻，给为父多生几个孙子。咱家一族必须人丁兴旺。"

小儿羲之问道："父亲大人，八个可否？"

王旷仰天大笑，将两个儿子揽入怀中。

一行人走得远了，夫人卫氏突然折身返回，来到王旷面前，郑重其事地说道："夫君，若有机缘，你可将郗美人接回家中传宗接代。妾身定将郗美人视为姐妹。"

王旷一哂，说道："好生将养身子，旷此行定有天神护佑。去罢去罢。"

第七十七章

京都洛阳，太傅司马越官邸。王衍气喘吁吁撞进，边走边愕然高声说道："殿下，怎可让镇守淮南的王旷领军去解河东并州之险，失之草率，毫无道理欤。"

看着王衍进了正堂，司马越甚至没有起身，而是淡淡地说道："夷甫，本王从未见过你如今日这般慌乱。遣兵调将、冲锋陷阵乃本王之权杖。那么，你说调谁去解并州之险才是道理？"

王衍说道："并州距离淮南千里之遥，何不从兖州或者徐州二府遣兵调将？殿下早已经自领兖州牧，又兼任徐州刺史，督二府之军事。这些地方兵员充足，距并州最多十日路程。"

司马越缓缓起身踱到地图前，拍了拍地图说道："夷甫你过来看看，兖州被苟晞盘踞，此人断然拒绝返京担任大将军。那里兵员一个也调不动。徐州北面正遭受王弥匪军侵袭，怎可调出一兵一卒？除了豫州有兵可调，再就是扬州了。本王已接到镇东府周馥之应调奏疏，奏疏言称有三万兵员可以听命于咱家。而安东府奏疏也已经到了，声称只有三千兵马可以听命于咱家。"

王衍说道："周馥手下兵多将广，既可派兵，何不连同将军一应派出。"

司马越说道："周馥在奏疏中一再表明镇东府并无熟悉并州地域之将军，周馥极力举荐王旷，认为其为大晋砥石也，又言王旷与汉王刘渊颇有交情，若在并州相遇，两军定会各退一步，相安无事耳。"

王衍怒道："周馥此言乃小人之谗言。两军作战，何来礼尚往来，手下留情之说？臣去年与王弥叛军决战于郊外，叛军攻势如潮，杀人如麻。若是论及关系，那王弥曾受先皇诸多好处，却不见他念半点旧情。所幸臣指挥有方，大败叛军。殿下，周馥之言若非居心叵测，便是故意与殿下周旋，不想损了士兵又折将军。"

司马越没有理会王衍，而是长出一口气，说道："若王旷当真能令刘渊叛军止步于并州以外，刘琨就能伺机反攻。若是王旷果真遭遇不测，琅琊王氏最后一位忠于文皇帝之孝臣也算是尽忠尽孝也哉欤。夷甫，你既不用心急如焚，也无须胡乱猜忌，王旷此时也该到并州境内了。胜败如何，只能静候消息耳。"

建邺城，安东府内。王敦早早地来到安东府大堂。昨日，安东府接到京都文书，催促安东府调派的军队尽快上路，去与淮南太守王旷率领的三万北上大军会合。一大早，参军王导受命将此文书内容告知刺史王敦。于是，王敦急匆匆赶了来。看过文书，开口就问道："殿下，安东府调安丰太守卫乾率军北上何以不告知于我？安丰太守卫乾为我下属，我本该知情才是，难道你有难言之隐？"

司马睿看了一眼低头查看地图的王导，说道："本王昨日与茂弘一夜未眠。处仲，你先听我说完，太傅日前发诏书调我安东府兵马驰援并州，不得延误。你当知晓，安东府虽有雄兵五万，但安东府却统辖长江以南诸军事。长江以南地域广袤，若再发生陈敏之乱，即使五万大军亦有捉襟见肘之窘。茂弘认为，此乃周馥游说于京都之结果。"

王敦又问，语气更是焦急："淮南怎会拥兵三万？况淮南距并州千里之遥，即使淮南兵员充足，太傅怎可舍近求远，岂不怪事也？"

王导这时开口说话了："我以为，太傅从镇东府调兵实属无奈，何况镇东府已是大晋兵员最为充足之地，兵多将广。但太傅调世宏率兵前往并州必是受到周馥游说或者要挟，其实并非太傅本意。而周馥此举实为图谋占据淮南并向东扩展势力范围，似乎有取代安东府之意图。"

"吁。"王敦大叫一声，"如此看来，世宏此去北上并州凶多吉少。"

王导一声长叹，说道："只好祈愿刘渊不会对世宏痛下杀手。不过，眼下最紧要还是派快马入京，说服夷甫阿兄，让扬州派员继任淮南太守，并揭露周馥之图谋，坚决巩固江南大后方不被蚕食。"

司马睿问道："派何人前往淮南继任？"

王导说道："几个月前，太傅曾从世宏处询问长史裴邵可否重用。"

司马睿问道："世宏怎讲？"

王导说道："世宏言裴邵识量弘淹，此地士大夫敬附之也。若咱家举荐裴邵，想太傅不会拒之，毕竟裴邵乃太傅裴妃的兄弟。"

司马睿嘟哝道:"本王也曾为此询问过世宏,他对本王言称甘卓可以胜任也。"

王旷率领的淮南八百壮士在一个月前就已经抵达济阳,等待周馥所谓的三万大军,可是却始终没能等到。王旷心中着急,便启用调兵符从当地招取了一千余名士兵,还一并征用了百辆装载着粮草的牛车。

这天,王旷打算带领二千士兵先行北上,却被施融派来的快马拦住。快马来报,施融率领的大队人马不日就将赶上来。

王旷不想耽误军情,派快马速报施融,让施融率大军一直北上,两军在荥阳汇合,然后齐头并进,杀向并州。

五天之后,王旷在荥阳渡口终于等到了施融的北上大军。已是冠军将军的施融见到王旷大呼"气杀我也"。他拉着王旷去检阅大军,却见不足三千士兵在黄河滩地上席地而坐。走近看,王旷大为光火,这些士兵大都年过四十,军容不整,尽显疲态。别说打仗,即使走到并州怕已经体力衰竭,不堪一击了。

施融告诉王旷,那个镇东府周馥始终没有露面,指派参军与他周旋,害得他在豫州苦苦等待月余。参军每日都说大军调动岂是一朝所能,似乎并不焦急。施融只好搬进镇东府住下,日日催促,镇东府终于从四面八方召集了这些士兵。而且,已入冬季,这些士兵身着单衣,瑟瑟发抖。施融据理力争,声称将拒绝率这样的士兵前往作战。镇东府却推说军费拮据,无力购置冬衣,好说歹说,才为士兵装备了夹衣。好在每日行军,尽管缓慢,却未因寒冷而减员。再看辎重,居然不如王旷二千兵马的粮草多。好在这支辎重车队拉了大量的军帐,为大军穿过晋南山区提供了栖身的装备。

施融气呼呼地说道:"如在下行前所言,周馥伺机报复明府,而且,其用心还不止于此。"

王旷自知已无退路,说道:"即使周馥欲要置我于死地,我王旷也只能铤而走险。二位将军,你们追随我已经十数年,可知道还有其他出路?咱家多加小心便是。有朝一日,若重返中原,我自会找那周馥问个清楚。"

王旷在大营里铺开地图,最后选择了自荥阳过黄河,经沁阳直接北上,直逼长治。

镇东府。镇东将军周馥对站立在旁的长史说道："日前，镇东府尊太傅之敕令派三万大军北上平定胡人之乱，当记入咱家史册。"

长史不觉愕然，问道："将军记忆有错，咱家镇东府实出兵三千余员，增援并州，并无平定胡人乱华之责。"

周馥声色俱厉说道："你难道是在指责本将军昏庸不成？"

长史诺诺说道："卑职岂敢。"

周馥说道："出兵三万，平定胡人之乱。如此这般，详尽载入。不得有误。"

长史唯唯诺诺退出大堂。

周馥只是没有料到，当他将淮南新任太守的人选上报京城时，皇上司马炽的诏书已经送达建邺城，诏令裴硕任淮南太守，而正是这位裴硕在一年之后将周馥置于死地，此是后话。

王旷的救援大军途径陵川时，在前面探路的前锋小队已经遭遇刘渊驻守陵川的部队，队伍只能绕道而行。行至壶关，已经又过了月余。再次清点人数，剩下不足三千人马。豫州派来的三千士兵，有两千人陆续趁黑夜四下逃散了。王旷不得已派快马向并州刘琨和兖州苟晞请求增援，但是信使一去再未回返，音讯全无。

这天，派出去探路的探子回来报告说，上党太守庞淳已经派部队在壶关严阵以待，一当增援大军到达，不日即发动反攻，歼敌于城池之下。而此时王旷的增援部队距离壶关只剩下一天的行程。

已是初冬，北方的山区寒风凛冽，气温已是很低。再往山里面走，酷寒令部队每天都有减员。于是，王旷令部队原地扎营，待晴日再前去往壶关与守军会师。

当晚，王旷找来施融和曹超到大帐商议军机。

施融说道："明府，军中减员以致战斗力被大大削弱，况咱家兵士均来自河内和江北，天寒地冻比敌人来犯更令人担忧，不如伺机撤出山区，背靠大河，寻找机会，再战刘渊之匈奴贼军。"

王旷已经看了很长时间地图，听了这话，问道："你可知道，此时撤出无异于败退，士气将全无。那时候兵溃如山倒，你我又如何收拾残局？施融、曹超，你二人切切牢记，这个时候不得轻言撤退。"

施融点头说道："明府有何主意？"

王旷说道："我们已经来到壶关，而壶关易守难攻。若是没记错，战国时秦军就是在这一带大败赵国军队的。而赵国军队全军覆没最大之教训正是放弃固守，主动出击。我军不如据险固守，等待增援。以咱家所带辎重粮草，坚守一月当无大碍。还记得咱家在丹阳城做的那些防御工事吗？那就如法炮制。两位将军，既入壶关，死守为上策。结果怎样，实乃天意也。"

等了三天，天空放晴，气温回升，王旷率领部队很快就进入壶关城中。

接下来的半个月，王旷将不足三千人的部队，留下绝大部分在城中修筑防御工事。他自己会时不时地带领百人小分队出城查看敌情，一次居然与刘渊的游骑军遭遇，两军一通厮杀，王旷竟然占了上风，不仅击退了敌军，还缴获了十几匹战马。

刘渊大军围攻壶关城已经月余，山区下过一场大雪，奇寒。包围城池的敌军攻势锐减，原先每日攻城，落雪后隔三差五围攻一次，攻到城下一遇城头乱石飞下，便一哄而退，烤火去也。

这天，安丰太守卫乾的探马终于来到壶关城。探马报告说，安丰太守所率三千大军已经迫近，至多再有三天便可增援至此。而且，卫乾援军还带来了一批御寒的衣物。这对坚守了三十几天的王旷军不啻雪中送炭。当晚，王旷还来到上党太守在壶关的居所，一行将军与太守庞淳好一通狂饮。

第二天，一场大雾笼罩了整个壶关城，抬头看不见近在咫尺的树木，举目看不到抬手可触的营帐。王旷心中很是焦急，只恨对这一带地形不熟，否则，趁着浓雾正好可以突围出去。施融说这样也好，敌人也无法发起进攻。正议着呢，守城的士兵跑来报告说，上党太守庞淳开关投敌了，敌人的大队人马趁着浓雾攻进城池。王旷大呼"天灭我也"，急忙冲出营帐，组织部队反击。而王旷不知道的是，大晋并州所属郡县守军已经悉数投敌叛变。王旷固守的壶关早已是孤军一支了。

王旷将队伍兵分两路，一路一千余士兵由施融率领向南突围，王旷和曹超带领八百淮南军士向北突围，两军一旦突围成功，直到黄河水畔再行汇合，期间不可驻足等待。即使与卫乾援军相遇，也只可在黄河渡口构筑防御工事。

两支部队借着浓雾侥幸杀出城池。见施融的突围部队向南隐入大山之中，王旷这才带了曹超和八百军士向北面山口突围。一路厮杀，杀出一条血路，又向前奔逃了十几里路，眼见着山势平缓，王旷便让众人歇息。众人还没下马，从两侧山谷又杀出两队兵马，足有上千人。王旷一行人不得不继续向前冲去，却已经来不及了。又是一场惨烈的厮杀，王旷和曹超在士兵的掩护下冲出山口，正面被一支羯人叛军拦住，为首的竟然是王弥。仇人相见，分外眼红。王旷驱马冲了上去，两军混战，各有死伤。这时，叛军后续部队已经上来，王旷的突围部队只得一路向北，边打边退，虽有伤亡，倒也摆脱了两面夹击的困境。不料，队伍刚拐过一片山岭，施融向南突围的部队突然出现，这表明向南突围失败了。王旷心里不由一紧，好在两军会合实力大增，队伍向北突围的速度渐渐快起来。大雾已经消去，山林尽显，突然，施融大声喊道："明府快走，敌人在山上设有埋伏！"

王旷抬头看去，但见几百名弓箭手齐刷刷站立两侧山头，引弓拉弦，蓄势待发。而这时，又听身后追击的王弥一声怪嗥，率敌军迅疾向后退去。王旷叫了声不好，两腿一夹，坐骑蹿向前去，曹超和施融紧随其后。刚刚还拥挤在一起向前奔逃的军士，被一阵乱箭打得四下逃散了。这时，王旷听见一个声音在山谷回荡："汉王诏令，不得伤害晋国将军。"王旷听出这是刘聪的声音。紧接着听见王弥一声号叫："射杀晋国将军者，赏！"

弓箭手继续放箭。乱箭似蝗虫一般追着大晋士兵，王旷只听见身后不断有士兵中箭后扑倒在地的惨叫，却不敢停下来。突然，王旷听见施融痛苦地惨叫一声，急忙回头看去，施融被十数支飞箭射中，掉下马去。施融拼尽最后力气喊了声："明府快走，莫要回头。"犹豫间，一排飞箭射向王旷。王旷偏头躲过了射向头部的箭矢，乱箭之中的三支重箭一齐射中王旷的脊背，强大的力量将王旷打下马背，一阵剧烈的疼痛使王旷顿时昏了过去。

第七十八章

猛烈的颠簸和彻骨的寒冷让王旷醒过来,很久他才意识到自己是躺在一辆木车上,而拉车人的对话则令他知道自己已经被捕。

其中一个拉车人一边抽着冷气,一边说道:"楚王(刘聪被父亲刘渊封为楚王)分明下令不得伤及此人,王弥将军怎敢瞒着楚王让咱家将这人扔到山谷里冻死。嘶嘶……"

另一人不知是被冻的还是被吓的,说话声音颤抖道:"这家伙昏迷了三天,硬是不死,犟得很。死了多好,也省得连累咱家弟兄。"

"奶奶的,这里四下全是楚王游骑兵,若是碰上定会丢了性命。"

两人正说着,就听见黑暗里有马队的声音,马队发现了拉车人,为首的高声叫道:"何人,深更半夜拉何物出走?"

拉车人慌得丢下木车,撒丫子逃了,没跑多远就被马队追上抓了起来。

王旷被拉到屋子里。有人给王旷身上盖了一条破旧的毡子,有人在屋子里生起火来。屋子里顿时暖和了。

王旷睁开眼睛看到三个匈奴打扮的军士将两个拉车的士兵捆在屋角,一阵踢打,那两人交代说是王弥前将军命令二人将这个伤号扔到山谷里,二人并不知道此人是谁。匈奴士兵并没有因此停住踢打,直打得二人鬼哭狼嚎。

不一会儿进来一个身着铠甲、腰佩长剑的匈奴人,王旷一眼就认出此人正是刘渊的四子刘聪,便将头扭向一旁,装作尚在昏迷之中。

刘聪接着踢打那两个拉车的士兵,一边大骂不止。不一会儿,那两人连求饶的声音也没有了。

这时,屋门打开,一个声音骂骂咧咧道:"此人已死,留着还有何用?你家匈奴人怎就如此器重这个晋国废物。"王旷听出说话人居然是莱州王弥。

接下来的一幕令王旷吃惊不小。

王弥骂骂咧咧进屋,也不向刘聪请安,说道:"刘玄明,你也别拿着鸡毛当令箭,不如让我当着你面砍下那颗头颅,如何?"

刘聪并不答话,噌地一下拔出长剑,抵住王弥的脖子斥道:"你个无耻之徒。咱家父皇惜才,委你重任,却不知你不过是靠着打家劫舍起家之盗匪。本王早就宣布任何人不得伤及此人。此人也姓王,却不比你这家伙让人讨厌。"

王弥并不示弱,说道:"我乃大汉国皇帝诏令任命征东大将军,即便你是楚王也无权利处置我。"

随王弥一道进屋的心腹曹嶷慌忙将二人劝开,又将王弥拉出屋子。

刘聪这时对依然装作昏迷不醒的王旷说道:"王世宏,咱家父皇曾敕令我们几个封王,若在战场上遇见你,不得伤及性命。今日咱家做到了。你若能活下来算你命大,若是挺不过去,自是天意也。但是,本王已经派快马告知父皇,诏书一到,就将你送往平阳。你若还不领情,到时候由咱家父皇定夺。"

说完,刘聪出了小屋。

刘聪走后,便有士兵不断进来往火堆里添柴,小屋里很是暖和。

王旷不知什么时候睡着了。

后半夜时,屋外一阵剧烈的打斗声将王旷惊醒。打斗声很快就停止了,王弥推门而入,狞笑着来到王旷身前,见王旷醒着,说道:"王世宏,你居然没有死,真他妈叫人恼火。"说着,将手里提着的两个人头扔到王旷面前:"王世宏,这就是你两个跟班的下场,脑袋被我砍下来了,你若不服,起来与我刀剑三十回合如何?"

王旷定神看去却不认识,心想施融和曹超兴许还活着,于是破口大骂道:"刘玄明说你不过是盗贼土匪,却是大大抬举于你。你之所为,狗彘不如。"说着,嗫出一口浓痰,吐到王弥身上。

王弥跳开来,拔出长剑,恶狠狠地说道:"门外守卫已被我干掉,王世宏,别指望会有人来救你。"

王旷一声冷笑,说道:"王弥,你不过汉人败类耳。你家祖上乃大晋太守,你本该诛杀羯人乱党,斩杀匈奴叛军,却数典忘祖,做了匈奴人走狗、羯人之帮凶,屠杀本族。"

王弥抬脚踹在王旷脸上,骂道:"王世宏,死到临头你还敢辱骂本将军。咱家祖上为大晋立下汗马功劳,大晋何曾给予咱家爵号荣耀?咱家就是要杀尽你们这些所谓名门望族之后,至于汉人,斩尽杀绝有何不可?"说到这里,王弥屈指说出一连串大晋河东地域的郡县长官的名字。"王世宏，这些大晋封官统统被本将军砍了头颅，今日就是你的死期。"

王旷斥道："你这狗彘不如之败类，废话少说，要么你今日砍下我的脑袋，要么将来我王旷用你的脑袋祭奠被你杀害的大晋子民。来呀，你要手软，就非你娘所生耳。"

王弥气得暴跳如雷，拔出长剑，照着王旷的面门刺了过去。王旷本能地一偏头，居然闪了过去。

王弥抽回长剑，再要朝王旷胸膛刺去时，曹嶷撞进来死死拽住王弥，说道："将军不可，万万不可，不可因小失大。一个王旷，不足以坏了将军这些年苦心孤诣、忍辱负重闯出之名头，不足以断送咱家青州大片良田庄园。"

王弥指着王旷骂道："这个家伙死到临头，还嘴硬得很，不杀怎能平息本将军胸中怒火。"

曹嶷劝道："将军息怒。诏令尚未到达，也许那是一封斩首示众诏令也未可知。即使要杀，让匈奴人下手。咱家何苦与琅琊王氏结仇？琅琊王氏在江东已是风生水起。三十年河西，三十年河东，咱家不必自绝后路。"

王弥气哼哼地走了。曹嶷对王旷说："王将军，在下曹嶷曾在将军叔父王彦手下做过幕僚，久仰琅琊王氏盛名。天亮之后，在下会叫人继续给将军敷药。在下并无他求，只求心安理得也。"说罢，急匆匆走掉了。

刘曜持诏书来到壶关的时候，已经又过了五日。曹嶷果真每日派人给王旷换药，王弥也没再露面。王旷已经能坐起身来，箭伤虽不见愈合，却也不再流血。

刘曜当着刘聪和王弥的面宣读了刘渊的诏书，责令不得伤及王旷性命，并敕令始安王刘曜将王旷带回大汉国国都平阳。

等其他人散去，刘曜对王旷说道："本王明日即将你押往平阳，父皇临行前曾透信于我，你若服膺父皇，父皇将任你做骠骑大将军，持节；你若依然宁折不弯，父皇不会让你重归晋国。"

王旷此时已经被扶在坐榻上坐下，抬头看了一眼刘曜，不禁连连摇头，却不说话。

刘曜长叹一声，转身出去了。

一连数天，刘曜没再进过关押王旷的屋子。这之后，有士兵送来冬衣给王旷换上，每日还会有郎中过来给王旷背上的箭伤换药。

这天晌午刚过，却是曹嶷进来将王旷带出屋子，而且，没有捆绑王旷。屋外晴空万里，但却并无暖意。已是隆冬，天寒地冻。曹嶷一直将王旷带出壶关城，这时王旷看到刘曜正在城外的山道上等候呢。

山道狭窄，囚车难以通行，王旷只能步行。由于王旷背上有伤，一行人走得很慢。刘曜倒也并不催促，而是不断从前面折转回来，时不时跟王旷说上一会儿话。

行至上党竟用了三天时间。一行人在上党并没有停留，而是继续向西走了一天，到达一个叫长子的小城。在长子，一行人才停下来。

五日之后，一行人重新启程。来到一处平坦地段，刘曜下马来到王旷身前，问道："已经步行十日，你可还能骑马？"

王旷不知刘曜话中之意，摇摇头说："箭伤未愈，山道崎岖，恐难骑马。大人若是急着返回平阳请赏，不如索性砍下咱家头颅复命去也。"

刘曜听罢哈哈大笑起来，说道："王世宏，此言差矣。父皇诏令不得伤及你性命，你是想构陷本王于不义？本王一路苦思冥想，就是不知如何是好。若是将你交与父皇，你若誓死不从，可又怎办？到时候杀又杀不得，放又放不得，岂不令父皇煞是为难。"

王旷冷笑不止，说道："这有何难。不如将我推下山崖，既可保个全尸，你也可坦然复命。岂不两全。"

刘曜叹口气说道："王旷你给本王听仔细，今日本王不会要你性命。至于如何回复父皇之命，本王自有主意。本王自平阳出发时便心意已决，只要你还活着，就放你一条生路。"

王旷并不看刘曜，也不说话。

刘曜又让随行军士牵过一匹马来，从马褡子里掏出一个木匣，交给王旷，说道："咱家楚王阿哥从王弥手里夺下这个木匣，才知里面居然是前朝蔡中郎、晋国左思与陆机手书，还有你家关于刀法与笔术之心得，所以让我转交给你。那日，你为何不将木匣背在背上？乱箭之下这木匣能帮你逃出去也未可知欤。"

王旷说道："我视木匣内之物比性命还要重要，从不将其示于外人，怎会用此拦阻乱箭。"

　　刘曜又将一个布袋交到王旷手上，长吁一口气后说道："盖因如此，本王一直十分钦佩你。拿着，这里面是盘缠与干粮。本王放了你后，你可一直向北到达并州治所晋阳。想你一定也知刘琨在那里做刺史。本王还有话告诫于你，别想着向南：一来咱家大汉国游骑兵比比皆是，你根本冲不过去。二来，咱家汉国军队不日将向你家晋国国都发起总攻。你即使到了那里，也必是死路一条。若留在晋阳，至少能苟且偷安地活着。"

　　王旷对刘曜怒目而视，看得刘曜回过脸去："你怎就知道我会在晋阳苟且偷安？"

　　刘曜也知晓这话说得不合适，于是摆摆手催促道："还等什么，快快上马逃命去也。"

　　王旷翻身上马，并不回头，只听见身后刘曜高声喊道："王世宏，咱家放你生路算是与你扯平欤，若再相遇，不是你死便是我亡。"

第七十九章

　　长子城距离晋阳近五百里，好在地势越走越平坦。一路上，王旷不敢白天赶路，只能昼伏夜行。骑马夜行，前行的速度慢得多，况箭伤依然未愈，骑行的时间长了，疼痛难忍。大概刘渊的各路人马都在太行山以南地区攻城略地，向北的路上没有遇到匈奴和羯人的游骑兵。

　　即便这样，当终于进入大晋位于北方唯一的州府，遇见身着大晋军队戎装的部队时，王旷也已经走了七天。

　　刘琨见到王旷喜不自禁，请来当地名医为王旷医治箭伤，很是尽心尽情。刘琨每日都来探望王旷，直到箭伤渐渐愈合，王旷整个人也变得精神起来。这一日，刘琨又来探望，令随员将屋门紧闭，不容他人打扰，与王旷促膝而坐，侃侃而谈。

　　言及当年京都"二十四友"时，刘琨捶胸大哭，哭罢说道："想二十年前，咱家二十四友何其威风。京城内外，无人不知，无人不晓。可今日除却琨一人尚在人世，依然统军为大晋效力外，其他诸兄皆已赴了黄泉。呜呼，哀哉！"

　　王旷也是感慨万千，叹声连连。

　　说到司马颖之死，刘琨竟然大声指责兄长刘舆："庆孙阿哥可谓聪明一世，糊涂一时。无论如何，阿哥也应顾念武皇帝对咱家大汉中山靖王后裔之恩德。司马越也是昏庸，怎就听了潘滔这贼人谗言，就将司马颖置于死地欤？若是救下司马颖性命，咱家既可以维系大晋血脉，成为首功之臣，而那匈奴刘元海也不敢对邺城轻举妄动。大晋河山绝无今日之分崩离析。世宏，司马颖无论胆略还是气度，当朝皇上怎可比拟。"

　　王旷听了这话，甚感诧异，问道："越石那时已离开京都，出任并州刺史，怎将这件事情说得如此清楚？"

　　刘琨说道："司马颖心腹谋士卢志现正在府中效力。"

这个消息令王旷很是惊讶，于是又问道："越石会重用卢子道钦？"

刘琨不情愿地摆摆手，继续说道："若是司马颖在世，我一定将他接来并州。如此一来，司马睿凭借建邺，江东无虞，伺机向西北进击石勒、王弥。司马越辅佐皇上，镇守京都，稳住中原，伺机东进。咱家辅佐成都王固守并州，伺机收复河内失地。大晋天下重新归于一统，指日可待呢。唉，罢了罢了。"

说完，不由分说，拉着王旷就往外走。王旷来到公府，果然看到卢志正在桌几上伏案书写文书。

卢志见到王旷，更是惊讶不已，惊讶过后便很是尴尬。

刘琨这时说道："世宏，子道，你二人一文一武，知道我如何盘算？子道正替咱家书写奏疏，我呈报皇上奏请将并州作为镇北府治所，我自领将军，都督北方诸军事。任命子道做并州刺史，为咱家打理并州政务。世宏，你就做个建威将军，统领镇北府三万将士，如何？"

王旷知道此刻定难推辞，于是说道："旷箭伤未愈，只怕误了将军军机大事。"

刘琨连连摆手，说道："眼下并无战事，匈奴人、羯人正在中原奔突，无暇顾及这里。你一边安心养伤，一边为咱家训练军队。"

当晚，刘琨在府邸设宴招待众将领和属官。

酒宴上，刘琨回忆了当年仅率领一千步骑兵北上晋阳重建并州的情景。唏嘘间，刘琨一招手，晋阳令徐润抱着一张古琴走到大堂中央。

王旷注意到，一众将军和官员并无人为徐润的弹奏喝彩。王旷还注意到奋威护军令狐盛已经坐在卢志身旁，两人交头接耳，脸上表情很是愤愤然呢。再看刘琨，这位已进不惑之年、一生经历无数的将军眯缝着双眼，一副相当享受的模样，全不管属下投向这个徐润的不屑目光。

京都的诏书过了半年才送达并州，诏书批准了建立镇北府和一众官员的任命，唯独没有提到王旷。

王旷的箭伤已经痊愈，只是背部被利箭伤及筋骨，稍一用力依然会感到酸痛难忍。每日里，王旷除了习练刀法，便是巡查城墙，训练军队阵法。这里纸张十分匮乏，习练书法几乎是奢望，于是王旷只能以桌几为纸，将笔术勤加练习，如此这般居然渐渐将刀笔之术融为一体了。

转眼到了永嘉五年初夏，京都传来告急文书。这次是皇上手书诏令，诏书敦请刘琨率兵勤王。快马信使转告说，太傅司马越和太尉王衍自带大军四万余众，去年冬天就离开京城，往豫州和荆州方向主动寻找石勒羯人武装决一死战呢。司马越留下东海王妃裴氏和世子司马毗以示与京都共存亡的决心。

可是，皇上已不再信任司马越，并下了密旨，广传各征镇将军令征讨司马越，并命都督六州军事的大都督、大将军苟晞收捕司马越。

信使还告诉刘琨，石勒羯人武装招纳了大批大晋叛逃官员，军队人数也大大增加。日前会同来自河北地域的王弥叛军进入中原，开始在中原大肆烧杀抢掠，毁城屠杀。而大晋荆州守军已经与石勒前锋部队交战。京城告急。

信使一走，王旷即刻上书刘琨，请刘琨率大军前往京都勤王。一开始，刘琨闭门不见，王旷和诸将军便在刘琨官邸外高声请愿。

这天，王旷独自闯进刘琨官邸，再次请求出兵勤王。刘琨断然拒绝，理由也很充分，晋阳乃大晋于河西（汾河以西）唯一的根据地，若三军尽去勤王，晋阳必失无疑。若分兵前往，不仅杯水车薪，无济于事，甚至可能在到达京城之前就已经全军覆没。

王旷于是说道："将军，不如给旷五千兵马，只要杀进京城，这五千人马便可阻击五万敌军。"

刘琨嗓子眼里发出呵的一声，摇头说道："当年我仅率八百骑兵就长途奔袭上千里，从豫州刺史刘乔的千军之中救出父母大人。世宏，我知晓你救主心切，但是，我只能给你三百人马。若是你运气好，一路过去，兴许能收容几千上万士兵也未可知。"

王旷知道刘琨不可能改变主意，于是，在晋阳军营中招募了三百自愿前往京都救驾的将士，当夜就出发了。

第八十章

已经入夏，京城洛阳一派萧条。自去年司马越将大晋护卫京城的四万军队带离京畿之地后，京城已无重兵把守。兵员有限的卫戍部队右卫军无力看守洛阳城的十二座城门，只好将其中九座城门封死，只留下西明门、宣阳门和东阳门可供出入。

这天，担任京都守卫大将军的荀晞再次从宣阳门进到城里的时候，铜驼街上满都是携家带口、扶老携幼的百姓往三座可以通行的城门潮水般拥挤过去。

皇城的阊阖门并无护卫把守，荀晞穿过司马门来到太极殿，却未见皇上踪影，只听见北面的华林园人声鼎沸，闹闹哄哄。

皇上司马炽见到全副武装的荀晞，如同见到救星一般，高声呼喊道："大将军，为何姗姗来迟，朕此刻心慌意乱也。"皇上身后，数百大臣和后宫黄门躲在树荫下，坐在草丛中，一个个神情倦怠，狼狈不堪。刚才的喧闹声正是这些大臣黄门起哄发出来的。

荀晞跪拜后，起身说道："臣在大船上已经等候一天，皇上既然已经决定迁都长垣，那就越早离开这里越好。"

皇上看着身旁的皇后和皇后手里牵着的豫章王司马端，又看看满脸泪痕、年仅11岁的太子司马铨。然后回身扫了一眼数百朝廷官宦，轻声说道："朕怎忍丢下他们不管。"

荀晞也顾不上那么多了，提高声音说道："皇上明鉴，叛军前锋已经与咱家在城外的守军打起来了。若再犹豫只怕再无出城之可能耳。"

皇上连连点头，说道："朕知晓，可是朕与众臣手无缚鸡之力，宫城之外盗寇横行，况且朕已无辇车可乘，如何过得铜驼街？"

这时，站在皇上身后不远的治书侍御史高声喊道："皇上明鉴，荀晞畏敌，方轻言弃城，不可轻信。"

荀晞拔出长剑，冲过去，一剑刺穿治书侍御史的胸膛，然后高举滴血长剑，对着一众大臣说道："谁若阻止皇上出城，此人即是下场。"

皇上战战兢兢说道："爱卿息怒，朕若是只身去了新都，岂不成了孤家寡人？"

荀晞只好对尚书右仆射曹馥说道："曹仆射，吴王现在哪里？"

曹馥说道："今日早朝，未见前来，想必在府邸之中。"

荀晞说道："劳烦曹仆射前往吴王府邸，速速将吴王、太妃、荀妃与秦王带出宣阳门上船是也，不可贻误耳。"说罢，荀晞再次跪在皇上面前说道："容臣将豫章王先行带上船去。至迟明早，皇上必须携皇后离开洛阳，到时臣来接驾。"

说完，荀晞抱起豫章王司马端，翻身上马。

吴王司马晏官邸。

吴王司马晏一脸淡定地看着曹馥，说道："曹仆射可以走了。秦王早已经在两个舅舅的保护下离开京城，若是一路顺遂，现在应该已经抵达荥阳。"

荀妃说道："吴王与我将大晋复兴希望全部寄托在秦王身上，只要他安全了，大晋便终有一日重现辉煌。"

司马晏问道："皇上因何迟迟不离开这里？"

曹馥说道："皇上受一众大臣掣肘，难以决断。"

司马晏长叹一声不再说话。

曹馥焦急地催促道："京都随时面临叛军破城之危，再不出城，性命有虞。"

司马晏听了这话，将双眼轻轻闭上，说道："我生于斯城，若死于斯城又有何惧？"

第二天直到晌午，皇上和皇后才从西掖门走出皇宫，身后跟着十几位年事已高的国戚和黄门，一干大臣竟然无一人随行。一行人刚刚走上铜驼街，三股盗匪从街巷里突然蹿出，扑向惊魂未定的皇上。慌乱中，一群人重新退回皇宫。

城外洛河上，荀晞正准备带人下船再次进城接驾，却不料，王弥叛军在曹嶷和乔属的率领下冲溃晋军防线，切断了通往宣阳门的通道。

荀晞不敢耽误，急令开船，三条大船载着豫章王司马端和一众将士，冲过叛军的封锁线，顺流而下，向长垣而去。

平昌门曾经在前几日被先期攻城的匈奴汉国的前军大将军呼延晏攻破过。呼延晏的攻城部队在此门遭遇河南尹刘默率领的京城禁卫军的殊死阻击，因后续部队没有跟上，呼延晏只得撤入当年河间王司马颙的将军张方进攻京都时在驮水桥西修筑的堡垒中。河南尹刘默的守城士兵又在匆忙之中将宣阳门重新封死。

　　也因此，王弥的攻城部队很快就将堆砌在城门隧洞里的石块推倒，攻城的数百士兵随即杀入城中。不久，王弥部下向王弥报告说老将军呼延晏两个时辰前就从宣阳门攻进城里了，城中戚里区已经被洗劫一空，所有居住在戚里、永安里和汶阳里的皇亲国戚都被呼延晏押解出城了。而刘曜进攻的西明门尚未攻破。

　　这消息令王弥极为不快，自家本想在戚里大捞一把，如今却让匈奴人捷足先登了。大军入城前他召集前将军曹嶷、偏将王延和羯人将军乔属训令说部队进入大晋都城后，直接进入皇城，可以肆意抢掠屠杀，但不得毁坏城中宫殿建筑。

　　羯人将军乔属不解，问道："大将军与晋国仇大恨深，何以动了恻隐之心？"

　　这话令王弥大为光火，朝着乔属吼道："你这屠各贱徒，怎知本将军鲲鹏之志焉。这洛阳城乃本将军将来称帝首选之国都。诸位记住，谁敢纵火烧城，本将军灭他三族。"王弥最后对曹嶷和王延命令道："你二人杀进皇城后，速速将晋国皇上与惠皇后羊献容找到，不得伤及性命。"见二人面露疑惑，又说："有了这二人，那始安王刘曜就得听咱家的。"

　　随着一声呼号，王弥的羯人大军冲进大晋王国国都的皇城里，开始了一场惨绝人寰的大屠杀。

　　待王弥在随员的簇拥下进入阊阖门时，皇城内的诸座内宫以及金墉城已经悉数攻破，足有上千大晋朝官和宫女身首异处，血腥味弥漫在宫城上空。

　　阊阖门内偌大的广场上正有数千士兵陆续将掠得的三千后宫女子押到广场上。随处可见羯人士兵轮奸后宫女子的情景，惨叫声此起彼伏。

　　王弥先是来到弘训宫，听偏将王延报告说并未在弘训宫里找到惠皇后羊献容，但是却抓住了太孙太妃。

　　王弥见到太孙太妃王惠风，下意识地行了大礼，说道："太妃，可记得在下？"

王惠风当然记得这位曾经在京城多次出入父亲王衍府邸的同乡之人，但此时，王惠风面无表情，并不看王弥。

王弥对紧随身后的乔属说道："此女身份高贵，本将军怜香惜玉将此女赐予你也。"说完转身离开。

这时只听见身后王惠风凄厉的叫声："王弥，你这狗彘之徒，我乃大晋太尉之女，皇太子妃，岂容羯人羞辱。"紧接着叫声戛然而止，王惠风拔出短刀刎颈自尽了。

王弥并没有回头，驱马继续向前寻找惠皇后羊献容，这时见军士们正将一行人从华林园押解出来。王弥从服饰上认出走在前面的三人竟然是大晋皇上司马炽、皇后和皇太子司马铨。大晋所剩无几的朝臣垂首敛目尾随在主子身后。一股豪迈之情瞬间冲上王弥脑门，他驱马上前，用长剑挑起司马炽的下巴，问道："你可是晋国国君？身后又是何人？"

大晋皇上司马炽睁着哭红了的双眼，并不回答，而是看着王弥问道："朕听出你乃汉人，何以与这些逆胡沆瀣一气，毁我宫城，杀我朝官，羞辱大晋天子乎？"

王弥将长剑回抽，朝着司马炽身后那个满是泪痕的小脸挥了下去，一颗小小的头颅滚落在地上。王弥跃马前行，不觉回身看了一眼，他纳闷这些人怎就无一人为此哭号。

王弥从华林园出来，再次来到阊阖门内广场，只见数千后宫女人已经被号令跪在广场上。密密麻麻的人群中，只有两个身着宫女衣裳的女人没有下跪。

王弥认出站在前面的女子正是惠皇后羊献容，双腿用力一夹马肚，胯下战马蹿了出去。

刘曜率大军攻入大晋京都洛阳城已经过了晌午，多亏想起了当年拓跋申拉家的那条从西明门通往城中金市的暗道。刘曜亲率一支剽悍人马从暗道潜入城中，里应外合，一举攻破西明门。

刘曜在城外就已经能听见城中皇城方向杀声震天，惨叫连连。攻下西明门后，刘曜独自率领潜入城中的人马直向皇城狂奔而去。

刘曜快马冲进阊阖门并不减速，远远看见广场上跪着数千后宫女人，转眼又见王弥手持长剑，驱马正从右面向广场中央飞奔。定神再看，跪在地上的数千女人中央，惠皇后羊献容神情淡定站立不动，眼睛并没有看王弥，而是凝视着刚刚出现在广场上的刘曜。刘曜一声长啸。这是他朝思暮想的女人，是他最心爱的容儿。当他意识到王弥是要毁掉他心中的太阳时，刘曜又是一声长啸。这啸声令王弥不禁心惊肉跳。

两匹狂奔的战马跃过跪在地上的众女子，两把长剑在炽热的阳光下闪烁其光，两个都想将羊献容攫为己有的叛军将领，两支同为匈奴刘渊效力而推翻大晋王朝的军队，在大晋王朝国都的皇宫里展开了一场更为惨烈的厮杀。

惠皇后羊献容距离这对殊死决斗的男人只有一丈之远，战马粗重的鼻息声、长剑凄厉的撞击声，都不曾令她皱过一下眉头，不曾令她向后躲避过一步。没有人知道这位大晋惠皇后此刻在想什么，只看到刘曜手中那柄疯狂和忘我的长剑将王弥杀得气都喘不上来。

直到王弥突然跃马跳出圈子，不顾一切向宫城外逃窜，这场决斗才算停止。然而，皇宫里的两军并没有因此停止厮杀。

刘曜看也不看周围正在发生的一切，翻身下马，长剑入鞘，疾步走向大晋惠皇后羊献容。

来到羊献容面前，刘曜撸起右臂的铠甲，露出小臂上那道长长的刀痕，然后用这只手牵起羊献容的小手，说道："容儿，你怎不跪下？王弥狗彘不如，会杀了你。"

羊献容冷静地说道："我乃大晋王朝惠皇后，岂能向大晋叛军下跪？"

刘曜将羊献容的小手高高擎起，并重新拔出长剑，朗声喊道："从今往后，哪个再敢走近这个女子，大汉国始安王刘曜这把长剑定将灭他三族。"

当晚，羊献容重新住进弘训宫。宫外，刘曜亲自率领精锐之师将弘训宫围得水泄不通。这一夜，刘曜没敢除下戎装。

第二天，刘曜备下两辆乘舆，将司马炽与羊献容安置其中。出得阊阖门，王弥带着一整车抢劫的财宝珠玉送了过来，表示对昨日的举动深感懊悔。刘曜并不理会，而是下令将士全部撤出宫城，然后点燃了这座曾经让他魂牵梦绕的皇宫。

王弥惊呼："万万不可，万万不可，何不将此城留作咱家汉国国都？"

刘曜甚至没有看王弥一眼，在万千将士的跟随下出了火光冲天的洛阳城，向汉国国都平阳缓缓而去。

　　王弥也不得不率军队撤出洛阳城，一边声嘶力竭地骂道："你个屠各贱子，岂有帝王之相，岂能得取天下耶？"

第八十一章

王旷和已经扩充到上千人的勤王将士在过黄河渡口时遇见从京都乘船逃出的苟晞。这才获知京都已经失守，皇室成员纷纷出逃，自顾不暇。而司马越也在旧都附近亡故，其带离京畿的部队已经由王衍统帅，但去向不明。

于是，王旷只好放弃前往京都勤王的打算，转而向南去与王衍汇合。行至荥阳，远远地就看见一望无际的黄河冲积平原上，扶老携幼向奔逃的百姓队伍，首尾相接，黑压压不见尽头。

有人认出王旷率领的大晋军队，奔逃的人流潮水般朝着王旷这边涌过来。王旷在人群中居然看到了太子中舍人郗鉴，郗鉴也认出了王旷。

郗鉴告诉王旷，三天前京城就已经被刘渊叛军攻破。太孙太妃和惠皇后坚决不离开京城，如今怎样了，实在不得而知。逃出来之前，他听说秦王司马邺被豫州刺史阎鼎和两个舅舅护卫着出京城向南去了。眼下，跟着他逃出京城的除了一小部分是官吏和宫中侍女，大都是京城百姓，人数已经过万。郗鉴指着黑压压的人群说，这些数不清的百姓都是从荆州、汝阴郡逃出来的。石勒的追兵已经很近了。

王旷问郗鉴接下来想逃往哪里，郗鉴说若是能逃过追杀，他要带着这些人一路北上，到家乡高平国的大山中去避难。王旷告诉郗鉴可沿着黄河一路下行，那一路并无贼匪军队出没。

告别了郗鉴，王旷带领队伍继续向南，祈望能追上秦王司马邺。

又继续向南追了一天，已是后晌，王旷身后的士兵只剩下不到二百骑了。穿过一座被遗弃的村堡，眼前的情景让王旷一行人呆住了：成百上千具身着大晋国朝服和后宫衣裳的尸体横卧在荒野上。再往前行了不到五里，看见数百人在一处洼地里厮杀，仔细看去竟看到了右卫将军何伦和乞活将军李恽。原来何伦和李恽受司马越托付，在洛阳沦陷之际，率领京城禁军右卫军将皇室三十六位子嗣（包括世子司马毗）和司马越的裴妃等一众上百人带出了京城，一路向南追赶司马越的大队人马。不料在这里遭遇石勒的右长史孔苌率领的北上骑兵。这场战斗已经持续了两天，右卫军杀敌无数，可是自己打得也只剩下不到百人，而皇室子嗣几乎悉数被杀。

王旷带人杀了进去，敌人的进攻队形顿时被冲乱了。何伦告诉王旷，裴妃和世子刚刚被羯人掳走，向东去了。王旷急忙带着一小队人马向东追了过去。

追出五里地远，就见约有五十多个羯人游骑兵都在马下，十几个家伙光着下身正排着队轮奸一个已经奄奄一息的女人，羯人士兵发出一阵阵令人作呕的怪叫声。这些羯人万万没有想到会有人从身后杀过来。

王旷认出那女子正是太傅司马越之妻裴妃，司马越的世子司马毗就躺在母亲身旁不远，已经死了。

当羯人士兵发现突然出现在身后的王旷时，十几个家伙甚至来不及穿上裤子，就死在王旷刀下，其他的羯人士兵纷纷四下逃窜。

王旷翻身下马，脱下衣服盖住一丝不挂的裴妃。裴妃睁开眼睛，认出是王旷，肺腑里发出一声闷响，昏了过去。

这时，从草丛里爬出一个十岁左右的小女孩，弱弱地问道："可是王世宏将军？"

王旷定睛细看，更是惊得叫出声来："臣正是王旷，公主可有受伤？"

清河公主摇摇头，这才哇的一声哭起来。

王旷将一直戴在身上的纯金令牌交给清河公主，叮嘱她一旦到了建邺城，就直接去找扬州刺史王敦，只要出示金牌，王使君一定会想起那年见过的清河公主。

话刚说完，何伦和李恽带着几十名士兵追上来，王旷让人将裴妃抬到自己的坐骑上，告诉二人可以带着裴妃和公主先逃到下邳，下邳尚在晋军手中，然后再前往建邺投奔安东府。刚刚送走何伦一行人，刚才逃散的三十几个羯人士兵重新集结起来，将王旷团团包围起来。王旷又开始了一场殊死搏杀。

一个时辰后，石勒大军的骑兵部队卷着尘土从远处掩杀而来。

王旷将长刀斜插在身体右侧下方的一具尸体上。在他的身前身后，堆积着数十具羯人士兵的尸体。背上旧伤在厮杀中绽开来，鲜血顺着王旷的脊梁骨慢慢流淌而下。夕阳在他身上辉映出一圈金黄色的轮廓。

石勒远远地目睹了这场厮杀，却没有想到，竟然会是这个结果。他嘶吼了一声，只见石勒的谋主，大晋王朝中山太守之子张宾走出军列，手里高举着司马越的头颅。

石勒又仰天吼了一声，张宾身后走出三十多人，都是曾经的大晋官吏，每人手中举着一颗头颅。当看到王弥的弟弟王璋面带奸笑地拎着楚王司马玮的长子襄阳王司马范的头颅时，一股鲜血充盈了王旷的眼睛，眼前一片猩红。

张宾说道："王将军，这些大大小小的头颅均乃你家晋国皇室子嗣。司马越曾经何其威风八面，不也落得个死无完尸，身首异处？晋国倾覆已是定数，天意难违。不如降了石大将军，如何？"

王旷拼尽力气怒斥道："张宾，你乃大晋中山太守之子，如今认贼作父，你家先人在天之灵有何颜面护佑你家后人？"

张宾一阵冷笑，不屑地说道："良禽择木而栖，良将择帅而从。你家琅琊王氏王夷甫在被咱家石大将军擒获后奴颜婢膝，极尽阿谀奉承之能事。依你家王夷甫之言，咱家石大将军乃天子之命、皇帝之身也。"

王旷仰天长笑，斥道："我怎会相信你这苟且偷生之徒胡言乱语。想我那夷甫兄长不事赵王司马伦，不阿齐王司马冏，率大军在京都连破王弥与石勒贼寇屠城匪徒，使你等望城兴叹。你口出秽言，无非是想借咱家琅琊王氏如曜日之声望，为羯人涂脂抹粉是也。然，后世之人怎会信你这败类肮脏之言。张宾，你这歹人已到了这般不知羞耻地步，还有何脸面行走于人世之间？"

张宾见被王旷识破，不觉恼羞成怒，喝道："晋国一旦倾覆，历史将由我家大将军书写。"张宾扬了扬手中司马越的头颅。"你一个亡国之将所言有谁能信？又何以流传于世乎？后世将记住我张宾载入史册之言。"

石勒高声制止了二人，喊道："你二人无需再生争执，成王败寇已是事实，王夷甫早已经是咱家刀下之鬼。王旷，本大将军给你两个选择，扔掉长刀，或者死于乱箭之下。"

王旷并不回答，他已经失去了战斗力，但他不能在羯人贼匪和大晋叛将面前倒下。

这时，数十名手持丈八长钩的羯人士兵包围了王旷，一点点逼近王旷，最后，数十杆长钩将王旷死死地钩住，使其动弹不得。

石勒用长剑指着不远处一座新坟命令挖出里面的尸体。有人辨认出是司马越的世子司马毗，于是石勒下令砍下头颅。

太阳正在跌入西边天际悄然升起的尘埃之中。

石勒骑马走过王旷身旁不再看这位四年前曾经在左国城让他丢尽脸面的汉人，而是看着身旁马背上的另一位他十分赏识的汉人张宾问道："谋主，如何处置此人？"

张宾说道："如大将军处置琅琊王氏之王衍一样，给他个全尸，然后丢弃在这荒野之上，随他去也。"

石勒说道："本大将军敬佩此人，留他一条活命，但却不想让他手中长刀有一日在咱家帝国疆域上大显威风。"

张宾脸上挤出一连串复杂的表情，说道："宾明白大王心意，我会亲手剜去他双眼。"

不远处，藏在草丛中的清河公主目睹了发生的一切。何伦和李恽刚离开王旷不久，就将依然昏死着的裴妃扔在了草丛中，逃命去了。清河公主也没能幸免。等羯人大军离开后，天已经黑严。星光黯淡，却足以看清楚躺在地上不知死活的王旷。清河公主小心翼翼地走到王旷身边，用力摇晃着他，却怎么也唤不醒他，只好把王旷丢进草丛的木匣和长刀放在他身旁，取下王旷脖颈上佩戴的一枚玉质饰物揣进怀里，然后借着夜幕消失在更深的草丛中。

尾　声

建兴四年（316年）。

一个初夏的夜晚，皓月当空，繁星密布，天幕似乎抬手可触。有强劲的风从东面山梁上席卷而下，顺着平坦的关中原野一路向西扑去。宁静中，草木在大风的劲吹下发出疲惫的沙沙声。

他朝着这个方向已经走了五年。前方是他此行的目的地——长安。他通常不会在白天行走，只有到了晚上，他才起身上路。他是怎样辨别白日和夜晚的只有他自己知道。此刻，背后吹来的风推着这位步履蹒跚的路人向前缓慢地行进着。劲风不断将他用布巾绑扎的长发从身后掀起，用力地拍打在他的后背上。背上，一根长棍状的东西和一只木匣被用布裹得严严实实，没有人会想到那根长棍是一把曾经令人胆战心寒的长刀。头巾太脏，已经看不出原来颜色，甚至看不出是用什么材料做成的。其实，这是一块儿只有皇室族人才有资格享用的绸缎。如果仔细看的话，明眼人会发现头巾的束扎很是讲究，也只有大晋王朝的贵族才能束扎出这等高贵的范儿。

月光下，此人脸上那两个深洞般的空眼窝清晰可见，尺把长的胡须从两侧面颊铺盖而下，连接着鼻子下面更长的胡须，使得此人整个面部都被长髯遮盖住了。他衣衫褴褛，脚上的鞋子早已看不出原来的模样，说是鞋子，其实是将一块牛皮绑在脚上。身后背着的行囊里倒真的有两双鞋子，这是当年在淮南时，他的夫人亲手为他缝制的。鞋子的式样完全按照当时流行的款式，一双是在正规场合穿着的皮质软帮鞋，一双是贵族们在家中穿着的木屐。这两双鞋子他一直舍不得穿，但他还是希望到了长安后能有机会穿上它们。

五年前，王旷被石勒手下张宾剜去双眼。剧痛的一瞬间，王旷以为自己非死不可了，却不成想他却苏醒过来。

他已经记不清是怎样从十几万具尸体中爬出来的。后来听收留他的人家说，大概在屠杀之后的第三天，这户人家在荒野里遇到了浑身血渍的他。他们从服装上认出他是大晋军队的将领，于是将他抬回家中。过了半年，王旷身上的刀伤和眼睛的伤基本痊愈，这家人才敢告诉王旷，光掩埋战死者的尸首就动员了周围几十里四十多个庄子的庄户人家，用了两个多月。绝大部分汉族将士的尸体都不完整，石勒的军队将这些战死者大卸八块，能吃的就烤着吃了，吃不完的就带着上路了。王旷最关心的还是皇室成员和夷甫阿哥的尸首怎么处理的。这家人告诉他，村里有经常到京都做买卖的商人，这些商人能够从着装上辨认出皇室的族人，庆幸的是，这些皇族子弟大多因被推倒的高墙埋住窒息而死，所以都还保留着完整的身体，但是头颅统统被割下了。村民们将这些尸体跟战死者的尸首是分开埋葬的。

半年后，王旷告别了这家人，按着他们指引的方向，继续向东缓缓前行，一直走到与建邺城隔江相望的浦口才停住。然后，他找到一处被废弃的草屋住了下来。这一住就是三年。他以残废之身蛰伏在浦口，没有引起任何人的注意。只有临近村庄的人家时不时会送来一些食物或者御寒的衣物，他都收下了。剩下的时间里，他只在夜深人静的时候习练刀术。没有了双眼，世界永远都是黑暗的，他必须让自己尽快地摸索着练出一套能够防身的刀法来。渐渐地，他仅用耳朵就能辨别出声音和这些声音从何处发出，甚至能够辨析出这些声音里的善恶之气。他手中的长刀可以击中任何试图接近他的物体，不管这物体是人还是虫鸟兽。他蛰伏在泗水西岸的唯一目的并不是习练刀术，也并非修复心灵受到的重创，而是想在第一时间了解建康城（如今已称建康）里发生的事情。他终于还是没有过江，他听到许多关于司马睿的传说，确认江那边正在兴盛起来，于是，在一个风高月黑的夜晚，王旷悄然离开了浦口，往大晋王朝旧都洛阳去了。

洛阳早就被毁掉了，他在这座被焚毁殆尽的老城里停下脚步。他在洛阳城内重新听到买卖人的吆喝声，这声音令他内心热血沸腾。他的双眼已经无法流出眼泪来，但他依然可以感觉到有热流涌上面门上的这两个黑洞。在洛阳的一年中，他沿街乞讨——他必须活下去，虽然这样的日子令他感到屈辱而又羞愧。

终于有一天，他听到了一则传说，那年皇城陷落，羯人将军乔属冲进太孙太妃居住的屋子里，欲要强奸太孙太妃，太妃抽刀自刎壮烈而死。听闻王惠风如此刚烈殉难，王旷不禁心如刀绞。就在那天晚上，他在洛阳城只身袭击了一支夜巡的匈奴士兵。顷刻之间，十名匈奴士兵便横尸街头。之后，他悄然离开洛阳城，向长安走去。

一阵极其轻微的声音随风传入王旷的耳郭。声音响起的地方距离这里大约还有一个多时辰的路程，再仔细听下去，他能判断出这是一支马车车队。车队行走的速度不算快，不像是在赶路。在深更半夜以这样的速度行走，显然只有一个缘由，前方不远处有个较大的镇子。马队将选择在这个镇子歇脚，这座城镇很可能就是新丰。一想到前面可能就是新丰，王旷立刻感到轻松多了，一夜行走的疲惫也似乎被驱散了许多。

于是他也停下来，喝水，将一块干硬的胡饼吃下去。

风势开始减弱，从空气中弥漫的气味判断，王旷知道天已近拂晓。身后马车队的声音也已经离得很近了，他估计了一下，至多还有不到五里地。如果是在白天，这支马队已经能够看见走在路上的他了。

马队大约离他还有一里路的时候，他退到路旁的草丛中。野草直达他的腰际，将其上身暴露在外。这样，即使是在拂晓的黑暗里，奔驰在前面的骑士也应该可以借着熹微的晨色一眼看到他。

马队丝毫没有减慢速度的打算。他听出来了，二十几名骑士，四辆马车。他无法判断这支马队是什么人，但从阵势上可以估计出马队的主人或者说马车里坐着的人，其地位比将军要高得多。会是谁呢？

不容他多想，马队已经来到眼前。车舆与马队之间相距有十丈左右，车队中跑在最前面的那辆车在距他还有数尺距离时，驾车的马夫朝他用力甩过来一鞭。鞭梢眼看着就要抽在他脸上，他轻轻一蹲身，鞭梢在空中甩出了一个脆响。他甚至听见那驾车的马夫惊讶地哎哟了一声。这一切都发生在电光火石的瞬间，待最后一驾马车擦身而过之时，他朗声道："敢问驭手，前方可是新丰？"

车队没有理会路旁这个孑然一身的流浪者，呼啸着碾碎了黎明前的宁静，风驰电掣般向前飞奔而去。

他跃上官道，向着车队飞奔的方向长啸一声。长啸声直追车队而去，显得诡异而又凄凉。接下来发生的事情是他无论如何也想不到的。

早已经被黑暗吞没了的车队,甚至跑得更远的马队像是被这声长啸镇住了似的,几乎同时突然停住。

他也被这情景惊住了。他重新跳下官道,一旦发生不测,他就会消失在茫茫草原中,如果还来得及的话。他必须躲避开这支被惊动了的车马队。

就在他提气拔腿运足力道正要逃离这里的当儿,一个洪亮的声音在夜空中炸响,如雷声滚滚,那声音嘶吼道:"路旁之人可是王世宏将军?"

王旷站住了,他听出来嘶吼的声音是谁发出的,他站住却是因为惊异于怎可能在通往长安的路上遇到这个毁掉大晋王朝都城的恶魔。

已经跑出一里地的马队掉转头用更快的速度飞奔而来,接着马车队也跟着跑回来。

王旷没有重新回到官道上。在这样的时候,撞上这样的冤家,他必须随时准备逃命而去。

马队来到王旷面前,领先到达的人没有翻身下马而是端坐在马背上再次问道:"你可是王世宏将军?"

王旷绷紧全身,没有开口。

此时,晨曦微露,东边天际的鱼肚白正越过身后的山峦向宇空中蔓延开来,一切都变得清晰起来。只听马背上的人惊讶地大叫一声,翻身下马,跳下官道冲到王旷身前,一把抓住王旷的肩膀,惊叫道:"王将军,真的是你?"

王旷在最后一刻打消了跑开的念头。他没有动,只是肯定地点点头。

"怎会成如此模样,你那双眼睛?"那人再一次惊叫道。

王旷甩掉刘曜抓住他肩膀的手,说道:"刘永明,你可以赶路去也。"

"告诉我,是谁对你犯下如此罪行,我刘曜非亲手杀了这家伙不可。"

"你杀不了他。"

"告诉我,我就能杀掉他,不管他是谁。"

王旷冷笑一声说道:"是你家征东大将军陕东伯石勒也。"

刘曜抓着王旷肩膀的双手松开了,良久,他咬着牙齿恶狠狠地说道:"我以汉国始安王之威名发誓,迟早会亲手宰了这畜生。"然后问道,"看将军前行方向可是欲往长安而去?"

王旷点头称是。

刘曜怪笑一声,说道:"长安只住着一位不谙世事、任人摆布的傀儡皇

429

帝，你家晋国满朝文武几乎无一人相随。你对司马皇族怎就如此愚忠？令人费解。"

王旷说道："令先君一直以来自称大汉后裔。你当必然记得当年我北上左国城与你父王议和，你父王与你那四哥刘聪对我大谈经史典故。你也曾苦读经史，俨然正宗汉家后裔。难道今日一朝得势便将咱汉家之法统忘却脑后乎？"

刘曜尴尬地呵呵一笑，说道："王将军，我无心跟你争论汉家法统。眼前情况是，晋国已是穷途末路。知道我何以星夜兼程赶往哪里乎？长安城中曾多次派出使者企图与我媾和，然咱家十万大军将长安城围得水泄不通，我如今攻破长安城有如探囊取物。简而言之，长安城已是唾手可得之物，我又岂能媾和？王世宏，非我妄言，你尚未走到新丰，我刘曜之铁蹄便已踏碎那长安城池耳。"

只见王旷慢慢地拔下绑缚在后背的长刀，解开裹着长刀的绸布。这举动惊得一众骑士纷纷跳下马来围住王旷。

刘曜喝住士兵，对王旷说道："王世宏，七年前放你一条生路之时我就对你说过，你我两不相欠矣。此刻，我不想与一个瞎子舞刀弄枪。然，若你执迷不悟，硬要前往长安城，在那座城下，本王将不会再容你生还。"

王旷冷冷地说道："何须等到了长安城再决生死？刘永明，你虽然已经贵为伪汉之始安王，但我这把长刀却始终以为你不过是当年在大晋京都洛阳城那个抱头鼠窜之浑小子。难道你竟然不识此长刀矣？不错，这就是那把令你望之胆寒的琅琊王氏祖传之宝刀。既然我与你早已两清，此刻便到了了断之时。可敢？"

刘曜喝开众士兵，说道："也罢，你今日必定死于我长剑之下。王世宏，本王一直认为你是晋国不可多得之将才，琅琊王氏因你而名震四方。所谓'识时务者为俊杰'，你不如随我征战，也好重新建功立业。"

王旷一声冷笑，斥道："刘永明，你依然如此不识好歹。想你也知道大晋已在江左再次兴盛，你族欲灭我大晋岂非黄粱之梦？我琅琊王氏怎可跟你这屠城刽子手同流合污。废话少说，七年前你还说过，若再相见不是我死，就是你亡。来矣，拔出长剑。"

刘曜仰天大笑不止，笑声在空旷的原野上显得阴森而又残忍。笑罢，刘曜说道："王世宏，你家晋国朝官将军有多少弃暗投明，在本王麾下得以重用。

本王真心赏识于你，你才是不识好歹之徒。也罢也罢，念你是条好汉，我会将你与你那皇帝一起厚葬。"

话音刚落，刘曜手中长剑划破黎明的清冷，挟着刺耳的嘶鸣刺向王旷。

一场恶斗在清晨的草野上展开。

渐现清晰的原野上，两个多年未曾谋面的，曾经的恩人，如今的仇人在风声呼啸的草丛中跃动腾挪，翻转躲闪。刘曜如下山猛虎，步步紧逼，手中长剑势大力沉，剑剑取命，每一次出手非置对方于死地而不快。王旷如猎食花豹，迅捷异常，手中长刀飘忽无常，刀刀索命，每一出手则杀气腾腾令对手胆战心惊。

五十个回合难分胜负，刘曜手中的长剑几乎从未对王旷造成致命威胁，而王旷的长刀则多次在取刘曜性命的刹那间突然变得迟滞，而使他逃过一死。刘曜大惊失色，呼号一声跳出圈子，惊诧地说道："你已双目尽失，刀法依然如此诡异无常，如此精准犀利。可是有神灵指点？"

王旷冷冷地哼了一声，说道："并非我刀法大有精进，而是你剑术变得迟滞笨拙了不少。你若继续虚度光阴，荒淫奢靡，不久你就连挥动宝剑之气力都会丧失殆尽矣。"他听见刘曜将长剑插入剑鞘，却依然紧握手里的长刀说："刘永明，即使王旷死于长安城下，只要上天不灭我大晋，我二人总有一日在这世间相遇，你可信乎？"

刘曜呼哈哈大笑一阵，说道："王世宏，你是本王唯一钦佩晋国之朝臣。此为真话。你刚才说本王过着荒淫奢靡日子，本王不与你计较。既然你与本王论及大汉法统，本王不妨回你《单子知陈必亡》所书，你家晋国已如当年陈国一般'道路若塞，野场若弃，泽不陂障，川无舟梁'，岂能久乎？晋国必亡，此乃大势所趋。罢了罢了，本王不再与你多言。你一定不知，本王车舆之上载有何人。哈哈，你还是猜出来了。如你所想，正是你家晋国惠皇后，如今咱家第一夫人羊献容也。或许用不了多久，她还会重新坐上皇后宝座。"

说完，刘曜翻身上马，车马队呼啸而去。

车队向前狂奔了很久，又一次突然停住。只见一女子从首车车厢里下来，牵过一匹战马，翻身上马，向着王旷站立的方向飞奔而去。清晨的关中平原上，那女子俯身战马之上，双手抖缰，两腿夹鞍，长发裙裾飞扬而起，令人心热眼晕窒息。

王旷依然站立官道之上,听见马蹄声越来越近,虽不知何故,却不得不拔出长刀。

女子在王旷面前勒住战马,如一片秋叶飘然落地,几无声响。

女子快步来到王旷身前,俯身在地,柔声说道:"妾身王郗氏跪拜夫君。"

王旷慢慢举起长刀,轻轻插回背上的刀鞘中,问道:"你要随我同往长安?"

郗美人说道:"青山若在,何患长安乎?"

王旷问道:"以卿之意,咱家何去何从?"

郗美人说道:"妾身愿与夫君浪迹天涯,厮守终生。"

接下来,郗美人随手在荒原上采撷下一捆枯草,编织成绳,又将王旷扶到平坦处,将草绳点着,当青烟袅袅而起,两人面对琅琊国方向长跪不起。

(第一卷完)